U0147141

I'm

我識出版社
17buy.com.tw

I'm

我識出版社
17buy.com.tw

I'm
我識出版社
17buy.com.tw

躺著背單字7,000

使用說明
User's guide

1 單字學習程度範圍完全分類，由簡入難，輕鬆學習 →

全書單字依照大考中心《高中英文參考詞彙表》分為6個LEVEL，並且比照美國學生學習程度，輔以燈號標示，絕對適用於國中基測、大學學測、指定考試、GEPT、NEW TOEIC、IELTS、TOEFL、高普考等各類英文測驗。讀者們可依照自己的學習進度循序漸進的學習，有效提升英語學習力。

LEVEL 1

以國中小學必考1000單字範圍為基礎
符合美國幼稚園至美國一年級學生所學範圍

Aa ▼ ⓡTOEFL、ⓘIELTS、ⓣTOEIC、ⓖGEPT、ⓐ公務人員考試

a/an 冠 一個 [c]/[æn] [a]/[an]	🎧 1-01	Brad Pitt is a famous actor. 布萊德彼特是個著名演員。 ⇨famous(1396)	ⓡⓘⓣⓖⓐ
able 形 能夠的 [ˋebl] [a‧ble]		Are you able to go to the party? 你能去派對嗎？	ⓡⓘⓣⓖⓐ
about 介 關於 [əˋbaʊt] [a‧bout]		Emma is worried about her family. 艾瑪很擔心家人。	ⓡⓘⓣⓖⓐ

2 7,000單字拼讀MP3，保證記得住

獨家附贈超神奇「7,000單字拼讀MP3」，錄製方式採三段式「完整／分解／中文翻譯」方式將全書單字錄製於MP3裡，先清楚唸出每個單字的發音，再以一個字母一個字母拼出完整單字，最後唸出中文解釋，例：act（英文發音）／a‧c‧t（每個字母的發音）／行動（中文解釋）。就算懶到不想張開眼也能躺著背7,000單字。

Aa ▼ ⓡTOEFL、ⓘIELTS、ⓣTOEIC、ⓖGEPT、ⓐ公務人員考試

1. a/an 冠 一個 [c]/[æn] [a]/[an]	🎧 1-01	Brad Pitt is a famous actor. 布萊德彼特是個著名演員。 ⇨famous(1396)	ⓡⓘⓣⓖⓐ
2. able 形 能夠的 [ˋebl] [a‧ble]		Are you able to go to the party? 你能去派對嗎？	ⓡⓘⓣⓖⓐ
3. about 介 關於 [əˋbaʊt] [a‧bout]		Emma is worried about her family. 艾瑪很擔心家人。	ⓡⓘⓣⓖⓐ
4. above 介 在…之上 [əˋbʌv] [a‧bove]		● above yourself 狂妄自大	ⓡⓘⓣⓖⓐ
5. according to 介 根據		According to the report, there has been a rise in the number of unemployment. 根據報告，失業人口增加。 ⇨number(611) ⇨unemployment(6382)	ⓡⓘⓣⓖⓐ

3 獨創「單字回溯／後尋」，隨時隨地作單字預習、複習

每個單字均有編號，方便快速查詢，隨時都可以預習複習單字，加強學習記憶，保證單字過目不忘。

according to 介 根據	According to the report, there has been a rise in the number of unemployment. 根據報告，失業人口增加。 ⇨number(611) ⇨unemployment(6382)	ⓡⓘⓣⓖⓐ
across 介 橫越 [əˋkrɔs] [a‧cross]	The bank is across from the post office. 銀行在郵局對面。 ⇨post(1780)	ⓡⓘⓣⓖⓐ
act 動 行動 [ækt] [act]	動詞變化 act-acted-acted Who is acting Romeo? 誰飾演羅密歐這個角色？	ⓡⓘⓣⓖⓐ
action 名 行動 [ˋækʃən] [ac‧tion]	We should take responsibility for our own action, shouldn't we? 我們應該對我們的行為負責，不是嗎？ ⇨responsibility(2904)	ⓡⓘⓣⓖⓐ

13.
afraid 形 害怕的
[əˋfred] [a·fraid]

He is afraid of going out alone at midnight.
他很怕半夜單獨外出。

14.
after 介 在…之後
[ˋæftɚ] [af·ter]

After he graduated from school, he moved to Australia.
在他畢業後,他搬到澳洲去了。

15.
afternoon 名 下午
[ˋæftɚˋnun] [af·ter·noon]

Kelly usually reads books in the afternoon.
凱莉通常在下午看書。

16.
again 副 再次
[əˋgɛn] [a·gain]

Frank will go camping again.
法蘭克將再次去露營。

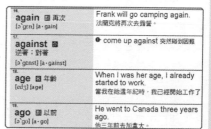

4 7,000單字完整學習方案,保證說出最道地的英語

每個單字均附有「KK音標」與「字母拼讀法」,搭配MP3聽說學習,記單字、背拼寫、學讀音完整訓練口說英語,說出一口標準道地的英語。

5 最詳盡的學習內容,保證穩紮7,000單字學習基礎

《躺著背單字7,000》全書單字均有中文詞性標示、單字中文解釋及實用例句或生活常用短語,不僅能背單字,透過單字相關補充瞭解道地的外國文化,保證增加學習效果強化單字記憶力。

16.
again 副 再次
[əˋgɛn] [a·gain]

Frank will go camping again.
法蘭克將再次去露營。

17.
against 介
逆著;對著
[əˋgɛnst] [a·gainst]

● come up against 突然碰到困難

18.
age 名 年齡
[edʒ] [age]

When I was her age, I already started to work.
當我在她這年紀時,我已經開始工作了

19.
ago 副 以前
[əˋgo] [a·go]

He went to Canada three years ago.
他三年前去加拿大。

8.
actor/actress
男演員/女演員
[ˋæktɚ]/[ˋæktrɪs]
[ac·tor]/[ac·tress]

One of her favorite actors is Andy Lau.
劉德華是她最愛的男演員之一。

10.
add 動 增加
[æd] [add]

動詞變化 add-added-added
● add something on 附加

11.
address 名 地址
[əˋdrɛs] [ad·dress]

Please fill in your address.
請填入地址。

12.
adult 名 成人
[əˋdʌlt] [ad·ult]

Neil acts like a civilized adult.
尼爾的行為像是有教養的成年人。

6 歸納式編排,相關補充合編一處,一次掌握7,000單字

同義單字、美式用語、英式用語、動詞規則與不規則變化一併補充說明,背單字之餘同時記憶所有相關英文補充,詞彙靈活運用,大幅提升英文功力。

7 單字索引

隨書附贈《躺著背單字7,000》單字索引,將全書單字加中文按照字母排序,方便讀者快速查找,保證更有效率地達到單字複習效果。

許多學習者常常把英語聽說能力差歸咎於缺乏外語學習環境，無法練習英語口說技巧。但是，其實不然。擁有良好的外語學習環境固然可以幫助提升英語聽說能力，科技普及學習者們仍然可以利用生活週遭其它有效的學習資源來增強自我的英語聽說能力，例如國際新聞播報、電台廣播等等的媒體學習或是電影、音樂等。再者，坊間許多英語工具書也都提供由專業外籍錄音員錄製書籍內容的影音光碟片，方便讀者在家自習時能夠搭配書籍做聽說讀寫的學習。出版社如此貼心的作為無非是要提供所有想學好英語的讀者們更多元化的學習工具書。

曾經有學生跟我說過，市面上單字書籍琳瑯滿目，每一本都強調該書是最符合學習者自學用書，只要購買就一定可以背好單字學好英語。但每本書都是如此的厚重，無法隨身攜帶，即使想要利用零碎時間學習也無法，所以這樣的書籍對讀者來說效益實在不大。有鑑於此，我與出版社編輯討論是否可出版一本真正符合現在讀者所需要的，可以隨時隨地且不受任何外在因素的限制學習英語。於是我們討論出利用科技產品MP3來解決讀者們的問題。

坊間的單字書往往都會隨書附贈MP3，或許是附贈品所以MP3內容較精簡，只收錄中英文單字與中文解釋。老實說，除非是英文很好的讀者，否則這樣的光碟內容實在是無法真正幫助讀者學好英文單字。而這本《躺著背單字7,000》書籍內容豐富紮實，除了一般中英文單字解釋，單字相關知識一併補充，完全針對讀者的英語學習需求作編寫。另外本書獨創保證記得住的「7,000單字拼讀MP3」，錄製方式採三段式「完整／分解／中文翻譯」方式將全書單字錄製於MP3裡，先清楚唸出每個單字的發音，再以一個字母一個字母拼出完整單字，最後唸出中文解釋，例：act（英文發音）/ a‧c‧t（每個字母的發音）/ 行動（中文解釋）。讓讀者利用睡眠學習法加深學習印象，躺著就可以背單字。另外配合「走動式」記憶法，讓你不論是坐公車、搭捷運、逛街或運動都可以邊聽MP3邊背單字。走到哪，背到哪，保證7,000單字永生難忘。

根據國外學者研究，「睡眠學習法」利用人在半睡半醒（假寐期）時，播放要記憶的事物，對加深讀者的學習印象非常有效，當深睡期時，則讓大腦充份休息。讀者若在睡前善加利用《躺著背單字7,000》所附贈的「躺著背單字MP3」，不僅能達到「背」單字的效果，還兼具「複習」的效用。最重要的是，在讀者「用聽的背單字」的過程中，同時訓練了「聽力」及「發音」的技巧，一舉數得。等到讀者下次要再來背這些單字時，腦中就會出現很熟悉的感覺，好像看過了很多次，提升學習效能至少3倍以上。

《躺著背單字7,000》單字依照大考中心《高中英文參考詞彙表》分為6個LEVEL，並且比照美國學生學習程度，循序漸進的學習，輔以燈號標示，絕對適用於國中基測、大學學測、指定考試、GEPT、NEW TOEIC、IELTS、TOEFL、高普考等各類英文測驗。內容歸納式編排，相關補充合編一處，讓讀者背單字之餘同時記憶所有相關英文補充，詞彙靈活運用，大幅提升英文功力。本書搭配「**單字回溯／後尋**」功能，將每個單字編號，方便快速查詢，隨時都可以預習複習單字，加強學習記憶，保證單字過目不忘。

我在4年前曾利用「躺者學」的概念出版了《躺著背單字2,000》及《躺著學文法MP3加強版》二本書，這4年間收到許多讀者的支持和鼓勵，也希望我能將這種方法再做延伸。在經過和出版社的反覆討論後，耗時二年的《躺著背單字7,000》終於要和讀者們見面，如果有不完美的地方，也希望所有的讀者能不吝指教和批評，讓我們有改進的機會和空間，讓我們能替讀者們打造一本最優質的7,000單字書，幫讀者一次解決所有背單字的困難，同時訓練英語聽、説、讀、寫能力，讓每位讀者都能輕鬆學習，徹底破解7,000單字。

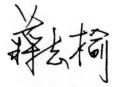

作者序
Preface

　　學好英文，英文單字是很重要的角色。因此，坊間許多英文學習叢書中，單字書佔最大部份。然而，在『琳瑯滿目』的書籍裡，該如何選擇適合自己，和方便易學的單字書呢？有鑑於此，經過仔細審慎的研究討論後，本書《躺著背單字7,000》焉然而生。

　　本書四大特點：

第一、字字珠璣。

　　每個單字是實用和有效率。讀者常會見問題，亦即背了幾萬字，但是完全不知如何使用，甚至很多是『用不到』的單字。因此我們審慎選出這些單字，讓讀者能夠有效運用，達到真正學習的良效。

第二、由淺入深。

　　最常見以及簡單的單字，循序漸進到專業和學術性單字。讓讀者由簡單單字中，建立自信心，再慢慢學習，而不會有懼怕感。

第三、分門別類。

　　本書分為六各等級，依序排列如下。

> Level 1－以國中小學必考1000單字範圍為基礎
> Level 2－以國中小學必考1200單字範圍為基礎
> Level 3－以國中小學必考2000單字範圍為基礎
> Level 4－以大學入學考試中心公佈7000單字範圍為基礎。
> Level 5－以大學入學考試中心公佈7000單字範圍為基礎。

Level 6－以大學入學考試中心公佈7000單字範圍為基礎。

讀者可以依本身需求來學習，不管是國中生，高中生，大學生，或是上班族，都能由目錄中選取自己想要開始學習的章節，而不會有囫圇吞棗的感覺。

第四、詳細說明。

每個單字除了音標，詞性，和中文解釋之外，更搭配例句或片語，讓讀者對於用法更能得心應手。

學習是條漫長的路，不管要坐著背，躺著背，或是邊玩邊背。最重要的是，選擇一本實用的書籍，才能對英文有所提升。由衷盼望，本書能夠帶給讀者新的學習境界。共勉之。

胡欣蘭

目錄
Contents

LEVEL 1

以國中小學必考1000單字範圍為基礎
符合美國**幼稚園**至美國**一年級**學生所學範圍

介	介系詞	副	副詞
片	片語	動	動詞
代	代名詞	連	連接詞
名	名詞	感	感嘆詞
助	助詞	縮	縮寫
形	形容詞	sb.	somebody
冠	冠詞	sth.	something

LEVEL 1

以國中小學必考1000單字範圍為基礎
符合美國**幼稚園**至美國**一年級**學生所學範圍

Aa ▼ 托 TOEFL、I IELTS、T TOEIC、G GEPT、公 公務人員考試

1. **a/an** 冠 一個 [e]/[æn] [a]/[an]	(MP3) 1-01	Brad Pitt is a famous actor. 布萊德彼特是個著名演員。 托 I T G 公 ⇨famous(1398)
2. **able** 形 能夠的 [ˋebl̩] [a·ble]		Are you able to go to the party? 你能去派對嗎？ 托 I T G 公
3. **about** 介 關於 [əˋbaʊt] [a·bout]		Emma is worried about her family. 艾瑪很擔心家人。 托 I T G 公
4. **above** 介 在…之上 [əˋbʌv] [a·bove]		❶ above yourself 狂妄自大 托 I T G 公
5. **according to** 片 根據		According to the report, there has been a rise in the number of unemployment. 根據報告，失業人口增加。 托 I T G 公 ⇨number(611) ⇨unemployment(6382)
6. **across** 介 橫越 [əˋkrɔs] [a·cross]		The bank is across from the post office. 銀行在郵局對面。 托 I T G 公 ⇨post(1769)
7. **act** 動 行動 [ækt] [act]		動詞變化 **act-acted-acted** Who is acting Romeo? 誰飾演羅密歐這個角色？ 托 I T G 公
8. **action** 名 行動 [ˋækʃən] [ac·tion]		We should take responsibility for our own action, shouldn't we? 我們應該要為我們的行為負責，不是嗎？ 托 I T G 公 ⇨responsibility(2904)

9. **actor/actress** 名 男演員／女演員 [`æktɚ]/[`æktrɪs] [ac·tor]/[ac·tress]	One of her favorite actors is Andy Lau. 劉德華她最愛的男演員之一。 ⇨favorite(1401)
10. **add** 動 增加 [æd] [add]	動詞變化 **add-added-added** ❶ add something on 附加
11. **address** 名 地址 [ə`drɛs] [ad·dress]	Please fill in your address. 請填入地址。 ⇨fill(316)
12. **adult** 名 成人 [ə`dʌlt] [ad·ult]	Neil acts like a civilized adult. 尼爾的行為像是有教養的成年人。
13. **afraid** 形 害怕的 [ə`fred] [a·fraid]	He is afraid of going out alone at midnight. 他很怕半夜單獨外出。 ⇨alone(30)
14. **after** 介 在…之後 [`æftɚ] [af·ter]	After he graduated from school, he moved to Australia. 在他畢業後，他搬到澳洲去了。 ⇨graduate(2514)
15. **afternoon** 名 下午 [`æftɚ`nun] [af·ter·noon]	Kelly usually reads books in the afternoon. 凱莉通常在下午看書。
16. **again** 副 再次 [ə`gɛn] [a·gain]	Frank will go camping again. 法蘭克將再次去露營。 ⇨camp(150)
17. **against** 介 逆著；對著 [ə`gɛnst] [a·gainst]	❶ come up against 突然碰到困難
18. **age** 名 年齡 [edʒ] [age]	When I was her age, I already started to work. 當我在她這年紀時，我已經開始工作了。 ⇨already(32)
19. **ago** 副 以前 [ə`go] [a·go]	He went to Canada three years ago. 他三年前去加拿大。
20. **agree** 動 同意 [ə`gri] [a·gree]	動詞變化 **agree-agreed-agreed** If you agree on this, please nod your head. 如果你同意這點，請點點頭。

21.
agreement 名 MP3 1-02
同意
[əˋɡrimənt] [a·gree·ment]

They have an agreement never to talk about money.
他們約定絕不談錢的事情。 托 I T G 公

22.
ahead 副 在前方
[əˋhɛd] [a·head]

Go ahead!
請便！ 托 I T G 公

23.
air 名 空氣
[ɛr] [air]

The air in the mountains is fresh.
山上空氣很新鮮。 托 I T G 公

⇨fresh(343)
⇨mountain(566)

24.
airmail 名 航空郵件
[ˋɛr͵mel] [air·mail]

Gary sent it by airmail.
蓋瑞用航空信件寄出。 托 I T G 公

25.
airplane/plane 名
飛機
[ˋɛr͵plen]/[plen]
[air·plane]/[plane]

They went to England by airplane.
他們搭飛機去英國。 托 I T G 公

26.
airport 名 機場
[ˋɛr͵port] [air·port]

Mr. Smith arrived at the airport at 8pm.
史密斯先生在晚上八點抵達機場。 托 I T G 公

⇨arrive(1091)

27.
all 形 所有的
[ɔl] [all]

❶ all in one 多功能 托 I T G 公

28.
allow 動 允許
[əˋlau] [al·low]

動詞變化 allow-allowed-allowed
Smoking is not allowed in the restaurant.
餐廳不准吸菸。 托 I T G 公

⇨restaurant(1843)

29.
almost 副 幾乎
[ˋɔl͵most] [al·most]

It is almost time to go to bed.
差不多時間該上床了。 托 I T G 公

30.
alone 形 副 單獨的
[əˋlon] [a·lone]

Don't go out alone at midnight.
半夜不要單獨出門。 托 I T G 公

31.
along 介 沿著
[əˋlɔŋ] [a·long]

❶ get along famously 和睦相處 托 I T G 公

32.
already 副 已經
[ɔlˋrɛdɪ] [al·ready]

Helen went home already.
海倫已經回家了。 托 I T G 公

33.
also 副 也
[`ɔlso] [al·so]

托 I T G 公

He is also a cook.
他也是廚師。

⇨cook(196)

34.
always 副 總是
[`ɔlwez] [al·ways]

托 I T G 公

Tim is always late for school.
提姆上學總是遲到。

35.
am 動 是
[æm] [am]

托 I T G 公

❶ 用於第一人稱單數
I am a winner of speech contest.
我是演講比賽的獲勝者。

⇨contest(3420)
⇨speech(850)

36.
among 介 在…中
[ə`mʌŋ] [a·mong]

托 I T G 公

❶ popular among 受好評

⇨popular(2817)

37.
and 連 和；以及
[ænd] [and]

托 I T G 公

He and I plan to take a trip in Spain.
他和我計畫去西班牙旅行。

⇨trip(947)

38.
anger 名 生氣
[`æŋgɚ] [an·ger]

托 I T G 公

Laura is filled with anger.
蘿拉充滿怒氣。

39.
angry 形 生氣的
[`æŋgrɪ] [an·gry]

托 I T G 公

He is so angry that he can't eat anything.
他是如此生氣，以至於吃不下東西。

40.
animal 名 動物
[`ænəml̩] [an·i·mal]

托 I T G 公

There are many animals in the zoo.
動物園有很多的動物。

41.
another 代
另一個的
[ə`nʌðɚ] [an·oth·er]

MP3 1-03

托 I T G 公

❶ one after another 陸續地

42.
answer 名動 回答
[`ænsɚ] [an·swer]

托 I T G 公

動詞變化 answer-answered-
answered

Can you answer my question?
你能回答我問題嗎？

⇨question(698)

43.
ant 名 螞蟻
[ænt] [ant]

托 I T G 公

❶ have ants in one's pants 坐立難安

⇨pants(642)

44.
any 形 任何的
[`ɛnɪ] [a·ny]

托 I T G 公

He doesn't have any sister.
他沒有姐妹。

45.
anything 代 任何事
[ˈɛnɪ͵θɪŋ] [any·thing]

If you remember anything, please tell us.
如果你記得任何事,請告知我們。

⇨remember(716)

46.
ape 名 猿猴
[ep] [ape]

❶ go ape 失去自致力

47.
appear 動 出現
[əˈpɪr] [ap·pear]

動詞變化 appear-appeared-appeared

Finally, Alan appeared at the corner.
最後,艾倫在角落出現。

⇨corner(1251)

48.
apple 名 蘋果
[ˈæpl] [ap·ple]

Buy a bag of apples on your way home.
在你回家路上買袋蘋果。

49.
April 名 四月
[ˈeprəl] [A·pril]

She was born on April 20ᵗʰ.
她在四月二十日出生。

⇨born(119)

50.
are 動 是
[ɑr] [are]

❶ 用於第二人稱單數
We are good friends.
我們是好友。

51.
area 名 區域
[ˈɛrɪə] [ar·ea]

James is the Seattle area director.
詹姆士是西雅圖區的主任。

⇨director(1316)

52.
arm 名 手臂
[ɑrm] [arm]

The kid threw his arms around his mother's neck.
小孩子張開手臂,摟住媽媽的脖子。

⇨around(54)
⇨neck(586)

53.
army 名 軍隊
[ˈɑrmɪ] [ar·my]

Emma's brother is in the army.
艾瑪的弟弟在服兵役。

54.
around 副 在…四周
[əˈraʊnd] [a·round]

She will show up around 7.
她七點左右會出現。

55.
art 名 藝術
[ɑrt] [art]

He is interested in art.
他對藝術感興趣。

⇨interest(443)

56.
as 副 和…一樣
[æz] [as]

He is as handsome as Jack.
他和傑克一樣英俊。

⇨handsome(1487)

57. **ask** 動 問 [æsk] [ask]	動詞變化 **ask-asked-asked** ⭐ 🅣 🅖 🅐 Helen asked him for help. 海倫尋求他的幫助。	
58. **at** 介 在… [æt] [at]	Let's meet at 7 tonight. 讓我們今晚七點碰面。 ⇨tonight(936)	🅣 🅖 🅐
59. **August** 名 八月 [ɔ`gʌst] [Au·gust]	Father's Day is on August 8th. 父親節在八月八號。	🅣 🅣 🅣 🅖 🅐
60. **aunt/auntie** 名 姑姑；阿姨 [ænt]/[`ænti] [aunt] [aunt·ie]	Ben's aunt will go shopping with him. 班的姑姑要和他一起去逛街。 I love auntie Sandy very much. 我超愛珊蒂嬸嬸的。	🅣 🅣 🅣 🅖 🅐
61. **autumn/fall** 名 秋天 [`ɔtɚm]/[fɔl] [au·tumn] [fall]	Can we use the word fall to mean "autumn?" 我們可以用fall這個字表示「秋天」嗎？ ⇨mean(541)	🅣 🅣 🅖 🅐
62. **away** 副 離開 [ə`we] [a·way]	❶ die away 漸漸消失	🅣 🅣 🅣 🅐

Bb ▼ 🅣TOEFL、🅣IELTS、🅣TOEIC、🅖GEPT、🅐公務人員考試

63. **baby** 名 嬰兒 [`bebɪ] [ba·by]	🎵 1-04 Look, the baby is so cute. 看，這嬰兒如此可愛。	🅣 🅣 🅣 🅖 🅐
64. **back** 名 背部 [bæk] [back]	Don't pat anyone on the back at night. 晚上不要拍別人的背部。 ⇨pat(1720)	🅣 🅣 🅣 🅖 🅐
65. **bad** 形 壞的 [bæd] [bad]	Sam is bad at playing tennis. 山姆不擅長打網球。	🅣 🅣 🅣 🅖 🅐
66. **bag** 名 袋子 [bæg] [bag]	Can you show me the pink bag? 你能讓我看一下那個粉紅色袋子？	🅣 🅣 🅣 🅖 🅐
67. **ball** 名 球 [bɔl] [ball]	We will play the ball after school. 我們放學後將要打球。	🅣 🅣 🅣 🅖 🅐

68. **balloon** 名 氣球 [bəˋlun] [bal·loon]	When the balloon exploded, the child cried. 當氣球爆炸，這小孩哭了。 托 **I** T **G** 公 ⇨explode(2443)
69. **banana** 名 香蕉 [bəˋnænə] [ba·nana]	I will buy three bunches of bananas. 我將要買三串香蕉。 托 **I** T **G** 公 ⇨bunch(2232)
70. **band** 名 樂團 [bænd] [band]	Hsin is a singer of a band. 信是樂團的歌手。 托 **I** T **G** 公
71. **bank** 名 銀行 [bæŋk] [bank]	The bank is just behind the bookstore. 銀行就在書局後面。 托 **I** T **G** 公 ⇨behind(95)
72. **bar** 名 酒吧；棒子 [bɑr] [bar]	They sometimes chat at a cocktail bar. 他們有時候會在雞尾酒酒吧聊天。 托 **I** T **G** 公 ⇨cocktail(2287)
73. **barber** 名 理髮師 [ˋbɑrbɚ] [bar·ber]	Mr. White is a hard-working barber. 懷特先生是認真的理髮師。 托 **I** T **G** 公
74. **base** 名 基礎 [bes] [base]	The customer base is very important of the company. 客戶基礎對於一間公司很重要。 托 **I** T **G** 公 ⇨customer(1279) ⇨important(439)
75. **baseball** 名 棒球 [ˋbes͵bɔl] [base·ball]	How about playing baseball on Saturday? 我們星期六去打棒球如何？ 托 **I** T **G** 公
76. **basic** 形 基礎的 [ˋbesɪk] [bas·ic]	Do you know what basic human rights are? 你知道人類基本人權為何？ 托 **I** T **G** 公 ⇨right(723)
77. **basket** 名 籃子 [ˋbæskɪt] [bas·ket]	He needs a shopping basket. 他需要一個購物籃。 托 **I** T **G** 公
78. **basketball** 名 籃球 [ˋbæskɪt͵bɔl] [bas·ket·ball]	Playing basketball is very interesting. 打籃球非常有趣。 托 **I** T **G** 公 ⇨interest(443)

LEVEL 1

79. **bat** 名 蝙蝠 [bæt] [bat]	● right off the bat 立刻	托 I T G 公
80. **bath** 名 浴缸 [bæθ] [bath]	He takes a bath after exercising. 他運動後馬上洗澡。 ⇨exercise(1385)	托 I T G 公
81. **bathe** 動 沐浴 [beð] [bathe]	動詞變化 bathe-bathed-bathed He doesn't bathe every day. 他沒有每天洗澡。	托 I T G 公
82. **bathroom** 名 浴室 [`bæθ͵rum] [bath·room]	Do you clean your bathroom? 你有清掃浴室嗎？	托 I T G 公
83. **be** 動 是 [bi] [be]	She won't be there on Saturday. 她星期六將不會在那裡。	托 I T G 公
84. **beach** 名 海灘 [bitʃ] [beach]	He went to the beach last week. 他上星期去海邊。	托 I T G 公
85. **bear** 名 熊 [bɛr] [bear]	He saw a bear in the forest. 他在森林看到熊。 ⇨forest(336)	托 I T G 公
86. **beat** 動 打 [bit] [beat]	動詞變化 beat-beat-beated You beat Ken at chess. 你在棋賽中贏過肯。 ⇨chess(1197)	托 I T G 公
87. **beautiful** 形 美麗的 [`bjutəfəl] [beau·ti·ful]	She is more beautiful than Emma. 她比艾瑪漂亮。	托 I T G 公
88. **beauty** 名 美人 [`bjuti] [beau·ty]	● beauty is in the eye of the beholder 情人眼裡出西施	托 I T G 公
89. **because** 連 因為 [bɪ`kɔz] [be·cause]	Because it is snowy, we don't go out. 因為下雪，我們沒有出去。 ⇨snowy(1909)	托 I T G 公
90. **become** 動 成為 [bɪ`kʌm] [be·come]	動詞變化 become-became-become He becomes a cook. 他成為一名廚師。	托 I T G 公
91. **bed** 名 床 [bɛd] [bed]	You should go to bed before 10. 你要十點前上床。	托 I T G 公

92.
bee 名 蜜蜂
[bi] [bee]

Maggie is as busy as a bee.
梅姬像蜜蜂一樣忙碌。

托 I T G 公

93.
before 介 在…之前
[bɪˋfor] [be‧fore]

Sam went to the library before he called Anne.
山姆在打給安之前就到圖書館了。

⇨library(1580)

托 I T G 公

94.
begin 動 開始
[bɪˋgɪn] [be‧gin]

動詞變化 begin-began-begun
When will our class begin?
我們課程何時開始？

托 I T G 公

95.
behind 介 在…背後
[bɪˋhaɪnd] [be‧hind]

The mall is behind the bakery.
購物中心在麵包店後面。

⇨bakery(1106)

托 I T G 公

96.
believe 動 相信
[bɪˋliv] [be‧lieve]

動詞變化 believe-believed-believed
I can't believe it.
我真不敢相信。

托 I T G 公

97.
bell 名 鈴
[bɛl] [bell]

Someone is ringing the bell.
有人在按鈴。

⇨ring(724)

托 I T G 公

98.
belong 動 屬於
[bəˋlɔŋ] [be‧long]

動詞變化 belong-belonged-belonged
The novel belongs to her.
這本小說是她的。

托 I T G 公

99.
below 副 在…之下
[bəˋlo] [be‧low]

❶ below the belt 說話傷人的

⇨belt(1128)

托 I T G 公

100.
best 形 最好的
[bɛst] [best]

You are the best student in class.
你是班上最棒的學生。

托 I T G 公

101.
better 形 更好的
[ˋbɛtɚ] [bet‧ter]

Bill is better than Allen.
比爾比艾倫好。

托 I T G 公

102.
between 介
在…之間
[bɪˋtwin] [be‧tween]

The supermarket is between the library and the café.
超市在圖書館和咖啡館中間。

托 I T G 公

103.
bicycle 名 腳踏車
[ˋbaɪsɪkl̩] [bi‧cy‧cle]

He rides a bicycle every morning.
他每天早上騎單車。

托 I T G 公

LEVEL
1

104.
big 形 大的
[bɪg] [big]

(MP3) 1-06

托 I T G A

She made a big decision.
她做了重大決定。

⇨decision(1288)

105.
bike 名 腳踏車
[baɪk] [bike]

托 I T G

❶ on your bike 走開

106.
bird 名 鳥
[bɜd] [bird]

托 I T G A

The bird is singing in the tree.
鳥正在樹上唱歌。

⇨sing(807)

107.
birth 名 出生
[bɜθ] [birth]

托 I T G A

❶ give birth to 生孩子

108.
bit 名 小塊
[bɪt] [bit]

托 I T G A

Just a little bit.
一點點就好。

109.
bite 動 咬
[baɪt] [bite]

托 I T G A

動詞變化 bite-bit-bitten
Amy was bitten by the dog last night.
艾咪昨晚被狗咬。

⇨last(482)

110.
black 形 黑的
[blæk] [black]

托 I T G A

She has long black hair.
她有一頭烏黑長髮。

111.
block 名 街區
[blɑk] [block]

托 I T G A

The post office is two blocks away from here.
郵局離這裡兩個街區。

⇦away(62)

112.
blood 名 血
[blʌd] [blood]

托 I T G A

It likes getting blood out from a stone.
緣木求魚。

113.
blow 動 吹響
[blo] [blow]

托 I T G A

動詞變化 blow-blew-blown
Blow out the candles.
吹熄蠟燭。

⇨candle(1175)

114.
blue 形 藍色的
[blu] [blue]

托 I T G A

You are great in blue.
你穿藍色很棒。

115.
boat 名 小船
[bot] [boat]

托 I T G A

One of her hobbies is go boating.
她其中一項嗜好是划船。

⇨hobby(1502)

116.
body 名 身體
[`bɑdɪ] [body]

托 I T G A

❶ body and soul 全心全意

⇨soul(842)

117. **bone** 图 骨頭 [bon] [bone]	Her jokes are a bit close to the bone. 她的玩笑有點直率。	托 I T G A
118. **book** 图 書 [buk] [book]	There are four books on the desk. 書桌上有四本書。	托 I T G A
119. **born** 形 出生的 [bɔrn] [born]	He was born in New York. 他在紐約出生。	托 I T G A
120. **both** 形 雙方的 [boθ] [both]	Both men are from Canada. 兩個男人都來自加拿大。	托 I T G A
121. **bottom** 图 底部 [`batəm] [bot·tom]	❶ the bottom drops out 滯銷 ⇨drop(1344)	托 I T G A
122. **bowl** 图 碗 [bol] [bowl]	He eats two bowls of rice a day. 他一天吃兩碗飯。	托 I T G A
123. **box** 图 盒子 [baks] [box] (MP3 1-07)	The box is too heavy to carry. 這盒子太重搬不動。	托 I T G A
124. **boy** 图 男孩 [bɔɪ] [boy]	The boy who is reading a book is my cousin. 正在看書的男孩是我表弟。 ⇨cousin(1260)	托 I T G A
125. **brave** 形 勇敢的 [brev] [brave]	He is a brave policeman. 他是勇敢的警察。	托 I T G A
126. **bread** 图 麵包 [brɛd] [bread]	How much is loaf of bread? 一條麵包多少錢？ ⇨loaf(1588)	托 I T G A
127. **break** 動 損壞 [brek] [break]	動詞變化 **break-broke-broken** The robber broke the window on purpose. 這位搶匪故意把窗戶打破。 ⇨purpose(694) ⇨robber(2915)	托 I T G A
128. **breakfast** 图 早餐 [`brɛk fəst] [break·fast]	Molly has some bread and a cup of milk for breakfast. 茉莉早餐吃麵包和一杯牛奶。	托 I T G A
129. **bridge** 图 橋 [brɪdʒ] [bridge]	The man and the woman crossed the bridge. 那男人和女人過橋。 ⇨cross(1270)	托 I T G A

130. **bright** 形 光亮的 [braɪt] [bright]	❶ the bright lights 多采多姿	托 Ⅰ Ⅰ G 公
131. **bring** 動 攜帶 [brɪŋ] [bring]	動詞變化 bring-brought-brought Bring an umbrella with you if you want to go out. 如果你要出門，要隨身帶傘。	托 Ⅰ Ⅰ G 公
132. **brother** 名 兄弟 [`brʌðɚ] [broth·er]	Sean's brother is a careless student. 席恩的弟弟是個粗心的學生。	托 Ⅰ Ⅰ G 公
133. **brown** 形 褐色的 名 褐色 [braun] [brown]	The brown shirt is very expensive. 這件棕色襯衫很貴。 ⇨expensive(1388)	托 Ⅰ Ⅰ G 公
134. **bug** 名 蟲 [bʌg] [bug]	He picked up a flu bug in the classroom. 他在教室被傳染流感。 ⇨flu(1425)	托 Ⅰ Ⅰ G 公
135. **build** 動 建造 [bɪld] [build]	動詞變化 build-built-built The house was built in 2007. 這間房子在2007年建立。	托 Ⅰ Ⅰ G 公
136. **building** 名 建築物 [`bɪldɪŋ] [build·ing]	There are many tall buildings in New York City. 紐約市有很多大樓林立。	托 Ⅰ Ⅰ G 公
137. **bus** 名 公車 [bʌs] [bus]	Will you go to the theater by bus or taxi? 你將要搭公車或計程車去戲院？	托 Ⅰ Ⅰ G 公
138. **busy** 形 忙碌的 [`bɪzɪ] [bus·y]	He is so busy that he doesn't have time to go shopping. 他如此忙，以致於沒空逛街。	托 Ⅰ Ⅰ G 公
139. **but** 連 但是 [bʌt] [but]	Neil wants to go running with Lisa, but he is tired. 尼爾想和莉莎去慢跑，但他很累。 ⇨tire(930)	托 Ⅰ Ⅰ G 公
140. **butter** 名 奶油 [`bʌtɚ] [but·ter]	You had better fry the pork in butter. 你最好用奶油炒豬肉。 ⇨pork(1764)	托 Ⅰ Ⅰ G 公
141. **butterfly** 名 蝴蝶 [`bʌtɚ͵flaɪ] [but·ter·fly]	❶ have/has a butterflies in one's stomach 緊張 ⇨stomach(1942)	托 Ⅰ Ⅰ G 公

142. **buy** 動 買 [baɪ] [buy]	動詞變化 **buy-bought-bought** 托 I T G 公 She bought a ring for her boyfriend. 她買個戒指給男友。
143. **by** 介 經由 [baɪ] [by]	Gary goes to work by train. 托 I T G 公 蓋瑞搭火車去上班。 ⇨train(945)
144. **bye-bye/bye** 感 再見 [`baɪˌbaɪ]/[baɪ] [bye-bye]/[bye]	Bye-bye. See you tomorrow. 托 I T G 公 再見。明天見。 ⇨tomorrow(934)

Cc ▼ 托 TOEFL、I IELTS、T TOEIC、G GEPT、公 公務人員考試

145. **cage** 名 籠子 [kedʒ] [cage]	(MP3) 1-08	Don't rattle her cage. 托 I T G 公 別騷擾她啦。 ⇨rattle(5035)
146. **cake** 名 蛋糕 [kek] [cake]	The birthday cake is delicious. 托 I T G 公 這生日蛋糕很好吃。
147. **call** 動 呼叫 [kɔl] [call]	動詞變化 **call-called-called** 托 I T G 公 Don't forget to call Bonita later. 晚點別忘了打給寶妮塔。 ⇨forget(337)
148. **camel** 名 駱駝 [`kæml̩] [cam·el]	Jenny bought a camel skirt for 托 I T G 公 her daughter. 珍妮買件駝色裙子給她女兒。
149. **camera** 名 照相機 [`kæmərə] [cam·er·a]	The man took some pictures 托 I T G 公 with a camera. 男子用相機拍照。 ⇨picture(659)
150. **camp** 名 營地 動 露營 [kæmp] [camp]	動詞變化 **camp-camped-camped** 托 I T G 公 Let's go camping next month. 我們下個月去露營。
151. **can** 動 能夠 [kæn] [can]	He can play the guitar well. 托 I T G 公 他能把吉他彈得很好。 ⇨guitar(1479) ⇨well(996)

LEVEL 1

152. **candy/sweet** 名 糖果 [ˈkændɪ]/[swit] [can·dy]/[sweet]	I'd like some more sweets. 我想再吃些糖果。	托 I T G 公
153. **cap** 名 帽子 [kæp] [cap]	His cap was blown by wind. 他的帽子被風吹走。	托 I T G 公
154. **car** 名 汽車 [kɑr] [car]	If you are tired, don't drive a car. 如果你疲倦，不要開車。	托 I T G 公
155. **card** 名 卡片 [kɑrd] [card]	Jack received a card from Helen yesterday. 傑克昨天收到海倫來信。 ⇨receive(714)	托 I T G 公
156. **care** 名 照顧 [kɛr] [care]	Please take care of the baby. 請照顧寶寶。	托 I T G 公
157. **careful** 形 小心的 [ˈkɛrfəl] [care·ful]	Be careful. The car is coming. 小心。車子來了。	托 I T G 公
158. **carry** 動 提；搬 [ˈkærɪ] [car·ry]	動詞變化 **carry-carried-carried** Can you carry the box for me? 你能幫我搬這個箱子嗎？	托 I T G
159. **case** 名 事件 [kes] [case]	❶ in some cases 某些情況下	托 I T G 公
160. **cat** 名 貓 [kæt] [cat]	The cat is sleeping under the tree. 這隻貓在樹下睡覺。	托 I T G 公
161. **catch** 動 捕捉 [kætʃ] [catch]	動詞變化 **catch-caught-caught** The thief was caught by the police. 小偷被警方逮捕。 ⇨thief(2001)	托 I T G 公
162. **cause** 名 原因 [kɔz] [cause]	Unemployment is a cause of unhappiness. 失業是造成不開心的原因。 ⇨unemployment(6382)	托 I T G 公
163. **cent** 名 一分硬幣 [sɛnt] [cent]	I need ten more cents. 我需要十分錢。	托 I T G 公

164.
center 名 中心
[ˋsɛntɚ] [cen·ter]

❶ call center 電話服務中心　　托 I T G 公

165.
certain 形 確實的　MP3 1-09
[ˋsɝtən] [cer·tain]

It is certain that we will go there on time.
我們確定會準時到。　　托 I T G 公

166.
chair 名 椅子
[tʃɛr] [chair]

The chair costs one thousand dollars.
這張椅子要一千元。　　托 I T G 公

⇨thousand(920)

167.
chance 名 機會
[tʃæns] [chance]

❶ stand a chance 有機會　　托 I T G 公

168.
chart 名 圖表
[tʃɑrt] [chart]

Look at the weather chart.
看看這張天氣圖。　　托 I T G 公

⇨weather(988)

169.
chase 動 追逐
[tʃes] [chase]

動詞變化 **chase-chased-chased**
Many men chase Mary.
很多人追瑪莉。　　托 I T G 公

170.
check 動 核對
[tʃɛk] [check]

動詞變化 **check-checked-checked**　托 I T G 公
He will check out beoufore11.
他將在十一點會退房。

⇦beoufore(93)

171.
chick 名 小雞
[tʃɪk] [chick]

❶ chick lit 小姐文學　　托 I T G 公

172.
chicken 名 雞
[ˋtʃɪkɪn] [chick·en]

Curry chicken is her favorite dish.　托 I T G 公
咖哩雞是她最愛的菜。

⇨curry(4540)

173.
chief 名 首領
[tʃif] [chief]

Mr. Pitt is the police chief.　　托 I T G 公
彼特先生是警長。

⇨police(673)

174.
child 名 小孩
[tʃaɪld] [child]

He is the only child.　　托 I T G 公
他是獨子。

175.
Christmas 名
聖誕節
[ˋkrɪsməs] [Christ·mas]

Christmas is on December 25ᵗʰ.　托 I T G 公
聖誕節在十二月二十五日。

176.
church 名 教堂
[tʃɜtʃ] [church]

They go to church on Sundays.
他們週日上教堂。

托 I T G 公

177.
cinema 名 電影院
[`sɪnəmə] [cin・e・ma]

He goes to cinema twice a month.
他一個月看兩次電影。

托 I T G 公

⇨twice(957)

178.
city 名 城市
[`sɪtɪ] [city]

What is your favorite city?
你最愛的城市為何？

托 I T G 公

179.
class 名 班級
[klæs] [class]

Sam is the best student in his class.
山姆是班上最棒的學生。

托 I T G 公

⇨best(100)

180.
clean 形 乾淨的
[klin] [clean]

The room is dirty, not clean.
這房間很髒，不乾淨。

托 I T G 公

⇨dirty(238)

181.
clear 形 清楚的
[klɪr] [clear]

❶ as clear to say 淺顯易懂

托 I T G 公

182.
climb 動 攀爬
[klaɪm] [climb]

動詞變化 climb-climbed-climbed
We will go mountain climbing next Monday.
下星期一我們要去爬山。

托 I T G 公

183.
clock 名 時鐘
[klɑk] [clock]

Don't worry. The clock is fast.
別擔心。這時鐘比較快。

托 I T G 公

184.
close 形 接近的
動 關上
[kloz] [close]

動詞變化 close-closed-closed
Don't forget to close the door before going to bed.
上床前請先關門。

托 I T G 公

185.
cloud 名 雲
[klaʊd] [cloud]
MP3 1-10

❶ on cloud nine 非常的快樂

托 I T G 公

186.
coast 名 海岸
[kost] [coast]

She lived in a town on the north coast of Australia.
她住在澳洲東海岸的城市。

托 I T G 公

⇨north(603)

187.
coat 名 外套
[kot] [coat]

Put one your new coat.
穿上你的新大衣。

托 I T G 公

188.
cocoa 名 可可粉
[ˋkoko] [co·coa]

Where is cocoa from?
可可粉源自哪裡？

托 I T G 公

189.
coffee 名 咖啡
[ˋkɔfɪ] [cof·fee]

Coffee makes me awake.
咖啡讓我保持清醒。

托 I T G 公

⇨awake(2167)

190.
cola/Coke 名 可樂
[ˋkolə]/[kok] [co·la]/[Coke]

I am thirsty. I want to drink a bottle of Coke.
我很渴。我想喝瓶可樂。

托 I T G 公

⇨thirsty(2003)

191.
cold 形 冷的
[kold] [cold]

It is cold in winter.
冬天很冷冽。

托 I T G 公

192.
color 名 顏色
[ˋkʌlɚ] [col·or]

Which color is better, purple or green?
哪種顏色比較好，紫色或綠色？

托 I T G 公

193.
come 動 來
[kʌm] [come]

動詞變化 come-came-come
Kathy comes home before the rain.
凱西在下雨之前回到家。

托 I T G 公

194.
common 形 普通的
[ˋkɑmən] [com·mon]

It is a common mistake.
那是很平常的錯誤。

托 I T G 公

⇨mistake(551)

195.
continue 動 繼續
[kənˋtɪnju] [con·tin·ue]

動詞變化 continue-continued-continued
The snow continued to fall all day.
這場雪持續下了一整天。

托 I T G 公

196.
cook 動 烹調
[kʊk] [cook]

動詞變化 cook-cooked-cooked
Mom cooks dinner every day.
媽媽每天煮晚餐。

托 I T G 公

197.
cookie 名 餅乾
[ˋkʊkɪ] [cook·ie]

We have some cookies because we are hungry.
我們因為飢餓，吃了些餅乾。

托 I T G 公

⇨because(89)
⇨hungry(432)

198.
cool 形 涼快的
[kul] [cool]

It is cool in fall.
秋天天氣涼爽。

托 I T G 公

LEVEL

1

199. **cop** 名 警察 [kɑp] [cop]	The cop is standing in front of Amy's house. 警察站在艾咪家門前。 ⇨front(348)	托 **I** T **G** 公
200. **corn** 名 玉蜀黍 [kɔrn] [corn]	❶ ears of corn 穀物	托 **I** T **G** 公
201. **correct** 形 正確的 [kəˋrɛkt] [cor·rect]	It is the correct answer. 這是正確答案。 ⇨answer(42)	托 **I** T **G** 公
202. **cost** 名 價格 動 花費 [kɔst] [cost]	動詞變化 **cost-costed-costed** How much did the cell phone cost? 這隻手機多少錢？	托 **I** T **G** 公
203. **count** 動 計算 [kaʊnt] [count]	動詞變化 **count-counted-counted** ❶ count on sb. 依賴某人 ❶ count sb. in 算某人一份	托 **I** T **G** 公
204. **country** 名 國家 [kʌnrɪ] [coun·try]	❶ country bumpkin 鄉巴佬	托 **I** T **G** 公
205. **course** 名 課程 [kors] [course] (MP3) 1-11	What courses will you take? 你將要選什麼課程？	托 **I** T **G** 公
206. **cover** 動 覆蓋 [ˋkʌvɚ] [cov·er]	動詞變化 **cover-covered-covered** Cover me! 掩護我！	托 **I** T **G** 公
207. **cow** 名 乳牛 [kaʊ] [cow]	❶ have/has a cow 氣死了	托 **I** T **G** 公
208. **cowboy** 名 牛仔 [ˋkaʊbɔɪ] [cow·boy]	Two cowboy hats are five hundred dollars. 兩頂牛仔帽要價五百元。 ⇨dollar(245)	托 **I** T **G** 公
209. **crow** 名 烏鴉 [kro] [crow]	❶ as the crow flies 筆直地	托 **I** T **G** 公
210. **cry** 動 哭泣 [kraɪ] [cry]	動詞變化 **cry-cried-cried** She couldn't stop crying. 她哭個不停。 ⇨stop(867)	托 **I** T **G** 公

211. **cub** 名 幼童軍 [kʌb] [cub]	❶ cub reporter 菜鳥記者	托 I T G 公 ⇨reporter(1838)
212. **cup** 名 杯子 [kʌp] [cup]	Give me a cup of hot tea. 給我一杯熱茶。	托 I T G 公
213. **cut** 動 切割 [kʌt] [cut]	動詞變化 **cut-cut-cut** She has her hair cut. 她去理髮。	托 I T G 公
214. **cute** 形 可愛的 [kjut] [cute]	The cat looks cute. 這隻貓看起來好可愛。	托 I T G 公

Dd ▼ 托 TOEFL、I IELTS、T TOEIC、G GEPT、公 公務人員考試

215. **dad/daddy** 名 爸爸 [dæd]/[ˋdædɪ] [dad]/ [dad·dy]	Daddy, can I go out with Helen? 爸，我能和海倫出去嗎？	托 I T G 公
216. **dance** 動 跳舞 [dæns] [dance]	動詞變化 **dance-danced-danced** We will go dancing next week. 下星期我們要去跳舞。	托 I T G 公
217. **dancer** 名 舞者 [ˋdænsɚ] [danc·er]	She will be a famous dancer in the future. 未來她將成為知名舞者。	托 I T G 公 ⇨future(1449)
218. **danger** 名 危險 [ˋdendʒɚ] [dan·ger]	❶ in danger 身陷危險	托 I T G 公
219. **dark** 形 黑暗的 [dɑrk] [dark]	It is dark in the room. 屋內一片漆黑。	托 I T G 公
220. **date** 名 日期 [det] [date]	What date is today? 今天幾月幾號？	托 I T G 公
221. **daughter** 名 女兒 [ˋdɔtɚ] [daugh·ter]	One of her daughters is a shopkeeper. 她其中一個女兒是店主。	托 I T G 公

222.
day 名 一天
[de] [day]

Emma goes swimming every day.
艾瑪每天游泳。

托 I T G 公

⇨swim(886)

223.
dead 形 死亡的
[dɛd] [dead]

❶ dead meat 倒大楣

托 I T G 公

224.
deal 名 交易
[dil] [deal]

❶ no big deal 沒關係

托 I T G 公

225.
dear 形 親愛的
[dɪr] [deal]

MP3 1-12

❶ dear John letter 分手信

托 I T G 公

⇨letter(499)

226.
death 名 死亡
[dɛθ] [death]

These students are death of
Mr. Williams.
這些學生讓威廉老師擔心死了。

托 I T G 公

227.
December 名
十二月
[dɪ`sɛmbɚ] [De·cem·ber]

Christmas is in December.
聖誕節在十二月。

托 I T G 公

228.
decide 動 決定
[dɪ`saɪd] [de·cide]

動詞變化 decide-decided-decided
Later, Fred decided to go home.
之後，費德決定回家。

托 I T G 公

229.
deep 形 深的
[dip] [deep]

❶ in deep water 身陷困境

托 I T G 公

230.
deer 名 鹿
[dɪr] [deer]

There is a herd of deer running.
有一群鹿正在奔跑。

托 I T G 公

⇨herd(3725)

231.
desk 名 桌子
[dɛsk] [desk]

He is at desk.
他伏案工作。

托 I T G 公

232.
die 名 死亡
[daɪ] [die]

動詞變化 die-died-died
The old man died of colorectal cancer.
老人死於大腸癌。

托 I T G 公

⇨cancer(1174)

233.
different 形 不同的
[`dɪfərənt] [dif·fer·ent]

You and Judy are very different.
你和茱蒂迥然不同。

托 I T G 公

234.
difficult 形 困難的
[`dɪfə,kəlt] [dif·fi·cult]

It is not as difficult as you think.
那沒你想像中的困難。

托 I T G 公

235.
dig 動 挖掘
[dɪg] [dig]

動詞變化 **dig-dug-dug**　　托 I T G 公
Bill dug into his bowl of ice cream this morning.
比爾今天早上津津有味地吃冰淇淋。
⇨bowl(122)

236.
dinner 名 晚餐
[ˋdɪnɚ] [din·ner]

Dinner is ready.　　托 I T G 公
晚餐準備好了。

237.
direct 形 直接的
[dəˋrɛkt] [di·rect]

❶ direct mail 直接郵寄的廣告信　　托 I T G 公
⇨mail(526)

238.
dirty 形 骯髒的
[ˋdɝtɪ] [dirty]

You need to clean your dirty room. 托 I T G 公
你需要打掃你骯髒的房間。

239.
discover 動 發現
[dɪsˋkʌvɚ] [dis·cov·er]

動詞變化 **discover-discovered-discovered**　　托 I T G 公
He discovered this beautiful park.
他發現這座公園。
⇨beautiful(87)

240.
dish 名 盤子
[dɪʃ] [dish]

She washes the dishes after lunch.　　托 I T G 公
她午餐後洗碗。

241.
do 動 做
[du] [do]

動詞變化 **do-did-done**　　托 I T G 公
What do you do?
你從事哪行？

242.
doctor/doc. 名 醫生
[ˋdɑktɚ] [doc·tor]/[doc.]

Her father is a doctor.　　托 I T G 公
她父親是醫生。

243.
dog 名 狗
[dɔg] [dog]

He keeps a dog as a pet.　　托 I T G 公
他養狗當寵物。
⇨pet(657)

244.
doll 名 洋娃娃
[dɑl] [doll]

Vicky's hobby is collect dolls.　　托 I T G 公
薇琪的嗜好是蒐集洋娃娃。
⇨collect(1229)
⇨hobby(1502)

245.
dollar/buck 名 元
[ˋdɑlɚ]/[bʌk]
[dol·lar]/[buck]

(MP3) 1-13
Leon lent Don ten thousand dollars.　　托 I T G 公
里昂借一萬元給東恩。

LEVEL 1

246. **door** 名 門 [dor] [door]	Close the door after you come in. 托 I T G 公 進來後要關門。
247. **dove** 名 鴿子 [dʌv] [dove]	A dove cooed on the roof. 托 I T G 公 鴿子在屋頂上咕咕叫。 ⇨roof(731)
248. **down** 副 向下 [daun] [down]	❶ calm down 冷靜點 托 I T G 公 ⇨calm(1172)
249. **downstairs** 副 向樓下 [ˌdaun`stɛrz] [down·stairs]	The woman rushed downstairs 托 I T G 公 and cried out. 女人衝下樓，並大叫。 ⇨rush(1855)
250. **dozen** 名 一打 [`dʌzn] [doz·en]	I want to buy a dozen of eggs. 托 I T G 公 我要買一打蛋。
251. **draw** 名 圖畫 動 拖拉 [drɔ] [draw]	動詞變化 draw-drew-drawn 托 I T G 公 He is bad at drawing pictures. 他拙於畫圖。
252. **dream** 名 夢 [drim] [dream]	Gary had a bad dream last night. 托 I T G 公 蓋瑞昨晚做惡夢。
253. **drink** 動 喝水 [drɪŋk] [drink]	動詞變化 drink-drank-drunk 托 I T G 公 I drink a glass of milk every morning. 我每天早上喝一杯牛奶。 ⇨every(286)
254. **drive** 動 駕駛 [draɪv] [drive]	動詞變化 drive-drove-driven 托 I T G 公 Fred drove to work last month. 費德上個月開車上班。
255. **driver** 名 駕駛員 [`draɪvɚ] [driv·er]	Sam is an experienced taxi driver. 托 I T G 公 山姆是有經驗的計程車司機。 ⇨experience(1389)
256. **dry** 形 乾燥的 [draɪ] [dry]	It stays dry for their camping. 托 I T G 公 沒有下雨，他們可以去露營。
257. **duck** 名 鴨子 [dʌk] [duck]	❶ dead duck 沒用的人 托 I T G 公
258. **duckling** 名 小鴨 [`dʌklɪŋ] [duck·ling]	❶ Ugly Duckling 醜小鴨（童話故事） 托 I T G 公 ⇨ugly(2045)

259.
during 介 在…期間
['djurɪŋ] [dur·ing]

They took a trip during Chinese New Year.
他們在新年時去旅行。

托 I T G 公

⇨trip(947)

Ee

260.
each 代 每一個
[itʃ] [each]

Each student has a present.
每個學生都有一份禮物。

托 I T G 公

⇨present(1779)

261.
eagle 名 老鷹
['igl] [ea·gle]

❶ eagle eye 目光銳利

托 I T G 公

262.
ear 名 耳朵
[ɪr] [ear]

The girl puts her hands over her ears when she is nervous.
當女孩感到緊張，她會用雙手捂住耳朵。

托 I T G 公

⇨nervous(2735)

263.
early 形 早的
['ɜlɪ] [ear·ly]

The teacher is early to school.
這個老師每天都早到學校。

托 I T G 公

264.
earth 名 地球；
土地
[ɜθ] [earth]

(MP3)
1-14

❶ come back to earth 回到現實狀態

托 I T G 公

265.
ease 名 容易
[iz] [ease]

She lived a life of ease.
她生活自由自在。

托 I T G 公

266.
east 名 東方
[ist] [east]

What is the highest peak in East Asia?
哪座是東亞最高的高峰？

托 I T G 公

⇨peak(2785)

267.
easy 形 容易的
['izɪ] [easy]

It is easy to make a plan.
擬定計畫很容易。

托 I T G 公

268.
eat 動 吃
[it] [eat]

動詞變化 eat-ate-eaten
What do you eat for dinner?
你晚餐吃什麼？

托 I T G 公

269.
edge 名 邊緣
[ɛdʒ] [edge]

There is a church at the edge of town.
在城邊有間教堂。

托 I T G 公

⇨church(176)

270. **egg** 名 蛋 [ɛg] [egg]	● put all one's eggs in one basket　孤注一擲	托 I T G 公
271. **eight** 名 八 [et] [eight]	Seven and one is eight. 七加一等於八。	托 I T G 公
272. **eighteen** 名 十八 [ˋeˋtin] [eight·een]	He is going to be eighteen years old. 他快十八歲了。	托 I T G 公
273. **eighty** 名 八十 [ˋetɪ] [eight·y]	Mr. Smith is busy in his eighties. 史密斯先生在八十多歲時很忙碌。	托 I T G 公
274. **either** 形 （兩者之中）任一的 [ˋiðɚ] [ei·ther]	Either you or he stole the camera. 不是你就是他偷走相機。 <div align="right">⇨steal(1938)</div>	托 I T G 公
275. **elephant** 名 大象 [ˋɛləfənt] [el·e·phant]	Her favorite animals are elephants and tigers. 她最愛的動物是大象和老虎。 <div align="right">⇦animal(40)</div>	托 I T G 公
276. **eleven** 名 十一 [ɪˋlɛvn̩] [elev·en]	Kelly has eleven pens. 凱莉有十一支筆。	托 I T G 公
277. **else** 副 其他 [ɛls] [else]	● 用於疑問詞，不定代名詞後 What else did you buy? 你還買了什麼？	托 I T G 公
278. **end** 名 末端 [ɛnd] [end]	Keep your end up. 請保持樂觀。 <div align="right">⇨keep(460)</div>	托 I T G 公
279. **English** 名 英語 [ˋɪŋglɪʃ] [En·glish]	Can you speak English fluently? 你英語流利嗎？	托 I T G 公
280. **enough** 形 足夠的 [əˋnʌf] [enough]	We don't have enough time. 我們時間不夠多。	托 I T G 公
281. **enter** 動 進入 [ˋɛntɚ] [en·ter]	動詞變化 enter-entered-entered He enters the room without knocking. 他未敲門進入房間。 <div align="right">⇨without(2096)</div>	托 I T G 公

282. **equal** 形 相當的 [`ikwəl] [e·qual]	There is an equal number of pens and pencils on the table. 桌上的原子筆和鉛筆數量相等。 托 I T G 公
283. **even** 副 甚至 [`ivən] [e·ven]	❶ 用來加強語氣 It is warm in Taiwan even in winter. 台灣即使冬天也很暖和。 ⇨walk(975) 托 I T G 公
284. **evening** 名 傍晚 [`ivnɪŋ] [eve·ning]	She takes a walk in the evening. 她傍晚會散步。 托 I T G 公
285. **ever** 副 曾經 [`ɛvɚ] [ev·er] (MP3 1-15)	❶ 多用於疑問句、否定句和表示條件和比較的附屬子句 Have you ever been to New Zealand? 你曾去過紐西蘭嗎? 托 I T G 公
286. **every** 形 每個的 [`ɛvrɪ] [ev·ery]	Neil eats breakfast every day. 尼爾每天都吃早餐。 托 I T G 公
287. **exam** 名 考試 [ɪg`zæm] [ex·am]	Jill has an important exam today. 吉兒今天有場重要考試。 ⇨important(439) 托 I T G 公
288. **examination** 名 考試 [ɪg.zæmə`neʃən] [ex·am·i·na·tion]	Frank will sit an examination in English tomorrow. 法蘭克明天會參加英語考試。 ⇨tomorrow(934) 托 I T G 公
289. **examine** 動 檢查 [ɪg`zæmɪn] [ex·am·ine]	動詞變化 examine-examined-examined The doctor will examine Lisa. 醫生將替麗莎檢查。 ⇨doctor(242) 托 I T G 公
290. **example** 名 例子 [ɪg`zæmpl] [ex·am·ple]	❶ make an example of + sb. 用…人殺一儆百 托 I T G 公
291. **except** 介 排除、除…之外 [ɪk`sɛpt] [ex·cept]	He likes all vegetables except carrots. 除了紅蘿蔔,他喜歡所有的蔬菜。 ⇨vegetable(969) 托 I T G 公
292. **excepting** 介 除…之外 [ɪk`sɛptɪŋ] [ex·cept·ing]	Excepting Daniel, all colleagues went to the annual party tonight. 除了丹尼爾以外,所有同事今晚都出席的年度派對。 ⇨colleague(4465) 托 I T G 公

LEVEL 1

| 293.
eye 图 眼睛
[aɪ] [eye] | ● have your eye for sth.
對某事物有鑑賞力 | 托 I T G 公 |

Ff ▼ 托TOEFL、I IELTS、T TOEIC、G GEPT、公 公務人員考試

294. **face** 图 臉 [fes] [face]	She has a round face. 她有張圓臉。 ⇨round(737)	托 I T G 公
295. **fact** 图 事實 [fækt] [fact]	In fact, you are wrong. 事實上,你是錯的。	托 I T G 公
296. **factory** 图 工廠 [`fæktərɪ] [fac‧to‧ry]	He has worked in the factory for ten years. 他在工廠做十年了。	托 I T G 公
297. **fall** 動 落下 [fɔl] [fall]	動詞變化 **fall-fell-fallen** Don't fall asleep in class. 上課別睡著了。 ⇨asleep(1095)	托 I T G 公
298. **false** 形 虛偽的 [fɔls] [false]	The girl gave false information to get the job. 女孩用假資料來得到工作。 ⇨information(3774)	托 I T G 公
299. **family** 图 家庭 [`fæməlɪ] [fam‧i‧ly]	There are six people in her family. 她家有六個人。	托 I T G 公
300. **fan** 图 扇子 [fæn] [fan]	Gina is waving a fan in her room. 吉娜在房間搖扇子。	托 I T G 公
301. **far** 形 遠的 [fɑr] [far]	Allen lived far away from the post office. 艾倫家離郵局很遠。	托 I T G 公
302. **farm** 图 農場 [fɑrm] [farm]	The man owns a farm. 這男子擁有一座農場。 ⇨own(638)	托 I T G 公
303. **farmer** 图 農夫 [`fɑrmɚ] [farm‧er]	The farmer grows some rice on the farm. 農夫在農場種稻。 ⇨farm(302)	托 I T G 公

304.
fast 形 快速的
[fæst] [fast]

You are not the school's fastest runner.
你不是學校跑最快的選手。

托 I T G 公

305.
fat 形 胖的
[fæt] [fat]

(MP3) 1-16

He wants to lose weight because he looks fat.
他因為看起來很胖，所以想減重。

⇨weight(994)

托 I T G 公

306.
father 名 父親
[`fɑðɚ] [fa·ther]

He respects his father very much.
他非常尊敬其父。

托 I T G 公

307.
fear 名 害怕
[fɪr] [fear]

❶ without fear or favor 不偏不倚

⇨favor(1400)

托 I T G 公

308.
February 名 二月
[`fɛbruˌɛrɪ] [Feb·ru·ary]

She celebrates Valentine's Day in February.
她在二月慶祝情人節。

⇨celebrate(2252)

托 I T G 公

309.
feed 動 餵
[fid] [feed]

動詞變化 feed-fed-fed
Don't forget to feed the dog.
別忘了餵狗。

托 I T G 公

310.
feel 動 感覺
[fɪl] [feel]

動詞變化 feel-felt-felt
How do you feel when you talk to Emma?
當你和艾瑪說話時有何感覺？

托 I T G 公

311.
feeling 名 感覺
[`filɪŋ] [feel·ing]

❶ ill feeling 反感；good feeling 好感

⇨ill(1522)

托 I T G 公

312.
few 形 少數的
[fju] [few]

He had a few friends before.
他之前只有幾個朋友。

托 I T G 公

313.
fifteen 名 十五
[`fɪf`tin] [fif·teen]

Jeff has only fifteen dollars.
傑夫只有十五元。

托 I T G 公

314.
fifty 名 五十
[`fɪftɪ] [fif·ty]

❶ fifty-fifty 五五分帳

托 I T G 公

315.
fight 動 打架
[faɪt] [fi·ght]

動詞變化 fight-fought-fought
❶ fight shy of Ving 逃避做某事

⇨shy(799)

托 I T G 公

LEVEL 1

316. **fill** 動 裝滿 [fɪl] [fill]	動詞變化 **fill-filled-filled**　托 I T G A You need to fill in an application form first. 你要先填申請表。 <div align="right">⇨application(3253)</div>	
317. **final** 形 最後的 [ˋfaɪnḷ] [fi·nal]	When is your final exam?　托 I T G A 你期末考何時開始？	
318. **find** 動 發現 [faɪnd] [fi·nd]	動詞變化 **find-found-found**　托 I T G A Where did you find the delicious restaurant? 你在哪裡找到這家美味餐廳？	
319. **fine** 形 很好的 [faɪn] [fi·ne]	We are fine.　托 I T G A 我們都很好。	
320. **finger** 名 手指 [ˋfɪŋgɚ] [fin·ger]	David raised a finger to his lips.　托 I T G A 大衛將手指捂唇示意。 <div align="right">⇨lip(510)</div>	
321. **finish** 動 結束；完成 [ˋfɪnɪʃ] [fin·ish]	動詞變化 **finish-finished-finished**　托 I T G A You have to finish your homework before 7. 你必須要在七點前完成作業。 <div align="right">⇨homework(422)</div>	
322. **fire** 名 火 [faɪr] [fire]	❶ play with fire 玩火　托 I T G A	
323. **first** 形 第一的 [fɝst] [first]	Who won the first prize in the　托 I T G A speech contest? 誰在演講比賽中贏得第一名？ <div align="right">⇨prize(1791)</div>	
324. **fish** 名 魚 [fɪʃ] [fish]	Which do you like, pork or fish?　托 I T G A 你喜歡什麼，豬肉還是魚肉？	
325. **five** 名 五 [faɪv] [five]	MP3 1-17　Mr. White arrived at the office at　托 I T G A five. 懷特先生在五點到辦公室。	
326. **floor** 名 地板 [flor] [floor]	Remember to mop the floor today.　托 I T G A 今天記得拖地。	
327. **flower** 名 花 [ˋflauɚ] [flow·er]	Orchid is my favorite flower(s).　托 I T G A 蘭花是我最愛的花。	

328.
fly 勔 飛行
[flaɪ] [fly]

動詞變化 **fly-flew-flown**
An eagle flew fast.
老鷹迅速飛過。

托 Ⅰ T G 公

⇦eagle(261)

329.
fog 名 霧
[fɑg] [fog]

❶ in a fog 困惑

托 Ⅰ T G 公

330.
follow 勔 跟隨
[ˋfɑlo] [fol·low]

動詞變化 **follow-followed-followed**
Please follow the waiter.
請跟服務生走。

托 Ⅰ T G 公

⇨waiter(2068)

331.
food 名 食物
[fud] [food]

What kind of food do you like?
你喜歡什麼食物？

托 Ⅰ T G 公

332.
foot 名 腳
[fʊt] [foot]

He went to school on foot.
他走路上學。

托 Ⅰ T G 公

333.
for 介 為了
[fɔr] [for]

Fred is waiting for his classmate.
費瑞德正在等他同學。

托 Ⅰ T G 公

⇨wait(974)

334.
force 名 力量
[fɔrs] [force]

❶ bring something into force 實施

托 Ⅰ T G 公

335.
foreign 形 外國的
[ˋfɔrɪn] [for·eign]

Sam made some foreign
friends yesterday.
山姆昨天交了幾位外國朋友。

托 Ⅰ T G 公

336.
forest 名 森林
[ˋfɔrɪst] [for·est]

He got lost in the forest.
他在森林迷路。

托 Ⅰ T G 公

337.
forget 勔 忘記
[fɚˋgɛt] [for·get]

動詞變化 **forget-forgot-forgotten**
Don't forget to turn off the air conditioner.
別忘記關掉冷氣喔。

托 Ⅰ T G 公

338.
fork 名 叉子
[fɔrk] [fork]

She learns to eat steak with a
knife and fork.
她學習用刀叉吃牛排。

托 Ⅰ T G 公

339.
forty 名 四十
[ˋfɔrtɪ] [for·ty]

❶ forty winks 小憩

托 Ⅰ T G 公

⇨wink(3185)

340.
four 名 四
[for] [four]

Will you arrive at four or five?
你將會在四點還是五點抵達這裡？

托 I T G 公

⇨arrive(1091)

341.
fourteen 名 十四
[`for`tin] [four·teen]

Seven and seven is fourteen.
七加七等於十四。

托 I T G 公

342.
free 形 自由的
[fri] [free]

What does Mark do when he
has free time?
當馬克有空時都做什麼？

托 I T G 公

343.
fresh 形 新鮮的
[frɛʃ] [fresh]

The air smells fresh in the park.
公園的空氣很清新。

托 I T G 公

⇨smell(823)

344.
Friday 名 星期五
[`fraɪˌde] [Fri·day]

Let's go shopping on Friday.
我們星期五去逛街吧。

托 I T G 公

345.
friend 名 朋友
[frɛnd] [friend]

(MP3)
1-18

❶ just good friends 純友誼

托 I T G 公

346.
frog 名 青蛙
[frɑg] [frog]

I heard the croaking of frogs
in the village.
我在村莊聽到蛙鳴。

托 I T G 公

⇨village(2060)

347.
from 介 從
[frɑm] [from]

Dora is from England.
朵拉是來自英國。

托 I T G 公

348.
front 形 前面的
[frʌnt] [front]

The library is in front of the
bakery.
圖書館在麵包店前面。

托 I T G 公

349.
fruit 名 水果
[frut] [fruit]

She eats plenty of fruit in
summer.
她在夏天吃很多水果。

托 I T G 公

⇨plenty(2805)

350.
full 形 完整的
[fʊl] [full]

The club is full of people.
這俱樂部擠滿人。
Tell me full details.
告訴我詳情。

托 I T G 公

351.
fun 名 樂趣
[fʌn] [fun]

We had fun in the party.
我們在派對上玩得很開心。

托 I T G 公

| 352.
funny 形 有趣的
[ˋfʌnɪ] [fun‧ny] | This show is funny.
這節目真有趣。 | 托 I T G 公

⇨show(797) |

Gg ▼ 托TOEFL、I IELTS、T TOEIC、G GEPT、公 公務人員考試

| 353.
game 名 遊戲
[gem] [game] | He doesn't like watching tennis games.
他不喜歡看網球賽。 | 托 I T G 公

⇨watch(982) |

| 354.
garden 名 花園
[ˋgɑrdn̩] [gar‧den] | Your garden is special.
你的花園很特別。 | 托 I T G 公

⇨special(849) |

| 355.
gas 名 瓦斯
[gæs] [gas] | ❶ greenhouse gas 溫室氣體 | 托 I T G 公 |

| 356.
general 形 全體的
[ˋdʒɛnərəl] [gen‧er‧al] | ❶ a general strike 全面罷工 | 托 I T G 公 |

| 357.
get 動 得到
[gɛt] [get] | 動詞變化 get-got-gotten
He wears a pair of glasses to get a better look.
他戴上眼鏡以便看清楚一點。 | 托 I T G 公

⇨glasses(364) |

| 358.
ghost 名 鬼
[gost] [ghost] | ❶ ghost of chance 一點點的機會 | 托 I T G 公

⇦chance(167) |

| 359.
gift 名 禮物
[gɪft] [gift] | What kind of gift do you like?
你喜歡哪種禮物？ | 托 I T G 公 |

| 360.
girl 名 女孩
[gɝl] [girl] | He likes the girl with long brown hair.
他喜歡那個棕色長髮女孩。 | 托 I T G 公 |

| 361.
give 動 給予
[gɪv] [give] | 動詞變化 give-gave-given
Don't give up.
請勿放棄。 | 托 I T G 公 |

| 362.
glad 形 高興的
[glæd] [glad] | We are glad that you win the game.
我們很高興你贏得比賽。 | 托 I T G 公 |

363. **glass** 名 玻璃 [glæs] [glass]	He is drinking a glass of juice. 他正在喝一杯果汁。	托 I T G 公 ⇨drink(253)
364. **glasses** 名 眼鏡 [ˋglæsɪz] [glass‧es]	Gary wears a pair of glasses when he watches TV. 當蓋瑞看電視時他會戴眼鏡。	托 I T G 公
365. **go** 動 去 [go] [go] 1-19	動詞變化 go-went-gone Let's go jogging in the afternoon. 我們下午去慢跑吧。	托 I T G 公 ⇨jog(1554)
366. **god/goddess** 名 男神／女神 [gɑd]/[ˋgɑdɪs] [god]/ [god‧dess]	❶ house of god 教堂	托 I T G 公
367. **gold** 名 黃金 形 黃金的 [gold] [gold]	He bought a gold bracelet for his friend. 他買了金手鐲給他朋友。	托 I T G 公 ⇨bracelet(3315)
368. **good** 形 好的 [gud] [good]	This is good news. 這是好消息。	托 I T G 公
369. **good-bye** 感 再見 [gudˋbaɪ] [good(-)by(e)]	She said good-bye to her aunt. 她向伯母道再見。	托 I T G 公
370. **goose** 名 鵝 [gɛs] [goose]	❶ get the goose 遭觀眾噓聲	托 I T G 公
371. **grand** 形 雄偉的 [grænd] [grand]	Mr. Jordan bought a grand house. 喬丹先生買了一棟富麗堂皇的房子。	托 I T G 公 ⇨buy(142)
372. **grandchild** 名 （外）孫子女 [ˋgrænd͵tʃaɪld] [grand‧child]	He has ten grandchildren. 他有十個孫子女。	托 I T G 公
373. **granddaughter** 名 （外）孫女 [ˋgræn͵dɔtɚ] [grand‧daugh‧ter]	Her granddaughter is a writer. 她的孫女是作家。	托 I T G 公 ⇨writer(1031)

374. **grandfather** 名 （外）祖父 [ˈgrændˌfɑðɚ] [grand·fa·ther]	● 亦可稱 grandpa How old is your grandfather? 你祖父幾歲？
375. **grandma** 名 （外）祖母 [ˈgrændmɑ] [grand·ma]	● teach one's grandmother to suck eggs 班門弄斧 ⇨suck(3050)
376. **grandmother** 名 （外）祖母 [ˈgrændˌmʌðɚ] [grand·moth·er]	Kim's grandmother is stingy. 金的祖母很小氣。 ⇨stingy(4181)
377. **grandson** 名 （外）孫子 [ˈgrændˌsʌn] [grand·son]	She is proud of her grandson. 她以她的孫子為榮。 ⇨proud(1800)
378. **grass** 名 草 [græs] [grass]	It is comfortable sitting on the grass. 坐在草地上很舒服。 ⇨comfortable(1232)
379. **gray/grey** 形 灰色的 [gre] [gray]/[grey] [gray]	He wears a gray suit to the interview. 他穿灰色西裝去面試。 ⇨interview(1542)
380. **great** 形 大的 [gret] [great]	Mrs. Smith lives to a great age. 史密斯太太活到很大的歲數。
381. **green** 形 綠色的 [grin] [green]	The green sweater looks strange. 這綠色毛衣看起來很怪。 ⇨sweater(1971)
382. **ground** 名 地面 [graʊnd] [ground]	They are singing on the ground. 他們在地面上唱歌。
383. **group** 名 群體 [grup] [group]	A group of them are going to the beach. 他們其中一群要去海邊。
384. **grow** 動 種植 [gro] [grow]	動詞變化 **grow-grew-grown** ● not let the grass grow under ones feet 做事情不延宕

LEVEL 1

385. **guess** 動 猜測 [gɛs] [guess]	動詞變化 **guess-guessed-guessed** 托 I T G 公 Guess who stole the purse. 猜看看誰偷走錢包。 <div align="right">⇨purse(1810) ⇨steal(1938)</div>
386. **guest** 名 客人 [gɛst] [guest]	Be my guest. 托 I T G 公 歡迎。
387. **guide** 名 嚮導 [gaɪd] [guide]	She hired a tour guide. 托 I T G 公 她僱用一位導遊。 <div align="right">⇨tour(2019)</div>
388. **gun** 名 槍 [gʌn] [gun]	❶ big gun 重要人物 托 I T G 公

Hh ▼ 托 TOEFL、I IELTS、T TOEIC、G GEPT、公 公務人員考試

389. **hair** 名 毛髮 [hɛr] [hair]	(MP3) 1-20	You need to make your hair cut. 托 I T G 公 你應該要理髮了。
390. **haircut** 名 理髮 [`hɛr͵kʌt] [hair·cut]		❶ butch haircut 平頭 托 I T G 公
391. **half** 名 一半 [hæf] [half]		He's divided the cookies in half. 托 I T G 公 他把餅乾分為一半。 <div align="right">⇨divide(1326)</div>
392. **ham** 名 火腿 [hæm] [ham]		He had a ham sandwich for lunch. 托 I T G 公 他午餐吃火腿三明治。
393. **hand** 名 手 動 舉手 [hænd] [hand]		動詞變化 **hand-handed-handed** 托 I T G 公 If you have any question, hand your hand up. 如果你有問題，請舉起手。
394. **happen** 動 發生 [`hæpən] [hap·pen]		動詞變化 **happen-happened-happened** 托 I T G 公 What happened? 發生什麼事？
395. **happy** 形 快樂的 [`hæpɪ] [hap·py]		I am happy for Doris. 托 I T G 公 我真替桃樂絲感到開心。

396. **hard** 形 硬的 [hɑrd] [hard]	Diamonds are very hard. 鑽石很堅硬。 ⇨very(4250)	托 I T G A
397. **hat** 名 帽子 [hæt] [hat]	The handsome man wears a bowler hat. 這位帥哥戴了一頂禮帽。 ⇨handsome(1487)	托 I T G A
398. **hate** 動 憎恨 [het] [hate]	動詞變化 **hate-hated-hated** I hate Sam a lot. 我超討厭山姆。 ⇨lot(517)	托 I T G A
399. **have** 動 擁有 [hæv] [have]	動詞變化 **have-had-had** What do you have in your bag? 你袋子裡有什麼東西？	托 I T G A
400. **he** 代 他 [hi] [he]	He is the best in his class. 他是班上最好的。	托 I T G A
401. **head** 名 頭 [hɛd] [head]	❶ bring + sth. + to a head 　需當機立斷	托 I T G A
402. **health** 名 健康 [hɛlθ] [health]	❶ health care 保健服務	托 I T G A
403. **hear** 動 聽到 [hɪr] [hear]	動詞變化 **hear-heard-heard** Do you hear something strange? 你有聽到怪聲音嗎？ ⇨strange(870)	托 I T G A
404. **heart** 名 心 [hɑrt] [heart]	❶ have a heart stone 鐵石心腸	托 I T G A
405. **heat** 名 熱度 [hit] [heat]	Increase the heat, please. 請提高溫度。 ⇨increase(1529)	托 I T G A
406. **heavy** 形 重的 [ˋhɛvɪ] [heav·y]	He is too heavy to run fast. 他太重跑不快。 ⇨fast(304)	托 I T G A
407. **hello** 感 哈囉 [həˋlo] [hel·lo]	Hello, where are you going? 哈囉，你要去哪裡？	托 I T G A
408. **help** 動 幫助 [hɛlp] [help]	動詞變化 **help-helped-helped** May I help you? 我需要幫忙嗎？	托 I T G A

LEVEL 1

409. **her** 代 她的 [hɜ] [her]	Some of her friends are from the USA. 她有些朋友來自美國。	托 I T G 公
410. **here** 副 這裡 [hɪr] [here]	Here comes the bus. 公車來了。	托 I T G 公
411. **hers** 代 她的（東西） [hɜz] [hers]	The books are hers. 這些書是她的。	托 I T G 公
412. **high** 形 高的 [haɪ] [high]	Do you know Mt. Jude is the highest peak in Taiwan? 你知道玉山是台灣最高的山嗎？ ⇨know(474)	托 I T G 公
413. **hill** 名 小山 [hɪl] [hill]	❶ over the hill 人老珠黃	托 I T G 公
414. **him** 代 （受詞）他 [hɪm] [him]	Call him before ten. 十點前打給他。	托 I T G 公
415. **his** 代 他的（東西） [hɪz] [his]	His shirt costs ten thousand dollars. 他襯衫要價一萬元。 ⇦cost(202)	托 I T G 公
416. **history** 名 歷史 [ˋhɪstərɪ] [his·to·ry]	❶ case history 病歷 ⇦case(159)	托 I T G 公
417. **hit** 動 打 [hɪt] [hit]	動詞變化 hit-hit-hit Her brother hit her last night. 她弟弟昨晚打她。	托 I T G 公
418. **hold** 動 握著 [hold] [hold]	動詞變化 hold-held-held ❶ hold all the cards 佔上風	托 I T G 公
419. **hole** 名 洞；孔 [hol] [hole]	Jay digs a hole in his garden. 杰在花園挖洞。 ⇦dig(235) ⇦garden(354)	托 I T G 公
420. **holiday** 名 假日 [ˋhɑləˏde] [hol·i·day]	Christmas is a holiday. 聖誕節是假日。	托 I T G 公

421. **home** 名 家 [hom] [home]	Go home by train. 坐火車回家。	托 I T G 公 ⇨train(945)
422. **homework** 名 功課 [`hom͵wɜk] [home·work]	You need to do your homework before nine. 你需要在九點前做作業。	托 I T G 公
423. **hope** 動 名 希望 [hop] [hope]	動詞變化 hope-hoped-hoped ❶ be beyond hope 毫無希望	托 I T G 公 ⇨beyond(1133)
424. **horse** 名 馬 [hɔrs] [horse]	Let's ride a horse tomorrow. 讓我們明天去騎馬。	托 I T G 公
425. **hot** 形 熱的 [hɑt] [hot]	It is so hot today. 今天天氣真是熱斃了。	托 I T G 公
426. **hour** 名 小時 [aur] [hour]	How many hours have you watched TV? 你看電視看幾小時了？	托 I T G 公
427. **house** 名 房子 [haus] [house]	He bought a new house last month. 他上個月買新房。	托 I T G 公
428. **how** 副 怎麼 [hau] [how]	How do you go to school? 你如何到學校去呢？	托 I T G 公
429. **huge** 形 巨大的 [hjudʒ] [huge]	❶ huge profits 巨額利潤	托 I T G 公 ⇨profit(2842)
430. **human** 形 人的 [`hjumən] [hu·man]	❶ human being 人類	托 I T G 公
431. **hundred** 名 一百 [`hʌndrəd] [hun·dred]	❶ hundreds of... 數以百計	托 I T G 公
432. **hungry** 形 飢餓的 [`hʌŋgrɪ] [hun·gry]	If you are hungry, you can have some bread. 如果你餓了，你可以吃些麵包。	托 I T G 公 ⇨bread(126)
433. **hurt** 動 傷害 [hɜt] [hurt]	動詞變化 hurt-hurt-hurt You hurt her deeply. 你深深傷害了她。	托 I T G 公 ⇨deep(229)

| 434.
husband 名 丈夫
[`hʌzbənd] [hus‧band] | Who is Jean's husband?
誰是珍的丈夫？ | 托 **I** **T** **G** 公 |

Ii

▼ 托 TOEFL、**I** IELTS、**T** TOEIC、**G** GEPT、公 公務人員考試

435. **I** 代 我 [aɪ] [I]	(MP3) 1-21	I am going to London tomorrow. 我明天將要去倫敦。	托 **I** **T** **G** 公
436. **ice** 名 冰 [aɪs] [ice]		❶ break the ice 打破隔閡 ⇨break(127)	托 **I** **T** **G** 公
437. **idea** 名 想法 [aɪ`diə] [idea]		You have the right idea. 你找對門路。	托 **I** **T** **G** 公
438. **if** 連 假如 [ɪf] [if]		If it is snowy tomorrow, we won't go jogging. 如果明天下雪，我們將不會去慢跑。	托 **I** **T** **G** 公
439. **important** 形 重要的 [ɪm`pɔrtṇt] [im‧por‧tant]		It is important to go to school on time. 準時上學很重要。	托 **I** **T** **G** 公
440. **in** 介 在…之內 [ɪn] [in]		❶ in + 數字 + hours/days/months/years 在～（小時／天／月份／年）內	托 **I** **T** **G** 公
441. **inch** 名 英吋 [ɪntʃ] [inch]		❶ inch by inch 一步一步	托 **I** **T** G 公
442. **inside** 介 內部 [`ɪn`saɪd] [in‧side]		Rita is inside the mall. 瑞塔在購物中心裡面。 ⇨mall(2668)	托 **I** **T** G 公
443. **interest** 名 動 興趣 [`ɪntərɪst] [in‧ter‧est]		動詞變化 interest-interested- interested ❶ have interest in 對～有興趣	托 **I** **T** G 公
444. **into** 介 到…裡面 [`ɪntu] [in‧to]		❶ break into pieces 成碎片 ⇨piece(661)	托 **I** **T** G 公
445. **iron** 名 鐵 [`aɪən] [i‧ron]		❶ iron lung 人工呼吸器 ⇨lung(2662)	托 **I** **T** G 公

446. **is** 動是 [ɪz] [is]	❶ 用於第三人稱單數	托 I T G 公
	He is a successful businessman. 他是成功的商人。 ⇨successful(1960)	

| 447. **it** 代 它 [ɪt] [it] | It is sunny. 今天是晴天。 | 托 I T G 公 |

| 448. **its** 代 它的 [ɪts] [its] | Its color is indigo, not green. 它的顏色是靛青，不是綠色。 | 托 I T G 公 |

Jj

▼ 托TOEFL、I IELTS、T TOEIC、G GEPT、公公務人員考試

449. **jam** 動 擁擠 [dʒæm] [jam]	動詞變化 **jam-jammed-jammed** ❶ traffic jam 塞車 ⇨traffic(2026)	托 I T G 公

| 450. **January** 名 一月 [ˋdʒænjʊˌɛrɪ] [Jan·u·ar·y] | January is the first month of the year. 一月是一年的第一個月。 ⇨first(323) | 托 I T G 公 |

| 451. **job** 名 工作 [dʒɑb] [job] | Good job. 做得好。 | 托 I T G 公 |

| 452. **join** 動 參加 [dʒɔɪn] [join] | 動詞變化 **join-joined-joined** ❶ join the club 彼此彼此（指負面） | 托 I T G 公 |

| 453. **joke** 名 笑話 [dʒok] [joke] | He told me a joke. 他告訴我一個笑話。 | 托 I T G 公 |

| 454. **joy** 名 喜悅 [dʒɔɪ] [joy] | ❶ joy ride 開車兜風 | 托 I T G 公 |

| 455. **juice** 名 果汁 [dʒus] [juice] | (MP3) 1-22 | Ben bought a bottle of juice. 班買了一瓶果汁。 ⇨bottle(1149) | 托 I T G 公 |

| 456. **July** 名 七月 [dʒuˋlaɪ] [July] | The weather is hot in July. 七月天氣很炎熱。 | 托 I T G 公 |

LEVEL 1

457. **jump** 動 跳躍 [dʒʌmp] [jump]	動詞變化 **jump-jumped-jumped** 托 I T G 公 ❶ jump the rail 出軌 <div align="right">⇨rail(5030)</div>
458. **June** 名 六月 [dʒun] [June]	Sam was born in June. 托 I T G 公 山姆在六月出生。
459. **just** 副 剛好 [dʒʌst] [just]	She just arrived at the airport. 托 I T G 公 她剛抵達機場。 <div align="right">⇨arrive(1091)</div>

Kk ▼ 托 TOEFL、I IELTS、T TOEIC、G GEPT、公 公務人員考試

460. **keep** 動 保持 [kip] [keep]	動詞變化 **keep-kept-kept** 托 I T G 公 David goes to gym on Wednesdays to keep fit. 大衛每週三上健身房健身。 <div align="right">⇨gym(2525)</div>
461. **keeper** 名 保有者 [ˋkipɚ] [keep·er]	❶ peace keeper 和事佬 托 I T G <div align="right">⇨peace(1724)</div>
462. **key** 名 鑰匙 [ki] [key]	❶ key word 關鍵字 托 I T G 公
463. **kick** 動 踢 [kɪk] [kick]	動詞變化 **kick-kicked-kicked** 托 I T G 公 ❶ kick off 開球
464. **kid** 名 小孩 [kɪd] [kid]	He has four kids. 托 I T G 公 他有四個小孩。
465. **kill** 動 殺戮 [kɪl] [kill]	動詞變化 **kill-killed-killed** 托 I T G 公 The dog was killed by a car. 這隻狗被車撞死了。
466. **kind** 形 親切的 [kaɪnd] [kind]	Neil is a kind man. 托 I T G 公 尼爾是很仁慈的人。
467. **king** 名 國王 [kɪŋ] [king]	❶ a king's ransom 鉅款 托 I T G 公 <div align="right">⇨ransom(6128)</div>

468. **kiss** 名動 吻 [kɪs] [kiss]	動詞變化 **kiss-kissed-kissed** 托 I T G A ❶ kiss one's arse 奉承某人
469. **kitchen** 名 廚房 [ˈkɪtʃɪn] [kitch·en]	Mom is cooking in the kitchen. 托 I T G A 媽正在廚房煮飯。
470. **kite** 名 風箏 [kaɪt] [kite]	They fly a kite in the park. 托 I T G A 他們在公園放風箏。
471. **kitten/kitty** 名 小貓 [ˈkɪtn]/[ˈkɪtɪ] [kit·ten]/[kit·ty]	❶ someone have/has kittens 托 I T G A 某人心煩意亂
472. **knee** 名 膝蓋 [ni] [knee]	❶ at your mother's knee 托 I T G A 某人孩提時代
473. **knife** 名 刀 [naɪf] [knife]	❶ paper knife 拆信刀 托 I T G A ⇨paper(644)
474. **know** 動 知道 [no] [know]	動詞變化 **know-knew-known** 托 I T G A Do you know where Anne is from? 你知道安來自哪裡？

Ll ▾ 托 TOEFL、I IELTS、T TOEIC、G GEPT、A 公務人員考試

475. **lack** 名 缺乏 [læk] [lack]	(MP3) 1-23	The country is for lack of water, 托 I T G A so the plants cannot live long. 這國家因為缺水，所以許多植物都無法存。 ⇨live(514) ⇨plant(665)
476. **lady** 名 女士 [ˈledɪ] [la·dy]		Ladies and gentlemen, welcome 托 I T G A to the Happy Club. 各位先生女士，歡迎來到快樂俱樂部。
477. **lake** 名 湖泊 [lek] [lake]		They have a picnic by the lake. 托 I T G A 他們在湖邊野餐。 ⇨picnic(1739)
478. **lamb** 名 羔羊 [læm] [lamb]		❶ like a lamb 順從地 托 I T G A
479. **lamp** 名 燈 [læmp] [lamp]		Turn off the lamp. 托 I T G A 關燈。

LEVEL 1

480. **land** 名 陸地 [lænd] [land]	Don't throw the rubbish in common land. 請勿在公共用地丟棄垃圾。 托 I T G 公 ⇨throw(922) ⇦common(194)
481. **large** 形 大的 [lɑrdʒ] [large]	There is a large number of people in the ball. 舞會上有很多人。 托 I T G 公
482. **last** 形 最後的 [læst] [last]	He was last to arrive. 他是最後到的。 托 I T G 公
483. **late** 形 遲到的 [let] [late]	Beth is late for school very often. 貝絲經常上學遲到。 托 I T G 公
484. **laugh** 動 笑 [læf] [laugh]	動詞變化 laugh-laughed-laughed Don't laugh at him. 別嘲笑他啦。 托 I T G 公
485. **law** 名 法律 [lɔ] [law]	❶ father in law 岳父，公公 托 I T G 公
486. **lay** 動 放置 [le] [lay]	動詞變化 lay-laid-laid Please lay your stuff on the counter before you enter the museum. 進博物館前請把東西放在櫃台。 托 I T G 公 ⇨museum(1654) ⇨counter(3444)
487. **lazy** 形 懶惰的 [ˋlezɪ] [la·zy]	He is too lazy to go shopping. 他太懶不去逛街。 托 I T G 公
488. **lead** 動 帶領 [lid] [lead]	動詞變化 lead-led-led Tom's laziness led him to the failure. 湯姆的懶惰導致失敗。 托 I T G 公
489. **leader** 名 領導者 [ˋlidɚ] [lead·er]	Mr. White is a born leader. 懷特先生是天生領袖。 托 I T G 公
490. **leaf** 名 葉片 [lif] [leaf]	❶ end leaf 書尾空白頁 托 I T G 公
491. **learn** 動 學習 [lɜn] [learn]	動詞變化 learn-learned-learned She has learnt English for three years. 她學英文已經三年了。 托 I T G 公

492. **least** 形 最少的 [list] [least]	Tim earns least money of all of us. 我們之中提姆賺最少錢。 ⇨earn(1353)	托 I T G A
493. **leave** 動 離開 [liv] [leave]	Emily is leaving for New York tomorrow. 艾蜜莉明天將前往紐約。	托 I T G A
494. **left** 形 副 左邊的（地） [lɛft] [left]	Turn left on the corner. 在轉角處左轉。 ⇨corner(1251)	托 I T G A
495. **leg** 名 腿 [lɛg] [leg]	❶ break a leg 倒楣	托 I T G A
496. **less** 形 較少的 [lɛs] [less]	He has less money than Helen. 他的錢比海倫少。	托 I T G A
497. **lesson** 名 課業 ['lɛsn̩] [les·son]	❶ teach someone a lesson 給某人教訓 ⇨teach(896)	托 I T G A
498. **let** 動 讓 [lɛt] [let]	動詞變化 let-let-let Let's go swimming tonight. 今晚去游泳吧。	托 I T G A
499. **letter** 名 信件 ['lɛtɚ] [let·ter]	She sends Lisa a letter in the post office. 她在郵局寄信給麗莎。 ⇨send(768)	托 I T G A
500. **level** 名 水平線；水平 ['lɛvl̩] [lev·el]	❶ on the level 誠懇	托 I T G A
501. **lie** 動 躺臥 [laɪ] [lie]	動詞變化 lie-lay-lain On weekends, John always lies in bed and does nothing. 約翰週末時常常在家睡覺無所是事。 ⇨weekend(992)	托 I T G A
502. **life** 名 生命 [laɪf] [life]	Gary has a wonderful life. 蓋瑞有愉快的人生。 ⇨wonderful(2099)	托 I T G A
503. **lift** 動 舉起 [lɪft] [lift]	動詞變化 lift-lifted-lifted ❶ lift a finger 舉手之勞	托 I T G A

LEVEL 1

504.
light 名 光線
[laɪt] [light]

Jill lived in a room with good natural light.
吉兒住在自然採光良好的房間。

托 I T G 公

⇨natural(1661)

505.
like 動 喜愛
[laɪk] [like]

動詞變化 like-liked-liked
What kind of novel do you like to read?
你喜歡閱讀哪種小說？

托 I T G 公

506.
likely 副 有可能的
[`laɪklɪ] [like·ly]

❶ as likely as not 很有可能

托 I T G 公

507.
lily 名 百合花
[`lɪlɪ] [lil·y]

Her favorite flower is lily.
她最愛的花是百合。

托 I T G 公

⇨favorite(1401)

508.
line 名 直線
[laɪn] [line]

He draws a line across the paper.
他在這頁畫一條線。

托 I T G 公

⇨draw(251)

509.
lion 名 獅子
[`laɪən] [li·on]

❶ the lion's share of + sth.
最愛的一部分

托 I T G 公

⇨share(1881)

510.
lip 名 嘴唇
[lɪp] [lip]

Mark kissed Anne on the lips.
馬克吻了安的嘴唇。

托 I T G 公

⇨kiss(468)

511.
list 名 名單
[lɪst] [list]

❶ list price 價目表

托 I T G 公

512.
listen 動 聽
[`lɪsn̩] [lis·ten]

動詞變化 listen-listened-listened
He listens to me carefully.
他很仔細聽我說話。

托 I T G 公

513.
little 形 少的
[`lɪtl̩] [lit·tle]

He saw a little girl in the bookstore.
他在書店看到小女孩。

托 I T G 公

⇨girl(360)

514.
live 動 存活
[lɪv] [live]

動詞變化 live-lived-lived
The singer lived in a big house.
這歌手住在大房子。

托 I T G 公

⇨singer(808)

515.
long 形 長的
[lɔŋ] [long]

MP3 1-25

Long time ago, there was a pretty princess lived in a castle.
很久很久之前，有一個漂亮的公主住在城堡。

托 I T G 公

⇨pretty(686)
⇨castle(1183)
⇨prince(1783)

516. **look** 動 看 [luk] [look]	動詞變化 **look-looked-looked** 托 I T G 公 He looks at the girl surprisingly. 他驚訝地看著女孩。
517. **lot** 名 很多 [lɑt] [lot]	The rich man has a lot of money. 托 I T G 公 這富翁有很多錢。 ⇨rich(721)
518. **loud** 形 大聲的 [laʊd] [loud]	The host speaks in a loud voice. 托 I T G 公 主持人講話聲音很宏亮。 ⇨voice(973) ⇨host(1509)
519. **love** 動 愛 [lʌv] [love]	動詞變化 **love-loved-loved** 托 I T G 公 The man has loved the woman for five years. 這男子已經愛了這位女子五年了。
520. **low** 形 低的 [lo] [low]	Billy lived in a low floor. 托 I T G 公 比利住在在低的樓層。 ⇦floor(326)
521. **lucky** 形 幸運的 [`lʌkɪ] [luck·y]	How lucky you are! 托 I T G 公 你真幸運！
522. **lunch** 名 午餐 [lʌntʃ] [lunch]	Vic shared his lunch with his brother. 托 I T G 公 維克和弟弟分享午餐。 ⇨share(1881)
523. **luncheon** 名 午餐會 [`lʌntʃən] [lunch·eon]	Where did you get the luncheon 托 I T G 公 voucher? 你去哪裡拿到午餐券？

Mm
▼ 托 TOEFL、I IELTS、T TOEIC、G GEPT、公 公務人員考試

524. **machine** 名 機器 [mə`ʃin] [ma·chine]	The boss doesn't like to speak 托 I T G 公 to a answer machine. 老闆不喜歡對著答錄機講話。 ⇨answer(42)
525. **mad** 形 發怒的 [mæd] [mad]	He is mad about his secretary. 托 I T G 公 他對他祕書發火。 ⇨secretary(1871)
526. **mail** 名 郵件 [mel] [mail]	Frank received a mail from Cindy. 托 I T G 公 法蘭克收到來自辛蒂的信。 ⇨receive(714)

LEVEL 1

527. **make** 動 製造 [mek] [make]	動詞變化 **make-made-made** 托 I T G 公 How much do you make a year? 你一年賺多少年呢?	
528. **man** 名 男人 [mæn] [man]	Sharon saw a strange man near her house. 雪倫看見一位陌生男子在她家附近。 托 I T G 公 ⇨house(427) ⇨see(761)	
529. **many** 形 許多的 [`mɛnɪ] [man‧y]	Paul has many toys at home. 保羅家裡有很多玩具。 托 I T G 公 ⇨toy(944)	
530. **map** 名 地圖 動 詳細計劃 [mæp] [map]	動詞變化 **map-mapped-mapped** 托 I T G 公 ❶ map something out 安排某事	
531. **March** 名 三月 [mɑrtʃ] [March]	She took a trip in March. 她三月去旅行。 托 I T G 公	
532. **market** 名 市場 [`mɑrkɪt] [mar‧ket]	Mrs. Brown bought some vegetables in the market. 布朗太太在市場買蔬菜。 托 I T G 公	
533. **marry** 動 結婚 [`mærɪ] [mar‧ry]	動詞變化 **marry-married-married** 托 I T G 公 She hopes she can marry a rich person. 她希望她能嫁給有錢人。 ⇨hope(423) ⇨person(656)	
534. **master** 名 主人 [`mæstɚ] [mas‧ter]	❶ one's own master 獨立自主 托 I T G 公 ⇨own(638)	
535. **match** 名 火柴 動 比賽;相配 [mætʃ] [match]	MP3 1-26 動詞變化 **match-matched-matched** 托 I T G 公 The walls were painted pink to match the sofas. 這牆壁刷成粉紅色,與沙發相配。 ⇨paint(640) ⇨sofa(831) ⇨pink(1746)	
536. **matter** 名 物質 [`mætɚ] [mat‧ter]	What's the matter with you? 你發生什麼事了? 托 I T G 公	
537. **May** 名 五月 [me] [May]	Mother's Day is in May. 母親節在五月。 托 I T G 公	

538.
may 名 可能
[me] [may]

May I help you, sir?
先生，我能替您效勞嗎？

托 I T G 公

⇨sir(809)

539.
maybe 副 也許
[`mebɪ] [may·be]

Maybe you are right.
或許你是對的。

托 I T G 公

⇨right(723)

540.
me 代 我（受格）
[mi] [me]

She lent me some money.
她借給我一些錢。

托 I T G 公

⇨lend(1576)

541.
mean 動 有…的意思
[min] [mean]

動詞變化 mean-meant-meant
What do you mean?
你是什麼意思？

托 I T G 公

542.
meat 名 肉
[mit] [meat]

Lisa bought two pounds of meat.
麗莎買了兩磅肉。

托 I T G 公

⇨pound(1773)

543.
meet 動 遇見
[mit] [meet]

動詞變化 meet-met-met
Sean met Paula at the library.
席恩和寶拉在圖書館碰面。

托 I T G 公

⇨library(1580)

544.
middle 形 中間的
[`mɪdl] [mid·dle]

Mr. Wang is in his middle age.
王先生正處於中年。

托 I T G 公

⇨age(18)

545.
mile 名 英里；哩
[maɪl] [mile]

❶ stand out a mile 顯而易見

托 I T G 公

⇨stand(857)

546.
milk 名 牛奶
[mɪlk] [milk]

Sonia drank a cup of milk in the morning.
索妮雅在早上喝杯牛奶。

托 I T G 公

⇨drink(253)

547.
mind 動 介意；注意
[maɪnd] [mind]

動詞變化 mind-minded-minded
Do you mind opening the window?
你介意開窗嗎？

托 I T G 公

⇨open(628)
⇨window(1015)

548.
minute 名 分鐘
[`mɪnɪt] [min·ute]

Wait a minute.
等一下。

托 I T G 公

549.
Miss 名 小姐
[mɪs] [Miss]

Miss Lin works in a trading company.
林小姐在貿易公司工作。

托 I T G 公

⇨company(1233)
⇨trade(2023)

550. **miss** 動 錯過 [mɪs] [miss]	動詞變化 **miss-missed-missed** 托 I T G 公 Fred missed the bus, so he went to school by taxi. 費得錯過公車，所以他搭計程車去學校。 ⇨taxi(894)
551. **mistake** 名 錯誤 [mɪ`stek] [mis‧take]	托 I T G 公 It is a common mistake. 這是常見錯誤。 ⇦common(194)
552. **moment** 名 片刻 [`momənt] [mo‧ment]	托 I T G 公 ❶ at any moment 隨時隨地
553. **mom** 名 媽媽 [mɑm] [mom]	托 I T G 公 Mom is a housewife. 媽媽是家管。 ⇨housewife(3739)
554. **momma** 名 媽媽 [`mɑmə] [mom‧ma]	托 I T G 公 Alisa respects her momma very much. 艾莉莎很尊重母親。 ⇨respect(1841)
555. **mommy/momma** 名 媽媽 [`mɑmɪ]/[`mɑmə] [mom‧my]/[ma‧m(m)a]	托 I T G 公 Where is mommy? 媽媽在哪裡呢？
556. **Monday** (MP3) 1-27 名 星期一 [`mʌnde] [Mon‧day]	托 I T G 公 ❶ Cyber Monday. 網路星期一， 指感恩節後的第一個星期一
557. **money** 名 錢 [`mʌnɪ] [mon‧ey]	托 I T G 公 She makes a lot of money. 她很會賺錢。
558. **monkey** 名 猴子 [`mʌŋkɪ] [mon‧key]	托 I T G 公 The monkey is quite smart. 這猴子相當聰明。 ⇨quite(701) ⇨smart(822)
559. **month** 名 月份 [mʌnθ] [month]	托 I T G 公 Which month were you born? 你出生在哪個月？
560. **moon** 名 月亮 [mun] [moon]	托 I T G 公 ❶ over the moon 欣喜若狂
561. **more** 形 更多的 [mor] [more]	托 I T G 公 He wants more cookies. 他想要更多的餅乾。 ⇦cookie(197)

562.
morning 名 早晨
[`mɔrnɪŋ] [morn·ing]

In the morning, she reads a book in the living room.
早上，她在客廳看看書。

托 I T G 公

⇨read(710)

563.
most 形 最多的
[most] [most]

❶ most of all 最重要的

托 I T G 公

564.
mother 名 母親
[`mʌðɚ] [moth·er]

She has a good mother.
她有個很好的母親。

托 I T G 公

565.
motion picture 片
電影

He often sees a motion picture in his leisure time.
他閒暇時常看電影。

托 I T G 公

⇨leisure(2635)

566.
mountain 名 山脈
[`maʊntn̩] [moun·tain]

Why not go mountain climbing in the afternoon?
何不下午去爬山？

托 I T G 公

⇨climb(182)

567.
mouse 名 老鼠
[maʊs] [mouse]

❶ play cat and mouse with sb.
和某人玩貓捉老鼠的遊戲

托 I T G 公

⇦cat(160)

568.
mouth 名 嘴
[maʊθ] [mouth]

Open your mouth.
請張開嘴巴。

托 I T G 公

569.
move 動 移動
[muv] [move]

動詞變化 **move-moved-moved**
❶ move on 開始做

托 I T G 公

570.
movement 名 活動
[`muvmənt] [move·ment]

❶ labor movement 工人運動

托 I T G 公

⇨labor(3823)

571.
movie/film 名 電影
[`muvɪ]/[fɪlm]
[mov·ie]/[film]

They went to the movies once a week.
他們一星期看一次電影。

托 I T G 公

⇨week(991)

572.
Mr. 名 先生
[`mɪstɚ] [Mr.]

Mr. Black is a brave man.
布萊克先生是勇敢的人。

托 I T G 公

⇦brave(125)

573.
Mrs. 名 太太
[`mɪsɪz] [Mrs.]

Mrs. Chen has moved to Seattle.
陳太太已經搬到西雅圖了。

托 I T G 公

574. **Ms.** 名 女士 [mɪz] [Ms.]	Ms. Yang is a busy waitress. 楊女士是忙碌的女服務生。	托 I T G 公 ⇨busy(138) ⇨waitress(2068)
575. **much** 形 很多的 [mʌtʃ] [much]	How much money do you have? 你有多少錢？	托 I T G 公 ⇨money(557)
576. **mud** 名 泥巴 [mʌd] [mud]	❶ as clear as mud 很難懂	托 I T G 公 ⇨clear(181)
577. **mug** 名 大杯子； 馬克杯 [mʌg] [mug]	He collects mugs. 他收集馬克杯。	托 I T G 公 ⇨collect(1229)
578. **mummy** 名 木乃伊 [ˋmʌmɪ] [mum·my]	She hasn't seen an Egyptian mummy. 她沒見過木乃伊。	托 I T G 公
579. **music** 名 音樂 [mjuzɪk] [mu·sic]	❶ pop music 流行音樂	托 I T G 公 ⇨pop(2816)
580. **must** 助 必須 [mʌst] [must]	❶ msut + 原形動詞 We must go there before eleven. 我們必須在十一點前抵達那裡。	托 I T G 公
581. **my** 代 我的 [maɪ] [my]	My best friend is from Taipei. 我最好的朋友是來自台北。	托 I T G 公 ⇨best(100) ⇨friend(345)

Nn ▼ 托 TOEFL、I IELTS、T TOEIC、G GEPT、公 公務人員考試

582. **name** 名 名字 [nem] [name]	(MP3) 1-28 Fill in your full name. 請填全名。	托 I T G 公 ⇨fill(316)
583. **nation** 名 國家 [ˋneʃən] [na·tion]	❶ independent nation 獨立國家	托 I T G 公
584. **nature** 名 自然界 [ˋnetʃɚ] [na·ture]	❶ by nature 生性	托 I T G 公
585. **near** 介 在⋯的附近 [nɪr] [near]	The post office is near the bakery. 郵局在麵包坊附近。	托 I T G 公 ⇨bakery(1106)

586. **neck** 名 脖子 [nɛk] [neck]	❶ get in the neck 受重罰	托 I T G 公
587. **need** 動 需要 [nid] [need]	動詞變化 need-needed-needed Do you need help? 你需要幫忙嗎？	托 I T G 公
588. **never** 副 從未 [`nɛvɚ] [nev·er]	He never eats lobsters. 他不曾吃過龍蝦。 ⇨lobster(2654)	托 I T G 公
589. **new** 形 新的 [nju] [new]	I can't believe that Alisa bought new skirts again. 我不敢相信愛麗莎又買新裙子。 ⇦again(16) ⇦believe(96) ⇨skirt(1900)	托 I T G 公
590. **news** 名 新聞 [njuz] [news]	❶ daily news 每日新聞 ⇨daily(1280)	托 I T G 公
591. **newspaper** 名 報紙 [`njuz͵pepɚ] [news·pa·per]	She reads the newspaper every evening. 她每天傍晚看報紙。 ⇦evening(284)	托 I T G 公
592. **next** 形 最接近的 [`nɛkst] [next]	❶ next to A 在 A 旁邊	托 I T G 公
593. **nice** 形 好的 [naɪs] [nice]	Nice to meet you. 很高興認識你。 ⇦meet(543)	托 I T G 公
594. **night** 名 夜晚 [naɪt] [night]	They went to the night market. 他們去夜市。 ⇦market(532)	托 I T G 公
595. **nine** 名 九 [naɪn] [nine]	Five and four is nine. 五加四等於九。	托 I T G 公
596. **nineteen** 名 十九 [`naɪn`tin] [nine·teen]	He has nineteen shirts. 他有十九件襯衫。 ⇨shirt(789)	托 I T G 公
597. **ninety** 名 九十 [`naɪntɪ] [nine·ty]	The man is ninety years old, but he walks fast. 這男子已經九十歲了，但是他走健步如飛。 ⇨walk(975)	托 I T G 公

LEVEL
1

598. **no/nope** 副 不 [nc]/[nop] [no]/[nope]	No, he is a doctor. 不，他是醫生。	托 I T G 公 ⇨doctor(242)
599. **noise** 名 噪音 [nɔɪz] [noise]	❶ make a noise about 大聲抱怨	托 I T G 公
600. **noisy** 形 吵鬧的 [`nɔɪzɪ] [nois‧y]	You are too noisy. 你太吵了。	托 I T G 公
601. **noon** 名 正午 [nun] [noon]	She went to the park at noon. 她中午去公園。	托 I T G 公 ⇨park(646)
602. **nor** 連 也不 [nɔr] [nor] (MP3) 1-29	❶ ..., nor do I. 我也沒有…。	托 I T G 公
603. **north** 名 北方 [nɔrθ] [north]	Houses are more expensive in the North. 房子在北部比較貴。	托 I T G 公 ⇨expensive(1388)
604. **nose** 名 鼻子 [noz] [nose]	❶ look down your nose at 對…不屑一顧	托 I T G 公 ⇨look(516)
605. **not** 副 不 [nɑt] [not]	It is not necessary. 沒必要。	托 I T G 公 ⇨necessary(1666)
606. **note** 名 筆記 [not] [note]	You should take notes in class. 你上課要抄筆記。	托 I T G 公 ⇨class(179)
607. **nothing** 代 無事 [`nʌθɪŋ] [noth‧ing]	❶ all or nothing 孤注一擲	托 I T G 公
608. **notice** 動 注意 [`notɪs] [no‧tice]	動詞變化 notice-noticed-noticed Do you notice that Emma wears a strange pants today? 你有注意到艾瑪今天穿了件怪褲子嗎？ ⇨pants(642)	托 I T G 公
609. **November** 名 十一月 [no`vɛmbɚ] [No‧vem‧ber]	People celebrate Thanksgiving Day in November. 人們在十一月慶祝感恩節。 ⇨celebrate(2252)	托 I T G 公

610.
now 副 現在
[naʊ] [now]

Call the police now.
現在報警。

托 I T G 公

⇦call(147)

611.
number 名 數字
[ˋnʌmbɚ] [num·ber]

❶ lucky number 幸運號碼

托 I T G 公

⇦lucky(521)

612.
nurse 名 護士
[nɝs] [nurse]

Beth is a patient nurse.
貝絲是很有耐心的護士。

托 I T G 公

⇨patient(1722)

Oo
▼ 托 TOEFL、I IELTS、T TOEIC、G GEPT、公 公務人員考試

613.
O.K./okay 形 可以的
[ˋoˋke] [OK]/[okay]

O.K. I will go with you.
好。我和你一起去。

托 I T G 公

614.
ocean 名 海洋
[ˋoʃən] [o·cean]

❶ a drop in the ocean 九牛一毛

托 I T G 公

⇨drop(1344)

615.
o'clock 副 …點鐘
[əˋklɑk] [o'clock]

It is four o'clock.
四點了。

托 I T G 公

616.
October 名 十月
[ɑkˋtobɚ] [Oc·to·ber]

You have to finish the project in the end of October.
你必須在十月底完成報告。

托 I T G 公

⇦finish(321)
⇨project(1795)

617.
of 介 屬於…的
[ɑv] [of]

One of them is a farmer.
他們其中一位是農夫。

托 I T G 公

⇦farmer(303)

618.
off 副 離開
[ɔf] [off]

He takes off his coat when he enters the office.
他一到辦公室就脫掉外套。

托 I T G 公

⇦coat(187)
⇦enter(281)

619.
office 名 辦公室
[ˋɔfɪs] [of·fice]

❶ office lady（OL）辦公女郎
❶ office hours 上班時間

托 I T G 公

⇨lady(476)

620.
officer 名 官員
[ˋɔfəsɚ] [of·fi·cer]

His uncle is a police officer.
他伯伯是警察。

托 I T G 公

⇨uncle(959)

621.
often 副 常常
[ˈɔfən] [of‧ten]

How often do you go to the movie theater?
你多久看一次電影？

托 I T G 公

⇨theater(1998)

622.
oil 名 油；潤膚油
[ɔɪl] [oil]

MP3
1-30

❶ burn the midnight oil
日以繼夜的工作

托 I T G 公

⇨burn(1163)

623.
old 形 老的；舊的
[old] [old]

How old is your grandpa?
你祖父幾歲？

托 I T G 公

624.
on 介 在…上面
[ɑn] [on]

❶ on time 準時

托 I T G 公

625.
once 副 一次
[wʌns] [once]

❶ once again 再一次

托 I T G 公

626.
one 名 一
[wʌn] [one]

One is a teacher, the others are waiters.
一個是老師，另外的是服務生。

托 I T G 公

⇨waiter(2068)

627.
only 副 只有
[ˈonlɪ] [on‧ly]

You have only one chance.
你只有一次機會。

托 I T G 公

⇦chance(167)

628.
open 動形 打開；營業
[ˈopən] [o‧pen]

動詞變化 open-opened-opened
The store is open ten hours a day.
這間商店每天營業十小時。

托 I T G 公

⇨store(868)

629.
or 連 或者
[ɔr] [or]

We can go by bus or by car.
我們可以搭公車或轎車去。

托 I T G 公

⇦bus(137)
⇦car(154)

630.
orange 名 柳橙
[ˈɔrɪndʒ] [or‧ange]

James eats two oranges for breakfast.
詹姆士早餐吃兩顆柳橙。

托 I T G 公

⇦breakfast(128)

631.
order 名 順序
[ˈɔrdɚ] [or‧der]

❶ in order to 為了

托 I T G 公

632. **other** 形 其他的 [ˋʌðɚ] [oth·er]	❶ every other + 時間 每隔…	托 I T G 公
633. **our** 代 我們的 [ˋaur] [our]	Our plan is not perfect. 我們計劃未臻完美。 ⇨perfect(1732)	托 I T G 公
634. **ours** 代 我們的 （東西） [ˋaurz] [ours]	These earrings are ours. 這些耳環是我們的。 ⇨these(909)	托 I T G 公
635. **out** 副 向外面地 [aut] [out]	Get out! 出去！	托 I T G 公
636. **outside** 形 外部的 [ˋautˋsaɪd] [out·side]	❶ outside broadcast 現場節目 ⇨broadcast(1158)	托 I T G 公
637. **over** 代 在…之上 [ˋovɚ] [o·ver]	Your boyfriend is over there. 妳男友在那裡。	托 I T G 公
638. **own** 形 自己的 [on] [own]	Frank finished the task on his own. 法蘭克自己完成這項任務。 ⇨finish(321) ⇨task(1981)	托 I T G 公

Pp
▼ 托TOEFL、I IELTS、T TOEIC、G GEPT、公 公務人員考試

639. **page** 名 頁面 [pedʒ] [page]	(MP3) 1-31	Turn to Page 10. 翻到第十頁。 ⇨turn(954)	托 I T G 公
640. **paint** 名 油漆 [pent] [paint]		Paint the walls in blue. 把牆壁刷成藍色。 ⇨wall(976)	托 I T G 公
641. **pair** 名 一雙 [pɛr] [pair]		Dad gave Ted a pair of shoes as his birthday gift. 爸爸送泰德一雙鞋當作生日禮物。 ⇨gift(359) ⇨give(361) ⇨shoe(790)	托 I T G 公

642.
pants/trousers 名
褲子
[pænts]/[ˋtrauzɚz]
[pants]/[trou·sers]

Bill wears a pair of white pants.
比爾穿了一件白色長褲。

托 I T G 公

⇨pair(641)
⇨wear(987)

643.
papa/pa 名 爸爸
[ˋpɑpə]/[pɑ] [pa·pa]/[pa]

Where is your papa?
你爸在哪裡呢？

托 I T G 公

644.
paper 名 紙
[ˋpepɚ] [pa·per]

Give me a piece of paper.
給我一張紙。

托 I T G 公

⇨piece(661)

645.
parent 名 雙親
[ˋpɛrənt] [par·ent]

Her parents are friendly.
她父母很友善。

托 I T G 公

⇨friendly(1444)

646.
park 名 公園
[pɑrk] [park]

He walks a dog in the park.
他在公園遛狗。

托 I T G 公

⇨walk(975)

647.
party 名 派對
[ˋpɑrtɪ] [par·ty]

What time is the party?
派對幾點開始？

托 I T G 公

⇨time(928)

648.
pass 動 通過
[pæs] [pass]

動詞變化 pass-passed-passed
Ken didn't pass the exam.
肯沒有通過考試。

托 I T G 公

⇨exam(287)

649.
past 形 過去（的）
[pæst] [past]

❶ the distant past 遙遠過去

托 I T G 公

⇨distant(1325)

650.
pay 動 付錢
[pe] [pay]

He paid the bill for us.
他替我們買單。

托 I T G 公

⇨bill(1134)

651.
payment 名 付款
[ˋpemənt] [pay·ment]

❶ advance payment 訂金

托 I T G 公

⇨advance(1055)

652.
pen 名 筆
[pɛn] [pen]

❶ pen pal 筆友

托 I T G 公

⇨pal(2765)

653.
pencil 名 鉛筆
[ˋpɛnsḷ] [pen·cil]

You lost your pencil case.
你弄丟鉛筆盒喔。

托 I T G 公

⇨case(159)
⇨lose(1595)

654. **people** 名人們 [ˋpip!] [peo·ple]	There are three people in the conference room. 有三個人在會議室。 ⇨conference(3392)	托 I T G 公
655. **perhaps** 副也許 [pɚˋhæps] [per·haps]	Perhaps not. 也許不是。	托 I T G 公
656. **person** 名人 [ˋpɝsn̩] [per·son]	You are really a special person. 你真的是很特別的人。 ⇨special(849)	托 I T G 公
657. **pet** 名寵物 [pɛt] [pet]	❶ pet hate 特別討厭… ⇦hate(398)	托 I T G 公
658. **piano** 名鋼琴 [pɪˋæno] [pi·an·o]	Do you know how to play the piano? 你知道怎麼彈琴嗎？	托 I T G 公
659. **picture** 名圖畫 [ˋpɪktʃɚ] [pic·ture] 1-32	❶ draw a picture 畫圖	托 I T G 公
660. **pie** 名餡餅 [paɪ] [pie]	He orders an apple pie. 他點了蘋果派。 ⇦order(631)	托 I T G 公
661. **piece** 名一件 [pis] [piece]	I want three pieces of bread. 我想吃三片吐司。 ⇦bread(126)	托 I T G 公
662. **pig** 名豬 [pɪg] [pig]	❶ pigs might fly 不可能發生之事 ⇦fly(328)	托 I T G 公
663. **place** 名地方 [ples] [place]	The party takes place on Sunday. 派對在星期天舉行。 ⇦party(647)	托 I T G 公
664. **plan** 名計畫 [plæn] [plan]	Do you have any plan on the weekend? 你週末有計畫嗎？ ⇨weekend(992)	托 I T G 公
665. **plant** 名植物 動種植 [plænt] [plant]	動詞變化 plant-planted-planted The gardener plants some flowers. 園丁種植一些花。 ⇨gardener(1453)	托 I T G 公
666. **play** 動玩耍 [ple] [play]	動詞變化 play-played-played ❶ play a trick 玩手段 ⇨trick(2034)	托 I T G 公

LEVEL 1

667.
player 名 選手
[`pleɚ] [play·er]

Kim is a good tennis player.
金是個優秀的網球選手。

托 I T G 公

⇨tennis(1991)

668.
playground 名
運動場
[`ple‚graʊnd] [play·ground]

❶ on the playground 在運動場

托 I T G 公

669.
please 動 使高興
[pliz] [please]

動詞變化 **please-pleased-pleased**
❶ please yourself 悉聽尊便

托 I T G 公

670.
pocket 名 口袋
[`pɑkɪt] [pock·et]

What is in your pocket?
你口袋有什麼東西嗎？

托 I T G 公

671.
poetry 名 詩文
[`poɪtrɪ] [po·et·ry]

❶ a poetry reading 詩歌朗誦

托 I T G 公

672.
point 動 指出
[pɔɪnt] [point]

動詞變化 **point-pointed-pointed**
What's your point?
你的重點是什麼？

托 I T G 公

673.
police 名 警察
[pə`lis] [po·lice]

The police protect people.
警察保護人民。

托 I T G 公

⇨protect(1799)

674.
policeman
名 男警察
[pə`lismən] [po·lice·man]

Dave wants to be a policeman.
大衛想當男警察。

托 I T G 公

675.
policewoman 名
女警察
[pə`lis‚wʊmən]
[po·lice·wo·man]

The policewoman is running after the robber.
女警追著搶匪跑。

托 I T G 公

⇨robber(2915)

676.
pond 名 池塘
[pɑnd] [pond]

❶ a big fish in a small pond 大人物

托 I T G 公

⇨fish(324)

677.
pool 名 游泳池
[pul] [pool]

She has swum in the pool for one hour.
她已經在泳池游一小時了。

托 I T G 公

⇨hour(426)
⇨swim(886)

678.
poor 形 貧窮的
[pul] [poor]

He is poor, but he is happy.
他很窮，但是他很開心。

托 I T G 公

⇨happy(395)

679.
pop 形 流行的
[pɑp] [pop]

(MP3) 1-33

She listens to pop music.
她聽流行歌曲。

托 I T G 公
⇦listen(512)

680.
popcorn 名 爆米花
[`pɑpˌkɔrn] [pop·corn]

The popcorn tastes great.
爆米花很好吃。

托 I T G 公
⇨taste(893)

681.
position 名 地點
[pə`zɪʃən] [po·si·tion]

The chair is in wrong position.
這椅子放錯地方了。

托 I T G 公
⇦chair(166)
⇨wrong(1032)

682.
possible 形 可能的
[`pɑsəbļ] [pos·si·ble]

Is it possible?
有可能嗎？

托 I T G 公

683.
power 名 力量
[`pauɚ] [pow·er]

● girl power 女權

托 I T G 公

684.
practice 動 練習
[`præktɪs] [prac·tice]

動詞變化 practice-practiced-practiced

He practices singing every day.
他每天練習唱歌。

托 I T G 公
⇦every(286)
⇨sing(807)

685.
prepare 動 準備
[prɪ`pɛr] [pre·pare]

動詞變化 prepare-prepared-prepared

Tina prepares for the test.
蒂娜準備考試。

托 I T G 公
⇨test(1996)

686.
pretty 形 漂亮的
[`prɪtɪ] [pret·ty]

The actress is pretty.
這女演員很漂亮。

托 I T G 公
⇦actress(9)

687.
price 名 價格
[praɪs] [price]

● at any price 不惜代價

托 I T G 公

688.
print 動 列印
[prɪnt] [print]

動詞變化 print-printed-printed

Print the document for the boss.
幫老闆印出文件。

托 I T G 公
⇨document(4570)

689.
problem 名 問題
[`prɑbləm] [prob·lem]

No problem.
沒問題。

托 I T G 公

690.
prove 動 證明
[pruv] [prove]

動詞變化 **prove-proved-proved** 托 I T G 公
Prove it.
請證明。

691.
public 形 公共的
[`pʌblɪk] [pub·lic]

❶ public convenience 公共廁所 托 I T G 公

⇨convenience(3427)

692.
pull 動 拉；扯
[pul] [pull]

動詞變化 **pull-pulled-pulled** 托 I T G 公
❶ pull out all the stops 費盡九牛二虎之力

⇨stop(867)

693.
purple 形 紫色的
[`pɝpl] [pur·ple]

The purple shoes are cheap. 托 I T G 公
這雙紫色鞋子很便宜。

⇨cheap(1194)

694.
purpose 名 目的
[`pɝpəs] [pur·pose]

The kid kicked the ball away on 托 I T G 公
purpose.
這小孩故意把球踢開。

⇦ball(67)
⇦kick(463)

695.
push 名 動 推
[puʃ] [push]

動詞變化 **push-pushed-pushed** 托 I T G 公
❶ get the push 被解雇

696.
put 動 放置
[put] [put]

動詞變化 **put-put-put** 托 I T G 公
Put on your coat; it's cold outside.
外面很冷，穿上大衣。

⇦coat(187)
⇦outside(636)

Qq ▼ 托 TOEFL、I IELTS、T TOEIC、G GEPT、公 公務人員考試

697.
queen 名 皇后
[`kwin] [queen]

(MP3) 1-34
The queen was very considerate. 托 I T G 公
皇后很體貼。

⇨considerate(4500)

698.
question 名 問題
[`kwɛstʃən] [ques·tion]

❶ out of question 不值得一提 托 I T G 公

699.
quick 形 快速的
[kwɪk] [quick]

The boy is quick. 托 I T G 公
男孩動作很快。

700.
quiet 形 安靜的
[`kwaɪət] [qui·et]

Be quiet. 托 I T G 公
安靜一點。

701. **quite** 副 相當地 [kwaɪt] [quite]	He is quite lazy. 他相當懶散。	托 I T G 公 ⇨lazy(487)

Rr
▼ 托 TOEFL、I IELTS、T TOEIC、G GEPT、公 公務人員考試

702. **race** 名 賽跑 [res] [race]	John ran a race with his brother. 約翰和弟弟賽跑。	托 I T G 公 ⇨run(742)
703. **radio** 名 收音機 [ˋredɪo] [ra·di·o]	Turn on the radio, please. 請把收音機打開。	托 I T G 公 ⇨please(669) ⇨turn(954)
704. **railroad** 名 鐵路 [ˋrelˏrod] [rail·road]	Don't play near the railroad. 別在鐵路附近玩耍。	托 I T G 公 ⇨near(585)
705. **rain** 名 雨 [ren] [rain]	It rains heavily. 下大雨。	托 I T G 公
706. **rainbow** 名 彩虹 [ˋrenˏbo] [rain·bow]	Can you tell the colors of the rainbow? 你可以分辨彩虹的顏色嗎？	托 I T G 公 ⇨color(192)
707. **raise** 動 舉起 [rez] [raise]	動詞變化 **raise-raised-raised** If you have any question, raise your hand. 如果有問題，請舉手。	托 I T G 公 ⇨question(698)
708. **rat** 名 老鼠 [ræt] [rat]	She is afraid of rats. 她很怕老鼠。	托 I T G 公 ⇨afraid(13)
709. **reach** 動 到達 [ritʃ] [reach]	動詞變化 **reach-reached-reached** ❶ reach for the stars 完成壯舉	托 I T G 公
710. **read** 動 閱讀 [rid] [read]	動詞變化 **read-read-read** Gary doesn't like to read books. 蓋瑞不喜歡閱讀。	托 I T G 公
711. **ready** 形 準備好的 [ˋrɛdɪ] [read·y]	Are you ready to go? 你準備好要走了嗎？	托 I T G 公
712. **real** 形 真實的 [ˋriəl] [re·al]	❶ real estate 房地產	托 I T G 公 ⇨estate(4602)

713.
reason 名 理由
[ˋrizn̩] [rea·son]

Tell me the reason why you are late.
告訴我你遲到的理由。

托 I T G A

714.
receive 動 收到
[rɪˋsiv] [re·ceive]

動詞變化 receive-received-received

He received a present from her friend.
他收到朋友送的禮物。

托 I T G A

⇨present(1779)

715.
red 形 紅色的
[rɛd] [red]

Do you like a red hat?
你喜歡紅色帽子嗎？

托 I T G A

716.
remember 動 記得
[rɪˋmɛmbɚ] [re·mem·ber]

動詞變化 remember-remembered-remembered

Remember to call us when you arrive home.
到家記得打電話給我們。

托 I T G A

⇨arrive(1091)

717.
report 名 報導
[rɪˋport] [re·port]

MP3 1-35

According to the weather report, there will be a typhoon next week.
根據氣象報導，下星期將有颱風。

托 I T G A

⇨weather(988)
⇨typhoon(2044)

718.
rest 名 休息
[rɛst] [rest]

Take a rest.
休息一下。

托 I T G A

719.
return 名動 返回
[rɪˋtɝn] [re·turn]

動詞變化 return-returned-returned

Normally, the return ticket is cheaper than one-way ticket.
一般來說，來回票比單程票便宜。

托 I T G A

⇨ticket(925)

720.
rice 名 米
[raɪs] [rice]

He eats two bowls of rice every day.
他每天吃兩碗飯。

托 I T G A

⇨bowl(122)

721.
rich 形 富有的
[rɪtʃ] [rich]

The area is rich in natural resource.
這地區富含豐富的自然資源。

托 I T G A

⇦area(51)
⇨natural(1661)
⇨resource(2901)

722. **ride** 動 騎乘 [raɪd] [ride]	動詞變化 **ride-rode-ridden** Kelly rides a bike to the shop. 凱莉騎腳踏車到小店。 ⇨bike(105)	托 I T G 公
723. **right** 形 對的；右邊的 [raɪt] [right]	You are right. 你是對的。	托 I T G 公
724. **ring** 名 環 [rɪŋ] [ring]	❶ ring a bell 耳熟 ⇨bell(97)	托 I T G 公
725. **rise** 動 上升 [raɪz] [rise]	動詞變化 **rise-rose-risen** Angel cannot rise above the height. 安琪無法克服高度。 ⇨height(1493)	托 I T G 公
726. **river** 名 河流 [ˋrɪvɚ] [riv·er]	❶ sell one down on the river 出賣某人 ⇨sell(767)	托 I T G 公
727. **road** 名 馬路 [rod] [road]	❶ on the road 馬路上	托 I T G 公
728. **robot** 名 機器人 [ˋrobət] [ro·bot]	The villa was built by robots. 這棟別墅是機器人蓋的。 ⇨build(135) ⇨villa(6418)	托 I T G 公
729. **rock** 名 石頭 [rɑk] [rock]	❶ rock and roll 搖滾樂 ⇨roll(730)	托 I T G 公
730. **roll** 動 滾動 [rol] [roll]	動詞變化 **roll-rolled-rolled** The ball rolled down to the first floor. 球滾到一樓去了。 ⇨floor(326)	托 I T G 公
731. **roof** 名 屋頂 [ruf] [roof]	He hits the roof. 他勃然大怒。 ⇨hit(417)	托 I T G 公
732. **room** 名 房間 [rum] [room]	Helen is in her room. 海倫在房間。	托 I T G 公
733. **rooster** 名 公雞；自負者 [ˋrustɚ] [roost·er]	Don't be a rooster. 別夜郎自大。	托 I T G 公

LEVEL 1

734. **root** 名 根 動 根除 [rut] [root]	動詞變化 root-rooted-rooted Sometime, fever could hard to be rooted out. 有時候發燒很難根治。 ⇒fever(1407)	托 I T G 公
735. **rope** 名 繩子 [rop] [rope]	❶ money for old rope 山窮水盡 ⇐money(557)	托 I T G 公
736. **rose** 名 玫瑰 [roz] [rose]	These roses are withered. 這些玫瑰枯萎了。 ⇒wither(5343)	托 I T G 公
737. **round** 形 圓的 [raund] [round] (MP3) 1-36	❶ round face 圓臉	托 I T G 公
738. **row** 名 一列 [ro] [row]	The teacher asked all students to stand in a row nicely. 老師叫所有學生排成一排。 ⇐ask(57) ⇒student(873)	托 I T G 公
739. **rub** 動 摩擦 [rʌb] [rub]	動詞變化 rub-rubbed-rubbed He rubs her nose in it. 他揭她瘡疤。 ⇐nose(604)	托 I T G 公
740. **rubber** 名 橡膠 [ˈrʌbɚ] [rub‧ber]	❶ rubber band 橡皮筋 ⇐band(70)	托 I T G 公
741. **rule** 名 規則 [rul] [rule]	She broke a rule. 她違反規定。 ⇐break(127)	托 I T G 公
742. **run** 動 跑 [rʌn] [run]	動詞變化 run-ran-run The runner runs one hour a day. 跑者每天跑一小時。	托 I T G 公

Ss ▼ 托 TOEFL、I IELTS、T TOEIC、G GEPT、公 公務人員考試

743. **sad** 形 悲哀的 [sæd] [sad]	He is sad when he hears the news. 當他聽到消息，他很難過。 ⇐hear(403)	托 I T G 公
744. **safe** 形 安全的 [sef] [safe]	It is safe to stay here. 待在這裡很安全。 ⇒stay(863)	托 I T G 公

745. **sail** 名 帆 [sel] [sail]	We plan to go sailing tomorrow. 我們計劃明天去玩帆船。	托 I T G 公 ⇦plan(664)
746. **sale** 名 出售 [sel] [sale]	❶ on sale 特價	托 I T G 公
747. **salt** 名 鹽 [sɔlt] [salt]	Add some salt in the soup. 加點鹽到湯裡面。	托 I T G 公 ⇦add(10) ⇨soup(844)
748. **same** 形 同樣的 [sem] [same]	❶ as same as 一樣	托 I T G 公
749. **sand** 名 沙 [sænd] [sand]	❶ hide one's head in the sand 逃避現實	托 I T G 公 ⇦head(401) ⇨hide(1497)
750. **Saturday** 名 星期六 [ˋsætɚde] [Sat·ur·day]	You can get up late on Saturday. 你星期六可以晚點起床。	托 I T G 公 ⇦late(483)
751. **save** 動 挽救 [sev] [save]	動詞變化 save-saved-saved ❶ save one's face 挽回顏勢	托 I T G 公 ⇦face(294)
752. **saw** 名 鋸子 [sɔ] [saw]	The saw is not cheap, isn't it? 這鋸子不便宜吧，是嗎？	托 I T G 公
753. **say** 動 說 [se] [say]	動詞變化 say-said-said Say something, don't keep silent. 不要沉默，說些話吧。	托 I T G 公 ⇦keep(460) ⇨silent(1892)
754. **scare** 動 驚嚇 [skɛr] [scare]	動詞變化 scare-scared-scared The film really scares me. 這影片真的嚇到我了。	托 I T G 公 ⇦film(571)
755. **scene** 名 景象 [sin] [scene]	It is not my scene. 這不符合我的胃口。	托 I T G 公
756. **school** 名 學校 [skul] [school]	He studies in senior high school. 他在高中就讀。	托 I T G 公 ⇨senior(4137)

757.
sea 名 海
[si] [sea]

(MP3) 1-37

Ray goes to sea after he graduated from the university.
雷大學畢業後跑去當船員。

托 I T G 公

⇨graduate(2514)
⇨university(4240)

758.
season 名 季節
[ˋsizṇ] [sea·son]

Which season do you like best?
你最愛哪個季節？

托 I T G 公

⇨best(100)

759.
seat 名 座位
[sit] [seat]

The seat is taken.
這位子有人坐。

托 I T G 公

760.
second 名 秒
[ˋsɛkənd] [sec·ond]

Wait a second.
等一下。

托 I T G 公

⇨wait(974)

761.
see 動 看見
[si] [see]

動詞變化 **see-saw-seen**
Let's wait and see!
拭目以待！

托 I T G 公

762.
seed 名 種子
[sid] [seed]

❶ seed money 本金

托 I T G 公

763.
seem 動 似乎
[sim] [seem]

動詞變化 **seem-seemed-seemed**
You seem excited.
你看起來很興奮。

托 I T G 公

⇨excite(1382)

764.
seesaw 名 翹翹板
[ˋsiˏsɔ] [see·saw]

His kid is playing seesaw.
他的小孩正在玩翹翹板。

托 I T G 公

⇦kid(464)

765.
self 名 自己
[sɛlf] [self]

She is not her usual tired self this afternoon.
今天下午她不像平常那麼疲倦。

托 I T G 公

⇨usual(2054)

766.
selfish 形 自私的
[ˋsɛlfɪʃ] [self·ish]

You are too selfish.
你真的太自私了。

托 I T G 公

767.
sell 動 販賣
[sɛl] [sell]

動詞變化 **sell-sold-sold**
The man sells toys for living.
男子賣玩具維生。

托 I T G 公

⇨toy(944)

768.
send 動 寄送
[sɛnd] [send]

動詞變化 **send-sent-sent**
Can you send the letter for me?
你能幫我寄信嗎？

托 I T G 公

⇦letter(499)

769. **sense** 名 感覺 [sɛns] [sense]	It doesn't make sense. 不合理。	托 I T G 公

770. **sentence** 名 句子 [ˈsɛntəns] [sen·tence]	Read this sentence after me. 跟我念這個句子。 ⇦read(710)	托 I T G 公

771. **September** 名 九月 [sɛpˈtɛmbɚ] [Sep·tem·ber]	New sememster will start in September. 新學期九月開始。 ⇨start(859) ⇨semester(1875)	托 I T G 公

772. **serve** 動 服務 [sɝv] [serve]	動詞變化 **serve-served-served** Dinner is served between 6 pm and 9 pm. 晚餐供應時間在六點到九點。 ⇦between(102) ⇦dinner(236)	托 I T G 公

773. **service** 名 服務 [ˈsɝvɪs] [ser·vice]	❶ at one's service 聽某人服務	托 I T G 公

774. **set** 動 設置 [sɛt] [set]	動詞變化 **set-set-set** ❶ set one up 陷害某人	托 I T G 公

775. **seven** 名 七 [ˈsɛvn̩] [sev·en]	You need to go to school before seven. 你要在七點前到校。 ⇦need(587) ⇦school(756)	托 I T G 公

776. **seventeen** 名 十七 [ˌsɛvn̩ˈtin] [sev·en·teen]	She can't buy cigarettes because she is only seventeen. 因為她只有十七歲，她不能買香菸。 ⇨cigarette(2278)	托 I T G 公

777. **seventy** 名 七十 (MP3) 1-38 [ˈsɛvn̩tɪ] [sev·en·ty]	Grandfather is going to be seventy. 爺爺將滿七十歲了。 ⇦grandfather(374)	托 I T G 公

778. **several** 形 幾個的 [ˈsɛvərəl] [sev·er·al]	She has several ideas. 她有幾個主意。 ⇦idea(437)	托 I T G 公

779. **shake** 動 搖動 [ʃek] [shake]	動詞變化 **shake-shook-shaken** Shake the bottle before drink. 喝之前請先搖晃。 ⇦drink(253) ⇨bottle(1149)	托 I T G 公

780.
shall 勳 將會
[ʃæl] [shall]

I shall be in the USA next month.
我下個月將在美國。

托 I T G 公

⇦month(559)
⇦next(592)

781.
shape 名 形狀
[ʃep] [shape]

❶ out of shape 不健康

托 I T G 公

782.
shark 名 鯊魚
[ˋʃɑrk] [shark]

The sharks are terrible.
鯊魚真恐怖。

托 I T G 公

⇨terrible(1994)

783.
sharp 形 尖銳的
[ʃɑrp] [sharp]

❶ the sharp end of 最困難的地方

托 I T G 公

⇦end(278)

784.
she 代 她
[ʃi] [she]

She is popular with people.
她很受人們喜愛。

托 I T G 公

⇨popular(2817)

785.
sheep 名 綿羊
[ʃip] [sheep]

❶ black sheep 害群之馬

托 I T G 公

⇦black(110)

786.
sheet 名 床單；張
[ʃit] [sheet]

❶ a sheet of paper 一張紙

托 I T G 公

787.
shine 勳 照耀
[ʃaɪn] [shine]

動詞變化 shine-shone-shined

The sun shines brightly, lots of women wear sunglasses.
陽光耀眼，許多女性都戴上太陽眼鏡。

托 I T G 公

⇨wear(987)

788.
ship 名 船 勳 運送
[ʃɪp] [ship]

動詞變化 ship-shipped-shipped

❶ ship one off 送走某人

托 I T G 公

789.
shirt 名 襯衫
[ʃɜt] [shirt]

He wears a yellow shirt.
他穿一件黃色襯衫。

托 I T G 公

⇨yellow(1035)

790.
shoe 名 鞋子
[ʃu] [shoe]

How about this pair of shoes?
這雙鞋子如何？

托 I T G 公

791.
shop 名 商店
[ʃɑp] [shop]

We buy some gifts in the shop.
我們在店裡買禮物。

托 I T G 公

792.
shore 名 海岸
[ʃor] [shore]

❶ on shore 在岸上

托 I T G 公

793.
short 形 短的
[ʃɔrt] [short]

❶ be taken short 內急

托 I T G 公

794.
shot 名 射擊
[ʃat] [shot]

❶ like a shot 立即

托 I T G 公

795.
shoulder 名 肩膀
[ˈʃoldə] [shoul·der]

The students sit on the bench with shoulder to shoulder.
學生們肩並肩地坐在長凳上。

托 I T G 公

⇨sit(811)
⇨bench(1129)

796.
shout 動 叫喊
[ʃaut] [shout]

動詞變化 shout-shouted-shouted
He shouts out.
他大叫。

托 I T G 公

797.
show 動 顯示
[ʃo] [show]

(MP3)
1-39

動詞變化 show-showed-showed
The actor shows up on time.
這男演員準時出現。

托 I T G 公

⇦actor(9)

798.
shut 動 關閉
[ʃʌt] [shut]

動詞變化 shut-shut-shut
Shut the door for us.
請幫我們關門。
❶ shut up 閉嘴

托 I T G 公

799.
shy 形 害羞的
[ʃaɪ] [shy]

The gril is shy and quiet.
這女孩很害羞安靜。

托 I T G 公

⇦quiet(700)

800.
sick 形 生病的
[sɪk] [sick]

He didn't go to school because he was sick.
他因為生病而沒上學。

托 I T G 公

⇦because(89)

801.
side 名 一邊
[saɪd] [side]

❶ from all sides 四面八方

托 I T G 公

802.
sight 名 視覺
[saɪt] [sight]

❶ raise one's sight 提高要求

托 I T G 公

⇦raise(707)

803.
silly 形 愚蠢的
[ˈsɪlɪ] [sil·ly]

Don't be silly.
別蠢了。

托 I T G 公

804.
silver 形 銀色的
[ˈsɪlvə] [sil·ver]

The car is silver.
這輛車是銀色。

托 I T G 公

LEVEL 1

805. **simple** 形 簡單的 [ˋsɪmpḷ] [sim‧ple]	The question is simple. 這問題很簡單。	托 I T G A
806. **since** 副 自從 [sɪns] [since]	May has lived in Seattle since 2009. 梅從2009年就住在西雅圖。	托 I T G A ⇦live(514)
807. **sing** 動 唱歌 [sɪŋ] [sing]	動詞變化 sing-sang-sung You can sing well. 你歌唱得很好。	托 I T G A
808. **singer** 名 唱歌者 [ˋsɪŋɚ] [sing‧er]	Andy Lau is a professional singer. 劉德華是專業歌手。	托 I T G A ⇨professional(4027)
809. **sir** 名 先生 [sɝ] [sir]	What are you looking for, sir? 先生，請問你在找什麼？	托 I T G A ⇦look(516)
810. **sister** 名 姊妹 [ˋsɪstɚ] [sis‧ter]	Her sister is interested in drawing. 她妹妹對畫畫有興趣。	托 I T G A ⇦interest(443)
811. **sit** 動 坐 [sɪt] [sit]	動詞變化 sit-sat-sat You can sit on the sofa. 你可以坐沙發。	托 I T G A
812. **six** 名 六 [sɪks] [six]	There are six bottles on the table. 桌上有六個瓶子。	托 I T G A ⇨table(887)
813. **sixteen** 名 十六 [ˋsɪksˋtin] [six‧teen]	Sixteen minus ten is six. 十六減十是六。	托 I T G A ⇨minus(1640)
814. **sixty** 名 六十 [ˋsɪkstɪ] [six‧ty]	The man is sixty kilograms. 這男子六十公斤。	托 I T G A ⇨kilogram(2617)
815. **size** 名 尺寸 [saɪz] [size]	What size of shoes do you wear? 你鞋子穿幾號？	托 I T G A
816. **skill** 名 技巧 [ˋskɪl] [skill]	❶ skill training 技能訓練	托 I T G A
817. **skin** 名 皮膚 [skɪn] [skin]　(MP3) 1-40	❶ make one's skin crawl 讓人起雞皮疙瘩	托 I T G A ⇨crawl(2326)

818. **sky** 名 天空 [skaɪ] [sky]	❶ the sky's the limit 不可限量 托 I T G 公 ⇨limit(1584)
819. **sleep** 動 睡覺 [slip] [sleep]	動詞變化 **sleep-slept-slept** 托 I T G 公 She is sleeping in the room. 她正在房間睡覺。
820. **slow** 形 慢的 [slo] [slow]	Slow down. 托 I T G 公 慢慢來。
821. **small** 形 小的 [smɔl] [small]	There is a key in the small box. 托 I T G 公 小箱子有支鑰匙。 ⇦key(462)
822. **smart** 形 聰明的 [smɑrt] [smart]	He is a smart boy. 托 I T G 公 他是個聰明的小孩。
823. **smell** 動 聞 [smɛl] [smell]	動詞變化 **smell-smelt-smelt** 托 I T G 公 The flower smells good. 這花聞起來很香。 ⇦flower(327)
824. **smile** 名 動 微笑 [smaɪl] [smile]	動詞變化 **smile-smiled-smiled** 托 I T G 公 She smiles a slow smile. 她緩緩一笑。 ⇦slow(820)
825. **smoke** 名 菸 動 抽菸 [smok] [smoke]	動詞變化 **smoke-smoked-smoked** 托 I T G 公 You can't smoke here. 你不能在此抽菸。
826. **snake** 名 蛇 [snek] [snake]	❶ snake oil 無療效的藥物 托 I T G 公 ⇦oil(622)
827. **snow** 動 名 雪 [sno] [snow]	動詞變化 **snow-snowed-snowed** 托 I T G 公 It snows in December in the USA. 十二月美國會下雪。
828. **so** 副 所以 [so] [so]	She is tired, so she takes a nap. 托 I T G 公 她很累,所以她小憩一下。 ⇨nap(2728)
829. **soap** 名 肥皂 [sop] [soap]	❶ soap opera 肥皂劇 托 I T G 公 ⇨opera(3940)

830. **soda** 名 蘇打 [ˋsodə] [so‧da]	She had a soda. 她喝了杯汽水。	托 I T G 公
831. **sofa** 名 沙發 [ˋsofə] [so‧fa]	Anne is sitting on the sofa comfortably. 安舒服地坐在沙發上。	托 I T G 公
832. **soft** 形 柔軟的 [sɔft] [soil]	❶ soft sell 低調處理	托 I T G 公
833. **soil** 名 土壤 [sɔil] [soil]	It is the third time he has set foot on Italian soil. 這是他第三次踏上義大利的土地。 ⇦foot(332) ⇦set(774)	托 I T G 公
834. **some** 形 一些 [sʌm] [some]	He gives her some advice. 他給她一些意見。 ⇨advice(2126)	托 I T G 公
835. **someone** 代 某人 [ˋsʌmˏwʌn] [some‧one]	Someone is ringing the bell. 有人在按門鈴。 ⇦bell(97)	托 I T G 公
836. **something** 代 某事 [ˋsʌmθɪŋ] [some‧thing]	Something is wrong. 有些不對勁。	托 I T G 公
837. **sometimes** 代 🎵 1-41 有時候 [ˋsʌmˏtaɪmz] [some‧times]	Emma sometimes visits the museum. 艾瑪有時會參觀博物館。 ⇨visit(972) ⇨museum(1654)	托 I T G 公
838. **son** 名 兒子 [sʌn] [son]	David had two grown-up sons. 大衛有兩個已成年的兒子。	托 I T G 公
839. **song** 名 歌曲 [sɔŋ] [song]	He doesn't like pop songs. 他不喜歡流行音樂。 ⇨pop(2816)	托 I T G 公
840. **soon** 副 很快地 [sun] [soon]	Neil will finish his homework soon. 尼爾快完成作業了。 ⇦homework(422)	托 I T G 公
841. **sorry** 形 感到難過的 [ˋsɑrɪ] [sor‧ry]	I am sorry for you. 我對你感到遺憾。	托 I T G 公
842. **soul** 名 靈魂 [sol] [soul]	❶ good for the soul 有好處	托 I T G 公

843. **sound** 名 聲音 動 聽起來 [saund] [sound]	動詞變化 **sound-sounded-sounded** Sounds great. 聽起來很棒。 ⇦great(380)	托 Ⅰ Ⓣ Ⓖ 公
844. **soup** 名 湯 [sup] [soup]	What kind of soup did you order? 你點什麼湯品？ ⇦kind(466)	托 Ⅰ Ⓣ Ⓖ 公
845. **sour** 形 酸的 [`saur] [sour]	The milk is sour. 這牛奶酸掉了。 ⇦milk(546)	托 Ⅰ Ⓣ Ⓖ 公
846. **south** 名 南方 [sauθ] [south]	The birds will fly to the south before winter. 鳥在冬天前會飛往南方。 ⇦fly(328) ⇨winter(1017)	托 Ⅰ Ⓣ Ⓖ 公
847. **space** 名 空間 [spes] [space]	❶ personal space 個人空間 ⇨personal(1734)	托 Ⅰ Ⓣ Ⓖ 公
848. **speak** 動 說話 [spik] [speak]	動詞變化 **speak-spoke-spoken** Can you speak louder? 你能說大聲一點嗎？	托 Ⅰ Ⓣ Ⓖ 公
849. **special** 形 特殊的 [`spɛʃəl] [spe·cial]	We have a special show for you. 我們有特別的表演給你看。	托 Ⅰ Ⓣ Ⓖ 公
850. **speech** 名 演說 [spitʃ] [speech]	Jimmy won the speech contest. 吉米贏得演講比賽。 ⇨win(1013) ⇨contest(3420)	托 Ⅰ Ⓣ Ⓖ 公
851. **spell** 動 拼字 [spɛl] [spell]	動詞變化 **spell-spelt-spelt** How do you spell your name? 你名字怎麼拼？ ⇦name(582)	托 Ⅰ Ⓣ Ⓖ 公
852. **spend** 動 花費 [spɛnd] [spend]	動詞變化 **spend-spent-spent** She spends twenty thousand dollars a month. 她一月花兩萬元。 ⇦dollar(245) ⇨thousand(920)	托 Ⅰ Ⓣ Ⓖ 公
853. **spoon** 名 湯匙 [spun] [spoon]	Allen has a soup with a spoon. 艾倫用湯匙喝湯。 ⇦soup(844)	托 Ⅰ Ⓣ Ⓖ 公

LEVEL 1

854. **sport** 名 運動 [sport] [sport]	He drives a sport utility vehicle. 他駕駛運動型功能車。 托 I T G 公 ⇨vehicle(3152) ⇨utility(6395)
855. **spring** 名 春天 [sprɪŋ] [spring]	It is warm in spring. 春天天氣暖和。 托 I T G 公 ⇨warm(979)
856. **stair** 名 樓梯 [stɛr] [stair]	The child runs down the stairs. 這小孩跑下樓。 托 I T G 公
857. **stand** 動 站立 [stænd] [stand]	MP3 1-42 動詞變化 **stand-stood-stood** Stand up, please. 請站起來。 托 I T G 公
858. **star** 名 星星 [stɑr] [star]	❶ shooting star 流星 托 I T G 公 ⇨shoot(1885)
859. **start** 動 開始 [stɑrt] [start]	動詞變化 **start-started-started** The show will start at nine and finish at eleven. 這場表演在九點開始，十一點結束。 托 I T G 公
860. **state** 名 狀況 [stet] [state]	❶ get into a state 興奮 托 I T G 公
861. **statement** 名 陳述 [ˋstetmənt] [state·ment]	Which statement of the followings is true? 下列敘述何者正確？ 托 I T G 公 ⇨following(1429) ⇨true(949)
862. **station** 名 車站 [ˋsteʃən] [sta·tion]	We will wait for her at the station. 我們會在車站等她。 托 I T G 公
863. **stay** 動 停留 [ste] [stay]	動詞變化 **stay-stayed-stayed** Fred will stay at a hotel when he goes to New Zealand. 當費德去紐西蘭，他會住在旅館。 托 I T G 公 ⇨hotel(1511)
864. **step** 名 踏步 [stɛp] [step]	❶ one step ahead of sb. 避開某人 托 I T G 公 ⇨ahead(22)
865. **still** 副 仍然 [stɪl] [still]	Are you still at the supermarket? 你還在超市嗎？ 托 I T G 公 ⇨supermarket(1964)

866.
stone 名 石頭
[ston] [stone]

The building was built of stone.
這棟建築物是石頭所建造。

托 I T G 公
⇦building(136)

867.
stop 動 停止
[stɑp] [stop]

動詞變化 stop-stopped-stopped
Stop talking.
停止講話。
❶ stop + Ving 停止做某事

托 I T G 公
⇦department(1296)

868.
store 名 商店
[stor] [store]

Where is the department store?
百貨公司在哪裡？

托 I T G 公

869.
story 名 故事
[`storɪ] [sto·ry]

Dora is good at telling stories.
朵拉很會講故事。

托 I T G 公

870.
strange 形 奇怪的
[strendʒ] [strange]

He saw a strange man near his garden.
他看見一位陌生人在他花園附近。

托 I T G 公
⇦garden(354)

871.
street 名 街道
[strit] [street]

The vendor sells bags on the street.
攤販在街上賣皮包。

托 I T G 公
⇦bag(66)
⇨vendor(6406)

872.
strong 形 強壯的
[strɔŋ] [strong]

He is strong enough to move the shelf.
他夠強壯可以搬動這張書櫃。

托 I T G 公
⇦enough(280)
⇨shelf(1882)

873.
student 名 學生
[`stjudn̩t] [stu·dent]

He is an elementary student.
他是小學生。

托 I T G 公
⇨elementary(3560)

874.
study 動 研究；學習
[`stʌdɪ] [stud·y]

動詞變化 study-studied-studied
Pam studies English every day.
潘每天研讀英文。

托 I T G 公

875.
stupid 形 笨的
[`stjupɪd] [stu·pid]

You are not stupid.
你並不笨。

托 I T G 公

876.
such 形 這樣的
[sʌtʃ] [such]

❶ as such 嚴格說來

托 I T G 公

877.
sugar 名 糖
[`ʃugɚ] [sug·ar]

(MP3)
1-43

❶ blood sugar 血糖

托 I T G 公
⇦blood(112)

878. **summer** 名 夏天 [`sʌmɚ] [sum·mer]	Where are you going on your summer vacation? 你們暑假要去哪裡？	托 I T G 公 ⇨vacation(2055)
879. **sun** 名 太陽 [sʌn] [sun]	❶ with the sun 日出日落	托 I T G 公
880. **Sunday** 名 星期天 [`sʌnde] [Sun·day]	He will go camping on Sunday. 他星期天要去露營。	托 I T G 公 ⇦camp(150)
881. **super** 形 超級的 [`supɚ] [su·per]	❶ Super Bowl 橄欖球超級盃	托 I T G 公
882. **supper** 名 晚餐 [`sʌpɚ] [sup·per]	What time will we have supper? 我們幾點吃晚餐？	托 I T G 公 ⇨time(928)
883. **sure** 形 確定的 [ʃur] [sure]	Are you sure that he will buy a cake? 你確定他會買一個蛋糕嗎？	托 I T G 公 ⇦cake(146)
884. **surprise** 動 使…驚訝 [sɚ`praɪz] [sur·prise]	動詞變化 surprise-surprised-surprised The news surprises us. 這消息令我們驚訝。	托 I T G 公 ⇦news(590)
885. **sweet** 形 甜的 [swit] [sweet]	The coffee is bitter, not sweet. 這杯咖啡苦澀，不甜。	托 I T G 公 ⇦coffee(189) ⇨bitter(1136)
886. **swim** 動 游泳 [swɪm] [swim]	動詞變化 swim-swam-swum How about going to swimming this week? 這星期去游泳如何？	托 I T G 公

Tt

▼ 托 TOEFL、I IELTS、T TOEIC、G GEPT、公 公務人員考試

887. **table** 名 桌子 [`tebl] [ta·ble]	He puts the cup on the table. 他把杯子放在桌子。	托 I T G 公 ⇦cup(212)
888. **tail** 名 尾巴 [tel] [tail]	❶ tail off 逐漸消失	托 I T G 公

889.
take 動 拿；取用
[tek] [take]

動詞變化 **take-took-taken**　　托 I T G 公
Take it easy.
放輕鬆。

890.
tale 名 故事
[tel] [tale]

● fairy tale 童話故事　　托 I T G 公

⇨fairy(2453)

891.
talk 動 說話
[tɔk] [talk]

動詞變化 **talk-talked-talked**　　托 I T G 公
● talk to oneself 自言自語

892.
tall 形 高的
[tɔl] [tall]

He is tall and handsome.　　托 I T G 公
他既高又帥。

⇨handsome(1487)

893.
taste 動 味道
[test] [taste]

動詞變化 **taste-tasted-tasted**　　托 I T G 公
The stinky tofu tasted odd.
臭豆腐嚐起來很怪。

⇨odd(2746)

894.
taxi(cab)/cab 名
計程車
[ˈtæksɪ͵kæb]/[kæb]
[taxi(cab)]/[cab]

Taking a taxi is more expensive.　　托 I T G 公
搭計程車比較貴。

⇨expensive(1388)

895.
tea 名 茶
[ti] [tea]

She used to drink a cup of tea
in the afternoon.　　托 I T G 公
她以前習慣喝茶。

896.
teach 動 教導
[titʃ] [teach]

動詞變化 **teach-taught-taught**　　托 I T G 公
The teacher teaches math at school.
這老師在學校教數學。

⇨math(2679)

897.
teacher 名 老師　(MP3)
[ˈtitʃɚ] [teach·er]　1-44

Ben is a good teacher.　　托 I T G 公
班是好老師。

898.
tell 動 告訴
[tɛl] [tell]

動詞變化 **tell-told-told**　　托 I T G 公
Tell me more about the director.
告訴我更多關於這導演的事情。

⇨director(1316)

899.
ten 名 十
[tɛn] [ten]

● ten out of ten 完全正確　　托 I T G 公

LEVEL 1

900. **than** 運 比較 [ðæn] [than]	He is taller than Allen. 他比艾倫高。	托 I T G 公 ⇨tall(892)
901. **thank** 動 感謝 [θæŋk] [thank]	動詞變化 thank-thanked-thanked Thank you. 謝謝。	托 I T G 公
902. **that** 代 那個 [ðæt] [that]	That boy is more popular. 那個男孩比較受歡迎。	托 I T G 公 ⇨popular(2817)
903. **the** 冠 這個；那個 [ðə] [the]	The cell phone costs ten thousand dollars. 這手機一萬元。	托 I T G 公 ⇨cell phone(4428)
904. **their** 代 他們的 [ðɛr] [their]	We will visit their house. 我們將參觀他們房子。	托 I T G 公
905. **theirs** 代 他們的 （東西） [ðɛrz] [theirs]	The books are theirs. 這些書是他們的。	托 I T G 公
906. **them** 代 他們（受詞） [ðɛm] [them]	One of them is good at playing the guitar. 他們其中一人擅長彈吉他。	托 I T G 公 ⇨guitar(1479)
907. **then** 副 接著 [ðɛn] [then]	Then, you should clean your room now. 接著，你現在要打掃房間。	托 I T G 公 ⇨clean(180)
908. **there** 副 那裡 [ðɛr] [there]	Her boss is over there. 她老闆在那裡。	托 I T G 公
909. **these** 冠 這些 [ðiz] [these]	These students are proud of their scores. 這些學生對成績很驕傲。	托 I T G 公 ⇨proud(1800) ⇨score(1867)
910. **they** 代 他們 [ðe] [they]	They always watch TV at eight. 他們總是在八點看電視。	托 I T G 公 ⇨TV(1989)

911. **thing** 名 東西 [θɪŋ] [thing]	❶ one more thing 還有一件事　托 I T G 公
912. **think** 動 想 [θɪŋk] [think]	動詞變化 think-thought-thought　托 I T G 公 ❶ think about 思考
913. **third** 形 第三的 [θɝd] [third]	I don't know the third reason.　托 I T G 公 我不知道第三個原因。 ⇨reason(713)
914.* **thirteen** 名 十三 [ˋθɝˋtin] [thir·teen]	She moved to the USA thirteen　托 I T G 公 years ago. 她十三年前搬到美國。 ⇨ago(19) ⇨move(569)
915. **thirty** 名 三十 [ˋθɝtɪ] [thir·ty]	The new comer is in his thirties.　托 I T G 公 那位新來的員工三十多歲。
916. **this** 代 這個 [ðɪs] [this]	This is the last chance.　托 I T G 公 這是最後的機會。 ⇨last(482)
917. **those** 代 那些 [ðoz] [those]　(MP3) 1-45	These are pink; those are blue.　托 I T G 公 這些是粉紅色，那些是藍色。
918. **though** 連 雖然 [ðo] [though]	Though she is famous, she　托 I T G 公 doesn't have many friends. 雖然她很出名，但她沒有很多朋友。 ⇨famous(1398)
919. **thought** 名 想法 [θɔt] [thought]	The president always has　托 I T G 公 second thoughts, so no one likes to work with him. 老闆總是在改變想法，所以沒有人喜歡跟他一起工作。 ⇨president(1780)
920. **thousand** 名 一千 [ˋθauznd] [thou·sand]	Thousands of people gathered in　托 I T G 公 the squre on holidays. 假日有數以千計人都會聚集在廣場裡。 ⇨holiday(420) ⇨gather(1455) ⇨square(1932)
921. **three** 名 三 [θri] [three]	Willy has three cars.　托 I T G 公 威利有三台車。

LEVEL **1**

922. **throw** 動 丟棄 [θro] [throw]	動詞變化 **throw-threw-thrown** 托 I T G 公 The naughty boy threw stones at the stray dog. 那調皮的男孩對著流浪狗丟石頭。 ⇨naughty(1662) ⇨stray(5200)
923. **Thursday** 名 星期四 [`θɜzde] [Thurs·day]	The meeting is held on Thursday. 托 I T G 公 這會議在星期四舉行。 ⇨meeting(1626)
924. **thus** 副 因此 [ðʌs] [thus]	Thus, he will take a trip later. 托 I T G 公 因此，他將晚點去旅行。
925. **ticket** 名 票券 [`tɪkɪt] [tick·et]	She forgot to buy a train ticket. 托 I T G 公 她忘了買火車票。 ⇨train(945)
926. **tie** 名 領帶 [taɪ] [tie]	❶ tie one on 喝醉 托 I T G 公
927. **tiger** 名 老虎 [`taɪgɚ] [ti·ger]	The tiger is from Africa. 托 I T G 公 這隻老虎從非洲來的。
928. **time** 名 時間 [taɪm] [time]	What time is it ? 托 I T G 公 現在幾點？
929. **tiny** 形 微小的 [`taɪnɪ] [ti·ny]	❶ tiny problem 小問題 托 I T G 公 ⇦problem(689)
930. **tire** 動 使…疲倦 [taɪr] [tire]	動詞變化 **tire-tired-tired** 托 I T G 公 James tires of Amy. 詹姆士對艾咪感到厭煩。
931. **to** 介 向著；對著 [tu] [to]	We are going to the party. 托 I T G 公 我們將去派對。
932. **today** 名 今天 [tə`de] [to·day]	What day is today? 托 I T G 公 今天星期幾？
933. **together** 副 一起 [tə`gɛðɚ] [to·geth·er]	❶ put together 聚集 托 I T G 公 ⇦put(696)
934. **tomorrow** 名 明天 [tə`mɔro] [to·mor·row]	❶ the day after tomorrow 後天 托 I T G 公

935. **tone** 名 音調 [ton] [tone]	❶ tone sth. down 使～緩和	托 I T G 公
936. **tonight** 名 今晚 [təˋnaɪt] [to‧night]	We will go to the movies tonight. 我們今晚要去看電影。	托 I T G 公
937. **too** 副 也是 [tu] [too]	Me, too. 我也是。	托 I T G 公
938. **tool** 名 工具 [tul] [tool]	❶ tool up 提供必要設備	托 I T G 公
939. **top** 名 頂端 [tɑp] [top]	The man wants to make it to the top. 男子決心出人頭地。	托 I T G 公
940. **total** 形 全部的 [ˋtotl̩] [to‧tal]	❶ sum total 全部	托 I T G 公 ⇨sum(3056)
941. **touch** 動 接觸 [tʌtʃ] [touch]	動詞變化 **touch-touched-touched** Don't touch the vase. 別碰花瓶。	托 I T G 公 ⇨vase(3151)
942. **toward(s)** 介 朝著；對著 [təˋwɔrd(z)] [to‧ward(s)]	She walked toward the mountain. 她朝山裡走去。	托 I T G 公 ⇦mountain(566)
943. **town** 名 城鎮 [taun] [town]	This is the best restaurant in town. 這是鎮裡最好的餐廳。	托 I T G 公 ⇨restaurant(1843)
944. **toy** 名 玩具 動 玩弄 [tɔɪ] [toy]	動詞變化 **toy-toyed-toyed** ❶ toy with 戲弄	托 I T G 公
945. **train** 名 列車 [tren] [train]	We will go to Hualien by train. 我們將搭火車去花蓮。	托 I T G 公
946. **tree** 名 樹 [tri] [tree]	❶ family tree 族譜	托 I T G 公 ⇦family(299)

947. **trip** 名 旅行 [trɪp] [trip]	❶ take a trip 旅行	托 I T G 公
948. **trouble** 名 麻煩 [ˋtrʌbḷ] [trou·ble]	He is in trouble. 他有麻煩。	托 I T G 公
949. **true** 形 真實的 [tru] [true]	It is a true story. 那是真實故事。 ⇦story(869)	托 I T G 公
950. **try** 動 嘗試 [traɪ] [try]	動詞變化 **try-tried-tried** Try again. 再試一次。 ⇦again(16)	托 I T G 公
951. **T-shirt** 名 短袖圓領衫 [ˋti͵ʃɝt] [T-shirt]	The woman who wears pink T-shirt is my cousin. 穿粉紅色T恤的女子是我表姐。 ⇨cousin(1260)	托 I T G 公
952. **Tuesday** 名 星期二 [ˋtjuzde] [Tues·day]	The Italian restaurant is closed on Tuesdays. 這間義大利餐廳每逢星期二公休。	托 I T G 公
953. **tummy** 名 肚子 [ˋtʌmɪ] [tum·my]	He had a tummy upset. 他感到反胃。 ⇨upset(3143)	托 I T G 公
954. **turn** 動 轉動 [tɝn] [turn]	動詞變化 **turn-turned-turned** ❶ turn on 開啟	托 I T G 公
955. **twelve** 名 十二 [twɛlv] [twelve]	He has been to Australia for twelve times. 他曾去過澳洲十二次。	托 I T G 公
956. **twenty** 名 二十 [ˋtwɛntɪ] [twen·ty]	It is twenty after twelve. 現在是十二點二十分。	托 I T G 公
957. **twice** 副 兩次 [twaɪs] [twice]	Paul plays tennis twice a month. 保羅一個月打兩次網球。	托 I T G 公
958. **two** 名 二 [tu] [two]	There are two mistakes in your report. 你的報告有兩個錯誤。 ⇦mistake(551) ⇦report(717)	托 I T G 公

Uu ▼ 托TOEFL、I IELTS、T TOEIC、G GEPT、公 公務人員考試

959.
uncle 名 叔叔；舅舅
['ʌŋkḷ] [un·cle]

(MP3) 1-47

What does your uncle do?
你舅舅的工作是什麼？

托 I T G 公

960.
under 介 在…下面
['ʌndɚ] [un·der]

❶ under control 控制之下

托 I T G 公

⇨control(1245)

961.
understand 動 瞭解
[ˌʌndɚˋstænd] [un·der·stand]

動詞變化 understand-understood-understood

Do you understand what I am saying?
你理解我說的意思？

托 I T G 公

962.
unit 名 單位
[ˋjunɪt] [unit]

❶ medical unit 醫療小組

托 I T G 公

⇨medical(2686)

963.
until/till 介 直到…時候
[ən'tɪl]/[tɪl] [un·til]/[till]

Jason didn't go to bed until 2 am.
傑森到兩點才去睡覺。

托 I T G 公

⇦bed(91)

964.
up 介 朝上地
[ʌp] [up]

❶ wake up 醒來

托 I T G 公

965.
upstairs 副 上樓地
[ˋʌpˋstɛrz] [up·stairs]

❶ kick sb. upstairs 明升暗降

托 I T G 公

⇦kick(463)

966.
us 代 我們（受詞）
[ʌs] [us]

The clerk looks at us coldly.
這店員冷冷地看著我們。

托 I T G 公

⇨clerk(1213)

967.
use 動 使用
[juz]/[jus] [use]

動詞變化 use-used-used
❶ use one's time well 善用時間

托 I T G 公

968.
useful 形 有用的
[ˋjusfəl] [use·ful]

It is a useful tip.
那是有用的祕訣。

托 I T G 公

Vv ▼ 托TOEFL、I IELTS、T TOEIC、G GEPT、公 公務人員考試

969.
vegetable 名 蔬菜
[ˋvɛdʒətəbḷ] [veg·e·ta·ble]

What kind of vegetables do you like?
你喜歡什麼蔬菜？

托 I T G 公

LEVEL 1

970. **very** 副 非常地 [ˋvɛrɪ] [very]	I am very glad to see you. 我很高興見到你。 ⇦glad(362)	托 I T G 公
971. **view** 名 視野 [vju] [view]	● point of view 觀點 ⇦point(672)	托 I T G 公
972. **visit** 動 拜訪 [ˋvɪzɪt] [vis·it]	動詞變化 visit-visited-visited Sam visited the museum last week. 山姆上星期去參觀博物館。	托 I T G 公
973. **voice** 名 聲音 [vɔɪs] [voice]	● find one's voice 說出自己想法 ⇦find(318)	托 I T G 公

Ww

▼ 托 TOEFL、I IELTS、T TOEIC、G GEPT、公 公務人員考試

974. **wait** 動 等待 [wet] [wait]	動詞變化 wait-waited-waited We have waited for Lisa for 3 hours. 我們等麗莎已經等三小時了。	托 I T G 公
975. **walk** 名動 走路 [wɔk] [walk]	動詞變化 walk-walked-walked I am used to taking a walk. 我有散步的習慣。	托 I T G 公
976. **wall** 名 牆壁 [wɔl] [wall]	She painted the walls in white. 她把牆壁刷白。	托 I T G 公
977. **want** 動 想要 [wɑnt] [want]	動詞變化 want-wanted-wanted What do you want to buy for your mom? 你要買什麼東西給令堂？	托 I T G 公
978. **war** 名 戰爭 [wɔr] [war]	● a war of words 論戰 ⇨word(1022)	托 I T G 公
979. **warm** 形 溫暖的 [wɔrm] [warm]	(MP3) 1-48 It is warm in the afternoon. 下午天氣暖和。	托 I T G 公
980. **wash** 動 洗滌 [wɑʃ] [wash]	動詞變化 wash-washed-washed I wash the dishes after dinner. 晚餐後我會洗碗。 ⇦dish(240)	托 I T G 公

981. **waste** 勔 浪費 [west] [waste]	動詞變化 **waste-wasted-wasted** 托 I T G 公 Don't waste your time. 別浪費時間。	
982. **watch** 勔 觀看 [watʃ] [watch]	動詞變化 **watch-watched-watched** 托 I T G 公 Watch out! 小心！	
983. **water** 名 水 [`wɔtɚ] [wa·ter]	❶ sb. not hold water 站不住腳 托 I T G 公 <div align="right">⇨hold(418)</div>	
984. **way** 名 道路 [we] [way]	❶ by the way 還有 托 I T G 公	
985. **we** 代 我們 [wi] [we]	We are as bored as you. 托 I T G 公 我們和你一樣無聊。	
986. **weak** 形 弱的 [wik] [weak]	❶ weak at the knees 雙腿發軟 托 I T G 公 <div align="right">⇨knee(472)</div>	
987. **wear** 勔 穿戴 [wɛr] [wear]	動詞變化 **wear-wore-worn** 托 I T G 公 What are you going to wear at the party? 你派對要穿什麼衣服？ <div align="right">⇨party(647)</div>	
988. **weather** 名 天氣 [`wɛðɚ] [weath·er]	How is the weather in New York? 托 I T G 公 紐約天氣如何？	
989. **wedding** 名 婚禮 [`wɛdɪŋ] [wed·ding]	❶ a wedding reception 婚宴 托 I T G 公 <div align="right">⇨reception(4059)</div>	
990. **Wednesday** 名 星期三 [`wɛnzde] [Wednes·day]	She went on a picnic on Wednesday. 托 I T G 公 她星期三去野餐。 <div align="right">⇨picnic(1739)</div>	
991. **week** 名 星期 [wik] [week]	Did you go shopping last week? 托 I T G 公 你上星期去逛街嗎？	
992. **weekend** 名 週末 [`wik`ɛnd] [week·end]	❶ on the weekend 週末 托 I T G 公	
993. **weigh** 勔 有…的重量 [we] [weigh]	動詞變化 **weigh-weighed-weighed** 托 I T G 公 ❶ weigh up 品評	

LEVEL 1

994. **weight** 名 重量 [wet] [weight]	**❶ pull your weight** 盡某人本份　　托 I T G 公 ⇦pull(692)
995. **welcome** 感 歡迎 [ˋwɛlkəm] [wel·come]	Welcome home.　　托 I T G 公 歡迎回家。
996. **well** 副 很好地 [wɛl] [well]	You can do it well.　　托 I T G 公 你可以做得很好。
997. **west** 名 西方 [wɛst] [west]	I am reading the history of the　　托 I T G 公 American West. 我正在看美國西部史。 ⇦history(416)
998. **what** 代 什麼 [hwɑt] [what]	What's up?　　托 I T G 公 怎麼了？
999. **when** 副 什麼時候 [hwɛn] [when] 1-49	When will you finish the report?　　托 I T G 公 你報告何時完成？
1000. **where** 副 什麼地方 [hwɛr] [where]	Where is Maggie from?　　托 I T G 公 梅姬來自哪裡？
1001. **whether** 連 是否 [ˋhwɛðɚ] [whether]	I am not sure whether he will　　托 I T G 公 come or not. 我不確定他是否會來。 ⇦sure(883)
1002. **which** 代 哪個 [hwɪtʃ] [which]	Which cartoon do you like,　　托 I T G 公 SpongeBob Squarepants or Teletubbies? 你喜歡什麼卡通，海綿寶寶還是天線寶寶？ ⇨cartoon(1180)
1003. **while** 連 在…時候 [hwaɪl] [while]	While I was watching TV, Amy　　托 I T G 公 called me. 當我看電視時，艾咪打電話給我。
1004. **white** 形 白色的 [hwaɪt] [white]	You look great in white dress.　　托 I T G 公 你穿白洋裝很漂亮。 ⇦great(380) ⇨dress(1343)
1005. **who** 代 誰 [hu] [who]	Who is your best friend?　　托 I T G 公 你最好的朋友是誰？

1006. **whole** 形 整個的 [hol] [whole]	● on the whole 整體上	托 I T G 公
1007. **whom** 代 誰 [hum] [whom]	The singer whom you hate is my classmate. 你討厭的歌星是我同學。 ● who 的受格，用在正式的講話及書面語中 ⇨hate(398) ⇨singer(808)	托 I T G 公
1008. **whose** 代 誰的 [huz] [whose]	Whose apartment is that? 那是誰的公寓？ ⇨apartment(1079)	托 I T G 公
1009. **why** 副 為什麼 [hwaɪ] [why]	Why are you late? 你為何遲到？	托 I T G 公
1010. **wide** 形 寬的 [waɪd] [wide]	● wide of the mark 離譜	托 I T G 公
1011. **wife** 名 妻子 [waɪf] [wife]	His wife is a professor at Cambridge. 他老婆是劍橋大學教授。 ⇨professor(4028)	托 I T G 公
1012. **will** 助 將要 [wɪl] [will]	We will travel in France next month. 我們下個月將要去法國。 ⇨travel(2028)	托 I T G 公
1013. **win** 動 贏得 [wɪn] [win]	動詞變化 **win-won-won** ● win out 終於獲得成功	托 I T G 公
1014. **wind** 名 風 [wɪnd] [wind]	● get wind of sth. 得到某事風聲	托 I T G 公
1015. **window** 名 窗戶 [`wɪndo] [win·dow]	Who broke the window? 誰打破窗戶？	托 I T G 公
1016. **wine** 名 酒 [waɪn] [wine]	● wine and dine 大吃大喝 ⇨dine(2372)	托 I T G 公
1017. **winter** 名 冬天 [`wɪntɚ] [win·ter]	He will take a trip around the island on his winter vacation. 他寒假時將要去環島旅行。 ⇨around(54) ⇨island(1547)	托 I T G 公

LEVEL 1

1018.
wish 勔 希望
[wɪʃ] [wish]

動詞變化 **wish-wished-wished**
I wish I were a pilot.
我希望我是飛行員。（但我不是。）

托 I T G 公

⇨pilot(2799)

1019.
with 介 和…一起
[wɪð] [with]
MP3 1-50

Hebe goes to school with her brother.
希比和哥哥一起上學。

托 I T G 公

⇨brother(132)

1020.
woman 名 女人
[`wumən] [wom·an]

❶ career woman 職業婦女

托 I T G 公

⇨career(3334)

1021.
wood 名 木頭
[wud] [wood]

❶ not out of the woods 沒擺脫困境

托 I T G 公

1022.
word 名 字詞
[wɜd] [word]

Keep your word.
請你遵守諾言。

托 I T G 公

1023.
work 勔 工作
[wɜk] [work]

動詞變化 **work-worked-worked**
She is working on a new project.
她正在致力於新專案。

托 I T G 公

⇨project(1795)

1024.
worker 名 工作者
[`wɜkə] [work·er]

Neil is not a skilled worker.
尼爾不是熟練的工人。

托 I T G 公

⇨skilled(1898)

1025.
world 名 世界
[wɜld] [world]

❶ not for the world 絕不要

托 I T G 公

1026.
worm 名 蟲
[wɜm] [worm]

The pineapple is full of worms.
這鳳梨長滿蟲子。

托 I T G 公

⇨pineapple(1744)

1027.
worry 勔 擔心
[`wɜɪ] [wor·ry]

動詞變化 **worry-worried-worried**
Don't worry about her.
不必擔心她。

托 I T G 公

1028.
worse 形 更壞的
[wɜs] [worse]

❶ go from bad to worse 越來越糟糕

托 I T G 公

1029.
worst 形 最壞的
[wɜst] [worst]

Wendy is the worst student at school.
溫蒂是學校最差的學生。

托 I T G 公

1030. **write** 動 書寫 [raɪt] [write]	動詞變化 **write-wrote-written** The novel was written by Mr. Roberts. 這小說是羅伯茲寫的。 ⇨novel(1683)	托 **I** T **G** 公
1031. **writer** 名 作家 [ˋraɪtɚ] [writ·er]	He is famous as a writer. 他以作家聞名。	托 **I** T **G** 公
1032. **wrong** 形 錯誤的 [rɔŋ] [wrong]	What's wrong with you? 你怎麼了？	托 **I** T **G** 公

Yy ▼ 托 TOEFL、**I** IELTS、T TOEIC、**G** GEPT、公 公務人員考試

1033. **yam/sweet potato** 名 甘薯 [jæm] [yam]	I like sweet potatoes better. 我比較喜歡甘薯。 ⇨better(101)	托 **I** T **G** 公
1034. **year** 名 年 [jɪr] [year]	He will go to university this year. 他今年將讀大學。	托 **I** T **G** 公
1035. **yellow** 形 黃色的 [ˋjɛlo] [yel·low]	The yellow coat looks odd. 這黃色大衣看起來很怪。	托 **I** T **G** 公
1036. **yes** 是的 [jɛs] [yes]	Yes, I agree with you. 是的，我同意你的看法。 ⇨agree(20)	托 **I** T **G** 公
1037. **yeah** 副 是的 [jɛə] [yeah]	Yeah, we are done. 是的，我們完成了。	托 **I** T **G** 公
1038. **yesterday** 名 昨天 [ˋjɛstɚde] [yes·ter·day]	You didn't invite Anne to dinner yesterday. 你昨天沒邀安吃晚餐。 ⇨invite(1546)	托 **I** T **G** 公
1039. **yet** 副 還沒 [jɛt] [yet] (MP3) 1-51	Not yet. 還沒。	托 **I** T **G** 公
1040. **you** 代 你 [ju] [you]	You will be successful. 你將會成功。 ⇨successful(1960)	托 **I** T **G** 公

LEVEL
1

1041. **young** 形 年輕的 [jʌŋ] [young]	The young man stole the book in the bookstore. 這年輕人在書店偷一本書。 ⇨steal(1938)	托 I T G 公
1042. **your(s)** 代 你的 [jurz] [your]	Do your best. 盡你所能。	托 I T G 公
1043. **yours** 代 你的（東西） [jurz] [yours]	These apples are mine; those are yours. 這些蘋果是我的；那些是你的。	托 I T G 公
1044. **yucky** 形 令人厭惡的 [ˋjʌkɪ] [yucky]	I don't like this yucky food. 我不喜歡噁心的食物。 ⇨food(331)	托 I T G 公
1045. **yummy** 形 好吃的 [ˋjʌmɪ] [yum·my]	This is a yummy hamburger. 這是好吃的漢堡。 ⇨hamburger(1483)	托 I T G 公

Zz
▼ 托 TOEFL、I IELTS、T TOEIC、G GEPT、公 公務人員考試

1046. **zero** 名 零 [ˋzɪro] [ze·ro]	❶ zero hour 發動時刻	托 I T G 公
1047. **zoo** 名 動物園 [zu] [zoo]	Let's go to the zoo on the weekend. 我們週末去動物園逛逛吧。	托 I T G 公

MEMO

_____

_____

_____

_____

_____

_____

_____

_____

_____

_____

_____

_____

_____

_____

_____

_____

LEVEL 2

以國中小學必考1200單字範圍為基礎
符合美國二年級學生所學範圍

介	介系詞	**副**	副詞
片	片語	**動**	動詞
代	代名詞	**連**	連接詞
名	名詞	**感**	感嘆詞
助	助詞	**縮**	縮寫
形	形容詞	sb.	somebody
冠	冠詞	sth.	something

Level 2

以國中小學必考1200單字範圍為基礎
符合美國二年級學生所學範圍

Aa ▼ 托TOEFL、I IELTS、T TOEIC、G GEPT、公 公務人員考試

1048. **ability** 名 能力 [ə`bɪlətɪ] [abil·i·ty]	**MP3** **2-01**	He has ability to pay. 他有償還債務的能力。 ⇨pay(2783) 托 I T G 公
1049. **abroad** 副 在國外 [ə`brɔd] [abroad]		She will study abroad next year. 她明年出國讀書。 ⇦study(874) ⇦next(592) 托 I T G 公
1050. **absence** 名 缺席 [`æbsn̩s] [ab·sence]		❶ absence of mind 心不在焉 ⇦mind(547) 托 I T G 公
1051. **absent** 形 缺席的／缺少的 [`æbsn̩t]/[æb`sn̩t] [ab·sent]		He is absent today. 他今天沒來。 ⇦today(932) 托 I T G 公
1052. **accept** 動 接受 [ək`sɛpt] [ac·cept]		動詞變化 accept-accepted- accepted He can't accept this job. 他無法接受這工作。 ⇦this(916) ⇦job(451) 托 I T G 公
1053. **active** 形 主動的 [`æktɪv] [ac·tive]		Tina is active. 媞娜很主動。 托 I T G 公
1054. **addition** 名 增加 [ə`dɪʃən] [ad·di·tion]		❶ in addition 另外 托 I T G 公
1055. **advance** 動 名 使前進 [əd`væns] [ad·vance]		動詞變化 advance-advanced- advanced ❶ in advance of sth. 事先～ 托 I T G 公

LEVEL 2

1056. **affair** 名 事務 [ə`fɛr] [af·fair]	❶ love affair 緋聞	托 I T G 公 ⇦love(519)
1057. **aid** 名 幫助 [ed] [aid]	John gives aids to his friends very often. 約翰常幫助他朋友。	托 I T G 公 ⇦give(361) ⇦friend(345)
1058. **aim** 名 目標 [em] [aim]	She takes aim at Ed. 她批評艾德。	托 I T G 公
1059. **aircraft** 名 飛行器 [`ɛr͵kræft] [air·craft]	❶ military aircraft 軍用飛機	托 I T G 公
1060. **airline** 名 航線 [`ɛr͵laɪn] [air·line]	Tom is an airline pilot. 湯姆是飛機駕駛員。	托 I T G 公 ⇨pilot(2799)
1061. **alarm** 名 警報 [ə`lɑrm] [alarm]	There is no cause of alarm. 無須驚慌。	托 I T G 公 ⇦cause(162)
1062. **album** 名 相簿 [`ælbəm] [al·bum]	Anne bought a photo album last week. 安上禮拜買了一本相簿。	托 I T G 公 ⇨photo(1735)
1063. **alike** 形 相像的 [ə`laɪk] [alike]	Ben and Bill look alike. 班和比爾看起來很像。	托 I T G 公 ⇦look(516)
1064. **alive** 形 活的 [ə`laɪv] [a·live]	❶ come alive 生動	托 I T G 公
1065. **almond** 名 杏仁 [`ɑmənd] [al·mond]	She has almond eyes. 她有一雙杏眼。	托 I T G 公 ⇨eye(293)
1066. **aloud** 副 大聲地 [ə`laʊd] [aloud]	Don't talk aloud in the classroom. 別在教室大聲講話。	托 I T G 公 ⇦talk(891)
1067. **alphabet** 名 字母表 [`ælfə͵bɛt] [al·pha·bet]	Do you know what alphabet is? 你知道什麼是字母表？	托 I T G 公 ⇦know(474)

1068. **although** 連 雖然 [ɔl`ðo] [al·though]	Although he is tired, he still goes mountain climbing. 雖然他很累，他仍然去爬山。 托 I T G 公 ⇦mountain(566)
1069. **altogether** (MP3) 副 完全 2-02 [ˌɔltə`gɛðɚ] [al·to·geth·er]	You need to pay me two hundred dollars altogether. 你總共要付我兩百元。 托 I T G 公 ⇦dollar(245) ⇨pay(2783)
1070. **amount** 名 總額 動 合計 [ə`maunt] [a·mount]	動詞變化 amount-amounted-amounted ❶ amount to something 總計 托 I T G 公 ⇦something(836)
1071. **ancient** 形 古代的 [`enʃənt] [an·cient]	Beth reads the ancient Rome history. 貝斯閱讀古羅馬歷史。 托 I T G 公 ⇦history(416)
1072. **ankle** 名 腳踝 [`æŋkl̩] [an·kle]	Willy hurts his ankle this morning. 威利今早傷到腳踝。 托 I T G 公 ⇦hurt(433)
1073. **anybody/anyone** 代 任何人 [`ɛnɪˌbadɪ]/[`ɛnɪˌwʌn] [any·body]/[any·one]	Did anyone call Emma last night? 昨晚有人打電話給艾瑪嗎？ 托 I T G 公 ⇦night(594) ⇦last(482)
1074. **anyhow** 副 無論如 何；隨便地 [`ɛnɪˌhau] [any·how]	Roger puts his books on his shelf, just anyhow. 羅傑隨便把書放在書櫃。 托 I T G 公 ⇦put(696) ⇨shelf(1882)
1075. **anyplace** 副 任何地方 [`ɛnɪˌples] [any·place]	He can't find his resume anyplace. 他在任何地方都找不到他的履歷表。 托 I T G 公 ⇨resume(5062)
1076. **anytime** 副 在任何時候 [`ɛnɪˌtaɪm] [any·time]	Can I call you anytime? 我任何時候都可以打給你嗎？ 托 I T G 公 ⇦call(147)
1077. **anyway** 副 無論如何 [`ɛnɪˌwe] [any·way]	Anyway, let's hurry up. 無論如何，我們趕快走。 托 I T G 公 ⇨hurry(1520)

1078. **anywhere** 副 在任何地方 [ˈɛnɪˌhwɛr] [any·where]	In Taiwan, you can see cabs anywhere. 你在台灣到處都可以看到計程車。	托 I T G 公 ⇦see(761)
1079. **apartment** 名 公寓 [əˈpɑrtmənt] [apart·ment]	He lives in an apartment, not a house. 他住在公寓，不是獨棟房子。	托 I T G 公 ⇦live(514) ⇦house(427)
1080. **appearance** 名 出現；外表 [əˈpɪrəns] [ap·pear·ance]	The actor has been concerned about his appearance. 這位男演員很注重外貌。	托 I T G 公 ⇦actor(9) ⇨concern(2305)
1081. **appetite** 名 胃口 [ˈæpəˌtaɪt] [ap·pe·tite]	The sour milk spoils his appetite. 這酸牛奶影響他的胃口。	托 I T G 公 ⇨spoil(3011) ⇦milk(546) ⇦sour(845)
1082. **apply** 動 應用 [əˈplaɪ] [ap·ply]	動詞變化 **apply-applied-applied** He applies for the job. 他申請這份工作。	托 I T G 公
1083. **apron** 名 圍裙 [ˈeprən] [a·pron]	Mom wears an apron. 媽媽穿圍裙。	托 I T G 公 ⇦wear(987)
1084. **argue** 動 爭論 [ˈɑrgju] [ar·gue]	動詞變化 **argue-argued-argued** Sandy argues with her sister. 姍蒂和妹妹爭論。	托 I T G 公 ⇦sister(810)
1085. **argument** 名 議論 [ˈɑrgjəmənt] [ar·gu·ment]	❶ lose an argument 輸掉辯論	托 I T G 公 ⇨lose(1595)
1086. **arm** 名 手臂 [ɑrm] [arm]	They stood arm in arm. 他們臂挽著臂站著。	托 I T G 公
1087. **armchair** 名 扶手椅 [ˈɑrmˌtʃɛr] [arm·chair]	The kid is sitting on the armchair. 這小孩正坐在扶手椅上。	托 I T G 公 ⇦sit(811)
1088. **arrange** 動 安排 [əˈrendʒ] [ar·range] 🎧2-03	動詞變化 **arrange-arranged-arranged** Leon arranged an appointment for Friday. 里昂安排星期五見面。	托 I T G 公 ⇨appointment(3255)

1089. **arrangement** 名 安排 [əˋrendʒmənt] [ar·range·ment]	❶ security arrangement 保安措施　　托 **I** T G 公 ⇨security(2952)
1090. **arrest** 動 逮捕 [əˋrɛst] [ar·rest]	動詞變化 **arrest-arrested-arrested** 托 **I** T G 公 The thief was arrested by the police. 小偷被警方逮捕。 ⇨thief(2001)
1091. **arrive** 動 到達 [əˋraɪv] [ar·rive]	動詞變化 **arrive-arrived-arrived** 托 **I** T G 公 What time will your aunt arrive at the hotel? 你伯母幾點會抵達旅館？ ⇨hotel(1511)
1092. **arrow** 名 箭頭 [ˋæro] [ar·row]	Fred is a straight arrow.　　　　　托 **I** T G 公 費德是個老實人。 ⇨straight(1945)
1093. **article/essay** 名 文章／論文 [ˋɑrtɪk!]/[ˋɛse] [ar·ti·cle]/[es·say]	The article is very interesting.　　托 **I** T G 公 這篇論文很有趣。 ⇨very(970)
1094. **artist** 名 藝術家 [ˋɑrtɪst] [art·ist]	He is a famous artist.　　　　　托 **I** T G 公 他是有名的藝術家。 ⇨famous(1398)
1095. **asleep** 形 睡著的 [əˋslip] [asleep]	The baby falls asleep.　　　　　托 **I** T G 公 這小孩睡著了。
1096. **assistant** 名 助手 [əˋsɪstənt] [as·sis·tant]	I need to hire a new assistant.　　托 **I** T G 公 我需要雇用新助理。 ⇨hire(1501)
1097. **attack** 動 攻擊 [əˋtæk] [at·tack]	動詞變化 **attack-attacked-attacked** 托 **I** T G 公 The girl was attacked by the tiger. 女孩被老虎攻擊。
1098. **attend** 動 參加 [əˋtɛnd] [at·tend]	動詞變化 **attend-attended-attended** 托 **I** T G 公 Will you attend the meeting tomorrow? 你會參加明天的會議嗎？
1099. **attention** 名 注意 [əˋtɛnʃən] [at·ten·tion]	❶ pay attention to 注意　　　　托 **I** T G 公

| 1100.
avoid 動 避免
[ə`vɔɪd] [avoid] | 動詞變化 **avoid-avoided-avoided** 托 I T G 公
You should avoid making the mistake again.
你要避免再次犯錯。
⇦mistake(551) |

Bb
▼ 托 TOEFL、I IELTS、T TOEIC、G GEPT、公 公務人員考試

1101. **baby-sit** 動 當臨時保母 [`bebɪˌsɪt] [ba·by·sit]	動詞變化 **baby-sit/baby-sat/baby-sat** 托 I T G 公 She baby-sits the kid. 她當這小孩的臨時保母。 ⇦lazy(487) ⇦silly(803)
1102. **baby-sitter** 名 保母 [`bebɪsɪtə] [ba·by·sit·ter]	The baby-sitter is lazy and silly. 托 I T G 公 這位保母又懶又呆。
1103. **backward** 形 向後的 [`bækwəd] [back·ward]	❶ be not backward in 勇敢的 托 I T G 公
1104. **backwards** 副 向後地 [`bækwədz] [back·wards]	❶ backwards and forwards 托 I T G 公 來來回回 ⇨forwards(1439)
1105. **bake** 動 烘烤 [bek] [bake]	動詞變化 **bake-baked-baked** 托 I T G 公 She bakes a birthday cake for her daughter. 她替她女兒烤蛋糕。 ⇦cake(146)
1106. **bakery** 名 麵包店 [`bekərɪ] [bak·ery]	There are many people in the 托 I T G 公 bakery. 很多人在麵包店裡。
1107. **balcony** 名 陽台 [`bælkənɪ] [bal·co·ny]	Dad is reading a novel on the 托 I T G 公 balcony. 爸爸正在陽台看小說。 ⇨novel(1682)
1108. **bamboo** 名 竹子 (MP3) [bæm`bu] [bam·boo] 2-04	Pandas like having bamboos. 托 I T G 公 貓熊喜歡吃竹子。 ⇨panda(1712)
1109. **banker** 名 銀行家 [`bæŋkə] [bank·er]	A banker usually means a person 托 I T G 公 who has a bank. 銀行家通常是指一位擁有銀行的人。 ⇦mean(541)

LEVEL 2

1110. **barbecue** 名 烤肉 [`bɑrbɪkˏju] [bar·be·cue]	The teacher will have a barbecue this weekend. 老師週末要舉辦烤肉。 <div align="right">⇨weekend(992)</div>
1111. **bark** 動 狗吠叫 [bɑrk] [bark]	動詞變化 **bark-barked-barked** The dog barks at night. 狗在晚上吠叫。
1112. **basement** 名 地下室 [`besmənt] [base·ment]	He doesn't like to live in the basement. 他不喜歡住地下室。 <div align="right">⇨live(514)</div>
1113. **basic(s)** 形 名 基礎 [`besɪk(s)] [basic(s)]	❶ get back to basic 反璞歸真
1114. **basis** 名 基本原理 [`besɪs] [ba·sis]	❶ on the basis of A 以 A 為基礎
1115. **battle** 名 戰役 [`bætḷ] [bat·tle]	This is a battle of wills. 這是一場意志之戰。
1116. **bead** 名 有孔小珠 [bid] [bead]	She buys a bead curtain for her room. 她買一張株簾佈置房間。 <div align="right">⇨curtain(1277)</div>
1117. **bean** 名 豆子 [bin] [bean]	Tina is full of beans. 媞娜精力充沛。 <div align="right">⇨full(350)</div>
1118. **beard** 名 鬍子 [bɪrd] [beard]	Mr. Pitt grows a beard. 彼特先生留起鬍鬚。 <div align="right">⇨grow(384)</div>
1119. **bedroom** 名 臥室 [`bɛdˏrum] [bed·room]	When will Ed clean his bedroom? 艾德何時要打掃臥室？
1120. **beef** 名 牛肉 [bif] [beef]	Beef is more delicious than pork. 牛肉比豬肉便宜。 <div align="right">⇨delicious(1292)</div>
1121. **beep** 名 動 嗶嗶聲 [bip] [beep]	動詞變化 **beep-beeped-beeped** She beeps her horn at the student. 她向學生按喇叭。
1122. **beer** 名 啤酒 [bɪr] [beer]	One can of beer is $ 60. 一罐啤酒六十元。

LEVEL 2

1123.
beetle 名 甲蟲
[ˋbitl̩] [bee‧tle]

Have you ever seen a black beetle?
你看過黑色甲蟲嗎？

⇨black(110)

1124.
beg 動 乞求
[bɛg] [beg]

動詞變化 beg-begged-begged
I beg you.
我求你。

1125.
beginner 名 初學者
[bɪˋgɪnɚ] [be‧gin‧ner]

❶ beginner's luck 新手的好運氣

1126.
belief 名 信念
[bɪˋlif] [be‧lief]

❶ beyond belief 難以置信

⇨beyond(1133)

1127.
believable 形 可相信的
[bɪˋlivəbl̩] [be‧liev‧able]

It is believable.
這是能相信的。

1128.
belt 名 皮帶
[bɛlt] [belt]
(MP3) 2-05

❶ below the belt 不公平

⇨below(99)

1129.
bench 名 長凳
[bɛntʃ] [bench]

I am tired, so I sit on a bench.
我很累，所以坐在長凳上。

1130.
bend 動 彎曲
[bɛnd] [bend]

動詞變化 bend-bent-bent
❶ bend the truth 扭曲事實

1131.
besides 介 除…之外
[bɪˋsaɪdz] [be‧sides]

Besides, you didn't tell the truth.
此外，你沒說實話。

⇨truth(2038)

1132.
bet 動 打賭
[bɛt] [bet]

動詞變化 bet-bet-bet
I bet we are better than Fred.
我敢說我們比費德好。

⇨better(101)

1133.
beyond 介 超過；晚於
[bɪˋjɑnd] [be‧yond]

❶ beyond question 無庸置疑

1134.
bill 名 帳單
[bɪl] [bill]

Send me the bill.
寄給我帳單吧。

⇨send(768)

1135.
bind 名動 綑；綁
[baɪnd] [bind]

動詞變化 **bind-bound-bound**
❶ double bind 陷於兩難

托 I T G 公

1136.
bitter 形 苦的
[ˋbɪtə] [bit·ter]

Wow, the coffee is bitter.
哇，這咖啡真苦。

托 I T G 公

⇦coffee(189)

1137.
blackboard 名 黑板
[ˋblæk͵bord] [black·board]

The professor writes some words on the blackboard.
教授在黑板上寫幾個字。

托 I T G 公

1138.
blank 名 空白
[blæŋk] [blank]

Fill in the blanks in five minutes.
五分鐘內填好空格。

托 I T G 公

⇦minute(548)

1139.
blind 形 盲眼的
[blaɪnd] [blind]

The man is blind, so he can't see anything.
男人是盲的，所以他看不見。

托 I T G 公

⇦anything(45)

1140.
bloody 形 血腥的
[ˋblʌdɪ] [blood·y]

❶ Bloody Mary 血腥瑪麗

托 I T G 公

1141.
board 名 木板
[bord] [board]

❶ take sth. on board 採納某事

托 I T G 公

1142.
boil 動 沸騰
[bɔɪl] [boil]

動詞變化 **boil-boiled-boiled**
❶ anger boils up inside 怒火中燒

托 I T G 公

⇦inside(442)

1143.
bomb 名 炸彈
[bɑm] [bomb]

❶ go down a bomb 成功

托 I T G 公

1144.
bony 形
骨頭的；多刺的
[ˋbonɪ] [bon·y]

The kid is bony.
這小孩瘦骨嶙峋。

托 I T G 公

⇦kid(464)

1145.
bookcase 名 書櫃
[ˋbʊk͵kes] [book·case]

Your bookcase is tidy.
你的書櫃很整齊。

托 I T G 公

⇨tidy(3100)

1146.
borrow 動 借用
[ˋbaro] [bor·row]

動詞變化 **borrow-borrowed-borrowed**
May I borrow some rulers from you?
我可以向你借尺嗎？

托 I T G 公

1147. **boss** 图 上司 [bɔs] [boss]	The boss is too pride to listen. 這位上司非常傲慢，聽不進去建言。 ⇨pride(1782)	托 I T G A
1148. **bother** 動 打擾 [ˋbɑðɚ] [both·er]	動詞變化 **bother-bothered-** **bothered** Don't bother them. 別去煩他們。	托 I T G A
1149. **bottle** 图 瓶子 [ˋbɑtḷ] [bot·tle]	I will take seven bottles of Coke. 我要買七瓶可樂。 ⇦seven(775)	托 I T G A
1150. **bow** 動 彎腰 图 弓 [baʊ] [bow]	動詞變化 **bow-bowed-bowed** ❶ bow out with 演員退場	托 I T G A
1151. **bowling** 图 保齡球 [ˋbolɪŋ] [bowl·ing]	We are going to play bowling tonight. 我們今晚要打保齡球。 ⇦tonight(936)	托 I T G A
1152. **brain** 图 頭腦 [bren] [brain]	❶ brain bank 人力銀行	托 I T G A
1153. **branch** 图 樹枝 [bræntʃ] [branch]	The bird hides in the branches. 小鳥躲進樹叢。 ⇨hide(1497)	托 I T G A
1154. **brand** 图 品牌 [brænd] [brand]	This is brand new. 這是全新的。	托 I T G A
1155. **brick** 图 磚頭 [brɪk] [brick]	❶ up against a brick wall 難以跨越的障礙 ⇦against(17)	托 I T G A
1156. **brief** 形 簡短的 [brif] [brief]	❶ in brief 簡而言之	托 I T G A
1157. **broad** 形 寬闊的 [brɔd] [broad]	Adam has broad shoulders. 亞當有寬闊的肩膀。 ⇦shoulder(795)	托 I T G A
1158. **broadcast** 图 動 廣播 [ˋbrɔdˏkæst] [broad·cast]	動詞變化 **broadcast-broadcast-** **broadcast** He told us not to broadcast the fact. 他告訴我們不要到處廣播這件事。 ⇦fact(295)	托 I T G A

MP3 2-06

LEVEL 2

1159. **brunch** 名 早午餐 [brʌntʃ] [brunch]	She ate brunch at 11 am. 她在早上十一點吃早午餐。	托 I T G 公
1160. **brush** 名 刷子 動 刷 [brʌʃ] [brush]	動詞變化 brush-brushed-brushed Neil brushes his teeth every day. 尼爾每天刷牙。	托 I T G 公
1161. **bun** 名 小圓麵包 [bʌn] [bun]	A bag of buns is $100. 一袋小圓麵包壹佰元。 ⇦bag(66)	托 I T G 公
1162. **bundle** 名 一束; 一大筆錢 [ˋbʌndḷ] [bun·dle]	The suite costs a bundle. 這間套房價值不菲。 ⇨suite(6300)	托 I T G 公
1163. **burn** 動 燃燒 [bɜn] [burn]	動詞變化 burn-burned-burned ❶ burn a hole in one's pocket 亂花錢 ⇦pocket(670)	托 I T G 公
1164. **burst** 動 爆發 [bɜst] [burst]	動詞變化 burst-burst-burst ❶ burst into sth. 突然爆發	托 I T G 公
1165. **business** 名 生意 [ˋbɪznɪs] [busi·ness]	None of your business. 與你無關。 ⇨none(1678)	托 I T G 公
1166. **button** 名 鈕釦 [ˋbʌtṇ] [but·ton]	❶ as bright as a button 非常聰穎	托 I T G 公

Cc ▼ 托TOEFL、I IELTS、T TOEIC、G GEPT、公 公務人員考試

1167. **cabbage** 名 甘藍菜 [ˋkæbɪdʒ] [cab·bage]	(MP3) 2-07	Jane likes cabbage roses. 珍喜歡西洋薔薇。 ⇦rose(736)	托 I T G 公
1168. **cable** 名 纜線 [ˋkebḷ] [ca·ble]		People can receive 80 cable channels in Taiwan. 人們在台灣可以收看八十個有線頻道。 ⇦receive(714) ⇨channel(2260)	托 I T G 公
1169. **café** 名 咖啡廳 [kəˋfe] [cafe]		We used to drink some coffee in a café. 我們以前習慣在咖啡廳裡喝咖啡。	托 I T G 公

1170. **cafeteria** 名 自助餐廳 [͵kæfə`tɪrɪə] [caf·e·te·ria]	Do you have lunch at a cafeteria? 托 I T G 公 你在自助餐廳吃午餐嗎？
1171. **calendar** 名 日曆 [`kæləndə] [cal·en·dar]	Look at the calendar and tell me 托 I T G 公 what date tomorrow is? 看看月曆，並告訴我明天幾月幾號？ ⇨date(220)
1172. **calm** 形 平靜的 [kɑm] [calm]	Calm down. 托 I T G 公 請冷靜。
1173. **cancel** 動 取消 [`kæns!] [can·cel]	動詞變化 **cancel-cancelled-** 托 I T G 公 **cancelled** The manager cancelled the meeting this morning. 經理早上取消會議。 ⇨meeting(1626)
1174. **cancer** 名 癌症 [`kænsə] [can·cer]	● advanced cancer 癌症末期 托 I T G 公
1175. **candle** 名 蠟燭 [`kænd!] [can·dle]	Blow out the candles now. 托 I T G 公 現在請吹熄蠟燭。
1176. **captain** 名 船長 [`kæptɪn] [cap·tain]	Willy is the captain of a ship. 托 I T G 公 威利是船長。 ⇨ship(788)
1177. **carpet** 名 地毯 [`kɑrpɪt] [car·pet]	Who bought the colorful carpet? 托 I T G 公 誰買這張顏色鮮豔的地毯？
1178. **carrot** 名 紅蘿蔔；用以引誘的報酬 [`kærət] [car·rot]	He uses the carrot and stick 托 I T G 公 approach. 他威脅利誘。 ⇨stick(1941)
1179. **cart** 名 手推車 [kɑrt] [cart]	Her cart is missing. 托 I T G 公 她的手推車不見了。 ⇨missing(2708)
1180. **cartoon** 名 卡通 [kɑr`tun] [car·toon]	Anne liked to watch cartoon 托 I T G 公 when she was little. 當安還小時，她愛看卡通。 ⇨watch(982)
1181. **cash** 名 現金 [kæʃ] [cash]	● pay by cash 付現 托 I T G 公

LEVEL
2

1182. **cassette** 名 卡式磁帶 [kəˋsɛt] [cas·sette]	❶ cassette recorder 卡式錄音機 托 I T G 公
1183. **castle** 名 城堡 [ˋkæsḷ] [cas·tle]	They visited a castle in Germany. 托 I T G 公 他們去德國參觀城堡。 ⇦visit(972)
1184. **cave** 名 洞穴 [kev] [cave]	The cave is dark and humid. 托 I T G 公 洞穴又暗又潮濕。 ⇨humid(1515)
1185. **ceiling** 名 天花板 [ˋsilɪŋ] [ceil·ing]	❶ hit the ceiling 大發脾氣 托 I T G 公
1186. **cell** 名 細胞 [sɛl] [cell]	❶ dry cell 乾電池 托 I T G 公
1187. **central** 形 中央的 [ˋsɛntrəl] [cen·tral]	❶ a central figure 中心人物 托 I T G 公 ⇨figure(1410)
1188. **century** 名 世紀 (MP3) [ˋsɛntʃurɪ] [cen·tu·ry] 2-08	The man was a nineteenth 托 I T G 公 century painter. 這男子是十九世紀的畫家。 ⇨painter(1707)
1189. **cereal** 名 穀類作物 [ˋsɪrɪəl] [ce·re·al]	❶ cereal corps 穀類 托 I T G 公
1190. **chalk** 名 粉筆 [tʃɔk] [chalk]	Please write a sentence with a 托 I T G 公 chalk. 請用粉筆寫一個句子。 ⇦sentence(770)
1191. **change** 動 改變 [tʃendʒ] [change]	動詞變化 change-changed- 托 I T G 公 changed Do you change your mind? 你改變主意嗎？ ⇦mind(547)
1192. **character** 名 個性 [ˋkærɪktɚ] [char·ac·ter]	Jill is the main character of the 托 I T G 公 film. 吉兒是電影主角。
1193. **charge** 名動 收費 [tʃɑrdʒ] [charge]	動詞變化 charge-charged-charged 托 I T G 公 ❶ cover charge 服務費 ⇦cover(206)

LEVEL
2

1194.
cheap 形 便宜的
[tʃip] [cheap]

The bag is cheaper than that watch.
袋子比手錶便宜。

托 I T G 公

⇦watch(982)

1195.
cheat 動 欺騙
[tʃit] [cheat]

動詞變化 **cheat-cheated-cheated**
Don't cheat him out of the ring.
不要阻止他拿到戒指。

托 I T G 公

⇦ring(724)

1196.
chemical 形 化學的
[ˋkɛmɪkḷ] [chem·i·cal]

❶ chemical changes 化學變化

托 I T G 公

⇦change(1191)

1197.
chess 名 西洋棋
[tʃɛs] [chess]

They play chess once a week.
他們一週玩一次西洋棋。

托 I T G 公

1198.
childish 形 孩子氣的
[ˋtʃaɪldɪʃ] [child·ish]

You are too childish.
你太孩子氣了。

托 I T G 公

1199.
childlike 形 純真的
[ˋtʃaɪldˌlaɪk] [child·like]

She has childlike delight.
她有純真的喜悅。

托 I T G 公

⇨delight(3482)

1200.
chin 名 下巴
[tʃɪn] [chin]

❶ keep one's chin up 不灰心

托 I T G 公

⇦keep(460)

1201.
chocolate 名 巧克力
[ˋtʃakəlɪt] [choc·o·late]

Do you like white chocolate?
你喜歡白巧克力嗎？

托 I T G 公

1202.
choice 名 選擇
[tʃɔɪs] [choice]

Tom has no choice.
湯姆別無選擇。

托 I T G 公

⇨pick(1738)

1203.
choose 動 選擇
[tʃuz] [choose]

動詞變化 **choose-chose-chosen**
The woman picks and chooses.
這女子精挑細選。

托 I T G 公

1204.
chopsticks 名 筷子
[ˋtʃapˌstɪks] [chop·sticks]

He is from the USA, so he can't use the chopsticks well.
他來自美國，所以他不太會用筷子。

托 I T G 公

⇦use(967)

1205.
circle 名 圓圈
[ˋsɝkḷ] [cir·cle]

❶ come full circle 回到原來位置

托 I T G 公

⇦come(193)

1206.
citizen 名 公民
[ˋsɪtəzn̩] [cit·i·zen]

Mark is a Canadian citizen.
馬克是加拿大公民。

托 I T G 公

1207.
claim 動 要求
[klem] [claim]

動詞變化 **claim-claimed-claimed** 托 I T G 公
She claims that she is innocent.
她宣稱她是無辜的。

⇨innocent(2588)

1208.
clap 動 鼓掌
[klæp] [clap]
(MP3) 2-09

動詞變化 **clap-clapped-clapped**
❶ clap eyes on + sb. 注意某人

1209.
classic 形 古典的
[ˋklæsɪk] [clas·sic]

She is interested in classic design. 托 I T G 公
她對古典設計感興趣。

⇨design(1301)

1210.
claw 名 爪子
[klɔ] [claw]

❶ claw sth. back 盡力挽回 托 I T G 公

1211.
clay 名 黏土
[kle] [clay]

Do you know what Tim's feet of clay are? 托 I T G 公
你知道提姆致命的弱點為何?

⇦what(998)

1212.
cleaner 名
清潔工;吸塵器
[ˋklinə] [clean·er]

❶ vacuum cleaner 吸塵器 托 I T G 公

⇨vacuum(5295)

1213.
clerk 名 店員
[klɝk] [clerk]

The clerk's attitude is rude. 托 I T G 公
這店員態度粗魯。

⇨attitude(2157)

1214.
clever 形 聰明的
[ˋklɛvə] [clev·er]

The boy is clever and outgoing. 托 I T G 公
這男孩聰明又活潑。

⇨outgoing(4922)

1215.
climate 名 氣候
[ˋklaɪmɪt] [cli·mate]

The climate is mild. 托 I T G 公
氣候溫和。

⇨mild(3882)

1216.
closet 名 衣櫥
[ˋklɑzɪt] [clos·et]

❶ come out of the closet 托 I T G 公
公開承認祕密

1217.
cloth 名 布料
[klɔθ] [cloth]

You should cut your coat according to your cloth. 托 I T G 公
你要量入為出。

⇦coat(187)

1218.
clothe 動 幫…穿衣
[kloð] [clothe]

動詞變化 **clothe-clothed-clothed** 托 I T G 公
He clothes his son in cheap shirt.
他讓他兒子穿廉價襯衫。

⇨wolf(2097)

1219.
clothes 名 衣服
[kloz] [clothes]

Put on more clothes.
衣服穿多點。

托 I T G A

1220.
clothing 名 衣服
[ˋkloðɪŋ] [cloth·ing]

❶ a wolf in sheep's clothing
披著羊皮之狼

托 I T G A

1221.
cloudy 形 多雲的
[ˋklaʊdɪ] [cloud·y]

Because it is cloudy, we can go running.
因為今天是陰天，我們可以去跑步。

托 I T G A

1222.
clown 名 小丑
[klaʊn] [clown]

He is always a clown.
他總是當活寶。

托 I T G A

⇦always(34)

1223.
club 名 俱樂部
[klʌb] [club]

Will you go to the night club later?
你晚點要去夜總會嗎？

托 I T G A

1224.
coach 名 教練
[kotʃ] [coach]

James is a serious coach.
詹姆士是個很嚴肅的教練。

托 I T G A

1225.
coal 名 煤炭
[kol] [coal]

❶ the coal industry 煤炭工業

托 I T G A

⇨industry(1533)

1226.
cock 名 公雞
[kɑk] [cock]

Mr. Lin has several cocks in his back yard.
林先生在後院養了幾隻公雞。

托 I T G A

⇦several(778)

1227.
cockroach/roach
名 蟑螂
[ˋkɑkˌrotʃ]/[rotʃ]
[cock·roach]/[roach]

He isn't afraid of cockroaches.
他不怕蟑螂。

托 I T G A

⇦afraid(13)

1228.
coin 名 硬幣
[kɔɪn] [coin]

(MP3)
2-10

❶ the other side of the coin
反面而言

托 I T G A

⇦other(632)

1229.
collect 動 收集
[kəˋlɛkt] [col·lect]

動詞變化 collect-collected-collected

Leon's hobby is collecting stamps.
里昂的嗜好是集郵。

托 I T G A

⇨hobby(1502)
⇨stamp(1935)

1230.
colorful 形 彩色的
[ˋkʌləˌfəl] [col·or·ful]

This is a colorful world.
這是彩色世界。

托 I T G A

1231. **comb** 名 梳子 動 梳 [kom] [comb]	動詞變化 **comb-combed-combed** 托 I T G 公 ❶ comb sth. out 梳開
1232. **comfortable** 形 舒服的 [ˋkʌmfɚtəbḷ] [com·fort·able]	He feels more comfortable. 托 I T G 公 他覺得舒服多了。
1233. **company** 名 公司 [ˋkʌmpənɪ] [com·pa·ny]	Jason works at an international 托 I T G 公 company. 傑森在一家國際公司上班。 ⇨international(1541)
1234. **compare** 動 比較 [kəmˋpɛr] [com·pare]	動詞變化 **compare-compared-** **compared** 托 I T G 公 ❶ compare with 和～相比
1235. **complain** 動 抱怨 [kəmˋplen] [com·plain]	動詞變化 **complain-complained-** **complained** 托 I T G 公 Stop complaining. 不要抱怨個不停。
1236. **complete** 形 完整的 [kəmˋplit] [com·plete]	You are a complete zero. 托 I T G 公 你這個窩囊廢。 ⇦zero(1046)
1237. **computer** 名 電腦 [kəmˋpjutɚ] [com·put·er]	Her computer had a crash. 托 I T G 公 她電腦當機了。 ⇨crash(2325)
1238. **confirm** 動 確認 [kənˋfɝm] [con·firm]	動詞變化 **confirm-confirmed-** **confirmed** 托 I T G 公 Remember to confirm your flight ticket. 記得去確認機票。 ⇨flight(1421)
1239. **conflict** 名 動 衝突 [ˋkɑnflɪkt]/[kənˋflɪkt] [con·flict]	動詞變化 **conflict-conflicted-** **conflicted** 托 I T G 公 ❶ a conflict between A and B AB 之間的衝突
1240. **Confucius** 名 孔子 [kənˋfjuʃəs] [con·fu·cius]	❶ Analects of Confucius 論語 托 I T G 公 ⇨analects(5412)
1241. **congratulation** 名 恭喜 [kən͵grætʃəˋleʃən] [con·grat·u·la·tion]	Congratulations! You won the 托 I T G 公 game. 恭喜！你比賽贏了。

LEVEL 2

1242.
consider 動 考慮
[kən`sɪdə] [con·sid·er]

動詞變化 **consider-considered-considered** 托 I T G 公

The manager considered Wendy's opinion.
經理考慮溫蒂的意見。

⇨manager(2672)

1243.
contact 名動 聯絡
[`kɑntækt]/[kən`tækt]
[con·tact]

動詞變化 **contact-contacted-contacted** 托 I T G 公

If you want to know more information, please contact with Mr. Wang.
如果想知道更多消息，請和王先生聯絡。

⇨information(3774)

1244.
contain 動 包含
[kən`ten] [con·tain]

動詞變化 **contain-contained-contained** 托 I T G 公

Give me a drink that doesn't contain alcohol.
給我一杯不含酒精的飲料。

⇨alcohol(3231)

1245.
control 動 控制
[kən`trol] [con·trol]

動詞變化 **control-controlled-controlled** 托 I T G 公

Please control yourself.
請自我控制。

1246.
controller 名 管理人
[kən`trolə] [con·trol·ler]

He is a controller of Channel A. 托 I T G 公
他是頻道A的負責人。

⇨channel(2260)

1247.
convenient 形
方便的
[kən`vinjənt]
[con·ve·nient]

It is convenient to live in the neighborhood. 托 I T G 公
住在這社區很方便。

⇨neighborhood(2733)

1248.
conversation (MP3)
名 會話；談話   2-11
[ˌkɑnvə`seʃən]
[con·ver·sa·tion]

They have an important conversation in the afternoon. 托 I T G 公
他們在下午有重要談話。

⇦afternoon(15)
⇦important(439)

1249.
cooker 名 烹調器具
[`kukə] [cook·er]

❶ pressure cooker 壓力鍋 托 I T G 公

⇨pressure(2833)

1250.
copy/xerox 動 影印
[`kɑpɪ]/[`zɪrɑks] [copy]/
[xe·rox]

動詞變化 **copy-copied-copied** 托 I T G 公
Please copy this paper for me.
請幫我影印這張紙。

⇦paper(644)

1251. **corner** 名 角落 [`kɔrnɚ] [cor·ner]	The flower shop is on the corner. 花店在轉角。 托 I T G 公 ⇦flower(327)
1252. **costly** 形 價格高的 [`kɔstlɪ] [cost·ly]	❶ a costly mistake 重大損失 托 I T G 公 ⇦mistake(551)
1253. **cotton** 名 棉花 [`katn̩] [cot·ton]	❶ cotton picking 討厭的 托 I T G 公
1254. **cough** 動 咳嗽 [kɔf] [cough]	動詞變化 cough-coughed- coughed 托 I T G 公 He coughs politely in the living room. 他在客廳小心翼翼地咳嗽。
1255. **countryside** 名 鄉下 [`kʌntrɪˌsaɪd] [coun·try·side]	She likes to go to the countryside. 托 I T G 公 她喜歡到鄉下去。
1256. **county** 名 郡；縣 [`kaʊntɪ] [coun·ty]	Sam lives in Taipei County. 托 I T G 公 山姆住在台北縣。
1257. **couple** 名 夫婦 [`kʌpl̩] [cou·ple]	The couple went to England last week. 托 I T G 公 這對夫婦上星期到英格蘭。 ⇦last(482) ⇦week(991)
1258. **courage** 名 勇氣 [`kɜɪdʒ] [cour·age]	❶ take courage 鼓起勇氣 托 I T G 公
1259. **court** 名 法院 [kort] [court]	❶ appear in court 出庭 托 I T G 公
1260. **cousin** 名 表或堂兄弟姐妹 [`kʌzn̩] [cous·in]	One of her cousins is a lawyer. 托 I T G 公 她其中一位表哥是律師。 ⇦lawyer(1571)
1261. **crab** 名 螃蟹 [kræb] [crab]	❶ dressed crab 加工過的螃蟹 托 I T G 公
1262. **crane** 名 鶴 動 伸長脖子 [kren] [crane]	動詞變化 crane-craned-craned 托 I T G 公 ❶ crane one's neck 伸長脖子 ⇦neck(586)

1263. **crayon** 名 蠟筆 [`kreən] [cray·on]	The painter is drawing with a crayon. 畫家正用蠟筆畫畫。 <div align="right">⇨draw(251)</div>	托 I T G 公
1264. **crazy** 形 瘋狂的 [`krezɪ] [cra·zy]	Are you crazy? 你瘋了嗎？	托 I T G 公
1265. **cream** 名 奶油 [krim] [cream]	❶ cream puff 懦夫 <div align="right">⇨puff(5017)</div>	托 I T G 公
1266. **create** 動 創造 [krɪ`et] [cre·ate]	動詞變化 **create-created-created** The plan created more jobs for people. 這個計畫替人們創造更多就業機會。 <div align="right">⇨people(654)</div>	托 I T G 公
1267. **crime** 名 罪 [kraɪm] [crime]	❶ commit a crime 犯罪 <div align="right">⇨commit(3375)</div>	托 I T G 公
1268. **crisis** 名 危機 [`kraɪsɪs] [cri·sis]	Mr. Smith is an expert in crisis management. 史密斯先生是危機處理專家。 <div align="right">⇨expert(1390) ⇨management(2670)</div>	托 I T G 公
1269. **crop** 名 農作物 動 裁剪 [krɑp] [crop]	動詞變化 **crop-cropped-cropped** ❶ crop top 露臍裝 <div align="right">⇨top(939)</div>	托 I T G 公
1270. **cross** 名 十字形 動 跨越 [krɔs] [cross]	動詞變化 **cross-crossed-crossed** ❶ cross one's mind 出現在腦中 <div align="right">⇨mind(547)</div>	托 I T G 公
1271. **crow** 名 烏鴉 [kro] [crow]	❶ as the crow flies 直線地	托 I T G 公
1272. **crowd** 名 人群 [kraʊd] [crowd]	A small crowd stood in front of the theater. 一小群人站在戲院前面。 <div align="right">⇨front(348) ⇨theater(1998)</div>	托 I T G 公
1273. **cruel** 形 殘酷的 [`kruəl] [cru·el]	Sometimes we have to be cruel. 有時我們必須冷酷（以對）。	托 I T G 公

LEVEL 2

1274.
culture 名 文化
[`kʌltʃɚ] [cul·ture]

❶ culture shock 文化衝擊

托 I T G 公

1275.
cure 動 治療
[kjur] [cure]

動詞變化 cure-cured-cured
The illness can be cured.
這種病可以治癒。

托 I T G 公

1276.
curious 形 好奇的
[`kjurɪəs] [cu·ri·ous]

I am curious about the story.
我對這個故事感到好奇。

⇦story(869)

托 I T G 公

1277.
curtain/drape 名
窗廉
[`kɝtn̩]/[drep]
[cur·tain]/[drape]

❶ curtain call 謝幕

⇦call(147)

托 I T G 公

1278.
custom 名 習俗
[`kʌstəm] [cus·tom]

It is an old custom.
那是古老的習俗。

托 I T G 公

1279.
customer 名 客戶
[`kʌstəmɚ] [cus·tom·er]

He is a regular customer.
他是老主顧。

⇦regular(1832)

托 I T G 公

Dd
▼ 托 TOEFL、I IELTS、T TOEIC、G GEPT、公 公務人員考試

1280.
daily 形 每天的
[`delɪ] [dai·ly]

He reads (a) daily newspaper.
他看日報。

⇦newspaper(591)

托 I T G 公

1281.
damage 名 損壞
[`dæmɪdʒ] [dam·age]

What's the damage?
損壞賠償金要多少錢？

托 I T G 公

1282.
dangerous 形
危險的
[`dendʒərəs] [dan·ger·ous]

It is dangerous to go out at
midnight.
半夜出門很危險。

托 I T G 公

1283.
data 名 資料
[`detə] [da·ta]

This data was collected from 100
universities.
這份資料是從100間學校中收集而來。

⇦collect(1229)

托 I T G 公

1284.
dawn 名 黎明
[dɔn] [dawn]

Jimmy starts to study at dawn.
吉米黎明時就開始讀書。

托 I T G 公

1285. **deaf** 形 耳聾的 [dɛf] [deaf]	❶ fall on deaf ears 置若罔聞	托 I T G 公 ⇦fall(297)
1286. **debate** 名 辯論 [dɪˋbet] [de·bate]	❶ a debate on sth. 關於～的辯論	托 I T G 公
1287. **debt** 名 債務 [dɛt] [debt]	❶ in debt 負債	托 I T G 公
1288. **decision** 名 決定 (MP3) [dɪˋsɪʒən] [de·ci·sion]	Can you make a decision now? 你現在可以做決定嗎？	托 I T G 公
1289. **decorate** 動 裝飾 [ˋdɛkəˌret] [dec·o·rate]	動詞變化 **decorate-decorated- decorated** They decorated this house with paintings. 他們用畫作裝飾這間房子。	托 I T G 公 ⇨painting(1708)
1290. **degree** 名 程度 [dɪˋgri] [de·gree]	❶ by degrees 漸漸地	托 I T G 公
1291. **delay** 動 延遲 [dɪˋle] [de·lay]	動詞變化 **delay-delayed-delayed** The flight was delayed by snow. 飛機因為大雪延誤。	托 I T G 公 ⇨flight(1421)
1292. **delicious** 形 美味的 [dɪˋlɪʃəs] [de·li·cious]	The noodles are delicious. 這麵真的很美味。	托 I T G 公 ⇨noodle(1679)
1293. **deliver** 動 遞送 [dɪˋlɪvə] [de·liv·er]	動詞變化 **deliver-delivered- delivered** ❶ deliver the goods 履行諾言	托 I T G 公 ⇨goods(3690)
1294. **dentist** 名 牙醫 [ˋdɛntɪst] [den·tist]	He needs to go to the dentist. 他需要看牙醫。	托 I T G 公
1295. **deny** 動 否認 [dɪˋnaɪ] [de·ny]	動詞變化 **deny-denied-denied** Even though you deny it, we don't believe you. 即使你否認，我們還不相信。	托 I T G 公 ⇦believe(96)

LEVEL
2

1296.
department 名
部門;科系
[dɪˋpɑrtmənt]
[de·part·ment]

He works at marketing department.
他在行銷部工作。

托 I T G 公

1297.
depend 動 依賴
[dɪˋpɛnd] [de·pend]

動詞變化 depend-depended-depended
It depends.
視情況而定。

托 I T G

1298.
depth 名 深度
[dɛpθ] [depth]

❶ out of one's depth 某人無法理解

托 I T G 公

⇦out(635)

1299.
describe 動 描寫
[dɪˋskraɪb] [de·scribe]

動詞變化 describe-decribed-decribed
Can you describe how you feel now?
你能形容你現在感覺如何嗎?

托 I T G 公

⇦feel(310)

1300.
desert 名 沙漠
動 拋棄
[ˋdɛzɚt]/[dɛˋzɝt] [des·ert]

動詞變化 desert-deserted-deserted
No one wants to be deserted by others.
沒有人想被拋棄。

托 I T G 公

⇦other(632)

1301.
design 名動 設計
[dɪˋzaɪn] [de·sign]

動詞變化 design-designed-designed
❶ have designs on 企圖得到某物

托 I T G 公

1302.
desire 名動 渴望
[dɪˋzaɪr] [de·sire]

動詞變化 desire-desired-desired
❶ have/has no desire 不想

托 I T G 公

1303.
dessert 名
餐後點心;甜點
[dɪˋzɝt] [des·sert]

He ordered a piece of cake for dessert.
他點蛋糕當甜點。

托 I T G 公

⇦piece(661)

1304.
detect 動 探察
[dɪˋtɛkt] [de·tect]

動詞變化 detect-detected-detected
❶ detect the disease 檢查疾病

托 I T G 公

⇨disease(2380)

1305.
develop 動 發展
[dɪˋvɛləp] [de·vel·op]

動詞變化 develop-developed-developed
The man developed the company in 2000.
他在2000年創辦這間公司。

托 I T G 公

1306.
development 名
發展
[dɪ`vɛləpmənt]
[de·vel·op·ment]

❶ housing development 住宅區

托 I T G 公

1307.
dew 名 露水
[dju] [dew]

❶ mountain dew 威士忌 (私釀)

托 I T G 公

⇦mountain(566)

1308.
dial 動 打電話
[`daɪəl] [di·al]

(MP3) 2-14

動詞變化 dial-dialed-dialed
Lisa dialed the wrong number.
麗莎打錯電話。

托 I T G

⇦number(611)

1309.
diamond 名 鑽石
[`daɪəmənd] [di·a·mond]

❶ diamond wedding 鑽石婚

托 I T G 公

1310.
diary 名 日記
[`daɪərɪ] [di·a·ry]

Do you keep a diary?
你有寫日記的習慣嗎？

托 I T G 公

⇦keep(460)

1311.
dictionary 名 字典
[`dɪkʃən͵ɛrɪ] [dic·tio·nary]

Look up these words in the dictionary.
在字典查這幾個字。

托 I T G 公

⇦these(909)

1312.
difference 名 差異
[`dɪfərəns] [dif·fer·ence]

❶ the world of difference 兩碼子的事

托 I T G 公

1313.
difficulty 名 困難
[`dɪfə͵kʌltɪ] [dif·fi·cul·ty]

❶ with difficulty 有困難地

托 I T G 公

1314.
dinosaur 名 恐龍
[`daɪnə͵sɔr] [di·no·sour]

The kid is interested in dinosaurs.
這小孩對恐龍感興趣。

托 I T G 公

⇦interest(443)

1315.
direction 名 方向
[də`rɛkʃən] [di·rec·tion]

❶ sense of direction 方向感

托 I T G 公

⇦sense(769)

1316.
director 名
指揮者；導演
[də`rɛktə] [di·rec·tor]

Mr. Chu is a famous director in Taiwan.
朱先生是台灣著名導演。

托 I T G 公

⇨famous(1398)

1317.
disagree 動 不同意
[͵dɪsə`gri] [dis·agree]

動詞變化 disagree-disagreed-disagreed
I disagree with you.
我不苟同你的想法。

托 I T G 公

1318.
disagreement 名
意見不合
[ˌdɪsəˋɡrimənt]
[dis·agree·ment]

She has had several disagreements with her classmates.
她和同學發生過很多次爭吵。

托 I T G 公

⇦with(1019)

1319.
disappear 動 消失
[ˌdɪsəˋpɪr] [dis·ap·pear]

動詞變化 disappear-disappeared-disappeared
❶ disappear into thin air 不翼而飛

托 I T G 公

1320.
discuss 動 討論
[dɪˋskʌs] [dis·cuss]

動詞變化 discuss-discussed-discussed
Let's discuss the problem.
我們現在討論這問題。

托 I T G 公

⇦problem(689)

1321.
discussion 名 討論
[dɪˋskʌʃən] [dis·cus·sion]

The manager picked up a topic for discussion.
經理選出一個討論的題目。

托 I T G 公

1322.
dishonest 形
不誠實的
[dɪsˋɑnɪst] [dis·hon·est]

Dishonest people are not popular.
不誠實的人是不受歡迎。

托 I T G 公

⇦popular(2817)

1323.
display 名 動 展示
[dɪˋsple] [dis·play]

動詞變化 display-displayed-displayed
❶ on display 展列

托 I T G 公

1324.
distance 名 距離
[ˋdɪstəns] [dis·tance]

❶ go the full distance 比賽打完整場

托 I T G 公

⇦full(350)

1325.
distant 形 遙遠的
[ˋdɪstənt] [dis·tant]

The department store is about 5 kilometers distant.
百貨公司大概五公里遠之處。

托 I T G 公

⇨kilometer(2618)

1326.
divide 動 分開；除以
[dəˋvaɪd] [di·vide]

動詞變化 divide-divided-divided
Fifty divided by five is ten.
五十除以五是十。

托 I T G 公

1327.
division 名 分割
[dəˋvɪʒən] [di·vi·sion]

❶ division sign 除號

托 I T G 公

⇨sign(1890)

1328.
dizzy 形 暈眩的
[ˋdɪzɪ] [diz·zy]

MP3 2-15

She feels dizzy.
她感到頭暈。

托 I T G 公

LEVEL 2

1329.
dolphin 名 海豚
[ˋdɑlfɪn] [dol·phin]

Look! The dolphins are so cute.
看！這些海豚好可愛喔。

托 I T G 公

⇦cute(214)

1330.
donkey 名 驢子
[ˋdɑŋkɪ] [don·key]

❶ talk the hind leg off a donkey
喋喋不休

托 I T G 公

1331.
dot 名 小圓點
[dɑt] [dot]

❶ the year dot 很久之前

托 I T G 公

1332.
double 形 兩倍的
[ˋdʌbl̩] [dou·ble]

He reserved a double bed room.
他預約一間雙人床的房間。

托 I T G 公

⇨reserve(2899)

1333.
doubt 名 懷疑
[daʊt] [doubt]

There is no doubt.
毫無疑問。

托 I T G 公

⇦there(908)

1334.
doughnut 名 甜甜圈
[ˋdo͟͟ˏnʌt] [dough·nut]

The doughnut tastes great.
這甜甜圈吃起來很好吃。

托 I T G 公

1335.
downtown 名 鬧區
[ˏdaʊnˋtaʊn] [down·town]

It is convenient to live in downtown.
住鬧區很方便。

托 I T G 公

⇦convenient(1247)

1336.
Dr. 名 醫生
[ˋdɑktɚ] [Dr.]

Dr. Pitt is my neighbor.
彼特醫生是我鄰居。

托 I T G 公

1337.
drag 動 拖拉
[dræg] [drag]

動詞變化 drag-dragged-dragged
❶ drag her down 讓她不快

托 I T G 公

1338.
dragon 名 龍
[ˋdrægən] [drag·on]

Dragon Boat Festival is in May.
端午節在五月。

托 I T G 公

⇨festival(1406)

1339.
dragonfly 名 蜻蜓
[ˋdrægənˏflaɪ]
[drag·on·fly]

There are two dragonflies flying in the room.
房間有兩隻蜻蜓在飛舞。

托 I T G 公

⇦fly(328)

1340.
drama 名 戲劇
[ˋdrɑmə] [dra·ma]

❶ drama queen 喜歡小題大作的人

托 I T G 公

⇦queen(697)

1341.
drawer 名 抽屜
[ˋdrɔɚ] [draw·er]

He puts his wallet in the drawer.
他把皮夾放到抽屜。

托 I T G 公

⇨wallet(2070)

1342. **drawing** 名 繪圖 [ˋdrɔɪŋ] [draw·ing]	He is good at drawing. 他擅長繪畫。	托 I T G 公
1343. **dress** 名 洋裝 [drɛs] [dress]	The woman wears a formal dress. 這女子穿禮服。	托 I T G 公
1344. **drop** 動 掉落 [drɑp] [drop]	動詞變化 **drop-dropped-dropped** ❶ drop sb. in it 使人尷尬	托 I T G 公
1345. **drug** 名 藥品 [drʌg] [drug]	He didn't take drugs. 他不吸毒。	托 I T G 公
1346. **drugstore** 名 藥房 [ˋdrʌg͵stor] [drug·store]	She bought some medicine in a drugstore. 她在藥局買些藥。 ⇨medicine(1625)	托 I T G 公
1347. **drum** 名 鼓 [drʌm] [drum]	Can you play the drums? 你會打鼓嗎？	托 I T G 公
1348. **dryer** 名 烘乾機 <small>(MP3)</small> [ˋdraɪɚ] [dry·er] 2-16	His mom bought a tumble dryer. 他媽媽買了一個滾筒烘衣機。 ⇨tumble(3130)	托 I T G 公
1349. **dull** 形 乏味的 [dʌl] [dull]	❶ dull as ditchwater 索然無味	托 I T G 公
1350. **dumb** 形 啞的 [dʌm] [dumb]	❶ dumb down 降低～標準 ⇦down(248)	托 I T G 公
1351. **dumpling** 名 水餃 [ˋdʌmplɪŋ] [dump·ling]	He ate twenty dumplings for lunch. 他午餐吃二十個水餃。 ⇦lunch(522)	托 I T G 公
1352. **duty** 名 責任 [ˋdjutɪ] [du·ty]	❶ on duty 值班；off duty 下班	托 I T G 公

Ee
▼ 托TOEFL、I IELTS、T TOEIC、G GEPT、公 公務人員考試

1353. **earn** 動 賺錢 [ɝn] [earn]	動詞變化 **earn-earned-earned** She is earning her keep. 她值得賺那麼多錢。 ⇦keep(460)	托 I T G 公

1354. **earthquake** 名 地震 [ˋɝθ͵kwek] [earth·quake]	An earthquake hit Taiwan this morning. 今早台灣有地震。	托 I T G A ⇦morning(562)
1355. **eastern** 形 東方的 [ˋistɚn] [east·ern]	Her teacher has lived in Eastern Europe for one year. 她的老師曾住在東歐一年。	托 I T G A ⇦teacher(897)
1356. **education** 名 教育 [͵ɛdʒuˋkeʃən] [ed·u·ca·tion]	Ted is a man of little education. 泰德沒受過多少教育。	托 I T G A
1357. **effect** 名 影響 [ɪˋfɛkt] [ef·fect]	❶ come into effect 實施	托 I T G A
1358. **effective** 形 有效的 [ɪˋfɛktɪv] [ef·fec·tive]	This medicine is high effective. 藥物非常有效。	托 I T G A ⇨medicine(1625)
1359. **effort** 名 努力 [ˋɛfɚt] [ef·fort]	We should put more effort into our project. 我們應該對專案付出更多努力。	托 I T G A ⇨project(1795)
1360. **elder** 形 年長的 [ˋɛldɚ] [el·der]	Tom is her elder brother. 湯姆是她哥哥。	托 I T G A
1361. **elect** 動 挑選；選舉 [ɪˋlɛkt] [elect]	動詞變化 elect-elected-elected He was elected as a leader. 他被選為領導人。	托 I T G A ⇦leader(489)
1362. **element** 名 元素 [ˋɛləmənt] [el·e·ment]	❶ in one's element 如魚得水	托 I T G A
1363. **elevator** 名 電梯 [ˋɛlə͵vetɚ] [el·e·va·tor]	Where is the elevator? 電梯在哪裡呢？	托 I T G A
1364. **emotion** 名 情緒 [ɪˋmoʃən] [emo·tion]	Ken controls his emotion well. 肯很會控制情緒。	托 I T G A ⇦control(1245)
1365. **encourage** 動 鼓勵 [ɪnˋkɝɪdʒ] [en·cour·age]	She encourages her sister. 她鼓勵她妹妹。	托 I T G A

LEVEL
2

1366.
encouragement
名 鼓勵
[ɪnˋkɝɪdʒmənt]
[en·cour·age·ment]

Vicky wrote some words of encouragement on the board.
薇琪在黑板上寫幾句鼓勵的話。

托 I T G 公
⇦some(834)
⇦board(1141)

1367.
ending 名 結尾
[ˋɛndɪŋ] [end·ing]

The ending of the story is funny.
這故事的結尾很有趣。

托 I T G 公
⇦funny(352)

1368.
enemy 名 敵人
[ˋɛnəmɪ] [en·e·my]
(MP3) 2-17

Amy has some enemies in the office.
艾咪在辦公室裡有幾位敵人。

托 I T G 公
⇦office(619)

1369.
energy 名 能量
[ˋɛnɚdʒɪ] [en·er·gy]

Frank is full energy.
法蘭克充滿活力。

托 I T G 公

1370.
enjoy 動 享受
[ɪnˋdʒɔɪ] [en·joy]

動詞變化 enjoy-enjoyed-enjoyed
She enjoys listening to music.
她享受聽音樂。

托 I T G 公
⇦listen(512)

1371.
enjoyment 名 享受
[ɪnˋdʒɔɪmənt]
[en·joy·ment]

Dora gets a lot of enjoyment from her friends.
朵拉從朋友中得到許多樂趣。

托 I T G 公

1372.
entire 形 完整的
[ɪnˋtaɪr] [en·tire]

She spent an entire day on reading books.
她花整天的時間看書。

托 I T G 公
⇦spend(852)

1373.
entrance 名 入口
[ˋɛntrəns] [en·trance]

We are looking for the entrance.
我們正在找入口。

托 I T G 公

1374.
envelope 名 信封
[ˋɛnvə͵lop] [en·ve·lope]

Her parents gave her a red envelope.
她父母給她一個紅包。

托 I T G 公
⇦parent(645)

1375.
environment 名
環境
[ɪnˋvaɪrənmənt]
[en·vi·ron·ment]

❶ World Environment Fund
世界環境組織

托 I T G 公
⇨fund(2494)

1376.
eraser 名 橡皮擦
[ɪˋresɚ] [e·ras·er]

Sean needs an eraser.
席恩需要一塊橡皮擦。

托 I T G 公
⇦need(587)

1377. **error** 名 錯誤 [ˈɛrɚ] [er·ror]	● realize the error of your way 🔠 🔳 🔲 🄶 🄰 知過能改 ⇨realize(1824)
1378. **especially** 副 尤其 [əˈspɛʃəlɪ] [es·pe·cial·ly]	Especially, he can type 100 words 🔠 🔳 🔲 🄶 🄰 a minute. 特別地，他一分鐘可以打一百個字。 ⇦minute(548)
1379. **event** 名 事件 [ɪˈvɛnt] [e·vent]	● in the event 結果 🔠 🔳 🔲 🄶 🄰
1380. **exact** 形 正確的 [ɪgˈzækt] [ex·act]	Tell me the exact time. 🔠 🔳 🔲 🄶 🄰 告訴我正確的時間。
1381. **excellent** 形 極好的 [ˈɛkslənt] [ex·cel·lent]	The performance is excellent. 🔠 🔳 🔲 🄶 🄰 這場秀真的棒極了。 ⇨performance(2791)
1382. **excite** 動 刺激 [ɪkˈsaɪt] [ex·cite]	動詞變化 **excite-excited-excited** 🔠 🔳 🔲 🄶 🄰 Try not to excite yourself. 試著不要太激動。
1383. **excitement** 名 興奮 [ɪkˈsaɪtmənt] [ex·cite·ment]	Helen felt a thrill of excitement. 🔠 🔳 🔲 🄶 🄰 海倫感到一陣激動。 ⇦feel(310) ⇨thrill(5247)
1384. **excuse** 名 動 原諒 [ɪkˈskjuz] [ex·cuse]	動詞變化 **excuse-excused- excused** 🔠 🔳 🔲 🄶 🄰 Excuse me, can you tell me how to go to the bus station? 抱歉，能告訴我如何到公車站嗎？ ⇦station(862)
1385. **exercise** 名 動 運動 [ˈɛksɚˌsaɪz] [ex·er·cise]	動詞變化 **exercise-exercised- exercised** 🔠 🔳 🔲 🄶 🄰 He does exercise after work. 他下班後做運動。
1386. **exist** 動 存在 [ɪgˈzɪst] [ex·ist]	動詞變化 **exist-existed-existed** 🔠 🔳 🔲 🄶 🄰 Some problems exist. 有些問題存在。 ⇨problem(689)

LEVEL
2

1387. **expect** 動 期待 [ɪkˋspɛkt] [ex·pect]	動詞變化 expect-expected- expected What else do you expect? 有什麼好大驚小怪？ ⇦else(277)	托 I T G 公
1388. **expensive** 形 昂貴的 (MP3) 2-18 [ɪkˋspɛnsɪv] [ex·pen·sive]	The bag is very expensive. 這袋子很貴的。	托 I T G 公
1389. **experience** 名 經驗 [ɪkˋspɪrɪəns] [ex·pe·ri·ence]	The teacher has one year's teaching experience. 這老師有一年教學經驗。 ⇦teacher(897)	托 I T G 公
1390. **expert** 名 專家 [ˋɛkspɝt] [ex·pert]	Gary is a computer expert. 蓋瑞是電腦專家。 ⇦computer(1237)	托 I T G 公
1391. **explain** 動 解釋 [ɪkˋsplen] [ex·plain]	動詞變化 explain-explained- explained I try to explain the whole situation. 我試著解釋整個情形。 ⇦situation(2983)	托 I T G 公
1392. **express** 動 表達 [ɪkˋsprɛs] [ex·press]	動詞變化 express-expressed- expressed Try to express your feeling. 試著表達自己情感。	托 I T G 公
1393. **extra** 形 額外的 [ˋɛkstrə] [ex·tra]	❶ extra time 球賽延長 ⇦time(928)	托 I T G 公
1394. **eyebrow/brow** 名 眉毛 [ˋaɪˏbraʊ]/[braʊ] [eye·brow]/[brow]	He raises his eyebrows. 他大吃一驚。 ⇦raise(707)	托 I T G 公

Ff

▼ 托 TOEFL、I IELTS、T TOEIC、G GEPT、公 公務人員考試

1395. **fail** 動 失敗 [fel] [fail]	動詞變化 fail-failed-failed Eric failed the exam. 艾瑞克考試沒通過。 ⇦exam(287)	托 I T G 公

LEVEL 2

1396. **failure** 名 失敗 [ˋfeljɚ] [fail·ure]	She is a failure as a cook. 她當廚師不成功。 ⇦cook(196)	托 I T G 公
1397. **fair** 形 公平的 [fɛr] [fair]	It is not fair. 這不公平。	托 I T G 公
1398. **famous** 形 有名的 [ˋfeməs] [fa·mous]	*Anne of the Green Gables* is a famous novel. 《清秀佳人》是著名的小說。 ⇨novel(1682)	托 I T G 公
1399. **fault** 名 錯誤 [fɔlt] [fault]	It is your entire fault. 全是你的錯。 ⇦entire(1372)	托 I T G 公
1400. **favor** 名 喜好 [ˋfevɚ] [fa·vor]	❶ curry favor with 討好	托 I T G 公
1401. **favorite** 形 最喜愛的 [ˋfevərɪt] [fa·vor·ite]	Tom Cruise is her favorite movie star. 湯姆克魯斯是她最愛的電影巨星。 ⇦movie(571) ⇦star(858)	托 I T G 公
1402. **fearful** 形 害怕的 [ˋfɪrfəl] [fear·ful]	Wendy is fearful that she will lose her job. 溫蒂怕會被炒魷魚。 ⇦job(451)	托 I T G 公
1403. **fee** 名 費用 [fi] [fee]	❶ parking fee 停車費	托 I T G 公
1404. **female** 名 女性 [ˋfimel] [fe·male]	More males than females are hired in the company. 這公司雇用的男性比女性多。 ⇨male(1607)	托 I T G 公
1405. **fence** 名 籬笆 [fɛns] [fence]	❶ sit on the fence 中立態度	托 I T G 公
1406. **festival** 名 慶祝活動 [ˋfɛstəvḷ] [fes·ti·val]	We have barbecue on Moon Festival. 中秋節時會烤肉。 ⇦barbecue(1110)	托 I T G 公
1407. **fever** 名 發燒 [ˋfivɚ] [fe·ver]	The student had a fever. 這學生發燒。 ⇦student(873)	托 I T G 公

1408. **field** 名 田野 [fɪld] [field]	(MP3) 2-19	Kim is famous in the field of music. 金在音樂界很著名。 托 I T G 公
		⇦music(579)

1409. **fighter** 名 戰士 [ˋfaɪtɚ] [fight·er]	❶ fire fighter 消防隊員 托 I T G 公

1410. **figure** 名 外形；數字 [ˋfɪgjɚ] [fig·ure]	She saw a short figure in pink. 托 I T G 公 她看見一個穿粉紅衣矮個子的人影。
	⇦short(793) ⇨pink(1746)

1411. **film** 名 軟片；影片 [fɪlm] [fi·lm]	He developed a film yesterday. 托 I T G 公 他昨天去洗底片。
	⇦develop(1305)

1412. **fireman/ firewoman** 名 男／女消防隊員 [ˋfaɪrmən]/[ˋfaɪrˋwumən] [fire·man]/ [fire·wom·an]	He wants to be a fireman. 托 I T G 公 他想要成為消防隊員。
	⇦be(83) ⇦want(977)

1413. **firm** 形 堅固的 [fɝm] [fi·rm]	Jay bought a firm mattress. 托 I T G 公 杰買了一張堅固的床墊。
	⇨mattress(5945)

1414. **fisherman** 名 漁夫 [ˋfɪʃɚmən] [fi·sh·er·man]	Helen's father is a fisherman. 托 I T G 公 海倫的爸爸是漁夫。
	⇦father(306)

1415. **fit** 名 合身 [fɪt] [fi·t]	Keep fit. 托 I T G 公 健身。

1416. **fix** 動 修理 [fɪks] [fi·x]	動詞變化 **fix-fixed-fixed** 托 I T G 公 Can you fix the radio for me? 你能幫我修收音機嗎？
	⇦radio(703)

1417. **flag** 名 旗幟 [flæg] [fl·ag]	❶ flag day 美國國旗紀念日 托 I T G 公

1418. **flash** 動 閃光 [flæʃ] [fl·ash]	動詞變化 **flash-flashed-flashed** 托 I T G 公 ❶ flash sth. around 炫耀某物

LEVEL
2

1419.
flashlight 名
手電筒
[ˋflæʃ͵laɪt] [fl·ash·light]

Bring a flashlight with you.
隨身攜帶手電手。

托 I T G 公

⇨bring(131)

1420.
flat 形 平坦的
[flæt] [fl·at]

He falls flat on his face.
他撲倒在地。

托 I T G 公

1421.
flight 名 飛行
[flaɪt] [fl·ight]

Flight AB1000 is boarding at Gate 2 now.
班機AB1000 請到2號門登機。

托 I T G 公

⇨gate(1454)

1422.
flood 名 水災
[flʌd] [fl·ood]

❶ flood tide 漲潮

托 I T G 公

⇨tide(3099)

1423.
flour 名 麵粉
[flaʊr] [fl·our]

He owns a flour mill.
他有一家麵粉廠。

托 I T G 公

⇨mill(2700)

1424.
flow 名 流動
[flo] [fl·ow]

❶ go with the flow 隨遇而安

托 I T G 公

1425.
flu 名 流行性感冒
[flu] [fl·u]

He has the flu.
他感染上流行感冒。

托 I T G 公

1426.
flute 名 長笛
[flut] [fl·ute]

He plays the flute.
他吹長笛。

托 I T G 公

1427.
focus 名 焦點
動 聚焦
[ˋfokəs] [fo·cus]

動詞變化 focus-focused-focused
The meeting focused on five problems.
這個會議集中在五個問題上。

托 I T G 公

⇨meeting(1626)

1428.
foggy 形 多霧的
[ˋfɑgɪ] [fog·gy]
2-20

It is foggy in London.
倫敦天氣多霧。

托 I T G 公

1429.
following 形
以下的
[ˋfɑləwɪŋ] [fol·low·ing]

Please answer the following questions.
請回答下列問題。

托 I T G 公

⇨answer(42)
⇨problem(689)

1430.
fool 名 傻子
[ful] [fool]

He is like a fool.
他像傻子。

托 I T G 公

1431. **foolish** 形 愚蠢的 [ˈfulɪʃ] [fool·ish]	How foolish he is! 他多蠢啊！	托 I T G 公

1432. **football** 名 足球 [ˈfutˌbɔl] [foot·ball]	He practices playing football twice a week. 他一星期練習踢足球兩次。 <div align="right">⇦practice(684) ⇦twice(957)</div>	托 I T G 公

1433. **foreigner** 名 外國人 [ˈfɔrɪnə] [for·eign·er]	Leon is a foreigner, but he lives in Taiwan. 里昂是外國人，但他住在台灣。 <div align="right">⇦but(139)</div>	托 I T G 公

1434. **forgive** 動 原諒 [fəˈgɪv] [for·give]	**動詞變化 forgive-forgave-forgiven** Forgive me, please. 請原諒我。 <div align="right">⇦please(669)</div>	托 I T G 公

1435. **form** 名 形式 [fɔrm] [form]	❶ take form 漸漸形成	托 I T G 公

1436. **formal** 形 正式的 [ˈfɔrml] [for·mal]	You have to wear a formal dress. 你必須穿晚禮服。 <div align="right">⇦dress(1343)</div>	托 I T G 公

1437. **former** 形 之前的 [ˈfɔrmə] [for·mer]	❶ a shadow of one's former shelf 威風不再	托 I T G 公

1438. **forward** 副 向前 [ˈfɔrwəd] [for·ward]	We look forward to taking a trip. 我們期望旅行。 <div align="right">⇦trip(947)</div>	托 I T G 公

1439. **forwards** 副 向前 [ˈfɔrwədz] [for·wards]	❶ backwards and forwards 來回地 <div align="right">⇦backwards(1104)</div>	托 I T G 公

1440. **fox** 名 狐狸 [fɑks] [fox]	❶ crazy like a fox 像狐狸一樣狡猾 <div align="right">⇦crazy(1264)</div>	托 I T G 公

1441. **frank** 形 坦白的 [fræŋk] [frank]	You should be frank. 你一定要坦白。	托 I T G 公

1442. **freedom** 名 自由 [ˈfridəm] [free·dom]	Everyone has freedom of action. 人人有行動自由。 <div align="right">⇦action(8)</div>	托 I T G 公

1443. **freezer** 名 冷凍庫 [ˈfrizə] [freez·er]	He stores food in the freezer. 他把食物儲存在冷凍庫。 <div align="right">⇦food(331)</div>	托 I T G 公

1444. **friendly** 形 友善地 [ˋfrɛndlɪ] [friend・ly]	Mrs. Smith is very friendly. 史密斯女士很友善。	托 I T G 公
1445. **fright** 名 驚駭 [fraɪt] [fright]	The kid cried out in fright last night. 這小孩昨晚嚇得大喊。	托 I T G 公
1446. **frighten** 動 使害怕 [ˋfraɪtn̩] [fright・en]	動詞變化 frighten-frightened- frightened He frightened her off. 他把她嚇跑了。	托 I T G 公
1447. **function** 名 功能 [ˋfʌŋkʃən] [func・tion]	❶ function as sth. 具有某種功能。	托 I T G 公
1448. **further** 形 較遠的 [ˋfɝðɚ] [fur・ther]	Tell her to stand a bit further away. 告訴她站遠一點。 <div align="right">⇦stand(857)</div>	托 I T G 公
1449. **future** 名 未來 [ˋfjutʃɚ] [fu・ture]	What will you do in the future? 你未來要做什麼？ <div align="right">⇦will(1012)</div>	托 I T G 公

Gg

▼ 托 TOEFL、I IELTS、T TOEIC、G GEPT、公 公務人員考試

1450. **gain** 動 得到 [gen] [gain]	(MP3) 2-21 動詞變化 gain-gained-gained He gains some experience. 他贏得一些經驗。 <div align="right">⇦experience(1389)</div>	托 I T G 公
1451. **garage** 名 車庫 [gəˋrɑʒ] [ga・rage]	She parks her car in the garage. 她把車停在車庫。 <div align="right">⇦park(646)</div>	托 I T G 公
1452. **garbage** 名 垃圾 [ˋgɑrbɪdʒ] [gar・bage]	Take out the garbage. 把垃圾拿出去。 <div align="right">⇦take(889)</div>	托 I T G 公
1453. **gardener** 名 園丁 [ˋgɑrdənɚ] [gar・den・er]	The gardener grows some roses in the garden. 園丁在花園種玫瑰。 <div align="right">⇦garden(354) ⇦some(834)</div>	托 I T G 公
1454. **gate** 名 大門 [get] [gate]	❶ gate money 政治醜聞 <div align="right">⇦money(557)</div>	托 I T G 公

1455. **gather** 動 聚集 [ˋgæðɚ] [gath·er]	動詞變化 **gather-gathered-gathered** 托 I T G 公 The children gathered in the classroom. 小孩聚集在教室裡。 <div align="right">⇦the(903)</div>
1456. **general** 名 將軍 形 全體的 [ˋdʒɛnərəl] [gen·er·al]	❶ a general strike 全面罷工 托 I T G 公 <div align="right">⇨strike(1953)</div>
1457. **generous** 形 慷慨的 [ˋdʒɛnərəs] [gen·er·ous]	You are so generous. 托 I T G 公 你真慷慨。
1458. **gentle** 形 溫和的 [ˋdʒɛntl̩] [gen·tle]	He has a gentle voice. 托 I T G 公 他有溫柔的聲音。 <div align="right">⇦voice(973)</div>
1459. **gentleman** 名 紳士 [ˋdʒɛntl̩mən] [gen·tle·man]	Mr. White is a gentleman. 托 I T G 公 懷特先生是紳士。
1460. **geography** 名 地理 [ˋdʒɪˋɑgrəfɪ] [ge·og·ra·phy]	He majored in geography. 托 I T G 公 他主修地理。 <div align="right">⇨major(2666)</div>
1461. **giant** 形 巨大的 名 偉人 [ˋdʒaɪənt] [gi·ant]	Her aunt ate a giant crab. 托 I T G 公 她伯母吃了一隻大螃蟹。 <div align="right">⇦aunt(60)</div> <div align="right">⇦crab(1261)</div>
1462. **giraffe** 名 長頸鹿 [dʒəˋræf] [gi·raffe]	Giraffes are from America. 托 I T G 公 長頸鹿是來自美國的動物。 <div align="right">⇦from(347)</div>
1463. **glove** 名 手套 [glʌv] [glove]	If you want to go out, you should wear a pair of gloves. 托 I T G 公 如果你想出去，你應該要戴手套。 <div align="right">⇦pair(641)</div>
1464. **glue** 名 膠水 動 黏合 [glu] [glue]	動詞變化 **glue-glued-glued** 托 I T G 公 ❶ be glued to the spot 動彈不得 <div align="right">⇨spot(1930)</div>
1465. **goal** 名 目標 [gol] [goal]	He sets a goal. 托 I T G 公 他設定一個目標。 <div align="right">⇦set(774)</div>

LEVEL 2

1466. **goat** 名 山羊 [got] [goat]	❶ get one's goat 使某人生氣	托 I T G 公
1467. **golden** 形 黃金的 [ˋgoldn̩] [gold‧en]	❶ golden boy 金牌男星 ⇦boy(124)	托 I T G 公
1468. **golf** 名 高爾夫球 (MP3 2-22) [gɑlf] [golf]	They like to play golf on the weekend. 他們週末喜歡打高爾夫球。 ⇦weekend(992)	托 I T G 公
1469. **govern** 動 管理 [ˋgʌvən] [gov‧ern]	動詞變化 **govern-governed-governed** The country is governed by the president. 國家由總統管理。 ⇨president(1780)	托 I T G 公
1470. **government** 名 政府 [ˋgʌvənmənt] [gov‧ern‧ment]	❶ central government 中央政府 ⇦central(1187)	托 I T G 公
1471. **grade** 名 等級 [gred] [grade]	He got good grades in math. 他數學考高分。 ⇨math(2679)	托 I T G 公
1472. **grape** 名 葡萄 [grep] [grape]	She bought one pound of grapes. 她買了一磅的葡萄。 ⇨pound(1773)	托 I T G 公
1473. **grassy** 形 多草的 [ˋgræsɪ] [grassy]	❶ a grassy hillside 長滿草的山坡	托 I T G 公
1474. **greedy** 形 貪婪的 [ˋgridɪ] [greedy]	❶ greedy for profit 利慾薰心 ⇨profit(2842)	托 I T G 公
1475. **greet** 動 問候 [grit] [greet]	動詞變化 **greet-greeted-greeted** He greeted her with a smile. 他微笑著向她打招呼。 ⇦smile(824)	托 I T G 公
1476. **growth** 名 成長 [groθ] [growth]	❶ growth rate 成長率 ⇨rate(2863)	托 I T G 公
1477. **guard** 名 守衛 [gɑrd] [guard]	He is a security guard. 他是個安全警衛。 ⇨security(2952)	托 I T G 公

1478. **guava** 名 番石榴 [ˋgwɑvə] [gua·va]	How much is a pound of guavas? 托 I T G 公 番石榴一磅多少錢？
1479. **guitar** 名 吉他 [gɪˋtɑr] [gui·tar]	She has played the guitar for one 托 I T G 公 hour. 她吉他已經彈一小時了。 <div align="right">⇦hour(426)</div>
1480. **guy** 名 傢伙 [gaɪ] [guy]	❶ fall guy 待罪羔羊　　　　　　　托 I T G 公 <div align="right">⇦fall(297)</div>

Hh

▼ 托 TOEFL、 I IELTS、 T TOEIC、 G GEPT、 公 公務人員考試

1481. **habit** 名 習慣 [ˋhæbɪt] [hab·it]	You should change your habits. 托 I T G 公 你應該改變你的習慣。 <div align="right">⇦change(1191)</div>
1482. **hall** 名 大廳 [hɔl] [hall]	The guests are waiting in the hall. 托 I T G 公 賓客正在大廳等。
1483. **hamburger/ burger** 名 漢堡 [ˋhæmbɝgɚ] [ham·burg·er]/ [ˋbɝgɚ] [burg·er]	If you buy a hamburger, you can 托 I T G 公 get a free Coke. 如果你買漢堡，你可以得到免費的可樂。 <div align="right">⇦free(342)</div>
1484. **hammer** 名 榔頭 [ˋhæmɚ] [ham·mer]	❶ hammer and tongs 爭吵激烈　　　托 I T G 公 <div align="right">⇦and(37)</div>
1485. **handkerchief** 名 手帕 [ˋhæŋkɚˌtʃɪf] [hand·ker·chief]	Your handkerchief looks very 托 I T G 公 expensive. 你的手帕看起來很貴。 <div align="right">⇦expensive(1388)</div>
1486. **handle** 動 處理 [ˋhændl̩] [han·dle]	I can handle it. 托 I T G 公 我可以處理。 <div align="right">⇦can(151)</div>
1487. **handsome** 形 英俊的 [ˋhænsəm] [hand·some]	Your boyfriend is very handsome. 托 I T G 公 妳男友很英俊。 <div align="right">⇦very(4250)</div>

LEVEL 2

1488.
hang 動 懸掛
[hæŋ] [hang]

(MP3) 2-23

動詞變化 hang-hung-hung

托 I T G 公

Ben, hang your jacket in your wardrobe.
班把夾克放到衣櫃裡。

1489.
hardly 副 幾乎不
[ˈhɑrdlɪ] [hard·ly]

托 I T G 公

They hardly talk to each other.
他們幾乎沒互相講話。

⇦each(260)

1490.
hateful 形 可恨的
[ˈhetfəl] [hate·ful]

托 I T G 公

❶ a hateful face 可惡的面孔

⇦face(294)

1491.
healthy 形 健康的
[ˈhɛlθɪ] [healthy]

托 I T G 公

He eats vegetables to stay healthy.
他吃蔬菜保持健康。

⇦vegetable(969)

1492.
heater 名 加熱器
[ˈhitɚ] [heat·er]

托 I T G 公

Turn on the heater.
把熱水器開起來吧。

⇦turn(954)

1493.
height 名 高度
[haɪt] [height]

托 I T G 公

The boy worries about his height that he is too short.
男孩因為個子太矮而擔心。

⇦short(793)
⇦worry(1027)

1494.
helpful 形 有用的
[ˈhɛlpfəl] [help·ful]

托 I T G 公

The professor gave me some helpful advice.
教授給我一些有用的忠告。

⇦professor(4028)

1495.
hen 名 母雞
[hɛn] [hen]

托 I T G 公

❶ hen night 女子告別單身晚會

1496.
hero/heroine 名
英雄／女英雄
[ˈhɪro] [he·ro]/
[ˈhɛroɪn] [her·o·ine]

托 I T G 公

He is a hero in my mind.
他在我心中是英雄。

⇦mind(547)

1497.
hide 動 隱藏
[haɪd] [hide]

托 I T G 公

動詞變化 hide-hid-hidden

The man hides behind a tree.
男子躲在樹後面。

. . .

⇦behind(95)

1498. **highway** 名 公路 [ˈhaɪ.we] [high·way]	❶ highway patrol officer 公路巡警	托 I T G 公
		⇨patrol(4954)

1499. **hip** 名 臀部 [hɪp] [hip]	❶ shoot from the hip 魯莽行事	托 I T G 公
		⇨shoot(1885)

1500. **hippopotamus/** **hippo** 名 河馬 [ˌhɪpəˈpɑtəməs] [hip·po·pot·a·mus]/ [ˈhɪpo] [hip·po]	The hippos are in the water. 河馬在水裡。	托 I T G 公
		⇦water(983)

1501. **hire** 動 僱用 [haɪr] [hire]	動詞變化 hire-hired-hired Rose was hired one year ago. 蘿絲是一年前雇用的。	托 I T G 公
		⇦ago(19)

1502. **hobby** 名 嗜好 [ˈhɑbɪ] [hob·by]	Swimming is one of Amy's hobbies. 游泳是艾咪的嗜好之一。	托 I T G 公
		⇦swim(886)

1503. **holder** 名 持有者 [ˈholdɚ] [hold·er]	❶ record holder 紀錄保持人	托 I T G 公
		⇨record(1826)

1504. **homesick** 形 思鄉的 [ˈhomˌsɪk] [home·sick]	The student feels homesick for Taiwan. 這學生想念故鄉台灣。	托 I T G 公

1505. **honest** 形 誠實的 [ˈɑnɪst] [hon·est]	I need your honest opinions. 我需要你誠實的意見。	托 I T G 公
		⇨opinion(1692)

1506. **honey** 名 蜂蜜 [ˈhʌnɪ] [hon·ey]	You can be a real honey. 你可以討人喜歡的。	托 I T G 公
		⇦real(712)

1507. **hop** 動 跳過 [hɑp] [hop]	動詞變化 hop-hopped-hopped Let's hop to it. 就這樣決定。	托 I T G 公

1508. **hospital** 名 醫院 [ˈhɑspɪtl̩] [hos·pi·tal]	The cat was sent to the hospital. 貓被送往醫院。	托 I T G 公
		⇦cat(160)

LEVEL
2

1509. **host** 名主人 [host] [host]	(MP3) 2-24	Emma is a TV host. 艾瑪是電視主持人。	托 I T G 公

1510. **hostess** 名女主人 [ˋhostɪs] [host·ess]		❶ air hostess 空中小姐	托 I T G 公

1511. **hotel** 名旅館 [hoˋtɛl] [ho·tel]	They will stay at hotel when they travel in Japan. 他們在日本旅行時，將待在旅館。 ⇨travel(2028)	托 I T G 公

1512. **however** 連 然而 [hauˋɛvɚ] [how·ev·er]	However, they are still late. 然而，他們還是遲到。	托 I T G 公

1513. **hum** 動 哼哼聲 [hʌm] [hum]	動詞變化 hum-hummed-hummed Hum, I will think about it. 哼哼，我會想想看。	托 I T G 公

1514. **humble** 形 卑微的； 謙虛的 [ˋhʌmbl̩] [hum·ble]	❶ eat a humble pie 道歉 ⇦pie(660)	托 I T G 公

1515. **humid** 形 潮濕的 [ˋhjumɪd] [hu·mid]	Taiwan is humid and hot. 台灣既潮溼又熱。 ⇦hot(425)	托 I T G 公

1516. **humor** 名 幽默感 [ˋhjumɚ] [hu·mor]	❶ good humor 好脾氣 ❶ black humor 黑色幽默	托 I T G 公

1517. **hunger** 名 飢餓 [ˋhʌŋgɚ] [hun·ger]	❶ hunger strike 絕食抗議 ⇨strike(1953)	托 I T G 公

1518. **hunt** 動 打獵 [hʌnt] [hunt]	動詞變化 hunt-hunted-hunted They hunt in the forest. 他們在森林打獵。 ⇦forest(336)	托 I T G 公

1519. **hunter** 名 獵人 [ˋhʌntɚ] [hunt·er]	He is a bargain hunter. 他是個四處找便宜貨的人。 ⇨bargain(3296)	托 I T G 公

1520. **hurry** 動 催促 [ˋhɝɪ] [hur·ry]	動詞變化 hurry-hurried-hurried Hurry up! The train is coming in five minutes. 快點！火車五分鐘之內會到。 ⇦train(945)	托 I T G 公

Ii

1521. **ignore** 動 忽視 [ɪg`nor] [ig‧nore]	動詞變化 ignore-ignored-ignored They ignore the notice. 他們忽視告示。	託 Ⅰ Ⅲ Ⅱ 公 ⇨notice(608)
1522. **ill** 形 生病的 [ɪl] [ill]	Fiona was ill, so she didn't go to work. 費歐娜生病了，所以她沒去上班。	託 Ⅰ Ⅲ Ⅱ 公
1523. **imagine** 動 想像 [ɪ`mædʒɪn] [imag‧ine]	動詞變化 imagine-imagined-imagined He can't imagine life without TV. 他無法想像生活中沒有電視。	託 Ⅰ Ⅲ Ⅱ 公 ⇨without(2096)
1524. **importance** 名 重要性 [ɪm`pɔrtn̩s] [im‧por‧tance]	attach importance to sth. 重視某事	託 Ⅰ Ⅲ Ⅱ 公 ⇨attach(3284)
1525. **improve** 動 改善 [ɪm`pruv] [im‧prove]	動詞變化 improve-improved-improved You have to improve your English. 你要改善英文。	託 Ⅰ Ⅲ Ⅱ 公 ⇨English(279)
1526. **improvement** 名 改善 [ɪm`pruvmənt] [im‧prove‧ment]	The boss expects to see further improvement in your work. 老闆希望看到你工作上的進步。	託 Ⅰ Ⅲ Ⅱ 公 ⇨expect(1387) ⇨further(1448)
1527. **include** 動 包含 [ɪn`klud] [in‧clude]	動詞變化 include-included-included The price includes tax, doesn't it? 價錢含稅，不是嗎？	託 Ⅰ Ⅲ Ⅱ 公 ⇨price(687)
1528. **income** 名 收入 [`ɪn͵kʌm] [in‧come]	**MP3** 2-25	❶ unearned income 不勞而獲的收入　託 Ⅰ Ⅲ Ⅱ 公

1529.
increase 名動 增加
[ɪnˋkris]/[ˋɪnkris]
[in·crease]

動詞變化 **increase-increased-increased**

Do you know the price of oil increased?
你知道油價上漲了嗎？

托 I T G 公

1530.
independence 名
獨立
[ˏɪndɪˋpɛndəns]
[in·de·pen·dence]

❶ Independence Day 美國獨立紀念日

托 I T G 公

1531.
independent 形
獨立的
[ˏɪndɪˋpɛndənt]
[in·de·pend·ent]

He becomes more independent.
他變得更獨立。

托 I T G 公

⇦become(90)

1532.
indicate 動 指示
[ˋɪndəˏket] [in·di·cate]

動詞變化 **indicate-indicated-indicated**

Thomas indicated what she should do later.
湯瑪士指示她等會要做什麼。

托 I T G 公

⇦what(998)

1533.
industry 名 企業
[ˋɪndəstrɪ] [in·dus·try]

Lily worked at a tourist industry.
莉莉在旅行業工作。

托 I T G 公

⇦work(1023)

1534.
influence 名 影響
[ˋɪnfluəns] [in·flu·ence]

❶ under the influence 酒醉

托 I T G 公

⇦under(960)

1535.
ink 名 墨水
[ɪŋk] [ink]

The letter was written in ink.
這封信是墨水寫成的。

托 I T G 公

⇦letter(499)

1536.
insect 名 昆蟲
[ˋɪnsɛkt] [in·sect]

❶ stick insect 竹節蟲

托 I T G 公

⇨stick(1941)

1537.
insist 動 堅持
[ɪnˋsɪst] [in·sist]

動詞變化 **insist-insisted-insisted**

Kelly insists on her wearing a formal dress.
凱莉堅持她要穿禮服。

托 I T G 公

⇦formal(1436)

1538.
instance 名 實例
[ˋɪnstəns] [in·stance]

For instance, you can go there by train.
舉例來說，你可以搭火車去那裡。

托 I T G 公

⇦train(945)

1539. **instant** 形 立即的 [`ɪnstənt] [in·stant]	She likes to eat instant noodles. 她喜歡吃泡麵。	托 I T G 公 ⇨noodle(1679)
1540. **instrument** 名 儀器 [`ɪnstrəmənt] [in·stru·ment]	❶ musical instrument 樂器	托 I T G 公 ⇨musical(2725)
1541. **international** 形 國際的 [͵ɪntə`næʃən!] [in·ter·na·tion·al]	This is an international airport. 這是國際機場。	托 I T G 公 ⇨airport(26)
1542. **interview** 名 面試 [`ɪntə͵vju] [in·ter·view]	He will have an interview next week. 他下星期將有面試。	托 I T G 公
1543. **introduce** 動 介紹 [͵ɪntrə`djus] [in·tro·duce]	動詞變化 **introduce-introduced-introduced** Let me introduce Helen to you. 讓我介紹海倫給你認識。	托 I T G 公
1544. **invent** 動 發明 [ɪn`vɛnt] [in·vent]	動詞變化 **invent-invented-invented** Who invented the airplane? 誰發明飛機？	托 I T G 公 ⇨airplane(25)
1545. **invitation** 名 邀請 [͵ɪnvə`teʃən] [in·vi·ta·tion]	She accepts an invitation. 她接受邀請。	托 I T G 公 ⇨accept(1052)
1546. **invite** 動 邀請 [ɪn`vaɪt] [in·vite]	動詞變化 **invite-invited-invited** Mr. Williams invited her to dinner. 威廉先生邀請她去吃晚餐。	托 I T G 公
1547. **island** 名 島 [`aɪlənd] [is·land]	Taiwan is a small island. 台灣是小島。	托 I T G 公
1548. **item** 名 項目 [`aɪtəm] [item]	❶ collector's item 珍藏品	托 I T G 公 ⇨collector(5530)

Jj

▼ 托TOEFL、IELTS、TOEIC、GEPT、公公務人員考試

LEVEL 2

1549. **jacket** 名 夾克 [`dʒækɪt] [jack‧et] (MP3) 2-26	It is hot here, so I take off my jacket. 這裡很熱，所以我脫下夾克。	托 I T G 公 ⇦take(889)
1550. **jam** 動 堵塞 名 果醬 [dʒæm] [jam]	動詞變化 **jam-jammed-jammed** ❶ traffic jam 塞車	托 I T G 公 ⇨traffic(2026)
1551. **jazz** 名 爵士 [dʒæz] [jazz]	❶ jazz up 使興奮	托 I T G 公
1552. **jeans** 名 牛仔褲 [dʒinz] [jeans]	He looks younger when he wears a pair of jeans. 當他穿牛仔褲時，看起來比較年輕。	托 I T G 公 ⇦pair(641)
1553. **jeep** 名 吉普車 [dʒip] [jeep]	He went to town by jeep. 他開吉普車去小鎮。	托 I T G 公
1554. **jog** 動 慢跑 [dʒɑg] [jog]	動詞變化 **jog-jogged-jogged** Why not go jogging? 何不去慢跑？	托 I T G 公
1555. **joint** 名 接縫 [dʒɔɪnt] [joint]	❶ out of joint 脫臼	托 I T G 公
1556. **judge** 動 判斷 [dʒʌdʒ] [judge]	動詞變化 **judge-judged-judged** You shouldn't judge a book by its cover. 你不應該以貌取人。	托 I T G 公 ⇦cover(206)
1557. **judg(e)ment** 名 判斷 [`dʒʌdʒmənt] [judg(e)‧ment]	We have to use our judgment. 我們應該要使用判斷力。	托 I T G 公
1558. **juicy** 形 多汁的 [`dʒusɪ] [juicy]	He heard a juicy gossip. 他聽到一則有趣的流言。	托 I T G 公 ⇨gossip(2509)

Kk

▼ 托 TOEFL、I IELTS、T TOEIC、G GEPT、公 公務人員考試

1559. **ketchup/catsup** 名 番茄醬 [`kɛtʃəp] [ketch·up] / [catsup]	Can you give me more ketchup? 請給我一些番茄醬？ ⇦more(561)	托 I T G 公
1560. **kindergarten** 名 幼稚園 [`kɪndə͵gɑrtṇ] [kin·der·gar·ten]	Mary's kid studied in a kindergarten. 瑪莉的小孩在幼稚園讀書。 ⇦study(874)	托 I T G 公
1561. **kingdom** 名 王國 [`kɪŋdəm] [king·dom]	❶ till kingdom come 永遠	托 I T G 公
1562. **knock** 動 敲門 [nɑk] [knock]	動詞變化 knock-knocked-knocked Please knock the door before you enter the room. 你進來前請敲門。 ⇦before(93)	托 I T G 公
1563. **knowledge** 名 知識 [`nɑlɪdʒ] [knowl·edge]	❶ common knowledge 常識 ⇦common(194)	托 I T G 公
1564. **koala** 名 無尾熊 [ko`ɑlə] [ko·ala]	I like koalas a lot. 我很愛無尾熊。	托 I T G 公

Ll

▼ 托 TOEFL、I IELTS、T TOEIC、G GEPT、公 公務人員考試

1565. **ladybug/ladybird** 名 瓢蟲 [`ledɪ͵bʌg] [la·dy·bug]/ [`ledɪ͵bɝd] [la·dy·bird]	He hasn't seen ladybugs for many years. 他已經好幾年沒看過瓢蟲。 ⇦many(529)	托 I T G 公
1566. **lane** 名 巷 [len] [lane]	John lived in Lane 100. 約翰住在100巷。	托 I T G 公
1567. **language** 名 語言 [`læŋgwɪdʒ] [lan·guage]	She can speak three languages. 她會說三國語言。 ⇦speak(848)	托 I T G 公

1568.
lantern 名 燈籠
[ˈlæntən] [lan·tern]

❶ Lantern Festival 元宵節

托 I T G 公

1569.
lap 名 膝蓋
[læp] [lap]

He drops the project to her lap.
他把報告推給她做。

⇨drop(1344)

1570.
latest 形 最後的
[ˈletɪst] [lat·est]

❶ at the latest 最後

托 I T G 公

LEVEL 2

1571.
lawyer 名 律師
[ˈlɔjə] [law·yer]

Dora is a successful lawyer.
朵拉是成功的律師。

托 I T G 公

⇨successful(1960)

1572.
leadership 名 領導
地位
[ˈlidəʃɪp] [lead·er·ship]

He has leadership skills.
他有領導技巧。

托 I T G 公

⇨skill(816)

1573.
legal 形 合法的
[ˈligl] [le·gal]

(MP3 2-27)

It is not legal.
這是不合法的。

托 I T G 公

1574.
lemon 名 檸檬
[ˈlɛmən] [lem·on]

Can you buy a bag of lemons on your way home?
你能在回家路上買袋檸檬嗎？

托 I T G 公

⇨way(984)

1575.
lemonade 名 檸檬水
[ˌlɛmənˈed] [lem·on·ade]

I want some lemonade.
我想喝些檸檬水。

托 I T G 公

⇨some(834)

1576.
lend 動 借出
[lɛnd] [lend]

動詞變化 lend-lent-lent
He lent me some books.
他借我一些書。

托 I T G 公

⇨book(118)

1577.
length 名 長度
[lɛŋθ] [length]

❶ at length 詳盡地

托 I T G 公

1578.
leopard 名 豹
[ˈlɛpəd] [leop·ard]

Leopards are from Africa.
豹來自非洲。

托 I T G 公

⇨from(347)

1579.
lettuce 名 萵苣
[ˈlɛtɪs] [let·tuce]

Do you like lettuces?
你喜歡萵苣嗎？

托 I T G 公

⇨like(505)

1580.
library 名 圖書館
[`laɪ͵brɛrɪ] [li·brary]

We will study in the library.
我們將在圖書館讀書。

托 I T G 公

1581.
lick 動 舔食
[lɪk] [lick]

動詞變化 **lick-licked-licked**
❶ lick one's boots 拍馬屁

托 I T G 公

1582.
lid 名 蓋子
[lɪd] [lid]

❶ keep a lid on sth. 守口如瓶

托 I T G 公

1583.
lightning 名 閃電
[`laɪtnɪŋ] [light·ning]

❶ lightning never strikes twice
事不過二

⇦twice(957)

托 I T G 公

1584.
limit 名 限制
[`lɪmɪt] [lim·it]

❶ within limits 某種程度上

托 I T G 公

1585.
link 動 連結
[lɪŋk] [link]

動詞變化 **link-linked-linked**
❶ link up with sth. 結合某事

托 I T G 公

1586.
liquid 名 液體
[`lɪkwɪd] [liq·uid]

❶ washing-up liquid 洗滌劑

⇦wash(980)

托 I T G 公

1587.
listener 名 聽者
[`lɪsn̩ɚ] [lis·ten·er]

Bill is a good listener.
比爾是很好的傾聽者。

托 I T G 公

1588.
loaf 名 一條（麵包）
[lof] [loaf]

He ate a loaf of bread.
他吃掉一條麵包。

⇦bread(126)

托 I T G 公

1589.
local 形 當地的
[`lokl̩] [lo·cal]

She goes to the local school.
她上本地學校。

托 I T G 公

1590.
locate 動 使…
座落在…
[lo`ket] [lo·cate]

(MP3) 2-28

動詞變化 **locate-located-located**
The hotel is located on First Road.
這家旅館坐落於第一路上。

⇦hotel(1511)

托 I T G 公

1591.
lock 動 鎖上
[lɑk] [lock]

動詞變化 **lock-locked-locked**
The door is locked, so I can't open.
這門鎖住了，所以我打不開。

⇦open(628)

托 I T G 公

1592.
log 名 原木
[lɔg] [log]

❶ as easy as falling off a log
易如反掌

托 I T G 公

1593. **lone** 形 孤單的 [lon] [lone]	Paul is a lone parent. 保羅是單親父親。	托 **I** **T** **G** 公 ⇦parent(645)
1594. **lonely** 形 孤單的 [ˋlonlɪ] [lone‧ly]	She is lonely. 她感到孤單。	托 **I** **T** **G** 公
1595. **lose** 動 失去 [luz] [lose]	動詞變化 **lose-lost-lost** She lost some weight. 她減重。	托 **I** **T** **G** 公 ⇦weight(994)
1596. **loser** 名 失敗者 [ˋluzɚ] [los‧er]	Ted is a loser. 泰德是個失敗者。	托 **I** **T** **G** 公
1597. **loss** 名 損失 [lɔs] [loss]	✪ cut one's loss 認賠殺出	托 **I** **T** **G** 公
1598. **lovely** 形 可愛的 [ˋlʌvlɪ] [love‧ly]	Sally is a lovely girl. 莎莉是可愛的女孩。	托 **I** **T** **G** 公 ⇦girl(360)
1599. **lover** 名 愛人 [ˋlʌvɚ] [lov‧er]	Who is Ben's lover? 誰是班的愛人？	托 **I** **T** **G** 公
1600. **lower** 動 降低 [ˋloɚ] [low‧er]	動詞變化 **low-lowed-lowed** ✪ lower yourself by sth. 貶低人格	托 **I** **T** **G** 公
1601. **luck** 名 幸運 [lʌk] [luck]	With luck, he can win the game. 幸運的話，他可以贏得比賽。	托 **I** **T** **G** 公 ⇦win(1013)

Mm ▼ 托TOEFL、**I**IELTS、**T**TOEIC、**G**GEPT、公公務人員考試

1602. **magazine** 名 雜誌 [͵mægəˋzin] [mag‧a‧zine]	What magazine are you reading? 你在看什麼雜誌？	托 **I** **T** **G** 公 ⇦read(710)
1603. **magic** 形 神奇的 [ˋmædʒɪk] [mag‧ic]	This is a magic show. 這是魔術秀。	托 **I** **T** **G** 公 ⇦show(797)
1604. **magician** 名 魔術師 [məˋdʒɪʃən] [ma‧gi‧cian]	Louis Liu is a famous magician. 劉謙是有名的魔術師。	托 **I** **T** **G** 公 ⇦famous(1398)

1605. **main** 形 主要的 [men] [main]	The main problem is you don't tell the truth. 主要的問題是你不講實話。	託 I T G 公
1606. **maintain** 動 維持 [men`ten] [main·tain]	動詞變化 **maintain-maintained-maintained** ❶ maintain close relationship 維持親密關係 <div align="right">⇨relationship(1835)</div>	託 I T G 公
1607. **male** 形 男性 [mel] [male]	❶ male bonding 男性的親密友情	託 I T G 公
1608. **Mandarin** 名 國語 [`mændərɪn] [Man·da·rin]	He can speak Mandarin and English. 他會講中文和英文。 <div align="right">⇦speak(848)</div>	託 I T G 公
1609. **mango** 名 芒果 [`mæŋgo] [man·go] (MP3) 2-29	Which fruit do you like, mangoes or strawberries? 你喜歡吃什麼水果，芒果或草莓？ <div align="right">⇨strawberry(1948)</div>	託 I T G 公
1610. **manner** 名 方式 [`mænəʳ] [marnn·er]	The girl has no manner. 這女孩沒有禮貌。	託 I T G 公
1611. **mark** 動 標記 [mɑrk] [mark]	動詞變化 **mark-marked-marked** ❶ mark sb. down 給低分	託 I T G 公
1612. **marriage** 名 婚姻 [`mærɪdʒ] [mar·riage]	Doris had a happy marriage. 桃樂絲有幸福的婚姻。 <div align="right">⇦happy(395)</div>	託 I T G 公
1613. **mask** 名 面具 [mæsk] [mask]	❶ cold blank mask 面無表情 <div align="right">⇦blank(1138)</div>	託 I T G 公
1614. **mass** 名 大量 [mæs] [mass]	❶ a mass of 一堆	託 I T G 公
1615. **mat** 名 小墊子 [mæt] [mat]	The waitress puts a beer mat on the table. 女服務生把啤酒墊放在桌上。 <div align="right">⇨waitress(2068)</div>	託 I T G 公
1616. **match** 名 比賽 [mætʃ] [match]	❶ meet your match 棋逢對手 <div align="right">⇦meet(543)</div>	託 I T G 公

1617. **mate** 名 同伴 [met] [mate]	❶ running mate 競選夥伴	託 I T G 公
1618. **material** 名 物質 [mə`tɪrɪəl] [ma·te·ri·al]	What material is this coat made of? 這件大衣材料是什麼？ <div align="right">⇦coat(187)</div>	託 I T G 公
1619. **meal** 名 一餐飯 [mil] [meal]	Take medicine after meals. 飯後要吃藥。 <div align="right">⇨medicine(1625)</div>	託 I T G 公
1620. **meaning** 名 意義 [`minɪŋ] [mean·ing]	I don't know the meaning of the word. 我不知道這個字的意思。	託 I T G 公
1621. **means** 名 工具 [minz] [means]	❶ by all means 沒問題	託 I T G 公
1622. **measurable** 形 可測量的 [`mɛʒərəbḷ] [mea·sur·able]	Working environment has measurable improvements. 工作環境有顯著改善。 <div align="right">⇦environment(1375) ⇦improvement(1526)</div>	託 I T G 公
1623. **measure** 動 測量 名 方法 [`mɛʒɚ] [measure]	動詞變化 measure-measured-measured ❶ for good measure 外加項目	託 I T G 公
1624. **measurement** 名 測量 [`mɛʒɚmənt] [mea·sure·ment]	❶ take one's measurement of waist 測量某人腰圍 <div align="right">⇨waist(2067)</div>	託 I T G 公
1625. **medicine** 名 醫藥 [`mɛdəsṇ] [med·i·cine]	You should take medicine if you catch a cold. 如果你感冒，應該要吃藥。 <div align="right">⇦catch(161)</div>	託 I T G 公
1626. **meeting** 名 會議 [`mitɪŋ] [meet·ing]	When will the meeting start? 會議何時開始？	託 I T G 公
1627. **melody** 名 旋律 [`mɛlədɪ] [mel·o·dy]	❶ a few bars of melody 幾節的旋律	託 I T G 公

1628.
melon 名 香瓜
[ˋmɛlən] [mel·on]

Do you want a slice of melon?
你想要吃一片香瓜嗎？

⇨slice(2990)

1629.
member 名 成員
[ˋmɛmbɚ] [mem·ber]

Gary is a member of the family.
蓋瑞是家中一員。

⇦family(299)

1630.
memory 名 記憶
[ˋmɛmərɪ] [mem·o·ry]

❶ if one's memory serves one well 如果某人沒記錯

⇦serve(772)

1631.
menu 名 菜單
[ˋmɛnju] [men·u]

He is reading a menu.
他正在看菜單。

1632.
message 名 訊息
[ˋmɛsɪdʒ] [mes·sage]

May I leave a message?
我可以留言嗎？

⇦leave(493)

1633.
metal 名 金屬
[ˋmɛtḷ] [met·al]

❶ be made of metal 金屬製

1634.
meter 名 公尺
[ˋmitɚ] [me·ter]

❶ parking meter 停車收費器

1635.
method 名 方法
[ˋmɛθəd] [meth·od]

❶ Montessori method
蒙特梭利教學法

1636.
**metro/subway/
underground** 名
地下鐵
[ˋmɛtro]/[ˋsʌbˌwe]/
[ˋʌndɚˌgraund]
[met·ro]/[sub·way]/
[un·der·ground]

She goes to the Happy Department Store by subway.
她搭地鐵到快樂百貨公司。

⇦happy(395)

1637.
military 形 軍事的
[ˋmɪləˌtɛrɪ] [mil·i·tary]

❶ military service 兵役

⇦service(773)

1638.
million 名 百萬
[ˋmɪljən] [mil·lion]

❶ millions of 數以百萬計

1639.
mine 代 我的（東西）
[maɪn] [mine]

Those bags are Helen's; these are mine.
那些袋子是海倫的，這些是我的。

⇦bag(66)

1640.
minus 介 減去
[`maɪnəs] [mi·nus]

Eighty minus ten is seventy.
八十減十等於七十。

托 I T G 公

⇨seventy(777)

1641.
mirror 名 鏡子
[`mɪrɚ] [mir·ror]

❶ the mirror of 反映

托 I T G 公

1642.
mix 動 混合
[mɪks] [mix]

動詞變化 mix-mixed-mixed
❶ get mixed up 捲入

托 I T G 公

1643.
model 名 模型
[`madl̩] [mod·el]

❶ model sth. on sth. 模仿

托 I T G 公

1644.
modern 形 現代的
[`madɚn] [mod·ern]

❶ modern art 現代藝術

托 I T G 公

⇨art(55)

1645.
monster 名 形 怪物
[`manstɚ] [mon·ster]

It is a monster truck.
那是台大腳車。

托 I T G 公

⇨truck(2035)

1646.
mosquito 名 蚊子
[məs`kito] [mos·qui·to]

❶ mosquito net 蚊帳

托 I T G 公

⇨net(1674)

1647.
moth 名 蛾
[mɔθ] [moth]

Moths usually fly at night.
蛾通常在夜間飛行。

托 I T G 公

1648.
motion 名 運動
[`moʃən] [mo·tion]

The manager puts forward a motion.
經理提出一項動議。

托 I T G 公

⇨forward(1438)

1649.
motorcycle 名 MP3 2-31
摩托車
[`motɚ͵saɪkl̩]
[mo·tor·cy·cle]

He goes to the supermarket by motorcycle.
他騎摩托車去超市。

托 I T G 公

⇨supermarket(1964)

1650.
movable 形
可移動的
[`muvəbl̩] [mov·able]

She ordered some movable partitions.
她訂購一些可移動的隔板。

托 I T G 公

⇨order(631)

1651.
MRT 名 大眾快捷運
輸；捷運

Going to school by MRT is convenient.
搭捷運上學很方便。

托 I T G 公

⇨convenient(1247)

LEVEL 2

1652. **mule** 名 騾子 [mjul] [mule]	Don't be stubborn as a mule. 別像騾子一樣頑固。 ⇨stubborn(3044)	托 I T G 公
1653. **multiply** 動 增加 [ˋmʌltəplaɪ] [mul・ti・ply]	動詞變化 multiply-multiplied- multiplied Ten multiply by eight makes eighty. 十乘以八等於八十。	托 I T G 公
1654. **museum** 名 博物館 [mjuˋzɪəm] [mu・se・um]	Ed visited the museum once a month. 愛德一個月參觀博物館一次。 ⇨once(625)	托 I T G 公
1655. **musician** 名 音樂家 [mjuˋzɪʃən] [mu・si・cian]	Lang Lang is a famous musician. 郎朗是著名的音樂家。	托 I T G 公

Nn
▼ 托 TOEFL、I IELTS、T TOEIC、G GEPT、公 公務人員考試

1656. **nail** 名 指甲 [nel] [nail]	Don't bite your nails. 別咬指甲。 ⇨bite(109)	托 I T G 公
1657. **naked** 形 裸體的 [ˋnekɪd] [na・ked]	Emily saw a naked man running on the street. 艾蜜莉看到一位裸男在街上跑。 ⇨street(871)	托 I T G 公
1658. **napkin** 名 餐巾 [ˋnæpkɪn] [nap・kin]	There are four napkin rings on the table. 桌上有四個餐巾環。 ⇨table(887)	托 I T G 公
1659. **narrow** 形 狹窄的 [ˋnæro] [nar・row]	She walks on a narrow street. 她走在狹窄街道。	托 I T G 公
1660. **national** 形 國家的 [ˋnæʃənl] [na・tion・al]	❶ narional anthem 國歌 ⇨anthem(4315)	托 I T G 公
1661. **natural** 形 自然的 [ˋnætʃərəl] [nat・u・ral]	Paula is a natural girl. 寶拉是個自然派女孩。	托 I T G 公

LEVEL 2

1662.
naughty 形 頑皮的
[ˋnɔtɪ] [naugh·ty]

The kid is naughty and cute.
這小孩又頑皮又可愛。

托 I T G 公

1663.
nearby 形 副
附近的（地）
[ˋnɪrˏbaɪ] [near·by]

He works in a nearby city.
他在附近城市工作。

托 I T G 公

⇦city(178)

1664.
nearly 副 幾乎地
[ˋnɪrlɪ] [near·ly]

❶ not nearly 絕非

托 I T G 公

1665.
neat 形 整潔的
[nit] [neat]

He wears a neat brown shirt.
他穿著乾淨的咖啡色襯衫。

托 I T G 公

⇦shirt(789)

1666.
necessary 形
必需的
[ˋnɛsəˏsɛrɪ] [nec·es·sary]

It is not necessary.
這不需要。

托 I T G 公

1667.
necklace 名 項鍊
[ˋnɛklɪs] [neck·lace]

She looked at a diamond necklace.
她望著一條鑽石項鍊。

托 I T G 公

⇦diamond(1309)

1668.
needle 名 針
[ˋnidḷ] [nee·dle]

❶ a needle in a haystack 海裡撈針

托 I T G 公

1669.
negative 形
負面的
[ˋnɛgətɪv] [neg·a·tive]
MP3 2-32

The manager has a negative attitude to the business.
經理對生意的態度很消極。

托 I T G 公

⇨attitude(2157)

1670.
neighbor 名 鄰居
[ˋnebɚ] [neigh·bor]

One of her neighbors is from Korea.
她其中一位鄰居來自韓國。

托 I T G 公

⇦from(347)

1671.
neither 連 也不
[ˋniðɚ] [nei·ther]

Neither you nor I went to school on time.
我們兩個都沒準時上學。

托 I T G 公

1672.
nephew 名
姪兒；外甥
[ˋnɛfju] [neph·ew]

Joan's nephew has artistic talent.
瓊安的外甥有藝術天份。

托 I T G 公

⇨artistic(3265)

1673.
nest 名 鳥巢
[nɛst] [nest]

❶ foul sb's own nest 家醜外揚

托 I T G 公

1674.
net 名 網
[nɛt] [net]

❶ slip through the net 漏掉

托 I T G 公

⇨through(2005)

1675.
niece 名 姪女
[nis] [niece]

How many nieces does Jay have?
杰有多少個姪女啊？

托 I T G 公

1676.
nobody 代 沒有人
[ˋnobɑdɪ] [no·body]

Nobody is a popular song now.
『沒有人』這首歌現在很受歡迎。

托 I T G 公

⇨popular(2817)

1677.
nod 動 點頭
[nɑd] [nod]

動詞變化 **nod-nodded-nodded**
Nod your head if you agree with me.
如果你同意我的說法就點點頭。

托 I T G 公

1678.
none 代 無一個
[nʌn] [none]

He is none the wiser.
他還是不明白。

托 I T G 公

1679.
noodle 名 麵條
[ˋnudl̩] [noo·dle]

His best food is chicken noodles.
他最愛食物是雞絲麵。

托 I T G 公

⇦chicken(172)

1680.
northern 形 北方的
[ˋnɔrðən] [north·ern]

Ken likes the northern climate.
肯喜歡北方氣候。

托 I T G 公

⇦climate(1215)

1681.
notebook 名 筆記本
[ˋnot͵buk] [note·book]

I forgot to bring my notebook.
我忘了帶筆記本。

托 I T G 公

⇦bring(131)

1682.
novel 名 小說
[ˋnɑvl̩] [nov·el]

She is tired with river novels.
她對長篇小說感到厭煩。

托 I T G 公

⇦river(726)

1683.
nut 名 堅果
[nʌt] [nut]

❶ do one's nut 氣炸了

托 I T G 公

Oo

▼ 托TOEFL、I IELTS、T TOEIC、G GEPT、公 公務人員考試

LEVEL 2

1684.
obey 動 服從
[ə`be] [obey]

動詞變化 **obey-obeyed-obeyed** 托 I T G 公
Fred seldom obeyed his teacher.
費德很少服從老師。

⇨seldom(2955)

1685.
object 名 物體
動 反對
[`ɑbdʒɪkt] [ob·ject]

動詞變化 **object-objected-objected** 托 I T G 公
❶ object lesson 記取教訓

1686.
occur 動 發生
[ə`kɝ] [oc·cur]

動詞變化 **occur-occurred-occurred** 托 I T G 公
It doesn't occur to him to call Emma.
他沒想到要打給艾瑪。

⇦call(147)

1687.
offer 動 提供
[`ɔfɚ] [of·fer]

動詞變化 **offer-offered-offered** 托 I T G 公
He offered the job to his uncle.
他把這份工作給伯父。

⇦uncle(959)

1688.
official 形 官方的
[ə`fɪʃəl] [of·fi·cial]

❶ official leave 公假 托 I T G 公

⇦leave(493)

1689.
omit 動 省略
[o`mɪt] [o·mit]
(MP3) 2-33

動詞變化 **omit-omitted-omitted** 托 I T G 公
He omitted to mention that he lost his money.
他沒有提及丟掉錢的事情。

⇨mention(2692)

1690.
onion 名 洋蔥
[`ʌnjən] [on·ion]

I don't like the smell of onions. 托 I T G 公
我不喜歡洋蔥味。

⇦smell(823)

1691.
operate 動 操作
[`ɑpəˌret] [op·er·ate]

動詞變化 **operate-operated-operated** 托 I T G 公
Do you know how to operate this machinery?
你知道如何操作這台機器？

⇨machinery(3859)

1692.
opinion 名 言論
[ə`pɪnjən] [opin·ion]

In my opinion, you should listen 托 I T G 公
to your parents.
我的意見是，你應該要聽父母的話。

⇦listen(512)

1693. **ordinary** 形 一般的 [ˈɔrdn̩ˌɛrɪ] [or·di·nary]	❶ out of ordinary 特殊	托 I T G 公
1694. **organ** 名 器官 [ˈɔrgən] [or·gan]	❶ an organ donor 器官捐贈者 ⇨donor(5701)	托 I T G 公
1695. **organization** 名 組織 [ˌɔrgənəˈzeʃən] [or·ga·ni·za·tion]	Cathy worked at an international organization. 凱西在國際組織工作。 ⇦international(1541)	托 I T G 公
1696. **organize** 動 組織 [ˈɔrgəˌnaɪz] [or·ga·nize]	動詞變化 organize-organized- organized She is good at organizing a party. 她很會籌備聚會。 ⇦party(647)	托 I T G 公
1697. **oven** 名 爐子 [ˈʌvən] [ov·en]	Turn off the oven before you go out. 你出門前記得關掉爐子。 ⇦before(93)	托 I T G 公
1698. **overpass** 名 高架道 [ˌovəˈpæs] [over·pass]	He drove on an overpass. 他開在高架道上。	托 I T G 公
1699. **overseas** 形 國外的 [ˈovəˈsiz] [over·seas]	Lisa is an overseas student. 莉莎是外國留學生。	托 I T G 公
1700. **owl** 名 貓頭鷹 [aʊl] [owl]	❶ owl light 黃昏	托 I T G 公
1701. **owner** 名 擁有者 [ˈonə] [own·er]	❶ return to its rightful owner 物歸原主 ⇦return(719)	托 I T G 公
1702. **ox** 名 公牛 [ɑks] [ox]	There are two oxen on the farm. 農場上有兩隻公牛。 ⇦farm(302)	托 I T G 公

Pp

▼ 托 TOEFL、 I IELTS、 T TOEIC、 G GEPT、 公 公務人員考試

LEVEL
2

1703. **pack** 名 一包 [pæk] [pack]	The man bought a pack of cigarettes. 這男子買包香菸。	托 I T G 公
		⇨cigarette(2278)

1704. **package** 名 包裹 [ˋpækɪdʒ] [pack·age]	He sent a package in the post office yesterday. 他昨天去郵局寄包裹。	托 I T G 公
		⇦yesterday(1038)

1705. **pain** 名 痛苦 [pen] [pain]	❶ a pain in the neck 非常討厭的人事物	托 I T G 公
		⇦neck(586)

1706. **painful** 形 痛苦的 [ˋpenfəl] [pain·ful]	Her leg is painful. 她的腿還很痛。	托 I T G 公

1707. **painter** 名 畫家 [ˋpentɚ] [paint·er]	His dream is to be a painter. 他的夢想是當畫家。	托 I T G 公

1708. **painting** 名 繪畫 (MP3) 2-34 [ˋpentɪŋ] [paint·ing]	❶ no oil painting 長相普通	托 I T G 公
		⇦oil(622)

1709. **pajamas** 名 睡衣 [pəˋdʒæməs] [pa·ja·mas]	He wears new pajamas tonight. 他今晚穿新睡衣。	托 I T G 公

1710. **palm** 名 巴掌 [pɑm] [palm]	Dora has sweaty palms. 朵拉的手掌流汗。	托 I T G 公

1711. **pan** 名 平底鍋 [pæn] [pan]	❶ go down the pan 被浪費	托 I T G 公
		⇦down(248)

1712. **panda** 名 貓熊 [ˋpændə] [pan·da]	There are two pandas in Taipei Zoo. 木柵動物園有兩隻貓熊。	托 I T G 公
		⇦zoo(1047)

1713. **papaya** 名 木瓜 [pəˋpaiə] [pa·pa·ya]	Tim drank a glass of papaya milk. 提姆喝了杯木瓜牛奶。	托 I T G 公
		⇦glass(363)

1714.
pardon 動 原諒
[`pɑrdn̩] [par‧don]

動詞變化 pardon-pardoned-pardoned

托 I T G 公

Pardon me!
原諒我！（我聽不清楚。）

1715.
parrot 名 鸚鵡
[`pærət] [par‧rot]

托 I T G 公

❶ as sick as a parrot 大失所望

⇦sick(800)

1716.
particular 形 特別的
[pɚˋtɪkjəlɚ] [par‧tic‧u‧lar]

Is there a particular type of music you listen to?
你特別喜愛聽哪類型的音樂嗎？

托 I T G 公

⇦music(579)

1717.
partner 名 夥伴
[`pɑrtnɚ] [part‧ner]

Neil is a sleeping partner.
尼爾是匿名的股東。

托 I T G 公

⇦sleep(819)

1718.
passenger 名 乘客
[`pæsn̩dʒɚ] [pas‧sen‧ger]

Three passengers get on a train.
三位乘客上火車。

托 I T G 公

1719.
paste 名 漿糊 動 塗
[pest] [paste]

動詞變化 paste-pasted-pasted
❶ paste down 用漿糊貼東西

托 I T G 公

1720.
pat 動 輕拍
[pæt] [pat]

動詞變化 pat-patted-patted
She pats his shoulder lightly.
她輕拍他的肩膀。

托 I T G 公

⇦shoulder(795)

1721.
path 名 路徑
[pæθ] [path]

They walk along a path.
他們沿小徑走。

托 I T G 公

1722.
patient 形 耐心的
[`peʃənt] [pa‧tient]

He is a patient doctor.
他是有耐心的醫生。

托 I T G 公

⇦doctor(242)

1723.
pattern 名 圖案
[`pætɚn] [pat‧tern]

❶ pattern sth. on sth. 模仿

托 I T G 公

1724.
peace 名 和平
[pis] [peace]

❶ hold one's peace 忍住不說出來

托 I T G 公

1725.
peaceful 形 和平的
[`pisfəl] [peace‧ful]

It is a peaceful evening.
一個平靜的夜晚。

托 I T G 公

⇦evening(284)

1726. **peach** 名 桃子 [pitʃ] [peach]	He hasn't seen a peach tree before. 他沒看過桃子樹。 <div align=right>⇦before(93)</div>	托 I T G 公
1727. **peanut** 名 花生； 很少錢 [ˋpiˌnʌt] [pea‧nut]	He works for peanuts. 他工作賺很少錢。	托 I T G 公
1728. **pear** 名 梨子 [pɛr] [pear] (MP3) 2-35	❶ prickly pear 仙人果	托 I T G 公
1729. **penguin** 名 企鵝 [ˋpɛŋgwɪn] [pen‧guin]	The penguins are very cute. 這些企鵝很可愛。 <div align=right>⇦cute(214)</div>	托 I T G 公
1730. **pepper** 名 胡椒粉 [ˋpɛpɚ] [pep‧per]	Add some pepper in the soup, please. 請在湯裡加胡椒粉。 <div align=right>⇦soup(844)</div>	托 I T G 公
1731. **per** 介 每 [pɚ] [per]	A single room costs three thousand dollars per night. 單人房一晚三千元。 <div align=right>⇦thousand(920)</div>	托 I T G 公
1732. **perfect** 形 完美的 [ˋpɝfɪkt] [per‧fect]	She is a perfect woman. 她是完美的女人。 <div align=right>⇦woman(1020)</div>	托 I T G 公
1733. **period** 名 期間 [ˋpɪrɪəd] [pe‧ri‧od]	❶ come to a period 結束	托 I T G 公
1734. **personal** 形 個人的 [ˋpɝsn̩l] [per‧son‧al]	I need my personal space. 我需要個人空間。 <div align=right>⇦space(847)</div>	托 I T G 公
1735. **photograph/ photo** 名 照片 [ˋfotəˌgræf] [pho‧to‧graph]/ [ˋfoto] [pho‧to]	He likes to take photos when he is free. 當他有空時，他喜歡拍照。 <div align=right>⇦free(342)</div>	托 I T G 公
1736. **photographer** 名 攝影師 [fəˋtɑgrəfɚ] [pho‧tog‧ra‧pher]	Thomas is a fashion photographer. 湯姆士是時尚攝影師。 <div align=right>⇦fashion(2462)</div>	托 I T G 公

LEVEL **2**

1737. **phrase** 名 片語 [frez] [phrase]	Coin a phrase. 套一句老話。 ⇦coin(1228)
1738. **pick** 動 挑選 [pɪk] [pick]	動詞變化 **pick-picked-picked** Sam forgot to pick up his son yesterday. 山姆昨天忘了接他兒子。
1739. **picnic** 名 野餐 [ˋpɪknɪk] [pic‧nic]	Going on a picnic is interesting. 去野餐很有趣。
1740. **pigeon** 名 鴿子 [ˋpɪdʒɪn] [pi‧geon]	Don't set the cat among the pigeons. 別引起麻煩。 ⇦among(36)
1741. **pile** 名 一層 [paɪl] [pile]	We have piles of homework to do. 我們有一大堆功課要寫。 ⇦homework(422)
1742. **pillow** 名 枕頭 [ˋpɪlo] [pil‧low]	❶ pillow talk 枕邊絮語
1743. **pin** 名 大頭針 [pɪn] [pin]	❶ bobby pin 髮夾
1744. **pineapple** 名 鳳梨 [ˋpaɪnˌæpl] [pine‧ap‧ple]	He bought a bottle of pineapple juice. 他買了一瓶鳳梨汁。
1745. **ping-pong/table tennis** 名 桌球 [ˋpɪŋˌpɑŋ] [ping-pong]	Let's play teble tennis after school. 放學後去打桌球吧。
1746. **pink** 名 粉紅色 [pɪŋk] [pink]	Mr. Pitt got a pink slip. 彼德先生收到解雇通知單。 ⇨slip(1905)
1747. **pipe** 名 管子 動 說話 [paɪp] [pipe]	動詞變化 **pipe-piped-piped** Pipe down, please. 請安靜點。
1748. **pitch** 動 投擲； 批評 [pɪtʃ] [pitch]	動詞變化 **pitch-pitched-pitched** The woman pitched into her friends. 這婦女批評她朋友。 ⇦friend(345)

1749.
pizza 名 披薩
[`pitsə] [piz·za]

I was hungry, so I ordered a pizza.
我很餓，所以我點了披薩。

托 I T G 公

1750.
plain 形 平坦的
[plen] [plain]

The answer is plain to see.
答案顯而易見。

托 I T G 公

1751.
planet 名 行星
[`plænɪt] [plan·et]

What planet is he on?
他想法不切實際。

托 I T G 公

1752.
plate 名 盤子
[plet] [plate]

Mom needs two plates.
媽媽需要兩個盤子。

托 I T G 公

⇦need(587)

1753.
platform 名 平台
[`plæt͵fɔrm] [plat·form]

Anna wore a pair of platform shoes.
安娜穿雙厚底鞋。

托 I T G 公

⇦shoe(790)

1754.
playful 形 愛玩的
[`plefəl] [play·ful]

She visited a playful website yesterday.
她昨天有上好玩的網站。

托 I T G 公

⇨website(4266)

1755.
pleasant 形 愉快的
[`plɛzənt] [pleas·ant]

This is a pleasant place.
這是令人愉快的地方。

托 I T G 公

⇦place(663)

1756.
pleasure 名 愉悅
[`plɛʒɚ] [plea·sure]

Anne draws for pleasure.
安畫圖來娛樂自己。

托 I T G 公

⇦draw(251)

1757.
plus 介 加上
[plʌs] [plus]

❶ plus or minus 多少

托 I T G 公

1758.
poem 名 詩作
[`poɪm] [po·em]

James likes to read lyric poems.
詹姆士喜歡讀抒情詩。

托 I T G 公

⇨lyric(5936)

1759.
poet 名 詩人
[`poɪt] [po·et]

He is a popular poet in the USA.
他是美國受歡迎的詩人。

托 I T G 公

1760.
poison 名 毒
[`pɔɪzn̩] [poi·son]

❶ poison pen letter 匿名毀謗信

托 I T G 公

⇦letter(499)

1761.
policy 名 政策
[`pɑləsɪ] [pol·i·cy]

We agree that honesty is the best policy.
我們同意誠實是上策。

托 I T G 公

⇨honesty(2556)

1762. **polite** 形 禮貌的 [pəˋlaɪt] [po·lite]	She is polite to everyone. 她對每個人都很有禮貌。	托 Ⅰ T G 公
1763. **population** 名 人口 [͵papjəˋleʃən] [pop·u·la·tion]	❶ an increase in population 人口增加	托 Ⅰ T G 公
1764. **pork** 名 豬肉 [pork] [pork]	Do you like pork or beef? 你喜歡豬肉還是牛肉？ ⇦beef(1120)	托 Ⅰ T G 公
1765. **port** 名 港口 [port] [port]	We reached port at 6pm. 我們在六點抵達港口。 ⇦reach(709)	托 Ⅰ T G 公
1766. **pose** 名 擺姿勢 [poz] [pose]	❶ hold this pose 保持這種姿勢 ⇦hold(418)	托 Ⅰ T G 公
1767. **positive** 形 積極的 [ˋpazətɪv] [pos·i·tive]	He is positive about his future. 他對未來保持積極。 ⇦future(1449)	托 Ⅰ T G 公
1768. **possibility** 名 可能性 [͵pasəˋbɪlətɪ] [pos·si·bil·i·ty]	It is not beyond the bounds of possibility that Wendy becomes a singer. 溫蒂變成歌星並非不可能。 ⇦become(90)	托 Ⅰ T G 公
1769. **post** 名 郵件 [post] [post]	There was some post today. 今天有幾封郵件。	托 Ⅰ T G 公
1770. **postcard** 名 明信片 [ˋpost͵kard] [post·card]	After you go to England, don't forget to send me a postcard. 你去英國後，別忘了寄明信片給我。 ⇦forget(337)	托 Ⅰ T G 公
1771. **pot** 名 壺 [pat] [pot]	❶ hot pot 火鍋	托 Ⅰ T G 公
1772. **potato** 名 馬鈴薯 [pəˋteto] [po·ta·to]	He is a couch potato. 他是懶散的人。 ⇨couch(2321)	托 Ⅰ T G 公
1773. **pound** 名 磅 [paʊnd] [pound]	The girl weighs one hundred pounds. 這女孩重一百磅。 ⇦weigh(993)	托 Ⅰ T G 公

1774. **powerful** 形 有力量的 [`pauɚfəl] [pow·er·ful]	Mr. White is a rich and powerful man. 華特先生是有錢又有勢的男子。	托 I T G 公
1775. **praise** 動 讚揚 [prez] [praise]	動詞變化 **praise-praised-praised** ❶ praise sb. to the skies 高度讚揚	托 I T G 公
1776. **pray** 動 祈禱 [pre] [pray]	動詞變化 **pray-prayed-prayed** He prayed that she will be better. 他祈禱她身體會好點。 ⇦better(101)	托 I T G 公
1777. **prefer** 動 更喜愛 [prɪ`fɝ] [pre·fer]	動詞變化 **prefer-preferred-preferred** I'd prefer coffee. 我比較喜歡咖啡。 ⇦coffee(189)	托 I T G 公
1778. **presence** 名 出席 [`prɛzn̩s] [pres·ence]	❶ a man of great presence 風度好的男子 ⇦great(380)	托 I T G 公
1779. **present** 形 現在 動 贈送 [`prɛzn̩t] [͵prɪ`zɛnt] [pres·ent]	動詞變化 **present-presented-presented** Emily is the present owner of the villa. 艾蜜莉是別墅現在的主人。 ⇨villa(6418)	托 I T G 公
1780. **president** 名 總統 [`prɛzədənt] [pres·i·dent]	The president is friendly and knowledgeable. 總統友善又有知識。 ⇨knowledgeable(4789)	托 I T G 公
1781. **press** 動 按壓 名 記者們 [prɛs] [press]	動詞變化 **press-pressed-pressed** ❶ press conference 記者招待會 ⇨conference(3392)	托 I T G 公
1782. **pride** 形 驕傲 [praɪd] [pride]	He is so pride that he only has few friends. 他太驕傲，以至於只有幾個朋友。 ⇦few(312)	托 I T G 公
1783. **prince** 名 王子 [prɪns] [prince]	The handsome prince was not brave. 這個英俊的王子不勇敢。	托 I T G 公

LEVEL 2

1784. **princess** 名公主 [ˈprɪnsɪs] [prin·cess]	The pretty princess got married with the prince. 漂亮的公主和王子結婚。	托 I T G 公

1785. **principal** 形首要的 [ˈprɪnsəpl] [prin·ci·pal]	What is the principal reason? 最主要的原因是什麼？ ⇦reason(713)	托 I T G 公

1786. **principle** 名原則 [ˈprɪnsəpl] [prin·ci·ple]	● on principle 根據原則	托 I T G 公

1787. **printer** 名印表機 (MP3) [ˈprɪntɚ] [print·er] 2-38	The printer costs five thousand dollars. 這台印表機要價五千元。 ⇦cost(202)	托 I T G 公

1788. **prison** 名監牢 [ˈprɪzn̩] [pris·on]	The robber was sent to the prison for three years. 搶劫犯被關了三年。 ⇦robber(2915)	托 I T G 公

1789. **prisoner** 名囚犯 [ˈprɪznɚ] [pris·on·er]	● prisoner of war 戰俘 ⇦war(978)	托 I T G 公

1790. **private** 形私人的 [ˈpraɪvɪt] [pri·vate]	It is impolite to ask private questions. 問私人問題很不禮貌。	托 I T G 公

1791. **prize** 名獎品 [praɪz] [prize]	● consolation prize 安慰獎 ⇦consolation(5571)	托 I T G 公

1792. **produce** 動產生 [prəˈdjus] [pro·duce]	動詞變化 produce-produced- produced This is a factory that produces plastic bags. 這是製造塑膠袋的工廠。 ⇦plastic(2804)	托 I T G 公

1793. **producer** 名製造者 [prəˈdjusɚ] [pro·duc·er]	Gary is a TV producer. 蓋瑞是電視製作人。	托 I T G 公

1794. **progress** 名進展 動進行 [ˈprɑgrɛs] [prog·ress]	動詞變化 progress-progressed- progressed ● in progress 進行中	托 I T G 公

LEVEL 2

1795.
project 名 計畫
[`prɑdʒɛkt] [proj·ect]

He is interested in the history project.
他對這歷史專題研究很有興趣。

托 I T G 公

⇨history(416)

1796.
promise 動 承諾
[`prɑmɪs] [prom·ise]

動詞變化 promise-promised-promised

Emma promises me to go with me.
艾瑪答應我要和我一起去。

托 I T G 公

⇨with(1019)

1797.
pronounce 動 發音
[prə`naʊns] [pro·nounce]

動詞變化 pronounce-pronounced-pronounced

❶ pronounce for sb. 作出對某人有利判決

托 I T G 公

1798.
propose 動 提議
[prə`poz] [pro·pose]

動詞變化 propose-proposed-proposed

Does your boyfriend propose to you?
你男朋友跟你求婚了嗎？

托 I T G 公

1799.
protect 動 保護
[prə`tɛkt] [pro·tect]

The policeman protected the girl against attack.
警察保護女孩免受襲擊。

托 I T G 公

⇨attack(1097)

1800.
proud 形 驕傲的
[praʊd] [proud]

Her parents are proud of her.
她的父母以她為榮。

托 I T G 公

1801.
provide 動 提供
[prə`vaɪd] [pro·vide]

動詞變化 provide-provided-provided

The landlord provided basic furniture for tenants.
房東為房客準備了基本傢俱。

托 I T G 公

⇨tenant(5241)

1802.
pudding 名 布丁
[`pʊdɪŋ] [pud·ding]

The pudding is yummy.
布丁真好吃。

托 I T G 公

⇨yummy(1045)

1803.
pump 名 抽水機
[pʌmp] [pump]

❶ pump sb. up 替某人打氣

托 I T G 公

1804.
pumpkin 名 南瓜
[`pʌmpkɪn] [pump·kin]

Americans have pumpkin pie on Thanksgiving Day.
美國人在感恩節時吃南瓜派。

托 I T G 公

⇨have(399)

1805.
punish 動 懲罰
[`pʌnɪʃ] [pun·ish]

動詞變化 **punish-punished-punished**

He was punished by the teacher.
他被老師懲罰。

托 I T G 公

⇦teacher(897)

1806.
punishment 名
懲罰
[`pʌnɪʃmənt]
[pun·ish·ment]

What is the punishment for robbery?
搶劫應處於何種刑罰呢？

托 I T G 公

1807.
pupil 名 小學生
[`pjupl] [pu·pil]

The school has five hundred pupils.
這所學校有五百名小學生。

托 I T G 公

⇦school(756)

1808.
puppet 名 傀儡
[`pʌpɪt] [pup·pet]

Amy's father bought a hand puppet for her.
艾咪的爸爸買手套式木偶給她。

托 I T G 公

1809.
puppy 名 小狗
[`pʌpɪ] [pup·py]

MP3
2-39

❶ puppy love 純愛

托 i T G 公

⇦love(519)

1810.
purse 名 錢包
[pɝs] [purse]

She can't find her purse.
她找不到錢包。

托 I T G 公

⇦find(318)

1811.
puzzle 動 困惑；思索
名 謎題
[`pʌzl] [puz·zle]

動詞變化 **puzzle-puzzled-puzzled**

Sean puzzled over the puzzle all day long.
席恩整天苦思這個謎題。

托 I T G 公

⇦long(515)

Qq ▼ 托 TOEFL、I IELTS、T TOEIC、G GEPT、公 公務人員考試

1812.
quality 名 品質
[`kwɑlətɪ] [qual·i·ty]

❶ high quality 高品質

托 I T G 公

1813.
quantity 名 量
[`kwɑntətɪ] [quan·ti·ty]

❶ unknown quantity 難預料的人

托 I T G 公

1814.
quarter 名 四分之一
[`kwɔrtɚ] [quar·ter]

It is a quarter after ten.
現在十點十五分。

托 I T G 公

⇦after(14)

1815.
quit 勔 離開
[kwɪt] [quit]

動詞變化 **quit-quit-quit**
Ted decides to quit the job.
泰德決定辭職。

⇦decide(228)

1816.
quiz 名 小考
[kwɪz] [quiz]

We had a quiz this morning.
我們早上有小考。

⇦morning(562)

Rr ▼ 托TOEFL、I IELTS、T TOEIC、G GEPT、公公務人員考試

LEVEL 2

1817.
rabbit 名 兔子
[ˋræbɪt] [rab·bit]

He fed the rabbit some carrots.
他餵兔子紅蘿蔔。

1818.
rainy 形 下雨的
[ˋrenɪ] [rainy]

It is rainy, not sunny.
今天是多雨，不是陽光普照。

⇦sunny(1963)

1819.
range 名 範圍
[rendʒ] [range]

❶ range over sth. 包括

1820.
rapid 形 迅速的
[ˋræpɪd] [rap·id]

❶ make a rapid recovery
迅速恢復健康

1821.
rare 形 稀有的
[rɛr] [rare]

These birds are rare in this country.
這些鳥在這國家很少見。

⇦country(204)

1822.
rather 副 寧願
[ˋræðɚ] [rath·er]

I'd rather drink a cup of coffee.
我寧願喝咖啡。

1823.
reality 名 真實
[rɪˋælətɪ] [re·al·i·ty]

❶ virtual reality 殘酷的現實

⇨virtual(6420)

1824.
realize 勔 實現
[ˋrɪəˏlaɪz] [re·al·ize]

動詞變化 **realize-realized-realized**
He realized something is wrong.
他發現有些不對勁。

⇦wrong(1032)

1825.
recent 形 最近的
[ˋrisṇt] [re·cent]

In recent years, Korean dramas are more and more popular.
近幾年來，韓劇愈來愈流行。

1826. **record** 名動 記錄 [ˋrɛkəd] /[rɪˋkɔrd] [re‧cord]	動詞變化 record-recorded-recorded Did you record your salary? 你有紀錄薪水嗎？	托 I T G 公
		⇨salary(2930)

| 1827. **rectangle** 名 長方形 [rɛkˋtæŋgl̩] [rect‧an‧gle] | Rectangle and parallelogram are different.
長方形和平行四邊形不同。 | 托 I T G 公 |

| 1828. **refrigerator/ fridge/icebox** 名 冰箱 [rɪˋfrɪdʒəˏretə] [re‧frig‧er‧a‧tor]/ [frɪdʒ] [fridge]/[ˋaɪsˏbɑks] [ice‧box] | (MP3 2-40)
Jessica stores her food in the refrigerator.
潔西卡把食物儲存在冰箱裡。 | 托 I T G 公 |
| | | ⇦food(331)
⇦store(868) |

| 1829. **refuse** 動 拒絕 [rɪˋfjuz] [re‧fuse] | 動詞變化 refuse-refused-refused
He refused Linda's invitation.
他拒絕琳達的邀請。 | 托 I T G 公 |

| 1830. **regard** 名 注重 [rɪˋgɑrd] [re‧gard] | ❶ in this regard 在這方面 | 托 I T G 公 |

| 1831. **region** 名 區域 [ˋridʒən] [re‧gion] | ❶ in the region of 大約 | 托 I T G 公 |

| 1832. **regular** 形 有規律的 [ˋrɛgjələ] [reg‧u‧lar] | He has regular meetings.
他有定期的會議。 | 托 I T G 公 |

| 1833. **reject** 動 拒絕 [rɪˋdʒɛkt] [re‧ject] | 動詞變化 reject-rejected-rejected
He has been rejected by some companies.
他被一些公司拒絕。 | 托 I T G 公 |
| | | ⇦company(1233) |

| 1834. **relation** 名 關係 [rɪˋleʃən] [re‧la‧tion] | ❶ with relaiton to 關於… | 托 I T G 公 |

| 1835. **relationship** 名 關係 [rɪˋleʃənˋʃɪp] [re‧la‧tion‧ship] | What's the relationship between Emma and Mark?
艾瑪和馬克有什麼關係？ | 托 I T G 公 |
| | | ⇦between(102) |

1836.
repeat 動 重複
[rɪ`pit] [re·peat]

動詞變化 repeat-repeated-
　　　　　repeated
Don't repeat my words.
別重複我的話。

⇨word(1022)

1837.
reply 動 回覆
[rɪ`plaɪ] [re·ply]

動詞變化 reply-replied-replied
The secretary replied for the general
manager.
祕書代替總經理答覆。

⇨general(356)

1838.
reporter 名 記者
[rɪ`portɚ] [re·port·er]

Cathy is a reporter.
凱西是個記者。

1839.
require 動 需要
[rɪ`kwaɪr] [re·quire]

動詞變化 require-required-
　　　　　required
The children require a lot of care.
這些小孩需要很多關心。

⇨care(156)

1840.
requirement 名
需要
[rɪ`kwaɪrmənt]
[re·quire·ment]

She did her best to meet the
requirements.
她盡其所能達到必備條件。

⇨best(100)

1841.
respect 動 尊敬
[rɪ`spɛkt] [re·spect]

動詞變化 respect-respected-
　　　　　respected
You should respect your parents.
你應該要尊敬父母。

⇨parent(645)

1842.
responsible 形
有責任的
[rɪ`spɑnsəbl]
[re·spon·si·ble]

Be responsible for what you have
done.
要對自己所做的事負責。

1843.
restaurant 名 餐廳
[`rɛstərənt] [res·tau·rant]

They celebrate Mother's Day at
a Korean restaurant.
他們在韓式料理餐廳慶祝母親節。

⇨celebrate(2252)

1844.
restroom 名 洗手間
[`rɛstrum] [rest·room]

Where is the restroom?
洗手間在哪裡？

LEVEL
2

173

1845. **result** 名動 結果 [rɪˋzʌlt] [re·sult]	動詞變化 **result-resulted-resulted** 托ⅠTGA ❶ result in sth. 導致
1846. **review** 動 複習 [rɪˋvju] [re·view]	動詞變化 **review-reviewed-** 托ⅠTGA **reviewed** Did you review English last night? 你昨晚有複習英文嗎？ ⇦night(594)
1847. **riches** 名 財產 [ˋrɪtʃɪz] [rich·es]	Mr. Wang goes from rags to 托ⅠTGA riches by selling handmade cookies. 王先生藉由販賣手工餅乾而由貧至富有。
1848. **rock** 名 岩石； 搖滾樂 [rɑk] [rock]	(MP3) 2-41 ❶ as firm as a rock 堅若磐石 托ⅠTGA ⇦firm(1413)
1849. **rocky** 形 多岩石的 [ˋrɑkɪ] [rocky]	He has a rocky marriage. 托ⅠTGA 他有不穩的婚姻。 ⇦marriage(1612)
1850. **role** 名 角色 [rol] [role]	❶ role play 角色扮演 托ⅠTGA
1851. **royal** 形 王室的 [ˋrɔɪəl] [roy·al]	She likes royal blue. 托ⅠTGA 她喜歡寶藍色。
1852. **rude** 形 粗魯的 [rud] [rude]	It is rude to interrupt when 托ⅠTGA people are talking. 當人們在講話時插嘴很無禮。 ⇨interrupt(2594)
1853. **ruler** 名 統治者；尺 [ˋrulɚ] [rul·er]	Who is the ruler of the country? 托ⅠTGA 這國家的統治者是誰？
1854. **runner** 名 跑者 [ˋrʌnɚ] [run·ner]	Donny is the best runner in class. 托ⅠTGA 東尼是班上最棒的跑者。 ⇦class(179)
1855. **rush** 動 衝；奔跑 [rʌʃ] [rush]	動詞變化 **rush-rushed-rushed** 托ⅠTGA ❶ rush in 衝入

Ss

LEVEL 2

1856.
safety 名 安全
[`seftɪ] [safe·ty]

❶ safety net 安全網

托 Ⅰ Ⅰ G 公

⇦net(1674)

1857.
sailor 名 水手
[`selə] [sail·or]

❶ a bad sailor 很常暈船的人

托 Ⅰ Ⅰ G 公

⇦bad(65)

1858.
salad 名 沙拉
[`sæləd] [sal·ad]

Do you have salad for breakfast?
你早餐吃沙拉嗎？

托 Ⅰ Ⅰ G 公

1859.
salty 形 鹹的
[`sɔltɪ] [salty]

The soup is too salty.
這湯太鹹。

托 Ⅰ Ⅰ G 公

1860.
sample 名 樣品
[`sæmpl̩] [sam·ple]

The boss wants to do a sample survey.
老闆想做抽樣調查。

托 Ⅰ Ⅰ G 公

1861.
sandwich 名 三明治
[`sændwɪtʃ] [sand·wich]

The beef sandwich tastes great.
這牛肉三明治很好吃。

托 Ⅰ Ⅰ G 公

1862.
satisfy 動 使滿足
[`sætɪsˌfaɪ] [sat·is·fy]

動詞變化 satisfy-satisfied-satisfied
❶ satisfy one's curiosity 滿足某人好奇心

托 Ⅰ Ⅰ G 公

⇨curiosity(3464)

1863.
sauce 名 醬汁
[sɔs] [sauce]

❶ soy sauce 醬油

托 Ⅰ Ⅰ G 公

⇨soy(1923)

1864.
science 名 科學
[`saɪəns] [sci·ence]

Sandy studied one of the sciences before.
珊蒂之前讀一門自然科學。

托 Ⅰ Ⅰ G 公

1865.
scientist 名 科學家
[`saɪəntɪst] [sci·en·tist]

Who was the most famous scientist in the world?
誰是世界上最有名的科學家？

托 Ⅰ Ⅰ G 公

⇦famous(1398)

1866.
scissors 名 剪刀
[`sɪzəz] [scis·sors]

❶ nail scissors 指甲刀

托 Ⅰ Ⅰ G 公

1867.
score 名 動 成績
[skor] [score]

動詞變化 score-scored-scored
❶ score sth. out 刪掉某事

托 Ⅰ Ⅰ G 公

1868. **screen** 名 螢幕 [skrin] [screen]	(MP3) 2-42	She is watching at the TV screen. 她看著電視螢幕。 <div align="right">⇦watch(982)</div>
1869. **search** 名 動 尋找 [sɝtʃ] [search]		動詞變化 search-searched- searched He went to the living room in search of a book. 他去客廳找本書看。
1870. **secret** 名 祕密 [ˋsikrɪt] [se·cret]		❶ keep a secret 保守祕密
1871. **secretary** 名 祕書 [ˋsɛkrəˌtɛrɪ] [sec·re·tary]		Anna is a careful secretary. 安娜是謹慎的祕書。 <div align="right">⇦careful(157)</div>
1872. **section** 名 部份 [ˋsɛkʃən] [sec·tion]		❶ cross section 典型的人事物
1873. **select** 動 挑選 [səˋlɛkt] [se·lect]		動詞變化 select-selected-selected The girl hasn't been selected for the play. 這女孩沒能選進話劇表演。 <div align="right">⇦play(666)</div>
1874. **selection** 名 選擇 [səˋlɛkʃən] [se·lec·tion]		❶ natural selection 物競天擇
1875. **semester** 名 學期 [səˋmɛstɚ] [se·mes·ter]		The new semester starts in September. 新學期在九月開始。 <div align="right">⇦start(859)</div>

1876.
separate 形 分開的
動 分開
[ˋsɛprɪt] [ˋsɛpəˌret]
[sep·a·rate]
		動詞變化 separate-separated-
		                separated
		❶ separate the sheep from the goats
		   分辨好人和壞人
		<div align="right">⇦sheep(785)
		⇦goat(1466)</div>

1877. **serious** 形 嚴肅的 [ˋsɪrɪəs] [se·ri·ous]		He is a serious teacher. 他是嚴肅的老師。

1878.
servant 名 僕人
[ˈsɝvənt] [ser·vant]

● civil servant 公務員

托 I T G 公

⇨civil(2280)

1879.
settle 動 安放
[ˈsɛtl̩] [set·tle]

動詞變化 settle-settled-settled
● settle in 適應新工作

托 I T G 公

1880.
settlement 名
定居；協議
[ˈsɛtl̩mənt] [set·tle·ment]

They negotiate a pay settlement.
他們就工資協議這點協商。

托 I T G 公

⇨negotiate(3917)

1881.
share 動 分享
[ʃɛr] [share]

動詞變化 share-shared-shared
Mark shares his room with Ben.
馬克和班住同一間房間。

托 I T G 公

⇨room(732)

1882.
shelf 名 架子
[ʃɛlf] [shelf]

● on the shelf 擱置的

托 I T G 公

1883.
shell 名 貝殼
[ʃɛl] [shell]

He comes out of his shell.
他不會畏首畏尾。

托 I T G 公

⇨come(193)

1884.
shock 動 震驚
[ʃɑk] [shock]

動詞變化 shock-shocked-shocked
They are shocked by the news.
他們因為這新聞而震驚。

托 I T G 公

⇨news(590)

1885.
shoot 動 射擊
[ʃut] [shoot]

動詞變化 shoot-shot-shot
● shoot one's mouth off 吹牛

托 I T G 公

⇨mouth(568)

1886.
shorts 名
寬鬆運動短褲
[ʃɔrts] [shorts]

It is hot, so she wears a pair of shorts.
天氣很熱，所以她穿短褲。

托 I T G 公

1887.
shower 名
陣雨；淋浴
[ˈʃauɚ] [show·er]

He just took a shower.
他剛淋完浴。

托 I T G 公

1888.
shrimp 名 小蝦
[ʃrɪmp] [shrimp]

MP3
2-43

How delicious a shrimp cocktailis!
番茄醬蘸蝦真美味！

托 I T G 公

⇨cocktail(2287)

1889.
sidewalk 名 人行道
[ˈsaɪdˌwɔk] [side·walk]

It is safer to walk on the sidewalk.
走在人行道上比較安全。

托 I T G 公

⇨walk(975)

1890. **sign** 图 標誌；徵兆 [saɪn] [sign]	It is a good sign. 那是好徵兆。	托 I T G 公
1891. **silence** 图 寂靜 [ˋsaɪləns] [si·lence]	❶ silence is golden 沉默是金	托 I T G 公 ⇦golden(1467)
1892. **silent** 形 沉默的 [ˋsaɪlənt] [si·lent]	He is a silent man. 他是沉默的男子。	托 I T G 公
1893. **silk** 图 絲綢 [sɪlk] [silk]	❶ Silk Road 絲路	托 I T G 公 ⇦road(727)
1894. **similar** 形 相似的 [ˋsɪmələ] [sim·i·lar]	They look similar. 他們看起來很像。	托 I T G 公
1895. **simply** 副 簡單地 [ˋsɪmplɪ] [sim·ply]	Put it simply. 簡單而言。	托 I T G 公 ⇦put(696)
1896. **single** 形 單一的 [ˋsɪŋgl̩] [sin·gle]	She reserved a single room. 她預約一間單人房。	托 I T G 公
1897. **sink** 動 沉沒 [sɪŋk] [sink]	動詞變化 sink-sank-sunk ❶ sink one's differences 擱置分歧	托 I T G 公 ⇦difference(1312)
1898. **skillful/skilled** 形 熟練的 [ˋskɪlfəl] [skill·ful]/ [skɪld] [skilled]	Mark is skilled at riding horse well. 馬克對騎馬很熟練。	托 I T G 公 ⇦horse(424)
1899. **skinny** 形 皮包骨的 [ˋskɪnɪ] [skin·ny]	She is skinny. 她瘦得皮包骨。	托 I T G 公
1900. **skirt** 图 裙子 [skɜt] [skirt]	The skirts are on sale now. 裙子在特價。	托 I T G 公 ⇦sale(746)
1901. **sleepy** 形 想睡的 [ˋslipɪ] [sleepy]	I am so sleepy that I can't read anymore. 我如此想睡，以至於無法閱讀。	托 I T G 公 ⇦read(710)
1902. **slender** 形 苗條的 [ˋslɛndə] [slen·der]	The actress is slender. 這女演員身材苗條。	托 I T G 公 ⇦actress(9)

1903.
slide 名 動 滑動
[slaɪd] [slide]

動詞變化 **slide-slid-slid**
❶ slide show 幻燈片顯示

託 Ⅰ T G 公

1904.
slim 形 苗條的
[slɪm] [slim]

❶ slim down 減肥

⇨down(248)

託 Ⅰ T G 公

1905.
slip 動 滑動
[slɪp] [slip]

動詞變化 **slip-slipped-slipped**
❶ slip up 疏忽

託 Ⅰ T G 公

1906.
slipper 名 拖鞋
[`slɪpɚ] [slip·per]

Do you see my slippers?
你有看見我的拖鞋嗎？

託 Ⅰ T G 公

1907.
snack 名 點心
[snæk] [snack]

❶ a snack lunch 快餐（午餐）

託 Ⅰ T G 公

1908.
snail 名 蝸牛
[snel] [snail]

(MP3)
2-44

❶ at a snail's pace 動作很慢

託 Ⅰ T G 公

1909.
snowy 形 多雪的
[snoɪ] [snow·y]

In the USA, it is snowy in winter.
在美國，冬天會下大雪。

⇨winter(1017)

託 Ⅰ T G 公

1910.
soccer 名 足球
[`sakɚ] [soc·cer]

Can you teach me how to play soccer?
你能教我如何踢足球嗎？

託 Ⅰ T G 公

1911.
social 形 社會的
[`soʃəl] [so·cial]

❶ social background 社會背景

⇨background(2173)

託 Ⅰ T G 公

1912.
society 名 社會
[sə`saɪətɪ] [so·ci·e·ty]

❶ building society 房屋互助協會

⇨building(136)

託 Ⅰ T G 公

1913.
sock 名 襪子
[sak] [sock]

Two pairs of socks are only twenty dollars.
兩雙襪子只要二十元。

託 Ⅰ T G 公

1914.
soldier 名 士兵
[`soldʒɚ] [sol·dier]

❶ soldier on 堅持

託 Ⅰ T G 公

1915.
solution 名 解決方法
[sə`luʃən] [so·lu·tion]

I have one solution to this problem.
對於這問題我有一個解決方式。

⇨problem(689)

託 Ⅰ T G 公

1916. **solve** 動 解決 [sɑlv] [solve]	動詞變化 **solve-solved-solved** He can't solve the problem. 他無法解決問題。	托 I T G 公
1917. **somebody** 代 某人 [ˈsʌmˌbɑdɪ] [some·body]	❶ beat somebody to it 捷足先登 ⇦beat(86)	托 I T G 公
1918. **somewhere** 代 某個地方 [ˈsʌmˌhwɛr] [some·where]	It must be somewhere. 那一定在某處。 ⇦must(580)	托 I T G 公
1919. **sort** 名 種類 [sɔrt] [sort]	❶ out of sorts 煩惱	托 I T G 公
1920. **source** 名 資源 [sors] [source]	❶ at source 從一開始	托 I T G 公
1921. **southern** 形 南方的 [ˈsʌðən] [south·ern]	❶ southern + 地點 某地南部	托 I T G 公
1922. **soya bean** 名 大豆	I like soya bean milk. 我喜歡豆漿。 ⇦bean(1117)	托 I T G 公
1923. **soybean/soy** 名 大豆 [ˈsɔɪbin]/[sɔl] [soy·bean]/[soy]	Do you know what Soybean Powered Bus is? 你知道何謂黃豆公車？	托 I T G 公
1924. **speaker** 名 演說者 [ˈspikə] [speak·er]	❶ native speakers of French 以法語為母語者 ⇨native(2729)	托 I T G 公
1925. **speed** 名 速度 [spid] [speed]	❶ full speed 全速	托 I T G 公
1926. **spelling** 名 拼字 [ˈspɛlɪŋ] [spell·ing]	You have three spelling mistakes. 你有三個拼字錯誤。 ⇦mistake(551)	托 I T G 公
1927. **spider** 名 蜘蛛 [ˈspaɪdə] [spi·der]	He is afraid of spiders. 他很怕蜘蛛。 ⇦afraid(13)	托 I T G 公
1928. **spinach** 名 菠菜 [ˈspɪnɪtʃ] [spin·ach]	Spinaches are very delicious. 菠菜很好吃。 ⇦delicious(1292)	托 I T G 公

1929. **spirit** 名精神 [ˈspɪrɪt] [spir·it]	● free spirit 有主見之人	托 I T G 公 ⇦free(342)
1930. **spot** 名斑點 [spɑt] [spot]	● in a spot 處於困境中	托 I T G 公
1931. **spread** 動散佈 [sprɛd] [spread]	動詞變化 spread-spread-spread The news spreads like wildfire. 消息迅速傳開。	托 I T G 公 ⇦news(590)
1932. **square** 名正方形 [skwɛr] [square]	● a square meal 豐盛的餐	托 I T G 公 ⇦meal(1619)
1933. **squirrel** 名松鼠 [ˈskwɝəl] [squir·rel]	The squirrel is so cute. 這隻松鼠好可愛。	托 I T G 公
1934. **stage** 名階段 [stedʒ] [stage]	● set the stage for sth. 讓某事變得有可能	托 I T G 公
1935. **stamp** 名郵票 [stæmp] [stamp]	Sorry, I don't have any stamp with me now. 很抱歉我現在沒有郵票。	托 I T G 公 ⇦any(44)
1936. **standard** 名標準 [ˈstændəd] [stan·dard]	● double standard 雙重標準	托 I T G 公
1937. **steak** 名牛排 [stek] [steak]	How would you like your steak? 你牛排要幾分熟？	托 I T G 公 ⇦like(505)
1938. **steal** 動偷竊 [stil] [steal]	動詞變化 steal-stole-stolen Who stole your money? 誰偷你的錢？	托 I T G 公 ⇦money(557)
1939. **steam** 名蒸汽 [stim] [steam]	● pick up steam 逐漸成氣候	托 I T G 公 ⇦pick(1738)
1940. **steel** 名鋼鐵 [stil] [steel]	● of steel 如鋼鐵般堅硬	托 I T G 公
1941. **stick** 名棍棒 動黏住 [stɪk] [stick]	動詞變化 stick-sticked-sticked ● stick one's mind 銘記於心	托 I T G 公 ⇦mind(547)

LEVEL
2

1942. **stomach** 名 胃 [ˋstʌmək] [stom‧ach]	Her stomach was hurt. 她胃痛。	托 I T G 公
1943. **storm** 名 暴風雨 [stɔrm] [storm]	● violent storms 狂風暴雨	托 I T G 公 ⇨violent(3158)
1944. **stove** 名 爐子 [stov] [stove]	● turn off the stove 關掉爐子	托 I T G 公 ⇨turn(954)
1945. **straight** 形 筆直的 [stret] [straight]	Go straight. 直走。	托 I T G 公
1946. **stranger** 名 陌生人 [ˋstrendʒɚ] [strang‧er]	Don't talk to strangers. 請勿和陌生人講話。	托 I T G 公 ⇨talk(891)
1947. **straw** 名 稻草 [strɔ] [straw]	He wears a straw hat. 他戴頂草帽。	托 I T G 公 ⇨hat(397)
1948. **strawberry** 名 ⓂⓅ③ 草莓 2-45 [ˋstrɔbɛrɪ] [straw‧ber‧ry]	Do you like strawberries? 你喜歡草莓嗎？	托 I T G 公
1949. **stream** 名 小河 [strim] [stream]	● come on stream 投入生產	托 I T G 公
1950. **stress** 名 壓力 [strɛs] [stress]	● lay stress on sth. 著重某事	托 I T G 公
1951. **stretch** 動 伸展 [strɛtʃ] [stretch]	動詞變化 **stretch-stretched-stretched** ● stretch a point 破例通融	托 I T G 公 ⇨point(672)
1952. **strict** 形 嚴格的 [strɪkt] [strict]	She is a strict professor. 她是嚴格的教授。	托 I T G 公 ⇨professor(4028)
1953. **strike** 動 罷工 [straɪk] [strike]	動詞變化 **strike-struck-struck** ● strike lucky 好運	托 I T G 公 ⇨lucky(521)

LEVEL 2

1954. **string** 名 細繩 動 懸掛 [strɪŋ] [string]	動詞變化 **string-strung-strung** ❶ string sb. along 愚弄某人 ⇦along(31)	托 I T G 公
1955. **struggle** 動 奮鬥 [`strʌgl̩] [strug·gle]	動詞變化 **struggle-struggled-struuggled** The old lady struggled for breath. 這位老婦人艱難的喘氣。 ⇨breath(2214)	托 I T G 公
1956. **subject** 名 主題 [`sʌbdʒɪkt] [sub·ject]	Sharon's favortie subject is English. 雪倫最愛的科目是英文。 ⇦favorite(1401)	托 I T G 公
1957. **subtract** 動 扣除 [səb`trækt] [sub·tract]	動詞變化 **subtract-subtracted-subtracted** Eight subtracted from ten is two. 十減八等於二。	托 I T G 公
1958. **succeed** 動 成功 [sək`sid] [suc·ceed]	動詞變化 **succeed-succeeded-succeeded** ❶ succeed in 順利完成	托 I T G 公
1959. **success** 名 成功 [sək`sɛs] [suc·cess]	❶ success story 　獲得巨大成功之人事物	托 I T G 公
1960. **successful** 形 成功的 [sək`sɛsfəl] [suc·cess·ful]	He will be successful. 他將可以成功。	托 I T G 公
1961. **sudden** 名 形 突然的 [`sʌdn̩] [sud·den]	❶ all of a sudden 突然地	托 I T G 公
1962. **suit** 名 一套衣服 [sut] [suit]	He wears a formal suit. 他穿了一套正式的西裝。 ⇦wear(987)	托 I T G 公
1963. **sunny** 形 充滿陽光的 [`sʌnɪ] [sun·ny]	It is a sunny day. 今天陽光普照。	托 I T G 公
1964. **supermarket** 名 超級市場 [`supɚˌmɑrkɪt] [su·per·mar·ket]	She will buy some vegetables in a supermarket. 她會去超級市場買菜。	托 I T G 公

1965. **supply** 名 動 供應 [sə`plaɪ] [sup‧ply]	動詞變化 supply-supplied-supplied ❶ in short supply 短缺	托 Ⅰ T G 公
1966. **support** 動 支持 [sə`port] [sup‧port]	動詞變化 support-supported-supported We will support you. 我們都將支持你。	托 Ⅰ T G 公
1967. **surface** 名 表面 [`sɝfɪs] [sur‧face]	Look at the earth's surface. 看這地球表面。 ⇦earth(264)	托 Ⅰ T G 公
1968. **survive** 動 生存 [sə`vaɪv] [sur‧vive]	動詞變化 survive-survived-survived He can't survive on one thousand a week. 他一星期一千元無法生活。	托 Ⅰ T G 公
1969. **swallow** 動 吞嚥 [`swɑlo] [swal‧low]	動詞變化 swallow-swallowed-swallowed ❶ swallow up 淹沒	托 Ⅰ T G 公
1970. **swan** 名 天鵝 [swɑn] [swan]	❶ swan dive 燕式跳水 ⇨dive(2384)	托 Ⅰ T G 公
1971. **sweater** 名 毛衣 [`swɛtɚ] [swea‧ter]	He takes off the sweater. 他把毛衣脫下。	托 Ⅰ T G 公
1972. **sweep** 動 打掃 [swip] [sweep]	動詞變化 sweep-swept-swept ❶ sweep sth. sway 消除	托 Ⅰ T G 公
1973. **swing** 動 搖擺 [swɪŋ] [swing]	動詞變化 swing-swung-swung ❶ swing by 短暫拜訪	托 Ⅰ T G 公
1974. **symbol** 名 象徵 [`sɪmb!] [sym‧bol]	❶ status symbol 社會和財富之象徵 ⇨status(4179)	托 Ⅰ T G 公

Tt
▼ 托TOEFL、Ⅰ IELTS、T TOEIC、G GEPT、公 公務人員考試

1975. **talent** 名 天才 [`tælənt] [tal‧ent]	❶ of many talents 多才多藝	托 Ⅰ T G 公

LEVEL 2

1976. **talkative** 形 多話的 [ˈtɔkətɪv] [talk・a・tive]	She is talkative, so no one wants to talk with her. 她話很多，所以沒有人想跟她說話。	托 Ⅰ T G 公
1977. **tangerine** 名 橘子 [ˈtændʒə͵rin] [tan・ger・ine]	A bag of tangerines is one hundred dollars. 一袋橘子一百元。 ⇨dollar(245)	托 Ⅰ T G 公
1978. **tank** 名 坦克 [tæŋk] [tank]	❶ think tank 智囊團	托 Ⅰ T G 公
1979. **tape** 名 錄音帶；膠帶 [tep] [tape]	❶ red tape 繁文縟節	托 Ⅰ T G 公
1980. **target** 名 目標 [ˈtɑrgɪt] [tar・get]	❶ meet a target date 預定日期完成 ⇨date(220)	托 Ⅰ T G 公
1981. **task** 名 任務 [tæsk] [task]	❶ take one to task 申斥	托 Ⅰ T G 公
1982. **tasty** 形 好吃的 [ˈtestɪ] [tasty]	The freid rice is tasty. 炒飯很好吃。 ⇨rice(720)	托 Ⅰ T G 公
1983. **team** 名 團隊 [tim] [team]	❶ team up 合作	托 Ⅰ T G 公
1984. **tear** 名 眼淚 動 撕破 [tɪr] /[tɛr] [tear]	動詞變化 **tear-tore-torn** ❶ tear at your heart 傷心 ⇨heart(404)	托 Ⅰ T G 公
1985. **teens** 名 十幾歲 [tinz] [teens]	❶ 指十三至十九歲 He was selfish in his teens. 他青少年時很自私。 ⇨selfish(766)	托 Ⅰ T G 公
1986. **teenage** 形 十幾歲的 [ˈtin͵edʒ] [teen・age]	❶ teenage problems 青少年問題	托 Ⅰ T G 公
1987. **teenager** 名 青少年 [ˈtin͵edʒɚ] [teen・ag・er]	This is a novel aimed at teenagers. 這小說是以青少年為主。 ⇨aim(1058) ⇨novel(1682)	托 Ⅰ T G 公

1988. **telephone/** **phone** 名 電話 動 打電話 [ˋtɛləˏfon] [tele·phone]/ [fon] [phone]	(MP3) 2-47	動詞變化 **phone-phoned-phoned** Please phone Bill before 10. 請在十點前打給比爾。	托 I T G 公
1989. **television/TV** 名 電視 [ˋtɛləˏvɪʒən] [tele·vi·sion]		He watches TV every day. 他每天都看電視。 ⇦watch(982)	托 I T G 公
1990. **temple** 名 寺廟 [ˋtɛmpl̩] [tem·ple]		She visits temples twice a month. 她一個月去寺廟兩次。	托 I T G 公
1991. **tennis** 名 網球 [ˋtɛnɪs] [ten·nis]		Playing tennis is interesting. 打網球很有趣。 ⇦interest(443)	托 I T G 公
1992. **tent** 名 帳篷 [tɛnt] [tent]		Help me to take down a tent. 幫我拆帳篷吧。	托 I T G 公
1993. **term** 名 期限 [tɝm] [term]		❶ term paper 學期論文 ⇦paper(644)	托 I T G 公
1994. **terrible** 形 可怕的 [ˋtɛrəbl̩] [ter·ri·ble]		The movie is terrible. 這電影真恐怖。	托 I T G 公
1995. **terrific** 形 可怕的； 極好的 [təˋrɪfɪk] [ter·rif·ic]		He feels terrific today. 他今天感覺很棒。	托 I T G 公
1996. **test** 名動 測試 [tɛst] [test]		動詞變化 **test-tested-tested** He tested the game. 他測試遊戲。 ⇦game(353)	托 I T G 公
1997. **textbook** 名 教科書 [ˋtɛkstˏbuk] [text·book]		Sandy forgot to bring her textbook. 珊蒂忘記帶教科書。	托 I T G 公
1998. **theater** 名 戲院 [ˋθɪətɚ] [the·ater]		Let's go to the theater this evening. 今天傍晚去看電影吧。	托 I T G 公

1999. **therefore** 副 因此 [`ˈðɛrˌfor] [there·fore]	Therefore, we won't go there on time. 因此，我們將無法準時到那裡。	托 I T G 公
2000. **thick** 形 厚的 [θɪk] [thick]	❶ thick as thieves 非常親密	托 I T G 公
2001. **thief** 名 小偷 [θif] [thief]	The thief is caught by the man. 小偷被男人逮住。 ⇦catch(161)	托 I T G 公
2002. **thin** 形 薄的 [θɪn] [thin]	❶ have a thin time 遇到很多麻煩	托 I T G 公
2003. **thirsty** 形 口渴的 [`θɜstɪ] [thirsty]	He is thirsty after running. 他跑步完後很口渴。	托 I T G 公
2004. **throat** 名 喉嚨 [θrot] [throat]	❶ at each other's throats 打架 ⇦each(260)	托 I T G 公
2005. **through** 介 通過 [θru] [through]	❶ go through 通過	托 I T G 公
2006. **throughout** 介 遍佈 [θruˈaut] [through·out]	❶ throughout the world 各地	托 I T G 公
2007. **thumb** 名 拇指 [θʌm] [thumb]	The man is all thumbs. 這男子笨手笨腳。	托 I T G 公
2008. **thunder** 名 雷電 🎧2-48 [`θʌndɚ] [thun·der]	❶ steal one's thunder 搶鋒頭 ⇦steal(1938)	托 I T G 公
2009. **tip** 名 尖端 [tɪp] [tip]	❶ the tip of the iceberg 冰山一角	托 I T G 公
2010. **title** 名 頭銜 [`taɪtl̩] [ti·tle]	The title of the book is "Happy Life." 這本書的書名是《快樂生活》。 ⇦life(502)	托 I T G 公
2011. **toast** 名 土司 [tost] [toast]	He ate a piece of toast. 他吃了一片土司。	托 I T G 公

LEVEL **2**

2012. **toe** 名 腳趾 [to] [toe]	● keep one on one's toes 保持警覺　托 I T G 公
2013. **tofu/bean curd** 名 豆腐 [`tofu] [to·fu]	The stinky tofu smells bad.　托 I T G 公 臭豆腐聞起來很差。 ⇦smell(823)
2014. **toilet** 名 洗手間 [`tɔɪlɪt] [toi·let]	● toilet paper 衛生紙　托 I T G 公
2015. **tomato** 名 番茄 [tə`meto] [to·ma·to]	Do you like tomatoes?　托 I T G 公 你喜歡番茄嗎？
2016. **tongue** 名 舌頭 [tʌŋ] [tongue]	● mother tongue 母語　托 I T G 公 ⇦mother(564)
2017. **tooth** 名 牙齒 [tuθ] [tooth]	She brushes her teeth.　托 I T G 公 她刷牙。 ⇦brush(1160)
2018. **topic** 名 話題 [`tɑpɪk] [top·ic]	The topic of conversation is the　托 I T G 公 weather. 對話的主題是天氣。 ⇦weather(988) ⇦conversation(1248)
2019. **tour** 名 旅行 [tur] [tour]	● a sightseeing tour 觀光旅行　托 I T G 公 ⇨sightseeing(4147)
2020. **towel** 名 毛巾 [`tauəl] [tow·el]	Dry your hair with a towel.　托 I T G 公 用毛巾擦乾頭髮。 ⇦hair(389)
2021. **tower** 名 塔 [`tauɚ] [tow·er]	● tower of strength 可靠的人　托 I T G 公 ⇨strength(3041)
2022. **track** 名 行蹤 [træk] [track]	● on the wrong track 思緒不對　托 I T G 公
2023. **trade** 名 貿易 [tred] [trade]	● free trade 自由貿易　托 I T G 公

LEVEL 2

2024. **tradition** 名 傳統 [trə`dɪʃən] [tra‧di‧tion]	● break with tradition 打破傳統	托 I T G 公
2025. **traditional** 形 傳統的 [trə`dɪʃənl̩] [tra‧di‧tion‧al]	It is traditional music. 那是傳統音樂。	托 I T G 公 ⇦music(579)
2026. **traffic** 名 交通 [`træfɪk] [traf‧fic]	The traffic is heavy. 交通擁擠。	托 I T G 公 ⇦heavy(406)
2027. **trap** 名 陷阱 [træp] [trap]	The mouse with its leg in a trap looked poor. 被夾子夾住腿的老鼠很可憐。	托 I T G 公 ⇦leg(495) ⇦mouse(567)
2028. **travel** 名 旅行 [`trævl̩] [trav‧el]	We will travel abroad next month. 下個月我們將去國外旅行。	托 I T G 公 ⇦abroad(1049)
2029. **treasure** 名 寶物 [`trɛʒɚ] [treas‧ure]	● treasure trove 寶庫	托 I T G 公
2030. **treat** 名 動 對待 [trit] [treat]	動詞變化 treat-treated-treated It's her treat. 她請客。	托 I T G 公
2031. **treatment** 名 對待 [`tritmənt] [treat‧ment]	● silent treatment 冷漠相待	托 I T G 公 ⇦silent(1892)
2032. **trial** 名 試用 [`traɪəl] [tri‧al]	● trail and error 不斷摸索	托 I T G 公
2033. **triangle** 名 三角形 [`traɪˌæŋgl̩] [tri‧an‧gle]	● a love triangle 三角戀	托 I T G 公
2034. **trick** 名 詭計 [trɪk] [trick]	● play tricks 耍詭計	托 I T G 公
2035. **truck** 名 卡車 [trʌk] [truck]	He is a truck driver. 他是卡車司機。	托 I T G 公
2036. **trumpet** 名 小喇叭 [`trʌmpɪt] [trum‧pet]	● blow one's own trumpet 自吹自擂	托 I T G 公 ⇦blow(113)

2037. **trust** 勔 信任 [trʌst] [trust]	動詞變化 **trust-trusted-trusted** I trust you. 我信任你。	托 I T G 公
2038. **truth** 名 真理 [truθ] [truth]	Tell me the truth. 告訴我實話。	托 I T G 公
2039. **tube** 名 管子 [tjub] [tube]	❶ go down the tube 計畫落空	托 I T G 公
2040. **tunnel** 名 隧道 [ˋtʌnḷ] [tun‧nel]	❶ light at the end of the tunnel 曙光乍現 ⇦light(504)	托 I T G 公
2041. **turkey** 名 火雞 [ˋtɝkɪ] [tur‧key]	People have turkey on Thanksgiving Day. 人們在感恩節吃火雞。	托 I T G 公
2042. **turtle** 名 烏龜 [ˋtɝtḷ] [tur‧tle]	❶ turn turtle 船翻覆	托 I T G 公
2043. **type** 名 類型 [taɪp] [type]	What is your blood type? 你是什麼血型？ ⇦blood(112)	托 I T G 公
2044. **typhoon** 名 颱風 [taɪˋfun] [ty‧phoon]	The typhoon is coming. 颱風來了。	托 I T G 公

Uu ▼ 托TOEFL、I IELTS、T TOEIC、G GEPT、公 公務人員考試

2045. **ugly** 形 醜的 [ˋʌglɪ] [ug‧ly]	❶ ugly as sin 很難看	托 I T G 公
2046. **umbrella** 名 雨傘 [ʌmˋbrɛlə] [um‧brel‧la]	Can you put up your umbrella? 你可撐傘嗎？	托 I T G 公
2047. **underwear** 名 內衣 [ˋʌndɚˏwɛr] [un‧der‧wear]	❶ one change of underwear 換洗內衣 ⇦change(1191)	托 I T G 公

2048. **uniform** (MP3) 2-50 名 制服 [`junə͵fɔrm] [uni·form]	She looks cute in uniform. 她穿制服很可愛。	托 I T G 公
2049. **upon** 介 在⋯上面 [ə`pɑn] [up·on]	❶ upon you 近在咫尺	托 I T G 公
2050. **upper** 形 上面的 [`ʌpɚ] [up·per]	❶ upper class 上流社會 ⇦class(179)	托 I T G 公
2051. **used** 形 習慣於；舊的 [`just] [used]	She bought a used car. 她買輛二手車。	托 I T G 公
2052. **used to** 片 過去時常	He used to go jogging in the evening. 他以前習慣傍晚去跑步。 ⇦jog(1554)	托 I T G 公
2053. **user** 名 使用者 [`juzɚ] [us·er]	Enter the user name, please. 請輸入用戶名。 ⇦enter(281)	托 I T G 公
2054. **usual** 形 通常的 [`juʒʊəl] [usu·al]	❶ as usual 一如往常	托 I T G 公

Vv

▼ 托 TOEFL、I IELTS、T TOEIC、G GEPT、公 公務人員考試

2055. **vacation** 名 假期 [ve`keʃən] [va·ca·tion]	He went to Korea on summer vacation. 他暑假去韓國。 ⇦summer(878)	托 I T G 公
2056. **valley** 名 山谷 [`vælɪ] [val·ley]	❶ Silicon Valley 矽谷	托 I T G 公
2057. **value** 名 價值 [`vælju] [val·ue]	❶ market value 市場價值 ⇦market(532)	托 I T G 公

2058. **victory** 名 勝利 [ˋvɪktərɪ] [vic・to・ry]	She swept to victory. 她大獲全勝。	托 I T G 公 ⇨sweep(1972)
2059. **video** 形 錄影的 [ˋvɪdɪ‚o] [vid・eo]	He is playing video games. 他正在玩電視遊戲。	托 I T G 公
2060. **village** 名 村莊 [ˋvɪlɪdʒ] [vil・lage]	Ian lived in a village when he was a kid. 伊恩小時候在村莊。	托 I T G 公 ⇨kid(464)
2061. **violin** 名 小提琴 [‚vaɪəˋlɪn] [vi・o・lin]	Can you play the violin? 你會拉小提琴嗎？	托 I T G 公
2062. **visitor** 名 訪客 [ˋvɪzɪtɚ] [vis・i・tor]	❶ visitor center 訪客中心	托 I T G 公
2063. **vocabulary** 名 字彙 [vəˋkæbjə‚lɛrɪ] [vo・cab・u・lary]	It is difficult to memory vocabulary. 記單字很困難。	托 I T G 公 ⇨difficult(234) ⇨memory(1630)
2064. **volleyball** 名 排球 [ˋvɑlɪ‚bɔl] [vol・ley・ball]	We play volleyball five times a week. 我們一星期打排球五次。	托 I T G 公
2065. **vote** 名 投票 [vot] [vote]	The man obtained 65% of the vote. 這男子獲得65%的投票率。	托 I T G 公 ⇨obtain(3933)
2066. **voter** 名 投票者 [ˋvotɚ] [vot・er]	She is a floating voter. 她是游離（中間）選民。	托 I T G 公 ⇨float(2477)

Ww

▼ 托TOEFL、I IELTS、T TOEIC、G GEPT、公公務人員考試

2067. **waist** 名 腰 [west] [waist]	(MP3) 2-51	She wore a high-waisted dress. 她穿高腰連身裙。	托 I T G 公 ⇨dress(1343)

2068. **waiter/waitress** 名 男服務生／女服務生 [ˋwetɚ] [wait·er]/ [ˋwetrɪs] [wait·ress]	He is a hard-working waiter. 他是很勤奮的男服務生。	托 I T G 公
2069. **wake** 動 叫醒 [wek] [wake]	動詞變化 **wake-woke-waken** Wake up. 清醒。	托 I T G 公
2070. **wallet** 名 皮夾 [ˋwɑlɪt] [wal·let]	He lost his wallet on his way home. 他回家的路上丟掉皮夾。	托 I T G 公
2071. **waterfall** 名 瀑布 [ˋwɔtɚˌfɔl] [wa·ter·fall]	The waterfall is amazing. 這瀑布很神奇。 ⇨amaze(2135)	托 I T G 公
2072. **watermelon** 名 西瓜 [ˋwɔtɚˌmɛlən] [wa·ter·me·lon]	He drinks two glasses of watermelon a day. 他一天喝兩杯西瓜汁。	托 I T G 公
2073. **wave** 名 波浪 [wev] [wave]	❶ new wave 新浪潮	托 I T G 公
2074. **weapon** 名 武器 [ˋwɛpən] [weap·on]	❶ nuclear weapon 核武器 ⇨nuclear(3923)	托 I T G 公
2075. **wed** 動 結婚 [wɛd] [wed]	動詞變化 **wed-wedded-wedded** Frank and Amy plan to wed this winter. 法蘭克和艾咪計劃今年冬天結婚。	托 I T G 公
2076. **weekday** 名 工作日 [ˋwikˌde] [week·day]	She is busy on weekday. 她工作日很忙。	托 I T G 公
2077. **western** 形 西方的 [ˋwɛstɚn] [west·ern]	❶ country and western 鄉村西部音樂 ⇦country(204)	托 I T G 公
2078. **wet** 形 溼的 [wɛt] [wet]	The floor is wet, so you shuld be careful. 地板是溼的，所以你要小心。 ⇦careful(157)	托 I T G 公

2079. **whale** 名 鯨魚 [hwel] [whale]	Blue whales are the largest animals in the world. 藍鯨是世界上最大的動物。 ⇨animal(40)	托 I T G 公
2080. **whatever** 代 不管什麼 [hwɑt`ɛvɚ] [what·ev·er]	❶ or whatever 等等	托 I T G 公
2081. **wheel** 名 輪子 [hwil] [wheel]	❶ wheels within wheels 錯綜複雜	托 I T G 公
2082. **whenever** 連 無論何時 [hwɛn`ɛvɚ] [when·ev·er]	Whenever he comes, he looks happy. 他每次來都很開心。	托 I T G 公
2083. **wherever** 連 無論何處 [hwɛr`ɛvɚ] [wher·ev·er]	Wherever he lives, he sends me a letter. 不管他住哪裡,他都會寄信給我。	托 I T G 公
2084. **whisper** 名 動 低聲說出 [`hwɪspɚ] [whis·per]	動詞變化 whisper-whispered-whispered ❶ drop to a whisper 壓低聲音 ⇨drop(1344)	托 I T G 公
2085. **whoever** 代 不論任何人 [hu`ɛvɚ] [who·ev·er]	Whoever she is, I don't want to talk to her. 不管她是誰,我都不想跟她說話。	托 I T G 公
2086. **widen** 動 變寬 [`waɪdn̩] [wid·en]	動詞變化 widen-widened-widened The professor's eyes widens in rage. 這位教授生氣地張大眼睛。 ⇨rage(4053)	托 I T G 公
2087. **width** 名 寬度 [wɪdθ] [width]	The table is about one meter in width. 這張桌子寬約一公尺。 ⇨meter(1634)	托 I T G 公
2088. **wild** 形 野生的 [waɪld] [wild] (MP3 2-52)	❶ run wild 恣意妄為	托 I T G 公
2089. **willing** 形 有意願的 [`wɪlɪŋ] [will·ing]	❶ show willing 樂於做某事	托 I T G 公

2090. **windy** 彫 風大的 [ˈwɪndɪ] [windy]	They can't go on a picnic on a windy day. 他們在刮風天不能野餐。 ⇨picnic(1739)	托 I T G 公
2091. **wing** 名 翅膀 [wɪŋ] [wing]	❶ on a wing 成功機會只有一線之間	托 I T G 公
2092. **winner** 名 贏家 [ˈwɪnɚ] [win·ner]	He is always a winner. 他永遠是贏家。	托 I T G 公
2093. **wire** 名 電線 [waɪr] [wire]	Someone cut the telephone wire. 有人切斷電話線。 ⇨telephone(1988)	托 I T G 公
2094. **wise** 彫 智慧的 [waɪz] [wise]	He is a wise father. 他是個有智慧的父親。	托 I T G 公
2095. **within** 介 在…之內 [wɪˈðɪn] [with·in]	❶ within limits 某種程度上 ⇨limit(1584)	托 I T G 公
2096. **without** 介 沒有 [wɪˈðaut] [with·out]	He can't go shopping without Emma. 沒有艾瑪，他不能去逛街。	托 I T G 公
2097. **wolf** 名 狼 [wulf] [wolf]	❶ cry wolf 謊話欺人	托 I T G 公
2098. **wonder** 動 想知道 [ˈwʌndɚ] [wond·er]	動詞變化 **wonder-wondered-wondered** I wonder who your boyfriend is . 我想知道妳男友是誰。	托 I T G 公
2099. **wonderful** 彫 令人驚奇的 [ˈwʌndɚfəl] [won·der·ful]	The show is wonderful. 這場秀真神奇。	托 I T G 公
2100. **wooden** 彫 木製的 [ˈwudn̩] [wood·en]	❶ take the wooden spoon 最後一名 ⇨spoon(853)	托 I T G 公
2101. **wool** 名 羊毛 [wul] [wool]	She bought a wool coat. 她買了件羊毛大衣。	托 I T G 公
2102. **worth** 彫 有…的價值 [wɝθ] [worth]	It is worth it. 它值得。	托 I T G 公

LEVEL
2

2103.
wound 名 傷口
[waʊnd] [wound]

❶ lick one's wound 恢復精神　托 **I** **T** **G** 公

⇦lick(1581)

Yy

▼ 托 TOEFL、**I** IELTS、**T** TOEIC、**G** GEPT、公 公務人員考試

2104.
yard 名 院子
[jɑrd] [yard]

❶ yard sale 庭院拍賣　托 **I** **T** **G** 公

2105.
youth 名 青年
[juθ] [youth]

He joins a youth club.　托 **I** **T** **G** 公
他參加青年俱樂部。

⇦club(1223)

Zz

▼ 托 TOEFL、**I** IELTS、**T** TOEIC、**G** GEPT、公 公務人員考試

2106.
zebra 名 斑馬
[ˋzibrə] [ze‧bra]

❶ zebra crossing 斑馬線　托 **I** **T** **G** 公

⇨crossing(4532)

MEMO

LEVEL 3

以國中小學必考2000單字範圍為基礎

符合美國三年級學生所學範圍

介 介系詞		**副** 副詞	
片 片語		**動** 動詞	
代 代名詞		**連** 連接詞	
名 名詞		**感** 感嘆詞	
助 助詞		**縮** 縮寫	
形 形容詞		sb. somebody	
冠 冠詞		sth. something	

Level 3

以國中小學必考2000單字範圍為基礎
符合美國**三年級**學生所學範圍

Aa
▼ 托 TOEFL、Ⅰ IELTS、T TOEIC、G GEPT、公 公務人員考試

2107. **aboard** 副 搭乘交通工具 [əˋbord] [aboard]	(MP3) 3-01	She went aboard this morning. 她今天早上上船了。	托 Ⅰ T G 公

2108. **acceptable** 形 可接受的 [əkˋsɛptəbl̩] [ac·cept·able]	It is acceptable. 那是可接受的。	托 Ⅰ T G 公

2109. **accident** 名 意外 [ˋæksədənt] [ac·ci·dent]	He saw a car accident yesterday. 他昨天看到車禍。 ⇦yesterday(1038)	托 Ⅰ T G 公

2110. **account** 名 帳戶 [əˋkaunt] [ac·count]	❶ of no account 不重要	托 Ⅰ T G 公

2111. **accurate** 形 精確的 [ˋækjərɪt] [ac·cu·rate]	It is an accurate calculation. 那是正確的計算。 ⇨calculation(3325)	托 Ⅰ T G 公

2112. **ache** 名 疼痛 [ek] [ache]	❶ face ache 臉面神經痛 ⇦face(294)	托 Ⅰ T G 公

2113. **achieve** 動 達成 [əˋtʃiv] [achieve]	動詞變化 achieve-achieved- achieved He hopes he can achieve the goal. 他希望能完成目標。 ⇦goal(1465)	托 Ⅰ T G 公

2114. **achievement** 名 成就 [əˋtʃivmənt] [achieve·ment]	動詞變化 achieve-achieved- achieved ❶ a sense of achievement 成就感 ⇦sense(769)	托 Ⅰ T G 公

2115.
activity 图 活動
[æk`tɪvətɪ] [ac·tiv·i·ty]

What activity will you do this evening?

今天你有什麼活動？

托 I T G 公

2116.
actual 形 實際的
[`æktʃuəl] [ac·tu·al]

❶ actual cost 實際成本

托 I T G 公

⇨cost(202)

2117.
additional 形 附加的
[ə`dɪʃən̩l] [ad·di·tion·al]

The professor provides additional resources.

教授提供額外資源。

托 I T G 公

⇨provide(1801)
⇨resource(2901)

2118.
admire 動 欽佩
[əd`maɪr] [ad·mire]

動詞變化 admire-admired-admired

He admired her patience.

他很欽佩她的耐心。

托 I T G 公

⇨patience(2778)

2119.
admit 動 承認
[əd`mɪt] [ad·mit]

動詞變化 admit-admitted-admitted

Linda admitted she did it.

琳達承認是她做的。

托 I T G 公

2120.
adopt 動 採取
[ə`dɑpt] [adopt]

動詞變化 adopt-adopted-adopted

❶ adopt a child 領養小孩

托 I T G 公

⇨child(174)

2121.
advanced 形 先進的
[əd`vænst] [ad·vanced]

❶ advanced cancer 癌症末期

托 I T G 公

⇨cancer(1174)

2122.
advantage 图 優勢
[əd`væntɪdʒ] [ad·van·tage]

Mrs. Yang had the advantage of a good background.

楊女士有良好背景的優勢。

托 I T G 公

⇨background(2173)

2123.
adventure 图 冒險
[əd`vɛntʃɚ] [ad·ven·ture]

❶ adventure stories 冒險故事

托 I T G 公

2124.
advertise 動
為…廣告
[`ædvɚˌtaɪz] [ad·ver·tise]

動詞變化 advertise-advertised-advertised

He advertised in the magazine.

他在雜誌上登廣告。

托 I T G 公

⇨magazine(1602)

2125.
advertisement/ad
图 廣告
[ˌædvɚ`taɪzmənt]/[æd]
[ad·ver·tise·ment]/[ad]

A good ad will attract customers.

好的廣告會吸引顧客。

托 I T G 公

⇨customer(1279)
⇨attract(2158)

LEVEL
3

2126. **advice** 名 建議 [əd`vaɪs] [ad·vice]	I will give you some advice.　托 I T G 公 我將給你一些建議。
2127. **advise** 動 勸告　(MP3) [əd`vaɪz] [ad·vise]　3-02	動詞變化 **advise-advised-advised**　托 I T G 公 Mark advised Sally not to go out now. 馬克勸告莎莉現在不要出門。
2128. **adviser/advisor** 名 顧問 [əd`vaɪzɚ] /[əd`vaɪzɚ] [ad·vis·er]/[ad·vis·or]	Helen is a financial adviser.　托 I T G 公 海倫是財務顧問。 ⇨financial(3635)
2129. **affect** 動 影響 [ə`fɛkt] [af·fect]	動詞變化 **affect-affected-affected**　托 I T G 公 He was affected by the story. 這個故事深深影響他。
2130. **afford** 動 負擔得起 [ə`fɔrd] [af·ford]	動詞變化 **afford-afforded-afforded**　托 I T G 公 I can't afford it. 我負擔不起。
2131. **afterward(s)** 副 以後 [`æftɚwəd(z)] [af·ter·ward(s)]	Afterward he went to the bakery.　托 I T G 公 然後他去麵包店。 ⇨bakery(1106)
2132. **agriculture** 名 農業 [`ægrɪ͵kʌltʃɚ] [ag·ri·cul·ture]	❶ agriculture development 農業發展　托 I T G 公 ⇨development(1306)
2133. **air-conditioner** 名 空調 [`ɛrkən͵dɪʃənɚ] [air-con·di·tion·er]	Please turn on the air-conditioner.　托 I T G 公 請打開冷氣機。 ⇨please(669)
2134. **alley** 名 弄 [`ælɪ] [al·ley]	❶ blind alley 死胡同　托 I T G 公 ⇨blind(1139)
2135. **amaze** 動 使驚訝 [ə`mez] [amaze]	動詞變化 **amaze-amazed-amazed**　托 I T G 公 ❶ It amazes sb. …某事令某人驚訝
2136. **amazement** 名 驚奇 [ə`mezmənt] [amaze·ment]	❶ to one's amazement　托 I T G 公 讓某人大為驚訝的是

2137.
ambassador 名
大使
[æm`bæsədɚ]
[am·bas·sa·dor]

● ambassador to the UN
聯合國大使

托 I T G 公

2138.
ambition 名 抱負
[æm`bɪʃən] [am·bi·tion]

● achieve one's ambition 一償宿願

托 I T G 公

⇦achieve(2113)

2139.
angel 名 天使
[`endʒl] [an·gel]

She is pure as an angel.
她像天使一樣純潔。

托 I T G 公

⇨pure(2853)

2140.
angle 名 角度
[`æŋgl] [an·gle]

● angle for sth. 博取

托 I T G 公

2141.
announce 動 宣告
[ə`naʊns] [an·nounce]

動詞變化 **announce-announced-announced**

The teacher announced that he will be retired.
老師宣布他將要退休。

托 I T G 公

⇨retire(4107)

2142.
announcement 名
宣告
[ə`naʊnsmənt]
[an·nounce·ment]

● public announcement 公告

托 I T G 公

⇦public(691)

2143.
apart 名 分開
[ə`pɑrt] [apart]

● fall apart 崩潰、關係結束

托 I T G 公

⇦fall(297)

2144.
apparent 形 明顯的
[ə`pærənt] [ap·par·ent]

It is apparent from his face that he is exciting.
從他的表情得知他很興奮。

托 I T G 公

⇦excite(1382)

2145.
appeal 動 呼籲
[ə`pil] [ap·peal]

動詞變化 **appeal-appealed-appealed**
● appeal for 懇求

托 I T G 公

2146.
appreciate 動 欣賞
[ə`priʃɪˌet] [ap·pre·ci·ate]

動詞變化 **appreciate-appreciated-appreciated**
I really appreciate it.
我真的很感激。

托 I T G 公

2147. **approach** (MP3) 3-03 動 接近 [ə`protʃ] [ap·proach]	動詞變化 **approach-approached-** **approached** Summer is approaching. 夏天快來了。 ⇨summer(878)	托 I T G 公
2148. **approve** 動 贊成 [ə`pruv] [ap·prove]	動詞變化 **approve-approved-** **approved** ❶ approve of sth. 贊成某事	托 I T G 公
2149. **aquarium** 名 水族 箱；水族館 [ə`kwɛrɪəm] [aquar·i·um]	They visited the aquarium on Saturday. 他們星期六去水族館。 ⇨Saturday(750) ⇨visit(972)	托 I T G 公
2150. **arithmetic** 名 算術的 [ə`rɪθmətɪk] [arith.me.tic]	❶ mental arithmetic 心算 ⇨mental(2691)	托 I T G 公
2151. **arrival** 名 抵達 [ə`raɪvḷ] [ar·riv·al]	❶ arrival lobby 入境大廳 ⇨lobby(2653)	托 I T G 公
2152. **ash** 名 灰燼 [æʃ] [ash]	Her hair is ash blonde. 她的頭髮是淡褐色。 ⇨blonde(4368)	托 I T G 公
2153. **aside** 副 在旁邊 [ə`saɪd] [aside]	❶ aside from 除了～以外	托 I T G 公
2154. **assist** 動 幫助 [ə`sɪst] [as·sist]	動詞變化 **assist-assisted-assisted** She assists her mother. 她幫她母親。	托 I T G 公
2155. **athlete** 名 運動員 [`æθlit] [ath·lete]	Sean is an athlete. 席恩是個運動員。	托 I T G 公
2156. **attempt** 動 企圖 [ə`tɛmpt] [at·tempt]	動詞變化 **attempt-attempted-** **attempted** He attempts to escape. 他試圖逃跑。 ⇨escape(2433)	托 I T G 公
2157. **attitude** 名 態度 [`ætətjud] [at·ti·tude]	❶ give attitude 鬧脾氣	托 I T G 公

2158.
attract 動 吸引
[ə`trækt] [at·tract]

動詞變化 **attract-attracted-attracted**

The man attracts Lisa's attention.
這男子吸引莉莎的注意。

⇦attention(1099)

2159.
attractive 形
吸引人的
[ə`træktɪv] [at·trac·tive]

This is an attractive offer.
這是誘人的提議。

⇦offer(1687)

2160.
audience 名 觀眾
[`ɔdɪəns] [au·di·ence]

The audiences are clapping.
觀眾正在鼓掌。

⇦clap(1208)

2161.
author 名 作者
[`ɔθɚ] [au·thor]

The author of the book is Tim.
這本書的作者是提姆。

2162.
automatic 形 自動的
[ˌɔtə`mætɪk] [au·to·mat·ic]

❶ automatic doors 自動門

⇦door(246)

2163.
automobile/auto
名 汽車
[`ɔtəmə͵bɪl]/[`ɔto]
[au·to·mo·bile]/[au·to]

She had an automobile accident.
她出車禍。

⇦accident(2109)

2164.
available 形 可用的
[ə`veləbl] [avail·able]

She is available this evening.
她傍晚有空。

⇦evening(284)

2165.
avenue 名 大道
[`ævə͵nju] [av·e·nue]

He lived on First Avenue.
他住在第一大道。

⇦first(323)

2166.
average 名 動 平均
[`ævərɪdʒ] [av·er·age]

動詞變化 **average-averaged-averaged**

❶ average out 平均數為

2167.
awake 形 動 叫醒
[ə`wek] [awake]
3-04

動詞變化 **awake-awoke-awaken**

He is wide awake.
他毫無睡意。

⇦wide(1010)

2168.
awaken 動 醒來
[ə`wekən] [awak·en]

動詞變化 **awaken-awakened-awakened**

❶ awaken to sth. 意識到

LEVEL
3

2169. **award** 图 獎勵 [əˋwɔrd] [award]	❶ win an award 贏得獎項　　　　　托 Ⅰ Ⅰ Ꮐ 公
2170. **aware** 圈 知道的 [əˋwɛr] [aware]	As you are aware, he is usually 托 Ⅰ Ⅰ Ꮐ 公 late. 正如你所知，他常常遲到。 ⇦late(483)
2171. **awful** 圈 可怕的 [ˋɔfʊl] [aw·ful]	The man looks awful.　　　托 Ⅰ Ⅰ Ꮐ 公 這男子看起來很可怕。
2172. **ax/axe** 图 斧頭；解雇 [æks]/[æks] [ax(e)]	❶ get the axe 被開除　　　　　托 Ⅰ Ⅰ Ꮐ 公

Bb ▼ 托TOEFL、Ⅰ IELTS、Ⅰ TOEIC、Ꮐ GEPT、公 公務人員考試

2173. **background** 图 背景 [ˋbæk͵graʊnd] [back·ground]	Tell me your background.　　托 Ⅰ Ⅰ Ꮐ 公 告訴我你的背景。
2174. **bacon** 图 培根 [ˋbekən] [ba·con]	❶ save one's bacon　　　　　托 Ⅰ Ⅰ Ꮐ 公 解救某人擺脫逆境 ⇦save(751)
2175. **bacteria** 图 病菌 [bækˋtɪrɪə] [bac·te·ria]	❶ bacterium 的複數　　　　　托 Ⅰ Ⅰ Ꮐ 公 ❶ Lactic acid bacteria 乳酸菌 ⇨acid(3212)
2176. **badly** 圖 壞地 [ˋbædlɪ] [bad·ly]	The team played badly.　　　托 Ⅰ Ⅰ Ꮐ 公 這團表演地不好。 ⇦team(1983)
2177. **badminton** 图 羽球 [ˋbædmɪntən] [bad·min·ton]	I don't know he plays badminton 托 Ⅰ Ⅰ Ꮐ 公 well. 我不知道他打羽球打得這麼好。
2178. **baggage** 图 行李 [ˋbægɪdʒ] [bag·gage]	❶ bag and baggage 攜帶所有財產 托 Ⅰ Ⅰ Ꮐ 公 ⇦bag(66)
2179. **bait** 图 誘餌 [bet] [bait]	Do you see the fish taking the 托 Ⅰ Ⅰ Ꮐ 公 bait? 你看見魚正在咬那誘餌嗎？ ⇦fish(324)

2180. **balance** 图 平衡 [`bæləns] [bal·ance]	❶ keep balance 保持平衡	托 I T G 公 ⇨keep(460)
2181. **bandage** 图 動 繃帶 [`bændɪdʒ] [ban·dage]	動詞變化 **bandage-bandaged-** **bandaged** He bandaged his wound. 他把傷口綁繃帶。	托 I T G 公 ⇨wound(2103)
2182. **bang** 動 砰砰作響 [bæŋ] [bang]	動詞變化 **bang-banged-banged** ❶ bang into sth 撞到某物	托 I T G 公
2183. **bare** 圈 裸的 [bɛr] [bare]	Tell me the bare bones of the story. 告訴我這故事的概要。	托 I T G 公 ⇨bone(117)
2184. **barely** 副 幾乎不 [`bɛrlɪ] [bare·ly]	He barely had time to go to the meeting. 他幾乎趕不上會議。	托 I T G 公 ⇨meeting(1626)
2185. **barn** 图 穀倉 [bɑrn] [barn]	❶ barn dance 非正式社交聚會	托 I T G 公 ⇨dance(216)
2186. **barrel** 图 大桶 [`bærəl] [bar·rel]	He bought a barrel of beer. 他買了一桶啤酒。	托 I T G 公 ⇨beer(1122)
2187. **bay** 图 海灣； 分隔間 [be] [bay]	He is looking for a parking bay. 他正在找停車位。	托 I T G 公
2188. **beam** 图 光線 [bim] [beam]	He had a beam of satisfaction. 他露出滿意的笑容。	托 I T G 公 ⇨satisfaction(4129)
2189. **beast** 图 野獸 [bist] [beast]	"Beauty and the Beast" is a famous cartoon. 『美女與野獸』是很有名的卡通。	托 I T G 公 ⇨cartoon(1180)
2190. **beggar** 图 乞丐 [`bɛgɚ] [beg·gar]	❶ beggar belief 難以相信	托 I T G 公 ⇨belief(1126)

LEVEL
3

2191.
behave 動 表現
[bɪ`hev] [be·have]

動詞變化 **behave-behaved-behaved**
She behaved like a true lady.
她表現像真的淑女。

⇦lady(476)

2192.
being 名 生命
[`biɪŋ] [be·ing]

❶ come into being 形成

2193.
belly 名 腹部
[`bɛlɪ] [bel·ly]

❶ beer belly 啤酒肚

2194.
beneath 介 在…之下
[bɪ`niθ] [be·neath]

She found a box beneath the tree.
她發現樹下有一只箱子。

2195.
benefit 名 利益
[`bɛnəfɪt] [be·ne·fit]

What do the fringe benefits include?
附加福利包括什麼呢?

⇦include(1527)

2196.
berry 名 莓果
[`bɛrɪ] [ber·ry]

He likes having berry cake.
他喜歡莓果蛋糕。

⇦cake(146)

2197.
Bible 名 聖經
[`baɪbḷ] [Bi·ble]

❶ Bible Belt 聖經地帶

⇦belt(1128)

2198.
billion 名 十億
[`bɪljən] [bil·lion]

He spent billions buying the villas.
他花數十億的錢買別墅。

⇦spend(852)

2199.
bingo 名 賓果遊戲
[`bɪŋgo] [bin·go]

Have you played "Bingo Bingo"?
你有玩過「賓果」的遊戲嗎?

2200.
biscuit 名 小餅乾
[`bɪskɪt] [bis·cuit]

A bag of biscuit is 100 dollars.
一袋小餅乾是一百元。

⇦bag(66)
⇦dollar(245)

2201.
blame 動 責怪
[blem] [blame]

動詞變化 **blame-blamed-blamed**
Don't blame her.
別怪她。

2202. **blanket** 名 毛毯 [`blæŋkɪt] [blan·ket]	❶ electric blanket 電毯	托 I T G 公
		⇨electric(2411)
2203. **bleed** 動 流血 [blid] [bleed]	動詞變化 **bleed-bled-bled** The dog is bleeding. 這隻狗血流如注。	托 I T G 公
2204. **bless** 動 祝福 [blɛs] [bless]	動詞變化 **bless-blessed-blessed** Bless my soul. 我的天啊。	托 I T G 公
		⇦soul(842)
2205. **blouse** 名 短上衣 [blaʊz] [blouse]	The actor wears a yellow blouse. 這男演員穿一件黃色短上衣。	托 I T G 公
		⇦actor(9)
2206. **bold** 形 大膽的 [bold] [bold]	❶ bold as brass 無恥的	托 I T G 公
		⇨brass(2211)
2207. **boot** 名 靴子 [but] [boot]	(MP3) 3-06 How much is the pair of boots? 這雙靴子多少錢？	托 I T G 公
2208. **border** 名動 邊界 [`bɔrdɚ] [bor·der]	動詞變化 **border-bordered-bordered** ❶ border on sth. 近乎	托 I T G 公
2209. **bore** 動 使無聊 [bor] [bore]	動詞變化 **bore-bored-bored** The show bores Ted. 這節目讓泰德感到無聊。	托 I T G 公
2210. **brake** 名 煞車 [brek] [brake]	❶ put on the brakes 猛踩煞車	托 I T G 公
2211. **brass** 名 黃銅 [bræs] [brass]	❶ top brass 公司負責人	托 I T G 公
2212. **bravery** 名 勇敢 [`brevərɪ] [brav·ery]	The boy showed great bravery. 這男孩表現出十分勇敢。	托 I T G 公
2213. **breast** 名 乳房 [brɛst] [breast]	She had a troubled breast. 她心情憂慮。	托 I T G 公
		⇦trouble(948)
2214. **breath** 名 呼吸 [brɛθ] [breath]	❶ a breath of air 透透氣	托 I T G 公

LEVEL **3**

2215. **breathe** 動 呼吸 [brið] [breathe]	動詞變化 **breathe-breathed-breathed** 托 I T G 公 She breathed deeply before she called Hank. 她打給漢克之前先深深呼吸。
2216. **breeze** 名 微風 [briz] [breeze]	❶ shoot the breeze 閒聊 托 I T G 公 ⇦shoot(1885)
2217. **bride** 名 新娘 [braɪd] [bride]	She is a pretty bride. 她真是漂亮的新娘。 托 I T G 公 ⇦pretty(686)
2218. **brilliant** 形 明亮的 [ˋbrɪljənt] [bril·liant]	❶ a brilliant career 事業一帆風順 托 I T G 公 ⇨career(3334)
2219. **brook** 名 小溪 [bruk] [brook]	She is a babbling brook. 她是個搬弄是非的女人。 托 I T G 公
2220. **broom** 名 掃帚 [brum] [broom]	❶ new broom 新官上任 托 I T G 公
2221. **brow** 名 眉毛 [braʊ] [brow]	Rose knits her brows. 蘿絲皺眉。 托 I T G 公 ⇨knit(2622)
2222. **bubble** 名 泡沫 [ˋbʌbl̩] [bub·ble]	He drinks bubble milk tea. 他喝珍珠奶茶。 托 I T G 公
2223. **bucket/pail** 名 水桶 [ˋbʌkɪt]/[pel] [buck·et/pail]	❶ a bucket of water 一桶水 托 I T G 公
2224. **bud** 名 花蕾 [bʌd] [bud]	❶ cotton bud 棉花棒 托 I T G 公 ⇦cotton(1253)
2225. **budget** 名 預算 [ˋbʌdʒɪt] [bud·get]	You should budget carefully. 你應該精打細算。 托 I T G 公
2226. **buffalo** 名 水牛 [ˋbʌfl̩ˏo] [buf·fa·lo]	Buffalos are from North America. 水牛來自北美。 托 I T G 公
2227. **buffet** 動 毆打 名 自助餐 [ˋbʌfɪt] [buf·fet]	(MP3) 3-07 動詞變化 **buffet-buffeted-buffeted** 托 I T G 公 She ate a buffet supper. 他吃自助餐。 ⇦supper(882)

2228.
bulb 名 球莖
[bʌlb] [bulb]

❶ light bulb 電燈泡

托 I T G 公

⇦light(504)

2229.
bull 名 公牛
[bul] [bull]

❶ a bull in a china shop 冒失鬼

托 I T G 公

⇨china(2818)

2230.
bullet 名 子彈
[`bulɪt] [bul·let]

❶ bite the bullet 咬緊牙關應付

托 I T G 公

⇨bite(109)

2231.
bump 動 碰；撞
[bʌmp] [bump]

動詞變化 bump-bumped-bumped
Gary bumps into his friend.
蓋瑞偶然碰見他朋友。

托 I T G 公

2232.
bunch 名 一串
[bʌntʃ] [bunch]

❶ a bunch of flowers 一束鮮花

托 I T G 公

⇦flower(327)

2233.
burden 名 負擔
[`bɝdn̩] [bur·den]

❶ share the burden 分擔重擔

托 I T G 公

⇦share(1881)

2234.
burglar 名 小偷
[`bɝglɚ] [bur·glar]

❶ burglar alarm 防盜鈴

托 I T G 公

⇦alarm(1061)

2235.
bury 動 埋葬
[`bɛrɪ] [bury]

動詞變化 bury-buried-buried
He buries his nose in a book.
他埋頭看書。

托 I T G 公

⇦nose(604)

2236.
bush 名 灌木叢
[buʃ] [bush]

❶ around the bush 拐彎抹角

托 I T G 公

2237.
buzz 動 嗡嗡叫
[bʌz] [buzz]

動詞變化 buzz-buzzed-buzzed
He has been buzzing around the mall.
他在購物中心轉來轉去。

托 I T G 公

Cc
▼ 托 TOEFL、I IELTS、T TOEIC、G GEPT、公 公務人員考試

2238.
cabin 名 小屋
[`kæbɪn] [cab·in]

❶ log cabin 原木小屋

托 I T G 公

⇦log(1592)

2239.
campus 名 校園
[`kæmpəs] [cam·pus]

They live on campus.
他們住在校園。

托 I T G 公

LEVEL 3

2240. cane 图 手杖 [ken] [cane]	❶ sugar cane 甘蔗	托 I T G 公 ⇦sugar(877)
2241. canoe 图 獨木舟 [kə`nu] [ca·noe]	He goes canoeing. 他去玩獨木舟。	托 I T G 公
2242. canyon 图 峽谷 [`kænjən] [can·yon]	❶ Grand Canyon 大峽谷	托 I T G 公 ⇦grand(371)
2243. capable 形 能夠的 [`kepəbḷ] [ca·pa·ble]	She is capable of doing it by herself. 她有能力自己做工作。	托 I T G 公
2244. capital 图 首府 [`kæpət!] [cap·i·tal]	Paris is the capital of France. 巴黎是法國首都。	托 I T G 公
2245. capture 图 俘虜 [`kæptʃə] [cap·ture]	❶ data capture 數據採集	托 I T G 公 ⇦data(1283)
2246. carpenter 图 木匠 [`kɑrpəntə] [car·pen·ter]	His son is a carpenter. 他兒子是個木匠。	托 I T G 公
2247. carriage 图 嬰兒車 (MP3) 3-08 [`kærɪdʒ] [car·riage]	He bought a carriage. 他買了一輛嬰兒車。	托 I T G 公
2248. cast 動 投擲 [kæst] [cast]	動詞變化 cast-cast-cast ❶ cast your mind back 回想	托 I T G 公 ⇦mind(547)
2249. casual 形 偶然的 [`kæʒuəl] [ca·su·al]	❶ a casual manner 漫不經心	托 I T G 公 ⇦manner(1610)
2250. caterpillar 图 毛毛蟲 [`kætə‚pɪlə] [cat·er·pil·lar]	He saw a caterpillar. 他看見一條毛毛蟲。	托 I T G 公
2251. cattle 图 牛 [`kæt!] [cat·tle]	❶ kittle cattle 無法相信的人	托 I T G 公

2252. **celebrate** 動 慶祝 [ˋsɛləˏbret] [cel·e·brate]	動詞變化 **celebrate-celebrated-celebrated** They celebrate Valentine's Day at a Korean restaurant. 他們在韓式料理餐廳慶祝情人節。 ⇦restaurant(1843)	托 I T G 公
2253. **centimeter** 名 公分 [ˋsɛntəˏmitə] [cen·ti·me·ter]	He is one hundred and eighty centimeters high. 他身高一百八十公分高。 ⇦hundred(431)	托 I T G 公
2254. **ceramic** 形 陶器的 [səˋræmɪk] [ce·ram·ic]	❶ exhibition of ceramics 陶器展覽 ⇨exhibition(2437)	托 I T G 公
2255. **ceramics** 名 製陶業 [səˋræmɪks] [ce·ram·ics]	The ceramics is more notable than before. 製陶業比之前還受注意。 ⇨notable(4891)	托 I T G 公
2256. **chain** 名 鎖鏈 [tʃen] [chain]	❶ chain reaction 連鎖反應 ⇨reaction(2868)	托 I T G 公
2257. **challenge** 名 挑戰 [ˋtʃælɪndʒ] [chal·lenge]	Neil took up a challenge. 尼爾接受挑戰。	托 I T G 公
2258. **champion** 名 冠軍 [ˋtʃæmpɪən] [cham·pi·on]	Tom was a champion swimmer. 湯姆是游泳冠軍。	托 I T G 公
2259. **changeable** 形 易變的 [ˋtʃendʒəbḷ] [change·able]	The weather is changeable. 天氣多變化。 ⇦weather(988)	托 I T G 公
2260. **channel** 名 頻道 [ˋtʃænḷ] [chan·nel]	He is watching Channel 8. 他正在看第八頻道。	托 I T G 公
2261. **chapter** 名 章節 [ˋtʃæptə] [chap·ter]	There are ten chapters in the book. 這本書有十個章節。	托 I T G 公
2262. **charm** 名 動 魅力 [tʃɑrm] [charm]	動詞變化 **charm-charmed-charmed** ❶ charm sth. out of sb. 利用魅力來獲取	托 I T G 公

LEVEL
3

2263. **chat** 動 聊天 [tʃæt] [chat]	動詞變化 **chat-chatted-chatted** 托 I T G 公 They have chatted for two hours. 他們已經聊兩小時。
2264. **cheek** 名 臉頰 [tʃik] [cheek]	❶ turn the other cheek 不反擊 托 I T G 公
2265. **cheer** 動 歡呼 [tʃɪr] [cheer]	動詞變化 **cheer-cheered-cheered** 托 I T G 公 Cheer up! 高興一點！
2266. **cheerful** 形 興高采烈的 [ˈtʃɪrfəl] [cheer·ful]	Willy felt cheerful. 托 I T G 公 威利感到興高采烈。
2267. **cheese** 名 乳酪 [tʃiz] [cheese] (MP3) 3-09	He ordered a cheese burger. 托 I T G 公 他點一個起司漢堡。 ⇨burger(1483)
2268. **cheery** 名 櫻桃 [ˈtʃɪrɪ] [cher·ry]	❶ cherry red 鮮紅色 托 I T G 公
2269. **chest** 名 胸膛 [tʃɛst] [chest]	❶ get sth. off one's chest 傾吐心事 托 I T G 公
2270. **chew** 動 咀嚼 [tʃu] [chew]	動詞變化 **chew-chewed-chewed** 托 I T G 公 ❶ chew over 討論事情
2271. **childhood** 名 童年 [ˈtʃaɪldˌhʊd] [child·hood]	He had a happy childhood. 托 I T G 公 他有愉快的童年。
2272. **chill** 名 寒冷 [tʃɪl] [chill]	She had a chill of fear. 托 I T G 公 她有點害怕。 ⇨fear(307)
2273. **chilly** 形 寒冷的 [ˈtʃɪlɪ] [chilly]	It was chilly last night. 托 I T G 公 昨晚天氣很冷。
2274. **chimney** 名 煙囪 [ˈtʃɪmnɪ] [chim·ney]	The bird flew up the chimney. 托 I T G 公 小鳥飛進煙囪。
2275. **chip** 名 碎片 [tʃɪp] [chip]	He has had his chips. 托 I T G 公 他注定失敗。

2276.
choke 動 使窒息
[tʃok] [choke]

動詞變化 **choke-choked-choked**
❶ choke off 阻止

托 I T G 公

2277.
chop 動 砍；劈
[tʃap] [chop]

動詞變化 **chop-chopped-chopped**
The cook chopped the onions.
廚師把洋蔥切碎。

⇦onion(1690)

托 I T G 公

2278.
cigarette 名 雪茄
菸；香菸
[ˌsɪgəˈrɛt] [cig·a·rette]

He smokes a cigarette on the
balcony.
他在陽台抽菸。

⇦smoke(825)
⇦balcony(1107)

托 I T G 公

2279.
circus 名 馬戲團
[ˈsɝkəs] [cir·cus]

They went to the circus.
他們去馬戲團。

托 I T G 公

2280.
civil 形 市民的
[ˈsɪvl̩] [civ·il]

❶ civil war 內戰

托 I T G 公

2281.
classical 形 古典的
[ˈklæsɪkl̩] [clas·si·cal]

She learns the classical ballet.
她學習古典芭蕾。

⇨ballet(3294)

托 I T G 公

2282.
click 動 點擊滑鼠
[klɪk] [click]

動詞變化 **click-clicked-clicked**
It clicked suddenly.
茅塞頓開。

托 I T G 公

2283.
client 名 客戶
[ˈklaɪənt] [cli·ent]

He had many clients.
他有很多客戶。

托 I T G 公

2284.
clinic 名 診所
[ˈklɪnɪk] [clin·ic]

The patient shouted at the nurse
at the clinic.
這位病人在診所裡對護士咆哮。

⇦nurse(612)
⇦shout(796)

托 I T G 公

2285.
clip 名 迴紋針 動 夾住
[klɪp] [clip]

動詞變化 **clip-clipped-clipped**
❶ clip off 縮短

托 I T G 公

2286.
clue 名 線索
[klu] [clue]

Please give me some clues.
請給我一些線索。

托 I T G 公

2287.
cocktail 名
雞尾酒
[ˈkɑkˌtel] [cock·tail]

(MP3)
3-10

What kind of cocktail would
you like?
你想喝什麼雞尾酒？

托 I T G 公

2288. **coconut** 名 椰子 [`kokə‚nət] [co·co·nut]	Coconut milk tastes great. 椰奶很好喝。 ⇨taste(893)	托 I T G 公
2289. **collar** 名 衣領 [`kɑlɚ] [col·lar]	❶ hot under the collar 生氣的	托 I T G 公
2290. **collection** 名 收集 [kə`lɛkʃən] [col·lec·tion]	❶ collection box 募款箱	托 I T G 公
2291. **college** 名 學院 [`kɑlɪdʒ] [col·lege]	Nancy studies in a college. 南西在學院就讀。	托 I T G 公
2292. **colony** 名 殖民地 [`kɑlənɪ] [col·o·ny]	❶ former American colonies 前美國殖民地	托 I T G 公
2293. **column** 名 專欄 [`kɑləm] [col·umn]	He reads the personal column. 他看人事廣告欄。 ⇨personal(1734)	托 I T G 公
2294. **combine** 名 動 合併 [kəm`baɪn] [com·bine]	動詞變化 combine-combined- combined ❶ combine forces 聯手 ⇨force(334)	托 I T G 公
2295. **comfort** 名 舒適 [`kʌmfɚt] [com·fort]	❶ live in comfort 住得舒服	托 I T G 公
2296. **comma** 名 逗點 [`kɑmə] [com·ma]	❶ comma fault 逗點錯誤 ⇨fault(1399)	托 I T G 公
2297. **command** 名 動 命令 [kə`mænd] [com·mand]	動詞變化 command-commanded- commanded Her wish is his command. 他對她唯命是從。	托 I T G 公
2298. **commercial** 形 商業的 [kə`mɝʃəl] [com·mer·cial]	Dora is interested in commercial channels. 朵拉對電視商業頻道感興趣。 ⇨channel(2260)	托 I T G 公

2299. **committee** 名 委員會 [kə`mɪtɪ] [com·mit·tee]	The committee meeting will start at 10. 委員會會議十點開始。 托 I T G 公 ⇦meeting(1626)
2300. **communicate** 動 溝通 [kə`mjunəˌket] [com·mu·ni·cate]	動詞變化 **communicate-** **communicated-communicated** 托 I T G 公 He is good at communicating with people. 他擅長和他人溝通。
2301. **comparison** 名 對比 [kəm`pærəsn] [com·par·i·son]	❶ by comparison 相較之下 托 I T G 公
2302. **compete** 動 競爭 [kəm`pit] [com·pete]	動詞變化 **compete-competed-** **competed** 托 I T G 公 He can't compete with her. 他無法和她競爭。
2303. **complaint** 名 抱怨 [kəm`plent] [com·plaint]	He made a complaint about the music. 他抱怨音樂。 托 I T G 公
2304. **complex** 形 複雜的 [`kɑmplɛks] [com·plex]	This problem is complex. 這問題很複雜。 托 I T G 公 ⇦problem(689)
2305. **concern** 名動 涉及 [kən`sɝn] [con·cern]	動詞變化 **concern-concerned-** **concerned** 托 I T G 公 ❶ have no concern with 與~無關
2306. **concert** 名 音樂會 [`kɑnsɚt] [con·cert]	She went to the concert with Jason. 她和傑森去音樂會。 托 I T G 公
2307. **conclude** 動 (MP3) 作出結論；定立 3-11 [kən`klud] [con·clude]	動詞變化 **conclude-concluded-** **concluded** 托 I T G 公 ❶ conclude with 和~達成協議
2308. **conclusion** 名 結論 [kən`kluʒən] [con·clu·sion]	❶ in conclusion 結論是 托 I T G 公
2309. **condition** 名 情況 [kən`dɪʃən] [con·di·tion]	❶ out of condition 健康狀態不佳 托 I T G 公

LEVEL
3

215

2310. **cone** 名 圓錐形 [kon] [cone]	● ice cream cone 冰淇淋筒	托 I T G 公
2311. **confident** 形 自信的 [ˋkɑnfədənt] [con·fi·dent]	He is confident about his education. 他對於教育背景很有自信。 ⇦education(1356)	托 I T G 公
2312. **confuse** 動 使困惑 [kənˋfjuz] [con·fuse]	動詞變化 confuse-confused-confused ● confuse by 被～感到困惑	托 I T G 公
2313. **connect** 動 連接 [kəˋnɛkt] [con·nect]	動詞變化 connect-connected-connected ● connect up 連接	托 I T G 公
2314. **connection** 名 連接 [kəˋnɛkʃən] [con·nec·tion]	● in connection with 和～有關聯	托 I T G 公
2315. **conscious** 形 有知覺的 [ˋkɑnʃəs] [con·scious]	He was conscious that someone was looking at him. 他感覺到有人正在看他。	托 I T G 公
2316. **considerable** 形 值得考慮的 [kənˋsɪdərəbḷ] [con·sid·er·able]	This plan is considerable. 這計畫值得考慮。	托 I T G 公
2317. **consideration** 名 考慮 [kənsɪdəˋreʃən] [con·sid·er·ation]	● take into consideration 考慮到	托 I T G 公
2318. **constant** 形 不變的；重複的 [ˋkɑnstənt] [con·stant]	This fan is in constant use. 電風扇常使用。 ⇦fan(300)	托 I T G 公
2319. **continent** 名 大陸；洲 [ˋkɑntənənt] [con·ti·nent]	They are talking about the African continent. 他們正討論非洲大陸。	托 I T G 公

LEVEL
3

2320. **contract** 图 契約 動 訂約 [ˋkɑntrækt] [con‧tract]	動詞變化 **contract-contracted-** **contracted** ❶ sign a contract 簽約	托ⅠⅠⓉⒼ公
2321. **couch** 图 沙發 [kautʃ] [couch]	He sits on a couch comfortably. 他舒服地坐在沙發。	托ⅠⅠⓉⒼ公
2322. **countable** 圈 可數的 [ˋkauntəbl̩] [count‧able]	Pen is a countable noun. 筆是可數名詞。	托ⅠⅠⓉⒼ公
2323. **coward** 图 懦夫 [ˋkauəd] [cow‧ard]	You are such a coward. 你真是懦夫。	托ⅠⅠⓉⒼ公
2324. **cradle** 图 搖籃 [ˋkredl̩] [cra‧dle]	❶ from the cradle to the grave 一生一世 <div align="right">⇨grave(3700)</div>	托ⅠⅠⓉⒼ公
2325. **crash** 動 碰撞；墜落 [kræʃ] [crash]	動詞變化 **crash-crashed-crashed** ❶ crash down 崩潰	托ⅠⅠⓉⒼ公
2326. **crawl** 图 動 爬行 [krɔl] [crawl]	動詞變化 **crawl-crawled-crawled** ❶ make one's skin crawl 讓人毛骨悚然 <div align="right">⇨skin(817)</div>	托ⅠⅠⓉⒼ公
2327. **creative** 圈 創造的 [krɪˋetɪv] [cre‧a‧tive]	The student had a creative thinking. 這學生有創造性思維。 <div align="right">⇨student(873)</div>	托ⅠⅠⓉⒼ公
2328. **creator** 图 創造者 [krɪˋetə] [cre‧a‧tor]	Who was the creator of Mickey Mouse? 誰創造了米老鼠？ <div align="right">⇨mouse(567)</div>	托ⅠⅠⓉⒼ公
2329. **creature** 图 生物 [ˋkritʃə] [crea‧ture]	a creature of sb. 某人的走狗	托ⅠⅠⓉⒼ公
2330. **credit** 图 信用 [ˋkrɛdɪt] [cred‧it]	He paid the bill with credit card. 他用信用卡付賬單。 <div align="right">⇨bill(1134)</div>	托ⅠⅠⓉⒼ公
2331. **creep** 動 躡手躡腳地 走 [krip] [creep]	動詞變化 **creep-crept-crept** ❶ creep up on 緩慢地靠近	托ⅠⅠⓉⒼ公

3-12

2332. **crew** 名 一組工作人員 [kru] [crew]	● crew cut 平頭	托 **I** **T** **G** 公
2333. **cricket** 名 蟋蟀 [`krɪkɪt] [crick·et]	● not cricket 不光采	托 **I** **T** **G** 公
2334. **criminal** 名 罪犯 [`krɪmənḷ] [crim·i·nal]	Ben is a career criminal. 班是慣犯。	托 **I** **T** **G** 公
2335. **crisp/crispy** 形 脆的 [krɪsp]/[`krɪspɪ] [crisp(y)]	● burn 食物 crisp 把食物燒糊掉	托 **I** **T** **G** 公
2336. **crown** 名 皇冠 [kraʊn] [crown]	● to crown it all 最糟的是	托 **I** **T** **G** 公
2337. **crunchy** 形 易碎的 [`krʌntʃɪ] [crunchy]	The bowl of salad is crunchy. 這碗沙拉很爽脆。 ⇦bowl(122) ⇦salad(1858)	托 **I** **T** **G**
2338. **crutch** 名 丁形枴杖 [krʌtʃ] [crutch]	He has to walk on crutches. 他走路必須拄拐杖。	托 **I** **T** **G**
2339. **cultural** 形 文化的 [`kʌltʃərəl] [cul·tur·al]	Let's visit the cultural center tomorrow. 我們明天去文化中心。 ⇦center(164)	托 **I** **T** **G** 公
2340. **cupboard** 名 碗櫃 [`kʌbəd] [cup·board]	The cupboard is cheaper than the desk. 這碗櫃比書桌便宜。	托 **I** **T** **G** 公
2341. **current** 形 目前的 [`kɜənt] [cur·rent]	● current affairs 時事 ⇦affair(1056)	托 **I** **T** **G** 公
2342. **cycle** 名 循環 [`saɪkḷ] [cy·cle]	● life cycle 生命週期	托 **I** **T** **G** 公

Dd ▼ 托 TOEFL、**I** IELTS、**T** TOEIC、**G** GEPT、公 公務人員考試

2343. **dairy** 名 牛奶店 [`dɛrɪ] [dairy]	Mr. Yip owns a dairy. 葉先生有一座乳品廠。	托 **I** **T** **G** 公

2344.
dam 名 水壩 動 控制
[dæm] [dam]

動詞變化 **dam-dammed-dammed** 托 I T G 公
❶ dam up 控制

2345.
dare 動 竟敢
[dɛr] [dare]

How dare you are! 托 I T G 公
你敢！

2346.
darling 名 心愛的人
[`dɑrlɪŋ] [dar·ling]

My darling, I will love you forever. 托 I T G 公
親愛的，我將永遠愛你。
⇨forever(2484)

2347.
dash 名 猛撞
[dæʃ] [dash]
(MP3) 3-13

She made a dash for the nearest 托 I T G 公
restaurant.
她急奔到最近的餐廳。

2348.
deafen 動 使耳聾
[`dɛfn̩] [deaf·en]

動詞變化 **deafen-deafened-** 托 I T G 公
deafened
There is too much noise that is deafening
him.
太多的噪音讓他快聾了。
⇦noise(599)

2349.
dealer 名 交易商
[`dilɚ] [deal·er]

She is a dealer in paintings. 托 I T G 公
她是圖畫的經銷商。
⇦painting(1708)

2350.
decade 名 十年
[`dɛked] [de·cade]

A decade means a period of ten 托 I T G 公
years.
十年是指十年的一段時間。
⇦period(1733)

2351.
deck 名 甲板
[dɛk] [deck]

❶ clear the deck 準備行動 托 I T G 公

2352.
deed 名 行為
[did] [deed]

❶ title deed 房契 托 I T G 公
⇦title(2010)

2353.
deepen 動 使變深
[`dipən] [deep·en]

動詞變化 **deepen-deepened-** 托 I T G 公
deepened
As the crisis deepened, we
should be more careful.
當危機加重，我們應該要更小心。

2354.
define 動 下定義
[dɪ`faɪn] [de·fine]

動詞變化 **define-defined-defined** 托 I T G 公
He defined the task.
他替任務下定義。
⇦task(1981)

LEVEL
3

2355. **definition** 名 定義 [ˌdɛfəˋnɪʃən] [def·i·ni·tion]	● by definition 當然地　　托 Ｉ Ｔ Ｇ 公
2356. **delivery** 名 遞傳 [dɪˋlɪvərɪ] [de·liv·er·y]	● recorded delivery 掛號郵寄　托 Ｉ Ｔ Ｇ 公 ⇨record(1826)
2357. **democracy** 名 民主 [dɪˋmɑkrəsɪ] [de·moc·ra·cy]	● live in a democracy　托 Ｉ Ｔ Ｇ 公 住在民主國家裡
2358. **democratic** 形 民主的 [ˌdɛməˋkrætɪk] [dem·o·crat·ic]	● Democratic Party 民主黨　托 Ｉ Ｔ Ｇ 公
2359. **deposit** 名 動 存款 [dɪˋpɑzɪt] [de·pos·it]	動詞變化 **deposit-deposited-**　托 Ｉ Ｔ Ｇ 公 　　　　**deposited** He paid one thousand dollars as a deposit. 他付一千元當訂金。
2360. **description** 名 描述 [dɪˋskrɪpʃən] [de·scrip·tion]	● beggar description 難以描述　托 Ｉ Ｔ Ｇ 公 ⇨beggar(2190)
2361. **designer** 名 設計者 [dɪˋzaɪnɚ] [de·sign·er]	Anna is a fashion designer.　托 Ｉ Ｔ Ｇ 公 安娜是時尚設計師。 ⇨fashion(2462)
2362. **desirable** 形 值得擁 有的 [dɪˋzaɪrəbl̩] [de·sir·able]	The bag doesn't have any　托 Ｉ Ｔ Ｇ 公 desirable features. 這個包包沒有值得擁有的特點。 ⇨feature(2469)
2363. **destroy** 動 摧毀 [dɪˋstrɔɪ] [de·stroy]	動詞變化 **destroy-destroyed-**　托 Ｉ Ｔ Ｇ 公 　　　　**destroyed** She destroyed his happiness. 她毀掉他的幸福。
2364. **detail** 名 細節 [ˋditel] [de·tail]	Please go into details.　托 Ｉ Ｔ Ｇ 公 請一一說明。
2365. **determine** 動 決定 [dɪˋtɝmɪn] [de·ter·mine]	動詞變化 **determine-determined-**　托 Ｉ Ｔ Ｇ 公 　　　　**determined** Ken determined to leave now. 肯決定現在離開。 ⇨leave(493)

2366.
devil 名 魔鬼
[ˋdɛvl̩] [dev·il]

❶ a devil job 難熬的事

托 I T G 公

2367.
dialogue 名
對話
(MP3 3-14)
[ˋdaɪəˏlɔg] [di·a·log(ue)]

Their dialogue is boring.
他們對話乏善可陳。

托 I T G 公

⇦bore(2209)

2368.
diet 名 飲食
[ˋdaɪət] [diet]

❶ on diet 節食

托 I T G 公

2369.
diligent 形 勤奮的
[ˋdɪlədʒənt] [dil·i·gent]

Alisa is a diligent student.
艾莉莎是勤奮的學生。

托 I T G 公

⇦student(873)

2370.
dim 形 微暗的
[dɪm] [dim]

❶ the dim and distant past
很久的過去

托 I T G 公

⇦distant(1325)

2371.
dime 名 一角硬幣
[daɪm] [dime]

❶ dime novel
有動人故事但無文學價值的小說

托 I T G 公

⇦novel(1682)

2372.
dine 動 用餐
[daɪn] [dine]

動詞變化 dine-dined-dined
They are dining in the restaurant.
他們在餐廳用餐。

托 I T G 公

2373.
dip 動 浸；泡
[dɪp] [dip]

動詞變化 dip-dipped-dipped
❶ dip into one's pocket 自掏腰包

托 I T G 公

⇦pocket(670)

2374.
dirt 名 塵土
[dɝt] [dirt]

❶ dish the dirt on 說閒話

托 I T G 公

2375.
disappoint 動
使失望
[ˏdɪsəˋpɔɪnt] [dis·ap·point]

動詞變化 disappoint-
disappointed-disappointed
The result disappointed us.
結果讓我們失望了。

托 I T G 公

⇦result(1845)

2376.
disappointment
名 失望
[ˏdɪsəˋpɔɪntmən]
[dis·ap·point·ment]

❶ to one's disappointment
讓某人失望的…

托 I T G 公

LEVEL **3**

2377.
disco/
discotheque 名
迪斯可舞廳
[`dɪsko]/[ˌdɪskə`tɛk]
[dis‧cotheque]

It is fun to dance in disco.
在迪斯可舞廳跳舞很好玩。

托 I T G 公

2378.
discount 名 打折；
折扣
[`dɪskaʊnt] [dis‧count]

❶ at a discount 在打折

托 I T G 公

2379.
discovery 名 發現
[dɪs`kʌvərɪ] [dis‧cov‧ery]

❶ the discovery of 發現…

托 I T G 公

2380.
disease 名 疾病
[dɪ`ziz] [dis‧ease]

He had liver disease.
他有肝病。

托 I T G 公

⇨liver(2651)

2381.
disk/disc 名 圓盤
[dɪsk]/[dɪsk] [disk]/[disc]

❶ hard disk 硬碟

托 I T G 公

2382.
dislike 名 不喜歡
[dɪs`laɪk] [dis‧like]

❶ have a dislike for 討厭

托 I T G 公

2383.
ditch 名 水道
[dɪtʃ] [ditch]

❶ last ditch 孤注一擲

托 I T G 公

2384.
dive 動 潛水
[daɪv] [dive]

動詞變化 dive-dived-dived
They went diving last week.
他們上星期去潛水。

托 I T G 公

2385.
dock 名 碼頭
[dɑk] [dock]

He is a dock worker.
他是碼頭工人。

托 I T G 公

2386.
dodge 名 動 躲避
[dɑdʒ] [dodge]

動詞變化 dodge-dodged-dodged
She doesn't like to play dodge ball.
她不喜歡玩躲避球。

托 I T G 公

2387.
domestic 形
內部的
[də`mɛstɪk] [do‧mes‧tic]

(MP3) 3-15

She is domestic sort of person.
她是那種喜歡待在家的女孩。

托 I T G 公

⇨sort(1919)

2388.
dose 名 一劑藥
[dos] [dose]

Take a dose after meals.
飯後吃一劑藥。

托 I T G 公

⇨meal(1619)

2389. **doubtful** 形 懷疑的 [ˋdautfəl] [doubt‧ful]	The teacher was doubtful about going to the party. 老師拿不定主意要不要去派對。	托 I T G 公
2390. **drain** 動 使流出 [dren] [drain]	動詞變化 **drain-drained-drained** ❶ drain away 流乾	托 I T G 公
2391. **dramatic** 形 戲劇性的 [drəˋmætɪk] [dra‧mat‧ic]	❶ give a dramatic performance 戲劇演出 <div align="right">⇨performance(2791)</div>	托 I T G 公
2392. **drip** 動 滴下 [drɪp] [drip]	動詞變化 **drip-dripped-dripped** You are dripping water everywhere. 你把水滴得到處都是。	托 I T G 公
2393. **drown** 動 溺水 [draun] [drown]	動詞變化 **drown-drowned-drowned** ❶ drown one's fear 藉酒壯膽	托 I T G 公
2394. **drowsy** 形 昏昏欲睡的 [ˋdrauzɪ] [drowsy]	The concert may make us feel drowsy. 這音樂會可能會讓我們感到昏昏欲睡。 <div align="right">⇦concert(2306)</div>	托 I T G 公
2395. **drunk** 形 喝醉酒的 [drʌŋk] [drunk]	He is drunk. 他喝醉了。	托 I T G 公
2396. **due** 形 由於 [dju] [due]	His lateness due to the traffic jam. 他遲到是因為塞車。 <div align="right">⇦jam(449)</div>	托 I T G 公
2397. **dump** 動 拋棄 [dʌmp] [dump]	動詞變化 **dump-dumped-dumped** ❶ dump on sb. 虐待某人	托 I T G 公
2398. **dust** 名 灰塵 [dʌst] [dust]	She bit the dust. 她被打敗了。	托 I T G 公

Ee ▼ 托TOEFL、I IELTS、T TOEIC、G GEPT、公 公務人員考試

2399. **eager** 形 渴望的 [ˋigɚ] [ea‧ger]	Kelly is eager for her teacher's attention. 凱莉渴望得到老師的關注。 <div align="right">⇦attention(1099)</div>	托 I T G 公
2400. **earnings** 名 收入 [ˋɝnɪŋz] [earn‧ings]	❶ before–tax earnings 稅前所得	托 I T G 公

LEVEL
3

2401. **echo** 名 回音 [ˋɛko] [echo]	I heard an echo on the line. 我聽到電話中有迴音。	托 I T G 公 ⇦line(508)
2402. **edit** 動 編輯 [ˋɛdɪt] [ed·it]	動詞變化 **edit-edited-edited** He edits the story. 他編輯這個故事。	托 I T G 公
2403. **edition** 名 版本 [ɪˋdɪʃən] [ed·i·tion]	❶ first edition 初版	托 I T G 公
2404. **editor** 名 編輯 [ˋɛdɪtɚ] [ed·i·tor]	Wendy has been an editor for two years. 溫蒂當編輯已經兩年。	托 I T G 公
2405. **educate** 動 教育 [ˋɛdʒə͵ket] [ed·u·cate]	She is well educated. 她受良好教育。	托 I T G 公
2406. **educational** 形 教育的 [͵ɛdʒuˋkeʃənl̩] [ed·u·ca·tion·al]	❶ educational toy 寓教於樂的玩具	托 I T G 公 ⇦toy(944)
2407. **efficient** 形 有效率的 [ɪˋfɪʃənt] [ef·fi·cient]	(MP3) 3-16 Cindy is an efficient manager. 辛蒂是很能幹的經理。	托 I T G 公 ⇦manager(2672)
2408. **elbow** 名 手肘 [ˋɛlbo] [el·bow]	❶ get the elbow 被攆走	托 I T G 公
2409. **elderly** 形 年長的 [ˋɛldɚlɪ] [el·der·ly]	❶ an elderly woman 年紀大的婦女	托 I T G 公
2410. **election** 名 選舉 [ɪˋlɛkʃən] [elec·tion]	❶ general election 普選	托 I T G 公 ⇦general(356)
2411. **electric/electrical** 形 電的 [ɪˋlɛktrɪk]/[ɪˋlɛktrɪkl̩] [elec·tric]/[elec·tri·cal]	❶ electric fan 電風扇	托 I T G 公

2412. **electricity** 名 電力 [ˌɪlɛk`trɪsətɪ] [elec·tric·i·ty]	The electricity was off last night. 昨晚停電。	托 I T G 公
2413. **electronic** 形 電子的 [ɪlɛk`trɑnɪk] [elec·tron·ic]	John is sending electronic mail. 約翰正在寄電子郵件。	托 I T G 公
2414. **emergency** 名 緊急 事件 [ɪ`mɜdʒənsɪ] [emer·gen·cy]	He brings credit cards with him for emergencies. 他隨身帶信用卡，以備不時之需。 ⇦credit(2330)	托 I T G 公
2415. **emperor** 名 皇帝 [`ɛmpərə] [em·per·or]	❶ emperor and empress 國王和皇后	托 I T G 公
2416. **emphasize** 動 強調 [`ɛmfə͵saɪz] [em·pha·size]	動詞變化 emphasize-emphasized- emphasized ❶ It should be emphasized that... 強調的是…	托 I T G 公
2417. **employ** 動 僱用 [ɪm`plɔɪ] [em·ploy]	動詞變化 employ-employed- employed Sonia is employed by her friend. 索妮雅被她朋友僱用。	托 I T G 公
2418. **employment** 名 僱用 [ɪm`plɔɪmənt] [em·ploy·ment]	❶ employment agency 職介所 ⇨agency(3226)	托 I T G 公
2419. **employee** 名 員工 [͵ɛmplɔɪ`i] [em·ploy·ee]	There are five hundred employees in the company. 這間公司有五百名員工。 ⇦company(1233)	托 I T G 公
2420. **employer** 名 僱主 [ɪm`plɔɪə] [em·ploy·er]	She has a kind employer. 她有一位仁慈的僱主。	托 I T G 公
2421. **empty** 形 空的 [`ɛmptɪ] [emp·ty]	The room is empty. 房間空蕩蕩。	托 I T G 公

LEVEL
3

2422. **enable** 動 使能夠 [ɪn`ebl] [en · able]	動詞變化 **enable-enabled-enabled** 托 I T G 公 The lesson enables you to know music more. 這堂課讓你能夠多瞭解音樂。 ⇦lesson(497)
2423. **energetic** 形 精力旺盛的 [ˌɛnə`dʒɛtɪk] [en · er · get · ic]	The kid is energetic. 托 I T G 公 這小孩精力旺盛。
2424. **engage** 動 使從事 [ɪn`gedʒ] [en · gage]	動詞變化 **engage-engaged-engaged** 托 I T G 公 ❶ engage in 參加
2425. **engagement** 名 婚約 [ɪn`gedʒmənt] [en · gage · ment]	He gave her an engagement ring. 托 I T G 公 他給她一枚訂婚戒指。
2426. **engine** 名 引擎 [`ɛndʒən] [en · gine]	❶ engine on 發動機開著 托 I T G
2427. **engineer** 名 工程師 [ˌɛndʒə`nɪr] [en · gi · neer]	(MP3) 3-17 Mark is a software engineer. 托 I T G 公 馬克是軟體工程師。 ⇨software(4162)
2428. **enjoyable** 形 快樂的 [ɪn`dʒɔɪəbl] [en · joy · able]	She had an enjoyable time. 托 I T G 公 她有一段快樂的時光。
2429. **entry** 名 進入 [`ɛntrɪ] [en · try]	❶ forced entry 強行進入某處 托 I T G 公
2430. **environmental** 形 環境的 [ɪnˌvaɪrən`mɛntl̩] [en · vi · ron · men · tal]	❶ an environmental problem 托 I T G 公 環境問題
2431. **envy** 名動 羨慕 [`ɛnvɪ] [en · vy]	動詞變化 **envy-envied-envied** 托 I T G 公 I envy you very much. 我很羨慕你。

2432. **erase** 動 擦掉 [ɪˋres] [erase]	動詞變化 **erase-erased-erased** 托 I T G 公 He erased the phone number. 他擦掉電話號碼。

2433. **escape** 動 逃離 [əˋskep] [es・cape]	動詞變化 **escape-escaped-escaped** 托 I T G 公 The prisoner escaped from the jail. 囚犯從監獄逃出去。 ⇨prisoner(1789) ⇨jail(2599)

2434. **evil** 形 邪惡的 [ˋivḷ] [e・vil]	❶ the evil day 倒楣的日子 托 I T G 公

2435. **excellence** 名 傑出 [ˋɛksḷəns] [ex・cel・lence]	❶ par excellence 最卓越的 托 I T G 公

LEVEL 3

2436. **exchange** 動 交換 [ɪksˋtʃendʒ] [ex・change]	動詞變化 **exchange-exchanged-exchanged** 托 I T G 公 They exchanged diaries when they were students. 當他們是學生時，他們交換日記。 ⇨diary(1310)

2437. **exhibition** 名 展覽 [͵ɛksəˋbɪʃən] [ex・hi・bi・tion]	❶ make an exhibition of oneself 托 I T G 公 當眾出洋相

2438. **existence** 名 存在 [ɪgˋzɪstəns] [ex・is・tence]	❶ bring into existence 成立 托 I T G 公

2439. **exit** 名 出口 [ˋɛksɪt] [ex・it]	Where is the exit? 托 I T G 公 出口在哪裡呢？

2440. **expectation** 名 期待 [͵ɛkspɛkˋteʃən] [ex・pec・ta・tion]	❶ beyond expectation 出乎意料之外 托 I T G 公 ⇨beyond(1133)

2441. **expense** 名 花費 [ɪkˋspɛns] [ex・pense]	❶ at one's expense 某人出錢 托 I T G 公

2442. **experiment** 名 實驗 [ɪk`spɛrəmənt] [ex · per · i · ment]	He carried out an experiment. 他做實驗。	托 I T G 公
2443. **explode** 動 爆炸 [ɪk`splod] [ex · plode]	動詞變化 **explode-exploded-exploded** ❶ explode into wild laughter 突然大笑起來 ⇨laughter(2629)	托 I T G 公
2444. **export** 名 動 出口 [ɪks`port] [ex · port]	動詞變化 **export-exported-exported** Taiwan exports fruit. 台灣出口水果。 ⇦fruit(349)	托 I T G 公
2445. **expression** 名 表達 [ɪk`sprɛʃən] [ex · pres · sion]	❶ facial expression 臉部表情 ⇨facial(3619)	托 I T G 公
2446. **expressive** 形 表現的 [ɪk`sprɛsɪv] [ex · pres · sive]	❶ expressive power 表現力	托 I T G 公
2447. **extreme** 形 極度的 [ɪk`strim] [ex · treme]	❶ in the extreme 非常	托 I T G 公

Ff

▼ 托 TOEFL、I IELTS、T TOEIC、G GEPT、公 公務人員考試

2448. **fable** 名 寓言 [`febḷ] [fa · ble] MP3 3-18	She is reading Aesop's Fables. 她在看伊索寓言。	托 I T G 公
2449. **factor** 名 因素 動 把⋯因素記入⋯ [`fæktɚ] [fac · tor]	動詞變化 **factor-factored-factored** ❶ factor in 列入	托 I T G 公
2450. **fade** 動 消逝 [fed] [fade]	動詞變化 **fade-faded-faded** ❶ fade away 漸漸消失	托 I T G 公
2451. **faint** 名 動 昏倒 [fent] [faint]	動詞變化 **faint-fainted-fainted** Jessica felt faint from hunger. 潔西卡因為飢餓感到快暈倒。 ⇦hunger(1517)	托 I T G 公

2452. **fairly** 副 公平地； 相當地 [`fɛrlɪ] [fair·ly]	He knew her fairly. 他相當瞭解她。	托 I T G 公
2453. **fairy** 名 仙女 [`fɛrɪ] [fairy]	❶ fairy tale 童話故事	托 I T G 公
2454. **faith** 名 信念 [feθ] [faith]	break faith with sb. 不守信用 ⇦break(127)	托 I T G 公
2455. **fake** 名 冒牌貨 [fek] [fake]	He sold fake watches on the street. 他在街上賣假錶。 ⇦street(871)	托 I T G 公
2456. **familiar** 形 熟悉的 [fə`mɪljɚ] [fa·mil·iar]	He is familiar with the piano. 他對鋼琴很熟悉。 ⇦piano(658)	托 I T G 公
2457. **fan** 名 狂熱者 [fæn] [fan]	The actor has many fans. 這位演員有很多粉絲。	托 I T G 公
2458. **fanatic** 名 狂熱者 [fə`nætɪk] [fa·nat·ic]	❶ fitness fanatic 熱中健美之人	托 I T G 公
2459. **fancy** 名 愛好 [`fænsɪ] [fan·cy]	take a fancy to sb. 愛上某人	托 I T G 公
2460. **fare** 名 票價 [fɛr] [fare]	❶ return fare 來回票價 ⇦return(719)	托 I T G 公
2461. **farther** 副 更遠的 [`fɑrðɚ] [far·ther]	She can't walk any farther. 她再也走不動。	托 I T G 公
2462. **fashion** 名 風尚； 時尚 [`fæʃən] [fash·ion]	Helen is a famous fashion designer. 海倫是有名的時尚設計師。 ⇦designer(2361)	托 I T G 公
2463. **fashionable** 形 時髦的 [`fæʃənəbl̩] [fash·ion·able]	She wears a fashionable dress. 她穿了件時髦的洋裝。	托 I T G 公
2464. **fasten** 動 繫緊 [`fæsn̩] [fas·ten]	動詞變化 fasten-fastened-fastened ❶ fasten one's seatbelt 繫好安全帶	托 I T G 公

LEVEL **3**

2465. **fate** 名 命運 [fet] [fate]	❶ as sure as fate 命中注定　　托 I T G 公
2466. **faucet/tap** 名 水龍頭 [`fɔsɪt]/[tæp] [fau·cet]/[tap]	He heard the tap is dripping now.　托 I T G 公 他聽到水龍頭現在在滴水。 ⇨drip(2392)
2467. **fax** 名 動 傳真 [fæks] [fax]	動詞變化 **fax-faxed-faxed**　　　　托 I T G 公 Did you fax the paper last night? 你昨晚有傳真這張紙嗎？
2468. **feather** 名 羽毛 ⓂⓅ³ [`fɛðɚ] [feath·er] ³⁻¹⁹	❶ as light as feather 輕如鴻毛　　托 I T G 公
2469. **feature** 名 特徵 [fitʃɚ] [fea·ture]	Which features do you look for　　托 I T G 公 when buying a house? 買房子時要注意哪些特點？
2470. **file** 名 檔案 [faɪl] [file]	❶ keep on file 存檔　　　　　　　托 I T G 公
2471. **firework** 名 爆竹 [`faɪrˏwɝk] [fire·work]	❶ fireworks display 放煙火　　　　托 I T G 公 ⇨display(1323)
2472. **fist** 名 拳頭 [fɪst] [fist]	He made money hand over fist.　托 I T G 公 他賺大錢。
2473. **flame** 名 火焰 [flem] [flame]	❶ in flame 失火　　　　　　　　　托 I T G 公
2474. **flavor** 名 味道 [`flevɚ] [fla·vor]	❶ the flavor of 某～味道　　　　　托 I T G 公
2475. **flea** 名 跳蚤 [fli] [flea]	❶ with a flea in one's ear　　　　托 I T G 公 用難聽話語講人轟走
2476. **flesh** 名 肉 [flɛʃ] [flesh]	❶ in the flesh 本人　　　　　　　托 I T G 公
2477. **float** 動 漂流 [flot] [float]	動詞變化 **float-floated-floated**　托 I T G 公 A boat floated by slowly. 一艘小船緩緩划過。 ⇨boat(115)

2478.
flock 名 一群
[flɑk] [flock]

❶ a flock of 一群

托 I T G 公

2479.
fold 動 折疊
[fold] [fold]

動詞變化 **fold-folded-folded**

He folds her in his arms.
他把她摟住。

⇨arm(52)

托 I T G 公

2480.
folk 形 民間的
[fok] [folk]

❶ folk music 民謠

托 I T G 公

2481.
follower 名 跟隨者
[ˋfɑləwɚ] [fo‧llow‧er]

❶ keen followers of baseball
棒球迷

⇨keen(3821)

托 I T G 公

2482.
fond 形 喜歡的
[fɑnd] [fond]

Vicky is fond of drawing.
薇琪喜歡畫畫。

托 I T G 公

2483.
forehead/brow 名
前額
[ˋfɔrˏhɛd]/[braʊ]
[fore‧head]/[brow]

Dr. Wang is a high brow.
王博士是飽學之士。

托 I T G 公

2484.
forever 副 永遠
[fɚˋɛvɚ] [for‧ev‧er]

They love each other forever.
他們永遠相愛。

托 I T G 公

2485.
forth 副 向前方
[forθ] [forth]

❶ bring forth 發表

托 I T G 公

2486.
fortune 名 幸運
[ˋfɔrtʃən] [for‧tune]

❶ make a fortune 發大財

托 I T G 公

2487.
found 動 建立
[faʊnd] [found]

動詞變化 **found-founded-founded**

Bill Smith founded a company in 2005.
比爾史密斯在 2005 年創立公司。

托 I T G 公

2488.
fountain 名 噴泉
[ˋfaʊntɪn] [foun‧tain]

MP3
3-20

❶ fountain of sparks 噴出火花

⇨spark(4168)

托 I T G 公

2489.
freeze 動 冷凍
[friz] [freeze]

動詞變化 **freeze-froze-frozen**

❶ freeze up 怯場

托 I T G 公

LEVEL
3

2490. **frequent** 形 頻繁的 [ˋfrikwənt] [fre·quent]	❶ less frequent 次數減少	托 I T G 公

2491. **friendship** 名 友誼 [ˋfrɛndʃɪp] [friend·ship]	❶ strike up a friendship 開始友誼 <div align="right">⇨strike(1953)</div>	托 I T G 公

2492. **frustrate** 動 挫敗 [ˋfrʌsˏtret] [frus·trate]	動詞變化 **frustrate-frustrated-** 　　　　 **frustrated** Sam is frustrated. 山姆感到挫敗。	托 I T G 公

2493. **fry** 動 煎；炒 [fraɪ] [fry]	動詞變化 **fry-fried-fried** Doris ordered fried noodles. 桃樂絲點炒麵。 <div align="right">⇨noodle(1679)</div>	托 I T G 公

2494. **fund** 名 資金 [fʌnd] [fund]	❶ trust fund 信託基金 <div align="right">⇨trust(2037)</div>	托 I T G 公

2495. **fur** 名 毛皮 [fɝ] [fur]	❶ in fur 穿毛皮大衣	托 I T G 公

2496. **furniture** 名 傢俱 [ˋfɝnɪtʃɚ] [fur·ni·ture]	❶ street furniture 道路設施	托 I T G 公

Gg ▼ 托TOEFL、I IELTS、T TOEIC、G GEPT、公公務人員考試

2497. **gallon** 名 加侖 [ˋgælən] [gal·lon]	A gallon is equal to about 3.79 liters. 一加侖等於 3.79 升。 <div align="right">⇨equal(282)</div>	托 I T G 公

2498. **gamble** 動 賭博 [ˋgæmbḷ] [gam·ble]	動詞變化 **gamble-gambled-** 　　　　 **gambled** ❶ gamble on Ving 冒著～風險	托 I T G 公

2499. **gang** 名動 一幫歹徒 [gæŋ] [gang]	動詞變化 **gang-ganged-ganged** ❶ gang together 結夥	托 I T G 公

2500. **gap** 名 間隙 [gæp] [gap]	❶ bridge the gap 縮小差距 <div align="right">⇨bridge(129)</div>	托 I T G 公

2501. **garlic** 名 大蒜 [ˈɡɑrlɪk] [gar‧lic]	He had garlic bread for lunch. 托 I T G 公 他午餐吃大蒜麵包。 ⇨bread(126)
2502. **gas** 名 汽油 [ɡæs] [gas]	Frank lives near a gas station. 托 I T G 公 法蘭克住在加油站附近。
2503. **gasoline** 名 汽油 [ˈɡæsəˌlin] [gas‧o‧line]	The motorcycle is out of gasoline. 托 I T G 公 摩托車沒油啦。 ⇨motorcycle(1649)
2504. **gesture** 名 姿勢 [ˈdʒɛstʃɚ] [ges‧ture]	❶ make a gesture 作手勢 托 I T G 公
2505. **glance** 動 看一下 [ɡlæns] [glance]	動詞變化 **glance-glanced-glanced** 托 I T G 公 The teacher glanced at his book. 老師匆匆看了書一眼。
2506. **global** 形 全球的 [ˈɡlobl] [glob‧al]	This is global issue. 托 I T G 公 這是全球問題。
2507. **glory** 名 光榮 [ˈɡlorɪ] [glo‧ry]	The man got all glory. 托 I T G 公 這男子得到所有榮譽。
2508. **glow** 動 發光； 發熱 [ɡlo] [glow]	動詞變化 **glow-glowed-glowed** 托 I T G 公 ❶ face glows with 因～而滿臉通紅
2509. **gossip** 名 八卦 [ˈɡɑsəp] [gos‧sip]	❶ Gossip Girl 花邊教主 托 I T G 公
2510. **governor** 名 州長 [ˈɡʌvənɚ] [gov‧er‧nor]	❶ school governor 校董 托 I T G 公
2511. **gown** 名 女禮服 [ɡaʊn] [gown]	She wore a purple gown. 托 I T G 公 她穿紫色禮服。
2512. **grab** 動 抓取 [ɡræb] [grab]	動詞變化 **grab-grabbed-grabbed** 托 I T G 公 How…grab you? 你喜歡…？
2513. **gradual** 形 逐漸的 [ˈɡrædʒuəl] [grad‧u‧al]	❶ a gradual change in sth. 托 I T G 公 某事逐漸變化 ⇨change(1191)

LEVEL
3

2514. **graduate** 名 畢業生 動 畢業 [ˋɡrædʒuˌet] [grad·u·ate]	動詞變化 **graduate-graduated-graduated** Kathy graduted from university last year. 凱西去年從大學畢業。	托 Ⅰ T G 公 ⇨university(4240)
2515. **grain** 名 穀粒 [ɡren] [grain]	❶ go against the grain 不合常理	托 Ⅰ T G 公
2516. **gram** 名 公克 [ɡræm] [gram]	The cookies are three hundred grams. 這餅乾重三百克。	托 Ⅰ T G 公 ⇨cookie(197)
2517. **grasp** 動 抓牢 [ɡræsp] [grasp]	動詞變化 **grasp-grasped-grasped** ❶ grasp at 抓住機會	托 Ⅰ T G 公
2518. **grasshopper** 名 螳螂 [ˋɡræsˌhɑpɚ] [grass·hop·per]	❶ knee-high to a grasshopper 十分矮小	托 Ⅰ T G 公 ⇦knee(472)
2519. **greenhouse** 名 溫室 [ˋɡrinˌhaʊs] [green·house]	Can you tell me what greenhouse effect is? 能請你告訴我何謂溫室效應嗎？	托 Ⅰ T G 公 ⇦effect(1357)
2520. **grin** 動 露齒而笑 [ɡrɪn] [grin]	動詞變化 **grin-grinned-grinned** The secretary grins and bears it. 這祕書默默忍受。	托 Ⅰ T G 公 ⇦secretary(1871)
2521. **grocery** 名 雜貨店 [ˋɡrosərɪ] [gro·cer·y]	He bought some soaps in a grocery. 他在雜貨店買肥皂。	托 Ⅰ T G 公 ⇦soap(829)
2522. **guardian** 名 守護者 [ˋɡɑrdɪən] [guard·ian]	❶ be a guardian of …的守護者	托 Ⅰ T G 公
2523. **guidance** 名 引導 [ˋɡaɪdn̩s] [guid·ance]	❶ marriage guidance 婚姻諮詢	托 Ⅰ T G 公 ⇦marriage(1612)
2524. **gum** 名 口香糖 [ɡʌm] [gum]	She doesn't like chewing gum. 她不喜歡口香糖。	托 Ⅰ T G 公 ⇦chew(2270)

2525. **gymnasium/gym** 名 體育館 [dʒɪm`nezɪəm]/[dʒɪm] [gym‧na‧si‧um]/[gym]	They are playing basketball in the 托 I T G 公 gym. 他們在體育館打籃球。

Hh ▼ 托TOEFL、I IELTS、T TOEIC、G GEPT、公公務人員考試

2526. **hairdresser** 名 美髮師 [`hɛr͵drɛsɚ] [hair‧dress‧er]	Mina's occupation is a 托 I T G 公 hairdresser. 米娜的職業是美髮師。 ⇨occupation(3935)
2527. **hallway** 名 門廳 [`hɔl͵we] [hall‧way]	The guests are waiting in the 托 I T G 公 hallway. 賓客正在大廳等候。 ⇦guest(386)
2528. **handful** 名 一把 (MP3) [`hænd͵fəl] [hand‧ful] 3-22	❶ a handful of 一把 托 I T G 公
2529. **handy** 形 便利的 [`hændɪ] [handy]	❶ come in handy 有用 托 I T G 公
2530. **harbor** 名 港口 [`harbɚ] [har‧bor]	❶ Pearl Harbor 珍珠港 托 I T G 公
2531. **harm** 動 傷害 [harm] [harm]	動詞變化 **harm-harmed-harmed** 托 I T G 公 He didn't harm her. 他沒傷害她。
2532. **harmful** 形 有害的 [`harmfəl] [harm‧ful]	It is harmful. 托 I T G 公 那是有害的。
2533. **harvest** 名 收穫 [`harvɪst] [har‧vest]	❶ reap a harvest 種瓜得瓜 托 I T G 公 ⇨reap(5037)
2534. **hasty** 形 匆忙的 [`hestɪ] [hasty]	❶ a hasty meal 匆促的一餐 托 I T G 公 ⇦meal(1619)
2535. **hatch** 名動 孵化 [hætʃ] [hatch]	動詞變化 **hatch-hatched-hatched** 托 I T G 公 ❶ down the hatch 乾杯

LEVEL 3

2536. **hawk** 名 老鷹 [hɔk] [hawk]	● war hawk 好戰份子	托 ① T G 公

2537. **hay** 名 乾草 [he] [hay]	● make a hay of 使混亂	托 ① T G 公

2538. **headline** 名 標題 [ˋhɛd͵laɪn] [head·line]	● banner headline 報紙通欄的大標題	托 ① T G 公
	⇨banner(4345)	

2539. **headquarters** 名 總部 [ˋhɛd͵kwɔrtɚz] [head·quar·ters]	He works at the headquarters. 他在總部上班。	托 ① T G 公

2540. **heal** 動 治療 [hil] [heal]	動詞變化 heal-healed-healed He felt healed by her call. 他因為她的電話愉快起來。	托 ① T G 公

2541. **heap** 名 堆積 [hip] [heap]	● at the top of the heap 社會底層	托 ① T G 公

2542. **heaven** 名 天堂 [ˋhɛvən] [heav·en]	● more heaven and earth 竭盡全力	托 ① T G 公
	⇦earth(264)	

2543. **heel** 名 腳後跟 [hil] [heel]	● take one's heel 逃掉	托 ① T G 公

2544. **hell** 名 地獄 [hɛl] [hell]	Just for the hell of it. 只是鬧著玩啦。	托 ① T G 公

2545. **helmet** 名 頭盔; 安全帽 [ˋhɛlmɪt] [hel·met]	Don't forget to wear the helmet. 別忘了戴安全帽。	托 ① T G 公

2546. **hesitate** 動 猶豫 [ˋhɛzə͵tet] [hes·i·tate]	動詞變化 hesitate-hesitated-hesitated Don't hesitate to call the girl. 別猶豫打電話給這女孩。	托 ① T G 公

2547. **hike** 動 健行 [haɪk] [hike]	動詞變化 hike-hiked-hiked Going hiking on snowy days is dangerous. 下雪天健行很危險。	托 ① T G 公
	⇦dangerous(1282) ⇦snowy(1909)	

2548.
hint 名 暗示
[hɪnt] [hint]
(MP3)
3-23

● take a hint 瞭解暗示

托 I T G 公

2549.
historian 名
歷史學家
[hɪs`torɪən] [his·to·ri·an]

Mr. Smith is a historian.
史密斯先生是歷史學家。

托 I T G 公

2550.
historic 形 歷史上著
名的
[hɪs`tɔrɪk] [his·tor·ic]

● a special historic intetest
特別歷史意義

托 I T G 公

⇦interest(443)
⇦special(849)

2551.
historical 形 歷史的
[hɪs`tɔrɪkl] [his·tor·i·cal]

This is a historical novel.
這是本歷史小說。

托 I T G 公

⇨novel(1682)

2552.
hive 名 蜂窩 動 儲備
[haɪv] [hive]

動詞變化 hive-hived-hived
● hive off 賣掉公司部分

托 I T G 公

2553.
hollow 形 中空的
[`halo] [hol·low]

● ring hollow 空洞的印象

托 I T G 公

2554.
holy 形 神聖的
[`holɪ] [ho·ly]

● Holy Week 聖週

托 I T G 公

2555.
hometown 名 故鄉
[`hom`taun] [home·town]

Taipei is Ben's hometown.
台北是班的故鄉。

托 I T G 公

2556.
honesty 名 誠實
[`anɪstɪ] [hon·es·ty]

● in all honesty 其實

托 I T G 公

2557.
honor 名 榮譽
[`anɚ] [hon·or]

● honor roll 榮譽榜

托 I T G 公

⇦roll(730)

2558.
horn 名 角
[hɔrn] [horn]

● take the bull by the horns
勇於面對困境

托 I T G 公

⇦bull(2229)

2559.
horrible 形 恐怖的
[`hɔrəbl] [hor·ri·ble]

It is a horrible movie.
這是恐怖電影。

托 I T G 公

2560.
horror 名 恐怖
[`hɔrɚ] [hor·ror]

● horror of horrors 真是糟糕

托 I T G 公

LEVEL 3

2561. **hourly** 形 每小時的 [ˋaʊrlɪ] [hour·ly]	❶ hourly interval 每小時區間 托 I T G 公
2562. **housekeeper** 名 管家 [ˋhaʊs͵kipɚ] [house·keep·er]	She is a housekeeper. 她是管家。 托 I T G 公
2563. **hug** 名 動 擁抱 [hʌg] [hug]	動詞變化 hug-hugged-hugged 托 I T G 公 ❶ bear hug 熱烈擁抱
2564. **humorous** 形 幽默的 [ˋhjumərəs] [hu·mor·ous]	She gave a humorous account 托 I T G 公 of his family. 她風趣地講家裡的事情。 ⇦account(2110)
2565. **hush** 動 使安靜 [hʌʃ] [hush]	動詞變化 hush-hushed-hushed 托 I T G 公 The teacher hushed the noisy students in five minutes. 老師在五分鐘內就使吵鬧的學生們安靜下來。 ⇦noisy(600)
2566. **hut** 名 小屋 [hʌt] [hut]	He lived in a wooden hut near 托 I T G 公 the forest. 他住在森林附近的小木屋。 ⇦forest(336) ⇦wooden(2100)

Ii ▼ 托 TOEFL、I IELTS、T TOEIC、G GEPT、公 公務人員考試

2567. **icy** 形 冰的 [ˋaɪsɪ] [icy]	(MP3) 3-24	Her hands are icy cold. 她雙手冰冷。 托 I T G 公
2568. **ideal** 形 理想的 [aɪˋdiəl] [ide·al]		He is my ideal mate. 他是我理想伴侶。 托 I T G 公
2569. **identity** 名 身份 [aɪˋdɛntətɪ] [iden·ti·ty]		❶ identity card 身分證 托 I T G 公
2570. **ignorance** 名 無知 [ˋɪgnərəns] [ig·no·rance]		❶ out of ignorance 出自無心 托 I T G 公

2571.
image 動 想像
[`ɪmɪdʒ] [im · age]

動詞變化 **image-imaged-imaged** 托 I T G 公
Can you image how the life in the jail?
你能想像在監獄裡的生活嗎？

2572.
imagination 名
想像
[ɪˌmædʒə`neʃən]
[imag · i · na · tion]

● get no imagination 無想像力 托 I T G 公

2573.
immediate 形
立即的
[ɪ`midɪɪt] [im · me · di · ate]

● an immediate reaction 即時反應 托 I T G 公

⇨reaction(2868)

2574.
import 名動 進口
[ɪm`port] [im · port]

動詞變化 **import-imported-**
imported 托 I T G 公
● import from abroad 外地進口

2575.
impress 動 給…極深
的印象
[ɪm`prɛs] [im · press]

動詞變化 **impress-impressed-**
impressed 托 I T G 公
● It impressed sb.... 令人佩服的是…

2576.
impressive 形 令人
印象深刻的
[ɪm`prɛsɪv] [im · pres · sive]

● an impressive interview 托 I T G 公
令人印象深刻的面試

⇨interview(1542)

2577.
indeed 副 確實
[ɪn`did] [in · deed]

Why indeed? 托 I T G 公
為何？

2578.
individual 形 個人的
[ɪˌɪndə`vɪdʒʊəl]
[in · di · vid · u · al]

● individual style of …的個人風格 托 I T G 公

2579.
indoor 形 室內的
[`ɪnˌdor] [in · door]

He is swimming in an indoor pool. 托 I T G 公
他在室內游泳池游泳。

⇨pool(677)

2580.
indoors 副 在室內
[`ɪn`dorz] [in · doors]

● her indoors 老婆 托 I T G 公

2581.
industrial 形 產業的
[ɪn`dʌstrɪəl] [in · dus · tri · al]

● industrial action 罷工 托 I T G 公

2582.
inferior 形 下級的
[ɪn`fɪrɪə] [in · fe · ri · or]

● inferior to 不如 托 I T G 公

LEVEL
3

2583. **inform** 動 通知 [ɪnˋfɔrm] [in·form]	動詞變化 **inform-informed-informed** Did you inform her? 你通知她了嗎？	托 **I** **T** **G** 公
2584. **injure** 動 受傷 [ˋɪndʒɚ] [in·jure]	動詞變化 **injure-injured-injured** He adds insult to injure. 他越描越黑。 ⇨insult(3788)	托 **I** **T** **G** 公
2585. **injury** 名 傷害 [ˋɪndʒərɪ] [in·ju·ry]	❶ seriously injury 嚴重損害	托 **I** **T** **G** 公
2586. **inn** 名 小旅館 [ɪn] [inn]	She stays in the Holiday Inn. 她住在假日飯店。	托 **I** **T** **G** 公
2587. **inner** 形 內部的 [ˋɪnɚ] [in·ner]	He lives in inner Seattle. 他住西雅圖市中心。	托 **I** **T** **G** 公
2588. **innocent** 形 無辜的 [ˋɪnəsn̩t] [in·no·cent]	(MP3) 3-25 He looks innocent. 他看起來無辜。	托 **I** **T** **G** 公
2589. **inspect** 動 檢查 [ɪnˋspɛkt] [in·spect]	動詞變化 **inspect-inspected-inspected** Tina's father inspects her homework. 提娜的爸爸檢查她的作業。 ⇨homework(422)	托 **I** **T** **G** 公
2590. **inspector** 名 檢查員 [ɪnˋspɛktɚ] [in·spec·tor]	❶ inspector of taxes 稅務員	托 **I** **T** **G** 公
2591. **instead** 副 作為替代 [ɪnˋstɛd] [in·stead]	❶ instead of 替代	托 **I** **T** **G** 公
2592. **instruction** 名 指示 [ɪnˋstrʌkʃən] [in·struc·tion]	❶ under instruction 收到指示	托 **I** **T** **G** 公
2593. **internal** 形 內部的 [ɪnˋtɝnl̩] [in·ter·nal]	❶ internal market 內部貿易 ⇨market(532)	托 **I** **T** **G** 公

2594. **interrupt** 勔 打擾 [ˌɪntəˋrʌpt] [in·ter·rupt]	**動詞變化 interrupt-inerrupted-** **interrupted** Sorry to interrupt. 抱歉打擾。	托 I T G 公
2595. **introduction** 名 介紹 [ˌɪntrəˋdʌkʃən] [in·tro·duc·tion]	❶ brief introduction 簡短序 ⇦brief(1156)	托 I T G 公
2596. **inventor** 名 發明者 [ɪnˋvɛntɚ] [in·ven·tor]	Who was the inventor of telephone? 誰是電話發明人？ ⇦telephone(1988)	托 I T G 公
2597. **investigate** 勔 調查 [ɪnˋvɛstəˌget] [in·ves·ti·gate]	**動詞變化 investigate-investigated-** **investigated** Go and investigate. 去看看。	托 I T G 公
2598. **ivory** 名 象牙 [ˋaɪvərɪ] [ivo·ry]	❶ ivory tower 象牙塔 ⇦tower(2021)	托 I T G 公

Jj
▼ 托 TOEFL、I IELTS、T TOEIC、G GEPT、公 公務人員考試

2599. **jail** 名 監獄 [dʒel] [jail]	❶ break jail 越獄	托 I T G 公
2600. **jar** 名 罐子 [dʒɑr] [jar]	He got caught with his hand in the cookie jar. 他人贓俱獲。	托 I T G 公
2601. **jaw** 名 下巴 [dʒɔ] [jaw]	❶ one's jaw fell 目瞪口呆	托 I T G 公
2602. **jealous** 形 嫉妒的 [ˋdʒɛləs] [jeal·ous]	He is jealous of his classmate. 他忌妒他同學。	托 I T G 公
2603. **jelly** 名 果凍 [ˋdʒɛlɪ] [jel·ly]	❶ turn to jelly 雙腳發軟	托 I T G 公
2604. **jet** 名 噴射機 [dʒɛt] [jet]	The jet is about to take off. 飛機正要起飛。	托 I T G 公

2605.
jewel 名 寶石
[`dʒuəl] [jew·el]

❶ the jewel in the crown
　有吸引力的東西

托 I T G 公

⇦crown(2336)

2606.
jewelry 名 珠寶
[`dʒuəlrɪ] [jew·el·ry]

The woman likes to wear jewelry.
這女子喜歡戴珠寶。

托 I T G 公

2607.
journal 名 期刊
[`dʒɝnl̩] [jour·nal]

The businessman usually reads a trade journal.
這商人常常閱讀商業雜誌。

托 I T G 公

⇦trade(2023)

2608.
journey 名 旅程
[`dʒɝnɪ] [jour·ney]

MP3
3-26

❶ break one's journey 中途下車

托 I T G 公

2609.
joyful 形 高興的
[`dʒɔɪfəl] [joy·ful]

He is joyful.
他很高興。

托 I T G 公

2610.
jungle 名 叢林
[`dʒʌŋgl̩] [jun·gle]

❶ law of the jungle 弱肉強食

托 I T G 公

⇦law(485)

2611.
junk 名 垃圾
[dʒʌŋk] [junk]

Don't eat junk food too often.
別太常吃垃圾食物。

托 I T G 公

2612.
justice 名 公正
[`dʒʌstɪs] [jus·tice]

❶ bring one to justice 將某人逮捕歸案

托 I T G 公

Kk ▼ 托 TOEFL、I IELTS、T TOEIC、G GEPT、公 公務人員考試

2613.
kangaroo 名 袋鼠
[͵kæŋgə`ru] [kan·ga·roo]

We all like kangaroos.
我們都喜歡袋鼠。

托 I T G 公

2614.
kettle 名 水壺
[`kɛtl̩] [ket·tle]

❶ another different kettle of fish
　迥然不同之人

托 I T G 公

2615.
keyboard 名 鍵盤
[`ki͵bord] [key·board]

He bought an arranger keyboard.
他買了自動伴奏鍵盤。

托 I T G 公

2616.
kidney 名 腎臟
[`kɪdnɪ] [kid·ney]

Helen's uncle got a kidney infeciton.
海倫的伯父腎感染。

托 I T G 公

⇦infection(3771)

2617. **kilogram** 名 公斤 [ˋkɪləˏɡræm] [ki·lo·gram]	She is 50 kilograms. 她五十公斤重。	托 I T G 公
2618. **kilometer** 名 公里 [ˋkɪləˏmitə] [ki·lo·me·ter]	He has walked for one kilometer. 他已經走了一公里。	托 I T G 公
2619. **kit** 名 工具組 [kɪt] [kit]	❶ get one's kit off 把衣服脫掉	托 I T G 公
2620. **kneel** 動 跪下 [nil] [kneel]	動詞變化 kneel-knelt-knelt ❶ kneel down 跪下	托 I T G 公
2621. **knight** 名 騎士 [naɪt] [knight]	❶ white knight 公司救星	托 I T G 公
2622. **knit** 動 編織 [nɪt] [knit]	動詞變化 knit-knitted-knitted ❶ knit one's brows 皺眉沉思	托 I T G 公
2623. **knob** 名 瘤 [nɑb] [knob]	❶ with knobs on 更是如此	托 I T G 公
2624. **knot** 名 結 [nɑt] [knot]	It is a Gordian knot. 那是棘手的事情。	托 I T G 公

LEVEL 3

Ll

▼ 托 TOEFL、I IELTS、T TOEIC、G GEPT、公 公務人員考試

2625. **label** 名 標籤 [ˋlebḷ] [la·bel]	He likes the label "boss." 他喜歡老闆這個稱呼。 ⇨boss(1147)	托 I T G 公
2626. **lace** 名動 蕾絲 [les] [lace]	動詞變化 lace-laced-laced The little girl laced up her shoes. 這小女孩正在綁鞋帶。	托 I T G 公
2627. **ladder** 名 梯子 [ˋlædə] [lad·der]	The worker fell off a ladder. 這工人從樓梯上掉下來。	托 I T G 公
2628. **latter** 形 後面的 [ˋlætə] [lat·ter]	(MP3) 3-27	The latter pragraph is more serious. 後面章節比較嚴肅。 ⇨paragraph(3960)	托 I T G 公

2629. **laughter** 图 笑聲 [ˋlæftɚ] [laugh·ter]	I can hear his crazy laughter from here. 我從這裡就可以聽到他瘋狂的笑聲。 ⇨crazy(1264)	托 I T G 公
2630. **laundry** 图 洗衣店 [ˋlɔndrɪ] [laun·dry]	There are three laundries near her house. 她家附近有三間洗衣店。	托 I T G 公
2631. **lawn** 图 草坪 [lɔn] [lawn]	● lawn party 露天招待會	托 I T G 公
2632. **leak** 動 滲漏 [lik] [leak]	動詞變化 leak-leaked-leaked ● leak out 洩密	托 I T G 公
2633. **leap** 動 跳躍 [lip] [leap]	動詞變化 leap-leaped-leaped Look before you leap. 三思後行。	托 I T G 公
2634. **leather** 图 皮革 [ˋlɛðɚ] [leath·er]	● hell for leather 盡快，極快	托 I T G 公
2635. **leisure** 图 閒暇 [ˋliʒɚ] [lei·sure]	● at one's leisure 有空時	托 I T G 公
2636. **lengthen** 動 延長 [ˋlɛŋθən] [length·en]	動詞變化 lengthen-lengthened-lengthened He needs to lengthen the pants. 他需要把褲子放長。 ⇨pants(642)	托 I T G 公
2637. **lens** 图 鏡頭 [lɛnz] [lens]	● contact lens 隱形眼鏡 ⇨contact(1243)	托 I T G 公
2638. **liar** 图 騙子 [ˋlaɪɚ] [li·ar]	Sam is a liar. 山姆是騙子。	托 I T G 公
2639. **liberal** 圈 自由主義的 [ˋlɪbərəl] [lib·er·al]	● liberal arts 文科	托 I T G 公
2640. **liberty** 图 自由 [ˋlɪbɚtɪ] [lib·er·ty]	● at liberty to V 有做…的自由	托 I T G 公
2641. **librarian** 图 圖書館員 [laɪˋbrɛrɪən] [li·brar·i·an]	Gina has been a libraian for ten years. 吉娜當圖書館員已經十年。	托 I T G 公

2642. **lifeboat** 名 救生艇 [`laɪf͵bot] [life · boat]	❶ lifeboat station 停泊港	托 I T G △
2643. **lifeguard** 名 救生員 [`laɪf͵gɑrd] [life · guard]	He works at a beach as a lifeguard. 他在海邊工作當救生員。 ⇨beach(84)	托 I T G △
2644. **lifetime** 名 一生 [`laɪf͵taɪm] [life · time]	❶ the chance of a lifetime 千載難逢的機會	托 I T G △
2645. **lighthouse** 名 燈塔 [`laɪt͵haʊs] [light · house]	A lighthouse gives warning of passing ships. 燈塔提醒經過的船。 ⇨ship(788)	托 I T G △
2646. **limb** 名 肢；臂； 腳；翼 [lɪm] [limb]	❶ risk like a limb 不惜受傷 ⇨risk(2911)	托 I T G △
2647. **linen** 名 亞麻布 [`lɪnən] [li · nen]	Don't wash your dirty linen in pubic. [諺] 家醜不可外揚。 ⇨public(691)	托 I T G △
2648. **lipstick** 名 口紅 [`lɪp͵stɪk] [lip · stick] 3-28	The star wears pink lipstick. 這位明星搽粉紅色口紅。	托 I T G △
2649. **litter** 名 廢棄物 [`lɪtɚ] [lit · ter]	❶ litter bin 廢物箱	托 I T G △
2650. **lively** 形 精力充沛的 [`laɪvlɪ] [live · ly]	He is always lively. 他永遠精力充沛。	托 I T G △
2651. **liver** 名 肝臟 [`lɪvɚ] [lin · er]	❶ liver complaint 肝病 ⇨complaint(2303)	托 I T G △
2652. **load** 名 動 裝載 [lod] [load]	動詞變化 load-loaded-loaded ❶ get load of 讓人聽或看	托 I T G △
2653. **lobby** 名 大廳 [`lɑbɪ] [lob · by]	I will meet you in the lobby. 我們在大廳見。	托 I T G △

LEVEL **3**

2654. **lobster** 名 龍蝦 [`labstɚ] [lob·ster]	He likes seafood. For example, lobsters. 他喜歡海鮮。譬如，龍蝦。 ⇨example(290)	托 I T G 公
2655. **lollipop** 名 棒棒糖 [`lalɪˌpap] [lol·li·pop]	❶ lollipop man 交通安全員 ❶ 亦可寫作 lollypop	托 I T G 公
2656. **loose** 形 寬鬆的 [lus] [loose]	❶ let loose 喊出	托 I T G 公
2657. **loosen** 動 鬆開 [`lusn̩] [loos·en]	動詞變化 **loosen-loosened-loosened** ❶ loosen one's tongue 無拘無束的說話 ⇨tongue(2016)	托 I T G 公
2658. **lord** 名 統治者 [lɔrd] [lord]	❶ Lord knows 大家都知道	托 I T G 公
2659. **loudspeaker** 名 喇叭 [`laʊdˌspikɚ] [loud·speak·er]	He hates his name is called over the loudspeaker. 他討厭名字由喇叭叫出來。	托 I T G 公
2660. **luggage** 名 行李 [`lʌgɪdʒ] [lug·gage]	❶ hand luggage 手提行李	托 I T G 公
2661. **lullaby** 名 搖籃曲 [`lʌləˌbaɪ] [lul·la·by]	Do you know how to sing a lullaby? 你會唱催眠曲嗎？	托 I T G 公
2662. **lung** 名 肺臟 [lʌŋ] [lung]	❶ iron lung 人工呼吸器 ⇨iron(445)	托 I T G 公

Mm ▼ 托 TOEFL、I IELTS、T TOEIC、G GEPT、公 公務人員考試

2663. **magical** 形 神奇的 [`mædʒɪkl̩] [mag·i·cal]	It is magical. 真是神奇。	托 I T G 公
2664. **magnet** 名 磁鐵 [`mægnɪt] [mag·net]	❶ permanent magnet 永久磁鐵 ⇨permanent(3976)	托 I T G 公

2665. **maid** 名 少女 [med] [maid]	❶ old maid 老處女	托 I T G 公
2666. **major** 形 主要的 [ˋmedʒɚ] [ma·jor]	His major problem is too lazy. 他主要的問題是太懶惰。	托 I T G 公
2667. **majority** 名 大多數 [məˋdʒɔrətɪ] [ma·jor·i·ty]	❶ in the majority 佔多數	托 I T G 公
2668. **mall** 名 大型購物中心 [mɔl] [mall] (MP3) 3-29	They go shopping in the mall. 他們去購物中心逛街。	托 I T G 公
2669. **manage** 動 管理 [ˋmænɪdʒ] [man·age]	動詞變化 **manage-managed-** **managed** ❶ manage with 管理	托 I T G 公
2670. **management** 名 管理 [ˋmænɪdʒmənt] [man·age·ment]	❶ time management 時間管理	托 I T G 公
2671. **manageable** 形 可管理的 [ˋmænɪdʒəbl̩] [man·age·able]	❶ manageable level 可應付的程度	托 I T G 公
2672. **manager** 名 經理 [ˋmænɪdʒɚ] [man·ag·er]	Don is a manager. 東是經理。	托 I T G 公
2673. **mankind/** **humankind** 名 人類 [mænˋkaɪnd]/ [ˋhjumənˏkaɪnd] [man·kind]/[hu·man·kind]	She is reading the history of humankind. 她正在讀人類歷史。	托 I T G 公
2674. **manners** 名 禮貌 [ˋmænɚz] [man·ners]	❶ table manners 餐桌禮儀	托 I T G 公
2675. **marble** 名 大理石 [ˋmɑrbl̩] [mar·ble]	He ate marble cake for breakfast. 他早餐吃大理石蛋糕。 ⇨breakfast(128)	托 I T G 公

LEVEL
3

2676. **march** 動 前進 [mɑrtʃ] [march]	動詞變化 **march-marched-marched** ❶ march on 快速經過	托 I T G 公
2677. **marvelous** 形 令人驚訝的 [`mɑrvələs] [mar·vel·ous]	It is a marvelous piece of news. 令人驚訝的新聞。	托 I T G 公
2678. **mathematical** 形 數學的 [ˌmæθəˋmætɪkl̩] [math·e·mat·i·cal]	❶ with a mathematical perecision 精確地	托 I T G 公
2679. **mathematics/math** 名 數學 [ˌmæθəˋmætɪks]/[mæθ] [math·e·mat·ics]/[math]	Fred is interested in math. 費瑞德對數學有興趣。	托 I T G 公
2680. **mature** 形 成熟 [məˋtjur] [ma·ture]	❶ on mature reflection 經過審慎考慮 ⇨reflection(4070)	托 I T G 公
2681. **mayor** 名 市長 [`meɚ] [may·or]	❶ the Mayor of Taipei 台北市長	托 I T G 公
2682. **meadow** 名 草地 [`mɛdo] [mead·ow]	They are picnicking on water meadows. 他們在岸邊草地野餐。 ⇦picnic(1739)	托 I T G 公
2683. **meaningful** 形 有意義的 [`minɪŋfəl] [mean·ing·ful]	❶ a meaningful look 意義深長的一眼	托 I T G 公
2684. **meanwhile** 副 同時 [`minˌhwaɪl] [mean·while]	❶ in the meanwhile 在同時	托 I T G 公
2685. **medal** 名 獎章 [`mɛdl̩] [med·al]	He deserves a medal. 他應得獎牌。 ⇨deserve(3494)	托 I T G 公
2686. **medical** 形 醫學的 [`mɛdɪkl̩] [med·i·cal]	❶ medical practitioner 開業醫生	托 I T G 公

2687. **medium/media** 名 媒體 [ˋmidɪəm]/[ˋmidɪə] [me‧di‧um] [me‧di‧a]	The news media is important. 報紙傳播媒介很重要。 ⇨important(439)	托 I T G 公
2688. **membership** (MP3) 名 會員資格 3-30 [ˋmɛmbɚˏʃɪp] [mem‧ber‧ship]	How can we apply for the membership? 我們如何申請會員資格？ ⇨apply(1082)	托 I T G 公
2689. **memorize** 動 記住 [ˋmɛməˏraɪz] [mem‧o‧rize]	動詞變化 memorize-memorized- memorized I will memorize your words. 我會記住你的話。	托 I T G 公
2690. **mend** 動 修改 [mɛnd] [mend]	動詞變化 mend-mended-mended ❶ mend one's fences 解決糾紛 ⇨fence(1405)	托 I T G 公
2691. **mental** 形 心理的 [ˋmɛntḷ] [men‧tal]	❶ mental house 精神病院	托 I T G 公
2692. **mention** 動 提到 [ˋmɛnʃən] [men‧tion]	動詞變化 mention-mentioned- mentioned He didn't mention it. 他沒提到。	托 I T G 公
2693. **merchant** 名 商人 [ˋmɝtʃənt] [mer‧chant]	Allan is a merchant banker. 艾倫是工商銀行家。 ⇨banker(1109)	托 I T G 公
2694. **merry** 形 快樂的 [ˋmɛrɪ] [mer‧ry]	❶ the more the merrier 多多益善	托 I T G 公
2695. **mess** 動 雜亂 [mɛs] [mess]	動詞變化 mess-messed-messed ❶ mess about 胡鬧	托 I T G 公
2696. **microphone/mike** 名 麥克風 [ˋmaɪkrəˏfon]/[maɪk] [mi‧cro‧phone]/[mike]	She speaks into the microphone. 她對麥克風講話。	托 I T G 公

LEVEL 3

2697. **microwave** 名 微波爐 [`maɪkroˌwev] [mi·cro·wave]	❶ microwave meals 微波食品	托 I T G 公
2698. **might** 名 能力 [maɪt] [might]	❶ might as well 不如	托 I T G 公
2699. **mighty** 形 強大的 [`maɪtɪ] [mighty]	He looks bright and mighty. 他看上去趾高氣昂。 ⇦bright(130)	托 I T G 公
2700. **mill** 名 動 磨坊 [mɪl] [mill]	❶ mill around 閒逛	托 I T G 公
2701. **millionaire** 名 百萬 富翁 [ˌmɪljən`ɛr] [mil·lion·aire]	She marries a millionaire. 她嫁給百萬富翁。 ⇦marry(533)	托 I T G 公
2702. **miner** 名 礦工 [`maɪnə] [min·er]	I can't believe he is a coal miner. 我不相信他是煤礦工人。	托 I T G 公
2703. **minor** 形 較小的 動 兼修 [`maɪnə] [mi·nor]	動詞變化 minor-minored-minored ❶ minor in 輔修	托 I T G 公
2704. **minority** 名 少數人 [maɪ`nɔrətɪ] [mi·nor·i·ty]	❶ minority leader 少數黨領袖	托 I T G 公
2705. **miracle** 名 奇蹟 [`mɪrək!] [mir·a·cle]	❶ take a miracle 天方夜譚	托 I T G 公
2706. **misery** 名 悲慘 [`mɪzərɪ] [mis·ery]	❶ make one's life a misery 讓人痛苦	托 I T G 公
2707. **missile** 名 導彈 [`mɪs!] [mis·sile]	He is curious about a missile base. 他對導彈基地很好奇。	托 I T G 公
2708. **missing** 形 失蹤的 [`mɪsɪŋ] [miss·ing]	(MP3) 3-31	He never found the missing dog. 他再也找不到那隻失蹤的狗。	托 I T G 公

2709.
mission 名 任務
[ˋmɪʃən] [mis·sion]

❶ mission accomplished 任務完成　托 I T G 公

2710.
mist 名 霧
[mɪst] [mist]

❶ black mist 黑霧（政界貪污等）　托 I T G 公

2711.
mixture 名 混合物
[ˋmɪkstʃɚ] [mix·ture]

❶ cough mixture 止咳藥水　托 I T G 公

2712.
mob 名 暴民
[mɑb] [mob]

He is an unruly mob.
他是個失控的暴民。　托 I T G 公

2713.
mobile 形 可動的
[ˋmobɪl] [mo·bile]

She is talking on the mobile phone.
她正在講手機。　托 I T G 公

2714.
moist 形 潮濕的
[mɔɪst] [moist]

The girl's eyes are moist with tears.
這女孩雙眼充滿淚水。　托 I T G 公

⇨tear(1984)

2715.
moisture 名 溼氣
[ˋmɔɪstʃɚ] [mois·ture]

❶ retain moisture 保持水分　托 I T G 公

⇨retain(4106)

2716.
monk 名 僧侶
[mʌŋk] [monk]

❶ Buddhist monk 佛教僧侶　托 I T G 公

2717.
mood 名 心情
[mud] [mood]

She had a bad mood.
她心情不好。　托 I T G 公

2718.
mop 名 拖把 動 拖地
[mɑp] [mop]

動詞變化 mop-mopped-mopped
Please mop your room now.
請現在去拖地。　托 I T G 公

2719.
moral 形 道德上的
[ˋmɔrəl] [mor·al]

Neil is a moral man.
尼爾是品行端正的人。　托 I T G 公

2720.
motel 名 汽車旅館
[moˋtɛl] [mo·tel]

This is his first time to stay at a motel.
這是他第一次住汽車旅館。　托 I T G 公

2721.
motor 名 馬達
[ˋmotɚ] [mo·tor]

❶ motor insurance 汽車保險　托 I T G 公

LEVEL
3

2722. **murder** 動 謀殺 [`mɝdɚ] [mur·der]	動詞變化 murder-murdered- murdered The man was murdered. 男子被謀殺了。	托 I T G 公
2723. **muscle** 名 肌肉 [`mʌsl̩] [mus·cle]	❶ flex one's muscle 顯示實力	托 I T G 公
2724. **mushroom** 名 洋菇 [`mʌʃrum] [mush·room]	Actually, Vic doesn't like mushrooms. 事實上，維克不喜歡洋菇。	托 I T G 公
2725. **musical** 形 音樂的 [`mjuzɪkl̩] [mu·si·cal]	❶ musical voice 指聲音悅耳 ⇦voice(973)	托 I T G 公
2726. **mystery** 名 神祕 [`mɪstərɪ] [mys·tery]	She took a mystery tour last night. 她昨晚去夜遊。	托 I T G 公

Nn ▼ 托 TOEFL、I IELTS、T TOEIC、G GEPT、公 公務人員考試

2727. **nanny** 名 保姆 (MP3) [`nænɪ] [nan·ny] 3-32	Make sure when the nanny is coming. 去確定保姆何時要來。	托 I T G 公
2728. **nap** 名 午睡 [næp] [nap]	The farmer took a nap in the afternoon. 農夫在下午小憩。	托 I T G 公
2729. **native** 形 天生的 [`netɪv] [na·tive]	❶ a native speaker 母語使用人 ⇦speaker(1924)	托 I T G 公
2730. **navy** 名 海軍 [`nevɪ] [na·vy]	Bill considers joining the navy. 比爾考慮加入海軍。 ⇦consider(1242)	托 I T G 公
2731. **necessity** 名 必需品 [nə`sɛsətɪ] [ne·ces·si·ty]	❶ make a virtue of necessity 遷就不如意之事 ⇨virtue(4256)	托 I T G 公
2732. **necktie** 名 領帶 [`nɛk͵taɪ] [neck·tie]	Your necktie is special. 你的領帶很特別。	托 I T G 公

2733.
neighborhood 名
鄰近地區
[ˈnebɚˌhud]
[neigh·bor·hood]

They live in a convenient neighborhood.
他們住在便利的社區。

托 I T G 公

⇦convenient(1247)

2734.
nerve 名 神經
[nɝv] [nerve]

❶ a bag of nerves 非常緊張

托 I T G 公

2735.
nervous 形
緊張不安的
[ˈnɝvəs] [nerv·ous]

You look so nervous.
你看起來超緊張的。

托 I T G 公

2736.
network 名 網路
[ˈnɛtˌwɝk] [net·work]

❶ broadband network 寬頻網路

托 I T G 公

2737.
nickname 名 動 綽號
[ˈnɪkˌnem] [nick·name]

動詞變化 nickname-nicknamed-nicknamed

She was nicknamed "Snow White" before.
她之前綽號叫白雪公主。

托 I T G 公

2738.
noble 形 貴族的
[ˈnobl̩] [no·ble]

Sean is a noble leader.
席恩是偉大領袖。

托 I T G 公

⇦leader(489)

2739.
normal 形 正常的
[ˈnɔrml̩] [nor·mal]

❶ as per normal 照慣例

托 I T G 公

2740.
novelist 名 小說家
[ˈnɑvl̩ɪst] [nov·el·ist]

King Stephen is a popular novelist.
史蒂芬金是受歡迎的小說家。

托 I T G 公

⇨popular(2817)

2741.
nun 名 修女；尼姑
[nʌn] [nun]

He met a nun in the mountains.
他在山裡遇到尼姑。

托 I T G 公

⇦mountain(566)

Oo
▼ 托 TOEFL、I IELTS、T TOEIC、G GEPT、公 公務人員考試

2742.
oak 名 橡樹
[ok] [oak]

This door is made of oak.
這門是橡木製的。

托 I T G 公

LEVEL **3**

2743.
observe 動 觀察
[əbˈzɝv] [ob·serve]

動詞變化 observe-observed-observed
❶ observe Ving 觀察某動作

托 I T G 公

2744.
obvious 形 顯然的
[ˈɑbvɪəs] [ob·vi·ous]

❶ It is obvious… …顯然

托 I T G 公

2745.
occasion 名 場合
[əˈkeʒən] [oc·ca·sion]

❶ a sense of occasion 隆重氣氛

托 I T G 公

⇨sense(769)

2746.
odd 形 古怪的
[ɑd] [odd]

❶ an old fish 古怪的人

托 I T G 公

⇨fish(324)

2747.
onto 介 到…之上
[ˈɑntu] [on·to]

He has been onto her to clean the house.
他一直催促她打掃房子。
❶ be onto sb. 與～談話

托 I T G 公

⇨clean(180)

2748.
operator 名
操作者
[ˈɑpəˌretə] [op·er·a·tor]

(MP3) 3-33

❶ tour operator 旅行社（英式用法）

托 I T G 公

⇨tour(2019)

2749.
opportunity 名
機會
[ˌɑpəˈtjunətɪ]
[op·por·tu·ni·ty]

❶ equal opportunity 機會均等

托 I T G 公

⇨equal(282)

2750.
opposite 形 相對的
[ˈɑpəzɪt] [op·po·site]

❶ the opposite sex 異性

托 I T G 公

⇨sex(2960)

2751.
optimistic 形 樂觀的
[ˌɑptəˈmɪstɪk] [op·ti·mis·tic]

She is always optimistic.
她一直都很樂觀。

托 I T G 公

2752.
origin 名 起源
[ˈɔrədʒɪn] [or·i·gin]

❶ country of origin 原產國

托 I T G 公

⇨country(204)

2753.
original 形 起初的
[əˈrɪdʒənḷ] [orig·i·nal]

❶ an original painting 真畫

托 I T G 公

⇨painting(1708)

2754.
orphan 名 孤兒
[`ɔrfən] [or·phan]

Fred lived with his aunt because he was an orphan.
費德和伯母住，因為他是孤兒。

托 I T G 公

⇦aunt(60)

2755.
ought to 助 應該

You ought to clean your house.
你應該要打掃房子了。

托 I T G 公

2756.
outdoor 形 戶外的
[`aut.dor] [out·door]

❶ outdoor swimming poor
戶外游泳池

托 I T G 公

2757.
outdoors 副 在戶外
[`aut`dorz] [out·doors]

Why not enjoy the great outdoors?
何不享受這郊外？

托 I T G 公

2758.
outer 形 外部的
[`autə] [out·er]

❶ outer space 外太空

托 I T G 公

⇦space(847)

LEVEL 3

2759.
outline 名 外形
[`aut.laɪn] [out·line]

❶ outline map 草圖

托 I T G 公

2760.
overcoat 名 大衣
[`ovə.kot] [over·coat]

He wore an expensive overcoat at the party.
他在派對上穿長大衣。

托 I T G 公

2761.
owe 動 積欠
[o] [owe]

動詞變化 owe-owed-owed
The man still owed $5000 to his sister.
他還欠他姐姐五千元。

托 I T G 公

2762.
ownership 名
所有權
[`onə.ʃɪp] [own·er·ship]

❶ public ownership 公有制

托 I T G 公

⇦public(691)

Pp ▼ 托 TOEFL、I IELTS、T TOEIC、G GEPT、公 公務人員考試

2763.
pad 名 墊子
[pæd] [pad]

❶ crash pad 臨時住所

托 I T G 公

⇦crash(2325)

2764.
pail 名 桶
[pel] [pail]

❶ a pail of 一桶

托 I T G 公

2765.
pal 名 夥伴
[pæl] [pal]

He had some key pals. 托 I T G 公
他有幾個網友。

2766.
palace 名 宮殿
[`pælɪs] [pal·ace]

❶ picture palace 電影院 托 I T G 公

⇨picture(659)

2767.
pale 形 蒼白的
[pel] [pale]

She looks pale. 托 I T G 公
她臉色蒼白。

2768.
pancake 名
薄煎餅
[`pæn͵kek] [pan·cake]

🎧 3-34

The pancake tastes terrible. 托 I T G 公
這薄煎餅真難吃。

⇨terrible(1994)

2769.
panic 名 驚恐
[`pænɪk] [pan·ic]

❶ panic stations 慌亂情形 托 I T G 公

2770.
parade 名 遊行
[pə`red] [pa·rade]

❶ rain on one's parade 煞風景 托 I T G 公

2771.
paradise 名 天堂
[`pærə͵daɪs] [par·a·dise]

❶ fool's paradise 虛幻的幸福 托 I T G 公

2772.
parcel 名 包裹
[`pɑrsḷ] [par·cel]

There are two parcels for you, 托 I T G 公
Anne.
安，你有兩個包裹。

2773.
participate 動 參與
[pɑr`tɪsə͵pet]
[par·tic·i·pate]

動詞變化 participate-participated- 托 I T G 公
participated
He participated this meeting.
他參加這次的會議。

2774.
passage 名 通道
[`pæsɪdʒ] [pas·sage]

❶ bird of passage 過客 托 I T G 公

2775.
passion 名 熱情
[`pæʃən] [pas·sion]

❶ in a passion 盛怒之下 托 I T G 公

2776.
passport 名 護照
[`pæs͵port] [pass·port]

Do you bring your passport? 托 I T G 公
你帶護照了嗎？

2777. **password** 图 密碼 [ˈpæsˌwɝd] [pass·word]	He forgot his password. 他忘記密碼。	托 I T G 公
2778. **patience** 图 耐心 [ˈpeʃəns] [pa·tience]	Don't try her patience. 別讓她不耐煩。	托 I T G 公
2779. **pause** 图 動 暫停 [pɔz] [pause]	動詞變化 **pause-paused-paused** ❶ give pause 使猶豫	托 I T G 公
2780. **pave** 動 鋪 [pev] [pave]	動詞變化 **pave-paved-paved** ❶ pave the way 鋪路	托 I T G 公
2781. **pavement** 图 人行道 [ˈpevmənt] [pave·ment]	He is walking on the pavement. 他在人行道上走。	托 I T G 公
2782. **paw** 图 動 腳爪 [pɔ] [paw]	動詞變化 **paw-pawed-pawed** The cat paws at her shirt. 這隻貓抓她的裙子。 ⇦shirt(789)	托 I T G 公
2783. **pay** 图 動 薪水 [pe] [pay]	動詞變化 **pay-paid-paid** ❶ pay its way 收支平衡	托 I T G 公
2784. **pea** 图 豌豆 [pi] [pea]	He drank a bowl of pea soup after school. 放學後他喝碗豌豆湯。	托 I T G 公
2785. **peak** 图 山頂 [pik] [peak]	❶ peak time 高峰期	托 I T G 公
2786. **pearl** 图 珍珠 [pɝl] [pearl]	❶ a pearl of wisdom 妙語如珠 ⇨wisdom(3187)	托 I T G 公
2787. **peel** 動 剝皮 [pil] [peel]	動詞變化 **peel-peeled-peeled** He peels a banana for his mom. 他幫媽媽剝香蕉。	托 I T G 公
2788. **peep** 動 偷看 [pip] [peep]	(MP3) 3-35	動詞變化 **peep-peeped-peeped** ❶ peep out 漸漸出現	托 I T G 公
2789. **penny** 图 便士 [ˈpɛnɪ] [pen·ny]	❶ not a penny 不用錢	托 I T G 公

LEVEL
3

2790. **perform** 勔 表演 [pə`fɔrm] [per·form]	動詞變化 **perform-performed-** **performed** Sue performs an important role in our team. 蘇在小組裡扮演重要角色。 ⇨role(1850)	托 I T G 公
2791. **performance** 名 表演 [pə`fɔrməns] [per·for·mance]	**●** high performance 高性能	托 I T G 公
2792. **permission** 名 許可 [pə`mɪʃən] [per·mis·sion]	**●** ask permission for 詢問～許可	托 I T G 公
2793. **permit** 勔 容許 名 許可證 [pə`mɪt]/[`pɜmɪt] [per·mit]	動詞變化 **permit-permitted-** **permitted** **●** work permit 工作許可證	托 I T G 公
2794. **personality** 名 個性 [ˌpɜsn̩`ælətɪ] [per·son·al·i·ty]	The mad had a strong personality. 這男子個性很強。	托 I T G 公
2795. **persuade** 勔 說服 [pə`swed] [per·suade]	動詞變化 **persuade-persuaded-** **persuaded** She tried to persuade him. 她試著說服他。	托 I T G 公
2796. **pest** 名 害蟲；討厭者 [pɛst] [pest]	The boss is being a pest. 這老闆真討厭。	托 I T G 公
2797. **pickle** 名 醃漬物 [`pɪkl̩] [pick·le]	**●** dill pickle 醃黃瓜	托 I T G 公
2798. **pill** 名 藥丸 [pɪl] [pill]	**●** bitter pill to swallow 不得不忍受的苦 ⇨bitter(1136) ⇨swallow(1969)	托 I T G 公
2799. **pilot** 名 飛行員 [`paɪlət] [pi·lot]	He wants to be a pilot in the future. 未來他想當飛行員。 ⇨future(1449)	托 I T G 公
2800. **pine** 名 松樹 [paɪn] [pine]	**●** pine away 憔悴	托 I T G 公

2801. **pint** 名 品脫 [paɪnt] [pint]	His wife bought a pint of milk. 他老婆買了一品脫的牛奶。	托ITG公
2802. **pit** 名 坑洞 [pɪt] [pit]	❶ a bottomless pit 無底洞	托ITG公
2803. **pity** 名 同情 [ˋpɪtɪ] [pit‧y]	It is a pity. 真可惜。	托ITG公
2804. **plastic** 形 塑膠 [ˋplæstɪk] [plas‧tic]	Give me a plastic bag. 給我一個塑膠袋。	托ITG公
2805. **plenty** 名 充分 [ˋplɛntɪ] [plen‧ty]	❶ in plenty 大量	托ITG公
2806. **plug** 名 動 插頭 [plʌg] [plug]	動詞變化 plug-plugged-plugged ❶ plug away at 埋首苦幹	托ITG公
2807. **plum** 名 李子 [plʌm] [plum]	A bag of plum is two hundred dollars. 一袋李子兩百元。	托ITG公
2808. **plumber** 名 水管工 [ˋplʌmə] [plumb‧er]	(MP3) 3-36	He is a hard-working plumber. 他是努力的水管工。	托ITG公
2809. **pole** 名 杆 [pol] [pole]	She bought a ski pole in the store. 她在店裡買滑雪杖。 ⇨ski(2985)	托ITG公
2810. **political** 形 政治的 [pəˋlɪtɪkl̩] [po‧lit‧i‧cal]	Emma became political after she graduated. 艾瑪畢業後變得對政治很熱中。 ⇨graduate(2514)	托ITG公
2811. **politician** 名 政治家 [͵pɑləˋtɪʃən] [pol‧i‧ti‧cian]	Her father is a politician. 她爸爸是政治家。	托ITG公
2812. **politics** 名 政治學 [ˋpɑlətɪks] [pol‧i‧tics]	❶ power politics 強權外交	托ITG公

LEVEL
3

2813. **poll** 名 民調 [pol] [poll]	● straw poll 非正式民意測驗　　托 **I** **T** **G** △ ⇦straw(1947)
2814. **pollute** 動 污染 [pə`lut] [pol·lute]	動詞變化 **pollute-polluted-**　　托 **I** **T** **G** △ **polluted** ● pollute with 被～污染
2815. **pony** 名 小馬 [`poni] [po·ny]	● on Shank's pony 徒步　　托 **I** **T** **G** △
2816. **pop** 形 流行的 [pɑp] [pop]	He is listening to pop music.　　托 **I** **T** **G** △ 他正在聽流行樂。
2817. **popular** 形 流行的 [`pɑpjələ] [pop·u·lar]	Kelly is popular with boys.　　托 **I** **T** **G** △ 凱莉很受男孩歡迎。
2818. **porcelain/china** 名 瓷器 [`pɔrslɪn]/[`tʃaɪnə] [por·ce·lain]/[china]	It is an expensive porcelain　　托 **I** **T** **G** △ figure. 那是昂貴的瓷像。 ⇦figure(1410)
2819. **portion** 名 部分 [`porʃən] [por·tion]	● portion out 分類　　托 **I** **T** **G** △
2820. **portrait** 名 肖像畫 [`portret] [por·trait]	Paul is a portrait painter.　　托 **I** **T** **G** △ 保羅是肖像畫家。
2821. **postage** 名 郵資 [`postɪdʒ] [post·age]	How much was the postage on　　托 **I** **T** **G** △ the packages? 這些包裹郵資多少錢？
2822. **poster** 名 海報 [`postə] [post·er]	● poster child 典型　　托 **I** **T** **G** △
2823. **postpone** 動 延遲 [post`pon] [post·pone]	動詞變化 **postpone-postponed-**　　托 **I** **T** **G** △ **postponed** The party has been postponed two times. 這場派對已經延期兩次。

2824.
postponement 名
延遲
[post`ponmənt]
[post·pone·ment]

❶ postponement strategy 延遲策略　托 I T G 公

⇨strategy(3040)

2825.
pottery 名 陶器
[`patərı] [pot·tery]

Rita sent Amy a piece of pottery.　托 I T G 公
蕾塔寄給艾咪一件陶器。

⇨piece(661)

2826.
pour 動 倒
[por] [pour]

動詞變化 **pour-poured-poured**　托 I T G 公
❶ pour out 併發

2827.
poverty 名 貧窮
[`pavətı] [pov·er·ty]

He lived in poverty when he was　托 I T G 公
a student.
當他是學生時，他生活於貧困中。

2828.
powder 名 粉　(MP3)
[`paudɚ] [pow·der]　3-37

❶ keep one's powder 枕戈待旦　托 I T G 公

2829.
practical 形 實用的
[`præktɪkḷ] [prac·ti·cal]

It is practical.　托 I T G 公
這很實用。

2830.
prayer 名 禱告
[prɛr] [prayer]

❶ on a wing and a prayer　托 I T G 公
　成功機會很少

⇨wing(2091)

2831.
precious 形 珍貴的
[`prɛʃəs] [pre·cious]

Bill saw a precious vase in Gina's　托 I T G 公
house.
比爾在吉娜家看到一只稀世珍寶。

⇨vase(3151)

2832.
preparation 名
準備
[ˌprɛpə`reʃən]
[prep·a·ra·tion]

❶ in preparation for 準備中　托 I T G 公

2833.
pressure 名 壓力
[`prɛʃɚ] [pres·sure]

❶ put pressure on sb. 強迫　托 I T G 公

2834.
pretend 動 假裝
[prɪ`tɛnd] [pre·tend]

動詞變化 **pretend-pretended-**
pretended　托 I T G 公
He pretends he doesn't care.
他假裝不在意。

⇨care(156)

LEVEL
3

2835. **prevent** 勔 預防 [prɪˋvɛnt] [pre·vent]	動詞變化 **prevent-prevented-prevented** ❶ prevent from 制止	托 I T G 公
2836. **previous** 形 先前的 [ˋprivɪəs] [pre·vi·ous]	❶ previous to 在～以前	托 I T G 公
2837. **priest** 名 牧師；神父 [prist] [priest]	Jack is a parish priest. 傑克是堂區司鐸。	托 I T G 公
2838. **primary** 形 最初的、主要的 [ˋpraɪˏmɛrɪ] [pri·ma·ry]	What is the primary cause? 最初的原因為何？ ⇦cause(162)	托 I T G 公
2839. **probable** 形 很可能發生的 [ˋprɑbəbļ] [prob·a·ble]	It is high probable. 那是極有可能的。	托 I T G 公
2840. **process** 名 過程 [ˋprɑsɛs] [pro·cess]	❶ mental process 思維過程 ⇦mental(2691)	托 I T G 公
2841. **product** 名 產品 [ˋprɑdəkt] [prod·uct]	❶ actual product 有形商品	托 I T G 公
2842. **profit** 名 利潤 [ˋprɑfɪt] [prof·it]	❶ gross profit 毛利 ⇨gross(4693)	托 I T G 公
2843. **program** 名 節目 [ˋprogræm] [pro·gram]	What TV program do you like to watch? 你愛看什麼節目？	托 I T G 公
2844. **promote** 勔 促進 [prəˋmot] [pro·mote]	動詞變化 **promote-promoted-promoted** Donny was promoted last week. 東尼上星期被升官。	托 I T G 公
2845. **proof** 名 證據 [pruf] [proof]	❶ burden of proof 舉證責任 ⇦burden(2233)	托 I T G 公
2846. **proper** 形 適當的 [ˋprɑpɚ] [prop·er]	❶ good and proper 徹底	托 I T G 公

2847. **property** 名 財產 [ˈprɑpɚtɪ] [prop·er·ty]	Gary's uncle is a property developer. 蓋瑞的伯父是房地產開發商。	托 I T G 公
2848. **proposal** 名 (MP3 3-38) 提議 [prəˈpozḷ] [pro·pos·al]	● submit a proposal 提交建議 ⇨submit(5212)	托 I T G 公
2849. **protection** 名 保護 [prəˈtɛkʃən] [pro·tec·tion]	● virus protection 防毒軟體	托 I T G 公
2850. **protective** 形 保護的 [prəˈtɛktɪv] [pro·tec·tive]	Running shoes are protective towards your feet when you do exercise. 運動時穿運動鞋可以保護你的雙腳。 ⇦exercise(1385)	托 I T G 公
2851. **pub** 名 酒吧 [pʌb] [pub]	Do you want to go to the pub with me? 你想和我去酒吧嗎？	托 I T G 公
2852. **punch** 名 動 以拳頭重擊 [pʌntʃ] [punch]	動詞變化 **punch-punched-punched** ● land a pouch 擊中	托 I T G 公
2853. **pure** 形 純粹的 [pjur] [pure]	The shirt you bought is pure silk. 你買的襯衫是真絲的。 ⇦silk(1893)	托 I T G 公
2854. **pursue** 動 追捕 [pɚˈsu] [pur·sue]	動詞變化 **pursue-pursued-pursued** The police pursued the thief at night. 警方在半夜追捕小偷。 ⇦police(673) ⇦thief(2001)	托 I T G 公

Qq ▼ 托TOEFL、I IELTS、T TOEIC、G GEPT、公 公務人員考試

2855. **quarrel** 名 動 爭吵 [ˈkwɔrəl] [quar·rel]	動詞變化 **quarrel-quarreled-quarreled** ● pick a quarrel 爭吵 ⇦pick(1738)	托 I T G 公
2856. **queer** 形 奇怪的 [kwɪr] [queer]	● a queer fish 怪人	托 I T G 公

LEVEL 3

2857. **quote** 動 引用 [kwot] [quote]	動詞變化 **quote-quoted-quoted** 托 I T G 公 The writer quoted a passage from the host. 作者引用主持人的一段話。 <div align="right">⇦passage(2774)</div>

Rr
▼ 托TOEFL、I IELTS、T TOEIC、G GEPT、公公務人員考試

2858. **racial** 形 種族的 [`reʃəl] [ra‧cial]	❶ racial discrimination 種族歧視 托 I T G 公 <div align="right">⇦discrimination(5670)</div>
2859. **radar** 名 雷達 [`redɑr] [ra‧dar]	Vic is a radar operator. 托 I T G 公 他是雷達操作員。 <div align="right">⇦operator(2748)</div>
2860. **rag** 名 破布 [ræg] [rag]	❶ glad rags 禮服 托 I T G 公
2861. **raisin** 名 葡萄乾 [`rezn̩] [rai‧sin]	He ordered a bag of raisins. 托 I T G 公 他買一袋葡萄乾。
2862. **rank** 名 等級 [ræŋk] [rank]	We are llooking for a taxi rank. 托 I T G 公 我們正在找計程車停車處。
2863. **rate** 名 比率 [ret] [rate]	❶ at a rate of knots 飛快地 托 I T G 公 <div align="right">⇦knot(2624)</div>
2864. **raw** 形 生的 [rɔ] [raw]	Some people get a raw deal. 托 I T G 公 有些人會受到不公平待遇。
2865. **ray** 名 光線 [re] [ray]	❶ a ray of sunshine 托 I T G 公 帶給人快樂之人事物
2866. **razor** 名 剃刀 [`rezɚ] [ra‧zor]	❶ on a razor edge 處於十分危險中 托 I T G 公 <div align="right">⇦edge(269)</div>
2867. **react** 動 反應 [rɪ`ækt] [re‧act]	動詞變化 **react-reacted-reacted** 托 I T G 公 We don't know how she reacted. 我不知道她做何反應。
2868. **reaction** 名 反應 MP3 [rɪ`ækʃən] [re‧ac‧tion] 3-39	❶ chain reaction 連鎖反應 托 I T G 公 <div align="right">⇦chain(2256)</div>

2869. **reasonable** 形 合理的 [ˈriznəbl] [rea·son·able]	It is reasonable to assume that she did it on purpose. 有理由認為她是故意做的。 ⇦purpose(694) ⇨assume(3276)	托 I T G 公
2870. **receipt** 名 收據 [rɪˈsit] [re·ceipt]	This is your receipt. 這是你的收據。	托 I T G 公
2871. **receiver** 名 收件人 [rɪˈsivə] [re·ceiv·er]	❶ telephone receiver 聽筒	托 I T G 公
2872. **recognize** 動 認出 [ˈrɛkəɡˌnaɪz] [rec·og·nize]	動詞變化 **recognize-recognized-recognized** He recognized her by her voice. 他由她的聲音認出她來。	托 I T G 公
2873. **recorder** 名 錄音機 [rɪˈkɔrdə] [re·cord·er]	A tape recorder is cheaper now. 錄音機現在很便宜。 ⇦tape(1979)	托 I T G 公
2874. **recover** 動 重新獲得 [rɪˈkʌvə] [re·cov·er]	動詞變化 **recover-recovered-recovered** ❶ recover from sth. 從某事恢復	托 I T G 公
2875. **reduce** 動 減輕 [rɪˈdjus] [re·duce]	動詞變化 **reduce-reduced-reduced** ❶ reduce sth. to sth. 簡化為	托 I T G 公
2876. **regional** 形 地區的 [ˈridʒənl] [re·gion·al]	❶ regional variations 地區差異 ⇨variation(6404)	托 I T G 公
2877. **regret** 名 動 後悔 [rɪˈɡrɛt] [re·gret]	動詞變化 **regret-regretted-regretted** ❶ with regret 遺憾地	托 I T G 公
2878. **relate** 動 和…有關 [rɪˈlet] [re·late]	動詞變化 **relate-related-related** It is easy to relate the two stories. 把這兩個故事連接一起很簡單。	托 I T G 公
2879. **relax** 動 放鬆 [rɪˈlæks] [re·lax]	動詞變化 **relax-relaxed-relaxed** Just relax and take a rest. 放鬆一下，然後休息吧。	托 I T G 公
2880. **release** 動 釋放 [rɪˈlis] [re·lease]	動詞變化 **release-released-released** ❶ release sb. from 將某人救出	托 I T G 公

LEVEL
3

2881. **reliable** 形 可靠的 [rɪˋlaɪəbl̩] [re‧li‧able]	The teacher is reliable. 這老師很可靠。　　　　托 I T G 公
2882. **relief** 名 解除 [rɪˋlif] [re‧lief]	❶ tax relief 稅務減免　　　　托 I T G 公
2883. **religion** 名 宗教 [rɪˋlɪdʒən] [re‧li‧gion]	❶ get religion 突然有信仰　　　　托 I T G 公
2884. **religious** 形 宗教的 [rɪˋlɪdʒəs] [re‧li‧gious]	Do you have religious beliefs?　托 I T G 公 你有宗教信仰嗎？ ⇨belief(1126)
2885. **rely** 動 依賴 [rɪˋlaɪ] [re‧ly]	動詞變化 **rely-relied-relied**　　托 I T G 公 ❶ rely on 依靠
2886. **remain** 動 餘留 [rɪˋmen] [re‧main]	動詞變化 **remain-remained-**　托 I T G 公 　　　　　　**remained** The movie tickets will remain unchanged. 電影票會保持不變。 ⇨ticket(925)
2887. **remind** 動 提醒 [rɪˋmaɪnd] [re‧mind]	動詞變化 **remind-reminded-**　托 I T G 公 　　　　　　**reminded** Remind her about it tomorrow. 明天提醒她那件事情。
2888. **remote** 形 遙遠的 (MP3) [rɪˋmot] [re‧mote]　3-40	He lived near a remote beach.　托 I T G 公 他住在靠近偏僻海邊。
2889. **remove** 動 去掉 [rɪˋmuv] [re‧move]	動詞變化 **remove-removed-**　托 I T G 公 　　　　　　**removed** ❶ far removed from sth. 與～不相干
2890. **renew** 動 更新 [rɪˋnju] [re‧new]	動詞變化 **renew-renewed-renewed** 托 I T G 公 ❶ renew a contract 續簽合約 ⇨contract(2320)
2891. **rent** 名 租金 [rɛnt] [rent]	❶ free for rent 免租金　　　　托 I T G 公

2892.
repair 名動 修理
[rɪ`pɛr] [re·pair]

動詞變化 **repair-repaired-repaired** 托ITG公
❶ in good repair 狀況良好

2893.
replace 動 取代
[rɪ`ples] [re·place]

動詞變化 **replace-replaced-replaced** 托ITG公
❶ replace by 以代替

2894.
replacement 名
取代
[rɪ`plesmənt]
[re·place·ment]

She needs to find a replacement 托ITG公
for the secretary.
她需要找到一個替代祕書的人。

⇦secretary(1871)

2895.
represent 動 代表
[͵rɛprɪ`zɛnt] [rep·re·sent]

動詞變化 **represent-represented-represented** 托ITG公
Each color represents a different meaning.
每個顏色代表不同意義。

2896.
representative 名
動 代表的
[rɛprɪ`zɛntətɪv]
[rep·re·sen·ta·tive]

❶ sale representative 銷售代表 托ITG公

LEVEL
3

2897.
republic 名 共和國
[rɪ`pʌblɪk] [re·pub·lic]

Banana Republic is a famous 托ITG公
brand.
香蕉共和國是著名的品牌。

⇦brand(1154)

2898.
request 動 要求
[rɪ`kwɛst] [re·quest]

動詞變化 **request-requested-requested** 托ITG公
He is requested not to sing in the room.
他被請求不要在屋內唱歌。

2899.
reserve 動 保留
[rɪ`zɝv] [re·serve]

動詞變化 **reserve-reserved-reserved** 托ITG公
❶ reserve a table 訂位子

2900.
resist 動 抵抗
[rɪ`zɪst] [re·sist]

動詞變化 **resist-resisted-resisted** 托ITG公
He couldn't resist it.
他忍不住。

2901.
resource 名 資源
[rɪ`sors] [re·source]

❶ human resources management 托ITG公
人力資源管理

⇦management(2670)

2902.
respond 動 回答
[rɪ`spand] [re·spond]

動詞變化 **respond-responded-responded**
➊ respond to 對～有反應
托 I T G 公

2903.
response 名 回答
[rɪ`spans] [re·sponse]

➊ in response to 對～作反應
托 I T G 公

2904.
responsibility 名
責任
[rɪˌspansə`bɪlətɪ]
[re·spon·si·bil·i·ty]

➊ take responsibility for 對～負責
托 I T G 公

2905.
restrict 動 限制
[rɪ`strɪkt] [re·strict]

動詞變化 **restrict-restricted-restricted**
➊ restrict one's freedom 限制某人自由
托 I T G 公

⇨freedom(1442)

2906.
reveal 動 顯示
[rɪ`vil] [re·veal]

動詞變化 **reveal-revealed-revealed**
➊ reveal one's hand 攤牌
托 I T G 公

2907.
ribbon 名 絲帶
[`rɪbən] [rib·bon]

The little girl wore a pink ribbon in her hair this morning.
今天早上，這小女孩頭上綁粉紅色絲帶。
托 I T G 公

2908.
rid 動 擺脫
[rɪd] [rid]

(MP3) 3-41

動詞變化 **rid-rid-rid**
➊ get rid of 擺脫
托 I T G 公

2909.
riddle 名 謎語
[`rɪdl̩] [rid·dle]

Talk in riddles.
拐彎抹角。
托 I T G 公

2910.
ripe 形 成熟的
[raɪp] [ripe]

➊ a ripe old age of ～的高齡
托 I T G 公

2911.
risk 名 風險
[rɪsk] [risk]

➊ at risk 冒風險
托 I T G 公

2912.
roar 動 吼叫
[ror] [roar]

動詞變化 **roar-roared-roared**
➊ roar for 高聲要求
托 I T G 公

2913.
roast 動 烘烤
[rost] [roast]

動詞變化 **roast-roasted-roasted**
Let's roast a chicken for supper.
讓我們晚餐吃烤雞。
托 I T G 公

⇨chicken(172)

2914. **rob** 動 搶劫 [rɑb] [rob]	動詞變化 **rob-robbed-robbed** ❶ rob one's blind 騙錢	托 I T G 公
		↪blind(1139)
2915. **robber** 名 強盜 [ˋrɑbɚ] [rob·ber]	The robber is running fast on the street. 強盜在接上迅速奔跑。	托 I T G 公
2916. **robbery** 名 搶案 [ˋrɑbərɪ] [rob·bery]	❶ daylight robbery 敲竹槓	托 I T G 公
2917. **robe** 名 長袍 [rob] [robe]	He wears a robe after shower. 淋浴後他穿長袍。	托 I T G 公
2918. **rocket** 名 火箭 [ˋrɑkɪt] [rock·et]	❶ give one a rocket 痛罵	托 I T G 公
2919. **romantic** 形 浪漫的 [rəˋmæntɪk] [ro·man·tic]	They had a romantic candlelit dinner. 他們共度浪漫的燭光晚餐。	托 I T G 公
2920. **rot** 動 腐敗 [rɑt] [rot]	動詞變化 **rot-rotted-rotted** ❶ rot away 爛掉	托 I T G 公
2921. **rotten** 形 腐化的 [ˋrɑtn̩] [rot·ten]	❶ a rotten apple 害群之馬	托 I T G 公
2922. **rough** 形 粗糙的 [rʌf] [rough]	❶ in rough 大致上	托 I T G 公
2923. **routine** 名 例行公事 [ruˋtin] [rou·tine]	❶ get into routine 按時	托 I T G 公
2924. **rug** 名 小地毯 [rʌg] [rug]	❶ sweep sth. under the rug 掩蓋某事	托 I T G 公
		↪sweep(1972)
2925. **rumor** 名 謠言 [ˋrumɚ] [ru·mor]	❶ rumor has it that 據說	托 I T G 公

LEVEL
3

躺著背單字7,000

| 2926.
rust 名動 鐵鏽
[rʌst] [rust] | 動詞變化 **rust-rusted-rusted** 托 I T G 公
❶ rust away 鏽壞 |
| 2927.
rusty 形 生鏽的
[ˋrʌstɪ] [rusty] | The man found a rusty car in the 托 I T G 公
forest.
男子在森林裡發現生鏽的車子。 |

Ss ▼ 托TOEFL、I IELTS、T TOEIC、G GEPT、公 公務人員考試

2928. **sack** 名 粗布袋 (MP3) [sæk] [sack] 3-42	❶ get the sack 被解僱 托 I T G 公
2929. **sake** 名 緣故 [sek] [sake]	❶ for the sake of 為了 托 I T G 公
2930. **salary** 名 薪水 [ˋsælərɪ] [sal·a·ry]	She got a 5% salary increase. 托 I T G 公 她加薪百分之五。 ⇦increase(1529)
2931. **satisfactory** 名 令人滿意 [͵sætɪsˋfæktərɪ] [sat·is·fac·to·ry]	❶ deal with satisfactory 滿意處理 托 I T G 公 ⇦deal(224)
2932. **saucer** 名 托盤 [ˋsɔsɚ] [sau·cer]	❶ flying saucer 飛碟 托 I T G 公
2933. **sausage** 名 臘腸 [ˋsɔsɪdʒ] [sau·sage]	❶ not a sausage 門都沒有 托 I T G 公
2934. **saving** 名 救助 [ˋsevɪŋ] [sav·ing]	❶ face saving 愛面子 托 I T G 公
2935. **scale** 名動 刻度 [skel] [scale]	動詞變化 **scale-scaled-scaled** 托 I T G 公 ❶ scale sth. down 縮小範圍
2936. **scarce** 形 稀少的 [skɛrs] [scarce]	Water is becoming scarce. 托 I T G 公 水源越來越缺少。
2937. **scarecrow** 名 稻草人 [ˋskɛr͵kro] [scare·crow]	There some scarecrows on the 托 I T G 公 farm. 農田上有些稻草人。

270

2938.
scarf 名 圍巾
[skɑrf] [scarf]

Jenny bought a scarf for her sister.
珍妮買條圍巾送給妹妹。

托 I T G 公

2939.
scary 形 駭人的
[`skɛrɪ] [scar·y]

Do you like to see scary movies?
你喜歡看恐怖電影嗎？

托 I T G 公

2940.
scatter 動 散佈
[`skætɚ] [scat·ter]

動詞變化 scatter-scattered-scattered

❶ scatter over 在～上面散佈

托 I T G 公

2941.
schedule 名 時刻表
[`skɛdʒʊl] [sched·ule]

Let me check my schedule.
讓我看看我的行程表。

托 I T G 公

2942.
scholar 名 學者
[`skɑlɚ] [schol·ar]

Mr. Wang is the best scholar in this field.
王先生是這領域中最棒的學者。

托 I T G 公

⇦field(1408)

2943.
scholarship 名 獎學金
[`skɑlɚˌʃɪp] [schol·ar·ship]

❶ win a scholarship 贏得獎學金

托 I T G 公

2944.
scientific 形 科學的
[ˌsaɪən`tɪfɪk] [sci·en·tif·ic]

She has been as scientific advisor for one year.
她當科學顧問一年囉。

托 I T G 公

⇦advisor(2128)

2945.
scoop 名 勺子
[skup] [scoop]

❶ one scoop of 一勺的

托 I T G 公

2946.
scout 名 童子軍
[skaut] [scout]

I can't believe James is a talent scout.
我不相信詹姆士是星探。

托 I T G 公

⇦talent(1975)

2947.
scream 動 尖叫
[skrim] [scream]

動詞變化 scream-screamed-screamed

The players scream with excitement.
選手興奮地尖叫。

托 I T G 公

⇦excitement(1383)

2948.
screw 名 螺絲
[skru] [screw]

(MP3) 3-43

❶ have/has a screw loose 行為古怪

托 I T G 公

⇦loose(2656)

LEVEL
3

2949. **scrub** 動 擦掉 [skrʌb] [scrub]	動詞變化 **scrub-scrubbed-** **scrubbed** ❶ scrub off 擦掉	托 I T G 公
2950. **seal** 名 海豹 [sil] [seal]	There is a colony of seals in an aquarium. 水族館有一群海豹。 ⇦aquarium(2149) ⇦colony(2292)	托 I T G 公
2951. **secondary** 形 第二的 [ˋsɛkənˌdɛrɪ] [sec·ond·ary]	❶ secondary source 二手資料 ⇦source(1920)	托 I T G 公
2952. **security** 名 安全 [sɪˋkjurətɪ] [se·cu·ri·ty]	❶ security risk 危險分子	托 I T G 公
2953. **seek** 動 尋找 [sik] [seek]	動詞變化 **seek-sought-sought** You have to seek your fortune. 你該出去闖闖。	托 I T G 公
2954. **seize** 動 抓 [siz] [seize]	動詞變化 **seize-seized-seized** The machine seized up this morning. 這台機器早上故障。 ⇦machine(524)	托 I T G 公
2955. **seldom** 副 很少 [ˋsɛldəm] [sel·dom]	He seldom goes to the library. 他鮮少去圖書館。	托 I T G 公
2956. **sensible** 形 可感覺的 [ˋsɛnsəb!] [sen·si·ble]	❶ be sensible of 感覺	托 I T G 公
2957. **sensitive** 形 敏感的 [ˋsɛnsətɪv] [sen·si·tive]	❶ touch a sensitive nerve 觸觸中要害 ⇦touch(941) ⇦nerve(2734)	托 I T G 公
2958. **separation** 名 分離 [ˌsɛpəˋreʃən] [sep·a·ra·tion]	❶ a clear separation 徹底分離	托 I T G 公
2959. **sew** 動 縫上 [so] [sew]	動詞變化 **sew-sewed-sewed** ❶ sew up 控制	托 I T G 公

2960.
sex 名 性
[sɛks] [sex]

托 I T G 公

❶ the fair sex 公平性

2961.
sexual 形 性慾的
[ˋsɛkʃuəl] [sex·u·al]

托 I T G 公

❶ sexual glands 性腺

2962.
sexy 形 性感的
[ˋsɛksɪ] [sexy]

托 I T G 公

He has a sexy smile.
他有性感笑容。

⇦smile(824)

2963.
shade 名 陰涼處
[ʃed] [shade]

托 I T G 公

❶ put one in the shade
使某人相形見絀

2964.
shadow 名 影子
[ˋʃædo] [shad·ow]

托 I T G 公

❶ under the shadow of 被～掩蓋

2965.
shady 形 陰暗的
[ˋʃedɪ] [shady]

托 I T G 公

He saw a shady character.
他看到可疑的人物。

⇦character(1192)

2966.
shallow 形 淺的
[ˋʃælo] [shal·low]

托 I T G 公

❶ shallow end of pool 淺水區

⇦pool(677)

2967.
shame 名 羞恥
[ʃem] [shame]

托 I T G 公

To my shame, I don't believe her.
令我慚愧的是，我不相信她。

2968.
shampoo 名
洗髮精
[ʃæmˋpu] [sham·poo]

MP3
3-44

❶ a shampoo and a set 洗髮做造型

托 I T G 公

2969.
shave 名 動 修剪
[ʃev] [shave]

托 I T G 公

動詞變化 shave-shaved-shaved
❶ a close shave 僥倖脫險

2970.
shepherd 名 牧人
動 帶領
[ˋʃɛpəd] [shep·herd]

托 I T G 公

動詞變化 shepherd-shepherded-
shepherded
The man shepherded Emma towards a seat.
男子帶領艾瑪位置上。

2971.
shiny 形 晴朗的
[ˋʃaɪnɪ] [shiny]

托 I T G 公

She has shiny black hair.
她有光亮的黑髮。

2972.
shorten 動 縮短
[ˋʃɔrtn] [short·en]

托 I T G 公

動詞變化 shorten-shortened-
shortened
❶ shorten version 簡短版本

LEVEL
3

2973. **shortly** 副 不久 [ˋʃɔrtlɪ] [short·ly]	He is leaving shortly. 他將離開。	托 I T G 公
2974. **shovel** 名 鏟子 [ˋʃʌvḷ] [shov·el]	He can't find a shovel in the store. 他在店裡找不到鏟子。	托 I **T G** 公
2975. **shrink** 動 收縮 [ʃrɪŋk] [shrink]	動詞變化 **shrink-shrank-shrunk** ❶ shrink from 迴避	托 I T G 公
2976. **sigh** 動 嘆息 [saɪ] [sigh]	動詞變化 **sigh-sighed-sighed** "Today is not my day," he sighed. 他嘆氣道：「今天運氣真不好。」	托 I T G 公
2977. **signal** 名 信號 [ˋsɪgṇl] [sig·nal]	❶ turn signal 方向燈	托 I T G 公
2978. **significant** 形 有意 義的 [sɪgˋnɪfəkənt] [sig·nif·i·cant]	❶ significant other 有特別關係的人	托 I T G 公
2979. **similarity** 名 類似 [͵sɪməˋlærətɪ] [sim·i·lar·i·ty]	Jason bears a similarity to his father. 傑森和他爸爸相似。	托 I T G 公
2980. **sin** 名 罪 [sɪn] [sin]	❶ moral sin 大罪 <div align="right">⇦moral(2719)</div>	托 I T G 公
2981. **sincere** 形 真誠的 [sɪnˋsɪr] [sin·cere]	❶ sincere regret 真誠的後悔 <div align="right">⇦regret(2877)</div>	托 I T G 公
2982. **sip** 動 啜飲 [sɪp] [sip]	動詞變化 **sip-sipped-sipped** Beth sipped her wine alone. 貝斯一人啜飲著酒。	托 I T G 公
2983. **situation** 名 情勢 [͵sɪtʃuˋeʃən] [sit·u·a·tion]	Can you explain the whole situation? 你能解釋整個情形嗎？	托 I T G 公
2984. **skate** 動 溜冰 [sket] [skate]	動詞變化 **skate-skated-skated** ❶ skate on the ice 如履薄冰	托 I T G 公
2985. **ski** 動 滑雪 [ski] [ski]	動詞變化 **ski-skied-skied** ❶ go skiing 去滑雪	托 I T G 公

2986.
skip 勔 略過
[skɪp] [skip]

動詞變化 **skip-skipped-skipped**
Skip a class.
翹課。

托 I T G 公

2987.
skyscraper 名 摩天
大樓
[`skaɪˌskrepɚ]
[sky・scrap・er]

There are many stories in a skyscraper.
摩天大樓裡有很多店面。

托 I T G 公

2988.
slave 名 奴隸
[slev] [slave]
3-45

● slave driver 刻薄老闆

托 I T G 公

2989.
sleeve 名 袖子
[sliv] [sleeve]

● laugh up one's sleeve 竊笑

⇦laugh(484)

托 I T G 公

2990.
slice 名 薄片
[slaɪs] [slice]

He ate three slices of bread.
他吃了三片麵包。

托 I T G 公

2991.
slippery 形 容易滑的
[`slɪpərɪ] [slip・pery]

● a slippery slope 危險處境

⇨slope(2992)

托 I T G 公

2992.
slope 名 坡度 勔 溜走
[slop] [slope]

動詞變化 **slope-sloped-sloped**
● slope off 溜走

托 I T G 公

2993.
smooth 形 平滑的
[smuð] [smooth]

He can take the rough with the smooth.
他既能吃苦也能享樂。

托 I T G 公

2994.
snap 勔 猛咬
[snæp] [snap]

動詞變化 **snap-snapped-snapped**
● snap out 厲聲說出

托 I T G 公

2995.
solid 形 固體的
[`salɪd] [sol・id]

The car bumped against a solid object.
車子撞到硬物。

⇦bump(2231)

托 I T G 公

2996.
someday 勔 將來有
一天
[`sʌmˌde] [some・day]

He will go to England someday.
他將來有天會去英國。

托 I T G 公

2997.
somehow 勔
不知何故
[`sʌmˌhaʊ] [some・how]

He looked sad somehow.
不知何故，他看起來很傷心。

托 I T G 公

LEVEL
3

275

2998. **sometime** 副 有些時候 [`sʌm͵taɪm] [some·time]	We must discuss sometime. 我們有時要討論一下。	托 I T G 公
2999. **somewhat** 副 多少 [`sʌm͵hwɑt] [some·what]	He was somewhat angry to see Anne. 見到安他有些生氣。	托 I T G 公
3000. **sore** 形 疼痛發炎的 [sor] [sore]	❶ a sore point 傷心處	托 I T G 公
3001. **sorrow** 名 悲傷 [`saro] [sor·row]	The girl expressed her sorrow at the news of the dog. 女孩聽到小狗的消息表示悲傷。 <div align="right">⇦express(1392)</div>	托 I T G 公
3002. **spade** 名 鏟子 [sped] [spade]	❶ call a spade a spade 直言不諱	托 I T G 公
3003. **spaghetti** 名 義大利 麵條 [spə`gɛtɪ] [spa·ghet·ti]	He likes spaghetti a lot. 他很愛義大利麵。	托 I T G 公
3004. **specific** 形 特定的 [spɪ`sɪfɪk] [spe·cif·ic]	❶ specific gravity 比重 <div align="right">⇨gravity(4687)</div>	托 I T G 公
3005. **spice** 名 香料 [spaɪs] [spice]	We agree that variety is the spice of life. 我們同意經歷多可以讓生活充滿趣味。 <div align="right">⇨variety(3148)</div>	托 I T G 公
3006. **spill** 動 使溢出 [spɪl] [spill]	動詞變化 spill-spilt-spilt ❶ cry over the spilt milk 覆水難收	托 I T G 公
3007. **spin** 動 旋轉 [spɪn] [spin]	動詞變化 spin-spun-spun ❶ spin off 從～脫離	托 I T G 公
3008. **spit** 動 吐 [spɪt] [spit]	動詞變化 spit-spit-spit ❶ spit it out 嘔吐	托 I T G 公
3009. **spite** 名 惡意 [spaɪt] [spite]	❶ in spite of 儘管	托 I T G 公

3010. **splash** 動 濺；潑 [splæʃ] [splash]	**動詞變化 splash-splashed-splashed** Juice splashed onto the grass. 果汁潑到草地上。	托 I T G 公
3011. **spoil** 動 弄糟 [spɔɪl] [spoil]	**動詞變化 spoil-spoiled-spoiled** ❶ spoil for 渴望	托 I T G 公
3012. **sprain** 動 扭傷 [spren] [sprain]	**動詞變化 sprain-sprained-sprained** She sprained her ankle. 她扭到腳踝。 ⇦ankle(1072)	托 I T G 公
3013. **spray** 名動 噴霧 [spre] [spray]	**動詞變化 spray-sprayed-sprayed** She bought a body spray. 她買瓶噴霧香水。	托 I T G 公
3014. **sprinkle** 動 灑 [ˋsprɪŋkḷ] [sprin‧kle]	**動詞變化 sprinkle-sprinkled-sprinkled** ❶ sprinkle with 灑在～上面	托 I T G 公
3015. **spy** 名動 間諜 [spaɪ] [spy]	**動詞變化 spy-spied-spied** ❶ spy on 窺探	托 I T G 公
3016. **squeeze** 動 擠；壓 [skwiz] [squeeze]	**動詞變化 squeeze-squeezed-squeezed** She squeezed the baby's hand. 她捏捏嬰兒的手。	托 I T G 公
3017. **stab** 動 刺；戳 [stæb] [stab]	**動詞變化 stab-stabbed-stabbed** ❶ stab in the back 毀謗	托 I T G 公
3018. **stable** 形 穩定的 [ˋstebḷ] [sta‧ble]	They have a stable relationship. 他們有穩定的關係。 ⇦relationship(1835)	托 I T G 公
3019. **stadium** 名 體育場 [ˋstedɪəm] [sta‧di‧um]	Let's meet at a stadium. 讓我們去體育場碰面。	托 I T G 公
3020. **staff** 名 工作人員 [stæf] [staff]	He is a ground staff. 他是運動場管理員。 ⇦ground(382)	托 I T G 公

LEVEL
3

3021.
stale 形 不新鮮的
[stel] [stale]

❶ stale sweat 汗臭味

托 I T G 公

3022.
stare 動 注視
[stɛr] [stare]

動詞變化 **stare-stared-stared**
❶ stare one's in the face 顯而易見

托 I T G 公

3023.
starve 動 餓死
[stɑrv] [starve]

動詞變化 **starve-starved-starved**
They won't starve.
他們不致於挨餓。

托 I T G 公

3024.
statue 名 雕像
[ˋstætʃu] [stat·ue]

The Liberty Statue is near
New York.
自由女神像在紐約附近。

托 I T G 公

3025.
steady 形 穩固的
[ˋstɛdɪ] [steady]

❶ steady as a rock 穩固如山

托 I T G 公

3026.
steep 形 陡峭的
動 沉浸
[stip] [steep]

動詞變化 **steep-steeped-steeped**
❶ steep yourself in 沉浸於

托 I T G 公

3027.
stepchild 名 前夫或
前妻生的孩子
[ˋstɛp͵tʃaɪld] [step·child]

He treats his stepchild well.
他對他的繼子（女）很好。

托 I T G 公

⇦treat(2030)

3028.
stepfather 名
繼父
[ˋstɛp͵fɑðɚ] [step·fa·ther]

(MP3)
3-47

She doesn't like her stepfather.
她討厭她的繼父。

托 I T G 公

3029.
stepmother 名 繼母
[stɛp͵mʌðɚ] [step·moth·er]

To be a stepmother is difficult.
當繼母很困難。

托 I T G 公

3030.
stereo 名 立體音響
[ˋstɛrɪo] [ste·reo]

❶ stereo system 立體音響系統

托 I T G 公

⇨system(3073)

3031.
sticky 形 黏的
[ˋstɪkɪ] [sticky]

It is a sticky morning.
一個悶熱的早晨。

托 I T G 公

3032.
stiff 形 僵硬的
[stɪf] [stiff]

She keeps a stiff upper lip.
她不動聲色。

托 I T G 公

⇦lip(510)

3033. **sting** 動刺；叮 [stɪŋ] [sting]	動詞變化 **sting-stung-stung** ❶ sting sb. for 向某人借錢	托 I T G 公
3034. **stir** 動攪拌 [stɝ] [stir]	動詞變化 **stir-stirred-stirred** ❶ stir up 鼓勵	托 I T G 公
3035. **stitch** 名針線 [stɪtʃ] [stitch]	Do you have a stitch now? 你現在有針嗎？	托 I T G 公
3036. **stocking** 名長襪 [ˋstɑkɪŋ] [stock·ing]	The kid wears a pair of stockings. 這小孩穿長襪。	托 I T G 公
3037. **stomach** 名胃 [ˋstʌmək] [sto·mach]	Her stomach was hurt. 她胃痛。 ⇨hurt(433)	托 I T G 公
3038. **stool** 名凳子 [stul] [stool]	❶ stool pigeon 線人 ⇨pigeon(1740)	托 I T G 公
3039. **stormy** 形暴風雨的 [ˋstɔrmɪ] [stormy]	What a stormy weather. 多狂風暴雨的天氣啊！	托 I T G 公
3040. **strategy** 名戰略 [ˋstrætədʒɪ] [strat·e·gy]	❶ exit strategy 轉型策略 ⇨exit(2439)	托 I T G 公
3041. **strength** 名力量 [strɛŋθ] [strength]	❶ on the strength of 基於	托 I T G 公
3042. **strip** 名長條 動剝去 [strɪp] [strip]	動詞變化 **strip-stripped-stripped** ❶ strip sth. away 揭穿	托 I T G 公
3043. **structure** 名構造 [ˋstrʌktʃɚ] [struc·ture]	❶ power structure 權力集團	托 I T G 公
3044. **stubborn** 形頑固的 [ˋstʌbɚn] [stub·born]	You are too stubborn to chat. 你太頑固很難聊天。 ⇨chat(2263)	托 I T G 公
3045. **studio** 名錄音室 [ˋstjudɪˌo] [stu·dio]	❶ film studio 電影製片廠 ⇨film(571)	托 I T G 公
3046. **stuff** 名東西 [stʌf] [stuff]	❶ hot stuff 高手	托 I T G 公

LEVEL **3**

3047.
style 名 風格
[staɪl] [style]

Selfishness is not her style.
自私不是她的風格。

托 I T G 公

3048.
substance 名
物質
[`sʌbstəns] [sub·stance]

MP3 3-48

What is radioactive substance?
什麼是放射性物質？

托 I T G 公

3049.
suburb 名 市郊
[`sʌbɝb] [sub·urb]

❶ garden suburb 花園城市

托 I T G 公

⇨garden(354)

3050.
suck 動 吸
[sʌk] [suck]

動詞變化 suck-sucked-sucked
❶ suck it up 試試看

托 I T G

3051.
suffer 動 受苦
[`sʌfɚ] [suf·fer]

動詞變化 suffer-suffered-suffered
Tina is suffering for it.
媞娜現在吃苦頭。

托 I T G 公

3052.
sufficient 形 充足的
[sə`fɪʃənt] [suf·fi·cient]

Is three thousand dollars
sufficient for her expenses?
三千元夠她花嗎？

托 I T G 公

3053.
suggest 動 建議
[sə`dʒɛst] [sug·gest]

動詞變化 suggest-suggested-
suggested
Paul suggests her for the position.
保羅說她適合這個職位。

托 I T G 公

⇨position(681)

3054.
suicide 名 自殺
[`suə,saɪd] [sui·cide]

❶ assisted suicide 輔助自殺

托 I T G 公

⇨assist(2154)

3055.
suitable 形 適合的
[`sutəbl] [suit·able]

❶ be suitable for 適合

托 I T G 公

3056.
sum 名 總計
[sʌm] [sum]

❶ in sum 總之

托 I T G 公

3057.
summary 名 摘要
[`sʌmərɪ] [sum·ma·ry]

❶ in summary 總結來說

托 I T G 公

3058.
summit 名 山頂
[`sʌmɪt] [sum·mit]

❶ summit conference 首腦會議

托 I T G 公

⇨conference(3392)

3059.
superior 形 上級的
[sə`pɪrɪɚ] [su·pe·ri·or]

❶ superior to 優於

托 I T G 公

3060.
suppose 動 假定
[sə`poz] [sup·pose]

動詞變化 **suppose-suppposed-supposed**   托 I T G 公

I had supposed that his boss is American.
我原以為他老闆是美國人。

3061.
surround 動 圍繞
[sə`raʊnd] [sur·round]

動詞變化 **surround-surrounded-surrounded**   托 I T G 公

The castle is surrounded with trees.
城堡四邊樹木圍繞。

⇨castle(1183)

3062.
survey 名 動 調查
[sə`ve] [sur·vey]

動詞變化 **survey-surveyed-surveyed**   托 I T G 公

❶ field survey 實地調查

3063.
survival 名 倖存
[sə`vaɪvḷ] [sur·viv·al]

❶ the survival of the fittest 適者生存   托 I T G 公

3064.
survivor 名 生還者
[sə`vaɪvɚ] [sur·vi·vor]

There are ten survivors.
十位倖存者。   托 I T G 公

3065.
suspect 動 懷疑
名 嫌疑犯
[sə`spɛkt] [sus·pect]

Fred is a murder suspect.
費德是殺人嫌疑犯。   托 I T G 公

⇨murder(2722)

3066.
suspicion 名 懷疑
[sə`spɪʃən] [sus·pi·cion]

❶ above suspicion 無庸置疑   托 I T G 公

3067.
swear 動 發誓
[swɛr] [swear]

動詞變化 **swear-sweared-sweared**   托 I T G 公

He swears that he won't betray you.
他發誓不會背叛你。

⇨betray(5458)

3068.
sweat 名 出汗   🎧 3-49
[swɛt] [sweat]

He gets in sweat about failing the exam.
他擔心考試不及格。   托 I T G 公

3069.
swell 名 動 腫起來
[swɛl] [swell]

動詞變化 **swell-swelled-swelled**   托 I T G 公

❶ ground swell 輿論高漲

3070.
swift 形 迅速的
[swɪft] [swift]

He is a swift runner.
他是跑得快的人。   托 I T G 公

LEVEL **3**

281

3071. **switch** 動 開關 [swɪtʃ] [switch]	動詞變化 **switch-switched-switched** ❶ switch on 失去興趣	托 **I** **T** **G** 公
3072. **sword** 名 劍 [sord] [sword]	❶ cross sword 與某人言論交鋒	托 I **T** **G** 公
3073. **system** 名 系統 [ˋsɪstəm] [sys·tem]	The Taiwanese educational system is more traditional. 台灣教育系統比較傳統。 <div align="right">⇦traditional(2025) ⇦educational(2406)</div>	托 **I** **T** **G** 公

Tt

3074. **tablet** 名 藥片 [ˋtæblɪt] [tab·let]	❶ sleeping tablet 安眠藥	托 I **T** **G** 公
3075. **tack** 名 大頭釘 動 附加 [tæk] [tack]	動詞變化 **tack-tacked-tacked** ❶ tack sth. on 附加	托 I **T** **G** 公
3076. **tag** 名 標籤 [tæg] [tag]	I can't find the price tag. 我找不到標價。	托 **I** **T** **G** 公
3077. **tailor** 名 裁縫師 [ˋtelɚ] [tai·lor]	Her grandmother was a tailor. 她的祖母是裁縫師。 <div align="right">⇦grandmother(376)</div>	托 I **T** **G** 公
3078. **tame** 形 溫和的 [tem] [tame]	Life here is tame. 這裡生活很枯燥。	托 **I** **T** **G** 公
3079. **tap** 動 輕打 [tæp] [tap]	動詞變化 **tap-tapped-tapped** ❶ tap out 輕打拍子	托 **I** **T** **G** 公
3080. **tax** 名 稅 [tæks] [tax]	Jay paid over $50,000 in tax. 杰繳納超過五萬的稅金。	托 **I** **T** **G** 公
3081. **tease** 動 欺負 [tiz] [tease]	動詞變化 **tease-teased-teased** ❶ tease out 梳頭髮	托 **I** **T** **G** 公
3082. **technical** 形 技術的 [ˋtɛknɪk!] [tech·ni·cal]	❶ technical advisor 技術顧問	托 **I** **T** **G** 公

| 3083.
technique 图 技術
[tɛk`nik] [tech·nique] | He learns different marketing techniques.
他學習不同行銷技巧。 | 托 I T G 公 |

| 3084.
technology 图 科技
[tɛk`nɑlədʒɪ]
[tech·nol·o·gy] | ❶ information technology 資訊科技

⇨information(3774) | 托 I T G 公 |

| 3085.
temper 图 脾氣
[`tɛmpɚ] [tem·per] | He lost his temper.
他發脾氣。 | 托 I T G 公 |

| 3086.
temperature 图
溫度
[`tɛmprətʃɚ]
[tem·per·a·ture] | The temperature has dropped by 2 °C.
溫度下降兩度。

⇦drop(1344) | 托 I T G 公 |

| 3087.
temporary 圈
暫時的
[`tɛmpə,rɛrɪ] [tem·po·rary] | This is a temporary work.
這是臨時工。 | 托 I T G 公 |

| 3088.
tend 動 易於做…
[tɛnd] [tend]　🎵 3-50 | 動詞變化 **tend-tended-tended**
It tends to get hot here in summer.
這裡夏天通常很熱。 | 托 I T G 公 |

| 3089.
tender 圈 柔軟的
[`tɛndɚ] [ten·der] | ❶ at a tender age 少不更事 | 托 I T G 公 |

| 3090.
territory 图 領土
[`tɛrə,torɪ] [ter·ri·to·ry] | ❶ go with the territory 成為必然結果 | 托 I T G 公 |

| 3091.
text 图 正文
[tɛkst] [text] | ❶ lay out the text 設計正文

⇦lay(486) | 托 I T G 公 |

| 3092.
thankful 圈 感謝的
[`θæŋkfəl] [thank·ful] | He was thankful that they helped him.
對於他們幫助他很感謝。 | 托 I T G 公 |

| 3093.
theory 图 理論
[`θiərɪ] [the·o·ry] | ❶ in theory 理論上 | 托 I T G 公 |

| 3094.
thirst 動 口渴
[θɝst] [thirst] | 動詞變化 **thirst-thirsted-thirsted**
❶ thirst for sth. 渴望 | 托 I T G 公 |

LEVEL **3**

3095. **thread** 名 線 [θrɛd] [thread]	● hang by a thread 命在旦夕	托 I T G 公 ⇨hang(1488)
3096. **threat** 名 威脅 [θrɛt] [threat]	The bad guy made threats against the old man. 壞人威脅老人。	托 I T G 公 ⇨guy(1480)
3097. **threaten** 動 威脅 [ˋθrɛtn̩] [threat·en]	動詞變化 threaten-threatened-threatened ● be threatened with 以～威脅	托 I T G 公
3098. **tickle** 名動 搔癢 [ˋtɪkl̩] [tick·le]	動詞變化 tickle-tickled-tickled ● give sb. tickle 給某人搔癢	托 I T G 公
3099. **tide** 名 潮汐 [taɪd] [tide]	Look! The tide is out. 看！退潮了。	托 I T G 公
3100. **tidy** 形 整潔的 [ˋtaɪdɪ] [ti·dy]	Your room is tidy. 你房間很整齊。	托 I T G 公
3101. **tight** 形 緊的 [taɪt] [tight]	The pants are too tight. 這長褲太緊了。	托 I T G 公
3102. **tighten** 動 變緊 [ˋtaɪtn̩] [tight·en]	動詞變化 tighten-tightened-tightened ● tighten one's belt 省吃儉用	托 I T G 公 ⇨belt(1128)
3103. **timber** 名 木材 [ˋtɪmbɚ] [tim·ber]	The villa is built of timber. 這別墅是以木材製造。	托 I T G 公
3104. **tissue** 名 衛生紙 [ˋtɪʃu] [tis·sue]	● a tissue of lies 一派謊言	托 I T G 公
3105. **tobacco** 名 菸草 [təˋbæko] [to·bac·co]	● a ban on tobacco 禁止菸草	托 I T G 公 ⇨ban(4343)
3106. **ton** 名 公噸 [tʌn] [ton]	● like a ton of bricks 非常嚴厲	托 I T G 公 ⇨brick(1155)
3107. **tortoise** 名 烏龜 [ˋtɔrtəs] [tor·toise]	The tortoise is so cute. 這隻烏龜好可愛。	托 I T G 公

3108. **toss** 動 拋；擲 [tɔs] [toss]	(MP3) 3-51	動詞變化 **toss-tossed-tossed** He tossed the book to Emma. 他把書拋向艾瑪。	托 I T G 公

3109. **tourism** 名 觀光 [`turɪzəm] [tour·ism]	It leads to decreased tourism in the area. 這導致此區域觀光業的減少。 ⇨decrease(3474)	托 I T G 公

3110. **tourist** 名 觀光客 [`turɪst] [tour·ist]	❶ tourist class 最便宜客房	托 I T G 公

3111. **tow** 名動 拖曳 [to] [tow]	動詞變化 **tow-towed-towed** ❶ in tow 緊跟著	托 I T G 公

3112. **trace** 名動 追蹤 [tres] [trace]	動詞變化 **trace-traced-traced** ❶ kick over the traces 不受約束 ⇦kick(463)	托 I T G 公

3113. **trader** 名 商人 [`tredɚ] [trad·er]	She is a local trader. 她是當地商人。 ⇦local(1589)	托 I T G 公

3114. **trail** 名 蹤跡 [trel] [trail]	❶ hit the trail 出發	托 I T G 公

3115. **transport** 名 運輸 [træns`pɔrt] [trans·port]	❶ public transport 公共交通事業 ⇦public(691)	托 I T G 公

3116. **trash** 名 垃圾 [træʃ] [trash]	Where is the trash can? 垃圾筒在哪裡呢？	托 I T G 公

3117. **traveler** 名 旅客 [`trævlɚ] [trav·el·er]	❶ fellow traveler 旅伴	托 I T G 公

3118. **tray** 名 托盤 [tre] [tray]	❶ in tray 收件盤	托 I T G 公

3119. **tremble** 動 顫抖 [`trɛmbḷ] [trem·ble]	動詞變化 **tremble-trembled-trembled** She picked up the cell phone with trembling hands. 她雙手顫抖的接手機。 ⇨cell phone(4428)	托 I T G 公

LEVEL 3

3120. **trend** 名 趨勢 [trɛnd] [trend]	❶ economic trend 經濟趨勢　　　　　托 Ⅰ T G 公 ⇨economic(3550)
3121. **tribe** 名 種族 [traɪb] [tribe]	❶ a tribe of 一群　　　　　托 Ⅰ T G 公
3122. **tricky** 形 狡猾的 [ˋtrɪkɪ] [tricky]	The kid was so tricky that no one 托 Ⅰ T G 公 wanted to make friend with him. 這小孩很狡猾沒有人想跟他作朋友。
3123. **troop** 名 軍隊 [trup] [troop]	❶ a troop of 一群　　　　　托 Ⅰ T G 公
3124. **tropical** 形 熱帶的 [ˋtrɑpɪk!] [trop·i·cal]	They visited a tropical aquarium 托 Ⅰ T G 公 yesterday. 他們昨天參觀水族館。 ⇨visit(972)
3125. **trunk** 名 樹幹 [trʌŋk] [trunk]	❶ trunk line 幹線　　　　　托 Ⅰ T G 公
3126. **truthful** 形 信任的； 易信他人的 [ˋtruθfəl] [truth·ful]	He is trustful his friends. 托 Ⅰ T G 公 他信任朋友。
3127. **tub** 名 木盆 [tʌb] [tub]	There is a tub of flower on 托 Ⅰ T G 公 the table. 桌上有盆花。
3128. **tug** 動 用力拉 [tʌg] [tug]	動詞變化 **tug-tugged-tugged** 托 Ⅰ T G 公 He tugs his forelock to his boss. 他對老闆必恭必敬。
3129. **tulip** 名 鬱金香 [ˋtjuləp] [tu·lip]	Her favorite flower is tulip. 托 Ⅰ T G 公 她最愛的花為鬱金香。 ⇨favorite(1401)
3130. **tumble** 動 跌倒 [ˋtʌmb!] [tum·ble]	動詞變化 **tumble-tumbled-** 　　　　　**tumbled** 托 Ⅰ T G 公 She tumbled down the stairs this morning. 她今早從樓梯上滾下來。 ⇨stair(856)
3131. **tune** 名 曲調 [tjun] [tune]	❶ out of tune 不融洽　　　　　托 Ⅰ T G 公

3132.
tutor 名 家庭教師
[`tjutə] [tu‧tor]

His tutor is very serious.
他的家教老師很嚴。

托 I T G 公

⇨serious(1877)

3133.
twig 名 細枝
[twɪg] [twig]

We need some twigs to start a fire.
我們需要起火細枝。

托 I T G 公

3134.
twin 名 雙胞胎之一
[twɪn] [twin]

They are twins.
他們是雙胞胎。

托 I T G 公

3135.
twist 名 動 扭轉
[twɪst] [twist]

動詞變化 **twist-twisted-twisted**
❶ round the twist 瘋狂

托 I T G 公

3136.
typewriter 名
打字機
[`taɪpˌraɪtə] [type‧wri‧ter]

Do you know how to use a typewriter?
你知道如何用打字機嗎？

托 I T G 公

3137.
typical 形 典型的
[`tɪpɪk!] [typ‧i‧cal]

❶ be typical for 對～是典型的

托 I T G 公

Uu ▼ 托 TOEFL、I IELTS、T TOEIC、G GEPT、公 公務人員考試

3138.
union 名 合併
[`junjən] [union]

❶ trade union 工會

托 I T G 公

3139.
unite 動 使聯合
[ju`naɪt] [u‧nite]

動詞變化 **unite-united-united**
The two companies united in 2009.
這兩間公司在 2009 年合併。

托 I T G 公

3140.
unity 名 單一
[`junətɪ] [u‧ni‧ty]

❶ unity of purpose 目標一致

托 I T G 公

⇨purpose(694)

3141.
universe 名 宇宙
[`junəˌvɝs] [uni‧verse]

❶ a little universe 小天地

托 I T G 公

3142.
unless 連 除非
[ʌn`lɛs] [un‧less]

He goes to school by bike unless it is rainy.
他都走路上學除非下雨天。

托 I T G 公

⇨rainy(1818)

3143.
upset 動 使心煩意亂
形 心煩意亂的
[ʌp`sɛt] [up‧set]

動詞變化 **upset-upset-upset**
Helen is upset.
海倫很沮喪。

托 I T G 公

LEVEL 3

Vv ▼ 托 TOEFL、I IELTS、T TOEIC、G GEPT、公 公務人員考試

3144. **vacant** 形 空的 [`vekənt] [va・cant]	❶ vacant lot 空地 托 I T G 公
3145. **valuable** 形 貴重的 [`væljuəbl] [valu・able]	He gave me a valuable advice. 托 I T G 公 他給我寶貴的忠告。
3146. **van** 名 有蓋小貨車 [væn] [van]	Will we go there by van? 托 I T G 公 我們將要搭小貨車去嗎？
3147. **vanish** 動 消失 [`vænɪʃ] [van・ish]	動詞變化 vanish-vanished- vanished ❶ vanish into the air 不翼而飛 托 I T G 公
3148. **variety** 名 多樣化 (MP3 3-53) [və`raɪətɪ] [va・ri・e・ty]	He borrowed money for variety 托 I T G 公 of reasons. 他因各式原因借錢。 ⇨borrow(1146)
3149. **various** 形 各種各樣的 [`vɛrɪəs] [var・i・ous]	❶ various ways 各式的方法 托 I T G 公
3150. **vary** 動 使變化 [`vɛrɪ] [vary]	動詞變化 vary-varied-varied 托 I T G 公 ❶ vary with 隨著～而變化
3151. **vase** 名 花瓶 [ves] [vase]	He puts a vase of flowers on the 托 I T G 公 balcony. 他把一瓶花放到陽台。 ⇨balcony(1107)
3152. **vehicle** 名 交通工具 [`viɪkl] [ve・hi・cle]	❶ off-road vehicle 越野車輛 托 I T G 公
3153. **verse** 名 詩 [vɝs] [verse]	❶ a book of comic verses 打油詩集 托 I T G 公 ⇨comic(3371)
3154. **vest** 名 背心 [vɛst] [vest]	He took off his vest. 托 I T G 公 他脫掉背心。

3155.
vice-president 名
副總統
[vaɪs`prɛzədənt] [vice·pres·i·dent]

He is a kind vice-president.
他是個仁慈的副總統。

托 I T G 公

3156.
victim 名 受害者
[`vɪktɪm] [vic·tim]

❶ victim of crime 犯罪受害者

托 I T G 公

⇨crime(1267)

3157.
violence 名 暴力
[`vaɪələns] [vi·o·lence]

❶ do violence to 破壞

托 I T G 公

3158.
violent 形 猛烈的
[`vaɪələnt] [vi·o·lent]

❶ She had a violent headache
她頭痛劇烈。

托 I T G 公

3159.
violet 名 紫蘿蘭
[`vaɪəlɪt] [vi·o·let]

❶ a shrinking violet 羞怯的人

托 I T G 公

3160.
visible 形 可看見的
[`vɪzəbl] [vis·i·ble]

❶ no visible sign of emotion
不動聲色

托 I T G 公

3161.
vision 名 視力
[`vɪʒən] [vi·sion]

❶ tunnel vision 視野狹隘

托 I T G 公

⇨tunnel(2040)

3162.
vitamin 名 維他命
[`vaɪtəmɪn] [vi·ta·min]

❶ rich in vitamin 富含維他命⋯

托 I T G 公

3163.
vivid 形 鮮明的
[`vɪvɪd] [viv·id]

❶ give a vivid account 生動描述

托 I T G 公

⇨account(2110)

3164.
volume 名 音量
[`vɑljəm] [vol·ume]

❶ speak volume about 對某事發言

托 I T G 公

Ww ▼ 托 TOEFL、I IELTS、T TOEIC、G GEPT、公 公務人員考試

3165.
wag 動 搖擺
[wæg] [wag]

動詞變化 **wag-wagged-wagged**
❶ set tongues wagging 議論紛紛

托 I T G 公

⇨tongue(2016)

3166.
wage 名 工資
[wedʒ] [wage]

His wages are paid on Monday.
他的薪資是星期一發放。

托 I T G 公

3167.
wagon 名 四輪馬車
[`wægən] [wag·on]

❶ go on the wagon 滴酒不沾　　托 I T G 公

3168.
waken 動 叫醒 (MP3) 3-54
[`wekn̩] [wak·en]

動詞變化 **waken-wakened-wakened**
Amy was wakened by a ring.
艾咪被鈴聲吵醒。

托 I T G 公

3169.
wander 動 徘徊
[`wɑndɚ] [wan·der]

動詞變化 **wander-wandered-wandered**
❶ wander aimlessly 漫無目的地徘徊

托 I T G 公

3170.
warmth 名 暖和
[wɔrmθ] [warmth]

❶ for warmth 取暖　　托 I T G 公

3171.
warn 動 警告
[wɔrn] [warn]

動詞變化 **warn-warned-warned**
The policeman warned the robber.
警察警告搶匪。

托 I T G 公

⇦robber(2915)

3172.
wax 名 蠟
[wæks] [wax]

❶ wax light 蠟燭　　托 I T G 公

3173.
weaken 動 使虛弱
[`wikən] [weak·en]

動詞變化 **weaken-weakened-weakened**
Judy felt her heart weaken.
茱蒂感到心軟。

托 I T G 公

3174.
wealth 名 財富
[wɛlθ] [wealth]

❶ wealth and influence 有錢有勢　　托 I T G 公

3175.
wealthy 形 富裕的
[`wɛlθɪ] [wealthy]

Mark is a wealthy businessman.
馬克是有錢的生意人。

托 I T G 公

3176.
weave 動 編織
[wiv] [weave]

動詞變化 **weave-weaved-weaved**
❶ weave your magic 施展魔力

托 I T G 公

⇦magic(1603)

3177.
web 名 蜘蛛網；網狀
[wɛb] [web]

❶ spider's web 蜘蛛網　　托 I T G 公

3178.
weed 名 野草
動 除草
[wid] [weed]

動詞變化 **weed-weeded-weeded**
❶ weed out 除去

托 I T G 公

3179. **weep** 動 哭泣 [wip] [weep]	動詞變化 **weep-wept-wept** weep over sth. 因某事哭泣	托 I T G 公
3180. **wheat** 名 小麥 [hwit] [wheat]	She needs two bags of wheat flour. 她需要兩袋小麥粉。 ⇦flour(1423)	托 I T G 公
3181. **whip** 動 鞭打 [hwɪp] [whip]	動詞變化 **whip-whipped-whipped** ❶ whip through 匆匆完成	托 I T G 公
3182. **whistle** 動 吹口哨 [ˋhwɪsl] [whis·tle]	動詞變化 **whistle-whistled-whistled** Don't whistle at night. 晚上不吹口哨。	托 I T G 公
3183. **wicked** 形 邪惡的 [ˋwɪkɪd] [wick·ed]	❶ a wicked deed 缺德行為 ⇦deed(2352)	托 I T G 公
3184. **willow** 名 柳樹 [ˋwɪlo] [wil·low]	❶ weeping willow 垂柳	托 I T G 公
3185. **wink** 名 動 眨眼 [wɪŋk] [wink]	動詞變化 **wink-winked-winked** ❶ a nod and a wink 心有靈犀 ⇦nod (1677)	托 I T G 公
3186. **wipe** 動 擦拭 [waɪp] [wipe]	動詞變化 **wipe-wiped-wiped** She wiped her cup clean with a tissue. 她用衛生紙把杯子擦乾淨。 ⇦tissue(3104)	托 I T G 公
3187. **wisdom** 名 智慧 [ˋwɪzdəm] [wis·dom]	❶ pearl of wisdom 妙語如珠 ⇦pearl(2786)	托 I T G 公
3188. **wrap** 動 包裹 [ræp] [wrap]	動詞變化 **wrap-wrapped-wrapped** ❶ wrap up 閉上嘴	托 I T G 公
3189. **wrist** 名 手腕 [rɪst] [wrist]	❶ slap on the wrist 輕微的懲罰 ⇨slap(5134)	托 I T G 公

LEVEL
3

Xx ▼ 托 TOEFL、Ⅰ IELTS、ⅡTOEIC、ⒼGEPT、公 公務人員考試

3190.
x-ray 名 X 光
[`ɛks`re] [x-ray]

Do you know what x-ray therapy is?
你知道 X 光治療法為何嗎？

托ⅠTGⓅ

⇨therapy(6331)

Yy ▼ 托 TOEFL、Ⅰ IELTS、ⅡTOEIC、ⒼGEPT、公 公務人員考試

3191.
yawn 動 打呵欠
[jɔn] [yawn]

動詞變化 yawn-yawned-yawned　托ⅠTGⓅ
The student stretched and yawned after class.
下課後學生伸懶腰並打呵欠。

⇨stretch(1951)

3192.
yell 動 喊叫
[jɛl] [yell]

動詞變化 yell-yelled-yelled　托ⅠTGⓅ
❶ yell at 喊叫

3193.
yolk 名 蛋黃
[jok] [yolk]

He is afraid of the smell of yolks.　托ⅠTGⓅ
他很怕蛋黃的味道。

Zz ▼ 托 TOEFL、Ⅰ IELTS、ⅡTOEIC、ⒼGEPT、公 公務人員考試

3194.
zipper 名 拉鍊
[`zɪpɚ] [zip‧per]

The actor's zipper stuck.　托ⅠTGⓅ
這演員的拉鍊卡住了。

3195.
zone 名 地區
[zon] [zone]

We can't drive on a pedestrian zone.　托ⅠTGⓅ
我們不能在步行區開車。

⇨pedestrian(6045)

LEVEL 4

以大學入學考試中心公佈7000單字範圍為基礎
符合美國**四年級**學生所學範圍

介 介系詞		**副** 副詞	
片 片語		**動** 動詞	
代 代名詞		**連** 連接詞	
名 名詞		**感** 感嘆詞	
助 助詞		**縮** 縮寫	
形 形容詞		sb. somebody	
冠 冠詞		sth. something	

Level 4

以大學入學考試中心公佈7000單字範圍為基礎
符合美國**四年級**學生所學範圍

Aa ▼ 托TOEFL、I IELTS、T TOEIC、G GEPT、公 公務人員考試

3196. **abandon** 動 放棄 (MP3) 4-01 [ə`bændən] [aban·don]	動詞變化 **abandon-abandoned-abandoned** 托 I T G 公 The kid has been abandoned by his father. 這小孩被父親遺棄。 ⇨kid (464)
3197. **abdomen** 名 腹部 [æb`domən] [ab·do·men]	Her abdomen hurts. 托 I T G 公 她的腹部痛。 ⇨hurt (433)
3198. **absolute** 形 絕對的 [`æbsəˌlut] [ab·so·lute]	❶ decree absolute 最後判決 托 I T G 公
3199. **absorb** 動 吸收 [əb`sɔrb] [ab·sorb]	動詞變化 **absorb-absorbed-absorbed** 托 I T G 公 ❶ absorb into 吸收，併入
3200. **abstract** 形 抽象的 名 摘要 [`æbstrækt] [ab·stract]	❶ in the abstract 理論上 托 I T G 公
3201. **academic** 形 學術的 [ˌækə`dɛmɪk] [ac·a·dem·ic]	❶ academic probation 留校察看 托 I T G 公
3202. **accent** 名 重音 [`æksɛnt] [ac·cent]	❶ primary accent 主重音 托 I T G 公
3203. **acceptance** 名 接受 [ək`sɛptəns] [ac·cep·tance]	❶ acceptance of suffering 受苦難 托 I T G 公 ⇨suffer (3051)
3204. **access** 名 動 接近 [`æksɛs] [ac·cess]	動詞變化 **access-accessed-accessed** 托 I T G 公 ❶ random access 隨機存取 ⇨random (6127)

3205. **accidental** 形 偶然的 [ˌæksəˈdɛntl̩] [ac·ci·den·tal]	He thinks their meeting is accidental. 他認為他們的相遇是偶然。	托 I T G 公 ⇦meet (543)
3206. **accompany** 動 陪伴 [əˈkʌmpənɪ] [ac·com·pa·ny]	動詞變化 **accompany- accompanied-accompanied** ● accompany on piano 以鋼琴伴奏	托 I T G 公 ⇦piano (658)
3207. **accomplish** 動 達成 [əˈkɑmplɪʃ] [ac·com·plish]	動詞變化 **accomplish- accomplished-accomplished** This plan is accomplished. 計畫完成。	托 I T G 公 ⇦plan (664)
3208. **accomplishment** 名 完成 [əˈkɑmplɪʃmənt] [ac·com·plish·ment]	● the accomplishment of sth. 完成～事	托 I T G 公
3209. **accountant** 名 會計師 [əˈkauntənt] [ac·coun·tant]	He has been an accountant for ten years. 他當會計師已經十年了。	托 I T G 公 ⇦year(1034)
3210. **accuracy** 名 正確 [ˈækjərəsɪ] [ac·cu·ra·cy]	● the accuracy of the information 資訊正確性	托 I T G 公 ⇨information (3774)
3211. **accuse** 動 控告 [əˈkjuz] [ac·cuse]	動詞變化 **accuse-accused- accused** ● accuse of sb. 控告某人	托 I T G 公
3212. **acid** 形 酸的 [ˈæsɪd] [ac·id]	● acid soils 酸土	托 I T G 公
3213. **acquaint** 動 使認識 [əˈkwent] [ac·quaint]	動詞變化 **acquaint-acquainted- acquainted** ● acquaint sb. with 使某人瞭解	托 I T G 公
3214. **acquaintance** 名 相識 [əˈkwentəns] [ac·quain·tance]	● of one's acquaintance 某人所認識的	托 I T G 公

LEVEL 4

3215. **acquire** 動 取得 [ə`kwaɪr] [ac·quire]	動詞變化 acquire-acquired- 　　　　　acquired The boss acquired a new office. 老闆買新的辦公室。 ⇨office(619)	託 **I** T G 公
3216. **acre** 名 英畝 [`ekə] [acre] (MP3) 4-02	A castle usually had acres of space around it. 城堡通常四周有大量空間。 ⇨castle (1183)	託 **I** T G 公
3217. **adapt** 動 改編 [ə`dæpt] [a·dapt]	動詞變化 adapt-adapted-adapted One of Emma's novels has been adapted into a movie. 艾瑪的其中一部小說改編成電影。 ⇨novel (1682)	託 **I** T G 公
3218. **adequate** 形 適當的 [`ædəkwɪt] [ad·e·quate]	❶ an adequate supply 供應充足 ⇨supply(1965)	託 **I** T G 公
3219. **adjective** 名 形容詞 [`ædʒɪktɪv] [ad·jec·tive]	"Beautiful" is an adjective. 「美麗的」是形容詞。 ⇨beautiful (87)	託 **I** T G 公
3220. **adjust** 動 調節 [ə`dʒʌst] [ad·just]	動詞變化 adjust-adjusted-adjusted ❶ adjust to 適應於	託 **I** T G 公
3221. **adjustment** 名 調整 [ə`dʒʌstmənt] [ad·just·ment]	She has made some adjustments to the project. 她對專案已經做了幾處調整。 ⇨project(1795)	託 **I** T G 公
3222. **admirable** 形 令人欽 佩的 [`ædmərəbḷ] [ad·mi·ra·ble]	His dedication to his family is admirable. 他對家庭奉獻令人欽佩。 ⇨dedication (5621)	託 **I** T G 公
3223. **admiration** 名 欽佩 [ˌædmə`reʃən] [ad·mi·ra·tion]	❶ in admiration 用～欽佩	託 **I** T G 公
3224. **admission** 名 進入 許可 [əd`mɪʃən] [ad·mis·sion]	❶ apply for admission 申請許可 ⇨apply (1082)	託 **I** T G 公
3225. **adverb** 名 副詞 [`ædvɝb] [ad·verb]	"Happily" is an adverb. 「快樂地」是副詞。	託 **I** T G 公

3226. **agency** 名 代理商 [ˋedʒənsɪ] [agen·cy]	❶ employment agency 職業介紹所 托 I T G 公 ⇦employment (2418)
3227. **agent** 名 代理人 [ˋedʒənt] [agent]	Dora is an estate agent. 托 I T G 公 朵拉是房地產經紀人。 ⇨estate (4602)
3228. **aggressive** 形 侵略的 [əˋgrɛsɪv] [ag·gres·sive]	He was aggressive. 托 I T G 公 他很好鬥的。
3229. **agreeable** 形 令人愉 快的 [əˋgriəbl] [agree·able]	They had an agreeable night. 托 I T G 公 他們有愉快的夜晚。 ⇦night (594)
3230. **AIDS** 名 愛滋病	❶ 為 acquired immuno deficiency 托 I T G 公 syndrome 的首字母縮略字 ❶ AIDS research 愛滋病研究 ⇨research (4093)
3231. **alcohol** 名 酒精 [ˋælkə͵hɔl] [al·co·hol]	❶ absolute alcohol 純酒精 托 I T G 公 ⇦absolute (3198)
3232. **alert** 形 機警的 [əˋlɜt] [a·lert]	❶ on the alert 緊急戒備中 托 I T G 公
3233. **allowance** 名 零用錢 [əˋlaυəns] [al·low·ance]	Her mom gave her an allowance 托 I T G 公 of $ 200 a day. 她媽媽每天給她兩百元零用錢。
3234. **aluminum** 名 鋁 [əˋlumɪnəm] [alu·mi·num]	❶ be made of aluminum... 托 I T G 公 鋁製的…
3235. **a.m./am** 縮 上午	Ted and Ed are going to meet 托 I T G 公 at 11:00 a.m. 泰德和愛德將在早上十一點碰面。 ❶ ante meridiem (=before noon) ⇦meet (543)
3236. **amateur** 名 (MP3) 業餘愛好者 4-03 [ˋæmə͵tʃυr] [am·a·teur]	Frank is an amateur, not a 托 I T G 公 professional. 法蘭克是業餘運動員，不是職業選手。 ⇨professional(4027)

LEVEL
4

3237.
ambitious 形
有野心的
[æmˋbɪʃəs] [am·bi·tious]

❶ be ambitious for sb. 對某人有野心　托 I T G 公

3238.
amid/amidst 介
在⋯之中
[əˋmɪd]/[əˋmɪdst]
[a·mid(st)]

❶ amid roses 在玫瑰之中　托 I T G 公

⇨rose (736)

3239.
amuse 動 使歡樂
[əˋmjuz] [amuse]

動詞變化 amuse-amused-amused　托 I T G 公
This show amused them.
這節目會逗他們笑。

⇨show (797)

3240.
amusement 名
樂趣
[əˋmjuzmənt]
[amuse·ment]

❶ amusement park 遊樂場　托 I T G 公

⇨park (646)

3241.
analysis 名 分析
[əˋnæləsɪs] [anal·y·sis]

❶ in the final analysis 追根究柢　托 I T G 公

⇨final (317)

3242.
analyze 動 分析
[ˋænḷaɪz] [an·a·lyze]

動詞變化 analyze-analyzed-
analyzed　托 I T G 公
He tried to analyze various results.
他試圖分析各種結果。

⇨various (3149)

3243.
ancestor 名 祖先
[ˋænsɛstɚ] [an·ces·tor]

❶ noble ancestors 名門　托 I T G 公

⇨noble (2738)

3244.
anniversary 名
週年紀念日
[ˌænəˋvɝsərɪ]
[an·ni·ver·sa·ry]

Today is their anniversary.　托 I T G 公
今天是他們的週年紀念日。

⇨today (932)

3245.
annoy 動 令人惱怒
[əˋnɔɪ] [an·noy]

動詞變化 annoy-annoyed-
annoyed　托 I T G 公
❶ annoy the hell out of 使某人非常惱怒

⇨hell (2544)

3246.
annual 形 年度的
[ˋænjuəl] [an·nu·al]

❶ annual report 年度報告　托 I T G 公

⇨report (717)

3247.
anxiety 名 憂慮
[æŋ`zaɪətɪ] [anx·i·e·ty]

Share your anxieties with your friends.
和朋友分享憂慮。

⇦share(1881)

3248.
anxious 形 憂心的
[`æŋkʃəs] [anx·ious]

❶ be anxious about 憂心的

3249.
apologize 動 道歉
[ə`pɑlə.dʒaɪz]
[a·pol·o·gize]

動詞變化 apologize-apologized-apologized

He apologizes to his classmate.
他向同學道歉。

3250.
apology 名 道歉
[ə`pɑlədʒɪ] [apol·o·gy]

❶ owe one an apology
欠某人一個道歉

⇦owe (2761)

3251.
appliance 名 器具
[ə`plaɪəns] [ap·pli·ance]

❶ electrical appliance 電器

⇦electrical (2411)

3252.
applicant 名 申請人
[`æpləkənt] [ap·pli·cant]

There are only one hundred applicants for the school.
只有一百個人申請這家學校。

⇦school (756)

3253.
application 名 應用
[.æplə`keʃən]
[ap·pli·ca·tion]

❶ application form 申請表

⇦form (1435)

3254.
appoint 動 任命
[ə`pɔɪnt] [ap·point]

動詞變化 appoint-appointed-appointed

❶ appoint to 任命

LEVEL
4

3255.
appointment 名
任命

[ə`pɔɪntmənt]
[ap·point·ment]

❶ keep an appointment 準時赴約

⇦keep(460)

3256.
appreciation (MP3) 4-04
名 欣賞

[ə.priʃɪ`eʃən]
[ap·pre·ci·a·tion]

Neil shows appreciation of movies.
尼爾感受到電影的美妙。

⇦movie (571)

3257. **appropriate** 形 適當的 [ə`proprɪˌet] [ap·pro·pri·ate]	❶ an appropriate method 適當的方法	托 I T G 公 ⇦method (1635)
3258. **approval** 名 認可 [ə`pruvl̩] [ap·prov·al]	No one nods in approval. 沒有人點頭同意。	托 I T G 公 ⇦nod (1677)
3259. **arch** 名 拱門 [ɑrtʃ] [arch]	❶ go through arch 穿過拱門	托 I T G 公 ⇦through (2005)
3260. **arise** 動 上升 [ə`raɪz] [arise]	動詞變化 **arise-arose-arisen** ❶ arise from 由～引起	托 I T G 公
3261. **arms** 名 武器 [ɑrmz] [arms]	❶ coat of arms 武裝外衣	托 I T G 公 ⇦coat (187)
3262. **arouse** 動 喚起 [ə`rauz] [arouse]	動詞變化 **arouse-aroused-** **aroused** ❶ arouse one's anger 引起某人怒氣	托 I T G 公 ⇦anger (38)
3263. **article** 名 物品 [`ɑrtɪkl̩] [ar·ti·cle]	❶ toilet articles 梳妝用品	托 I T G 公 ⇦toilet (2014)
3264. **artificial** 形 人工的 [ˌɑrtə`fɪʃəl] [ar·ti·fi·cial]	❶ artificial intelligence 人工智慧	托 I T G 公 ⇨intelligence (3791)
3265. **artistic** 形 藝術的 [ɑr`tɪstɪk] [ar·tis·tic]	❶ artistic family 藝術世家	托 I T G 公 ⇦family (299)
3266. **ashamed** 形 羞愧的 [ə`ʃemd] [a·shamed]	He was ashamed of his father. 他替父親感到羞愧。	托 I T G 公 ⇦father (306)
3267. **aspect** 名 方面 [`æspɛkt] [as·pect]	❶ an aspect of 在～的方面	托 I T G 公
3268. **aspirin** 名 阿斯匹靈 [`æspərɪn] [as·pi·rin]	❶ take aspirin 服用阿斯匹靈	托 I T G 公 ⇦take (889)

3269.
assemble 動 聚集
[əˋsɛmbl̩] [as·sem·ble]

動詞變化 **assemble-assembled-assembled**

❶ assemble data 收集數據

⇦data (1283)

託 **I** **T** **G** 公

3270.
assembly 名 集會
[əˋsɛmblɪ] [as·sem·bly]

❶ assembly room 禮堂

託 **I** **T** **G** 公

3271.
assign 動 分派
[əˋsaɪn] [as·sign]

動詞變化 **assign-assigned-assigned**

❶ assign different tasks 分配不同工作

⇦different (233)

託 **I** **T** **G** 公

3272.
assignment 名
任務
[əˋsaɪnmənt]
[as·sign·ment]

❶ a written assignment 書面作業

託 **I** **T** **G** 公

3273.
assistance 名 幫助
[əˋsɪstəns] [as·sis·tance]

❶ an assistance for 幫助某人

託 **I** **T** **G** 公

3274.
associate 動 聯合
形 聯合的
[əˋsoʃɪet]/[əˋsoʃɪɪt]
[as·so·ci·ate]

動詞變化 **associate-associated-associated**

❶ associate professor 副教授

⇨professor (4028)

託 **I** **T** **G** 公

3275.
association 名
協會
[ə͵sosɪˋeʃən]
[as·so·ci·a·tion]

He works at a housing
association.
他在住宅協會工作。

⇦work (1023)

託 **I** **T** **G** 公

3276.
assume 動 以為
[əˋsjum] [as·sume]

動詞變化 **assume-assumed-assumed**

He assumed she will be here on time.
他以為她會準時到。

⇦time (928)

託 **I** **T** **G** 公

3277.
assurance 名 保證
[əˋʃʊrəns] [as·sur·ance]

❶ quality assurance 品質保證

⇦quality (1812)

託 **I** **T** **G** 公

LEVEL
4

3278. **assure** 勔 向…保證 [əˋʃur] [as·sure]	動詞變化 **assure-assured-assured** 托 I T G 公 ❶ assure of 確信
	⇦coach (1224)

3279. **athletic** 圈 運動的 MP3 [æθˋlɛtɪk] [ath·let·ic] 4-05	❶ athletic coach 運動教練 托 I T G 公

3280. **ATM** 名 自動存提款機	❶ Automated Teller Machine, Automatic Teller Machine ATM is very convenient. 自動提款機非常方便。 托 I T G 公
	⇦convenient (1247)

3281. **atmosphere** 名 氣氛 [ˋætməsˏfɪr] [at·mo·sphere]	❶ a heavy atmosphere 尷尬氣氛 托 I T G 公
	⇦heavy (406)

3282. **atom** 名 原子 [ˋætəm] [at·om]	❶ atom bomb 原子彈 托 I T G 公
	⇦bomb (1143)

3283. **atomic** 圈 原子的 [əˋtɑmɪk] [a·tom·ic]	❶ atomic theory 原子理論 托 I T G 公
	⇦theory (3093)

3284. **attach** 勔 裝上；貼上 [əˋtætʃ] [at·tach]	動詞變化 **attach-attached-attached** 托 I T G 公 ❶ attach to 屬於

3285. **attachment** 名 附件 [əˋtætʃmənt] [at·tach·ment]	❶ attachment to ～的附件 托 I T G 公

3286. **attraction** 名 吸引力 [əˋtrækʃən] [at·trac·tion]	❶ tourist attraction 觀光勝地 托 I T G 公
	⇦tourist (3110)

3287. **audio** 圈 聲音的 [ˋɔdɪo] [au·dio]	Audio tapes are not popular now. 錄音帶現在不受歡迎。 托 I T G 公
	⇦popular (2817)

3288.
authority 图 權力
[ə`θɔrətɪ] [au·thor·i·ty]

❶ local authority 當地政府

托 I T G 公

⇦local (1589)

3289.
autobiography 图
自傳
[ˌɔtəbaɪ`ɑgrəfɪ]
[au·to·bi·og·ra·phy]

He plans to write an autobiography.
他計畫寫自傳。

托 I T G 公

⇦write (1030)

3290.
await 勔 等待
[ə`wet] [await]

動詞變化 await-awaited-awaited
❶ eagerly await 急切期待

托 I T G 公

⇦eager (2399)

3291.
awkward 圈 笨拙的
[`ɔkwəd] [awk·ward]

❶ put one in an awkward position
使某人狼狽的處境

托 I T G 公

⇦position (681)

Bb

▼ 托TOEFL、I IELTS、T TOEIC、G GEPT、公 公務人員考

3292.
backpack 图 背包
[`bæk͵pæk] [back·pack]

He bought a backpack for his son.
他買了背包給他兒子。

托 I T G

⇦son (838)

3293.
bald 圈 禿頭的
[bɔld] [bald]

The man started going bald last year.
這男子去年開始禿頭。

托 I T G

⇦start(859)

3294.
ballet 图 芭蕾舞
[`bæle] [bal·let]

She got a ballet shoes from her sister.
她從她姊姊手裡拿到芭蕾舞鞋。

托 I T G

⇦shoe (790)

3295.
bankrupt 勔 破產
[`bæŋkrʌpt] [bank·rupt]

動詞變化 bankrupt-bankrupted-bankrupted
The company was bankrupted by some reasons.
公司由於一些緣故破產。

托 I T G 公

⇦reason (713)

3296.
bargain 图勔 買賣
[`bɑrgɪn] [bar·gain]

動詞變化 bargain-bargained-bargained
He drove a hard bargain.
他狠狠地殺價。

托 I T G 公

⇦hard (396)

LEVEL
4

3297. **barrier** 🔠 路障 [`bærɪr] [bar·ri·er]	❶ crash barrier 防撞護欄	托 🔢 T G 公
		⇦crash (2325)

| 3298.
basin 🔠 盆地
[`besṇ] [ba·sin] | ❶ Taipei Basin 台北盆地 | 托 🔢 T G 公 |

| 3299.
battery 🔠 電池 MP3 4-06
[`bætərɪ] [bat·tery] | ❶ recharge one's batteries 養精蓄銳 | 托 🔢 T G 公 |

| 3300.
beak 🔠 鳥嘴
[bik] [beak] | The eagle held the meat in its beak.
老鷹嘴裡叼肉。 | 托 🔢 T G 公 |
| | | ⇦meat (542) |

| 3301.
beam 🔠 橫樑
[bim] [beam] | ❶ off beam 錯誤 | 托 🔢 T G 公 |
| | | ⇦off (618) |

| 3302.
behavior 🔠 行為
[bɪ`hevjɚ] [be·hav·ior] | The student is on her best behavior.
這學生表現良好。 | 托 🔢 T G 公 |
| | | ⇦student (873) |

| 3303.
biography 🔠 傳記
[baɪ`ɑgrəfɪ] [bi·og·ra·phy] | biography of sb.
某人傳記 | 托 🔢 T G 公 |

| 3304.
biology 🔠 生物學
[baɪ`ɑlədʒɪ] [bi·ol·o·gy] | He majored in Biology.
他主修生物學。 | 托 🔢 T G 公 |
| | | ⇦major (2666) |

| 3305.
blade 🔠 刀片
[bled] [blade] | ❶ razor blade 刮鬍刀刀片 | 托 🔢 T G 公 |

| 3306.
blend 混合
[blɛnd] [blend] | 動詞變化 **blend-blent-blent**
❶ blend into 融合到背景 | 托 🔢 T G 公 |

| 3307.
blessing 🔠 祝福
[`blɛsɪŋ] [bless·ing] | Let's pray for God's blessing.
讓我們祈求上帝祝福。 | 托 🔢 T G 公 |
| | | ⇦pray (1776) |

3308.
blink 動 眨眼
[blɪŋk] [blink]

動詞變化 **blink-blinked-blinked**　托 I T G 公
He didn't blink back his tears.
他沒止住淚水。

⇦tear (1984)

3309.
bloom 名動 開花
[blum] [bloom]

動詞變化 **bloom-bloomed-**　托 I T G 公
　　　　 bloomed
❶ in bloom 花朵盛開

3310.
blossom 名 花
[`blɑsəm] [blos·som]

She ordered an orange blossom.　托 I T G 公
她點橙花雞尾酒。

⇦orange (630)

3311.
blush 名動 臉紅
[blʌʃ] [blush]

動詞變化 **blush-blushed-blushed**　托 I T G 公
She puts Emma to the blush.
她讓艾瑪臉紅。

3312.
boast 動 自誇
[bost] [boast]

動詞變化 **boast-boasted-boasted**　托 I T G 公
He is always boasting about his
life.
他總在誇耀自己的人生。

⇦always (34)

3313.
bond 名 聯結
[bɑnd] [bond]

❶ the bond between 在～之間的連結　托 I T G 公

⇦between (102)

3314.
bounce 動 彈回
[baʊns] [bounce]

動詞變化 **bounce-bounced-**　托 I T G 公
　　　　 bounced
❶ bounce back 回復健康

3315.
bracelet 名 手鐲
[`breslɪt] [brace·let]

The bracelet looks very　托 I T G 公
expensive.
這手鐲看起來很貴。

⇦expensive (1388)

3316.
brassiere/bra 名
胸罩
[brə`zɪr]/[brɑ]
[bras·siere]/[bra]

What brand of bras do you wear?　托 I T G 公
你穿什麼牌子的內衣？

⇦brand (1154)

3317.
breed 動 飼養
[brid] [breed]

動詞變化 **breed-bred-bred**　托 I T G 公
❶ born and bred 土生土長

⇦born (119)

LEVEL
4

305

3318. **bridegroom/** **groom** 名 新郎 [`braɪd͵grum]/[grum] [(bride)groom]	The bridegroom looks handsome. 托 I T G 公 新郎看起來很帥氣。 ⇦handsome (1487)
3319. **broil** 動 烤 (MP3) [brɔɪl] [broil] 4-07	動詞變化 **broil-broiled-broiled** 托 I T G 公 ❶ broil fish 烤魚 ⇦fish (324)
3320. **broke** 形 一無所有的 [brok] [broke]	He was broke. 托 I T G 公 他一無所有。
3321. **brutal** 形 野蠻的 [`brutl̩] [bru·tal]	❶ with brutal honesty 冷酷直接地 托 I T G 公 ⇦honesty (2556)
3322. **bulletin** 名 公告 [`bʊlətɪn] [bul·le·tin]	❶ bulletin board 佈告欄 托 I T G 公 ⇦board (1141)

Cc ▼ 托 TOEFL、I IELTS、T TOEIC、G GEPT、公 公務人員考試

3323. **cabinet** 名 櫥；櫃 [`kæbənɪt] [cab·i·net]	He needs more filing cabinets. 托 I T G 公 他需要更多的檔案櫃。 ⇦need (587)
3324. **calculate** 動 計算 [`kælkjə͵let] [cal·cu·late]	動詞變化 **calculate-calculated-** **calculated** 托 I T G 公 Can you calculate the cost of the vacation? 你能算一下渡假花多少錢？ ⇦vacation (2055)
3325. **calculation** 名 計算 [͵kælkjə`leʃən] [cal·cu·la·tion]	❶ a rough calculation 初步估計 托 I T G 公
3326. **calculator** 名 計算機 [`kælkjə͵letɚ] [cal·cu·la·tor]	❶ pocket calculator 袖珍型計算機 托 I T G 公
3327. **calorie** 名 卡路里 [`kælərɪ] [cal·o·rie]	He is counting his calories. 托 I T G 公 他在控制熱量攝取。 ⇦rough (2922)

3328.
campaign 名
競選活動
[kæm`pen] [cam·paign]

❶ targeted campaign 針對性選戰　托 I T G 公

⇦target (1980)

3329.
candidate 名 候選人
[`kændədet] [can·di·date]

The presidential candidate looks smart.　托 I T G 公
總統候選人看起來很聰明。

⇨presidential (6089)

3330.
capacity 名 容量
[kə`pæsətɪ] [ca·pac·i·ty]

❶ actual capacity 實際能力　托 I T G 公

⇦actual (2116)

3331.
cape 名 海角
[kep] [cape]

Cape No. 7 was a hot movie.　托 I T G 公
海角七號是很夯的電影。

⇦hot (425)

3332.
capitalism 名 資本
主義
[`kæpətḷˌɪzəm]
[cap·i·tal·ism]

❶ popular capitalism 大眾資本主義　托 I T G 公

⇦popular (2817)

3333.
capitalist 名 資本家
[`kæpətḷɪst] [cap·i·tal·ist]

Mr. Yang is a capitalist.　托 I T G 公
楊先生是資本家。

3334.
career 名 職業
[kə`rɪr] [ca·reer]

❶ career break 離職期　托 I T G 公

⇦break (127)

3335.
cargo 名 貨物
[`kɑrgo] [car·go]

❶ cargo plane 貨運飛機　托 I T G 公

3336.
carrier 名 運送者
[`kærɪɚ] [car·ri·er]

He drove a people carrier.　托 I T G 公
他開小客車。

⇦people (654)

3337.
carve 動 雕刻
[kɑrv] [carve]

動詞變化 **crave-craved-craved**　托 I T G 公
❶ carve up 瓜分

3338.
catalogue/
catalog 名 目錄
[`kætəlɔg]/[`kætəlɔg]
[cat·a·log(ue)]

You are interested in reading a catalog.　托 I T G 公
你對看目錄很感興趣喔。

⇦interest (443)

LEVEL
4

3339. **cease** 名動 停止 [sis] [cease]	動詞變化 **cease-ceased-ceased** 托 I T G 公 ❶ without cease 不停地
3340. **celebration** 名 慶祝 [͵sɛləˋbreʃən] [cel·e·bra·tion]	They held a birthday celebration 托 I T G 公 last night. 他們昨晚舉辦生日慶祝會。 ⇦hold (418)
3341. **cement** 名 水泥 [sıˋmɛnt] [ce·ment]	❶ a cement floor 水泥地 托 I T G ⇦floor (326)
3342. **CD** 名 光碟	❶ compact disc 的縮寫 托 I T G He enjoys listening to CDs when he is free. 他有空時喜愛聽光碟。 ⇦free (342)
3343. **chamber** 名 寢室 [ˋtʃembɚ] [cham·ber]	He takes a rest in his chamber. 托 I T G 公 他在寢室休息。 ⇦take (889)
3344. **championship** 名 冠軍的地位 [ˋtʃæmpıən͵ʃıp] [cham·pi·on·ship]	She won the championship. 托 I T G 公 她贏得冠軍寶座。 ⇦win (1013)
3345. **characteristic** 名 特徵 形 特有的 [͵kærəktəˋrıstı] [char·ac·ter·is·tic]	❶ characteristic enthusiasm 托 I T G 公 特有熱情 ⇨enthusiasm (3583)
3346. **charity** 名 慈善 [ˋtʃærətı] [char·i·ty]	❶ cold as charity 不慈善 托 I T G 公 ⇦cold (191)
3347. **chemistry** 名 化學 [ˋkɛmıstrı] [chem·is·try]	❶ organic chemistry 有機化學 托 I T G 公 ⇨organic (3946)
3348. **cherish** 動 珍惜 [ˋtʃɛrıʃ] [cher·ish]	動詞變化 **cherish-cherished-** **cherished** 托 I T G 公 Anna needs to be cherished. 安娜需要被珍惜。 ⇦need (587)

3349.
chirp 名 動 發啁啾聲
[tʃɝp] [chirp]

動詞變化 **chirp-chirped-chirped**
The bird makes chirp.
鳥發出啁啾聲音。
⇦make (527)
托 Ⅰ T G 公

3350.
chore 名 家庭雜務
[tʃor] [chore]

He hates doing boring domestic chores.
他討厭做家務雜事。
⇦hate (398)
托 Ⅰ T G 公

3351.
chorus 名 合唱團
[`korəs] [cho·rus]

❶ in chorus 同時
托 Ⅰ T G 公

3352.
cigar 名 雪茄
[sɪ`gɑr] [ci·gar]

He smokes a cigar.
他抽雪茄。
⇦smoke (825)
托 Ⅰ T G 公

3353.
circular 形 圓形的
[`sɝkjəlɚ] [cir·cu·lar]

❶ a circular tour of 環～旅行
⇦tour (2019)
托 Ⅰ T G 公

3354.
circulate 動 循環
[`sɝkjəˌlet] [cir·cu·late]

動詞變化 **circulate-circulated-circulated**
❶ circulate throughout 循環遍佈
⇦throughout (2006)
托 Ⅰ T G 公

3355.
circulation 名 循環
[`sɝkjəˌleʃən]
[cir·cu·la·tion]

He has good circulation.
他循環暢通。
⇦good (368)
托 Ⅰ T G 公

3356.
circumstance 名 情況
[`sɝkəmˌstæns]
[cir·cum·stance]

❶ under circumstance 既然如此
⇦under (960)
托 Ⅰ T G 公

3357.
civilian 名 形 平民
[sɪ`vɪljən] [ci·vil·ian]

The man returns to civilian life.
男子重返平民生活。
⇦return (719)
托 Ⅰ T G 公

3358.
civilization 名 文明
[`sɝkjəˌleʃən]
[civ·i·li·za·tion]

❶ modern civilization 現代文明
⇦modern (1644)
托 Ⅰ T G 公

LEVEL
4

3359.
clarify 勔 澄清
[`klærəˌfaɪ] [clar·i·fy]
(MP3 4-09)

動詞變化 clarify-clarified-clarified 托 I T G 公
❶ clarify one's position 澄清某人立場

⇦position (681)

3360.
clash 勔 相碰撞
[klæʃ] [clash]

動詞變化 clash-clashed-clashed 托 I T G 公
❶ clash with 和～衝突

3361.
classification 名
分類
[ˌklæsəfəˈkeʃən]
[clas·si·fi·ca·tion]

❶ classification of …的分類 托 I T G 公

3362.
classify 勔 將…分類
[`klæsəˌfaɪ] [clas·si·fy]

動詞變化 classify-classified-classfied 托 I T G 公
Movies are classified into ten categories.
電影分成十類。

⇨category (4420)

3363.
cliff 名 斷崖
[klɪf] [cliff]

❶ the cliff top 在崖邊頂端 托 I T G 公

⇦top (939)

3364.
climax 名 高潮
[`klaɪmæks] [cli·max]

❶ the climax of the film 電影高潮 托 I T G 公

⇦film (571)

3365.
clumsy 形 笨拙的
[`klʌmzɪ] [clum·sy]

That is clumsy of her.
她很笨拙。
托 I T G 公

3366.
coarse 形 粗糙的
[kors] [coarse]

❶ coarse meal 粗糙食品 托 I T G 公

⇦meal (1619)

3367.
code 名 代碼
[kod] [code]

❶ zip code 區域號碼 托 I T G 公

3368.
collapse 勔 崩塌
[kəˈlæps] [col·lapse]

動詞變化 collapse-collapsed-collapsed 托 I T G 公
The house collapsed suddenly.
房子突然坍塌。

⇦house (427)

3369.
combination 名
結合
[ˌkɑmbəˋneʃən]
[com·bi·na·tion]

❶ combination loc 暗碼鎖

托 I T G 公

3370.
comedy 名 喜劇
[ˋkɑmədɪ] [com·e·dy]

I really love comedy.
我真的很愛喜劇。

托 I T G 公

⇦love (519)

3371.
comic 名 連環漫畫
[ˋkɑmɪk] [com·ic]

He reads comic books after
school.
他放學後看漫畫。

托 I T G 公

⇦read (710)

3372.
commander 名
指揮官
[kəˋmændɚ]
[com·mand·er]

❶ commander in chief 統帥

托 I T G 公

⇦chief (173)

3373.
comment 名 意見
[ˋkɑmɛnt] [com·ment]

No comments.
不予置評。

托 I T G 公

3374.
commerce 名 商業
[ˋkɑmɝs] [com·merce]

❶ Chamber of Commerce 商會

托 I T G 公

⇦chamber (3343)

LEVEL

4

3375.
commit 動 犯罪
[kəˋmɪt] [com·mit]

動詞變化 **commit-committed-**
committed
He committed a murder.
他犯下殺人罪。

托 I T G 公

⇦murder (2722)

3376.
communication
名 交流
[kəˌmjunəˋkeʃən]
[com·mu·ni·ca·tion]

People should learn
communication skills.
人們要學溝通技巧。

托 I T G 公

⇦skill (816)

3377.
community 名 社區
[kəˋmjunətɪ]
[com·mu·ni·ty]

We live in the same community.
我們住在同社區。

托 I T G 公

⇦same (748)

3378.
companion 名 同伴

[kəm`pænjən]
[com · pan · ion]

○ boon companion 益友

托 I T G 公

3379.
competition 名 🎵 4-10
競爭

[͵kɑmpə`tıʃən]
[com · pe · ti · tion]

○ in competition 在競爭中

托 I T G 公

3380.
competitive 形
競爭的

[kəm`pɛtətıv]
[com · pe · ti · tive]

○ competitive advantage 競爭優勢

托 I T G 公

⇦advantage (2122)

3381.
competitor 名
競爭者

[kəm`pɛtətɚ]
[com · pet · i · tor]

It is our main competitor.
那是我們主要競爭對手。

托 I T G 公

⇦our (633)

3382.
complicate 動
弄複雜

[`kɑmplə͵ket]
[com · pli · cate]

動詞變化 complicate-complicated-
complicated

○ to complicate matters further 更複雜的是

托 I T G 公

⇦matter (536)

3383.
compose 動 構成

[kəm`poz] [com · pose]

動詞變化 compose-composed-
composed

○ compose herself 她很鎮定

托 I T G 公

3384.
composer 名
作曲家

[kəm`pozɚ] [com · pos · er]

Jay is a popular composer.
杰是受歡迎的作曲家。

托 I T G 公

⇦popular (2817)

3385.
composition 名
作文

[͵kɑmpə`zıʃən]
[com · po · si · tion]

Writing a composition is
interesting.
寫作文很有趣。

托 I T G 公

⇦write (1030)

3386. **concentrate** 動 濃縮；集中 [`kɑnsɛn͵tret] [con·cen·trate]	動詞變化 **concentrate-** **concentrated-concentrated** ❶ concentrate on 集中注意力	托 I T G 公
3387. **concentration** 名 濃度 [͵kɑnsɛn`treʃən] [con·cen·tra·tion]	❶ concentrations in~ …的濃度（含量）	托 I T G 公
3388. **concept** 名 概念 [`kɑnsɛpt] [con·cept]	❶ basic concepts 基本概念 ⇨basic (76)	托 I T G 公
3389. **concerning** 介 關於 [kən`sɝnɪŋ] [con·cern·ing]	The host asks one question concerning the singer. 主持人問關於歌星的問題。 ⇨question (698)	托 I T G 公
3390. **concrete** 形 具體的 [`kɑnkrit] [con·crete]	❶ in the concrete 實際上	托 I T G 公
3391. **conductor** 名 指揮 [kən`dʌktɚ] [con·duc·tor]	Jerry is a professional conductor. 傑瑞是專業的指揮家。 ⇨professional (4027)	托 I T G 公
3392. **conference** 名 討論會 [`kɑnfərəns] [con·fer·ence]	❶ in conference 商討	托 I T G 公
3393. **confess** 動 坦白 [kən`fɛs] [con·fess]	動詞變化 **confess-confessed-** **confessed** He confessed to the robbery. 他坦承搶劫。 ⇨robbery (2916)	托 I T G 公
3394. **confidence** 名 信心 [`kɑnfədəns] [con·fi·dence]	❶ in one's confidence 某人的心腹	托 I T G 公

LEVEL
4

3395.
confine 動 限制
[kən`faɪn] [con・fine]

動詞變化 **confine-confined-confined**

The concert won't be confined to Taiwan.
這演唱會不會侷限在台灣。

⇦concert (2306)

3396.
confusion 名 迷惑
[kən`fjuʒən] [con・fu・sion]

❶ in confusion 混亂

3397.
congratulate 動
恭喜
[kən`grætʃəˌlet]
[con・grat・u・late]

動詞變化 **congratulate-congratulated-congratulated**

He congratulated her on her success.
他恭喜她成功。

⇦success (1959)

3398.
congress 名 會議
[`kaŋgrəs] [con・gress]

❶ national congress 國民大會

⇦national (1660)

3399.
conjunction
名 連接
[kən`dʒʌŋkʃən]
[con・junc・tion]

4-11

❶ in conjunction with 與…連結一起

3400.
conquer 動 征服
[ˌkaŋkɚ] [con・quer]

動詞變化 **conquer-conquered-conquered**

❶ conquered territories 被佔領的土地

3401.
conscience 名 良心
[`kanʃəns] [con・science]

❶ social conscience 社會良知

3402.
consequence 名
結果
[`kansəˌkwɛns]
[con・se・quence]

❶ in consequence of 由於～的結果

3403.
consequent 形
因…結果而引起的
[`kansəˌkwɛnt]
[con・se・quent]

❶ consequent upon 隨之而來的結果

⇦upon (2049)

3404. **conservative** 彤 保守的 [kənˋsɝvətɪv] [con‧ser‧va‧tive]	His view is not conservative. 他觀念一點都不保守。 托 I T G 公
3405. **consist** 動 組成 [kənˋsɪst] [con‧sist]	動詞變化 **consist-consisted-** **consisted** 托 I T G 公 ❶ consist of 由…組成
3406. **consistent** 彤 前後一致的 [kənˋsɪstənt] [con‧sis‧tent]	❶ consistent with 與…一致 托 I T G 公
3407. **consonant** 名 子音 [ˋkɑnsənənt] [con‧so‧nant]	"C" and "F" are consonants. 「C」和「F」都是子音。 托 I T G 公
3408. **constitute** 動 構成 [ˋkɑnstəˏtjut] [con‧sti‧tute]	動詞變化 **constitute-constituted-** **constituted** 托 I T G 公 Male officers constitute the majority of the company. 男性員工在這間公司占多數。 ⇦company (1233)
3409. **constitution** 名 憲法 [ˏkɑnstəˋtjuʃən] [con‧sti‧tu‧tion]	❶ according to the constitution 托 I T G 公 根據憲法 ⇦according to (5)
3410. **construct** 動 建造 [kənˋstrʌkt] [con‧struct]	動詞變化 **construct-constructed-** **constructed** 托 I T G 公 He reads a well-constructed story. 他閱讀一篇構思巧妙的故事。 ⇦story (869)
3411. **construction** 名 建造 [kənˋstrʌkʃən] [con‧struc‧tion]	❶ road construction 道路施工 托 I T G 公 ⇦road (727)
3412. **constructive** 彤 建設性的 [kənˋstrʌktɪv] [con‧struc‧tive]	He gave us some constructive advice. 他給我們建設性的忠告。 托 I T G 公 ⇦advice (2126)

LEVEL **4**

3413.
consult 動 請教
[kənˋsʌlt] [con·sult]

動詞變化 consult-consulted-consulted

托 I T G 公

You have to consult me before doing it.
做之前要先請問我。

⇦before (93)

3414.
consultant 名
諮詢者
[kənˋsʌltənt] [con·sul·tant]

❶ management consultant
管理諮詢者

托 I T G 公

⇦management (2670)

3415.
consume 動 消費
[kənˋsjum] [con·sume]

動詞變化 consume-consumed-consumed

托 I T G 公

She consumes most money in clothes.
她消費所有錢在衣服上。

⇦money (557)

3416.
consumer 名
消費者
[kənˋsjumɚ] [con·sum·er]

Be a smart consumer.
當聰明的消費者。

托 I T G 公

⇦smart (822)

3417.
container 名 容器
[kənˋtenɚ] [con·tain·er]

❶ an airtight container 密封容器

托 I T G 公

⇨airtight (4301)

3418.
content 形 滿足的
名 內容
[kənˋtɛnt]/[ˋkɑntɛnt]
[con·tent]

She had to be content with the second prize.
她必須對第二獎滿足。

托 I T G 公

⇦prize (1791)

3419.
contentment 名 滿足
[kənˋtɛntmənt]
[con·tent·ment]

MP3
4-12

❶ find contentment 得到滿足

托 I T G 公

3420.
contest 名 比賽；
競爭
[ˋkɑntɛst] [con·test]

He won the speech contest.
他贏得演講比賽。

托 I T G 公

⇦speech (850)

3421.
context 名 上下文
[ˋkɑntɛkst] [con·text]

❶ take out of context 斷章取義

托 I T G 公

⇦take (889)

3422.
continual/
continuous 形
不斷的
[kən`tɪnjuəl]/[kən`tɪnjuəs]
[con·tin·u·al]
[con·tin·u·ous]

● continual interruptions 不斷的打擾 托 I T G 公

⇨interruption (3805)

3423.
contrary 形 相反的
[`kɑntrɛrɪ] [con·trary]

● on the contrary 相反的 托 I T G 公

3424.
contrast 動 對比;形
成對照
[`kɑn͵træst] [con·trast]

動詞變化 **contrast-contrasted-**
contrasted 托 I T G 公

● contrast with 對照

3425.
contribute 動 捐獻
[kən`trɪbjut] [con·trib·ute]

動詞變化 **contribute-contributed-**
contributed 托 I T G 公

The rich man contributed all his wealth to the foundation.
這位富翁把他所有財產都捐給這基金會。

⇨foundation (3652)

3426.
contribution 名
捐獻
[͵kɑntrə`bjuʃən]
[con·tri·bu·tion]

He made a contribution of $10,000. 托 I T G 公
他捐了一萬元。

⇦make (527)

3427.
convenience 名
便利
[kən`vinjəns]
[con·ve·nience]

● convenience store 便利商店 托 I T G 公

⇦store (868)

3428.
convention 名 公約
[kən`vɛnʃən]
[con·ven·tion]

● a military convention 軍事協定公約 托 I T G 公

⇦military (1637)

3429.
conventional 形
習慣的
[kən`vɛnʃənl̩]
[con·ven·tion·al]

What is a conventional greeting? 托 I T G 公
什麼是習慣問候?

⇨greeting (3702)

LEVEL
4

3430. **converse** 動 談話 [kən`vɜs] [con · verse]	動詞變化 **converse-conversed- conversed** 托 I T G 公 They have conversed for thirty minutes. 他們談話談半小時。
3431. **convey** 動 轉運 [kən`ve] [con · vey]	動詞變化 **convey-conveyed- conveyed** 托 I T G 公 Passengers are conveyed by MRT. 旅客由捷運載送。 <div align="right">⇦passenger (1718)</div>
3432. **convince** 動 說服 [kən`vɪns] [con · vince]	動詞變化 **convince-convinced- convinced** 托 I T G 公 He tried to convince her to go with him. 他試著說服她和他一起去。 <div align="right">⇦try (950)</div>
3433. **cooperate** 動 合作 [ko`apə͵ret] [co · op · er · ate]	動詞變化 **cooperate-cooperated- cooperated** 托 I T G 公 ❶ cooperate with each other 互相合作
3434. **cooperation** 名 合作 [ko͵apə`reʃən] [co · op · er · a · tion]	❶ cooperation with 和～合作 托 I T G 公
3435. **cooperative** 形 合作的 [ko`apə͵retɪv] [co · op · er · a · tive]	The employers are cooperative. 托 I T G 公 員工很合作。 <div align="right">⇦employer (2420)</div>
3436. **cope** 動 對付 [kop] [cope]	動詞變化 **cope-coped-coped** 托 I T G 公 ❶ cope with 對付
3437. **copper** 名 銅 [`kapɚ] [cop · per]	Sandy had a few coppers in her purse. 托 I T G 公 珊蒂的錢包有幾個銅板。 <div align="right">⇦purse (1810)</div>

3438.
cord 名 電線
[kɔrd] [cord]

We can bound this box with a cord.
我們可以用電線綁箱子。

㊀Ⅰ Ⓣ Ⅼ Ⓖ ⚠

⇦box (123)

3439.
cork 名 軟木塞
[kɔrk] [cork]

MP3 4-13

❶ cork up 用軟木塞塞住

㊀Ⅰ Ⓣ Ⓖ ⚠

3440.
correspond 動
符合
[ˌkɔrɪˈspɑnd]
[cor·re·spond]

動詞變化 correspond-corresponded-corresponded

His words always don't correspond with his deed.
他的言行通常不一致。

㊀Ⅰ Ⓣ Ⓖ ⚠

⇦deed (2352)

3441.
costume 名 服裝
[ˈkɑstjum] [cos·tume]

She wears her costume on Halloween.
她在萬聖節穿戲服。

㊀Ⅰ Ⓣ Ⓖ ⚠

⇦wear (987)

3442.
cottage 名 農舍
[ˈkɑtɪdʒ] [cot·tage]

The farmer lived in a cottage near the forest.
這農夫住在森林附近的農舍。

㊀Ⅰ Ⓣ Ⓖ ⚠

⇦forest (336)

3443.
council 名 地方議會
[ˈkaʊnsl̩] [coun·cil]

❶ hold a council 開地方議會

㊀Ⅰ Ⓣ Ⓖ ⚠

⇦hold (418)

3444.
counter 名 櫃臺
[ˈkaʊntɚ] [count·er]

He is waiting at the counter.
他正在櫃檯等待。

㊀Ⅰ Ⓣ Ⓖ ⚠

⇦wait (974)

3445.
courageous 形
勇敢的
[kəˈredʒəs] [cou·ra·geous]

❶ a courageous decision
勇敢的決定

㊀Ⅰ Ⓣ Ⓖ ⚠

⇦decision (1288)

3446.
courteous 形 有禮貌的
[ˈkɝtjəs] [cour·te·ous]

She is a courteous girl.
她是有禮貌的女孩。

㊀Ⅰ Ⓣ Ⓖ ⚠

⇦girl (360)

3447.
courtesy 名 禮貌
[ˈkɝtəsɪ] [cour·te·sy]

❶ by courtesy of 承蒙~好意

㊀Ⅰ Ⓣ Ⓖ ⚠

LEVEL 4

3448.
crack 動 破裂
[kræk] [crack]

動詞變化 **crack-cracked-cracked** 托 I T G 公
❶ crack up 垮掉

3449.
craft 名 工藝
[kræft] [craft]

She loves arts and crafts. 托 I T G 公
她喜歡手工藝。
⇦art (55)

3450.
cram 動 把…塞進
[kræm] [cram]

動詞變化 **cram-crammed-crammed** 托 I T G 公
They all managed to cram into the train.
他們全部擠到火車內。
⇦train (945)

3451.
creation 名 創造
[krɪ`eʃən] [cre·a·tion]

❶ creation science 創世論科學 托 I T G 公
⇦science (1864)

3452.
creativity 名 創造性
[ˌkrie`tɪvətɪ]
[cre·a·tiv·i·ty]

Creativity allows people to make 托 I T G 公
mistake.
創造性是允許犯錯的。
⇦mistake (551)

3453.
cripple 名 跛子
[`krɪpl̩] [crip·ple]

He helped a cripple cross the 托 I T G 公
street.
他幫忙跛子過馬路。
⇦street (871)

3454.
critic 名 批評家
[`krɪtɪk] [crit·ic]

James is a literary critic. 托 I T G 公
詹姆士是文學評論家。
⇨literary (3845)

3455.
critical 形 評論的
[`krɪtɪkl̩] [crit·i·cal]

The manager is highly critical of 托 I T G 公
the company.
經理對公司提出強烈批評。
⇦company (1233)

3456.
criticism 名 評論
[`krɪtəˌsɪzəm] [crit·i·cism]

❶ new criticism 新批評論 托 I T G 公
⇦new (589)

3457.
criticize 動 批評
[`krɪtɪˌsaɪz] [crit·i·cize]

Don't criticize all the time. 托 I T G 公
別一直批評。
⇦time (928)

3458.
cruelty 名 殘忍
[`kruəltɪ] [cru·el·ty]

❶ cruelty to 對某人或動物殘忍 托 I T G 公

3459.
crush 動 壓碎
[krʌʃ] [crush]

MP3
4-14
動詞變化 **crush-crushed-crushed** 托 I T G 公
You crushed the box.
你把箱子壓壞了。
⇦box (123)

3460. **cube** 名 立方 [kjub] [cube]	The cube of 4 is 64. 四的三次方是六十四。	托 I T G 公
3461. **cucumber** 名 黃瓜 [ˋkjukəmbɚ] [cu‧cum‧ber]	❶ cool as cucumber 鎮定 ⇦cool (198)	托 I T G 公
3462. **cue** 名 線索 [kju] [cue]	❶ throw one a cue 給某人暗示 ⇦throw (922)	托 I T G 公
3463. **cunning** 形 狡猾的 [ˋkʌnɪŋ] [cun‧ning]	He is cunning. 他很狡猾。	托 I T G 公
3464. **curiosity** 名 好奇心 [ˌkjurɪˋɑsətɪ] [cu‧ri‧os‧ity]	Tom does everything with curiosity. 湯姆做每件事都帶有好奇心。	托 I T G 公
3465. **curl** 動 使…捲曲 [kɝl] [curl]	動詞變化 **curl-curled-curled** ❶ curl up 捲起來	托 I T G 公
3466. **curse** 動 詛咒 [kɝs] [curse]	動詞變化 **curse-cursed-cursed** He cursed his classmate. 他詛咒他的同學。	托 I T G 公
3467. **curve** 名 曲線 [kɝv] [curve]	❶ sharp curve 急轉彎	托 I T G 公
3468. **cushion** 名 墊子 [ˋkuʃən] [cush‧ion]	He knees on a cushion. 他跪在墊子上。 ⇦knee (472)	托 I T G 公

LEVEL 4

Dd ▼ 托 TOEFL、I IELTS、T TOEIC、G GEPT、公 公務人員考試

3469. **damn** 動 罵…該死 [dæm] [damn]	動詞變化 **damn-damned-damned** Damn it! 該死！	托 I T G 公
3470. **damp** 形 潮濕的 [dæmp] [damp]	Today is cold and damp. 今天冷又潮濕。 ⇦cold (191)	托 I T G 公
3471. **deadline** 名 截止期限 [ˋdɛdˌlaɪn] [dead‧line]	❶ the deadline for ～的截止	托 I T G 公

3472.
declare 動 宣告
[dɪˋklɛr] [de‧clare]

動詞變化 **declare-declared-declared**

❶ declare against 聲明

⇦against (17)

3473.
decoration 名 裝飾
[ˏdɛkəˋreʃən]
[dec‧o‧ra‧tion]

❶ put up decoration 放上裝飾品

3474.
decrease 動 減小
[dɪˋkris] [de‧crease]

動詞變化 **decrease-decreased-decreased**

Sam's account decreased little by little.
山姆的戶頭一點一點的減少。

⇦little (513)

3475.
defeat 動 擊敗
[dɪˋfit] [de‧feat]

動詞變化 **defeat-defeated-defeated**

The team defeated the other teams.
這組擊敗其他組。

⇦team (1983)

3476.
defend 動 保衛
[dɪˋfɛnd] [de‧fend]

動詞變化 **defend-defended-defended**

People need to defend their country.
人們應該保衛國家。

⇦country (204)

3477.
defense 名 防禦
[dɪˋfɛns] [de‧fense]

The fence is built as a defense against stray dogs.
這籬笆築起來是用來防禦流浪狗。

⇦fence (1405)

3478.
defensible 形 可防禦的
[dɪˋfɛnsəbl̩]
[de‧fen‧si‧ble]

❶ defensible space 防禦空間

⇦space (847)

3479.
defensive 形 保衛的
[dɪˋfɛnsɪv] [de‧fen‧sive]

❶ onto the defensive 處於戒備狀態

⇦onto (2747)

3480.
definite 形 明確的
[ˋdɛfənɪt] [def·i·nite]

"The" is definite article.
「The」是定冠詞。

托 **I** T **G** 公

3481.
delicate 形 精細的
[ˋdɛləkət] [del·i·cate]

Her hands are delicate.
她的雙手很纖細。

托 **I** T **G** 公

⇨hand (393)

3482.
delight 名 動 欣喜
[dɪˋlaɪt] [de·light]

動詞變化 **delight-delighted-delighted**

Mary delighted in teaching English.
瑪莉以教英文為樂。

托 **I** T **G** 公

⇨teach (896)

3483.
delightful 形
令人欣喜的
[dɪˋlaɪtfəl] [de·light·ful]

Amy is a delightful girl.
艾咪是討人喜歡的女孩。

托 **I** T **G** 公

⇨girl (360)

3484.
demand 名 請求
[dɪˋmænd] [de·mand]

The natural resource here will be in short of demand in one day.
這裡的自然資源總有一天會供不應求的。

托 **I** T **G** 公

⇨resource (2901)

3485.
demonstrate 動
顯示
[ˋdɛmənˏstret]
[dem·on·strate]

動詞變化 **demonstrate-demonstrated-demonstrated**

The thief could not demonstrate himself that he was not here at that time.
小偷無法證明自己當時不在場。

托 **I** T **G** 公

⇨thief (2001)

3486.
demonstration 名
顯示
[ˏdɛmənˋstreʃən]
[dem·on·stra·tion]

❶ by demonstration 示範…

托 **I** T **G** 公

3487.
dense 形 密集的
[dɛns] [dense]

❶ a dense forest 密集的森林

托 **I** T **G** 公

⇨forest (336)

LEVEL
4

3488. **depart** 動 離開 [dɪ`pɑrt] [de·part]	動詞變化 depart-departed- departed He departs in the evening. 他在晚上出發。 ⇦evening (284)	托 I T G 公
3489. **departure** 名 離去 [dɪ`pɑrtʃɚ] [de·par·ture]	❶ departure from 背離	托 I T G 公
3490. **dependable** 形 可靠的 [dɪ`pɛndəbl̩] [de·pend·able]	He has many dependable friends. 他有很多可靠的朋友。 ⇦many (529)	托 I T G 公
3491. **dependent** 形 依賴的 [dɪ`pɛndənt] [de·pend·ent]	Kids always are dependent on their parents so much. 小孩通常很依賴於他們的父母。 ⇦parents (645)	托 I T G 公
3492. **depress** 動 使沮喪 [dɪ`prɛs] [de·press]	動詞變化 depress-depressed- depressed Failure always depresses people. 失敗總讓人沮喪。 ⇦failure (1396)	托 I T G 公
3493. **depression** 名 沮喪 [dɪ`prɛʃən] [de·pres·sion]	❶ bring one out of depression 讓人不沮喪 ⇦bring (131)	托 I T G 公
3494. **deserve** 動 值得 [dɪ`zɝv] [de·serve]	動詞變化 deserve-deserved- deserved You deserve it. 你應得的。	托 I T G 公
3495. **desperate** 形 絕望的 [`dɛspərɪt] [des·per·ate]	She is desperate when she broke up with Tom. 當她和湯姆分手，她很絕望。	托 I T G 公
3496. **despite** 介 不管 [dɪ`spaɪt] [de·spite]	She went to school despite she caught a cold. 儘管感冒，她還是去上學。 ⇦cold (191)	托 I T G 公
3497. **destruction** 名 破壞 [dɪ`strʌkʃən] [de·struc·tion]	❶ destruction to 破壞…	托 I T G 公

3498. **detective** 名 偵探 [dɪˋtɛktɪv] [de·tec·tive]	Holmes was a famous detective. 福爾摩斯是很有名的偵探。 ⇦famous (1398)
3499. **determination** 名 決心 [dɪ͵tɝməˋneʃən] [de·ter·mi·na·tion]	❶ the determination of ～的決心
3500. **device** 名 裝置 [dɪˋvaɪs] [de·vice]	❶ an electronic device 電子裝置 ⇦electronic (2413)
3501. **devise** 動 設計 [dɪˋvaɪz] [de·vise]	動詞變化 **devise-devised-devised** ❶ devise to 設計出
3502. **devote** 動 將…奉獻 [dɪˋvot] [de·vote]	動詞變化 **devote-devoted-devoted** She devoted herself to performance. 她把自己奉獻給表演。 ⇦performance (2791)
3503. **diaper** 名 尿布 [ˋdaɪəpɚ] [di·a·per]	❶ a disposable diaper 紙尿布 ⇨disposable (5680)
3504. **differ** 動 不同 [ˋdɪfɚ] [dif·fer]	動詞變化 **differ-differed-differed** My opinion differs from yours. 我的意見跟你不同。 ⇦opinion (1692)
3505. **digest** 動 消化 [daɪˋdʒɛst] [di·gest]	動詞變化 **digest-digested-digested** Meat is not easy to digest. 肉類不易消化。 ⇦easy (267)
3506. **digestion** 名 消化 [dəˋdʒɛstʃən] [di·ges·tion]	❶ good digestion 消化力很強
3507. **digital** 形 數字的 [ˋdɪdʒɪtḷ] [dig·i·tal]	❶ a digital camera 數位相機 ⇦camera (149)
3508. **dignity** 名 尊嚴 [ˋdɪgnətɪ] [dig·ni·ty]	❶ maintain one's dignity 維持某人尊嚴 ⇦maintain (1606)

LEVEL
4

3509. **diligence** 名 勤奮 [ˈdɪlədʒəns] [dil·i·gence]	John is a student with much diligence. 約翰是很勤奮的學生。 ⇔student (873)	托 I T G 公
3510. **diploma** 名 文憑 [dɪˈplomə] [di·plo·ma]	He gained a college diploma. 他取得大學文憑。 ⇔college (2291)	托 I T G 公
3511. **diplomat** 名 外交官 [ˈdɪpləmæt] [dip·lo·mat]	Her grandpa was a diplomat. 她祖父曾是外交官。	托 I T G 公
3512. **disadvantage** 名 不利 [ˌdɪsədˈvæntɪdʒ] [dis·ad·van·tage]	❶ at a disadvantage 處於不利地位	托 I T G 公
3513. **disaster** 名 災禍 [dɪˈzæstɚ] [di·sas·ter]	❶ disaster lost 災害損失	托 I T G 公
3514. **discipline** 名 紀律 [ˈdɪsəplɪn] [dis·ci·pline]	❶ high standard of discipline 紀律嚴明 ⇔standard (1936)	托 I T G 公
3515. **disconnect** 動 分開 [ˌdɪskəˈnɛkt] [dis·con·nect]	動詞變化 disconnect-disconnected-disconnected ❶ become disconnected from 和～脫離 ⇔become (90)	托 I T G 公
3516. **discourage** 動 使洩氣 [dɪsˈkɝɪdʒ] [dis·cour·age]	動詞變化 discourage-discouraged-discouraged He is discouraged by the result. 他因結果而洩氣。 ⇔result (1845)	托 I T G 公
3517. **discouragement** 名 氣餒 [dɪsˈkɝɪdʒmənt] [dis·cour·age·ment]	❶ atmosphere of discouragement 灰心的氣氛 ⇔atmosphere (3281)	托 I T G 公
3518. **disguise** 名 喬裝 [dɪsˈgaɪz] [dis·guise]	❶ a blessing in disguise 因禍得福 ⇔blessing (3307)	托 I T G 公

3519.
disgust 動 使厭惡 🎧
[dıs`ɡʌst] [dis·gust]
4-17

動詞變化 **disgust-disgusted-disgusted** 托 I T G 公

He expressed his disgust at the film.
他對這電影表示厭惡。

⇦film (571)

3520.
dismiss 動 解散
[dıs`mıs] [dis·miss]

動詞變化 **dismiss-dismissed-dismissed** 托 I T G 公

The class is dismissed at 10:30.
下課時間是十點半。

⇦class (179)

3521.
disorder 名 無秩序
[dıs`ɔrdɚ] [dis·or·der]

❶ eating disorder 飲食失調 托 I T G 公

3522.
dispute 名動 爭論
[dı`spjut] [dis·pute]

動詞變化 **dispute-disputed-disputed** 托 I T G 公

❶ beyond dispute 無疑地

⇦beyond (1133)

3523.
distinct 形 有區別的
[dı`stıŋkt] [dis·tinct]

❶ be distinct from ～的區別 托 I T G 公

3524.
distinguish 動 分辨
[dı`stıŋgwıʃ] [dis·tin·guish]

動詞變化 **distinguish-distinguished-distinguished** 托 I T G 公

It is hard to distinguish who is the older and younger sister between the twins.
這對雙胞胎很難分辨誰是姐姐誰是妹妹。

⇦between (102)

3525.
distinguished 形
卓越的
[dı`stıŋgwıʃt]
[dis·tin·guished]

❶ a distinguished career
卓越的生涯 托 I T G 公

⇦career (3334)

3526.
distribute 動 分配
[dı`strıbjut] [dis·trib·ute]

動詞變化 **distribute-distrubted-distrubted** 托 I T G 公

❶ distribute free 免費分送

⇦free (342)

3527.
distribution 名
分配
[ˌdıstrə`bjuʃən]
[dis·tri·bu·tion]

❶ normal distribution 常態分配 托 I T G 公

⇦normal (2739)

LEVEL
4

3528. **district** 名 轄區 [`dɪstrɪkt] [dis・trict]	❶ financial district 金融區	托 I T G 公 ⇨financial (3635)
3529. **disturb** 動 打擾 [dɪs`tɜb] [dis・turb]	動詞變化 disturb-disturbed- 　　　　disturbed Don't disturb her. 別打擾她。	托 I T G 公 ⇨her (409)
3530. **divine** 形 神祇的 [də`vaɪn] [di・vine]	❶ divine right 王權神授	托 I T G 公 ⇨right (723)
3531. **divorce** 動 與…離婚 [də`vors] [di・vorce]	動詞變化 divorce-divorced- 　　　　divorced Lisa got divorced with Leon. 麗莎和里昂離婚。	托 I T G 公
3532. **dominant** 形 支配的 [`dɑmənənt] [dom・i・nant]	❶ a dominant position 　舉足輕重的地位	托 I T G 公 ⇨position (681)
3533. **dominate** 動 支配 [`dɑmə͵net] [dom・i・nate]	動詞變化 dominate-dominated- 　　　　dominated ❶ be dominated by A 被 A 支配	托 I T G 公
3534. **dorm** 名 宿舍 [dɔrm] [dorm]	Fred lived in the dorm. 費德住在宿舍。	托 I T G 公 ⇨live (514)
3535. **dormitory** 名 學生宿舍 [`dɔrmə͵torɪ] [dor・mi・to・ry]	He doesn't want to live in the dormitory anymore. 他不想再住在宿舍。	托 I T G 公 ⇨want (977)
3536. **download** 動 下載 [`daʊn͵lod] [down・load]	動詞變化 download-downloaded- 　　　　downloaded ❶ download limit 下載限制量	托 I T G 公 ⇨limit (1584)
3537. **doze** 名動 打瞌睡 [doz] [doze]	動詞變化 doze-dozed-dozed He takes a doze after school. 他放學後小睡一下。	托 I T G 公 ⇨take (889)

3538.
draft 名 草稿
[dræft] [draft]

Do you know that she has written 托 I T G 公
out a draft?
你知道她已經擬好草稿了嗎？

⇨know (474)

3539.
dread 動 懼怕
[drɛd] [dread]
(MP3) 4-18

動詞變化 **dread-dreaded-dreaded** 托 I T G 公
He dreads seeing a doctor.
他超怕看醫生。

⇨doctor (242)

3540.
drift 動 漂流
[drɪft] [drift]

動詞變化 **drift-drifted-drifted** 托 I T G 公
❶ drift off 睡著

3541.
drill 名動 鑽孔
[drɪl] [drill]

動詞變化 **drill-drilled-drilled** 托 I T G 公
❶ drill bit stock 股票 (價格不到一美元)

⇨stock (5190)

3542.
durable 形 耐穿的
[ˋdjurəbl] [du·ra·ble]

The jacket is made of durable 托 I T G 公
material.
這夾克很耐穿。

⇨jacket (1549)

3543.
dusty 形 覆著灰塵的
[ˋdʌstɪ] [dust·y]

❶ become dusty 變得煙霧瀰漫 托 I T G 公

⇨become (90)

3544.
DVD 縮 數位視訊影碟

❶ Digital Video Disc/Disk 托 I T G 公
DVD-ROM drive.
數位時訊影碟驅動器

3545.
dye 動 染料
[daɪ] [dye]

動詞變化 **dye-dyed-dyed** 托 I T G 公
He dyed his hair brown.
他把頭髮染成棕色。

⇨brown (133)

3546.
dynamic 形 動態的
[daɪˋnæmɪk] [dy·nam·ic]

❶ dynamic buffering 動態緩衝 托 I T G 公

3547.
dynasty 名 王朝
[ˋdaɪnəstɪ] [dy·nas·ty]

❶ Han Dynasty 漢朝 托 I T G 公

LEVEL
4

Ee

3548.
earnest 形 認真的
[ˋɝnɪst] [ear‧nest]

Danny is earnest about everything he feels interested in.
丹尼對他感興趣的事都很認真。

托 I T G 公

⇦feel (310)

3549.
earphone 名 耳機
[ˋɪr͵fon] [ear‧phone]

Two sets of earphones are only three hundred dollars.
兩副耳機只要三百元。

托 I T G 公

⇦hundred (431)

3550.
economic 形
經濟上的
[͵ikəˋnɑmɪk] [eco‧nom‧ic]

❶ economic cooperation 經濟合作

托 I T G 公

⇦cooperation (3434)

3551.
economical 形
經濟的
[͵ikəˋnɑmɪkl̩]
[eco‧nom‧i‧cal]

❶ economical with the truth
沒全說實話

托 I T G 公

⇦truth (2038)

3552.
economics 名
經濟學
[͵ikəˋnɑmɪks]
[eco‧nom‧ics]

❶ home economics 家政學

托 I T G 公

3553.
economist 名
經濟學家
[iˋkɑnəmɪst] [econ‧o‧mist]

Mr. Smith is an economist.
史密斯先生是經濟學家。

托 I T G 公

3554.
economy 名 經濟
[iˋkɑnəmɪ] [econ‧o‧my]

❶ economy class 經濟艙

托 I T G 公

⇦class (179)

3555.
efficiency 名 效率
[ɪˋfɪʃənsɪ] [ef‧fi‧cien‧cy]

They discussed improvements of in efficiency in the company.
他們討論公司效率的提高。

托 I T G 公

⇦improvement (1526)

3556.
elastic 形 有彈性的
[ɪˋlæstɪk] [elas‧tic]

❶ fairly elastic 相當有彈性

托 I T G 公

3557.
electrician 名
電氣技師
[ˌɪlɛkˋtrɪʃən] [elec·tri·cian]

He was an electrician before.
他之前是電器技師。

⇦before (93)

3558.
electronics 名
電子學
[ɪlɛkˋtrɑnɪks]
[elec·tron·ics]

Tina works at an electronics industry.
媞娜在電子工業工作。

⇦industry (1533)

3559.
elegant 形 優雅的 (MP3)
[ˋɛləgənt] [el·e·gant] 4-19

She looks elegant.
她看起來很優雅。

⇦look (516)

3560.
elementary 形
基本的
[ˌɛləˋmɛntərɪ]
[el·e·men·ta·ry]

❶ elementary school 小學

3561.
eliminate 動 消除
[ɪˋlɪməˌnet] [elim·i·nate]

動詞變化 eliminate-eliminated-eliminated
❶ eliminate...from 由～消除 (排除)

3562.
elsewhere 副
在別處
[ˋɛlsˌhwɛr] [else·where]

He will go elsewhere.
他們將到別處去。

3563.
e-mail 名 電子郵件
[iˋmel] [e(-)mail]

Neil sent an e-mail to his girlfriend.
尼爾寄電子郵件給女友。

⇦send (768)

3564.
embarrass 動
使困窘
[ɪmˋbærəs] [em·bar·rass]

動詞變化 embarrass-embarrassed-embarrassed
She didn't mean to embarrass Larry.
她並不想讓賴利困窘。

⇦mean (541)

3565.
embarrassment 名 難堪
[ɪmˋbærəsmənt]
[em·bar·rass·ment]

❶ an embarrassment of riches
好東西過多難以選擇

⇦riches (1847)

LEVEL 4

331

3566. **embassy** 名 大使館 [ˈɛmbəsɪ] [em·bas·sy]	Ben is an embassy official. 班是大使館官員。	托 I T G 公 ⇦official (1688)
3567. **emerge** 動 浮現 [ɪˈmɝdʒ] [emerge]	動詞變化 emerge-emerged- emerged The sun emerged from a mountain far away. 太陽從遠方的山頭浮現出來。	托 I T G 公 ⇦mountain (566)
3568. **emotional** 形 情感的 [ɪˈmoʃənl] [emo·tion·al]	❶ emotional appeal 感性訴求	托 I T G 公
3569. **emphasis** 名 重點 [ˈɛmfəsɪs] [em·pha·sis]	❶ vocational emphasis 職訓	托 I T G 公
3570. **empire** 名 帝國 [ˈɛmpaɪr] [em·pire]	Richard plans to work in a business empire. 理查計劃到大型企業集團工作。	托 I T G 公 ⇦business (1165)
3571. **enclose** 動 圍住 [ɪnˈkloz] [en·close]	動詞變化 enclose-enclosed- enclosed The super star was enclosed with lots of his fans. 這位巨星被廣大歌迷圍住。	托 I T G 公 ⇦fan (2457)
3572. **encounter** 動 遭遇 [ɪnˈkaʊntɚ] [en·coun·ter]	動詞變化 encounter-encountered- encountered ❶ a chance encounter 偶然相遇	托 I T G 公 ⇦chance (167)
3573. **endanger** 動 使…陷 入危險 [ɪnˈdendʒɚ] [en·dan·ger]	動詞變化 endanger-endangered- endangered ❶ be endangered by 被～陷入危險	托 I T G 公
3574. **endure** 動 忍受 [ɪnˈdjʊr] [en·dure]	動詞變化 endure-endured-endured He can't endure it. 他無法忍受。	托 I T G 公

3575.
enforce 動 實施
[ɪn`fɔrs] [en·force]

動詞變化 enforce-enforced-
enforced
❶ enforce the law 執法

⇨law (485)

3576.
enforcement 名
施行
[ɪn`fɔrsmənt]
[en·force·ment]

❶ law enforcement agent 警察

⇨agent (3227)

3577.
engineering 名
工程學
[ˏɛndʒə`nɪrɪŋ]
[en·gi·neer·ing]

The engineering is complex.
工程學很複雜。

⇨complex (2304)

3578.
enlarge 動 擴大
[ɪn`lɑrdʒ] [en·large]

動詞變化 enlarge-enlarged-
enlarged
❶ enlarge your views 擴大的你視野

⇨view (971)

3579.
enlargement 名 擴張
4-20
[ɪn`lɑrdʒmənt]
[en·large·ment]

❶ enlargement of A 擴張 A 的…

3580.
enormous 形
巨大的
[ɪ`nɔrməs] [enor·mous]

❶ an enormous amount of
money 鉅款

⇨amount (1070)

3581.
entertain 動 使歡樂
[ˏɛntɚ`ten] [en·ter·tain]

動詞變化 entertain-entertained-
entertained
❶ entertain and inform 知識和娛樂兼具

⇨inform (2583)

3582.
entertainment 名
娛樂
[ˏɛntɚ`tenmənt]
[en·ter·tain·ment]

❶ live entertainment 現場直播娛樂

⇨live (514)

LEVEL
4

3583. **enthusiasm** 图 熱中 [ɪn`θjuzɪˏæzəm] [en·thu·si·asm]	She had lost her enthusiasm in playing the piano. 她對彈琴已失去熱衷。 ⇨piano (658)	托 I T G 公
3584. **envious** 图 羨慕的 [`ɛnvɪəs] [en·vi·ous]	● be envious of 羨慕	托 I T G 公
3585. **equality** 图 平等 [i`kwɑlətɪ] [equal·i·ty]	● equality between A and B A 和 B 平等 ⇨between (102)	托 I T G 公
3586. **equip** 勔 配備 [ɪ`kwɪp] [equip]	動詞變化 **equip-equipped-equipped** The lab is poorly equipped. 這間實驗室配備簡陋。 ⇨lab (3823)	托 I T G 公
3587. **equipment** 图 裝備 [ɪ`kwɪpmənt] [equip·ment]	·He wants to purchase some office equipment. 他想買些辦公室設備。 ⇨purchase (5019)	托 I T G 公
3588. **era** 图 時代 [`ɪrə] [era]	● Christian era 西元	托 I T G 公
3589. **errand** 图 任務 [`ɛrənd] [er·rand]	● fool's errand 徒勞無功 ⇨fool (1430)	托 I T G 公
3590. **escalator** 图 手扶梯 [`ɛskəˏletə] [es·ca·la·tor]	The escalator is over there. 手扶梯在那裡。 ⇨over (637)	托 I T G 公
3591. **essay** 图 散文 [ɛ`se] [es·say]	● an essay about the society 關於社會的散文 ⇨society (1912)	托 I T G 公
3592. **establish** 勔 建立 [ə`stæblɪʃ] [es·tab·lish]	動詞變化 **establish-established-established** ● establish as a + 職位 ～的地位已穩固	托 I T G 公
3593. **establishment** 图 建立 [ɪs`tæblɪʃmənt] [es·tab·lish·ment]	● research establishment 研究機構 ⇨research (4093)	托 I T G 公

| 3594.
essential 形 必要的
[ɪˋsɛnʃəl] [es·sen·tial] | Education is essential for the position.
教育對這職位很重要。 | 托 I T G 公 |
| | ⇦education (1356) | |

| 3595.
estimate 名 動 評估
[ˋɛstəˌmet] [es·ti·mate] | 動詞變化 **estimate-estimated-estimated**
Can you give me a rough estimate of the amount of chairs?
你能給我粗略估計一下椅子的數量？ | 托 I T G 公 |
| | ⇦rough (2922) | |

| 3596.
evaluate 動 對…的
評價
[ɪˋvæljuˌet] [e·val·u·ate] | 動詞變化 **evaluate-evalutated-evaluated**
Please evaluate how the health care system is working.
請對健保效果做出評價。 | 托 I T G 公 |
| | ⇦health (402) | |

| 3597.
evaluation 名 估算
[ɪˌvæljuˋeʃən]
[eval·u·a·tion] | ❶ an evaluation of 評價~ | 托 I T G 公 |

| 3598.
eve 名 前夕
[iv] [eve] | ❶ Christmas eve 聖誕節前夕 | 托 I T G 公 |
| | ⇦Christmas (175) | |

| 3599.
eventual 形
最後的
[ɪˋvɛntʃuəl] [even·tu·al] | Everything is eventual.
世事無常。 (MP3) 4-21 | 托 I T G 公 |

| 3600.
evidence 名 證據
[ˋɛvədəns] [ev·i·dence] | ❶ in evidence 顯而易見 | 托 I T G 公 |

| 3601.
evident 形 明顯的
[ˋɛvədənt] [ev·i·dent] | ❶ with evident enjoyment 興致勃勃 | 托 I T G 公 |
| | ⇦enjoyment (1371) | |

| 3602.
exaggerate 動 誇大
[ɪgˋzædʒəˌret]
[ex·ag·ger·ate] | 動詞變化 **exaggerate-exaggerated-exaggerated**
He is not exaggerating.
他不是誇張。 | 托 I T G 公 |

| 3603.
examinee 名 應試者
[ɪgˌzæməˋni]
[ex·am·in·ee] | The examinee has been late for thirty minutes.
應試者遲到半小時了。 | 托 I T G 公 |
| | ⇦late (483) | |

LEVEL
4

3604. **examiner** 名 主考人 [ɪg`zæmɪnɚ] [ex · am · in · er]	The examiner didn't show up on time. 主考官沒準時出現。　　　托 I T G 公 ⇨show (797)
3605. **exception** 名 例外 [ɪk`sɛpʃən] [ex · cep · tion]	❶ make an exception 成為例外　托 I T G 公
3606. **exhaust** 動 耗盡 [ɪg`zɔst] [ex · haust]	動詞變化 exhaust-exhausted-　托 I T G 公 　　　　　　exhausted ❶ exhaust the supply of food 食物已經吃完了 ⇨supply (1965)
3607. **exhibit** 動 展示 [ɪg`zɪbɪt] [ex · hib · it]	動詞變化 exhibit-exhibited-　托 I T G 公 　　　　　　exhibited The artist exhibited her paintings in a local gallery. 這藝術家於當地美術館展出畫作。 ⇨local (1589)
3608. **expand** 動 擴大 [ɪk`spænd] [ex · pand]	動詞變化 expand-expanded-　托 I T G 公 　　　　　　expanded ❶ expand on sth. 詳細闡述
3609. **expansion** 名 擴張 [ɪk`spænʃən] [ex · pan · sion]	❶ expansion slot 電腦的擴充槽　托 I T G 公
3610. **experimental** 形 實驗性的 [ɪkˌspɛrə`mɛntḷ] [ex · per · i · men · tal]	This is an experimental art.　托 I T G 公 這是實驗性藝術。 ⇨art (55)
3611. **explanation** 名 解釋 [ˌɛksplə`neʃən] [ex · pla · na · tion]	I am waiting for your explanations.　托 I T G 公 我在等你的解釋。 ⇨wait (974)
3612. **explore** 動 探查 [ɪk`splor] [ex · plore]	動詞變化 explore-explored-　托 I T G 公 　　　　　　explored ❶ explore in 探討

3613. **explosion** 名 爆炸 [ɪkˋsploʒən] [ex·plo·sion]	● population explosion 人口爆炸　　托 I T G 公 ⇨population (1763)
3614. **explosive** 形 爆炸性的 [ɪkˋsplosɪv] [ex·plo·sive]	● an explosive temper 脾氣暴躁　　托 I T G 公 ⇨temper (3085)
3615. **expose** 動 使暴露 [ɪkˋspoz] [ex·pose]	動詞變化 expose-exposed-　　托 I T G 公 　　　　　exposed Helen didn't want to expose her fears to her family. 海倫不想向家人顯露恐懼。 ⇨fear (307)
3616. **exposure** 名 暴露 [ɪkˋspoʒɚ] [ex·po·sure]	● the exposure of 對～揭露　　托 I T G 公
3617. **extend** 動 延長 [ɪkˋstɛnd] [ex·tend]	動詞變化 extend-extended-　　托 I T G 公 　　　　　extended The concert has extended for another two hours. 演唱會又延長兩小時。 ⇨concert (2306)
3618. **extent** 名 程度 [ɪkˋstɛnt] [ex·tent]	● to...extent 在某程度上　　托 I T G 公

LEVEL 4

Ff
▼　托 TOEFL、I IELTS、T TOEIC、G GEPT、公 公務人員考試

3619. **facial** 形 臉的　(MP3) [ˋfeʃəl] [fa·cial]　　4-22	● facial cleansing 洗面乳　　托 I T G 公
3620. **facility** 名 設備 [fəˋsɪlətɪ] [fa·cil·i·ty]	● storage facilities 儲存設施　　托 I T G 公 ⇨storage (5192)
3621. **faithful** 形 忠實的 [ˋfeθfəl] [faith·ful]	He is a faithful friend.　　托 I T G 公 他是忠實的朋友。 ⇨friend (345)

3622. **fame** 图 名聲 [fem] [fame]	❶ win instant fame 一夕成名　　托 **I** **T** **G** **公** ⇦instant (1539)
3623. **fantastic** 形 想像中的 [fæn`tæstɪk] [fan·tas·tic]	❶ a fantastic project　　托 **I** **T** **G** **公** 不切實際的方案 ⇦project (1795)
3624. **fantasy** 图 空想 [`fæntəsɪ] [fan·ta·sy]	❶ live in a world of fantasy　　托 **I** **T** **G** **公** 活於幻想中 ⇦world (1025)
3625. **farewell** 图 告別 [`fɛr`wɛl] [fare·well]	The man said his farewell and　托 **I** **T** **G** cried. 男子告別後就哭了。 ⇦cry (210)
3626. **fatal** 形 致命的 [`fetl] [fa·tal]	It could prove fatal.　　托 **I** **T** **G** 那有致命之虞。 ⇦prove (690)
3627. **favorable** 形 有幫助的 [`fevərəbl] [fa·vor·able]	❶ a favorable review 好評　托 **I** **T** **G** **公** ⇦review (1846)
3628. **feast** 图 動 盛宴 [fist] [feast]	動詞變化 feast-feasted-feasted　托 **I** **T** **G** ❶ feast one's eyes 大飽眼福
3629. **ferry** 图 動 渡船 [`fɛrɪ] [fer·ry]	動詞變化 ferry-ferried-ferried　托 **I** **T** **G** **公** The students need to be ferried to school. 這些學生上學要坐船渡河。 ⇦student (873)
3630. **fertile** 形 肥沃的 [`fɜtl] [fer·tile]	❶ a fertile valley 肥沃流域　托 **I** **T** **G** **公** ⇦valley (2056)
3631. **fetch** 動 拿來 [fɛtʃ] [fetch]	動詞變化 fetch-fetched-fetched　托 **I** **T** **G** **公** ❶ fetch and carry 替人打雜 ⇦carry (158)
3632. **fiction** 图 小說 [`fɪkʃən] [fic·tion]	He is interested in reading　托 **I** **T** **G** fictions. 他對看小說有興趣。 ⇦interest (443)

3633. **fierce** 形 猛烈的 [fɪrs] [fierce]	❶ look fierce 表情凶狠	托 I T G 公
3634. **finance** 名 財政 [faɪˋnæns] [fi‧nance]	❶ finance house 金融公司	托 I T G 公
3635. **financial** 形 財政的 [faɪˋnænʃəl] [fi‧nan‧cial]	He got financial aid. 他得到助學貸款。	托 I T G 公
3636. **firecracker** 名 鞭炮 [ˋfaɪrˏkrækɚ] [fire‧crack‧er]	❶ let off firecrackers 放鞭炮	托 I T G 公
3637. **fireplace** 名 火爐 [ˋfaɪrˏples] [fire‧place]	There is a fireplace in the house. 這房子有火爐。 ⇦house (427)	托 I T G 公
3638. **flatter** 動 諂媚 [ˋflætɚ] [flat‧ter]	動詞變化 flatter-flattered-flattered He is trying to flatter his teacher. 他試圖想對老師諂媚。 ⇦teacher (897)	托 I T G 公
3639. **flee** 動 逃走 [fli] [flee]	動詞變化 flee-fled-fled ❶ flee to + 地點 逃到某處	托 I T G 公
3640. **flexible** 形 有彈性的 [ˋflɛksəb!] [flex‧i‧ble]	❶ flexible hours 彈性時間	托 I T G 公
3641. **fluent** 形 流暢的 [ˋfluənt] [flu‧ent]	Ted is fluent in English. 泰德的英語很流利。 ⇦English (279)	托 I T G 公
3642. **flunk** 動 失敗 [flʌŋk] [flunk]	動詞變化 flunk-flunked-flunked ❶ flunk out of 退學	托 I T G 公
3643. **flush** 動 沖洗 [flʌʃ] [flush]	動詞變化 flush-flushed-flushed ❶ flush sb. out 驅趕	托 I T G 公
3644. **foam** 名動 泡沫 [fom] [foam]	動詞變化 foam-foamed-foamed ❶ foam at the mouth 口吐白沫 ⇦mouth (568)	托 I T G 公

3645. **forbid** 動 禁止 [fɚ`bɪd] [for·bid]	動詞變化 **forbid-forbade-forbidden** 托 I T G 公 ❶ forbid in 禁止某事
3646. **forecast** 名 動 預測 [for`kæstɚ] [fore·cast]	動詞變化 **forecast-forecasted-forecasted** 托 I T G 公 ❶ weather forecast 天氣預報 <div align="right">⇦weather (988)</div>
3647. **formation** 名 形成 [fɔr`meʃən] [for·ma·tion]	❶ in formation 飛行 托 I T G 公
3648. **formula** 名 公式 [`fɔrmjələ] [for·mu·la]	❶ formula milk 配方牛奶 托 I T G 公
3649. **fort** 名 堡壘 [fort] [fort]	❶ hold the fort 代為負責 托 I T G 公
3650. **fortunate** 形 幸運的 [`fɔrtʃənɪt] [for·tu·nate]	❶ fortunate in 對～幸運 托 I T G 公
3651. **fossil** 名 化石 [`fɑsl̩] [fos·sil]	❶ fossil fuel 礦物燃料，如石油 托 I T G 公
3652. **foundation** 名 基礎；建立 [faun`deʃən] [foun·da·tion]	❶ foundation course 基礎課程 托 I T G 公 <div align="right">⇦course (205)</div>
3653. **founder** 名 創立者 [`faundɚ] [found·er]	❶ the founder of the school 學校創辦人 托 I T G 公
3654. **fragrance** 名 芬芳 [`fregrəns] [fra·grance]	❶ spread one's fragrance 散發香氣 托 I T G 公
3655. **fragrant** 形 芳香的 [`fregrənt] [fra·grant]	He had much fragrant memories. 托 I T G 公 他有很多甜美的回憶。 <div align="right">⇦memory (1630)</div>
3656. **frame** 名 骨架 [frem] [frame]	❶ has/have a large frame 骨架大 托 I T G 公
3657. **freeway** 名 高速公路 [`frɪˏwe] [free·way]	They are driving on freeway. 托 I T G 公 他們在高速公路上開車。

3658.
frequency 名 頻率
[`frikwənsɪ] [fre·quen·cy]

● with increasing frequency
愈來愈頻繁

托 I T G 公

⇨increase (1529)

3659.
freshman 名
新生
[`frɛʃmən] [fresh·man]

MP3
4-24

He is the freshman of the university.
他是大學新鮮人。

托 I T G 公

⇨university (4240)

3660.
frost 名 霜；冷淡
[frɑst] [frost]

● have/has a frost 冷淡

托 I T G 公

3661.
frown 名 動 皺眉
[fraun] [frown]

動詞變化 frown-frowned-frowned
● frown on 對～不滿

托 I T G 公

3662.
frustration 名 挫折
[ˌfrʌsˋtreʃən]
[frus·tra·tion]

● be full of frustrations 充滿挫敗

托 I T G 公

⇨full (350)

3663.
fuel 名 燃料；因素
[`fjuəl] [fu·el]

● fuel of ～的刺激因素

托 I T G 公

3664.
fulfill 動 實現
[fʊlˋfɪl] [ful·fill]

動詞變化 fulfill-fulfilled-fulfilled
● fulfill one's promises 實現某人諾言

托 I T G 公

3665.
fulfillment 名 實現
[fʊlˋfɪlmənt]
[ful·fill·ment]

● come to fulfillment 實現

托 I T G 公

⇨come (193)

3666.
functional 形
實用的
[`fʌŋkʃənl̩] [func·tion·al]

● functional complementation
功能性互補

托 I T G 公

3667.
fundamental 形
基礎的
[ˌfʌndəˋmɛntl̩]
[fun·da·men·tal]

The fundamental cause of her failure is her laziness.
她失敗的基本原因是因為懶惰。

托 I T G 公

⇨failure (1396)

3668.
funeral 名 葬禮
[`fjunərəl] [fu·ner·al]

● funeral customs 葬禮習俗

托 I T G 公

LEVEL
4

3669. **furious** 彤 狂怒的 [`fjʊərɪəs] [fu·ri·ous]	❶ be furious at 對～大發雷霆	托 **I** **T** **G** 公
3670. **furnish** 動 供給 [`fɜnɪʃ] [fur·nish]	動詞變化 **furnish-furnished-** **furnished** ❶ furnish with 供應	托 **I** **T** **G** 公
3671. **furthermore** 副 再者 [`fɜðə`mor] [fur·ther·more]	Furthermore, he felt tired. 再者，他覺得疲倦。	托 **I** **T** **G** 公

Gg

▼ 托 TOEFL、I IELTS、T TOEIC、G GEPT、公 公務人員考試

3672. **gallery** 名 畫廊 [`gælərɪ] [gal·lery]	He exhibits his paintings in the gallery. 他在畫廊展示繪畫。 <div align="right">⇦exhibit (3607)</div>	托 **I** **T** **G** 公
3673. **gangster** 名 一幫歹徒 [`gæŋstə] [gang·ster]	❶ American gangster 美國歹徒	托 **I** **T** G 公
3674. **gaze** 動 注視 [gez] [gaze]	動詞變化 **gaze-gazed-gazed** ❶ gaze into space 凝視前方	托 **I** **T** **G** 公
3675. **gear** 名 排擋 [gɪr] [gear]	She gets into gear. 她開始工作。	托 **I** **T** **G** 公
3676. **gene** 名 基因 [dʒin] [gene]	What is artificial gene? 何謂人造基因？ <div align="right">⇦artificial (3264)</div>	托 **I** **T** **G** 公
3677. **generation** 名 世代 [ˌdʒɛnə`reʃən] [gen·er·a·tion]	❶ older generation 老一輩的世代	托 **I** **T** **G** 公
3678. **generosity** 名 慷慨 [ˌdʒɛnə`rasətɪ] [gen·er·os·i·ty]	We like his generosities. 我們很喜歡他的慷慨。	托 **I** **T** G 公
3679. **genius** 名 天才 [`dʒinjəs] [gen·ius]	(MP3) 4-25	He is really a genius. 他真的是天才。	托 **I** **T** G 公

3680. **genuine** 形 真正的 [ˋdʒɛnjʊɪn] [gen·u·ine]	❶ genuine article 真跡	托 **I** T **G** 公 ⇦article (1093)
3681. **germ** 名 微生物 [dʒɝm] [germ]	❶ breed for germ 滋生細菌	托 **I** T **G** 公 ⇦breed (3317)
3682. **gifted** 形 有天賦的 [ˋgɪftɪd] [gift·ed]	❶ be gifted with 有～才氣	托 **I** T **G** 公
3683. **gigantic** 形 巨人般的 [dʒaɪˋgæntɪk] [gi·gan·tic]	Look at the gigantic cake. 看這巨大的蛋糕。	托 **I** T **G** 公
3684. **giggle** 動 咯咯地笑 [ˋgɪgl̩] [gig·gle]	動詞變化 **giggle-giggled-giggled** The kids giggled at the film. 小孩因為電影而咯咯地笑。	托 **I** T **G** 公
3685. **ginger** 名 薑 動 使興奮 [ˋdʒɪndʒɚ] [gin·ger]	動詞變化 **ginger-gingered- gingered** ❶ ginger up 使興奮	托 **I** T **G** 公
3686. **glide** 動 滑動 [glaɪd] [glide]	動詞變化 **glide-glided-glided** ❶ glide past 滑行而過	托 **I** T **G** 公
3687. **glimpse** 名 瞥見 [glɪmps] [glimpse]	She caught a glimpse of the man. 她一眼瞥見男子。	托 **I** T **G** 公
3688. **globe** 名 地球 [glob] [globe]	❶ the globe 世界	托 **I** T **G** 公
3689. **glorious** 形 光榮的 [ˋglorɪəs] [glo·ri·ous]	❶ a glorious history 光榮的歷史	托 **I** T **G** 公 ⇦history (416)
3690. **goods** 名 商品 [gʊdz] [goods]	❶ consumer goods 消費商品	托 **I** T **G** 公 ⇦consumer (3416)
3691. **grace** 名 優美 [gres] [grace]	❶ with grace 表現優美	托 **I** T **G** 公
3692. **graceful** 形 優雅的 [ˋgresfəl] [grace·ful]	The secretary is graceful. 祕書很優雅。	托 **I** T **G** 公 ⇦secretary (1871)

LEVEL
4

3693. **gracious** 形 親切的 [ˋgreʃəs] [gra·cious]	He is a gracious boss. 他是親切的老闆。　託 I T G 公
3694. **graduation** 名 畢業 [ˌgrædʒuˋeʃən] [grad·u·ation]	Today is her graduation day. 今天是她的畢業典禮日。　託 I T G 公
3695. **grammar** 名 文法 [ˋgræmɚ] [gram·mar]	Vicky's grammar is appalling. 薇琪的文法真糟。　託 I T G 公
3696. **grammatical** 形 文法的 [grəˋmætɪkl̩] [gram·mat·i·cal]	He had some grammatical errors. 託 I T G 公 他有文法錯誤。
3697. **grapefruit** 名 葡萄柚 [ˋgrepˌfrut] [grape·fruit]	Her favorite fruit is grapefruit.　託 I T G 公 她最愛的水果是葡萄柚。 ⇦favorite (1401)
3698. **grateful** 形 感激的 [ˋgretfəl] [grate·ful]	He is grateful to his parents.　託 I T G 公 他對父母感激。
3699. **gratitude** 名 ^(MP3) 感激　4-26 [ˋgrætəˌtjud] [grat·i·tude]	❶ with gratitude 以感激～　託 I T G 公
3700. **grave** 名 墓穴 [grev] [grave]	The place is as silent as the grave.　託 I T G 公 此地寂靜無聲。 ⇦place (663)
3701. **greasy** 形 油膩的 [ˋgrizɪ] [greasy]	This is a greasy spoon.　託 I T G 公 這是低級餐館。 ⇦spoon (853)
3702. **greeting** 名 問候 [ˋgritɪŋ] [greet·ing]	❶ send one's greetings　託 I T G 公 　某人向～問好
3703. **grief** 名 悲傷 [grif] [grief]	❶ come to grief 徹底失敗　託 I T G 公
3704. **grieve** 動 悲傷 [griv] [grieve]	動詞變化 grieve-grieved-grieved　託 I T G 公 He grieves for the divorce. 他因為離婚而感到傷心。 ⇦divorce (3531)

3705. **grind** 動 磨碎 [graɪnd] [grind]	動詞變化 **grind-ground-ground** 托 I T G 公 ❶ grind on a halt 漸漸停下 <div align="right">⇨halt (3711)</div>
3706. **guarantee** 名 保證書 [ˌgærənˋti] [guar‧an‧tee]	❶ money-back guarantee 退款保證 托 I T G 公
3707. **guilt** 名 有罪 [gɪlt] [guilt]	❶ a feeling of guilt 內疚感 托 I T G 公
3708. **guilty** 形 有罪的 [ˋgɪltɪ] [guilt‧y]	❶ guilty of 罪過 托 I T G 公
3709. **gulf** 名 海灣 [gʌlf] [gulf]	❶ the Gulf of Colombia 哥倫比亞海灣 托 I T G 公

Hh ▼ 托TOEFL、I IELTS、T TOEIC、G GEPT、公公務人員考試

LEVEL 4

3710. **habitual** 形 習慣性的 [həˋbɪtʃʊəl] [ha‧bit‧u‧al]	He had habitual complaining. 托 I T G 公 他有習慣性抱怨。 <div align="right">⇦complain (1235)</div>
3711. **halt** 名 停止 [hɔlt] [halt]	❶ come to halt 停止前進 托 I T G 公
3712. **handwriting** 名 筆跡 [ˋhændˌraɪtɪŋ] [hand‧writing]	Her handwriting is terrible. 托 I T G 公 他的筆跡很糟糕。 <div align="right">⇦terrible (1994)</div>
3713. **harden** 動 使硬化 [ˋhɑrdn̩] [hard‧en]	動詞變化 **harden-hardened-** **hardened** 托 I T G 公 ❶ harden one's heart 對某人狠下心 <div align="right">⇦heart (404)</div>
3714. **hardship** 名 艱難 [ˋhɑrdʃɪp] [hard‧ship]	Don't fear hardship. 托 I T G 公 別怕艱難。 <div align="right">⇦fear (307)</div>

3715. **hardware** 名 硬體 [ˋhɑrd͵wɛr] [hard·ware]	❶ from hardware to software 從硬體到軟體 ⇨software (4162)	托 I T G 公
3716. **harmonica** 名 口琴 [hɑrˋmɑnɪkə] [har·mon·i·ca]	Do you know how to play harmonica? 你知道如何吹口琴？ ⇦play (666)	托 I T G 公
3717. **harmony** 名 一致 [ˋhɑrmənɪ] [har·mo·ny]	❶ racial harmony 種族融洽 ⇦racial (2858)	托 I T G 公
3718. **harsh** 形 刺耳的 [hɑrʃ] [harsh]	He heard a harsh voice. 他聽到刺耳聲音。 ⇦voice (973)	托 I T G 公
3719. **haste** 名 急忙 [hest] [haste]	❶ in one's haste 在某人匆忙之中 (MP3) 4-27	托 I T G 公
3720. **hasten** 動 趕忙 [ˋhesn̩] [has·ten]	動詞變化 **hasten-hastened-hastened** Eric hastened to say sorry when he hit someone accidentally. 艾瑞克若不小心撞到人會趕緊道歉。 ⇦sorry (841)	托 I T G 公
3721. **hatred** 名 怨恨 [ˋhetrɪd] [ha·tred]	She felt hatred toward her rivals. 她怨恨她的敵手。 ⇦rival (5077)	托 I T G 公
3722. **headphone** 名 雙耳式耳機 [ˋhɛd͵fon] [head·phone]	Daniel got a headphone as birthday gift from his parents. 丹尼爾從他父母那得到一副雙耳式耳機的生日禮物。 ⇦gift (359)	托 I T G 公
3723. **healthful** 形 有益健康的 [ˋhɛlθfəl] [health·ful]	Jogging is healthful. 慢跑有助健康。 ⇦jog (1554)	托 I T G 公
3724. **helicopter** 名 直升機 [ˋhɛlɪkɑptɚ] [he·li·cop·ter]	The helicopter hovers over the villa. 直升機在別墅上盤旋。 ⇨hover (4737)	托 I T G 公
3725. **herd** 名 放牧的獸群 [hɝd] [herd]	❶ a herd of 一群	托 I T G 公

3726.
hesitation 名 猶豫
[ˌhɛzəˈteʃən]
[hes·i·ta·tion]

Without any hesitation, he left the party.
毫不猶豫，他離開派對。

托 I T G 公
⇦without (2096)

3727.
highly 副 高高地
[ˈhaɪlɪ] [high·ly]

❶ highly paid 薪水很高

托 I T G 公

3728.
homeland 名 祖國
[ˈhomˌlænd] [home·land]

Kelly's homeland is the USA.
凱莉的祖國是美國。

托 I T G 公

3729.
honeymoon 名
蜜月
[ˈhʌnɪˌmun]
[hon·ey·moon]

Where will you go for your honeymoon?
你們要去哪裡渡蜜月？

托 I T G 公

3730.
honorable 形
可尊敬的
[ˈɑnərəbḷ] [hon·or·able]

Mr. White is an honorable manager.
懷特先生是個可尊敬的經理。

托 I T G 公
⇦manager (2672)

3731.
hook 名 鉤子
[huk] [hook]

I will hang my jacket on the hook.
我將把外套掛到鉤上。

托 I T G 公
⇦hang (1488)

3732.
hopeful 形 有希望的
[ˈhopfəl] [hope·ful]

She is hopeful that she will pass.
她抱著希望通過。

托 I T G 公
⇦pass (648)

3733.
horizon 名 地平線
[həˈraɪzṇ] [ho·ri·zon]

❶ rise above the horizon
從地平線升起

托 I T G 公
⇦above (4)

3734.
horrify 動 使害怕
[ˈhɔrəˌfaɪ] [hor·ri·fy]

動詞變化 horrify-horrified-horrified
He was horrified by the story.
他因故事感到害怕。

托 I T G 公

3735.
hose 名 動 水龍帶
[hoz] [hose]

動詞變化 hose-hosed-hosed
❶ hose the garden 用水龍帶澆水

托 I T G 公

3736.
host 動 主辦
[host] [host]

動詞變化 host-hosted-hosted
The party was hosted by the singer.
這派對由歌星主辦。

托 I T G 公
⇦singer (808)

LEVEL
4

3737. **hostel** 名 青年之家 [ˋhɑstl̩] [hos・tel]	What's different between hotels and hostels? 旅館和青年之家有何不同？　托 I T G 公 ⇦different (233)
3738. **household** 名 家庭 [ˋhaʊsˏhold] [house・hold]	❶ household member 家庭成員　托 I T G 公 ⇦member (1629)
3739. **housewife** 名 (MP3) 4-28 家庭主婦 [ˋhaʊsˏwaɪf] [house・wife]	She is tired of being a housewife.　托 I T G 公 她對於當家庭主婦感到厭煩。
3740. **housework** 名 家事 [ˋhaʊsˏwɝk] [house・work]	Help me with the housework.　托 I T G 公 幫忙我做家事。 ⇦help (408)
3741. **humanity** 名 人性 [hjuˋmænətɪ] [hu・man・i・ty]	❶ with humanity 用人性～　托 I T G 公
3742. **hurricane** 名 颶風 [ˋhɝɪˏken] [hur・ri・cane]	Hurricane Beth is coming.　托 I T G 公 颶風貝斯將侵襲。
3743. **hydrogen** 名 氫 [ˋhaɪdrədʒən] [hy・dro・gen]	What contains oxygen and hydrogen?　托 I T G 公 何種包含氫和氧？ ⇦oxygen (3956)

Ii
▼　托 TOEFL、I IELTS、T TOEIC、G GEPT、公 公務人員考試

3744. **iceberg** 名 冰山 [ˋaɪsˏbɝg] [ice・berg]	❶ the tip of iceberg 身藏不露　托 I T G 公 ⇦tip (2009)
3745. **identical** 形 相同的 [aɪˋdɛntɪkl̩] [i・den・ti・cal]	❶ be identical to A 和 A 相同的　托 I T G 公
3746. **identification** 名 識別 [aɪˏdɛntəfəˋkeʃən] [i・den・ti・fi・ca・tion]	❶ identification card 身分證　托 I T G 公 ⇦card (155)
3747. **identify** 動 識別 [aɪˋdɛntəˏfaɪ] [i・den・ti・fy]	動詞變化 identify-identified- identified　托 I T G 公 ❶ identify with sb. 諒解某人

3748. **idiom** 图 慣用語 [`ɪdɪəm] [id · i · om]	"A piece of cake" is an idiom. 「小事一件」是慣用語。 ⇔piece (661)	托 **I** **T** **G** 公
3749. **idle** 形 空閒的 [`aɪdl] [i · dle]	**❶** idle time 閒暇時間	托 **I** **T** **G** 公
3750. **idol** 图 偶像 [`aɪdl] [i · dol]	Andy Lau is my idol. 劉德華是我的偶像。	托 **I** **T** **G** 公
3751. **ignorant** 形 無知的 [`ɪgnərənt] [ig · no · rant]	You are so ignorant. 你真是非常無知。	托 **I** **T** **G** 公
3752. **illustrate** 動 舉圖或 實例說明 [`ɪləstret] [il · lus · trate]	動詞變化 **illustrate-illustrated-** **illustrated** **❶** an illustrated magazine 有插圖的雜誌 ⇔magazine (1602)	托 **I** **T** **G** 公
3753. **illustration** 图 圖解 [ɪ͵lʌs`treʃən] [il · lus · tra · tion]	**❶** twenty full color illustrations 二十張全彩插圖	托 **I** **T** **G** 公
3754. **imaginable** 形 可想像的 [ɪ`mædʒɪnəbl] [i · mag · in · able]	They sold every imaginable style of shoes. 他們販賣各種想得到的鞋款。 ⇔style (3047)	托 **I** **T** **G** 公
3755. **imaginary** 形 想像的 [ɪ`mædʒə͵nɛrɪ] [i · mag · i · nar · y]	I think this movie is imaginary. 我想這電影是虛構的。 ⇔movie (571)	托 **I** **T** **G** 公
3756. **imaginative** 形 有想像力的 [ɪ`mædʒə͵netɪv] [imag · i · na · tive]	**❶** an imaginative kid 有想像力的小孩	托 **I** **T** **G** 公
3757. **imitate** 動 模仿 [`ɪmə͵tet] [im · i · tate]	動詞變化 **imitate-imitated-imitated** The boy likes to imitate her. 這男孩喜歡模仿她。	托 **I** **T** **G** 公
3758. **imitation** 图 模仿 [͵ɪmə`teʃən] [im · i · ta · tion]	**❶** imitation pearl 人造珍珠 ⇔pearl (2786)	托 **I** **T** **G** 公

LEVEL 4

3759.
immigrant 名
外來移民
(MP3) 4-29
[`ɪmə,grɛt] [im·mi·grant]

Jones is an illegal immigrant.
瓊斯是非法移民。

托 I T G 公

3760.
immigrate 動 遷入
[`ɪmə,grɛt] [im·mi·grate]

動詞變化 **immigrate-immigrated-immigrated**
He immigrated to Australia in 2005.
他在 2005 年移民到澳洲。

托 I T G 公

3761.
immigration 名
移居
[,ɪmə`greʃən]
[im·mi·gra·tion]

❶ immigration control 入境檢查

托 I T G 公

3762.
impact 名 影響
[`ɪmpækt] [im·pact]

❶ make an impact 對～有影響

托 I T G 公

3763.
imply 動 暗示
[ɪm`plaɪ] [im·ply]

動詞變化 **imply-implied-implied**
He implies that he likes Anne.
他暗示他喜歡安。
⇦like (505)

托 I T G 公

3764.
impression 名 印象
[ɪm`prɛʃən] [im·pres·sion]

❶ under the impression that 誤以為
⇦under (960)

托 I T G 公

3765.
incident 名 事件
[`ɪnsədn̩t] [in·ci·dent]

❶ an isolated incident 個別事件
⇨isolate (3816)

托 I T G 公

3766.
including 介 包含
[ɪn`kludɪŋ] [in·clud·ing]

Three people won the game, including a student.
三個人贏得比賽，包含一個學生。

托 I T G 公

3767.
indication 名 指示
[,ɪndə`keʃən]
[in·di·ca·tion]

❶ give an indication 給予指示

托 I T G 公

3768.
industrialize 動
使工業化
[ɪn`dʌstrɪə,laɪz]
[in·dus·tri·al·ize]

動詞變化 **industrialize-industrialized-industrialized**
❶ slow to industrialize 工業化進度緩慢

托 I T G 公

3769.
infant 名 嬰兒
[`ɪnfənt] [in·fant]

❶ an infant prodigy 神童

托 I T G 公

3770.
infect 動 使感染
[ɪn`fɛkt] [in·fect]

動詞變化 **infect-infected-infected** 托 I T G 公
❶ infect another person 傳染給其他人

⇨person (656)

3771.
infection 名 傳染
[ɪn`fɛkʃən] [in·fec·tion]

❶ increase the risk of infection 托 I T G 公
增加傳染風險

⇨risk (2911)

3772.
inflation 名 膨脹
[ɪn`fleʃən] [in·fla·tion]

❶ tax inflation 物價上漲 托 I T G 公

⇨tax (3080)

3773.
influential 形 有影響
力的
[ˌɪnflu`ɛnʃəl]
[in·flu·en·tial]

❶ an influential figure 托 I T G 公
舉足輕重的人物

⇨figure (1410)

3774.
information 名
資訊
[ˌɪnfɚ`meʃən]
[in·for·ma·tion]

He is looking for some 托 I T G 公
information on the net.
他正在網路找資料。

⇨net (1674)

3775.
informative 形 見聞
廣博的
[ɪn`fɔrmətɪv]
[in·for·ma·tive]

The speech is informative. 托 I T G 公
這演講非常有見識。

3776.
ingredient 名 組成
部分
[ɪn`gridɪənt] [in·gre·di·ent]

He asks what the ingredients for 托 I T G 公
success are.
他詢問何謂成功因素。

⇨success (1959)

3777.
initial 形 開始的
[ɪ`nɪʃəl] [ini·tial]

Her initial reaction is funny. 托 I T G 公
她最初的反應很好笑。

⇨reaction (2868)

3778.
innocence 名 清白
[`ɪnəsn̩s] [in·no·cence]

We believe in his innocence. 托 I T G 公
我們相信他的清白。

⇨believe (96)

3779.
input 動 輸入
[`ɪn,pʊt] [in·put]
4-30

動詞變化 **input-input-input** 托 I T G 公
❶ input data 數據輸入

⇨data (1283)

LEVEL
4

3780. **insert** 動 插入 名 插入物 [ɪn`sɝt]/[`ɪnsɝt] [in·sert]	動詞變化 insert-inserted-inserted　托 I T G 公 ❶ insert an ad 插入廣告 ⇨ad (2125)
3781. **inspection** 名 檢查 [ɪn`spɛkʃən] [in·spec·tion]	❶ safety inspection 安全檢查　托 I T G 公 ⇨safety (1856)
3782. **inspiration** 名 靈感 [ˌɪnspə`reʃən] [in·spi·ra·tion]	❶ draw one's inspiration 得到靈感　托 I T G 公
3783. **inspire** 動 鼓舞 [ɪn`spaɪr] [in·spire]	動詞變化 inspire-inspired-inspired 托 I T G 公 The professor inspires students with his enthusiasm. 教授用熱情鼓舞學生。 ⇨enthusiasm (3583)
3784. **install** 動 安裝 [ɪn`stɔl] [in·stall]	動詞變化 install-installed-installed 托 I T G 公 ❶ install the software 安裝軟體 ⇨software (4162)
3785. **instinct** 名 本能 [`ɪnstɪŋkt] [in·stinct]	❶ know by instinct 生來分辨~　托 I T G 公
3786. **instruct** 動 教導 [ɪn`strʌkt] [in·struct]	動詞變化 instruct-instructed- instructed　托 I T G 公 Some of the staff has been instructed in communication skills. 有些員工接受過溝通技巧的指導。 ⇨communication (3376)
3787. **instructor** 名 教師 [ɪn`strʌktɚ] [in·struc·tor]	Ted is a driving instructor. 泰德是汽車教練。　托 I T G 公
3788. **insult** 名 侮辱 [`ɪnsʌlt] [in·sult]	❶ add insult injury 雪上加霜　托 I T G 公 ⇨injury (2585)
3789. **insurance** 名 保險 [ɪn`ʃʊrəns] [in·sur·ance]	❶ life insurance 人壽保險　托 I T G 公
3790. **intellectual** 形 智力的 [ˌɪntl̩`ɛktʃʊəl] [in·tel·lec·tu·al]	He writes intellectual novels. 他寫推理小說。　托 I T G 公 ⇨novel (1682)

3791. **intelligence** 名 智慧 [ɪnˋtɛlədʒəns] [in·tel·li·gence]	❶ a person of low intelligence 低智慧的人	托 I T G 公
		⇦low (520)
3792. **intelligent** 形 有才智的 [ɪnˋtɛlədʒənt] [in·tel·li·gent]	Jerry is an intelligent kid. 傑瑞是有才智的小孩。	托 I T G 公
3793. **intend** 動 想要；計算 [ɪnˋtɛnd] [in·tend]	動詞變化 **intend-intended- intended** He didn't intend visiting his uncle. 他並未打算要去拜訪伯父。	托 I T G 公
		⇦uncle (959)
3794. **intense** 形 極度的 [ɪnˋtɛns] [in·tense]	❶ intense pain 劇痛	托 I T G 公
		⇦pain (1705)
3795. **intensify** 動 加強 [ɪnˋtɛnsəˌfaɪ] [in·ten·si·fy]	動詞變化 **intensify-intensified- intensified** ❶ intensify one's attack 加強攻擊	托 I T G 公
		⇦attack (1097)
3796. **intensity** 名 強度 [ɪnˋtɛnsətɪ] [in·ten·si·ty]	❶ with an intensity 用專注	托 I T G 公
3797. **intensive** 形 強烈的 [ɪnˋtɛnsɪv] [in·ten·sive]	❶ intensive training 加強訓練	托 I T G 公
3798. **intention** 名 意向 [ɪnˋtɛnʃən] [in·ten·tion]	❶ no intention of 無意	托 I T G 公
3799. **interact** 動 互動 MP3 4-31 [ˌɪntəˋrækt] [in·ter·act]	動詞變化 **interact-interacted- interacted** Vikki always can interact with all kids well. 薇琪能和所有小孩子的互動良好。	托 I T G 公
3800. **interaction** 名 互動 [ˌɪntəˋrækʃən] [in·ter·ac·tion]	❶ electroweak interaction 電磁作用	托 I T G 公

LEVEL **4**

3801. **interfere** 動 介入 [ˌɪntɚˋfɪr] [in·ter·fere]	動詞變化 **interfere-interfered-interfered**　托 **I** T G 公 You have no right to interfere the relationship of your sisters. 你沒有權力干涉你妹妹們的交友關係。 ⇨relationship (1835)
3802. **intermediate** 形 中間的 動 干預 [ˌɪntɚˋmidɪət] [in·ter·me·di·ate]	動詞變化 **intermediate-intermediated-intermediated**　托 **I** T G 公 ❶ intermediate school 初級中學
3803. **Internet** 名 網際網路 [ˋɪntɚˌnɛt] [In·ter·net]	❶ get on the Internet 上網　托 **I** T G 公
3804. **interpret** 動 口譯 [ɪnˋtɝprɪt] [in·ter·pret]	動詞變化 **interpret-interpreted-interpreted**　托 **I** T G 公 ❶ interpret for sb. 替某人翻譯
3805. **interruption** 名 中斷 [ˌɪntəˋrʌpʃən] [in·ter·rup·tion]	The baby kept crying without interruption.　托 **I** T G 公 這個嬰兒哭個不停。 ⇨without (2096)
3806. **intimate** 形 親密的 [ˋɪntəmɪt] [in·ti·mate]	❶ intimate friends 親密朋友　托 **I** T G 公
3807. **intonation** 名 語調 [ˌɪntoˋneʃən] [in·to·na·tion]	❶ a rising intonation 升調　托 **I** T G 公
3808. **invade** 動 侵略 [ɪnˋved] [in·vade]	動詞變化 **invade-invaded-invaded**　托 **I** T G 公 He invaded her privacy in some ways. 他用一些方法介入她私生活。 ⇨privacy (4020)
3809. **invasion** 名 侵犯 [ɪnˋveʒən] [in·va·sion]	❶ an invasion of privacy 隱私權侵犯　托 **I** T G 公
3810. **invention** 名 發明 [ɪnˋvɛnʃən] [in·ven·tion]	❶ be full of invention 豐富的發明力　托 **I** T G 公

3811. **invest** 動 投資 [ɪnˋvɛst] [in·vest]	動詞變化 **invest-invested-invested** 托 I T G 公 Lots of businessmen invest their money in stocks. 大部分的商人都把錢投資在股票上。 ⇦money (557)
3812. **investment** 名 投資 [ɪnˋvɛstmənt] [in·vest·ment]	● inward investment 對內投資　　　托 I T G 公 ⇨inward (4768)
3813. **investigation** 名 調查 [ɪnˌvɛstəˋgeʃən] [in·ves·ti·ga·tion]	● field investigation 田野調查　　　托 I T G 公 ⇦field (1408)
3814. **involve** 動 牽涉 [ɪnˋvɑlv] [in·volve]	動詞變化 **involve-involved-involved** 托 I T G 公 Don't involve me in the scandal. 別把我牽涉到這件醜聞裡。 ⇨scandal (5094)
3815. **involvement** 名 牽連 [ɪnˋvɑlvmənt] [in·volve·ment]	● involvement in 對～牽連，干預 托 I T G 公
3816. **isolate** 動 隔離 [ˋaɪsḷˌet] [i·so·late]	動詞變化 **isolate-isolated-isolated** 托 I T G 公 The patient was isolated from the public. 這病患被與大眾隔離。 ⇦public (691)
3817. **isolation** 名 隔離 [ˌaɪsḷˋeʃən] [i·so·la·tion]	● in isolation 孤立地　　　托 I T G 公
3818. **itch** 動 抓癢 [ɪtʃ] [itch]	動詞變化 **itch-itched-itched** 托 I T G 公 ● itch all over 全身發癢

Jj
▼ 托 TOEFL、I IELTS、T TOEIC、G GEPT、公 公務人員考試

3819. **jealousy** 形 嫉妒 (MP3) [ˋdʒɛləsɪ] [jeal·ou·sy] 4-32	● petty jealousy 心胸狹窄的嫉妒 托 I T G 公 ⇨petty (6056)

LEVEL 4

355

3820.
junior 形 年輕的
[`dʒunjɚ] [ju·nior]

❶ junior high school 國中

托 I T G 公

Kk ▼ 托 TOEFL、I IELTS、T TOEIC、G GEPT、公 公務人員考試

3821.
keen 形 敏捷的
[kin] [keen]

❶ has/have an keen eye of
對～很靈敏

托 I T G 公

⇔eye (293)

3822.
knuckle 名 動 關節
[`nʌkḷ] [knuck·le]

動詞變化 knuckle-knuckled-knuckled

❶ knuckle down 開始努力

托 I T G 公

⇔down (248)

Ll ▼ 托 TOEFL、I IELTS、T TOEIC、G GEPT、公 公務人員考試

3823.
labor 名 勞動
[`lebɚ] [la·bor]

❶ Labor Day 勞動節

托 I T G 公

3824.
laboratory/lab 名
實驗室
[`læbrə͵torɪ]/[læb]
[lab·o·ra·to·ry]/[lab]

He stays at a research laboratory.
他待在研究實驗室。

托 I T G 公

⇔research (4093)

3825.
lag 動 延緩
[læg] [lag]

動詞變化 lag-lagged-lagged

❶ lag behind 落後

托 I T G 公

⇔behind (95)

3826.
landmark 名 地標
[`lænd͵mɑrk] [land·mark]

❶ a familiar landmark on
在～的熟悉地標

托 I T G 公

⇔familiar (2456)

3827.
landscape 名 風景
[`lænd͵skep] [land·scape]

❶ the dramatic landscape
令人印象深刻的風景

托 I T G 公

⇔dramatic (2391)

3828.
landslide/
mudslide 名 山崩
[ˋlænd͵slaɪd]/[ˋmʌd͵slaɪd]
[land·slide]/[mud·slide]

❶ beneath a landslide 在山崩底下　　批 I T G 公

⇦beneath (2194)

3829.
largely 副 大部分地
[ˋlɑrdʒlɪ] [large·ly]

The teacher is largely responsible 批 I T G 公
for the failure.
失敗的主因是老師。

⇦responsible (1842)

3830.
lately 副 最近
[ˋletlɪ] [late·ly]

How have you been lately?　　批 I T G 公
你最近如何？

3831.
launch 動 發射
[lɔntʃ] [launch]

動詞變化 launch-launched-　　批 I T G 公
launched
❶ launch into 投入

3832.
lawful 形 合法的
[ˋlɔfəl] [law·ful]

Benson is her lawful husband.　　批 I T G 公
班森是她合法丈夫。

⇦husband (434)

3833.
lead 名 鉛；榜樣
[lid] [lead]

❶ take the lead 帶領　　批 I T G 公

⇦take (889)

3834.
lean 動 倚；靠
[lin] [lean]

動詞變化 lean-leaned-leaned　　批 I T G 公
❶ lean on sb. 倚靠某人

3835.
learned 形 有學問的
[ˋlɜnɪd] [learned]

Frank is a learned host.　　批 I T G 公
法蘭克是有學問的主持人。

⇦host (1509)

3836.
learning 名 學問
[ˋlɜnɪŋ] [learning]

❶ learning curve 學習曲線　　批 I T G 公

⇦curve (3467)

3837.
lecture 名 授課
[ˋlɛktʃɚ] [lec·ture]

❶ read a lecture 責罵某人　　批 I T G 公

3838.
lecturer 名 講師
[ˋlɛktʃərɚ] [lec·tur·er]

He is a lecturer at Harvard.　　批 I T G 公
他是哈佛的講師。

3839.
legend 名 傳說
[ˋlɛdʒənd] [leg·end]
MP3 4-33

❶ urban legend 都市傳說　　批 I T G 公

⇨urban(4242)

LEVEL 4

3840. **leisurely** 圓 悠閒地 [ˈliʒɚlɪ] [lei·sure·ly]	He watches TV at home leisurely. 托 **I** T G 公 他悠閒地在家看電視。 <div align="right">⇦watch (982)</div>
3841. **license** 名 執照 [ˈlaɪsn̩s] [li·cense]/ [li·cence]	❶ marriage license 結婚許可證 托 **I** T G 公 <div align="right">⇦marriage (1612)</div>
3842. **lighten** 動 照亮；不 擔心 [ˈlaɪtn̩] [light·en]	動詞變化 **lighten-lightened-** **lightened** ❶ lighten up 別擔心 托 **I** T G 公
3843. **limitation** 名 限制 [ˌlɪməˈteʃən] [lim·i·ta·tion]	❶ status limitation 實效期 托 **I** T G 公
3844. **liquor** 名 酒 [ˈlɪkɚ] [li·quor]	❶ intoxicating liquor 烈酒 托 **I** T G 公
3845. **literary** 形 文學的 [ˈlɪtəˌrɛrɪ] [lit·er·ary]	He saw a literary film. 托 **I** T G 公 他看一部文藝片。
3846. **literature** 名 文學 [ˈlɪtərətʃɚ] [lit·er·a·ture]	She is interested in American 托 **I** T G 公 literature. 她對美國文學感興趣。 <div align="right">⇦interest (443)</div>
3847. **loan** 名 貸款 [lon] [loan]	❶ loan shark 放高利貸 托 **I** T G 公
3848. **location** 名 位置 [loˈkeʃən] [lo·ca·tion]	Where is the location of the 托 **I** T G 公 bakery? 麵包店位置在哪？ <div align="right">⇦bakery (1106)</div>
3849. **locker** 名 置物櫃 [ˈlɑkɚ] [lock·er]	Put your bag in the locker. 托 **I** T G 公 把袋子放到置物櫃。 <div align="right">⇦bag (66)</div>
3850. **logic** 名 邏輯 [ˈlɑdʒɪk] [log·ic]	❶ symbolic logic 邏輯符號 托 **I** T G 公 <div align="right">⇨symbolic (6312)</div>
3851. **logical** 形 邏輯上的 [ˈlɑdʒɪkl̩] [log·i·cal]	He made a logical conclusion. 托 **I** T G 公 他做了合乎邏輯的結論。 <div align="right">⇦conclusion (2308)</div>

3852.
lotion 名 化妝水
[ˋloʃən] [lo‧tion]

❶ suntan lotion 防曬油　　　托 I T G 公

3853.
lousy 形 卑鄙的；
討厭的
[ˋlauzɪ] [lousy]

What a lousy skirt!
真是糟糕的裙子！　　　托 I T G 公

⇦skirt (1900)

3854.
loyal 形 忠實的
[ˋlɔɪəl] [loy‧al]

❶ a loyal supporter 忠實的支持者　　　托 I T G 公

3855.
loyalty 名 忠誠
[ˋlɔɪəltɪ] [loy‧al‧ty]

He can't count her loyalty.
他不能指望她對他忠心耿耿。　　　托 I T G 公

⇦count (203)

3856.
lunar 形 陰曆的
[ˋlunɚ] [lu‧nar]

❶ lunar calendar 農曆　　　托 I T G 公

⇦calendar (1171)

3857.
luxurious 形 奢侈的
[lʌgˋʒurɪəs] [lux‧u‧ri‧ous]

He lives in a luxurious apartment.
他住在豪華的公寓。　　　托 I T G 公

3858.
luxury 名 奢侈
[ˋlʌkʃərɪ] [lux‧u‧ry]

❶ live in luxury 生活奢侈　　　托 I T G 公

⇦live (514)

Mm

 托 TOEFL、I IELTS、T TOEIC、G GEPT、公 公務人員考試

LEVEL 4

3859.
machinery 名
機械
(MP3) 4-34
[məˋʃinərɪ] [ma‧chin‧ery]

❶ be made by machinery 機器製　　　托 I T G 公

3860.
madam/ma'am 名
小姐
[ˋmædəm]/[mæm]
[mad‧am]/[ma'am]

How may I help you, ma'am?
小姐，我能為您效勞嗎？　　　托 I T G 公

⇦help (408)

3861.
magnetic 形 磁鐵的
[mægˋnɛtɪk] [mag‧net‧ic]

❶ a magnetic needle 磁針　　　托 I T G 公

⇦needle (1668)

3862. **magnificent** 形 壯觀的 [mæg`nıfəsənt] [mag·nif·i·cent]	She visited a magnificent castle. 托 I T G 公 她參觀雄偉的城堡。 ⇦castle (1183)
3863. **make-up** 名 化妝品 [`mek͵ʌp] [make(-)up]	Put on some make-up. 托 I T G 公 畫點妝。
3864. **manual** 形 手動的 [`mænjʊəl] [man·u·al]	❶ manual training 手工課程 托 I T G 公
3865. **manufacture** 名 動 製造 [͵mænjə`fæktʃɚ] [man·u·fac·ture]	動詞變化 **manufacture-** 托 I T G 公 **manufactured-manufactured** ❶ the manufacture of sth. ～製造
3866. **manufacturer** 名 製造者 [͵mænjə`fæktʃərɚ] [man·u·fac·tur·er]	He is a computer manufacturer. 托 I T G 公 他是電腦製造商。 ⇦computer (1237)
3867. **marathon** 名 馬拉松 [`mærə͵θɑn] [mar·a·thon]	❶ run a marathon 跑馬拉松 托 I T G 公
3868. **margin** 名 邊緣 [`mɑrdʒın] [mar·gin]	❶ profit margin 利潤幅度 托 I T G 公 ⇦profit (2842)
3869. **maturity** 名 成熟 [mə`tjʊrətı] [ma·tu·ri·ty]	❶ show great maturity 非常成熟 托 I T G 公
3870. **maximum** 名 最大值 [`mæksəməm] [max·i·mum]	❶ the maximum temperature 托 I T G 公 最高溫 ⇦temperature (3086)
3871. **measure** 名 尺寸 動 估計 [`mɛʒɚ] [mea·sure]	動詞變化 **measure-measured-** 托 I T G 公 **measured** ❶ measure up 符合預期
3872. **mechanic** 名 機械工 [mə`kænık] [me·chan·ic]	Gary was a car mechanic. 托 I T G 公 蓋瑞是汽車修理工。

3873.
mechanical 形
機械的
[mə`kænɪkl]
[me·chan·i·cal]

❶ mechanical pencils 自動鉛筆　托 I T G 公

⇦pencil (653)

3874.
memorable 形 值得
紀念的
[`mɛmərəbl]
[mem·o·ra·ble]

This is a memorable day.　托 I T G 公
這是值得紀念的日子。

3875.
memorial 形 紀念的
[mə`morɪəl] [me·mo·ri·al]

He can't find Eva's memorial
prize.　托 I T G 公
他找不到伊娃的紀念品。

⇦prize (1791)

3876.
mercy 名 慈悲
[`mɝsɪ] [mer·cy]

❶ has/have mercy on sb.　托 I T G 公
　對某人發慈悲

3877.
mere 形 僅僅的
[mɪr] [mere]

It took him a mere 10 minutes to
finish.　托 I T G 公
他僅僅用十分鐘就完成。

⇦finish (321)

3878.
merit 名 價值
[`mɛrɪt] [mer·it]

❶ merit pay 績效加薪　托 I T G 公
　（以個別績效來訂）

3879.
messenger 名
送信人
[`mɛsn̩dʒɚ] [mes·sen·ger]

❶ a 交通工具 + messenger ～的送信人　托 I T G 公

(MP3 4-35)

3880.
messy 形 髒亂的
[`mɛsɪ] [messy]

Your room is messy.　托 I T G 公
你房間亂糟糟。

⇦room (732)

3881.
microscope 名
顯微鏡
[`maɪkrəˌskop]
[mi·cro·scope]

❶ under a microscope 在顯微鏡下　托 I T G 公

⇦under (960)

3882.
mild 形 溫和的
[maɪld] [mild]

It is a mild day.　托 I T G 公
今天天氣溫和。

3883.
mineral 名 礦物
[`mɪnərəl] [min·er·al]

❶ a bottle of mineral water　托 I T G 公
　一瓶礦泉水

⇦bottle (1149)

LEVEL
4

3884. **minimum** 名 最小值 [ˋmɪnəməm] [min·i·mum]	❶ minimum wages 最低薪水　托 Ⅰ Ⅱ G 公 ⇨wage (3166)
3885. **minister** 名 部長 [ˋmɪnɪstɚ] [min·is·ter]	❶ prime minister 首長　托 Ⅰ Ⅱ G 公 ⇨prime (4018)
3886. **ministry** 名 政府部門 [ˋmɪnɪstrɪ] [min·is·try]	Mr. Chen is a ministry spokesperson. 陳先生是部門發言人。　托 Ⅰ Ⅱ G 公 ⇨spokesperson (6265)
3887. **mischief** 名 胡鬧 [ˋmɪstʃɪf] [mis·chief]	❶ make mischief 挑撥離間　托 Ⅰ Ⅱ G 公
3888. **miserable** 形 不幸的 [ˋmɪzərəbl] [mis·er·a·ble]	He heard a miserable accident. 他聽到不幸的意外。　托 Ⅰ Ⅱ G 公 ⇨accident (2109)
3889. **misfortune** 名 不幸 [mɪsˋfɔrtʃən] [mis·for·tune]	❶ bear one's misfortune 承受不幸　托 Ⅰ Ⅱ G 公
3890. **mislead** 動 誤導 [mɪsˋlid] [mis·lead]	動詞變化 mislead-misled-misled　托 Ⅰ Ⅱ G 公 ❶ mislead sb. about 誤導某人某事
3891. **misunderstand** 動 誤解 [ˋmɪsʌndɚˋstænd] [mis·un·der·stand]	動詞變化 misunderstand-misunderstood-misunderstood　托 Ⅰ Ⅱ G 公 I misunderstand Anne. 我誤會安。
3892. **moderate** 形 適度的 [ˋmadərɪt] [mod·er·ate]	❶ moderate ability 能力普通　托 Ⅰ Ⅱ G 公
3893. **modest** 形 謙虛的 [ˋmadɪst] [mod·est]	Dr. Hu looks very modest. 胡博士看起來很謙虛。　托 Ⅰ Ⅱ G 公
3894. **modesty** 名 謙虛 [ˋmadɪstɪ] [mod·es·ty]	❶ false modesty 假謙虛　托 Ⅰ Ⅱ G 公
3895. **monitor** 名 監視器 [ˋmanətɚ] [mon·i·tor]	This is a heart monitor. 這是心臟監視器。　托 Ⅰ Ⅱ G 公 ⇨heart (404)

3896. **monthly** 副 每月一次地 [`mʌnθlɪ] [month·ly]	He attends a monthly meeting. 他參加每月一次會議。	托 I T G 公 ⇦attend (1098)
3897. **monument** 名 紀念碑 [`manjəmənt] [mon·u·ment]	❶ an ancient monument 古蹟	托 I T G 公 ⇦ancient (1071)
3898. **moreover** 副 並且 [mor`ovɚ] [more·over]	Moreover, he made some mistakes. 而且，他犯了一些錯誤。	托 I T G 公 ⇦mistake (551)
3899. **mostly** 副 大多數地 [`mostlɪ] [most·ly]	(MP3) 4-36	He is mostly out on Fridays. 他星期五通常外出。	托 I T G 公
3900. **motivate** 動 給…動機 [`motə‚vet] [mo·ti·vate]	動詞變化 **motivate-motivated- motivated** She is motivated by revenge. 她是出於報仇的動機。	托 I T G 公 ⇨revenge (4111)
3901. **motivation** 名 動機 [‚motə`veʃən] [mo·ti·va·tion]	What is his motivation? 他的動機為何？	托 I T G 公
3902. **mountainous** 形 多山的 [`mauntənəs] [moun·tain·ous]	❶ a mountainous region 多山區	托 I T G 公 ⇦region (1831)
3903. **mow** 動 收割 [mo] [mow]	動詞變化 **mow-mowed-mowed** ❶ mow down 掃倒	托 I T G 公 ⇦down (248)
3904. **MTV** 縮 音樂電視	❶ MTV = Music Television The MTV is very popular. 這支音樂電視很受歡迎。	托 I T G 公 ⇦popular (2817)

LEVEL

4

3905. **muddy** 形 泥濘的 [ˋmʌdɪ] [mud‧dy]	❶ a muddy pond 渾濁的池塘	托 I T G 公 ⇦pond (676)
3906. **multiple** 形 複合的 [ˋmʌltəpl] [mul‧ti‧ple]	❶ multiple choices 選擇題	托 I T G 公 ⇦choice (1202)
3907. **murderer** 名 兇手 [ˋmɝdərɚ] [mur‧der‧er]	He saw the murderer. 他看見兇手。	托 I T G 公
3908. **murmur** 動 低聲說話 [ˋmɝmɚ] [mur‧mur]	動詞變化 murmur-murmured- 　　　　　murmured He is murmuring in Helen's ear. 他在海倫的耳邊低聲說話。	托 I T G 公 ⇦ear (262)
3909. **mustache** 名 小鬍子 [ˋmʌstæʃ] [mus‧tache]	❶ grow a mustache 留小鬍子	托 I T G 公 ⇦grow (384)
3910. **mutual** 形 互相的 [ˋmjutʃʊəl] [mu‧tu‧al]	They had a mutual friend. 他們有共同的朋友。	托 I T G 公
3911. **mysterious** 形 神祕的 [mɪsˋtɪrɪəs] [mys‧te‧ri‧ous]	He is mysterious about his job. 他對他的工作保持神祕。	托 I T G 公 ⇦job (451)

Nn ▼ 托TOEFL、I IELTS、T TOEIC、G GEPT、公公務人員考試

3912. **namely** 副 意即 [ˋnemlɪ] [name‧ly]	❶ namely sb. 只有某人	托 I T G 公
3913. **nationality** 名 國籍 [ˌnæʃəˋnælətɪ] [na‧tion‧al‧i‧ty]	Ken is of American nationality. 肯是美國籍。	托 I T G 公
3914. **nearsighted** 形 近視的 [ˋnɪrˋsaɪtɪd] [near‧sight‧ed]	Nearsighted people can't see clearly if they don't wear glasses. 近視的人不戴眼鏡看不清楚。	托 I T G 公 ⇦wear (987)

3915.
needy 形 貧窮的
[ˋnidɪ] [need·y]

Help needy people.
幫助窮人。

托 I T G 公

3916.
neglect 動 忽視
[nɪgˋlɛkt] [ne·glect]

動詞變化 neglect-neglected-
neglected

❶ neglect of 忽略

托 I T G 公

3917.
negotiate 動 談判
[nɪˋgoʃɪˏet] [ne·go·ti·ate]

動詞變化 negotiate-negotiated-
negotiated

❶ negotiate with 和某人談判

托 I T G 公

3918.
**nevertheless/
nonetheless** 副
仍然

[ˏnɛvɚðəˋlɛs]/
[ˏnʌnðəˋlɛs]
[nev·er·the·less]/
[none·the·less]

Nevertheless, he went there by
himself.
然而，他自己去那裡。

托 I T G 公

3919.
nightmare 名
惡夢

[ˋnaɪtˏmɛr] [night·mare]

MP3
4-37

She had a nightmare.
她做惡夢了。

托 I T G 公

3920.
nonsense 名 胡說
[ˋnɑnsɛns] [non·sense]

She fooled you with nonsense.
她用胡扯來愚弄你。

托 I T G 公

⇦fool (1430)

3921.
noun 名 名詞
[naʊn] [noun]

"Book" is a noun.
「書本」是名詞。

托 I T G 公

3922.
nowadays 副 當今
[ˋnaʊəˏdez] [now·a·days]

People have much pressure
nowadays.
現今人們有很多壓力。

托 I T G 公

⇦pressure (2833)

3923.
nuclear 形 核心的
[ˋnjuklɪɚ] [nu·cle·ar]

❶ nuclear power plant 核電廠

托 I T G 公

⇦power (683)

3924.
numerous 形 為數
眾多的

[ˋnjumərəs] [nu·mer·ous]

She has numerous collections
of dolls.
她有為數眾多的洋娃娃。

托 I T G 公

⇦collection (2290)

LEVEL
4

| 3925.
nursery 名 育兒室
[ˋnɝsərɪ] [nurs·er·y] | ❶ nursery nurse 保育員 | 托 I T G 公
⇦nurse (612) |
| 3926.
nylon 名 尼龍
[ˋnaɪlɑn] [ny·lon] | ❶ be made of nylon 尼龍造的 | 托 I T G 公 |

Oo ▼ 托TOEFL、I IELTS、T TOEIC、G GEPT、公 公務人員考試

3927. **obedience** 名 服從 [əˋbidjəns] [o·be·di·ence]	❶ obedience from 要求某人服從	托 I T G 公
3928. **obedient** 形 服從的 [əˋbidjənt] [o·be·di·ent]	❶ obedient to 順從某人	托 I T G 公
3929. **objection** 名 反對 [əbˋdʒɛkʃən] [ob·jec·tion]	❶ objection against 反對	托 I T G 公 ⇦against (17)
3930. **objective** 形 客觀的 [əbˋdʒɛktɪv] [ob·jec·tive]	❶ an objective opinion 客觀意見	托 I T G 公 ⇦opinion (1692)
3931. **observation** 名 觀察 [͵ɑbzɝˋveʃən] [ob·ser·va·tion]	❶ observation about 發表言論	托 I T G 公
3932. **obstacle** 名 障礙物 [ˋɑbstəkḷ] [ob·sta·cle]	❶ obstacle race 障礙賽	托 I T G 公 ⇦race (702)
3933. **obtain** 動 獲得 [əbˋten] [ob·tain]	動詞變化 obtain-obtained- obtained Tim obtained a scholarship last year. 提姆去年獲得獎學金。 ⇦scholarship (2943)	托 I T G 公

3934.
occasional 形
偶爾的
[əˈkeʒənl] [oc·ca·sion·al]

❶ an occasional basis 臨時工　　托 I T G 公

⇦basis (1114)

3935.
occupation 名 佔據
[ˌɑkjəˈpeʃən]
[oc·cu·pa·tion]

❶ be ready for occupation 準備居用　　托 I T G 公

⇦ready (711)

3936.
occupy 動 佔據
[ˈɑkjəˌpaɪ] [oc·cu·py]

動詞變化 **occupy-occupied-occupied**　　托 I T G 公

Making some phone calls occupied half of her time.
打電話佔用她一半時間。

⇦phone (1988)

3937.
offend 動 冒犯
[əˈfɛnd] [of·fend]

動詞變化 **offend-offended-offended**　　托 I T G 公

He didn't mean to offend you.
他不是故意要冒犯你的。

⇦mean (541)

3938.
offense 名 冒犯
[əˈfɛns] [of·fense]

❶ take offense at 因～生氣　　托 I T G 公

3939.
offensive 形
冒犯的
[əˈfɛnsɪv] [of·fen·sive]

(MP3)
4-38

❶ be on the offensive 出擊　　托 I T G 公

3940.
opera 名 歌劇
[ˈɑpərə] [op·er·a]

❶ soap opera 肥皂劇　　托 I T G 公

⇦soap (829)

3941.
operation 名 操作
[ˌɑpəˈreʃən] [op·er·a·tion]

❶ black box operation 黑箱作業　　托 I T G 公

⇦black (110)

3942.
oppose 動 反對
[əˈpoz] [op·pose]

動詞變化 **oppose-opposed-opposed**　　托 I T G 公

❶ oppose by 被某人反對

3943.
oral 形 口述的
[ˈorəl] [o·ral]

❶ oral presentation 口頭報告　　托 I T G 公

⇦presentation (4014)

LEVEL
4

3944. **orbit** 名 軌道 [`ɔrbɪt] [or·bit]	❶ put into orbit 置入軌道　　托 I T G 公
3945. **orchestra** 名 管弦樂隊 [`ɔrkɪstrə] [or·ches·tra]	❶ chamber orchestra 室內管絃樂隊　托 I T G 公 ⇦chamber (3343)
3946. **organic** 形 器官的 [ɔr`gænɪk] [or·gan·ic]	❶ organic disease 器官病變　　托 I T G 公 ⇦disease (2380)
3947. **otherwise** 副 否則 [`ʌðɚˌwaɪz] [oth·er·wise]	Otherwise, you will miss the train. 托 I T G 公 否則，你會錯過火車。 ⇦train (945)
3948. **outcome** 名 結果 [`autˌkʌm] [out·come]	❶ the final outcome 最後結果　　托 I T G 公
3949. **outstanding** 形 傑出的 [`autˋstændɪŋ] [out·stand·ing]	He did an outstanding performance.　　托 I T G 公 他做了傑出的表演。 ⇦performance (2791)
3950. **oval** 形 蛋形的 [`ovḷ] [o·val]	❶ Oval Office 總統辦公室 (美國白宮) 托 I T G 公 ⇦office (619)
3951. **overcome** 動 克服 [ˌovɚ`kʌm] [o·ver·come]	動詞變化 overcome-overcame- overcome　　托 I T G 公 He tried to overcome the issue. 他試圖克服問題。 ⇨issue (4771)
3952. **overlook** 動 俯瞰 [ˌovɚ`luk] [o·ver·look]	動詞變化 overlook-overlooked- overlooked　　托 I T G 公 ❶ overlook the lake 濱湖 ⇦lake (477)
3953. **overnight** 副 整夜地 [`ovɚ`naɪt] [o·ver·night]	He did his homework overnight. 托 I T G 公 他整晚做功課。 ⇦homework (422)

3954.
overtake 動 趕上
[ˌovɚˋtek] [o·ver·take]

動詞變化 **overtake-overtook-overtaken**

托 I T G 公

He overtakes a car.
他超車。

3955.
overthrow 動 推翻
[ˌovɚˋθro] [o·ver·throw]

動詞變化 **overthrow-overthrew-overthrown**

托 I T G 公

The president was overthrown ten years ago.
總統十年前被推翻。

3956.
oxygen 名 氧氣
[ˋɑksədʒən] [ox·y·gen]

托 I T G 公

❶ oxygen mask 氧氣罩

⇦mask (1613)

Pp

▼ 托 TOEFL、I IELTS、T TOEIC、G GEPT、公 公務人員考試

3957.
pace 名 一步
[pes] [pa·ce]

MP3 4-39

托 I T G 公

❶ go through one's pace 展現能力

⇦through (2005)

3958.
panel 名 儀錶盤
[ˋpænl̩] [pan·el]

托 I T G 公

❶ solar panel 太陽電池版

LEVEL 4

3959.
parachute 名 降落傘
[ˋpærəˌʃut] [par·a·chute]

托 I T G 公

❶ tin parachute 少少的資遣費

3960.
paragraph 名 段落
[ˋpærəˌgræf] [par·a·graph]

托 I T G 公

There are four paragraphs in the composition.
這篇文章有四段。

⇦composition (3385)

3961.
partial 形 部分的
[ˋpɑrʃəl] [par·tial]

托 I T G 公

❶ partial to 偏袒

3962.
participation 名 參加
[pɑrˌtɪsəˋpeʃən]
[par·tic·i·pa·tion]

托 I T G 公

He is active participation in many parties.
他積極參加很多派對。

⇦active (1053)

369

3963. **participle** 名 分詞 [`partəsəp!] [par·ti·ci·ple]	❶ past participle 過去分詞	托 **I** T **G** 公 ⇦past (649)
3964. **partnership** 名 合夥關係 [`partnɚˌʃɪp] [part·ner·ship]	❶ go into partnership 締結合作關係	托 **I** T **G** 公
3965. **passive** 形 被動的 [`pæsɪv] [pas·sive]	❶ passive smoking 吸二手菸	托 **I** T **G** 公
3966. **pasta** 名 麵團 [`pɑstə] [pas·ta]	He likes having pasta. 他愛吃義大利麵。	托 **I** T **G** 公
3967. **pebble** 名 小卵石 [`pɛb!] [peb·ble]	❶ be paved with pebble 用小卵石鋪成	托 **I** T **G** 公 ⇦pave (2780)
3968. **peculiar** 形 獨特的 [pɪ`kjuljɚ] [pe·cu·liar]	❶ peculiar to 某人獨特的～	托 **I** T **G** 公
3969. **pedal** 名 踏板 [`pɛd!] [ped·al]	❶ brake pedal 煞車板	托 **I** T **G** 公 ⇦brake (2210)
3970. **peer** 名 同輩 動 凝視 [pɪr] [peer]	動詞變化 peer-peered-peered ❶ peer at 凝視	托 **I** T **G** 公
3971. **penalty** 名 懲罰 [`pɛn!tɪ] [pen·al·ty]	❶ penalty for 對～懲罰	托 **I** T **G** 公
3972. **percent** 名 百分比 [pɚ`sɛnt] [per·cent]	The skirt is 10 percent off. 這裙子打九折。	托 **I** T **G** 公 ⇦skirt (1900)
3973. **percentage** 名 百分率 [pɚ`sɛntɪdʒ] [per·cent·age]	❶ get a percentage of 得到部分～	托 **I** T **G** 公
3974. **perfection** 名 完美 [pɚ`fɛkʃən] [per·fec·tion]	❶ perfection of 完成～	托 **I** T **G** 公

3975.
perfume 名 香水
動 使充滿香氣
[ˋpɝfjum]/[pɚˋfjum]
[per‧fume]

動詞變化 **perfume-perfumed-perfumed**
He bought a bottle of perfume.
他買瓶香水。

托 I T G 公

⇨bottle (1149)

3976.
permanent 形
永久的
[ˋpɝmənənt] [per‧ma‧nent]

❶ permanent address 永久地址

托 I T G 公

⇨address (11)

3977.
persuasion 名 (MP3) 4-40
說服
[pɚˋsweʒən] [per‧sua‧sion]

❶ of the...persuasion 歸類為～派

托 I T G 公

3978.
persuasive 形 有說
服力的
[pɚˋswesɪv] [per‧sua‧sive]

The article is persuasive.
這個文章很具說服力。

托 I T G 公

⇨article (1093)

3979.
pessimistic 形
悲觀的
[ˌpɛsəˋmɪstɪk]
[pes‧si‧mis‧tic]

He is a pessimistic man.
他是悲觀的人。

托 I T G 公

3980.
petal 名 花瓣
[ˋpɛtl̩] [pet‧al]

A sunflower has a lot of petals.
向日葵的花瓣很多。

托 I T G 公

LEVEL **4**

3981.
phenomenon 名
現象
[fəˋnɑməˌnɑn]
[phe‧nom‧e‧non]

❶ a social phenomenon 社會現象

托 I T G 公

⇨social (1911)

3982.
philosopher 名
哲學家
[fəˋlɑsəfɚ]
[phi‧los‧o‧pher]

She wants to be a philosopher.
她想成為哲學家。

托 I T G 公

3983.
philosophical 形
哲學的
[ˌfɪləˋsɑfɪkl̩]
[phil‧o‧soph‧i‧cal]

❶ philosophical discussion 哲學討論

托 I T G 公

⇨discussion (1321)

371

3984.
philosophy 名 哲學
[fə`lɑsəfɪ] [phi·los·o·phy]

He got a degree in philosophy.
他得到哲學學位。

托 I T G 公

⇦degree (1290)

3985.
photography 名
攝影術
[fə`tɑgrəfɪ]
[pho·tog·ra·phy]

His hobbies include photography and painting.
他嗜好包括攝影和繪畫。

托 I T G 公

⇦hobby (1502)

3986.
physical 形 身體的
[`fɪzɪkl] [phys·i·cal]

● physical examination 身體檢查

托 I T G 公

⇦examination (288)

3987.
physician 名
內科醫師
[fɪ`zɪʃən] [phy·si·cian]

Her husband is a physician.
她丈夫是內科醫生。

托 I T G 公

3988.
physicist 名
物理學家
[`fɪzɪsɪst] [phys·i·cist]

● nuclear physicist 核能物理學家

托 I T G 公

⇦nuclear (3923)

3989.
physics 名 物理學
[`fɪzɪks] [phys·ics]

She majored in physics.
她主修物理學。

托 I T G 公

⇦major (2666)

3990.
pianist 名 鋼琴家
[pɪ`ænɪst] [pi·an·ist]

Her dream is to be a pianist.
她的夢想是當鋼琴家。

托 I T G 公

3991.
pickpocket 名 扒手
[`pɪkˌpɑkɪt] [pick·pocket]

He was a pickpocket, but now he is a businessman.
他以前是扒手，但現在是商人。

托 I T G 公

3992.
pioneer 名 拓荒者
[ˌpaɪə`nɪr] [pi·o·neer]

Everyone should have pioneer spirit.
每個人都要有拓荒者的精神。

托 I T G 公

⇦spirit (1929)

3993.
pirate 名 海盜
[`paɪrət] [pi·rate]

Have they ever seen a pirate ship?
他們看過海盜船嗎？

托 I T G 公

⇦ship (788)

3994.
plentiful 形 豐富的
[ˋplɛntɪfəl] [plen·ti·ful]

❶ a plentiful…of 豐富的…

托 I T G A

3995.
plot 名 陰謀
[plɑt] [plot]

❶ lose the plot 不知所措

托 I T G A

⇨lose (1595)

3996.
plural 形 複數的
[ˋplʊrəl] [plu·ral]

The plural of "ox" is "oxen."
「ox」的複數是「oxen」。

托 I T G A

⇨ox (1702)

3997.
p.m./pm 名 下午 🎧
[ˋpiˋɛm] [p·m] 4-41

They had dinner at 6 pm.
他們晚上六點吃晚餐。

托 I T G A

3998.
pocket money 片
零用錢
[ˋpɑkɪtˏmʌnɪ]

He spent all his pocket money.
他花光零用錢。

托 I T G A

⇨spend (852)

3999.
poisonous 形
有毒的
[ˋpɔɪznəs] [poi·son·ous]

❶ highly poisonous 劇毒

托 I T G A

4000.
polish 動 擦亮
[ˋpɑlɪʃ] [pol·ish]

動詞變化 polish-polished-polished
He polished his shoes.
他擦亮皮鞋。

托 I T G A

4001.
pollution 名 污染
[pəˋluʃən] [pol·lu·tion]

The air pollution is getting worse.
空氣污染越來越嚴重。

托 I T G A

⇨worse (1028)

4002.
popularity 名 流行
[ˏpɑpjəˋlærətɪ]
[pop·u·lar·i·ty]

❶ increasing popularity 日益流行

托 I T G A

⇨increase (1529)

4003.
portable 形 可攜帶的
[ˋportəbl] [port·a·ble]

❶ portable chair 可攜式椅子

托 I T G A

⇨chair (166)

LEVEL
4

4004. **porter** 名 搬運工 [`portɚ] [por·ter]	He has been a porter for 2 years. 托 I T G 公 他當過兩年搬運工。 <div align="right">⇨year (1034)</div>
4005. **portray** 動 畫（人物）；扮演 [por`tre] [por·tray]	動詞變化 **portray-portrayed-** 托 I T G 公 **portrayed** The Snow White was portrayed by Marie. 白雪公主由瑪麗亞扮演。
4006. **possess** 動 擁有 [pə`zɛs] [pos·sess]	動詞變化 **possess-possessed-** 托 I T G 公 **possessed** This is the only notebook I possess. 這是我僅有的手提電腦。 <div align="right">⇦notebook (1681)</div>
4007. **possession** 名 擁有 [pə`zɛʃən] [pos·ses·sion]	❶ vacant possession 空地佔有權 托 I T G 公
4008. **precise** 形 精確的 [prɪ`saɪs] [pre·cise]	❶ to be precise 更精確地說 托 I T G 公
4009. **predict** 動 預測 [prɪ`dɪkt] [pre·dict]	動詞變化 **predict-predicted-** 托 I T G 公 **predicted** It is impossible to predict the outcome. 預測結果是不可能的。 <div align="right">⇦outcome (3948)</div>
4010. **preferable** 形 更好的 [`prɛfərəb!] [pref·er·a·ble]	❶ It will be preferable… 托 I T G 公 做某事會更好
4011. **pregnancy** 名 懷孕 [`prɛgnənsɪ] [preg·nan·cy]	❶ pregnancy test 懷孕測試 托 I T G 公 <div align="right">⇦test (1996)</div>
4012. **pregnant** 形 懷孕的 [`prɛgnənt] [preg·nant]	She is pregnant. 托 I T G 公 她懷孕了。
4013. **preposition** 名 介系詞 [ˌprɛpə`zɪʃən] [prep·o·si·tion]	"In" is a preposition. 托 I T G 公 「In」是介系詞。

4014.
presentation 名
贈送；提交

[ˌprɪzɛn`teʃən]
[pre·sen·ta·tion]

❶ make a presentation 報告　　托 I T G 公

4015.
preservation 名
保存

[ˌprɛzə`veʃən]
[pres·er·va·tion]

❶ self preservation 自我保護　　托 I T G 公

⇦self (765)

4016.
preserve 動 保存
[prɪ`zɝv] [pre·serve]

動詞變化 preserve-preserved-　　托 I T G 公
preserved

She does her best to preserve her reputation.
她盡所能保存她的名譽。

⇨reputation (4091)

4017.
prevention 名 (MP3)
預防 4-42

[prɪ`vɛnʃən] [pre·ven·tion]

❶ prevention is better than cure　　托 I T G 公
預防勝於治療

⇦cure (1275)

4018.
prime 形 最初的
[praɪm] [prime]

❶ prime school 初級中學　　托 I T G 公

4019.
primitive 形 原始的
[`prɪmətɪv] [prim·i·tive]

❶ primitive man 原始人　　托 I T G 公

4020.
privacy 名 隱私
[`praɪvəsɪ] [pri·va·cy]

Most people value their privacy.　　托 I T G 公
大部分的人注重隱私。

⇦value (2057)

4021.
privilege 名 特權
[`prɪvlɪdʒ] [priv·i·lege]

❶ privileges and benefits　　托 I T G 公
特權和福利

⇦benefit (2195)

4022.
procedure 名 程序
[prə`sidʒɚ] [pro·ce·dure]

This is maintenance procedures.　　托 I T G 公
這是維修程序。

⇨maintenance (4824)

LEVEL
4

4023.
proceed 動 進行
[prə`sid] [pro·ceed]

動詞變化 proceed-proceeded-proceeded
❶ proceed from sth. 由～造成

托 Ⅰ T G 公

4024.
production 名 生產
[prə`dʌkʃən]
[pro·duc·tion]

❶ on production of 物 出示某物

托 Ⅰ T G 公

4025.
productive 形
生產的
[prə`dʌktɪv] [pro·duc·tive]

Jill is a productive worker.
吉爾是高效率員工。

托 Ⅰ T G 公

⇦worker (1024)

4026.
profession 名 專業
[prə`fɛʃən] [pro·fes·sion]

❶ by profession 以～為職業

托 Ⅰ T G 公

4027.
professional 形
專業的
[prə`fɛʃənl]
[pro·fes·sion·al]

She is a professional dancer.
她是專業舞者。

托 Ⅰ T G 公

⇦dancer (217)

4028.
professor 名 教授
[prə`fɛsɚ] [pro·fes·sor]

Willy's father is a professor at Harvard.
威利父親是哈佛教授。

托 Ⅰ T G 公

4029.
profitable 形
有利潤的
[`prɑfɪtəbl̩] [prof·it·able]

This investment is profitable.
這投資是有利潤的。

托 Ⅰ T G 公

⇦investment (3812)

4030.
prominent 形
顯著的
[`prɑmənənt]
[prom·i·nent]

He is a prominent politician.
他是傑出的政治家。

托 Ⅰ T G 公

⇦politician (2811)

4031.
promising 形 有前
途的
[`prɑmɪsɪŋ] [prom·is·ing]

❶ a promising newcomer
有前途新人

托 Ⅰ T G 公

4032.
promotion 名 促進
[prə`moʃən] [pro·mo·tion]

❶ get promotion 被升官

托 Ⅰ T G 公

| 4033.
prompt 彤 即時的
[prɑmpt] [prompt] | ● prompt payment 即期付款　　　　托 I T G 公 |
| | ⇦payment (651) |

| 4034.
pronoun 图 代名詞
[`pronaʊn] [pro·noun] | "He" is a personal pronoun.　　　　托 I T G 公
「He」是人稱代名詞。 |
| | ⇦personal (1734) |

| 4035.
pronunciation 图
發音
[prəˌnʌnsɪ`eʃən]
[pro·nun·ci·a·tion] | Her pronunciation is funny.　　　　托 I T G 公
她發音很可笑。 |
| | ⇦funny (352) |

| 4036.
prosper 勔 繁榮
[`prɑspə] [pros·per] | 動詞變化 **prosper-prospered-**　　　托 I T G 公
　　　　　　prospered
He seems to be prospering after he becomes an actor.
在他成為演員後，他似乎一帆風順。 |
| | ⇦actor (9) |

| 4037.
prosperity 图　(MP3)
繁盛　　　　　4-43
[prɑs`pɛrətɪ]
[pros·per·i·ty] | ● peace and prosperity 民安繁榮　　托 I T G 公 |
| | ⇦peace (1724) |

| 4038.
prosperous 彤
繁榮的
[`prɑspərəs] [pros·per·ous] | ● prosperous economies 經濟繁榮　托 I T G 公 |
| | ⇦economy (3554) |

| 4039.
protein 图 蛋白質
[`protiɪn] [pro·tein] | ● vegetable protein 植物性蛋白　　托 I T G 公 |
| | ⇦vegetable (969) |

| 4040.
protest 图勔 抗議
[`protɛst]/[prə`tɛst]
[pro·test] | 動詞變化 **protest-protested-**　　　托 I T G 公
　　　　　　protested
● under protest 無奈地 |
| | ⇦under (960) |

| 4041.
proverb 图 諺語
[`provɝb] [prov·erb] | Do you know some proverbs?　　　　托 I T G 公
你知道一些諺語嗎？ |

LEVEL
4

4042. **psychological** 形 心理學的 [ˌsaɪkəˈlɑdʒɪkl̩] [psy·cho·log·i·cal]	❶ psychological moment 緊要的關頭 托 I T G 公 ⇦moment (552)
4043. **psychologist** 名 心理學家 [saɪˈkɑlədʒɪst] [psy·chol·o·gist]	Emma is a clinical psychologist. 托 I T G 公 艾瑪是臨床心理醫生。 ⇨clinical (5522)
4044. **psychology** 名 心理學 [saɪˈkɑlədʒɪ] [psy·chol·o·gy]	❶ the psychology of ～的心理特徵 托 I T G 公
4045. **publication** 名 出版 [ˌpʌblɪˈkeʃən] [pub·li·ca·tion]	Tell me the publication date. 托 I T G 公 告訴我出版日期。 ⇦date (220)
4046. **publicity** 名 名聲 [pʌbˈlɪsətɪ] [pub·lic·i·ty]	❶ give publicity to 宣傳 托 I T G 公
4047. **publish** 動 出版 [ˈpʌblɪʃ] [pub·lish]	動詞變化 **publish-published-** 托 I T G 公 **published** The novel was published in 2009. 這本小說在 2009 出版。 ⇦novel (1682)
4048. **publisher** 名 出版者 [ˈpʌblɪʃɚ] [pub·lish·er]	The publisher is interested in her 托 I T G 公 novels. 這出版者對她的小說很感興趣。 ⇦interest (443)
4049. **pursuit** 名 追求 [pɚˈsut] [pur·suit]	❶ in pursuit of 追蹤 托 I T G 公

Qq ▼ 托 TOEFL、I IELTS、T TOEIC、G GEPT、公 公務人員考試

4050. **quake** 動 地震 [kwek] [quake]	動詞變化 **quake-quaked-quaked** 托 I T G 公 ❶ quaking with fear 恐懼地發抖（置於句首）

| 4051.
quilt 名 被子
[kwɪlt] [quilt] | ❶ continental quilt 天鵝絨被 托 I T G 公 |

| 4052.
quotation 名 引文
[kwo`teʃən] [quo·ta·tion] | ❶ begin with a quotation 開頭用引文 托 I T G 公

⇦begin (94) |

Rr ▼ 托 TOEFL、I IELTS、T TOEIC、G GEPT、公 公務人員考試

| 4053.
rage 名 狂怒
[redʒ] [rage] | ❶ fly into rage 暴怒 托 I T G 公 |

| 4054.
rainfall 名 降雨
[`ren͵fɔl] [rain·fall] | ❶ an average annual rainfall
平均年雨量 托 I T G 公

⇦annual (3246) |

| 4055.
realistic 形 現實的
[rɪə`lɪstɪk] [re·al·is·tic] | He has realistic views. 托 I T G 公
他有現實的看法。

⇦view (971) |

| 4056.
rebel 名 造反者
[rɪ`bɛl] [re·bel] | Don't be the rebel of the family. 托 I T G 公
別當家庭的背叛者。

⇦family (299) |

| 4057.
rebel/revolt 動 造反
[rɪ`bɛl]/[rɪ`volt] [re·bel]/
[re·volt] | 動詞變化 **rebel-rebelled-rebelled**
revolt-revolted-revolted 托 I T G 公
The hero revolted against the government.
這位英雄發動對抗政府的起義。

⇦against (17) |

| 4058.
recall 名動 回想
[rɪ`kɔl] [re·call] | 動詞變化 **recall-recalled-recalled** 托 I T G 公
❶ beyond recall 想不起來

⇦beyond (1133) |

| 4059.
reception 名 接待
[rɪ`sɛpʃən] [re·cep·tion] | ❶ reception room 會客室 托 I T G 公 |

| 4060.
recipe 名 食譜
[`rɛsəpɪ] [rec·i·pe] | The cook doesn't need a recipe. 托 I T G 公
這位廚師不需要食譜。

⇦cook (196) |

| 4061.
recite 動 背誦
[rɪ`saɪt] [re·cite] | 動詞變化 **recite-recited-recited** 托 I T G 公
❶ recite a story/poem 背故事／背詩

⇦poem (1758) |

LEVEL 4

4062.
recognition 名 認出
[ˌrɛkəgˋnɪʃən] [rec·og·ni·tion]

● change out of all recognition 滄海桑田 托 I T G 公

⇦change (1191)

4063.
recovery 名 恢復
[rɪˋkʌvərɪ] [re·cov·er·y]

She made a recovery. 托 I T G 公
她已經恢復。

4064.
recreation 名 娛樂
[ˌrɛkrɪˋeʃən] [rec·re·a·tion]

● recreation ground 公共娛樂場所 托 I T G 公

⇦ground (382)

4065.
recycle 動 回收
[riˋsaɪkḷ] [re·cy·cle]

動詞變化 recycle-recycled-recycled 托 I T G 公

● recycled paper 回收紙

⇦paper (644)

4066.
reduction 名 減少
[rɪˋdʌkʃən] [re·duc·tion]

● reduction in unemployment 托 I T G 公
失業人口減少

⇨unemployment (6382)

4067.
refer 動 參考
[rɪˋfɝ] [re·fer]

動詞變化 refer-referred-referred 托 I T G 公
● refer to 涉及

4068.
reference 名 參考
[ˋrɛfərəns] [ref·er·ence]

● point of reference 參考依據 托 I T G 公

4069.
reflect 動 反射
[rɪˋflɛkt] [re·flect]

動詞變化 reflect-reflected-reflected 托 I T G 公

● reflect well on 給人好影響

4070.
reflection 名 反射
[rɪˋflɛkʃən] [re·flec·tion]

● on mature reflection 經過仔細考慮 托 I T G 公

⇦mature (2680)

4071.
reform 動 改革
[ˌrɪˋfɔrm] [re·form]

動詞變化 reform-reformed-reformed 托 I T G 公

● promise to reform 改過自新

⇦promise (1796)

4072.
refresh 動 使清新
[rɪˋfrɛʃ] [re·fresh]

動詞變化 refresh-refreshed-refreshed 托 I T G 公

He refreshed himself with a cold drink.
他用冷飲讓自己清醒。

⇦drink (253)

4073.
refreshment 名
恢復精神；飲料

[rɪˋfrɛʃmənt]
[re·fresh·ment]

❶ light refreshment 輕食

托 I T G A

⇦light (504)

4074.
refugee 名 難民
[ˌrɛfjuˋdʒi] [ref·u·gee]

❶ economic refugee 經濟難民

托 I T G A

⇦economic (3550)

4075.
refusal 名 拒絕
[rɪˋfjuzl] [re·fus·al]

He had the first refusal.
他有優先購買權。

托 I T G A

⇦first (323)

4076.
regarding 介 關於
[rɪˋgɑrdɪŋ] [re·gard·ing]

❶ in regarding to 關於

托 I T G A

4077.
register 名 動
註冊

(MP3) 4-45

[ˋrɛdʒɪstɚ] [reg·is·ter]

動詞變化 register-registered-
registered
❶ register office 註冊登記處

托 I T G A

⇦office (619)

4078.
registration 名
註冊

[ˌrɛdʒɪˋstreʃən]
[reg·is·tra·tion]

❶ registration number 牌照號碼

托 I T G A

⇦number (611)

4079.
regulate 動 調節
[ˋrɛgjəˌlet] [reg·u·late]

動詞變化 regulate-regulated-
regulated
❶ be regulated by law 由法律約束

托 I T G A

4080.
regulation 名
調整；法規

[ˌrɛgjəˋleʃən]
[reg·u·la·tion]

❶ safety regulations 安全法規

托 I T G A

⇦safety (1856)

4081.
rejection 名 拒絕
[rɪˋdʒɛkʃən] [re·jec·tion]

❶ fear of rejection 怕被拒絕

托 I T G A

⇦fear (307)

4082.
relative 形 相對的
[ˋrɛlətɪv] [rel·a·tive]

❶ relative pronoun 關係代名詞

托 I T G A

⇦pronoun (4034)

LEVEL
4

4083. **relaxation** 名 放鬆 [ˌrilæks`eʃən] [re‧lax‧a‧tion]	She goes shopping for relaxation. 托 I T G 公 她藉由逛街放鬆。
4084. **relieve** 動 解除 [rɪ`liv] [re‧lieve]	動詞變化 relieve-relieved-relieved 托 I T G 公 ❶ relieve one of 幫助某人減輕負擔
4085. **reluctant** 形 不情願的 [rɪ`lʌktənt] [re‧luc‧tant]	❶ reluctant to 不情願做某事 托 I T G 公
4086. **remark** 動 注意 [rɪ`mɑrk] [re‧mark]	動詞變化 remark-remarked-remarked 托 I T G 公 ❶ remark on 談論
4087. **remarkable** 形 值得注意的 [rɪ`mɑrkəbl] [re‧mark‧able]	It is remarkable. 托 I T G 公 那是值得注意的。
4088. **remedy** 名 動 治療 [`rɛmədɪ] [rem‧e‧dy]	動詞變化 remedy-remedied-remedied 托 I T G 公 ❶ remedy for 治療～的方法
4089. **repetition** 名 重複 [ˌrɛpɪ`tɪʃən] [rep‧e‧ti‧tion]	❶ by repetition 藉由重複做某事 托 I T G 公
4090. **representation** 名 代表 [ˌrɛprɪzɛn`teʃən] [rep‧re‧sen‧ta‧tion]	❶ negative representation 負面描述 托 I T G 公 ⇦negative (1669)
4091. **reputation** 名 評價 [ˌrɛpjə`teʃən] [rep‧u‧ta‧tion]	❶ a good reputation 好評價 托 I T G 公
4092. **rescue** 動 援救 [`rɛskju] [res‧cue]	動詞變化 rescue-rescued-rescued 托 I T G 公 ❶ rescue from 從～援救

4093.
research 名動 研究
[rɪ`sɝtʃ] [re · search]

動詞變化 research-researched-
researched
❶ market research 市場研究
托 I T G 公
⇦market (532)

4094.
researcher 名
研究員
[rɪ`sɝtʃɚ] [re · search · er]

To be a researcher is boring.
當研究員很無聊。
托 I T G 公

4095.
resemble 動 類似
[rɪ`zɛmbl̩] [re · sem · ble]

動詞變化 resemble-resembled-
resembled
He resembles his father.
他和父親很相似。
托 I T G 公
⇦father (306)

4096.
reservation 名 保留
[ˌrɛzɚ`veʃən]
[res · er · va · tion]

❶ make a reservation 保留
托 I T G 公

4097.
resign 動 辭職
[rɪ`zaɪn] [re · sign]
(MP3) 4-46

動詞變化 resign-resigned-
resigned
❶ resign oneself to 接受
托 I T G 公

4098.
resignation 名 辭職
[ˌrɛzɪg`neʃən]
[res · ig · na · tion]

❶ a letter of resignation 辭職信
托 I T G 公

4099.
resistance 名 抵抗
[rɪ`zɪstəns] [re · sis · tance]

❶ the lone of least resistance
最省事方式
托 I T G 公

4100.
resolution 名 決心
[ˈrɛzəˌlutlɪ] [res · o · lu · tion]

❶ New Year's resolution
新年新計畫
托 I T G 公

4101.
resolve 動 決定
[rɪ`zɑlv] [re · solve]

動詞變化 resolve-resolved-
resolved
He resolved not to go with her.
他決定不跟她去。
托 I T G 公

4102.
respectable 形
值得尊敬的
[rɪ`spɛktəbl̩] [re · spect · able]

The writer is respectable.
這作家值得尊敬。
托 I T G 公
⇦writer (1031)

LEVEL
4

4103. **respectful** 形 恭敬的 [rɪ`spɛktfəl] [re·spect·ful]	❶ be respectful of 尊重～　　　托 I T G 公
4104. **restore** 動 恢復 [rɪ`stor] [re·store]	動詞變化 restore-restored-restored 托 I T G 公 ❶ restore to health 恢復健康 ⇦health (402)
4105. **restriction** 名 限制 [rɪ`strɪkʃən] [re·stric·tion]	❶ speed restriction 速度限制　　托 I T G 公 ⇦speed (1925)
4106. **retain** 動 保持 [rɪ`ten] [re·tain]	動詞變化 retain-retained-retained 托 I T G 公 ❶ retain one's independence 保持獨立 ⇦independence (1530)
4107. **retire** 動 退休 [rɪ`taɪr] [re·tire]	動詞變化 retire-retired-retired 托 I T G 公 He will retire next year. 他明年要退休。
4108. **retirement** 名 退休 [rɪ`taɪrmənt] [re·tire·ment]	❶ take early retirement 提前退休　托 I T G 公
4109. **retreat** 動 撤退 [rɪ`trit] [re·treat]	動詞變化 retreat-retreated- retreated　　　　　　托 I T G 公 ❶ retreat back 退回 ⇦back (64)
4110. **reunion** 名 再聯合； 團聚 [ri`junjən] [re·u·nion]	❶ a family reunion 家庭團聚　　托 I T G 公
4111. **revenge** 動 替…報仇 [rɪ`vɛndʒ] [re·venge]	動詞變化 revenge-revenged- revenged　　　　　　托 I T G 公 ❶ revenge oneself on 人 向某人報復
4112. **revise** 動 修正 [rɪ`vaɪz] [re·vise]	動詞變化 revise-revised-revised 托 I T G 公 He will revise his opinions. 他會修正意見。 ⇦opinion (1692)
4113. **revision** 名 修正 [rɪ`vɪʒən] [re·vi·sion]	❶ some minor revision 一些小修正　托 I T G 公 ⇦minor (2703)

4114.
revolution 名 革命
[ˌrɛvə`luʃən]
[rev·o·lu·tion]

• Industrial Revolution 工業革命 托 I T G 公

4115.
revolutionary 形
革命的
[ˌrɛvə`luʃənˌɛrɪ]
[rev·o·lu·tion·ar·y]

He was a revolutionary leader.
他曾是革命領袖。 托 I T G 公

⇦leader (489)

4116.
reward 名 報酬
[rɪ`wɔrd] [re·ward]

• deserve a reward 應得獎勵 托 I T G 公

⇦deserve (3494)

4117.
rhyme 名 押韻 (MP3)
[raɪm] [rhyme] 4-47

• nursery rhyme 童謠 托 I T G 公

⇦nursery (3925)

4118.
rhythm 名 節奏
[`rɪðəm] [rhythm]

• rhythm and blues 藍調節奏 托 I T G 公

⇦blues (4370)

4119.
romance 名 愛情小
說
[ro`mæns] [ro·mance]

She reads romances every day.
她每天都看愛情小說。 托 I T G 公

4120.
roughly 副 大體上
[`rʌflɪ] [rough·ly]

• roughly speaking 大體上來說 托 I T G 公

4121.
route 名 路線
[rut] [route]

• en route 在途中 托 I T G 公

4122.
ruin 名 毀滅
[`ruɪn] [ru·in]

• in ruins 嚴重毀壞 托 I T G 公

4123.
rural 形 田園的
[`rurəl] [ru·ral]

He enjoys rural life.
他享受田園生活。 托 I T G 公

Ss ▼ 托 TOEFL、I IELTS、T TOEIC、G GEPT、公 公務人員考試

4124.
sacrifice 名 犧牲
[`sækrəˌfaɪs] [sac·ri·fice]

• sacrifice fly 高飛犧牲打 托 I T G 公

LEVEL
4

4125. **salary** 名 薪水 [ˋsælərɪ] [sal·a·ry]	He is not satisfied with his salary. 托 I T G 公 他對薪水不滿意。 <div align="right">⇦satisfy (1862)</div>
4126. **salesman/ saleswoman** 名 男／女店員 [ˋselzmən]/[ˋselzˏwumən] [sales·man]/ [sales·wom·an]	He is a salesman. 托 I T G 公 他是店員。
4127. **salesperson** 名 店員 [ˋselzˏpɚsn̩] [sales·per·son]	She is the best salesperson in 托 I T G 公 the store. 她是店裡最棒的店員。
4128. **satellite** 名 衛星 [ˋsætlˏaɪt] [sat·el·lite]	❶ satellite TV 衛星電視 托 I T G 公
4129. **satisfaction** 名 滿足 [ˏsætɪsˋfækʃən] [sat·is·fac·tion]	❶ to one's satisfaction 使人滿足 托 I T G 公
4130. **scarcely** 副 幾乎不 [ˋskɛrslɪ] [scarce·ly]	We scarcely eat out. 托 I T G 公 我們幾乎不外食。
4131. **scenery** 名 風景 [ˋsinərɪ] [scen·er·y]	❶ enjoy the scenery 欣賞風景 托 I T G 公
4132. **scold** 動 責罵 [skold] [scold]	動詞變化 **scold-scolded-scolded** 托 I T G 公 She scolded her for forgetting the date. 她因為忘記日期而責罵她。 <div align="right">⇦date (220)</div>
4133. **scratch** 動 抓；搔 [skrætʃ] [scratch]	動詞變化 **scratch-scratched-scratched** 托 I T G 公 ❶ scold scratch 從頭罵
4134. **screwdriver** 名 螺絲起子 [ˋskruˏdraɪvɚ] [screw·driv·er]	A screwdriver is a useful tool. 托 I T G 公 螺絲起子是很好用的工具。 <div align="right">⇦useful (968)</div>

4135. **sculpture** 名 雕塑 [ˈskʌlptʃɚ] [sculp·ture]	Dr. Lee bought a lot of modern sculpture. 李醫生買了很多現代雕塑。 ⇦modern (1644)	托 I T G 公
4136. **seagull/gull** 名 海鷗 [ˈsiˌgʌl]/[gʌl] [(sea) gull]	There is a gull circling. 有隻海鷗在盤旋。	托 I T G 公
4137. **senior** 形 年長的 (MP3) [ˈsinjɚ] [sen·ior] 4-48	❶ senior high school student 高中生	托 I T G 公
4138. **settler** 名 移居者 [ˈsɛtlɚ] [set·tler]	❶ settlers in the USA 美國移民者	托 I T G 公
4139. **severe** 形 嚴重的 [səˈvɪr] [se·vere]	❶ severe winter 嚴冬	托 I T G 公
4140. **shameful** 形 可恥的 [ˈʃemfəl] [shame·ful]	❶ a shameful behavior 可恥的行為 ⇦behavior (3302)	托 I T G 公
4141. **shaver** 名 理髮師 [ˈʃevɚ] [shav·er]	I don't know he is a shaver. 我不知道他是理髮師。	托 I T G 公
4142. **shelter** 名 避難所 [ˈʃɛltɚ] [shel·ter]	Where is the shelter? 避難所在哪裡？	托 I T G 公
4143. **shift** 動 改變 [ʃɪft] [shift]	動詞變化 shift-shifted-shifted ❶ shift one's ground 改變立場 ⇦ground (382)	托 I T G 公
4144. **shortsighted** 形 近視的 [ˈʃɔrtˈsaɪtɪd] [short·sight·ed]	He is shortsighted. 他近視。	托 I T G 公
4145. **shrug** 動 聳肩 [ʃrʌg] [shrug]	動詞變化 shrug-shrugged-shrugged ❶ shrug sth. off 滿不在乎	托 I T G 公

LEVEL 4

4146. **shuttle** 名 短程接駁車 [ˈʃʌtl̩] [shut·tle]	You can take a shuttle bus. 你可以搭接駁車。	托 I T G 公
4147. **sightseeing** 名 觀光 [ˈsaɪtˌsiɪŋ] [sightsee·ing]	❶ ocean sightseeing 海洋觀光 ⇦ocean (614)	托 I T G 公
4148. **signature** 名 簽名 [ˈsɪgnətʃɚ] [sig·na·ture]	❶ put one's signature 簽名	托 I T G 公
4149. **significance** 名 重要性 [sɪgˈnɪfəkəns] [sig·nif·i·cance]	❶ the significance of ~重要性	托 I T G 公
4150. **sincerity** 名 真摯 [sɪnˈsɛrətɪ] [sin·cer·i·ty]	❶ in all sincerity 非常真誠地	托 I T G 公
4151. **singular** 形 單數的 [ˈsɪŋgjəlɚ] [sin·gu·lar]	❶ a singular noun 單數名詞	托 I T G 公
4152. **site** 名 地點 [saɪt] [site]	❶ a camping site 露營地點	托 I T G 公
4153. **sketch** 名 動 概略 [skɛtʃ] [sketch]	動詞變化 sketch-sketched- sketched ❶ sketch in 補充細節	托 I T G 公
4154. **sledge/sled** 名 雪橇 [slɛdʒ]/[slɛd] [sled(ge)]	❶ go sledging 乘雪橇	托 I T G 公
4155. **sleigh** 名 雪橇 [sle] [sleigh]	Let's go a sleigh ride. 讓我們乘雪橇吧。 ⇦ride (722)	托 I T G 公
4156. **slight** 形 輕微的 [ˈslaɪt] [slight]	❶ not in the slightest 毫無	托 I T G 公
4157. **slogan** 名 標語 [ˈslogən] [slo·gan]	MP3 4-49	This is a good slogan. 這是很好的標語。	托 I T G 公

4158.
smog 名 煙霧
[smɑg] [smog]

❶ reduce smog 減少煙霧　　托 I T G 公

⇦reduce (2875)

4159.
sneeze 動 打噴嚏
[sniz] [sneeze]

動詞變化 sneeze-sneezed-sneezed 托 I T G 公
❶ not to be sneezed at 不可輕忽

4160.
sob 動 嗚泣
[sɑb] [sob]

動詞變化 sob-sobbed-sobbed　　托 I T G 公
The little girl is sobbing.
這小女孩在嗚泣。

4161.
socket 名 插座
[`sɑkɪt] [sock‧et]

❶ eye socket 眼窩　　托 I T G 公

⇦eye (293)

4162.
software 名 軟體
[`sɔft͵wɛr] [soft‧ware]

He is a software engineer.　　托 I T G 公
他是軟體工程師。

⇦engineer (2427)

4163.
solar 形 太陽的
[`solɚ] [so‧lar]

❶ solar cell 太陽能電池　　托 I T G 公

⇦cell (1186)

4164.
sophomore 名 二年級學生
[`sɑf͵mor] [soph‧o‧more]

He is a sophomore.　　托 I T G
他大學二年級。

4165.
sorrowful 形 悲傷的
[`sɑrəfəl] [sor‧row‧ful]

This is a sorrowful film.　　托 I T G 公
這是悲傷的電影。

4166.
souvenir 名 紀念品
[`suvə͵nɪr] [sou‧ve‧nir]

Don't forget to buy me a souvenir. 托 I T G 公
別忘了買紀念品給我。

4167.
spare 形 多餘的
[spɛr] [spare]

❶ go spare 氣急敗壞　　托 I T G 公

4168.
spark 名 火花
[spɑrk] [spark]

❶ a bright spark 活潑的人　　托 I T G 公

⇦bright (130)

4169.
sparkle 動 閃爍
[`spɑrk!] [spar‧kle]

動詞變化 sparkle-sparkled-sparkled 托 I T G 公
She has sparking eyes.
她雙眼有神。

LEVEL **4**

4170.
sparrow 名 麻雀
[ˋspæro] [spar·row]

There is a sparrow on the roof.
屋頂上有隻麻雀。

托 I T G 公

⇦roof (731)

4171.
spear 名 矛
動 用叉子叉
[spɪr] [spear]

動詞變化 **spear-speared-speared**
He speared a grape.
他用叉子叉起一顆葡萄。

托 I T G 公

4172.
species 名 種類
[ˋspiʃiz] [spe·cies]

❶ a rare species 稀有種類

托 I T G 公

⇦rare (1821)

4173.
spicy 形 辛辣的
[ˋspaɪsɪ] [spic·y]

❶ spicy noodles 辛辣麵

托 I T G 公

⇦noodle (1679)

4174.
spiritual 形 精神的
[ˋspɪrɪtʃʊəl] [spir·i·tu·al]

❶ spiritual needs 精神需求

托 I T G 公

4175.
splendid 形 閃亮的
[ˋsplɛndənt] [splen·did]

This is a splendid idea.
這是極佳的主意。

托 I T G 公

4176.
split 動 劈開
[splɪt] [split]

動詞變化 **split-split-split**
❶ split up 分成小組

托 I T G 公

4177.
**sportsman/
sportswoman**
名 男／女運動員

[ˋsportsmən]/
[ˋsportsˌwumən]
[sports·man]/
[sports·wom·an]

(MP3)
4-50

He is a famous sportsman.
他是很有名的運動員。

托 I T G 公

⇦famous (1398)

4178.
sportsmanship
名 運動家精神

[ˋsportsmənˌʃɪp]
[sports·man·ship]

The sportsmanship is very important.
運動家精神很重要。

托 I T G 公

⇦important (439)

4179.
status 名 地位
[ˋstetəs] [sta·tus]

❶ a high social status 社會地位高

托 I T G 公

4180.
stem 名 莖 動 起源於
[stɛm] [stem]

動詞變化 **stem-stemmed-stemmed** 托 I T G 公
❶ stem from 某事起源於

4181.
stingy 形 有刺的；
小氣的
[ˋstɪndʒɪ] [sting·y]

Mr. Wang is a stingy. 托 I T G 公
王先生很小氣。

4182.
strengthen 動 加強
[ˋstrɛŋθən] [strength·en]

動詞變化 **strengthen-** 托 I T G 公
strengthened-strengthened
You should strengthen your muscle.
你應該要增強肌肉。
⇦muscle (2723)

4183.
strive 動 努力
[straɪv] [strive]

動詞變化 **strive-strived-strived** 托 I T G 公
❶ strive for perfection 爭取完美
⇦perfection (3974)

4184.
stroke 名動 打擊
[strok] [stroke]

動詞變化 **stroke-stroked-stroked** 托 I T G 公
❶ at one stroke 一下子

4185.
submarine 名
潛水艇
[ˋsʌbməˌrin] [sub·ma·rine]

❶ submarine sandwich 潛艇堡 托 I T G 公
⇦sandwich (1861)

4186.
suggestion 名 建議
[səˋdʒɛstʃən]
[sug·ges·tion]

I need your suggestions. 托 I T G 公
我需要你的建議。

4187.
summarize 動 總結
[ˋsʌməˌraɪz] [sum·ma·rize]

動詞變化 **summarize-summarized-** 托 I T G 公
summarized
Can you summarize your presentation now?
可以把你的簡報作個總結嗎？
⇦presentation (4014)

4188.
surf 動 衝浪
[sɝf] [surf]

動詞變化 **surf-surfed-surfed** 托 I T G 公
We will go surfing if it is sunny.
如果艷陽高照，我們會去衝浪。
⇦sunny (1963)

4189.
surgeon 名 外科醫生
[ˋsɝdʒən] [sur·geon]

His wife is a surgeon. 托 I T G 公
他老婆是外科醫生。
⇦wife (1011)

4190.
surgery 名 外科醫學
[ˋsɝdʒərɪ] [sur·ger·y]

❶ cosmetic surgery 整型手術 托 I T G 公
⇨cosmetic (5592)

LEVEL **4**

4191. **surrender** 動 投降 [sə`rɛndə] [sur·ren·der]	動詞變化 **surrender-surrendered-surrendered** ❶ surrender to 對某事投降
4192. **surroundings** 名 環境 [sə`raundɪŋz] [sur·round·ings]	We work in terrible surroundings. 我們在不愉快的環境工作。 ⇦terrible (1994)
4193. **suspicious** 形 可疑的 [sə`spɪʃəs] [sus·pi·cious]	❶ a suspicious look 可疑的神情
4194. **sway** 動 搖動 [swe] [sway]	動詞變化 **sway-swayed-swayed** ❶ sway in the wind 在風中搖擺 ⇦wind (1014)
4195. **syllable** 名 音節 [`sɪləbl̩] [syl·la·ble]	❶ in words of one syllable 簡單來說
4196. **sympathetic** 形 同情的 [ˌsɪmpə`θɛtɪk] [sym·pa·thet·ic]	I felt sympathetic towards her. 我對她感到同情。 ⇦towards (942)
4197. **sympathy** 名 同情 [`sɪmpəθɪ] [sym·pa·thy]	in sympathy with sth. 因某事而出現
4198. **symphony** 名 交響樂 [`sɪmfənɪ] [sym·pho·ny]	Do you like symphony? 你愛交響樂嗎？
4199. **syrup** 名 糖漿 [`sɪrəp] [syr·up]	❶ maple syrup 楓糖漿 ⇨maple (4830)
4200. **systematic** 形 有系統的 [ˌsɪstə`mætɪk] [sys·tem·at·ic]	❶ systematic approach 有系統方式 ⇦approach (2147)

Tt

4201.
technician 名 技師
[tɛk`nɪʃən] [tech·ni·cian]

Her boyfriend was a technician.
她男友是名技師。

托 Ⅰ ⓣ Ⓖ 公

4202.
technological 形
科技的
[tɛknə`lɑdʒɪkl̩]
[tech·no·log·i·cal]

❶ high technological 高科技的

托 Ⅰ ⓣ Ⓖ 公

4203.
telegram 名 電報
[`tɛlə,græm] [tel·e·gram]

❶ dispatch telegram 發電報

托 Ⅰ ⓣ Ⓖ 公

⇨dispatch (5675)

4204.
telegraph 名 電報
[`tɛlə,græf] [tel·e·graph]

❶ come by telegraph 來自電報

托 Ⅰ ⓣ Ⓖ 公

4205.
telescope 名 望遠鏡
[`tɛlə,skop] [tel·e·scope]

He lost his telescope on his way
to the mountains.
他在爬山途中遺失望遠鏡。

托 Ⅰ ⓣ Ⓖ 公

4206.
tendency 名 傾向
[`tɛndənsɪ] [ten·den·cy]

❶ tendency toward 有～的傾向

托 Ⅰ ⓣ Ⓖ 公

4207.
tense 形 緊張的
[tɛns] [tense]

The man looked tense.
男子看起來很緊張。

托 Ⅰ ⓣ Ⓖ 公

4208.
tension 名 緊張
[`tɛnʃən] [ten·sion]

❶ feel the tension 感到緊張

托 Ⅰ ⓣ Ⓖ 公

4209.
terrify 動 使恐懼
[`tɛrə,faɪ] [ter·ri·fy]

動詞變化 terrify-terrified-terrified
The dog terrified the kid.
這隻狗嚇到小孩了。

托 Ⅰ ⓣ Ⓖ 公

⇨dog (243)

4210.
terror 名 恐怖
[`tɛrɚ] [ter·ror]

❶ terror of 怕～東西

托 Ⅰ ⓣ Ⓖ 公

4211.
theme 名 主題
[θim] [theme]

The theme of the movie is love.
這電影的主旨是愛。

托 Ⅰ ⓣ Ⓖ 公

LEVEL **4**

4212. **thorough** 形 徹底的 [ˋθɝo] [thor·ough]	He is a thorough liar. 他是個十足的撒謊者。 <div align="right">⇦liar (2638)</div>	托 I T G 公
4213. **thoughtful** 形 思考的 [ˋθɔtfəl] [thought·ful]	❶ be thoughtful of 對～更加注意	托 I T G 公
4214. **timid** 形 羞怯的 [ˋtɪmɪd] [tim·id]	The timid child doesn't talk to her. 這害羞的孩子沒跟她說話。 <div align="right">⇦talk (891)</div>	托 I T G 公
4215. **tiresome** 形 使人疲 勞的 [ˋtaɪrsəm] [tire·some]	The meeting is tiresome. 這會議讓人疲勞。 <div align="right">⇦meeting (1626)</div>	托 I T G 公
4216. **tolerable** 形 可容忍的 [ˋtɑlərəbl] [tol·er·a·ble]	The sadness became tolerable. 這難過變得能忍受的。	托 I T G 公
4217. **tolerance** 名 寬容 (MP3) [ˋtɑlərəns] [tol·er·ance] 4-52	❶ tolerance of 對～寬大	托 I T G 公
4218. **tolerant** 形 寬容的 [ˋtɑlərənt] [tol·er·ant]	❶ be tolerant of 對～寬容的	托 I T G 公
4219. **tolerate** 動 寬容 [ˋtɑlə͵ret] [tol·er·ate]	動詞變化 tolerate-tolerated- tolerated I cannot tolerate her bad attitude. 對於她不好態度，我無法忍受。 <div align="right">⇦attitude (2157)</div>	托 I T G 公
4220. **tomb** 名 墳墓 [tum] [tomb]	The sea was the woman's tomb. 這婦女死於海裡。	托 I T G 公
4221. **tough** 形 牢固的 [tʌf] [tough]	❶ as tough as 像～一樣牢固	托 I T G 公
4222. **tragedy** 名 悲劇 [ˋtrædʒədɪ] [trag·e·dy]	"Romeo and Juliet" is a tragedy. 「羅密歐與茱麗葉」是個悲劇。	托 I T G 公
4223. **tragic** 形 悲劇的 [ˋtrædʒɪk] [trag·ic]	I don't like tragic ending. 我不喜歡悲劇結局。 <div align="right">⇦ending (1367)</div>	托 I T G 公

4224.
transfer 勤
轉換;轉讓
[træns`fɜ] [trans·fer]

動詞變化 **transfer-transferred-transferred**　托 I T G 公

He transferred some money to her.
他轉給她一些錢。

4225.
transform 勤 改變
[træns`fɔrm] [trans·form]

動詞變化 **transform-transformed-transformed**　托 I T G 公

❶ transform A into B 把 A 改成 B

4226.
translate 勤 翻譯
[træns`let] [trans·late]

動詞變化 **translate-translated-translated**　托 I T G 公

Can you translate the paper for me?
你能替我翻譯這篇文件?

4227.
translation 名 譯文
[træns`leʃən]
[trans·la·tion]

❶ translation from 翻譯　托 I T G 公

4228.
translator 名 翻譯者
[træns`letɚ] [trans·la·tor]

He is a professional translator.　托 I T G 公
他是專職翻譯者。

⇦professional (4027)

4229.
transportation 名
運送
[ˌtrænspɚ`teʃən]
[trans·por·ta·tion]

❶ free transportation 免費運送　托 I T G 公

4230.
tremendous 形
巨大的
[trɪ`mɛndəs]
[tre·men·dous]

❶ a tremendous hit 很賣座　托 I T G 公

4231.
tribal 形 部落的
[`traɪbl̩] [trib·al]

❶ a tribal war 部落戰爭　托 I T G 公

⇦war (978)

4232.
triumph 名 勝利
[`traɪəmf] [tri·umph]

❶ a smile of triumph 勝利微笑　托 I T G 公

⇦smile (824)

4233.
troublesome 形
令人煩惱的
[`trʌbl̩səm]
[trou·ble·some]

The education is troublesome.　托 I T G 公
教育令人煩惱。

⇦education (1356)

4234. **tug-of-war** 名 拔河 [`tʌgəvˋwɔr] [tug-of-war]	❶ a tug-of-war over 在～之間的拔河　托 I T G 公
4235. **twinkle** 動 閃耀 [`twɪŋk!] [twin‧kle]	動詞變化 twinkle-twinkled- 　　　　 twinkled 托 I T G 公 He has twinkled green eyes. 他有雙碧綠發亮的雙眼。
4236. **typist** 名 打字員 [`taɪpɪst] [typ‧ist]	She was a typist before. 托 I T G 公 她之前是打字員。 ⇦before (93)

Uu
▼ 托 TOEFL、I IELTS、T TOEIC、G GEPT、公 公務人員考試

4237. **underpass** 名 地下道　(MP3) 4-53 [`ʌndɚˏpæs] [under‧pass]	Where is the underpass? 托 I T G 公 地下道在哪裡？
4238. **unique** 形 唯一的 [ju`nik] [u‧nique]	❶ a unique talent 奇才　托 I T G 公 ⇦talent (1975)
4239. **universal** 形 世界性的 [ˏjunəˋvɝs!] [u‧ni‧ver‧sal]	❶ universal time 格林威治時間 托 I T G 公
4240. **university** 名 大學 [ˏjunəˋvɝsətɪ] [u‧ni‧ver‧si‧ty]	He studies in university. 托 I T G 公 他在大學就讀。
4241. **upload** 動 上傳檔案 [ʌp`lod] [up‧load]	動詞變化 upload-uoploaded- 　　　　 uploaded 托 I T G 公 Who's uploading? 誰在上傳檔案？
4242. **urban** 形 都市的 [`ɝbən] [ur‧ban]	❶ urban legend 都市傳說 托 I T G 公 ⇦legend (3839)
4243. **urge** 動 催促 [ɝdʒ] [urge]	動詞變化 urge-urged-urged 托 I T G 公 She urges us to leave now. 她催促我們離開。 ⇦leave (493)

4244.
urgent 形 緊急的
[ˋɝdʒənt] [ur·gent]

It is urgent.
那很急。

托 I T G 公

4245.
usage 名 用法
[ˋjusɪdʒ] [us·age]

❶ from rough usage 因用法不當

托 I T G 公

⇨rough (2922)

Vv

▼ 托 TOEFL、I IELTS、T TOEIC、G GEPT、公 公務人員考試

4246.
vain 形 無益的
[ven] [vain]

❶ make vain attempt 做些無益的企圖

托 I T G 公

⇨attempt (2156)

4247.
vast 形 廣大的
[væst] [vast]

❶ a vast of 大量的

托 I T G 公

4248.
vegetarian 名 素食
主義者
[ˌvɛdʒəˋtɛrɪən]
[veg·e·tar·i·an]

She is a vegetarian.
她是素食主義者。

托 I T G 公

4249.
verb 名 動詞
[vɝb] [verb]

"Help" is a verb.
「幫助」是動詞。

托 I T G 公

4250.
very 形 完全的
[ˋvɛrɪ] [very]

❶ very reverse 完全相反

托 I T G 公

⇨reverse (5064)

4251.
vessel 名 容器
[ˋvɛsl̩] [ves·sel]

"Cup" is a vessel.
「杯子」是容器。

托 I T G 公

4252.
vinegar 名 醋
[ˋvɪnɪgɚ] [vin·e·gar]

He doesn't like the smell of vinegar.
他不喜歡醋味。

托 I T G 公

4253.
violate 動 違反
[ˋvaɪəˌlet] [vi·o·late]

動詞變化 violate-violated-violated
❶ violate one's privacy 侵犯他人隱私

托 I T G 公

⇨privacy (4020)

4254.
violation 名 違反
[ˌvaɪəˋleʃən] [vi·o·la·tion]

❶ a violation of the laws 違法

托 I T G 公

4255.
virgin 名 處女
[ˋvɝdʒɪn] [vir·gin]

"Like A Virgin" was sung by Madonna.
「宛若處女」是瑪丹娜唱的。

托 I T G 公

LEVEL
4

4256. **virtue** 名 美德 [ˋvɝtʃu] [vir·tue]	● great virtue 品德高尚的人	托 I T G 公

4257. **virus** 名 病毒 _(MP3) [ˋvaɪrəs] [vi·rus] 4-54	● virus signature 電腦病毒碼	托 I T G 公

⇦signature (4148)

4258. **visual** 形 視覺的 [ˋvɪʒuəl] [vi·su·al]	● visual defect 視力缺陷	托 I T G 公

⇨defect (5623)

4259. **vital** 形 生命的 [ˋvaɪt!] [vi·tal]	● vital for 對～是重要的	托 I T G 公

4260. **volcano** 名 火山 [vɑlˋkeno] [vol·ca·no]	● extinct volcano 死火山	托 I T G 公

⇨extinct (4622)

4261. **voluntary** 形 自願的 [ˋvɑlənˌtɛrɪ] [vol·un·tar·y]	● voluntary agreement 自願簽訂的協議	托 I T G 公

⇦agreement (21)

4262. **volunteer** 名 自願者 [ˌvɑlənˋtɪr] [vol·un·teer]	Who wants to be a volunteer? 誰要自願？	托 I T G 公

4263. **vowel** 名 母音 [ˋvauəl] [vow·el]	"D" is not a vowel. 「D」不是母音。	托 I T G 公

4264. **voyage** 名 航行 [ˋvɔɪɪdʒ] [voy·age]	● bon voyage 路上平安	托 I T G 公

Ww ▼ 托 TOEFL、I IELTS、T TOEIC、G GEPT、公 公務人員考試

4265. **walnut** 名 胡桃樹 [ˋwɔlnət] [wal·nut]	Walnut Creek is in the USA. 胡桃溪市在美國。	托 I T G 公

4266. **website** 名 網站 [ˋwɛbˌsaɪt] [web·site]	The website is interesting. 這個網站很有趣。	托 I T G 公

4267. **weekly** 副 每週地 [`wiklɪ] [week·ly]	He read the weekly newspaper. 他閱讀週報。	托 Ⅰ T G 公 ⇦newspaper (591)
4268. **welfare** 名 福利 [`wɛ⌊fɛr] [wel·fare]	❶ welfare service 福利機構	托 Ⅰ T G 公 ⇦service (773)
4269. **wit** 名 機智 [wɪt] [wit]	❶ at one's wits' end 沒有妙計	托 Ⅰ T G 公
4270. **witch/wizard** 名女 巫師／男巫師 [wɪtʃ]/[`wɪzəd] [witch]/[wiz·ard]	She is a pretty witch. 她是漂亮女巫。	托 Ⅰ T G 公
4271. **withdraw** 動 提取 [wɪð`drɔ] [with·draw]	動詞變化 withdraw-withdrew- withdrawn You can withdraw money in a bank. 你可以去銀行領錢。 ⇦bank (71)	托 Ⅰ T G 公
4272. **witness** 名 目擊者 [`wɪtnɪs] [wit·ness]	He is a witness of the accident. 他是事故目擊者。 ⇦accident (2109)	托 Ⅰ T G 公
4273. **wreck** 名 殘骸 [rɛk] [wreck]	❶ in the wreck 殘骸裡	托 Ⅰ T G 公
4274. **wrinkle** 名動 皺紋 [`rɪŋkḷ] [wrin·kle]	動詞變化 wrinkle-wrinkled- wrinkled ❶ wrinkle around one's eyes 魚尾紋	托 Ⅰ T G 公

Yy
▼ 托 TOEFL、Ⅰ IELTS、T TOEIC、G GEPT、公 公務人員考試

4275. **yearly** 形 每年的 [`jɪrlɪ] [year·ly]	❶ yearly interest 年利率	托 Ⅰ T G 公
4276. **yogurt** 名 優格 [`jogət] [yo·g(h)urt]	❶ natural yogurt 天然優格	托 Ⅰ T G 公 ⇦natural (1661)
4277. **youthful** 形 年輕的 [`juθfəl] [youth·ful]	❶ youthful energy 年輕活力	托 Ⅰ T G 公 ⇦energy (1369)

LEVEL 4

MEMO

LEVEL 5

以大學入學考試中心公佈7000單字範圍為基礎

符合美國**五年級**學生所學範圍

介	介系詞	副	副詞
片	片語	動	動詞
代	代名詞	連	連接詞
名	名詞	感	感嘆詞
助	助詞	縮	縮寫
形	形容詞	sb.	somebody
冠	冠詞	sth.	something

Level 5

以大學入學考試中心公佈7000單字範圍為基礎
符合美國**五年級**學生所學範圍

Aa ▼ 托TOEFL、I IELTS、T TOEIC、G GEPT、公公務人員考試

4278.
abide 勔 容忍
[ə`baɪd] [a·bide]

(MP3) 5-01

動詞變化 **abide-abode-abode** 托I T G 公
He can't abide men with long hair.
他無法忍受男人留長髮。
⇨hair(389)

4279.
abolish 勔 廢止
[ə`balɪʃ] [a·bol·ish]

動詞變化 **abolish-abolished-** 托I T G 公
abolished
This law should be abolished.
這種法律該被廢止。
⇨law(485)

4280.
abortion 名 流產
[ə`bɔrʃən] [a·bor·tion]

❶ backstreet abortion 非法流產 托I T G 公

4281.
abrupt 形 突然的
[ə`brʌpt] [a·brupt]

❶ abrupt with sb. 言語唐突 托I T G 公

4282.
absurd 形 不合理的
[əb`sɝd] [ab·surd]

It is absurd. 托I T G 公
這是不合理的。

4283.
abundant 形 豐富的
[ə`bʌndənt] [a·bun·dant]

❶ abundant in 在～方面豐富的 托I T G 公

4284.
academy 名
高等教育
[ə`kædəmɪ] [a·cad·e·my]

❶ Academy of Arts 藝術學會 托I T G 公

4285.
accustom 勔
使…習慣於
[ə`kʌstəm] [ac·cus·tom]

動詞變化 **accustom-accustomed-** 托I T G 公
accustomed
❶ be accustomed to 使習慣於

4286.
ace 名 傑出人才
[es] [ace]

❶ an ace at 在～方面傑出人才 托I T G 公

4287.
acknowledge 動
承認
[əkˋnɑlɪdʒ] [ac·knowl·edge]

動詞變化 **acknowledge-acknowledged-acknowledged**
托 I T G 公
❶ acknowledge as 承認是

4288.
acknowledgement 名 承認
[əkˋnɑlɪdʒmənt]
[ac·knowl·edge·ment]

We invite you for the party in acknowledgement.
為了感謝妳，我們邀請妳來派對。
托 I T G 公
⇦invite(1546)

4289.
acne 名 粉刺
[ˋæknɪ] [ac·ne]

❶ suffer from acne 患有粉刺
托 I T G 公
⇦suffer(3051)

4290.
admiral 名 海軍上將
[ˋædmərəl] [ad·mi·ral]

His father is a rear admiral.
他爸爸是海軍少將。
托 I T G 公
⇨rear(5038)

4291.
adolescence 名
青春期
[ædlˋɛsn̩s] [ad·o·les·cence]

❶ in one's adolescence
在某人青春期
托 I T G 公

4292.
adolescent 形 青春期的；幼稚的
[ˌædlˋɛsn̩t] [ad·o·les·cent]

❶ a bit adolescent 有點幼稚
托 I T G 公

4293.
adore 動 崇拜
[əˋdor] [a·dore]

動詞變化 **adore-adored-adored**
托 I T G 公
❶ adore sb. for 對於～感到崇拜

4294.
adulthood 名 成年期
[əˋdʌlthʊd] [adult·hood]

Amy is a child reaching adulthood.
愛咪已經是成年的人。
托 I T G 公
⇦child(174)

4295.
advertiser 名
廣告客戶
[ˋædvɚˌtaɪzɚ] [ad·ver·tis·er]

He is an advertiser of her company.
他是她公司的廣告客戶。
托 I T G 公
⇦company(1233)

4296.
affection 名
影響；鍾愛
[əˋfɛkʃən] [af·fec·tion]

❶ affection for sb. 對某人的鍾愛
托 I T G 公

4297.
agenda 名 議程
[əˋdʒɛndə] [a·gen·da]

❶ hidden agenda 祕密意圖
托 I T G 公

LEVEL
5

4298. **agony** 名 痛苦 [ˋægənɪ] [ag・o・ny]	❶ pile on the agony 傷口上灑鹽	托 I T G 公

5-02

4299. **agricultural** 形 農業的 [͵ægrɪˋkʌltʃərəl] [ag・ri・cul・tur・al]	He studies in agricultural college. 他在農學院讀書。 ⇦college(2291)	托 I T G 公

4300. **AI** 縮 人工智慧	❶ AI = artificial intelligence	托 I T G 公

4301. **airtight** 形 密閉的 [ˋɛr͵taɪt] [air・tight]	She bought an airtight container. 她買了密封容器。 ⇦container(3417)	托 I T G 公

4302. **airway** 名 航線 [ˋɛr͵we] [air・way]	❶ airway bill 空運單 ⇦bill(1134)	托 I T G 公

4303. **aisle** 名 走道 [aɪl] [aisle]	They are rolling in the aisle. 他們大笑。 ⇦roll(730)	托 I T G 公

4304. **algebra** 名 代數 [ˋældʒəbrə] [al・ge・bra]	He is bored with algebra. 他對於代數學感到無聊。 ⇦bore(2009)	托 I T G 公

4305. **alien** 形 外國（人）的 [ˋelɪən] [a・li・en]	❶ alien to 格格不入	托 I T G 公

4306. **allergic** 形 過敏的 [əˋlɜdʒɪk] [al・ler・gic]	❶ allergic rhinitis 過敏性鼻炎	托 I T G 公

4307. **allergy** 名 過敏症 [ˋælədʒɪ] [al・ler・gy]	❶ have an allergy to 對～過敏	托 I T G 公

4308. **alligator** 名 短吻鱷魚 [ˋælə͵getæ] [al・li・ga・tor]	He hasn't seen an alligator. 他不曾見過短吻鱷魚。	托 I T G 公

4309. **ally** 名 同盟者 動 同盟 [əˋlaɪ] [al・ly]	動詞變化 ally-allied-allied ❶ ally with 和～結盟	托 I T G 公

4310. **alter** 動 更改 [ˋɔltæ] [al・ter]	動詞變化 alter-altered-altered It alters the way he thinks. 這改變了他的想法。 ⇦way(984)	托 I T G 公

4311. **alternate** 勔 輪流 彫 輪流的 [ˋɔltɚnɪt] [al·ter·nate]	❶ alternate + 時間　每隔～	托 I T G 公
4312. **altitude** 图 高度 [ˋæltəˌtjud] [al·ti·tude]	❶ altitude illness 高山症	托 I T G 公
4313. **ample** 彫 充分的 [ˋæmpl̩] [am·ple]	There is ample time to go to school. 有充足時間上學。 ⇦school(756)	托 I T G 公
4314. **anchor** 图 錨 [ˋæŋkɚ] [an·chor]	❶ at anchor 漂泊著	托 I T G 公
4315. **anthem** 图 讚美詩 [ˋænθəm] [an·them]	❶ national anthem 國歌 ⇦national(1600)	托 I T G 公
4316. **antique** 图 古董 [ænˋtik] [an·tique]	He shopped at an antique shop. 他在古董店購物。 ⇦shop(791)	托 I T G 公
4317. **applaud** 勔 向…鼓掌 [əˋplɔd] [ap·plaud]	動詞變化 applaud-applauded-applauded ❶ applaud one for 因為～而讚賞某人	托 I T G 公
4318. **applause** 图 鼓掌歡迎 [əˋplɔz] [ap·plause]	❶ a big round of applause 熱烈鼓掌歡迎	托 I T G 公
4319. **apt** 彫 貼切的 (MP3) 5-03 [æpt] [apt]	❶ be apt for 更適合～	托 I T G 公
4320. **architect** 图 建築師 [ˋɑrkəˌtɛkt] [ar·chi·tect]	His dream is to be an architect after he graduates. 他畢業後的夢想是當建築師。 ⇦dream(252)	托 I T G 公
4321. **architecture** 图 建築學 [ˋɑrkəˌtɛktʃɚ] [ar·chi·tec·ture]	She majored in architecture. 她主修建築學。	托 I T G 公
4322. **arena** 图 競技場 [əˋrinə] [a·re·na]	❶ arena theater 圓形舞台 ⇦theater(1998)	托 I T G 公

LEVEL 5

4323. **armor** 名 盔甲 [`armɚ] [ar·mor]	❶ clad armor 穿上盔甲	托 I T G 公
4324. **ascend** 動 上升 [ə`sɛnd] [as·cend]	動詞變化 **ascend-ascended-ascended** ❶ ascend from 從～上升	托 I T G 公
4325. **ass** 名 驢子 [æs] [ass]	❶ make an ass of oneself 出洋相	托 I T G 公
4326. **assault** 名 攻擊 [ə`sɔlt] [as·sault]	❶ indecent assault 猥褻罪	托 I T G 公
4327. **asset** 名 財產 [`æsɛt] [as·set]	❶ asset value 資產淨值	托 I T G 公
4328. **astonish** 動 使…吃驚 [ə`stɑnɪʃ] [as·ton·ish]	動詞變化 **astonish-astonished-astonished** He astonishes her. 他讓她大吃一驚。	托 I T G 公
4329. **astonishment** 名 驚訝 [ə`stɑnɪʃmənt] [as·ton·ish·ment]	❶ to one's astonishment 讓某人驚訝的是…	托 I T G 公
4330. **astray** 副 迷路地 [ə`stre] [a·stray]	❶ go astray 走丟	托 I T G 公
4331. **astronaut** 名 太空人 [`æstrə‚nɔt] [as·tro·naut]	Who was the first astronaut to walk on the moon? 踏上月球的第一位太空人是誰? <div align="right">⇦moon(560)</div>	托 I T G 公
4332. **astronomer** 名 天文學家 [ə`strɑnəmɚ] [as·tron·o·mer]	Ted's mother is an astronomer. 泰德的媽媽是天文學家。 <div align="right">⇦mother(564)</div>	托 I T G 公
4333. **astronomy** 名 天文學 [əs`trɑnəmɪ] [as·tron·o·my]	❶ radio astronomy 無線電天文學	托 I T G 公
4334. **attendance** 名 出席 [ə`tɛndəns] [at·ten·dance]	❶ be in attendance 出席	托 I T G 公

4335. **auditorium** 名 禮堂 [ˌɔdəˈtorɪəm] [au·di·to·ri·um]	The auditorium is located on First Street. 禮堂在第一街。 <div align="right">⇦locate(1590)</div>	托 I T G 公
4336. **auxiliary** 形 輔助的 [ɔgˈzɪljərɪ] [aux·il·ia·ry]	❶ an auxiliary nurse 一位助理護士	托 I T G 公
4337. **awe** 名 敬畏 [ɔ] [awe]	❶ be in a awe of sb. 對～人感到敬畏	托 I T G 公
4338. **awhile** 副 暫時 [əˈhwaɪl] [a·while]	Stay awhile, please. 請留下。	托 I T G 公

Bb

▽ 托 TOEFL、I IELTS、T TOEIC、G GEPT、公 公務人員考試

4339. **bachelor** 名 單身漢 [ˈbætʃələr] [bach·e·lor] (MP3) 5-04	❶ a bachelor flat 單身公寓	托 I T G 公
4340. **backbone** 名 脊椎骨 [ˈbækˌbon] [back·bone]	❶ to the backbone 完全地	托 I T G 公
4341. **badge** 名 徽章 [bædʒ] [badge]	He lost his school badge. 他把校徽弄丟了。 <div align="right">⇦lose(1595)</div>	托 I T G 公
4342. **ballot** 名 選票 [ˈbælət] [bal·lot]	❶ ballot paper 選票	托 I T G 公
4343. **ban** 動 禁止 [bæn] [ban]	動詞變化 **ban-banned-banned** ❶ ban smoking in public places 公共場合禁止吸菸 <div align="right">⇦public(691)</div>	托 I T G 公
4344. **bandit** 名 強盜 [ˈbændɪt] [ban·dit]	❶ badge bandit 警察	托 I T G 公
4345. **banner** 名 橫幅廣告 [ˈbænər] [ban·ner]	❶ under the banner 聲稱支持某主張	托 I T G 公
4346. **banquet** 名 宴會 [ˈbæŋkwɪt] [ban·quet]	❶ state banquet 國宴	托 I T G 公

LEVEL 5

4347. **barbarian** 名 野蠻人 [barˋbɛrɪən] [bar·bar·i·an]	He must be a barbarian. 他想必是個野蠻人。 托 I T G 公
4348. **barbershop** 名 理髮店 [ˋbɑrbɚˌʃɑp] [bar·ber·shop]	Uncle Ed owns a barbershop. 愛德叔叔擁有一家理髮店。 托 I T G 公
4349. **barefoot** 形 赤足的 [ˋbɛrˌfʊt] [bare·foot]	A barefoot girl walks on the street. 托 I T G 公 一位赤腳的女孩在街上走。 ⇦street(871)
4350. **barren** 形 不生育的 [ˋbærən] [bar·ren]	❶ barren women 不孕婦女 ❶ be barren of 缺乏 托 I T G 公
4351. **bass** 名 低音 [ˋbes] [bass]	❶ a fine bass 厲害的男低音 托 I T G 公
4352. **batch** 名 一批 [bætʃ] [batch]	❶ a batch of 一批 托 I T G 公
4353. **batter** 動 重擊 [ˋbætɚ] [bat·ter]	動詞變化 batter-battered-battered ❶ batter down 打毀 托 I T G 公
4354. **bazaar** 名 商場 [bəˋzɑr] [ba·zaar]	We can buy something cheap in a bazaar. 我們在商場能買些便宜貨。 托 I T G 公 ⇦cheap(1194)
4355. **beautify** 動 美化 [ˋbjutəˌfaɪ] [beau·ti·fy]	動詞變化 beautify-beautified-beautified We might need a program to beautify our meeting room. 我們可能需要美化會議室的規劃。 托 I T G 公 ⇦program(2843)
4356. **beforehand** 副 事前 [bɪˋforˌhænd] [be·fore·hand]	❶ one month beforehand 提前一個月 托 I T G 公
4357. **behalf** 名 代表 [bɪˋhæf] [be·half]	❶ on behalf of sb. 幫助某人 托 I T G 公
4358. **belongings** 名 所有物 [bəˋlɔŋɪŋz] [be·long·ings]	The woman packs her few belongings in the backpack. 女子把幾樣東西放入背包。 托 I T G 公 ⇦backpack(3292)

4359.
beloved 形
心愛的
[bɪˈlʌvɪd] [be·lov·ed]
🅜🅟 5-05

❶ beloved by 被喜愛

托 I T G 公

4360.
beneficial 形 有益的
[ˌbɛnəˈfɪʃəl] [ben·e·fi·cial]

❶ be beneficial for 對～有幫助

托 I T G 公

4361.
beware 動 當心
[bɪˈwɛr] [be·ware]

動詞變化 **beware-bewared-bewared**

❶ beware of 小心～

托 I T G 公

4362.
bid 動 出價
[bɪd] [bid]

動詞變化 **bid-bid-bidden**

❶ bid for 對～出價

托 I T G 公

4363.
blacksmith 名 鐵匠
[ˈblækˌsmɪθ] [black·smith]

Her grandfather was a blacksmith.
她祖父是鐵匠。

⇦grandfather(374)

托 I T G 公

4364.
blast 名 爆炸
[blæst] [blast]

❶ a blast of wind 一陣疾風

托 I T G 公

4365.
blaze 名 燃燒
[blez] [blaze]

Finally, the blaze was put out.
最後，大火終於被撲滅。

托 I T G 公

4366.
bleach 動 漂白
[blitʃ] [bleach]

動詞變化 **bleach-bleached-bleached**

❶ bleach + 衣物　漂白衣物

托 I T G 公

4367.
blizzard 名 暴風雪
[ˈblɪzəd] [bliz·zard]

❶ a blizzard of 雪片般的…

托 I T G 公

4368.
blond/blonde 形
白膚碧眼金髮的
[bland]/[bland] [blond(e)]

He is a handsome blond man.
他是帥氣的金髮碧眼男子。

⇦handsome(1487)

托 I T G 公

4369.
blot/stain 名 污漬
[blat]/[sten] [blot]/[stain]

❶ blot on 瑕疵

托 I T G 公

4370.
blues 名 藍調
[bluz] [blues]

He is a blues singer.
他是藍調歌手。

⇦singer(808)

托 I T G 公

LEVEL
5

4371.
blur 動 變得模糊
[blɝ] [blur]

動詞變化 **blur-blurred-blurred**
Everything is blurring.
每樣事情都變模糊了。

托 I T G 公

4372.
bodily 形 身體上的
[`bɑdɪlɪ] [bod·i·ly]

❶ bodily changes 身體變化

托 I T G 公

4373.
bodyguard 名
護衛者
[`bɑdɪˌgɑrd] [body·guard]

He is the rich man's bodyguard.
他是富翁的保鑣。

托 I T G 公

⇦rich(721)

4374.
bog 名 溼地 動 使陷入
泥沼
[bɑg] [bog]

動詞變化 **bog-bogged-bogged**
❶ bog sb. down 使人陷入泥沼

托 I T G 公

4375.
bolt 名 門栓
[bolt] [bolt]

❶ a bolt from the blue 晴天霹靂

托 I T G 公

4376.
bonus 名 分紅
[`bonəs] [bo·nus]

❶ baby bonus 家庭津貼

托 I T G 公

4377.
boom 名 隆隆聲
[bum] [boom]

❶ baby boom 嬰兒潮

托 I T G 公

4378.
booth 名 貨攤
[buθ] [booth]

There is a booth near the bus
stop.
公車站旁有個貨攤。

托 I T G 公

⇦stop(867)

4379.
boredom 名
無聊
[`bordəm] [bore·dom]

MP3
5-06

❶ relieve the boredom 打發無聊

托 I T G 公

4380.
bosom 名 胸懷
[`buzəm] [bos·om]

❶ bosom friend 知己

托 I T G 公

4381.
botany 名 植物學；
植物生態
[`bɑtṇɪ] [bot·a·ny]

❶ a botany of ～地區的植物生態

托 I T G 公

4382.
boulevard 名
林蔭大道
[`bulə͵vɑrd] [bou·le·vard]

He walked on the boulevard.
他走在林蔭大道上。

托 I T G 公

⇦walk(975)

4383. **bound** 動 跳躍 [baʊnd] [bound]	動詞變化 **bound-bounded-bounded** ❶ bound from 彈回	托 I T G 公
4384. **boundary** 名 邊界 [ˋbaʊndrɪ] [bound · ary]	❶ the boundary between two countries 兩國之間的邊界	托 I T G 公
4385. **bowel** 名 腸子 [ˋbaʊəl] [bow · el]	❶ bowel movement 排便	托 I T G 公
4386. **boxer** 名 拳擊手 [ˋbaksɚ] [box · er]	It is dangerous to be a boxer. 當拳擊手很危險。 ⇦dangerous(1282)	托 I T G 公
4387. **boxing** 名 拳擊 [ˋbaksɪŋ] [box · ing]	❶ boxing day 節禮日（聖誕節次日）	托 I T G 公
4388. **boyhood** 名 少年期 [ˋbɔɪhʊd] [boy · hood]	He had a sad boyhood. 他有難過的童年。 ⇦sad(743)	托 I T G 公
4389. **brace** 名 動 支架 [bres] [brace]	動詞變化 **brace-braced-braced** ❶ brace on one's teeth 牙齒戴矯正器	托 I T G 公
4390. **braid** 名 辮子 動 梳起辮子 [bred] [braid]	動詞變化 **braid-braided-braided** ❶ braid one's hair 綁起辮子	托 I T G 公
4391. **breadth** 名 寬度 [brɛdθ] [breadth]	❶ breadth of reading 看很多書	托 I T G 公
4392. **bribe** 名 行賄 [braɪb] [bribe]	❶ take bribe 收賄	托 I T G 公
4393. **briefcase** 名 公事包 [ˋbrifˌkes] [brief · case]	He just lost his briefcase. 他剛遺失公事包。	托 I T G 公
4394. **broaden** 動 使…加寬 [ˋbrɔdn̩] [broad · en]	動詞變化 **broaden-broadened-broadened** ❶ broaden one's horizons 開拓視野	托 I T G 公
4395. **bronze** 名 青銅 [branz] [bronze]	He won a bronze medal. 他贏得銅牌。 ⇦medal(2685)	托 I T G 公
4396. **brooch** 名 別針 [brotʃ] [brooch]	❶ fasten the brooch 別別針	托 I T G 公

LEVEL 5

4397.
brood 動 孵蛋
[brud] [brood]

動詞變化 **brood-brooded-brooded** 托 I T G 公
Look! The hen is brooding eight eggs.
看！母雞孵出八個蛋。

⇦egg(270)

4398.
broth 名 清淡的湯
[brɔθ] [broth]

What the delicious broth it is.
好美味的清湯。

4399.
brotherhood 名 兄
弟關係
[`brʌðɚ͵hud]
[broth·er·hood]

● ties of brotherhood 兄弟關係 托 I T G 公

4400.
browse 動 瀏覽 (MP3)
5-07
[brauz] [browse]

動詞變化 **browse-browsed-**
browsed 托 I T G 公
● browse through 翻閱，瀏覽

4401.
bruise 名 瘀傷
[bruz] [bruise]

● have bruise one's face 臉上瘀青 托 I T G 公

4402.
bulge 動 腫脹
[bʌldʒ] [bulge]

動詞變化 **bulge-bulged-bulged** 托 I T G 公
The girl's eyes bulge.
這女孩雙眼腫脹。

⇦eye(293)

4403.
bulk 名 動 體積
[bʌlk] [bulk]

動詞變化 **bulk-bulked-bulked** 托 I T G 公
● bulk out 使某物加重

4404.
bully 名 霸凌
[`bulɪ] [bul·ly]

● bully for you 沒什麼大不了 托 I T G 公

4405.
bureau 名 局；處
[`bjuro] [bu·reau]

He went to an employment
bureau. 托 I T G 公
他去職業介紹所。

4406.
butcher 名 屠夫
[`butʃɚ] [butch·er]

● have a butcher's 看看 托 I T G 公

Cc ▼ 托 TOEFL、I IELTS、T TOEIC、G GEPT、公 公務人員考試

4407.
cactus 名 仙人掌
[`kæktəs] [cac·tus]

● cacti 為其複數型 托 I T G 公
He only sees cacti in the room.
他在房間只看見仙人掌。

4408. **calf** 名 小牛 [kæf] [calf]	She sold her calves. 她賣掉小牛。	托 I T G 公
4409. **calligraphy** 名 筆跡；書法 [kə`lıgrəfı] [cal·lig·ra·phy]	❶ teach calligraphy 教書法 ⇨teach(896)	托 I T G 公
4410. **canal** 名 運河 [kə`næl] [ca·nal]	❶ by canal 通過運河	托 I T G 公
4411. **cannon** 名 大砲 [`kænən] [can·non]	❶ cannon into 撞上	托 I T G 公
4412. **carbon** 名 碳 [`kɑrbən] [car·bon]	❶ carbon fiber 碳纖維 ⇨fiber(4637)	托 I T G 公
4413. **cardboard** 名 卡紙 [`kɑrd¸bord] [card·board]	He gave me a piece of cardboard. 他給我一張卡紙。	托 I T G 公
4414. **carefree** 形 無憂無慮的 [`kɛr¸fri] [care·free]	He looks carefree. 他看起來無憂無慮。	托 I T G 公
4415. **caretaker** 名 看管人 [`kɛr¸tekə] [care·tak·er]	Her husband is a caretaker. 她丈夫是看管人。	托 I T G 公
4416. **carnation** 名 康乃馨 [kɑr`neʃən] [car·na·tion]	❶ wear a carnation 戴康乃馨	托 I T G 公
4417. **carnival** 名 嘉年華會 [`kɑrnəvḷ] [car·ni·val]	They went to a carnival last night. 他們昨晚去嘉年華會。	托 I T G 公
4418. **carp** 名 鯉魚 [kɑrp] [carp]	Sometimes carps represent luck. 有時候鯉魚代表好運。 ⇨represent(2895)	托 I T G 公
4419. **carton** 名 紙盒 [`kɑrtṇ] [carton]	❶ a carton of milk 一盒牛奶	托 I T G 公
4420. **category** 名 分類 [`kætə¸gorı] [cat·e·go·ry]	❶ divide into…categories 分成～大類 ⇨divide(1326)	托 I T G 公

MP3 5-08

LEVEL 5

4421. **cathedral** 名 大教堂 [kə`θidrəl] [ca·the·dral]	● St. Paul's Cathedral 聖保羅大教堂 托 I T G 公
4422. **caution** 名 謹慎 [`kɔʃən] [cau·tion]	● throw caution to the winds 冒險 托 I T G 公
4423. **cautious** 形 謹慎的 [`kɔʃəs] [cau·tious]	● be cautious about 對～謹慎 托 I T G 公
4424. **celebrity** 名 名聲 [sɪ`lɛbrətɪ] [ce·leb·ri·ty]	● movie celebrity 電影名流 托 I T G 公
4425. **celery** 名 芹菜 [`sɛlərɪ] [cel·er·y]	Do you like celeries? 你喜歡芹菜嗎？ 托 I T G 公
4426. **cellar** 名 地窖 [`sɛlɚ] [cel·lar]	● wine cellar 酒窖 托 I T G 公
4427. **cello** 名 大提琴 [`tʃɛlo] [cel·lo]	She can play the cello well. 她大提琴拉得很好。 托 I T G 公
4428. **cell phone** 片 行動電話 [cell·phone]	He is talking on the cell phone. 他正在講手機。 托 I T G 公 ⇔talk(891)
4429. **cellular/mobile phone** 片 行動電話	The cellular phone cost her $10,000. 這支手機花了她一萬元。 托 I T G 公 ⇔cost(202)
4430. **Celsius** 形 攝氏的 [`sɛlsɪəs] [Cel·si·us]	It is cold. It is around 5 degrees Celsius. 天氣很冷。約攝氏五度。 托 I T G 公
4431. **centigrade** 形 攝氏的 [`sɛntə,gred] [cen·ti·grade]	● a temperature of 數字 degrees centigrade 攝氏～度的溫度 托 I T G 公
4432. **ceremony** 名 儀式 [`sɛrə,monɪ] [cer·e·mo·ny]	● master of ceremonies 司儀 托 I T G 公
4433. **certificate** 名 證明書 動 發證書 [sɚ`tɪfəkɪt] [cer·tif·i·cate]	動詞變化 certificate-certificated-certificated ● a marriage certificate 結婚證書 托 I T G 公

4434.
chairman/
chairwoman 名
男／女主席
[`tʃɜrmən]/[`tʃɛr‚wumən]
[chair·man]/
[chair·wo·man]

🟊 **I** 🅣 **G** 🔺

❶ act as a chairman 擔任司儀

4435.
chairperson/chair 名 主席
[`tʃɛr‚pɜsn̩]/[tʃɛr]
[chair·per·son]/[chair]

He is a chairperson of the company.
他是公司主席。

🟊 **I** 🅣 **G** 🔺

⇦company(1233)

4436.
chant 動 唱
[tʃænt] [chant]

動詞變化 chant-chanted-chanted
He chanted again and again.
他反覆地唱。

🟊 **I** 🅣 **G** 🔺

4437.
chatter 動 不停地嘮叨
[`tʃætɚ] [chat·ter]

動詞變化 chatter-chattered-chattered
Sam and Ted chattered for a while.
山姆和泰德閒聊一會。

🟊 **I** 🅣 **G** 🔺

4438.
checkbook 名
支票簿
[`tʃɛk‚buk] [check·book]

He can't find his checkbook.
他找不到支票簿。

🟊 **I** 🅣 **G** 🔺

4439.
check-in 名 報到
[`tʃɛk‚ɪn] [check-in]

Where is the check-in desk?
辦理登機的櫃檯在哪裡？

🟊 **I** 🅣 **G** 🔺

⇦desk(231)

4440.
check-out 名
檢查
[`tʃɛk‚aut] [check-out]

(MP3)
5-09

All the passengers should finish check-out before they get board.
所有旅客都須完成檢查才可登機。

🟊 **I** 🅣 **G** 🔺

⇦passenger(1718)

4441.
checkup 名 核對
[`tʃɛk‚ʌp] [check·up]

❶ give a checkup 檢查

🟊 **I** 🅣 **G** 🔺

4442.
chef 名 廚師
[ʃɛf] [chef]

Mark is the chef in the restaurant.
馬克是這家餐廳的主廚。

🟊 **I** 🅣 **G** 🔺

⇦restaurant(1843)

4443.
chemist 名 化學家
[`kɛmɪst] [chem·ist]

Do you know who the famous chemist is?
你知道誰是最有名的化學家嗎？

🟊 **I** 🅣 **G** 🔺

LEVEL
5

4444.
chestnut 名 栗子
[ˋtʃɛs͵nʌt] [chest‧nut]

● horse chestnut 馬栗

托 I T G 公

4445.
chili 名 紅番椒
[ˋtʃɪlɪ] [chil‧i]

● chili beans sauce 豆瓣醬

托 I T G 公

4446.
chimpanzee 名
黑猩猩
[͵tʃɪmpænˋzi]
[chim‧pan‧zee]

Where are chimpanzees from?
黑猩猩源自哪裡？

托 I T G 公

4447.
choir 名 唱詩班
[kwaɪr] [choir]

● school choir 學校詩班

托 I T G 公

4448.
chord 名 琴弦
[kɔrd] [chord]

● vocal chord 聲帶

托 I T G 公

4449.
chubby 形 圓胖的
[ˋtʃʌbɪ] [chub‧by]

This girl is chubby and cute.
這小女孩圓滾滾很可愛。

托 I T G 公

4450.
circuit 名 電路
[ˋsɝkɪt] [cir‧cuit]

This is a circuit diagram.
這是電路圖。

⇨diagram(5648)

托 I T G 公

4451.
cite 動 引述
[saɪt] [cite]

動詞變化 cite-cited-cited
● cite from 引述

托 I T G 公

4452.
civic 形 城市的
[ˋsɪvɪk] [civ‧ic]

● a civic leader 城市領袖

托 I T G 公

4453.
clam 名 蛤蜊 動
保持沉默
[klæm] [clam]

動詞變化 clam-clammed-clammed
● clam up 閉嘴不開口

托 I T G 公

4454.
clan 名 部族
[klæn] [clan]

● form a little clan 搞小團體

托 I T G 公

4455.
clasp 動 緊抱
[klæsp] [clasp]

動詞變化 clasp-clasped-clasped
● clasp one's hand 緊握手

托 I T G 公

4456.
clause 名 子句
[klɔz] [clause]

● a grammatical clause
有文法的子句

托 I T G 公

4457. **cling** 動 黏住 [klɪŋ] [cling]	動詞變化 **cling-clung-clung** ❶ cling to one's chest 緊黏在胸部	托 I T G 公
4458. **clockwise** 形 順時針 方向 [ˋklɑk͵waɪz] [clock·wise]	It is a clockwise direction. 那是順時針方向。 ⇨direction(1315)	托 I T G 公
4459. **clover** 名 苜蓿； 三葉草 [ˋklovɚ] [clo·ver]	❶ in four clover 生活富裕	托 I T G 公
4460. **cluster** 名 一串 (MP3) 5-10 [ˋklʌstɚ] [clus·ter]	❶ a cluster of 一串的	托 I T G 公
4461. **clutch** 動 緊握 [klʌtʃ] [clutch]	動詞變化 **clutch-clutched- clutched** ❶ clutch onto the chair 緊握椅子	托 I T G 公
4462. **coastline** 名 海岸線 [ˋkost͵laɪn] [coast·line]	❶ rocky coastline 多岩石的海岸線	托 I T G 公
4463. **cocoon** 名 繭 [kəˋkun] [co·coon]	❶ the cocoon of ～的防護罩	托 I T G 公
4464. **coil** 動 盤繞 [kɔɪl] [coil]	動詞變化 **coil-coiled-coiled** ❶ coil on 盤在	托 I T G 公
4465. **colleague** 名 同事 [ˋkɑlig] [col·league]	Her colleagues are friendly. 她的同事都很友善。 ⇨friendly(1444)	托 I T G 公
4466. **colonel** 名 陸軍上校 [ˋkɝnl̩] [col·o·nel]	❶ lieutenant colonel 空軍中校	托 I T G 公
4467. **colonial** 形 殖民地的 [kəˋlonjəl] [co·lo·nial]	❶ from colonial rule 在殖民統治下	托 I T G 公
4468. **combat** 名 戰鬥 [ˋkɑmbæt] [com·bat]	❶ single combat 一對一戰鬥	托 I T G 公
4469. **comedian** 名 喜劇演員 [kəˋmidɪən] [co·me·di·an]	Stephen Chou is a famous comedian. 周星馳是有名的喜劇演員。 ⇨famous(1398)	托 I T G 公

LEVEL
5

4470.
comet 名 彗星
[ˋkamɪt] [com·et]

❶ Halley's comet 哈雷彗星

托 I T G 公

4471.
commentator 名
時事評論家
[ˋkamənˌtetə]
[com·men·ta·tor]

Who is the most popular commentator in Taiwan?
台灣最著名的時事評論家是誰？

托 I T G 公

⇨popular(2817)

4472.
commission 名
委託
[kəˋmɪʃən] [com·mis·sion]

❶ a commission to 關於～的委託

托 I T G 公

4473.
commodity 名
日用品
[kəˋmadətɪ] [com·mod·i·ty]

Rice is basic commodity.
米是基本日用品。

托 I T G 公

⇨basic(76)

4474.
commonplace 名
普通
[ˋkamənˌples]
[com·mon·place]

❶ be full of commonplaces
老生常談

托 I T G 公

4475.
communism 名
共產主義
[ˋkamjuˌnɪzəm]
[com·mu·nism]

They don't understand what communism is.
他們不知道何謂共產黨。

托 I T G 公

⇨understand(961)

4476.
communist 名
共產黨員
[ˋkamjuˌnɪst]
[com·mu·nist]

He didn't know any communist.
他不認識任何共產黨員。

托 I T G 公

⇨know(474)

4477.
commute 動 通勤
[kəˋmjut] [com·mute]

動詞變化 commute-commuted commuted
He commutes from Tainan to Kaohsiung.
他通勤於台南到高雄。

托 I T G 公

4478.
commuter 名 通勤者
[kəˋmjutə] [com·mut·er]

She is a commuter.
她是通勤者。

托 I T G 公

4479.
compact 形 緊密的；
體積小的
[kəmˋpækt] [com·pact]

The bedroom is compact.
這房間很小。

托 I T G 公

⇨bedroom(1119)

4480.
compass 名
指南針
[ˋkʌmpəs] [com·pass]

(MP3)
5-11

He brought a compass and a map with him.
他隨身帶指南針和地圖。

托 I T G 公

⇨map(530)

4481.
compassion 名
憐憫
[kəmˋpæʃən]
[com·pas·sion]

❶ show compassion 表現憐憫

托 I T G 公

4482.
compassionate 形
憐憫的
[kəmˋpæʃɪnet]
[com·pas·sion·ate]

❶ compassionate leave 事假

托 I T G 公

4483.
compel 動 迫使
[kəmˋpɛl] [com·pel]

動詞變化 **compel-compelled-compelled**
❶ feel compelled 覺得被強迫

托 I T G 公

4484.
compliment 名 恭維
[ˋkɑmpləmənt]
[com·pli·ment]

❶ pay one a compliment
對某人恭維

托 I T G 公

4485.
compound 名 合成物 動 組合
[ˋkɑmpaund] [com·pound]

動詞變化 **compound-compounded-compounded**
❶ a compound of A and B A 和 B 的合成物

托 I T G 公

4486.
comprehend 動
理解
[ˏkɑmprɪˋhɛnd]
[com·pre·hend]

動詞變化 **comprehend-comprehended-comprehended**
He cannot comprehend why he can be so lazy.
他無法理解他為何這麼懶。

托 I T G 公

4487.
comprehension 名 理解力
[ˏkɑmprɪˋhɛnʃən]
[com·pre·hen·sion]

❶ reading comprehension
閱讀理解

托 I T G 公

LEVEL 5

419

4488.
compromise 名動
妥協
[`kɑmprə͵maɪz]
[com‧pro‧mise]

托 **I** T G 公

動詞變化 compromise-
compromised-compromised

❶ reach a compromise 達成妥協

4489.
compute 動 計算
[kəm`pjut] [com‧pute]

托 **I** T G 公

動詞變化 compute-computed-
computed

The profits was computed at $100,000.
利潤估計為十萬元。

⇦profit(2842)

4490.
computerize 動
使電腦化
[kəm`pjutə͵raɪz]
[com‧pu‧ter‧ize]

托 **I** T G 公

動詞變化 computerize-
computerized-computerized

The company has been computerized.
公司已經全部電腦化。

4491.
comrade 名 同事
[`kɑmræd] [com‧rade]

托 **I** T G 公

❶ comrade in arms 戰友

4492.
conceal 動 隱藏
[kən`sil] [con‧ceal]

托 **I** T G 公

動詞變化 conceal-concealed-
concealed

❶ conceal sth from sb. 對某人隱瞞事情

4493.
conceive 動 構想
[kən`siv] [con‧ceive]

托 **I** T G 公

動詞變化 conceive-conceived-
conceived

❶ conceive of 構想～

4494.
condemn 動 譴責
[kən`dɛm] [con‧demn]

托 **I** T G 公

動詞變化 condemn-condemned-
condemned

❶ condemn as 被譴責為…

4495.
conduct 動
指導；引導
[kən`dʌkt] [con‧duct]

托 **I** T G 公

動詞變化 conduct-conducted-
conducted

The teacher conducted them around the
museum.
老師引導他們遊覽博物館。

⇦museum(1654)

4496.
confession 名 承認
[kən`fɛʃən] [con‧fes‧sion]

托 **I** T G 公

❶ make a confession 招認

4497.
confront 動 遭遇
[kən`frʌnt] [con‧front]

托 **I** T G 公

動詞變化 confront-confronted-
confronted

❶ be confronted with 面對…

4498.
consent 名動 同意
[kən`sɛnt] [con·sent]

動詞變化 **consent-consented-consented**

🔤 **I** **T** **G** 🏠

❶ age of consent 法定年齡

4499.
conserve 動 保存 名
蜜餞；果醬
[kən`sɝv] [con·serve]

動詞變化 **conserve-conserved-conserved**

🔤 **I** **T** **G** 🏠

❶ a grape conserve 葡萄果醬

4500.
considerate 形
體貼的
[kən`sɪdərɪt]
[con·sid·er·ate]

5-12

He is a considerate husband.
他是體貼的丈夫。

🔤 **I** **T** **G** 🏠

⇦husband(434)

4501.
console 動 安慰 名 操
縱臺
[kən`sol] [con·sole]

動詞變化 **console-consoled-consoled**

🔤 **I** **T** **G** 🏠

He consoled himself that he was right.
他安慰自己他是對的。

⇦right(723)

4502.
constitutional 形
憲法的
[͵kɑnstə`tjuʃən]
[con·sti·tu·tion·al]

❶ constitutional reform 憲法修改

🔤 **I** **T** **G** 🏠

4503.
contagious 形
傳染的
[kən`tedʒəs] [con·ta·gious]

❶ a contagious enthusiasm
感染力的熱情

🔤 **I** **T** **G** 🏠

4504.
contaminate 動
污染
[kən`tæmə͵net]
[con·tam·i·nate]

動詞變化 **contaminate-contaminated-contaminated**

🔤 **I** **T** **G** 🏠

❶ be contaminated with 被…污染

4505.
contemplate 動
凝視
[`kɑntɛm͵plet]
[con·tem·plate]

動詞變化 **contemplate-contemplated-contemplated**

🔤 **I** **T** **G** 🏠

❶ contemplate one in silence
默默凝視某人

4506.
contemporary 形
當代的
[kən`tɛmpə͵rɛrɪ]
[con·tem·po·rar·y]

❶ contemporary music 當代音樂

🔤 **I** **T** **G** 🏠

LEVEL 5

4507. **contempt** 图 輕蔑 [kən`tɛmpt] [con·tempt]	● look at + sb. + with contempt 輕蔑地看某人	托 I T G 公
4508. **contend** 颐 爭奪 [kən`tɛnd] [con·tend]	動詞變化 **contend-contended-contended** ● contend with 處裡困境	托 I T G 公
4509. **continental** 厖 大陸的;歐洲大陸的 [͵kɑntə`nɛntl] [con·ti·nen·tal]	● continental breakfast 西式早餐	托 I T G 公
4510. **continuity** 图 連續性 [͵kɑntə`njuətɪ] [con·ti·nu·i·ty]	● continuity between A and B A 和 B 之間的關連性	托 I T G 公
4511. **convert** 颐 變換 [kən`vɝt] [con·vert]	動詞變化 **convert-converted-converted** The library is going to be converted into a restaurant. 圖書館將被變換為餐廳。 ⇔library(1580)	托 I T G 公
4512. **convict** 颐 證明…有罪 图 囚犯 [kən`vɪkt] [con·vict]	動詞變化 **convict-convicted-convicted** ● be convicted of 被判…罪	托 I T G 公
4513. **copyright** 图 版權 [`kɑpɪ͵raɪt] [cop·y·right]	Jay owns the copyright on this song. 杰擁有這首歌的版權。 ⇔song(839)	托 I T G 公
4514. **coral** 图 珊瑚 [`kɔrəl] [cor·al]	She wears a coral necklace. 她戴了條珊瑚項鍊。 ⇔necklace(1667)	托 I T G 公
4515. **corporation** 图 公司 [͵kɔrpə`reʃən] [cor·po·ra·tion]	● international corporation 國際公司	托 I T G 公
4516. **correspondence** 图 符合 [͵kɔrə`spɑndəns] [cor·re·spon·dence]	● a close correspondence 如出一轍	托 I T G 公

4517. **corridor** 名 走廊 [ˋkɔrɪdɚ] [cor·ri·dor]	He is waiting for Doris near corridor. 他正在走廊附近等桃樂絲。	托 I T G 公
		⇦wait(974)
4518. **corrupt** 動 墮落 [kəˋrʌpt] [cor·rupt]	動詞變化 **corrupt-corrupted-corrupted** She was corrupted by wealth. 她因為財富而墮落。	托 I T G 公
		⇦wealth(3174)
4519. **counsel** 名 商議 [ˋkaʊnsḷ] [coun·sel]	❶ a counsel of perfection 好卻難實行的建議	托 I T G 公
4520. **counselor** 名 顧問 (MP3) 5-13 [ˋkaʊnsḷɚ] [coun·sel·or]	Mr. Roberts works as a counselor. 羅伯特先生是顧問。	托 I T G 公
		⇦work(1023)
4521. **counterclockwise** 副 逆時針方向地 [͵kaʊntɚˋklɑk͵waɪz] [coun·ter·clock·wise]	You have to turn the key counterclockwise. 你必須逆時針轉動鑰匙。	托 I T G 公
		⇦key(462)
4522. **coupon** 名 優待券 [ˋkupɑn] [cou·pon]	❶ food coupon 食物券	托 I T G 公
4523. **courtyard** 名 庭院 [ˋkortˋjɑrd] [court·yard]	❶ inner courtyard 內庭	托 I T G 公
4524. **cowardly** 形 怯懦的 [ˋkaʊɚdlɪ] [cow·ard·ly]	What a cowardly boy! 多怯懦的男孩！	托 I T G 公
4525. **cozy** 形 溫暖而舒適的 [ˋkozɪ] [co·zy]	❶ a cozy den 溫暖的書房	托 I T G 公
4526. **cracker** 名 薄脆餅乾 [ˋkrækɚ] [crack·er]	He is having some crackers. 他正在吃薄餅。	托 I T G 公
4527. **crater** 名 火山口 動 變坑 [ˋkretɚ] [cra·ter]	動詞變化 **crater-cratered-cratered** ❶ crater the road 把路變得坑坑洞洞	托 I T G 公

LEVEL
5

4528. **creak** 動 嘰嘎聲 [krik] [creak]	動詞變化 **creak-creaked-creaked** 托 I T G 公 ❶ creak under the strain 負擔大導致效率低
4529. **creek** 名 小河 [krik] [creek]	She was up the creek. 托 I T G 公 她正處於窘境。
4530. **crib** 名 糧倉 [krɪb] [crib]	He stayed in a crib. 托 I T G 公 他待在糧倉。 ⇦stay(863)
4531. **crocodile** 名 鱷魚 [ˋkrɑkə͵daɪl] [croc‧o‧dile]	❶ crocodile tears 假慈悲 托 I T G 公
4532. **crossing** 名 十字路口 [ˋkrɔsɪŋ] [cross‧ing]	❶ zebra crossing 斑馬線 托 I T G 公
4533. **crouch** 動 曲膝 [ˋkraʊtʃ] [crouch]	動詞變化 **crouch-crouched-crouched** 托 I T G 公 ❶ crouch over 俯身接近
4534. **crunch** 名 動 嘎吱作響 地咬嚼 [krʌntʃ] [crunch]	動詞變化 **crunch-crunched-crunched** 托 I T G 公 ❶ draw up with a crunch 停下發出嘎吱聲
4535. **crystal** 名 水晶 [ˋkrɪstl̩] [crys‧tal]	❶ Liquid Crystal Display 液晶顯示器 托 I T G 公
4536. **cuisine** 名 烹調 [kwɪˋzin] [cui‧sine]	❶ American cuisine 美國烹飪 托 I T G 公
4537. **curb** 動 約束 [kɝb] [curb]	動詞變化 **curb-curbed-curbed** 托 I T G 公 ❶ curb one's temper 控制脾氣
4538. **currency** 名 貨幣 [ˋkɝənsɪ] [cur‧ren‧cy]	❶ common currency 流傳 托 I T G 公
4539. **curriculum** 名 課程 [kəˋrɪkjələm] [cur‧ric‧u‧lum]	❶ national curriculum 統一課程 托 I T G 公

4540. **curry** 名 咖哩 [`kɝɪ] [cur·ry]	The curry chicken is very delicious. 咖哩雞真美味。	托 I T G 公
		⇦delicious(1292)
4541. **customs** 名 關稅 [`kʌstəmz] [cus·toms]	❶ Customs and Excise 關稅和消費稅	托 I T G 公

Dd ▼ 托 TOEFL、I IELTS、T TOEIC、G GEPT、公 公務人員考試

4542. **dart** 名 鏢槍 (MP3) 5-14 [dɑrt] [dart]	He won a dart match. 他贏得標槍賽。	托 I T G 公
		⇦match(1616)
4543. **dazzle** 動 使眼花 [`dæzl̩] [daz·zle]	動詞變化 dazzle-dazzled-dazzled ❶ be dazzled by sb. 被某人迷得神魂顛倒	托 I T G 公
4544. **decay** 名 動 腐壞 [dɪ`ke] [de·cay]	動詞變化 decay-decayed-decayed ❶ tooth decay 蛀牙	托 I T G 公
		⇦tooth(2017)
4545. **deceive** 動 欺騙 [dɪ`siv] [de·ceive]	動詞變化 deceive-deceived-deceived He deceived himself. 他自我欺騙。	托 I T G 公
4546. **declaration** 名 宣告 [ˌdɛklə`reʃən] [dec·la·ra·tion]	❶ a customs declaration 報關單	托 I T G 公
		⇦custom(1278)
4547. **delegate** 名 代表 動 委派…為代表 [`dɛləgɪt] [del·e·gate]	動詞變化 delegate-delegated-delegated ❶ delegate to 交給某人	托 I T G 公
4548. **delegation** 名 委任 [ˌdɛlə`geʃən] [del·e·ga·tion]	❶ delegation of authority 授與權力	托 I T G 公
		⇦authority(3288)
4549. **democrat** 名 民主主義者 [`dɛməˌkræt] [dem·o·crat]	❶ Liberal Democrat Party 自由民主黨	托 I T G 公

LEVEL 5

4550. **denial** 名 否定 [dɪ`naɪəl] [de·ni·al]	❶ in denial 不接受事實　　　托 I T G 公
4551. **descriptive** 形 描寫的 [dɪ`skrɪptɪv] [de·scrip·tive]	❶ descriptive adjective　　托 I T G 公 描寫性形容詞 ⇨adjective(3219)
4552. **despair** 名 絕望 [dɪ`spɛr] [de·spair]	❶ in despair 絕望之中　　　托 I T G 公
4553. **despise** 動 鄙視 [dɪ`spaɪz] [de·spise]	動詞變化 despise-despised-　托 I T G 公 　　　　　　despised ❶ despise...for 因某事而鄙視
4554. **destination** 名 目的地 [ˌdɛstə`neʃən] [des·ti·na·tion]	❶ reach one's destination　　托 I T G 公 到達目的地
4555. **destiny** 名 命運 [`dɛstənɪ] [des·ti·ny]	❶ control one's destiny 掌握命運　托 I T G 公 ⇨control(1245)
4556. **destructive** 形 破壞的 [dɪ`strʌktɪv] [de·struc·tive]	❶ be destructive of 毀滅性的　　托 I T G 公
4557. **detergent** 名 清潔劑 [dɪ`tɝdʒənt] [de·ter·gent]	❶ powder laundry detergent 洗衣粉 托 I T G 公 ⇨powder(2828) ⇨laundry(2630)
4558. **devotion** 名 奉獻 [dɪ`voʃən] [de·vo·tion]	❶ devotion of 奉獻⋯　　　　托 I T G 公
4559. **devour** 動 吞食 [dɪ`vaʊr] [de·vour]	動詞變化 devour-devoured-　托 I T G 公 　　　　　　devoured ❶ devour one's 三餐　狼吞虎嚥

4560.
dialect 名 方言
[ˋdaɪəlɛkt] [di·a·lect]

(MP3) 5-15

❶ dialect of + 語言　某國方言

托 I T G 公

4561.
disbelief 名 不信
[ˌdɪsbəˋlif] [dis·be·lief]

❶ in disbelief 疑惑地

托 I T G 公

4562.
discard 動 拋棄
[dɪsˋkɑrd] [dis·card]

動詞變化 discard-discarded-discarded
He discards an old wallet.
他丟掉舊錢包。

托 I T G 公

⇨wallet(2070)

4563.
disciple 名 信徒
[dɪˋsaɪpl] [dis·ci·ple]

❶ a disciple of …的信徒

托 I T G 公

4564.
discriminate 動
歧視
[dɪˋskrɪməˌnet]
[dis·crim·i·nate]

動詞變化 discriminate-discriminated-discriminated
❶ discriminate against 歧視

托 I T G 公

4565.
dispense 動 分送
[dɪˋspɛns] [dis·pense]

動詞變化 dispense-dispensed-dispensed
❶ dispense with sth. 省掉某事物

托 I T G 公

4566.
dispose 動 配置
[dɪˋspoz] [dis·pose]

動詞變化 dispose-disposed-disposed
❶ dispose of sth. 處理某事

托 I T G 公

4567.
distinction 名 區別
[dɪˋstɪŋkʃən] [dis·tinc·tion]

❶ distinction between A and B
AB 之間的區別

托 I T G 公

4568.
distinctive 形
區別的
[dɪˋstɪŋktɪv] [dis·tinc·tive]

❶ a distinctive style 獨特的款式

托 I T G 公

4569.
distress 名 憂慮
[dɪˋstrɛs] [dis·tress]

❶ financial distress 財政困難

托 I T G 公

⇨financial(3635)

4570.
document 名 文件
[ˋdɑkjəmənt] [doc·u·ment]

Don't forget to save your document.
別忘了儲存文件。

托 I T G 公

⇨forget(337)

LEVEL 5

4571. **doorstep** 名 門階 [`dor͵stɛp] [door‧step]	❶ one one's doorstep 某人住處旁　托 **I** **T** **G** 公
4572. **doorway** 名 門口 [`dor͵we] [door‧way]	A stranger stood in the doorway. 有陌生人站在門口。　托 **I** **T** **G** 公 ⇦stranger(1946)
4573. **dough** 名 生麵糰 [do] [dough]	The dough is a mixture of flour, sugar, and water.　托 **I** **T** **G** 公 麵團由麵粉，糖和水混合。 ⇦flour(1423)
4574. **downward** 形 向下的 [`daʊnwəd] [down‧ward]	❶ the downward tendency 向下趨勢 托 **I** **T** **G** 公 ⇦tendency(4206)
4575. **downward(s)** 副 向下 [`daʊnwədz] [down‧ward(s)]	She looked downwards.　托 **I** **T** **G** 公 她向下看。 ⇦look(516)
4576. **drape** 動 垂掛 [drep] [drape]	動詞變化 drape-draped-draped　托 **I** **T** **G** 公 ❶ drape over 掛在～上面
4577. **dreadful** 形 可怕的 [`drɛdfəl] [dread‧ful]	❶ penny dreadful 驚險雜誌（廉價）托 **I** **T** **G** 公 ⇦penny(2789)
4578. **dresser** 名 梳妝台 [`drɛsə] [dress‧er]	She bought a fancy dresser.　托 **I** **T** **G** 公 她買了精緻的梳妝台。 ⇦fancy(2459)
4579. **dressing** 名 穿衣 [`drɛsɪŋ] [dress‧ing]	❶ help with dressing 幫忙穿衣服　托 **I** **T** **G** 公
4580. **driveway** 名 汽車道 [`draɪv͵we] [drive‧way]	(MP3) 5-16　There is a truck parked on the driveway.　托 **I** **T** **G** 公 卡車停在汽車道。 ⇦truck(2035)
4581. **duration** 名 持續 [dju`reʃən] [du‧ra‧tion] ~	❶ for the duration 直到～結束　托 **I** **T** **G** 公

4582. **dusk** 名 黃昏 [dʌsk] [dusk]	He took a walk at dusk. 他在黃昏散步。	托 I T G 公
4583. **dwarf** 名 矮子 [dwɔrf] [dwarf]	The book is about five dwarfs. 這本書關於五個矮子。 ⇨about(3)	托 I T G 公
4584. **dwell** 動 居住 [dwɛl] [dwell]	動詞變化 **dwell-dwelt-dwelt** ❶ dwell on sth. 嘮叨	托 I T G 公
4585. **dwelling** 名 住處 [ˋdwɛlɪŋ] [dwell·ing]	❶ dwelling place 住處	托 I T G 公

Ee ▼ 托 TOEFL、I IELTS、T TOEIC、G GEPT、公 公務人員考試

4585. **eclipse** 名動 被遮蔽 [ɪˋklɪps] [e·clipse]	動詞變化 **eclipse-eclipsed- eclipsed** ❶ an eclipse of the sun 日蝕	托 I T G 公
4586. **eel** 名 鰻魚 [il] [eel]	She is afraid of having eels. 她很怕吃鰻魚。 ⇨afraid(13)	托 I T G 公
4587. **ego** 名 自我 [ˋigo] [e·go]	❶ ego trip 自我表現	托 I T G 公
4588. **elaborate** 形 精心製 作的 動 精心製作 [ɪˋlæbərɪt] [e·lab·o·rate]	動詞變化 **elaborate-elaborated- elaborated** ❶ elaborate on 詳細說明	托 I T G 公
4589. **elevate** 動 舉起 [ˋɛləˌvet] [el·e·vate]	動詞變化 **elevate-elevated- elevated** ❶ elevate blood pressure 血壓升高	托 I T G 公
4590. **embrace** 動 擁抱 [ɪmˋbres] [em·brace]	動詞變化 **embrace-embraced- embraced** Don embraced his daughter. 東擁抱他女兒。 ⇨daughter(221)	托 I T G 公
4591. **endeavor** 名動 努力 [ɪnˋdɛvɚ] [en·deav·or]	動詞變化 **endeavor-endeavored- endeavored** She endeavored to do everything well. 她努力做好每件事。 ⇨well(996)	托 I T G 公

LEVEL
5

4592. **enroll** 動 登記 [ɪnˋrol] [en·roll]	動詞變化 **enroll-enrolled-enrolled** 托 I T G 公 ❶ enroll for military service 徵招入伍
4593. **enrollment** 名 註冊 [ɪnˋrolmənt] [en·roll·ment]	❶ an enrollment of 人數 托 I T G 註冊人數……
4594. **ensure** 動 保證 [ɪnˋʃur] [en·sure]	動詞變化 **ensure-ensured-ensured** 托 I T G 公 She ensures that everything is OK. 她保證萬事沒問題。
4595. **enterprise** 名 企業 [ˋɛntɚˌpraɪz] [en·ter·prise]	❶ free enterprise 自由企業 托 I T G 公
4596. **enthusiastic** 形 熱心的 [ɪnˌθjuzɪˋæstɪk] [en·thu·si·as·tic]	She is an enthusiastic person. 托 I T G 公 她是熱心的人。 ⇦person(656)
4597. **entitle** 動 為書取名 [ɪnˋtaɪt!] [en·ti·tle]	動詞變化 **entitle-entitled-entitled** 托 I T G 公 ❶ entitle the book 替書取名
4598. **equate** 動 使相等 [ɪˋkwet] [e·quate]	動詞變化 **equate-equated-equated** 托 I T G 公 ❶ equate to 相當於
4599. **erect** 形 直立的 [ɪˋrɛkt] [e·rect]	He asked his son to stand erect. 托 I T G 公 他要求兒子把身體挺直。 ⇦stand(857)
4600. **erupt** 動 噴出；突然發出 [ɪˋrʌpt] [e·rupt]	動詞變化 **erupt-erupted-erupted** 托 I T G ❶ erupt into 突然發出
4601. **escort** 名 護衛者 [ˋɛskɔrt] [es·cort]	❶ under police escort 由警察押解 托 I T G 公
4602. **estate** 名 地產 [ɪsˋtet] [es·tate]	❶ housing estate 住宅區 托 I T G 公
4603. **esteem** 名 尊重 [ɪsˋtim] [es·teem]	❶ hold in esteem 受尊重 托 I T G 公
4604. **eternal** 形 永恆的 [ɪˋtɝn!] [e·ter·nal]	❶ eternal truths 真理 托 I T G 公 ⇦truth(2038)

4605.
ethic 名 倫理
[ˋɛθɪk] [eth·ic]

❶ code of ethics 道德規範 ⇦code(3367)

🈯 Ⅰ T G 🛇

4606.
ethics 名 倫理學
[ˋɛθɪks] [eth·ics]

❶ ethics of one's profession
某人職業道德 ⇦profession(4026)

🈯 Ⅰ T G 🛇

4607.
evergreen 形 萬年青;常綠色
[ˋɛvɚˏgrin] [ev·er·green]

❶ evergreen opera 歷久不衰 ⇦opera(3940)

🈯 Ⅰ T G 🛇

4608.
exaggeration 名 誇張
[ɪgˏzædʒəˋreʃən] [ex·ag·ger·a·tion]

❶ It is not exaggeration…
一點都不誇張

🈯 Ⅰ T G 🛇

4609.
exceed 動 超過
[ɪkˋsidɪŋ] [ex·ceed]

動詞變化 **exceed-exceeded-exceeded**
❶ exceed expectation 出乎預料

🈯 Ⅰ T G 🛇

4610.
excel 動 勝過
[ɪkˋsɛl] [ex·cel]

動詞變化 **excel-excelled-excelled**
❶ excel at 對～突出

🈯 Ⅰ T G 🛇

4611.
exceptional 形 例外的;優秀的
[ɪkˋsɛpʃənl]
[ex·cep·tion·al]

❶ show exceptional talent
展現優秀才能 ⇦talent(1975)

🈯 Ⅰ T G 🛇

4612.
excess 名 超過
[ɪkˋsɛs] [ex·cess]

❶ in excess of 超過

🈯 Ⅰ T G 🛇

4613.
exclaim 動 驚叫
[ɪksˋklem] [ex·claim]

動詞變化 **exclaim-exclaimed-exclaimed**
"It is not my fault," she exclaimed.
「不是我的錯。」她驚呼。 ⇦fault(1399)

🈯 Ⅰ T G 🛇

4614.
exclude 動 把…排除
[ɪkˋsklud] [ex·clude]

動詞變化 **exclude-excluded-excluded**
❶ exclude from 排除在外

🈯 Ⅰ T G 🛇

LEVEL
5

4615.
execute 動 實行
[ˋɛksɪˌkjut] [ex·e·cute]

動詞變化 execute-executed-executed
❶ execute one's commands 實行命令

托 I T G 公

4616.
executive 名 執行者
[ɪgˋzɛkjutɪv] [ex·ec·u·tive]

Mr. White is a senior executive in a company.
懷特先生是公司的高層主管。

⇦senior(4137)

托 I T G 公

4617.
exile 名 動 流亡
[ˋɛksaɪl] [ex·ile]

動詞變化 exile-exiled-exiled
❶ send into exile 被流放到某處

托 I T G 公

4618.
extension 名 延長
[ɪkˋstɛnʃən] [ex·ten·sion]

❶ extension lead 延長線

⇦lead(3833)

托 I T G 公

4619.
extensive 形
廣泛的
[ɪkˋstɛnsɪv] [ex·ten·sive]

(MP3) 5-18

❶ extensive damage 大量損失

托 I T G 公

4620.
exterior 名 形 外部的
[ɪkˋstɪrɪɚ] [ex·te·ri·or]

❶ the exterior of the castle
城堡外面

⇦castle(1183)

托 I T G 公

4621.
external 形 外在的
[ɪkˋstɝnəl] [ex·ter·nal]

❶ external trade 外貿

⇦trade(2023)

托 I T G 公

4622.
extinct 形 已滅絕的
[ɪkˋstɪŋkt] [ex·tinct]

It was an extinct species.
那是瀕臨絕種的動物。

⇦species(4172)

托 I T G 公

4623.
extraordinary 形
特別的
[ɪkˋstrɔrdṇˌɛrɪ]
[ex·traor·di·nar·y]

He is an extraordinary man.
他是不平凡男性。

⇦man(528)

托 I T G 公

4624.
eyelash/lash 名
睫毛
[ˋaɪˌlæʃ]/[læʃ] [(eye)lash]

❶ false lash 假睫毛

⇦false(298)

托 I T G 公

4625.
eyelid 名 眼皮
[ˋaɪˌlɪd] [eye·lid]

❶ not bat and eyelid 不動聲色

托 I T G 公

Ff

▼ 托 TOEFL、I IELTS、T TOEIC、G GEPT、公 公務人員考試

4626. **fabric** 名 紡織品 [ˋfæbrɪk] [fab·ric]	Where is the fabric sample? 布料樣本在哪裡？	托 I T G 公 ⇦sample(1860)
4627. **fad** 名 一時的流行 [fæd] [fad]	❶ a latest fad 最近潮流	托 I T G 公
4628. **Fahrenheit** 名 形 華氏的 [ˋfærənˏhaɪt] [Fahr·en·heit]	80 degrees Fahrenheit 華氏八十度	托 I T G 公
4629. **falter** 動 結巴地說 [ˋfɔltɚ] [fal·ter]	動詞變化 **falter-faltered-faltered** Mary's voice faltered. 瑪莉的聲音結巴。	托 I T G 公 ⇦voice(973)
4630. **fascinate** 動 迷住 [ˋfæsnˏet] [fas·ci·nate]	動詞變化 **fascinate-fascinated-** **fascinated** London has always fascinated him. 倫敦一直深深吸引他。	托 I T G 公 ⇦always(34)
4631. **fatigue** 名 疲勞 [fəˋtig] [fa·tigue]	❶ mental fatigue 精神疲勞	托 I T G 公 ⇦mental(2691)
4632. **federal** 形 聯邦的 [ˋfɛdərəl] [fed·er·al]	❶ a federal law 聯邦法律	托 I T G 公
4633. **feeble** 形 虛弱的 [fibl] [fee·ble]	❶ a feeble joke 無力的笑話	托 I T G 公 ⇦joke(453)
4634. **feminine** 形 婦女的 [ˋfɛmənɪn] [fem·i·nine]	❶ feminine role 婦女角色	托 I T G 公
4635. **fertilizer** 名 肥料 [ˋfɝtlˏaɪzɚ] [fer·ti·liz·er]	❶ chemical fertilizer 化學材料	托 I T G 公 ⇦chemical(1196)

LEVEL
5

4636. **fiancé/fiancée** 名 未婚夫／未婚妻 [ˌfiənˋse]/[ˌfiənˋse] [fi·an·ce]/[fi·an·cee]	His fiancée is from London. 他未婚妻來自倫敦。	托 I T G 公
4637. **fiber** 名 纖維 [ˋfaɪbɚ] [fi·ber]	❶ fiber in one's diet 纖維性食物 <div align="right">⇨diet(2368)</div>	托 I T G 公
4638. **fiddle** 名 小提琴 動 遊蕩 [ˋfɪdḷ] [fid·dle]	動詞變化 **fiddle-fiddled-fiddled** ❶ fiddle around 瞎混	托 I T G 公
4639. **filter** 名 過濾器 [ˋfɪltɚ] [fil·ter]	❶ a coffee filter 咖啡過濾器	托 I T G 公
4640. **fin** 名 鰭 [fɪn] [fin]	❶ dorsal fin 背鰭	托 I T G 公
4641. **fishery** 名 漁業 [ˋfɪʃərɪ] [fish·er·y]	❶ freshwater fishery 淡水魚場	托 I T G 公
4642. **flake** 名 小薄片 [flek] [flake]	❶ soap flake 肥皂片	托 I T G 公
4643. **flap** 動 拍打 [flæp] [flap]	動詞變化 **flap-flapped-flapped** He flapped his arms. 他拍打手臂。 <div align="right">⇨arm(52)</div>	托 I T G 公
4644. **flaw** 名 瑕疵 [flɔ] [flaw]	The report revealed some flaws. 這報告揭示出一些瑕疵。 <div align="right">⇨report(717)</div>	托 I T G 公
4645. **flick** 動 輕彈 [flɪk] [flick]	動詞變化 **flick-flicked-flicked** ❶ flick through 瀏覽	托 I T G 公
4646. **flip** 動 輕彈 [flɪp] [flip]	動詞變化 **flip-flipped-flipped** ❶ flip over 翻轉	托 I T G 公
4647. **flourish** 動 繁盛 [ˋflɝɪʃ] [flour·ish]	動詞變化 **flourish-flourished-** **flourished** These flowers flourish. 這些花很繁盛。 <div align="right">⇨flower(327)</div>	托 I T G 公

4648.
fluency 名 流暢
[`fluənsɪ] [flu·en·cy]

❶ fluency in + 語言
流利地說某種語言

托 I T G 公

4649.
foe 名 敵人
[fo] [foe]

❶ a foe to 對~有危害

托 I T G 公

4650.
foil 名 金屬薄片
[fɔɪl] [foil]

❶ be wrapped in foil 用箔紙包住

托 I T G 公

⇔wrap(3188)

4651.
folklore 名 民間傳說
[`fok͵lor] [folk·lore]

The story is from folklore.
這故事是來自民間傳說。

托 I T G 公

⇔story(869)

4652.
forgetful 形 健忘的
[fə`gɛtfəl] [for·get·ful]

He is forgetful, so he needs
someone to remind him.
他很健忘，所以需要別人提醒。

托 I T G 公

⇔remind(2887)

4653.
format 名 格式
[`fɔrmæt] [for·mat]

❶ in a new format 新格式

托 I T G 公

4654.
foul 形 骯髒的
[faʊl] [foul]

The room is foul.
這房間很髒。

托 I T G 公

⇔room(732)

4655.
fowl 名 野禽
[faʊl] [fowl]

❶ a domestic fowl 家禽

托 I T G 公

⇔domestic(2387)

4656.
fraction 名 片斷
[`frækʃən] [frac·tion]

❶ simple fraction 單分數

托 I T G 公

4657.
framework 名 架構
[`frem͵wɝk] [frame·work]

❶ framework of society 社會結構

托 I T G 公

⇔society(1912)

4658.
frantic 形 發狂似的
[`fræntɪk] [fran·tic]

❶ drive one frantic 讓人發狂

托 I T G 公

4659.
freight 名 貨物
[fret] [freight]
(MP3) 5-20

❶ freight transportation 貨物運輸

托 I T G 公

⇔transportation(4229)

4660.
frontier 名 邊境
[frʌn`tɪr] [fron·tier]

❶ a frontier post 邊防站

托 I T G 公

LEVEL 5

4661.
fume 名 煙；氣
動 發怒
[fjum] [fume]

動詞變化 **fume-fumed-fumed**　托 **I T G** 公
❶ fume with 感到惱火

4662.
fury 名 憤怒
[`fjurɪ] [fu・ry]

❶ fly into a fury 勃然大怒　托 **I T G** 公

4663.
fuse 動 熔合
[fjuz] [fuse]

動詞變化 **fuse-fused-fused**　托 **I T G** 公
❶ fuse into a plan 融合計畫

4664.
fuss 名 大驚小怪
[fʌs] [fuss]

❶ make a fuss over + sb.　托 **I T G** 公
過分愛護某人

Gg
▼ 托 TOEFL、**I** IELTS、**T** TOEIC、**G** GEPT、公 公務人員考試

4665.
gallop 動 飛奔
[`gæləp] [gal・lop]

動詞變化 **gallop-galloped-galloped** 托 **I T G** 公
❶ gallop one's horse 騎馬

4666.
garment 名 (一件)
衣服
[`gɑrmənt] [gar・ment]

❶ outer garments 外出服　托 **I T G** 公

4667.
gasp 動 喘氣
[gæsp] [gasp]

動詞變化 **gasp-gasped-gasped**　托 **I T G** 公
❶ gasp out 氣喘吁吁地說出來

4668.
gathering 名 聚集
[`gæðərɪŋ] [gath・er・ing]

❶ a family gathering 家庭聚會　托 **I T G** 公

4669.
gay 名 男同性戀
[ge] [gay]

We guess Tom is a gay.　托 **I T G** 公
我們猜湯姆是男同性戀。

⇦guess(385)

4670.
gender 名 性別
[`dʒɛndɚ] [gen・der]

❶ gender differences 性別差異　托 **I T G** 公

⇦differences1312)

4671. **geographic/** **geographical** 形 地理的 [dʒɪəˈgræfɪk]/ [dʒɪəˈgræfɪkḷ] [ge·o·gra·ph·ic]/ [ge·o·gra·ph·i·cal]	Daniel has great geographic knowledge. 丹尼爾地理知識很好。 ⇦great(380) ⇦knowledge(1563)	托 I T G 公
4672. **geometry** 名 幾何學 [dʒɪˈɑmətrɪ] [ge·o·me·try]	❶ analytic geometry 座標幾何學	托 I T G 公
4673. **glacier** 名 冰河 [ˈgleʃɚ] [gla·cier]	❶ valley glacier 山谷河川 ⇦valley(2056)	托 I T G 公
4674. **glare** 動 怒視瞪眼 [glɛr] [glare]	動詞變化 **glare-glared-glared** ❶ glare back 瞪回去	托 I T G 公
4675. **gleam** 名 微光 [glim] [gleam]	❶ a faint gleam 微弱的 ⇦faint(2451)	托 I T G 公
4676. **glee** 名 喜悅 [gli] [glee]	He is in high glee. 他很高興。 ⇦high(412)	托 I T G 公
4677. **glitter** 動 閃爍 [ˈglɪtɚ] [glit·ter]	動詞變化 **glitter-glittered-glittered** ❶ glitter with 閃爍著某種…	托 I T G 公
4678. **gloom** 名 幽暗 [glum] [gloom]	❶ gloom and doom 失望 ⇨doom(5702)	托 I T G 公
4679. **gnaw** 動 咬；啃 (MP3) [nɔ] [gnaw] 5-21	動詞變化 **gnaw-gnawed-gnawed** ❶ gnaw at sb. 折磨某人	托 I T G 公
4680. **gobble** 動 大口猛吃 [ˈgɑbḷ] [gob·ble]	動詞變化 **gobble-gobbled-gobbled** ❶ gobble up 狼吞虎嚥	托 I T G 公
4681. **gorge** 名 峽谷 動 塞飽 [gɔrdʒ] [gorge]	動詞變化 **gorge-gorged-gorged** ❶ gorge oneself on 塞～食物	托 I T G 公
4682. **gorgeous** 形 絢麗的 [ˈgɔrdʒəs] [gor·geous]	You look gorgeous. 你看起來好棒喔。 ⇦look(516)	托 I T G 公

LEVEL **5**

4683. **gorilla** 名 大猩猩 [gəˋrɪlə] [go・ril・la]	Gorillas are from Africa. 大猩猩產於非洲。 托 I T G 公 ⇦from(347)
4684. **gospel** 名 福音 [ˋgɑspl] [gos・pel]	❶ gospel truth 真理 托 I T G 公
4685. **grant** 動 給予 [grænt] [grant]	動詞變化 **grant-granted-granted** 托 I T G 公 I will take it for granted. 我認為理所當然。 ⇦take(889)
4686. **gravity** 名 重力 [ˋgrævətɪ] [grav・i・ty]	❶ center gravity 重心 托 I T G 公 ⇦center(164)
4687. **graze** 動 吃草 [grez] [graze]	動詞變化 **graze-grazed-grazed** 托 I T G 公 There are two sheep grazing by the house. 有兩隻羊在房子邊吃草。 ⇦sheep(785)
4688. **grease** 名 油脂 動 塗油脂於 [gris] [grease]	動詞變化 **grease-greased-greased** 托 I T G 公 ❶ grease one's palm 向人行賄 ⇦palm(1710)
4689. **greed** 名 貪心 [grid] [greed]	❶ one's greed for power 對權力貪婪 托 I T G 公
4690. **grim** 形 嚴格的 [grɪm] [grim]	The teacher looked grim this morning. 老師早上看起來很嚴格。 托 I T G 公 ⇦teacher(897)
4691. **grip** 動 緊握；理解 [grɪp] [grip]	動詞變化 **grip-gripped-gripped** 托 I T G 公 ❶ get to grip with 開始處理
4692. **groan** 動 呻吟 [gron] [groan]	動詞變化 **groan-groaned-groaned** 托 I T G 公 ❶ groan under the weight of 被～壓得無法喘氣
4693. **gross** 名 動 總額 [gros] [gross]	動詞變化 **gross-grossed-grossed** 托 I T G 公 ❶ gross one out 令人憎恨
4694. **growl** 動 咆哮 [graʊl] [growl]	動詞變化 **growl-growled-growled** 托 I T G 公 ❶ growl at 對某人咆哮

4695. **grumble** 勔 抱怨 [ˋgrʌmbḷ] [grum‧ble]	動詞變化 **grumble-grumbled-grumbled** ❶ keep grumbling 不停抱怨	托 I T G 公
4696. **guideline** 名 指導方針 [ˋgaɪdˏlaɪn] [guide‧line]	❶ draw up guidelines 制定方針 ⇦draw(251)	托 I T G 公
4697. **gulp** 勔 狼吞虎嚥 [gʌlp] [gulp]	動詞變化 **gulp-gulped-gulped** ❶ gulp back 嚥下感情	托 I T G 公
4698. **gust** 名 一陣狂風 [gʌst] [gust]	❶ a gust of despair 絕望表現 ⇦despair(4552)	托 I T G 公
4699. **gut** 名 腸子 [gʌt] [gut]	❶ work one's guts out 拼命作事	托 I T G 公
4700. **Gypsy** 名 吉普賽人 [ˋdʒɪpsɪ] [Gyp‧sy]	Her new neighbor is Gypsy. 她新鄰居是吉普賽人。 ⇦neighbor(1670)	托 I T G 公

Hh
▼ 托 TOEFL、I IELTS、T TOEIC、G GEPT、公 公務人員考試

4702. **hail** 勔 向…歡呼 [hel] [hail]	(MP3) 5-22 動詞變化 **hail-hailed-hailed** ❶ hail…for 因為某事被稱頌。	托 I T G 公
4703. **hairdo** 名 髮型 [ˋhɛrˏdu] [hair‧do]	Mary's hairdo is strange. 瑪莉的髮型很怪。 ⇦strange(870)	托 I T G 公
4704. **hairstyle** 名 髮型 [ˋhɛrˏstaɪl] [hair‧style]	Why can't you choose your hairstyle? 你為何不能自己選擇髮型？ ⇦choose(1203)	托 I T G 公
4705. **handicap** 名 障礙 [ˋhændɪˏkæp] [hand‧i‧cap]	❶ a big handicap 大的障礙	托 I T G 公

LEVEL
5

4706. **handicraft** 名 手工藝 [ˋhændɪˌkræft] [hand · i · craft]	Frank's wife teaches handicraft. 法蘭克的老婆教手工藝。 ⇦teach(896)	托 **I** **T** **G** 公
4707. **hardy** 形 強健的 [ˋhɑrdɪ] [har · dy]	● hardy animals 適應力強的動物	托 **I** **T** **G** 公
4708. **harness** 名 馬具 [ˋhɑrnɪs] [har · ness]	● in harness with sb. 和某人聯手	托 **I** **T** **G** 公
4709. **haul** 動 拖；拉 [hɔl] [haul]	動詞變化 haul-hauled-hauled ● haul out of bed 努力地下床	托 **I** **T** **G** 公
4710. **haunt** 動 思緒縈繞在 心頭 [hɔnt] [haunt]	動詞變化 haunt-haunted-haunted The bad memory haunted Amy. 不愉快的記憶縈繞艾咪心頭。 ⇦memory(1630)	托 **I** **T** **G** 公
4711. **hearty** 形 衷心的 [ˋhɑrtɪ] [heart · y]	● hale and hearty 老當益壯	托 **I** **T** **G** 公
4712. **heavenly** 形 天空 的；愉悅的 [ˋhɛvənlɪ] [heav · en · ly]	What a heavenly day! 真是美好的一天！ ⇦day(222)	托 **I** **T** **G** 公
4713. **hedge** 名 動 籬笆 [hɛdʒ] [hedge]	動詞變化 hedge-hedged-hedged ● hedge one in 包圍某人	托 **I** **T** **G** 公
4714. **heed** 名 留心 [hid] [heed]	● give heed to 留意某人或某事	托 **I** **T** **G** 公
4715. **heighten** 動 增高 [ˋhaɪtn̩] [height · en]	動詞變化 heighten-heightened- heightened ● tension has heightened 增高緊張	托 **I** **T** **G** 公
4716. **heir** 名 繼承人 [ɛr] [heir]	● heir presumptive 假定繼承者	托 **I** **T** **G** 公

4717. **hence** 副 今後;因此 [hɛns] [hence]	He woke up late; hence he decided to go to work by cab. 他晚起床,因此決定坐計程車去上班。 ⇨cab(894)	托 I T G 公
4718. **herald** 名 通報者; 預報者 [ˋhɛrəld] [her·ald]	❶ herald of 預報…	托 I T G 公
4719. **herb** 名 草本植物 [hɝb] [herb]	He is a herb doctor. 他是草藥醫生。 ⇨doctor(242)	托 I T G 公
4720. **hermit** 名 隱士 [ˋhɝmɪt] [her·mit]	Mr. Brown became a hermit after he was divorce. 布朗先生離婚後,他就成為隱士了。 ⇨divorce(3531)	托 I T G 公
4721. **heroic** 形 英雄的 [hɪˋroɪk] [he·ro·ic] **MP3** 5-23	❶ a heroic poem 英雄頌詩	托 I T G 公
4722. **heterosexual** 形 異性戀的 [ˌhɛtərəˋsɛkʃuəl] [het·ero·sex·u·al]	❶ a heterosexual relationship 異性戀關係	托 I T G 公
4723. **hi-fi** 名 高級音響 [ˋhaɪˋfaɪ]	What is hi-fi system? 什麼是高級音響系統? ⇨system(3073)	托 I T G 公
4724. **hijack** 動 劫持 [ˋhaɪˌdʒæk] [hi(gh)·jack]	**動詞變化** hijack-hijacked-hijacked The airplane was hijacked before. 這架飛機被劫過機。 ⇨airplane(25)	托 I T G 公
4725. **hiss** 動 發噓聲 [hɪs] [hiss]	**動詞變化** hiss-hissed-hissed ❶ be hissed of the stage 被噓下台 ⇨stage(1943)	托 I T G 公
4726. **hoarse** 形 嘶啞的 [hors] [hoarse]	❶ a hoarse cry 嘶啞的哭聲	托 I T G 公
4727. **hockey** 名 曲棍球 [ˋhakɪ] [hock·ey]	❶ ice hockey 冰上曲棍球	托 I T G 公

LEVEL 5

4728. **homosexual** 形 同性戀的 [͵homə`sɛkʃʊəl] [hom·o·sex·ual]	This is a homosexual film. 這是部同性戀的影片。	托 I T G 公 ⇦film(571)
4729. **honk** 名 動 汽車喇叭聲 [hɔŋk] [honk]	動詞變化 honk-honked-honked ❶ honk at sb. 對某人按喇叭	托 I T G 公
4730. **hood** 名 頭巾 [hʊd] [hood]	❶ bath hood 浴帽	托 I T G 公
4731. **hoof** 名 蹄 動 步行 [hʊf] [hoof]	動詞變化 hoof-hooved-hooved ❶ hoof it 步行到 …	托 I T G 公
4732. **horizontal** 形 地平線的 [͵hɑrə`zɑntḷ] [hor·i·zon·tal]	❶ horizontal lines 橫線	托 I T G 公
4733. **hostage** 名 人質 [`hɑstɪdʒ] [hos·tage]	❶ be taken hostage 被當人質	托 I T G 公
4734. **hostile** 形 敵方的 [`hɑstɪl] [hos·tile]	❶ be hostile towards sb. 對抗某人	托 I T G 公 ⇦towards(942)
4735. **hound** 名 獵犬 [haʊnd] [hound]	❶ hound picks up 獵犬嗅出～味道	托 I T G 公
4736. **housing** 名 住房供給 [`haʊzɪŋ] [hous·ing]	❶ the housing market 房屋市場	托 I T G 公 ⇦market(532)
4737. **hover** 動 盤旋 [`hʌvɚ] [hov·er]	動詞變化 hover-hovered-hovered ❶ hover over + 地點　在～盤旋	托 I T G 公
4738. **howl** 動 嚎叫 [haʊl] [howl]	動詞變化 howl-howled-howled ❶ howl in despair 絕望喊叫	托 I T G 公 ⇦despair(4552)
4739. **hurl** 動 猛力投擲 [hɝl] [hurl]	動詞變化 hurl-hurled-hurled ❶ hurl through 往～丟擲	托 I T G 公

4740. **hymn** 图 讚美詩 [`hɪm] [hymn]	She reads a hymn book. 他讀讚美詩集。	托 I T G 公 ⇦read(710)

Ii

▼ 托 TOEFL、 I IELTS、 T TOEIC、 G GEPT、 公 公務人員考試

4741. **idiot** 图 傻瓜 (MP3) 5-24 [`ɪdɪət] [id·i·ot]	❶ idiot box 電視機	托 I T G 公
4742. **immense** 形 巨大的 [ɪ`mɛns] [im·mense]	❶ immense amount of... 很多…	托 I T G 公 ⇦amount(1070)
4743. **imperial** 形 帝國的 [ɪm`pɪrɪəl] [im·pe·ri·al]	❶ imperial power 皇權	托 I T G 公
4744. **impose** 動 徵（稅） [ɪm`poz] [im·pose]	動詞變化 **impose-imposed-imposed** ❶ be impose on 徵收～稅	托 I T G 公
4745. **impulse** 图 動 衝動 [`ɪmpʌls] [im·pulse]	動詞變化 **impulse-impulsed-impulsed** ❶ on impulse 憑衝動做～事	托 I T G 公
4746. **incense** 图 香 動 激怒 [`ɪnsɛns] [in·cense]	動詞變化 **incense-incensed-incensed** He is incensed by the answer. 他被答案激怒了。	托 I T G 公 ⇦answer(42)
4747. **index** 图 索引 [`ɪndɛks] [in·dex]	You can read the indexes first. 你可以先看索引。	托 I T G 公 ⇦first(323)
4748. **indifference** 图 不關心 [ɪn`dɪfərəns] [in·dif·fer·ence]	The man treats his wife with indifference. 男子對老婆漠不關心。	托 I T G 公 ⇦wife(1011)
4749. **indifferent** 形 不關心的 [ɪn`dɪfərənt] [in·dif·fer·ent]	❶ an indifferent meal 普通膳食	托 I T G 公 ⇦meal(1619)

LEVEL 5

4750. **indignant** 形 憤怒的 [ɪn`dɪgnənt] [in · dig · nant]	❶ an indignant look 憤怒的神情　托 I T G 公
4751. **indispensable** 形 不可缺少的 [͵ɪndɪs`pɛnsəb!] [in · dis · pen · sa · ble]	TV becomes an indispensable part of people's lives. 電視變成人們生活中不可缺少的部分。　托 I T G 公 ⇦life(502)
4752. **induce** 動 引誘 [ɪn`djus] [in · duce]	動詞變化 induce-induced-induced　托 I T G 公 ❶ induce + sb. + to + V. 引誘某人做某事
4753. **indulge** 動 沉迷 [ɪn`dʌldʒ] [in · dulge]	動詞變化 indulge-indulged-indulged　托 I T G 公 ❶ indulge in 沉迷某事
4754. **infinite** 形 無限的 [`ɪnfənɪt] [in · fi · nite]	❶ with infinite 無比耐心　托 I T G 公
4755. **inherit** 動 繼承 [ɪn`hɛrɪt] [in · her · it]	動詞變化 inherit-inherited-inherited　托 I T G 公 ❶ inherit a fortune 繼承財產 ⇦fortune(2486)
4756. **initiate** 動 開始 名 初學者 [ɪ`nɪʃ͵et] [in · i · ti · ate]	動詞變化 initiate-initiated-initiated　托 I T G 公 ❶ initiate legal proceedings 起訴 ⇦legal(1573)
4757. **inland** 形 在內陸 (的) [`ɪnlənd] [in · land]	❶ inland lakes 內陸湖　托 I T G 公
4758. **innumerable** 形 無數的 [ɪ`njumərəb!] [in · nu · mer · a · ble]	She has innumerable novels. 她有無數的小說。　托 I T G 公 ⇦novel(1682)
4759. **inquire** 動 詢問 [ɪn`kwaɪr] [in · quire]	動詞變化 inquire-inquired-inquired　托 I T G 公 ❶ inquire after 向人詢問

4760. **institute** 图 學會 [ˈɪnstətjut] [in·sti·tute]	He wants to study at a research institute. 他想去讀研究所。 托 **I** T **G** 公 ⇔study(874)
4761. **insure** 動 為… 投保 [ɪnˈʃur] [in·sure]	動詞變化 insure-insured-insured She insured herself. 她替自己投保。 托 **I** T **G** 公
4762. **intent** 動 意圖 [ɪnˈtɛnt] [in·tent]	動詞變化 intent-intented-intented ❶ intent to 專注於
4763. **interference** 图 干涉 [ˌɪntəˈfɪrəns] [in·ter·fer·ence]	He thinks it is political interference. 他認為那是政治干預。 托 **I** T **G** 公 ⇔political(2810)
4764. **interior** 形 內部的 [ɪnˈtɪriə] [in·te·ri·or]	Emma is an interior decorator. 艾瑪是室內設計師。 托 **I** T **G** 公
4765. **interpretation** 图 口譯 [ɪnˌtɜprɪˈteʃən] [in·ter·pre·ta·tion]	❶ an interpretation of 對～演出 托 **I** T **G** 公
4766. **interpreter** 图 口譯員 [ɪnˈtɜprɪtə] [in·ter·pret·er]	He has been a simultaneous interpreter for four years. 他當同步口譯員已經四年了。 托 **I** T **G** 公 ⇔year(1034)
4767. **intuition** 图 直覺 [ˌɪntjuˈɪʃən] [in·tu·i·tion]	Intuition told him that Amy told a lie. 直覺告訴他艾咪說謊。 托 **I** T **G** 公 ⇔lie(501)
4768. **inward** 形 向內的 [ˈɪnwəd] [in·ward]	❶ inward fear 內心的恐懼 托 **I** T **G** 公
4769. **inwards** 副 向內 [ˈɪnwədz] [in·wards]	The window opens inwards. 窗戶向內開啟。 托 **I** T **G** 公 ⇔window(1015)
4770. **isle** 图 島 [aɪl] [isle]	❶ Emerald Isle 翡翠島 托 **I** T **G** 公

LEVEL **5**

4771.
issue 動 發行
[ˈɪʃju] [is‧sue]

動詞變化 issue-issued-issued
❶ issue from sth. 從～出來

托 I T G 公

4772.
ivy 名 常春藤
[ˈaɪvɪ] [ivy]

The villa was covered in ivy.
這棟別墅爬滿常春藤。

托 I T G 公

⇨villa(6418)

Jj
▼ 托 TOEFL、I IELTS、T TOEIC、G GEPT、公 公務人員考試

4773.
jack 名 起重機
[dʒæk] [jack]

❶ a jack of all trades
三腳貓功夫的人

托 I T G 公

⇦trade(2023)

4774.
jade 名 玉
[dʒed] [jade]

❶ a jade bracelet 玉手鍊

托 I T G 公

⇦bracelet(3315)

4775.
janitor 名 看門者
[ˈdʒænɪtɚ] [jan‧i‧tor]

He was a janitor at the age of 50.
他五十歲時當看門者。

托 I T G 公

⇦age(18)

4776.
jasmine 名 茉莉
[ˈdʒæsmɪn] [jas‧mine]

The jasmine smells great.
茉莉花很香。

托 I T G 公

4777.
jaywalk 動 不守法穿越街道
[ˈdʒeˌwɔk] [jay‧walk]

動詞變化 jaywalk-jaywalked-jaywalked
It is dangerous to jaywalk.
不守法穿越馬路很危險。

托 I T G 公

4778.
jeer 動 嘲笑
[dʒɪr] [jeer]

動詞變化 jeer-jeered-jeered
❶ be jeered at 受…嘲笑

托 I T G 公

4779.
jingle 名 叮噹聲
[ˈdʒɪŋgl̩] [jin‧gle]

❶ jingle of coins 錢幣的響聲

托 I T G 公

⇦coin(1228)

4780.
jolly 形 快活的
[ˈdʒɑlɪ] [jol‧ly]

❶ jolly good 很棒

托 I T G 公

4781.
journalism 名 新聞學
[ˈdʒɝnḷˌɪzm̩] [jour‧nal‧ism]
MP3 5-26

❶ people journalism 名人報導

托 I T G 公

4782. **journalist** 名 新聞記者 [ˋdʒɝnəlɪst] [jour·nal·ist]	To be a journalist is tiring. 新聞記者很累人。	托 I T G 公
4783. **jug** 名 水壺 [dʒʌg] [jug]	The cook needs a measuring jug. 廚師需要量杯。 <div align="right">⇦cook(196)</div>	托 I T G 公
4784. **jury** 名 陪審團 [ˋdʒʊrɪ] [ju·ry]	❶ the jury is out on sth. 對某事懸而未決	托 I T G 公
4785. **justify** 動 證明…有理 [ˋdʒʌstəˌfaɪ] [jus·ti·fy]	動詞變化 **justify-justified-justified** The end justifies the means. [俚] 不擇手段。 <div align="right">⇦mean(541)</div>	托 I T G 公
4786. **juvenile** 名 青少年 [ˋdʒuvənḷ] [ju·ve·nile]	Tony was a juvenile offender. 湯尼是少年罪犯。	托 I T G 公

Kk ▼ 托TOEFL、I IELTS、T TOEIC、G GEPT、公 公務人員考試

4787. **kin** 名 親戚 [kɪn] [kin]	What does next of kin mean? 直系親屬是什麼意思？ <div align="right">⇦mean(541)</div>	托 I T G 公
4788. **kindle** 動 點燃 [ˋkɪndḷ] [kin·dle]	動詞變化 **kindle-kindled-kindled** ❶ kindle a frame 點火 <div align="right">⇦frame(3656)</div>	托 I T G 公
4789. **knowledgeable** 形 淵博的 [ˋnɑlɪdʒəbḷ] [knowl·edge·able]	Dr. Smith is knowledgeable. 史密斯博士知識淵博。	托 I T G 公

LEVEL 5

Ll ▼ 托TOEFL、I IELTS、T TOEIC、G GEPT、公 公務人員考試

4790. **lad** 名 男孩 [læd] [lad]	❶ stable lad 馬夫 <div align="right">⇦stable(3018)</div>	托 I T G 公

4791.
lame 形 跛的
[lem] [lame]

托 I T G 公

❶ lame duck 需要幫助的人

4792.
landlord/landlady
名 男／女房東
[`lænd͵lɔrd]/[`lænd͵ledɪ]
[land·lord/land·la·dy]

托 I T G 公

Ben is a rich landlord.
班是有錢的男房東。

4793.
laser 名 雷射
[`lezɚ] [la·ser]

托 I T G 公

Why not buy a laser printer?
何不買台雷射印表機？

⇨printer(1787)

4794.
latitude 名 緯度；
選擇的自由
[`lætə͵tjud] [lat·i·tude]

托 I T G 公

❶ allow one much latitude 放任某人

4795.
lawmaker 名 立法者
[`lɔ͵mekɚ] [law·mak·er]

托 I T G 公

A lawmaker is very important for
a country.
立法者對國家很重要。

⇨country(204)

4796.
layer 名 層
[`leɚ] [lay·er]

托 I T G 公

❶ the layers of meaning
不同層次意思

4797.
league 名 聯盟
[lig] [league]

托 I T G 公

❶ Ivy League 長春藤聯盟

4798.
legislation 名 立法
[͵lɛdʒɪs`leʃən]
[leg·is·la·tion]

托 I T G 公

❶ a piece of legislation 一條法規

⇨piece(661)

4799.
lessen 動 減少
[`lɛsn̩] [less·en]

托 I T G 公

動詞變化 lessen-lessened-
lessened
❶ lessen impact of sth. 減少某事影響

4800.
lest 連 以免
[lɛst] [lest]

托 I T G 公

He calls her lest she should be
late.
他打電話給她免得她遲到。

⇨call(147)

4801.
lieutenant 名
中尉；少尉
[lu`tɛnənt] [lieu·ten·ant]

MP3
5-27

托 I T G 公

❶ flight lieutenant 空軍上尉

4802. **lifelong** 形 終身的 [ˈlaɪfˌlɔŋ] [life‧long]	❶ a lifelong dream 畢生夢想 ⇦dream(252)	托 I T G 公
4803. **likelihood** 名 可能性 [ˈlaɪklɪˌhʊd] [like‧li‧hood]	❶ likelihood of 可能~	托 I T G 公
4804. **lime** 名 萊姆 [laɪm] [lime]	She likes lime juice. 她喜歡萊姆汁。 ⇦mean(455)	托 I T G 公
4805. **limp** 動 跛行 [lɪmp] [limp]	動詞變化 limp-limped-limped He was limping. 他跛行著。	托 I T G 公
4806. **linger** 動 繼續逗留 [ˈlɪŋgɚ] [lin‧ger]	動詞變化 linger-lingered-lingered He lingered for a while. 他逗留一會。	托 I T G 公
4807. **livestock** 名 家畜 [ˈlaɪvˌstɑk] [live‧stock]	Livestock are kept on a farm. 家畜在農場飼養。 ⇦farm(302)	托 I T G 公
4808. **lizard** 名 蜥蜴 [ˈlɪzɚd] [liz‧ard]	The scientists are doing an experiment on lizarads recently. 最近科學家正在蜥蜴上做實驗。 ⇦experiment(2442)	托 I T G 公
4809. **locomotive** 名 火車頭 [ˌlokəˈmotɪv] [lo‧co‧mo‧tive]	❶ diesel locomotives 內燃火車頭	托 I T G 公
4810. **locust** 名 蝗蟲 [ˈlokəst] [lo‧cust]	She saw a swam of locusts. 她看見一群蝗蟲。	托 I T G 公
4811. **lodge** 名 旅舍 [lɑdʒ] [lodge]	❶ ski lodge 滑雪者住的旅社	托 I T G 公
4812. **lofty** 形 非常高的 [ˈlɔftɪ] [loft‧y]	He had lofty ideas. 他有崇高的理想。 ⇦idea(437)	托 I T G 公
4813. **logo** 名 商標 [ˈlago] [log‧o]	What is the logo of your company? 貴公司的商標為何？ ⇦company(1233)	托 I T G 公

LEVEL
5

4814. **lonesome** 形 孤獨的 ['lonsəm] [lone·some]	Are you lonesome sometimes? 托 I T G 公 你有時候會感到孤獨嗎？
4815. **longitude** 名 經度 ['landʒə`tjud] [lon·gi·tude]	What's the difference between 托 I T G 公 the latitude and the longitude? 經度和緯度的不同在哪裡？ ⇦difference(1312)
4816. **lotus** 名 睡蓮 ['lotəs] [lo·tus]	❶ lotus position 打坐 托 I T G 公 ⇦position(681)
4817. **lottery** 名 樂透（獎券） ['latərɪ] [lot·ter·y]	He won the lottery. 托 I T G 公 他中樂透了。
4818. **lumber** 名 木材 ['lʌmbɚ] [lum·ber]	❶ lumber room 儲藏室 托 I T G 公
4819. **lump** 名 一塊 [lʌmp] [lump]	❶ lump in one's throat 哽咽 托 I T G 公 ⇦throat(2004)

Mm ▼ 托TOEFL、I IELTS、T TOEIC、G GEPT、公公務人員考試

4820. **magnify** 動 擴大 (MP3) 5-28 ['mægnə‚faɪ] [mag·ni·fy]	動詞變化 **magnify-magnified-** 托 I T G 公 **magnified** The picture magnified by a factor of 2. 這圖片放大兩倍。 ⇦factor(2449)
4821. **maiden** 名 少女 ['medn̩] [maid·en]	❶ maiden voyage 處女航 托 I T G 公 ⇦voyage(4264)
4822. **mainland** 名 大陸 ['menlənd] [main·land]	❶ on the mainland 在～本土 托 I T G 公
4823. **mainstream** 名 （河的）主流 ['men‚strim] [main·stream]	❶ mainstream class 主流課程 托 I T G 公

4824.
maintenance 名
保養
[`mentənəns]
[main·te·nance]

● building maintenance 大樓保養 托 I T G 公

⇦building(136)

4825.
majestic 形 巨大的
[mə`dʒɛstɪk] [ma·jes·tic]

Her teacher is a majestic figure. 托 I T G 公
她的老師是崇高的人。

⇦figure(1410)

4826.
majesty 名 雄偉；
陛下
[`mædʒɪstɪ] [maj·es·ty]

● less majesty 大不敬 托 I T G 公

4827.
mammal 名
哺乳動物
[`mæml̩] [mam·mal]

Whales are mammals. 托 I T G 公
鯨魚是哺乳動物。

4828.
manifest 動 顯示
[`mænə‚fɛst] [man·i·fest]

動詞變化 **manifest-manifested-** 托 I T G 公
manifested
He doesn't manifest much desire to get the job.
他沒顯示想要得到工作的意願。

⇦desire(1302)

4829.
mansion 名 大廈
[`mænʃən] [man·sion]

She will spend one night in the 托 I T G 公
mansion with her friend.
她將和朋友在大廈住一晚。

⇦night(594)

4830.
maple 名 楓樹
[`mepl̩] [ma·ple]

● maple sugar 楓糖 托 I T G 公

4831.
marginal 形 邊緣的
[`mɑrdʒɪnl̩] [mar·gin·al]

● marginal notes 旁註解 托 I T G 公

4832.
marine 形 海洋的
[mə`rin] [ma·rine]

He is a marine biologist. 托 I T G 公
他是海洋生物學家。

4833.
marshal 名 司儀；
執法官
[`mɑrʃəl] [mar·shal]

We don't know our neighbor is a 托 I T G 公
federal marshal.
我們不知道鄰居是聯邦法庭的執法官。

⇦federal(4633)

LEVEL 5

4834.
martial 形 戰爭的
[`marʃəl] [mar·tial]

❶ martial art 武術

托 I T G 公

4835.
marvel 名 令人驚奇的
事或人
[`marvḷ] [mar·vel]

❶ have/has done marvels for
某人創造奇蹟

托 I T G 公

4836.
masculine 名 男性
形 男性的
[`mæskjəlɪn] [mas·cu·line]

Mark is very masculine.
馬克很有男子氣概。

托 I T G 公

4837.
mash 名 麥芽漿；馬
鈴薯泥
[mæʃ] [mash]

He ate some mashed potato.
他吃了些馬鈴薯泥。

托 I T G 公

⇦potato(1772)

4838.
massage 名 按摩
[mə`saʒ] [mas·sage]

❶ ego massage 自我激勵

托 I T G 公

4839.
massive 形 大量的
[`mæsɪv] [mas·sive]

The castle is massive.
城堡太巨大了。

托 I T G 公

⇦castle(1183)

4840.
masterpiece 名 MP3 5-29
傑作
[`mæstɚ͵pis]
[mas·ter·piece]

❶ a masterpiece of ～的傑作

托 I T G 公

4841.
mayonnaise 名
美乃滋
[͵meə`nez] [may·on·naise]

He really doesn't like
mayonnaises.
他真的不喜歡美乃滋。

托 I T G 公

4842.
meantime 副 同時
[`min͵taɪm] [mean·time]

❶ in the meantime 同時

托 I T G 公

4843.
mechanics 名
機械學
[mə`kænɪks] [me·chan·ics]

Do you know who teaches
mechanics?
你知道誰教機械學嗎？

托 I T G 公

4844. **mediate** 動 調解 [`midɪˌet] [me·di·ate]	動詞變化 **mediate-mediated-mediated** ❶ bring into mediate 介入調解	托 I T G 公
4845. **menace** 名 威脅 [`mɛnɪs] [men·ace]	❶ a hint of menace 一絲威脅	托 I T G 公
4846. **mermaid** 名 美人魚 [`mɝˌmed] [mer·maid]	"Little Mermaid" is famous fairy tale. 「小美人魚」是有名的童話故事。 <div align="right">⇦famous(1398)</div>	托 I T G 公
4847. **midst** 名 中間 [mɪdst] [midst]	❶ in one's midst 在～中間	托 I T G 公
4848. **migrant** 名 移民 [`maɪgrənt] [mi·grant]	❶ economic migrant 經濟移民	托 I T G 公
4849. **mileage** 名 行駛哩數 [`maɪlɪdʒ] [mile·age]	You can get a mileage allowance. 你可以拿到交通補貼費。 <div align="right">⇦allowance(3233)</div>	托 I T G 公
4850. **milestone** 名 里程碑 [`maɪlˌston] [mile·stone]	What is your milestone? 你的里程碑為何？	托 I T G 公
4851. **mingle** 動 使混合 [`mɪŋgl] [min·gle]	動詞變化 **mingle-mingled-mingled** ❶ mingle with A 和 A 混合	托 I T G 公
4852. **minimal** 形 最小的 [`mɪnəməl] [min·i·mal]	❶ a minimal amount of 極小的～	托 I T G 公
4853. **mint** 名 薄荷 [mɪnt] [mint]	❶ in mint condition 完美	托 I T G 公
4854. **miser** 名 吝嗇鬼 [`maɪzɚ] [mi·ser]	Her boss is a miser. 她老闆是個吝嗇鬼。 <div align="right">⇦boss(1147)</div>	托 I T G 公
4855. **mistress** 名 女主人 [`mɪstrɪs] [mis·tress]	❶ mistress of one's own affairs 自己做主	托 I T G 公
4856. **moan** 動 呻吟 [mon] [moan]	動詞變化 **moan-moaned-moaned** ❶ moan in pain 痛苦呻吟	托 I T G 公

LEVEL 5

4857. **mock** 動 嘲弄 [mɑk] [mock]	動詞變化 **mock-mocked-mocked** Don't mock people's accent. 不要嘲笑別人的口音。 ⇦accent(3202)	托 I T G 公
4858. **mode** 名 方式 [mod] [mode]	❶ a mode of dress 穿衣風格	托 I T G 公
4859. **modernize** 動 現代化 [ˋmɑdɚˌnaɪz] [mod·ern·ize]	動詞變化 **modernize-modernized-modernized** The company plans to modernize its factory. 這間公司想將工廠現代化。 ⇦factory(296)	托 I T G 公
4860. **modify** 動 修改 [ˋmɑdəˌfaɪ] [mod·i·fy] (MP3) 5-30	動詞變化 **modify-modified-modified** ❶ modify one's diet 調節飲食	托 I T G 公
4861. **mold** 名 模型 [mold] [mold]	❶ people/person of one's mold …類型的人	托 I T G 公
4862. **molecule** 名 分子 [ˋmɑləˌkjul] [mol·e·cule]	❶ molecule contains…atoms 分子含…原子	托 I T G 公
4863. **monarch** 名 君主 [ˋmɑnɚk] [mon·arch]	A monarch means a person who rules a country. 君主是指統治國家的人。 ⇦person(656)	托 I T G 公
4864. **monstrous** 形 怪異的 [ˋmɑnstrəs] [mon·strous]	❶ a monstrous lie 駭人謊言	托 I T G 公
4865. **mortal** 形 會死的 名 凡人 [ˋmɔrtḷ] [mor·tal]	Everyone will be mortal. 每個人都會死。	托 I T G 公
4866. **moss** 名 苔蘚 [mɔs] [moss]	A rolling stone gathers no moss. 【俚】滾石不生苔。	托 I T G 公
4867. **motherhood** 名 母性 [ˋmʌðɚhud] [mother·hood]	Motherhood doesn't suit Fiona. 費歐娜不適合當母親。 ⇦suit(1962)	托 I T G 公

4868. **motive** 名 動機 [`motɪv] [mo·tive]	❶ no motive for sth. 對某事沒動機　托 I T G 公
4869. **mound** 名 土石堆 [maʊnd] [mound]	❶ a mound of 一堆　托 I T G 公
4870. **mount** 動 登；爬上 [maʊnt] [mount]	動詞變化 **mount-mounted-mounted**　托 I T G 公 The man mounted the top of the mountain in one hour only. 那男子只花一小時就登上山頂。 ⇦mountain(566)
4871. **mower** 名 割草者；割草機 [`moɚ] [mow·er]	❶ a motor mower 割草機　托 I T G 公
4872. **mumble** 動 含糊地說 [`mʌmbl̩] [mum·ble]	動詞變化 **mumble-mumbled-mumbled**　托 I T G 公 ❶ mumble to oneself 喃喃自語
4873. **muscular** 形 肌肉的 [`mʌskjəlɚ] [mus·cu·lar]	David is tall and muscular.　托 I T G 公 大衛高挑又肌肉發達。 ⇦tall(892)
4874. **muse** 動 深思 [mjuz] [muse]	動詞變化 **muse-mused-mused**　托 I T G 公 She sat and mused. 她坐著沉思。
4875. **mustard** 名 芥菜 [`mʌstɚd] [mus·tard]	❶ keen as mustard 非常熱心　托 I T G 公
4876. **mutter** 動 低聲含糊地說 [`mʌtɚ] [mut·ter]	動詞變化 **mutter-muttered-muttered**　托 I T G 公 ❶ mutter under one's breath 輕聲嘀咕
4877. **mutton** 名 羊肉 [`mʌtn̩] [mut·ton]	❶ mutton dressed as lamb 花俏女人　托 I T G 公

LEVEL 5

| 4878.
myth 名 神話
[mɪθ] [myth] | Helen is interested in ancient Greek myths.
海倫對古希臘神話感興趣。

⇦ancient(1071) | 托 I T G 公 |

Nn ▼ 托 TOEFL、I IELTS、T TOEIC、G GEPT、公 公務人員考試

4879. **nag** 動 使煩惱 [næg] [nag]	動詞變化 **nag-nagged-nagged** ❶ nag at 使痛苦	托 I T G 公
4880. **naïve** 形 天真的 [nɑ`iv] [na·ive]	He asked a naïve question. 他問了一個天真問題。 ⇦question(698)	托 I T G 公
4881. **nasty** 形 令人作嘔的 [`næstɪ] [nas·ty]	❶ get nasty 變得令人討厭	托 I T G 公
4882. **navigate** 動 操縱 [`nævə‚get] [nav·i·gate]	動詞變化 **navigate-navigated-navigated** ❶ navigate one's way 設法找出方向	托 I T G 公
4883. **newscast** 名 新聞報導 [`njuz‚kæst] [news·cast]	He is watching newscast on TV. 他正在看電視的新聞報導。	托 I T G 公
4884. **nibble** 動 一點點地吃 [`nɪbl̩] [nib·ble]	動詞變化 **nibble-nibbled-nibbled** ❶ nibble away 慢慢地減弱	托 I T G 公
4885. **nickel** 名 鎳 [`nɪkl̩] [nick·el]	❶ nickel and dime 吝嗇地花錢	托 I T G 公
4886. **nightingale** 名 夜鶯 [`naɪtɪŋ‚gel] [night·in·gale]	The nightingale is singing beautifully. 夜鶯正唱著悅耳的歌聲。 ⇦sing(807)	托 I T G 公
4887. **nominate** 動 提名 [`nɑmə‚net] [nom·i·nate]	動詞變化 **nominate-nominated-nominated** ❶ be nominated for 獲得～提名	托 I T G 公
4888. **nonetheless** 副 但是 [‚nʌnðə`lɛs] [none·the·less]	The movie is long, nonetheless, interesting and exciting. 這電影很長，但是很有趣也很刺激。 ⇦movie(571)	托 I T G 公

4889.
nonviolent 形
非暴力的
[ˌnɑnˈvaɪələnt]
[non·vi·o·lent]

❶ an nonviolent action 非暴力行為

托 I T G 公

⇨action(8)

4890.
nostril 名 鼻孔
[ˈnɑstrɪl] [nos·tril]

❶ assault the nostril 撲鼻

托 I T G 公

⇨assault(4326)

4891.
notable 形 顯著的
[ˈnotəbl̩] [no·ta·ble]

❶ be notable for 以～出名

托 I T G 公

4892.
noticeable 形
顯著的
[ˈnotɪsəbl̩] [no·tice·able]

❶ a noticeable difference 顯著不同

托 I T G 公

4893.
notify 動 通知
[ˈnotəˌfaɪ] [no·ti·fy]

動詞變化 notify-notified-notified
❶ be notified by post 用信件通知

托 I T G 公

4894.
notion 名 觀念
[ˈnoʃən] [no·tion]

❶ have/has no notion of 不明白

托 I T G 公

4895.
novice 名 初學者
[ˈnɑvɪs] [nov·ice]

He is a complete novice at
playing the piano.
他在彈琴方面完全是新手。

托 I T G 公

⇨piano(658)

4896.
nowhere 副 任何地
方都不
[ˈnoˌhwɛr] [no·where]

❶ nowhere to be found
任何地分都找不到

托 I T G 公

4897.
nucleus 名
（原子）核
[ˈnjuklɪəs] [nu·cle·us]

❶ nucleus 的複數：nuclei
❶ cell nuclei 細胞核

托 I T G 公

4898.
nude 形 裸的
[njud] [nude]

❶ nude scene 電影中有裸體畫面

托 I T G 公

LEVEL
5

Oo

4899. **oar** 名 槳 [or] [oar] (MP3) 5-32	❶ pull on the oars 划槳	托 I T G 公
4900. **oasis** 名 綠洲 [o`esɪs] [o‧a‧sis]	It is an oasis of calm. 寧靜的片刻。 ⇦calm(1172)	托 I T G 公
4901. **oath** 名 誓約 [oθ] [oath]	❶ take the oath 宣誓	托 I T G 公
4902. **oatmeal** 名 燕麥片 形 淡棕色 [`ot‚mil] [oat‧meal]	She wears an oatmeal hat. 她戴淡棕色帽子。 ⇦hat(397)	托 I T G 公
4903. **oblong** 名 形 長方形的 [`ɑblɔŋ] [ob‧long]	❶ an oblong of 長方形的…	托 I T G 公
4904. **observer** 名 觀察者 [əb`zɝvɚ] [ob‧serv‧er]	❶ according to observer... 根據目擊者	托 I T G 公
4905. **obstinate** 形 頑固的 [`ɑbstənɪt] [ob‧sti‧nate]	She is sometimes obstinate. 她有時候很頑固的。	托 I T G 公
4906. **occurrence** 名 發生 [ə`kɝəns] [oc‧cur‧rence]	❶ a common occurrence 司空見慣	托 I T G 公
4907. **octopus** 名 章魚 [`ɑktəpəs] [oc‧to‧pus]	❶ octopi 為其複數型	托 I T G 公
4908. **odds** 名 機會 [ɑds] [odds]	The odds to win lottery is poor. 贏得樂透的機會很小。 ⇦poor(678)	托 I T G 公
4909. **odor** 名 氣味 [`odɚ] [o‧dor]	The odor filled the restaurant. 這氣味充滿餐廳。 ⇦restaurant(1843)	托 I T G 公

4910.
olive 名 橄欖
[ˈɑlɪv] [ol·ive]

❶ olive oil 橄欖油

托 I T G 公

4911.
opponent 名 對手
[əˈponənt] [op·po·nent]

❶ a worthy opponent 勢均力敵對手

托 I T G 公

4912.
optimism 名
樂觀主義
[ˈɑptəmɪzəm] [op·ti·mism]

The actor is optimism for his future.
演員對未來充滿樂觀。

托 I T G 公

⇦actor(9)

4913.
orchard 名 果園
[ˈɔrtʃəd] [or·chard]

The man's orchard didn't bear well last year.
男人的果園去年沒有豐收。

托 I T G 公

⇦bear(85)

4914.
organizer 名 組織者
[ˈɔrgəˌnaɪzə] [or·gan·i·zer]

❶ a personal organizer 私人筆記本

托 I T G 公

4915.
orient 名 東方
動 定方位
[ˈorɪənt] [o·ri·ent]

動詞變化 orient-oriented-oriented
It is hard to orient ourselves in the dark.
黑暗中很難辨認方向。

托 I T G 公

⇦dark(219)

4916.
oriental 形 東方的
[ˌorɪˈɛntl] [o·ri·en·tal]

❶ oriental style wedding
東方類型婚禮

托 I T G 公

4917.
ornament 名 裝飾品
[ˈɔrnəmənt] [or·na·ment]

Lisa bought one of the ornaments in the store.
麗莎在這間店買件裝飾品。

托 I T G 公

⇦store(868)

4918.
orphanage 名
孤兒院
[ˈɔrfənɪdʒ] [or·phan·age]

Jones sometimes helps out at the orphanage.
瓊斯有時會去孤兒院幫忙。

托 I T G 公

4919.
ostrich 名 鴕鳥
[ˈɑstrɪtʃ] [os·trich]

❶ run as fast as the ostrich
跑得像鴕鳥一樣快

托 I T G 公

⇦run(742)

4920.
ounce 名 盎司
[aʊns] [ounce]

❶ an ounce of 一點點

托 I T G 公

LEVEL **5**

459

4921. **outdo** 動 勝過 [ˌaʊtˈdu] [out·do]	動詞變化 **outdo-outdid-outdone** He outdid Emma in English. 他英文比艾瑪好。	托 I T G 公
4922. **outgoing** 形 外向的 [ˈaʊtˌgoɪŋ] [out·go·ing]	She is an outgoing student. 她是外向的學生。 <div align="right">⇦student(873)</div>	托 I T G 公
4923. **output** 名 生產 [ˈaʊtˌpʊt] [out·put]	❶ an output device 輸出裝置 <div align="right">⇦device(3500)</div>	托 I T G 公
4924. **outsider** 名 門外漢 [ˈaʊtˈsaɪdə] [out·sid·er]	Jay is an outsider. 杰是個門外漢。	托 I T G 公
4925. **outskirts** 名 郊外 [ˈaʊtˌskɝts] [out·skirts]	He lived on the outskirts of Taipei. 他住在台北郊外。	托 I T G 公
4926. **outward** 形 向外的 [ˈaʊtwəd] [out·ward]	❶ all outward appearances 從外表看來 <div align="right">⇦appearances(1080)</div>	托 I T G 公
4927. **outwards** 副 向外地 [ˈaʊtwədz] [out·wards]	He walked outwards without turning back. 他向外走沒有回頭。	托 I T G 公
4928. **overall** 形 全部的； 大體上 [ˈovəˌɔl] [over·all]	Overall, this is a boring film. 大體上，這是無聊的電影。	托 I T G 公
4929. **overdo** 動 使用…過度 [ˌovəˈdu] [over·do]	動詞變化 **overdo-overdid-** **overdone** ❶ overdo it 過度使用	托 I T G 公
4930. **overeat** 動 吃得過多 [ˈovəˈit] [over·eat]	動詞變化 **overeat-overate-** **overeaten** I think you overeat. 我認為你吃太多。	托 I T G 公
4931. **overflow** 動 氾濫 [ˌovəˈflo] [over·flow]	動詞變化 **overflow-overflowed-** **overflowed** ❶ overflow with 洋溢	托 I T G 公

4932.
overhear 動 無意中聽到
[ˌovɚˋhɪr] [over·hear]

動詞變化 **overhear-overheard-overheard** 托 I T G 公

He overheard what the teacher said.
他無意聽到老師講的話。
⇦teacher(897)

4933.
oversleep 動 睡過頭
[ˋovɚˋslip] [over·sleep]

動詞變化 **oversleep-overslept-overslept** 托 I T G 公

He overslept yesterday.
他昨天睡過頭。
⇦yesterday(1038)

4934.
overwhelm 動 壓倒；使不知所措
[ˌovɚˋhwɛlm] [over·whelm]

動詞變化 **overwhelm-overwhelmed-overwhelmed** 托 I T G 公

❶ overwhelm with ～讓人不知所措

4935.
overwork 動 使工作過度；過勞
[ˋovɚˋwɝk] [over·work]

動詞變化 **overwork-overworked-overworked** 托 I T G 公

He often overworks.
他常工作過度。

4936.
oyster 名 牡蠣
[ˋɔɪstɚ] [oys·ter]

What kind of oyster do you like? 托 I T G 公
你喜歡哪種牡蠣？

4937.
ozone 名 臭氧
[ˋozon] [o·zone]

❶ ozone layer 臭氧層 托 I T G 公

Pp ▼ 托 TOEFL、I IELTS、T TOEIC、G GEPT、公 公務人員考試

4938.
pacific 形 平穩的 MP3 5-34
[pəˋsɪfɪk] [pa·cif·ic]

❶ a pacific moment 平靜的時刻 托 I T G 公

4939.
packet 名 小包
[ˋpækɪt] [pack·et]

❶ a packet of cigarettes 一包香菸 托 I T G 公

4940.
paddle 名 桌球球拍
[ˋpædl̩] [pad·dle]

❶ under the creek without a paddle 處於窘境
⇦creek(4529)

4941.
pane 名 窗格
[pen] [pane]

❶ a pane of glass 一片窗玻璃 托 I T G 公

LEVEL 5

4942. **paradox** 图 似非而是 的言論 [ˋpærəˌdɑks] [par·a·dox]	❶ full of paradox 充滿似非而是的言論　托 Ⅰ Ⅰ Ⅰ Ⓖ 公
4943. **parallel** 圈 平行的 [ˋpærəˌlɛl] [par·al·lel]	❶ parallel with 和～相比　托 Ⅰ Ⅰ Ⅰ Ⓖ 公
4944. **parlor** 图 客廳 [ˋpɑrlɚ] [par·lor]	He is watching TV in the parlor.　托 Ⅰ Ⅰ Ⅰ Ⓖ 公 他在客廳看電視。 ⇦watch(982)
4945. **participant** 图 參與者 [pɑrˋtɪsəpənt] [par·tic·i·pant]	❶ an active participant 積極的參與者　托 Ⅰ Ⅰ Ⅰ Ⓖ 公 ⇦active(1053)
4946. **particle** 图 微粒 [ˋpɑrtɪkl̩] [par·ti·cle]	❶ a particle of …的論點　托 Ⅰ Ⅰ Ⅰ Ⓖ 公
4947. **partly** 圖 部分地 [ˋpɑrtlɪ] [part·ly]	The student is partly responsible　托 Ⅰ Ⅰ Ⅰ Ⓖ 公 for the failure. 學生對失敗只負部分責任。 ⇦failure(1396)
4948. **passionate** 圈 熱情的 [ˋpæʃənɪt] [pas·sion·ate]	❶ a passionate interest in　托 Ⅰ Ⅰ Ⅰ Ⓖ 公 　對～熱烈興趣
4949. **pastime** 图 消遣 [ˋpæsˌtaɪm] [pas·time]	Going to the movies is his　托 Ⅰ Ⅰ Ⅰ Ⓖ 公 favorite pastime. 看電影是他最愛消遣。 ⇦favorite(1401)
4950. **pastry** 图 酥皮點心 [ˋpestrɪ] [pas·try]	He is bad hand at pastry.　托 Ⅰ Ⅰ Ⅰ Ⓖ 公 他對點心不在行。
4951. **patch** 图 補釘 [pætʃ] [patch]	❶ eye patch 眼罩　托 Ⅰ Ⅰ Ⅰ Ⓖ 公
4952. **patent** 图 專利權 [ˋpætn̩t] [pat·ent]	Have you applied for a patent?　托 Ⅰ Ⅰ Ⅰ Ⓖ 公 你有申請專利嗎？ ⇦apply(1082)

4953.
patriot 名 愛國者
[`petrɪət] [pa·tri·ot]

He is really a patriot.
他真的很愛國。

託 I T G 公

4954.
patrol 名 巡邏
[pə`trol] [pa·trol]

❶ on patrol 巡邏中

託 I T G 公

4955.
patron 名 資助者
[`petrən] [pa·tron]

❶ a regular patron 熟客

託 I T G 公

⇦regular(1832)

4956.
peacock 名 孔雀
[`pikɑk] [pea·cock]

Look at the peacock that is strutting on the lawn.
看這隻孔雀正趾高氣昂的走路。

託 I T G 公

⇦lawn(2631)

4957.
peasant 名 佃農；鄉巴佬
[`pɛznt] [peas·ant]

You are a peasant.
你真是個鄉巴佬。

託 I T G 公

4958.
peck 名 大量
動 啄食
[pɛk] [peck]

(MP3) 5-35

動詞變化 peck-pecked-pecked
❶ a peck of 大量

託 I T G 公

4959.
peddler 名 小販
[`pɛdlɚ] [ped·dler]

She is a bag peddler.
她是賣袋子的小販。

託 I T G 公

⇦bag(66)

4960.
peek 動 偷看
[pik] [peek]

動詞變化 peek-peeked-peeked
❶ peek at 偷看

託 I T G 公

4961.
peg 名動 釘子；栓子
[pɛg] [peg]

動詞變化 peg-pegged-pegged
❶ peg down 用釘子釘牢

託 I T G 公

4962.
penetrate 動 刺入
[`pɛnə‚tret] [pen·e·trate]

動詞變化 penetrate-penetrated-penetrated
The knife penetrated her leg.
刀子刺到她的腿。

託 I T G 公

4963.
perceive 動 察覺
[pɚ`siv] [per·ceive]

動詞變化 perceive-perceived-perceived
He perceived a stranger enter the room.
他看見有陌生人進入房間。

託 I T G 公

⇦enter(281)

LEVEL 5

4964. **perch** 名（鳥類的） 棲息處 [pɜtʃ] [perch]	❶ take one's perch 棲息	托 I T G 公
4965. **performer** 名 實行者 [pɚˋfɔrmɚ] [per·form·er]	She is a great performer. 她是很棒的表演者。	托 I T G 公
4966. **peril** 名 危險 [ˋpɛrəl] [per·il]	❶ in peril 在危險中	托 I T G 公
4967. **perish** 動 滅亡 [ˋpɛrɪʃ] [per·ish]	動詞變化 perish-perished- perished ❶ perish the thought 別想了	托 I T G 公
4968. **permissible** 形 可允許的 [pɚˋmɪsəbl̩] [per·mis·si·ble]	❶ It is permissible for… …是可允許的	托 I T G 公
4969. **persist** 動 堅持 [pɚˋsɪst] [per·sist]	動詞變化 persist-persisted- persisted ❶ persist in + Ving 堅持某事	托 I T G 公
4970. **personnel** 名 人事 部門 [ˌpɜsn̩ˋɛl] [per·son·nel]	❶ personnel management 人事管理	托 I T G 公
		⇦management(2670)
4971. **pessimism** 名 悲觀 [ˋpɛsəmɪzəm] [pes·si·mism]	There was a mood of pessimism in Anna's family. 安娜的家庭有股悲觀的氣氛。	托 I T G 公
		⇦family(299)
4972. **pier** 名 碼頭 [pɪr] [pier]	They will wait at Pier 10. 他們將在十號碼頭等。	托 I T G 公
4973. **pilgrim** 名 朝聖者 [ˋpɪlgrɪm] [pil·grim]	❶ as a pilgrim 宛如朝聖者	托 I T G 公
4974. **pillar** 名 樑柱 [ˋpɪlɚ] [pil·lar]	It is a marble pillar. 那是大理石石柱。	托 I T G 公
		⇦marble(2675)

4975.
pimple 名 面皰
[ˋpɪmpl̩] [pim‧ple]

She has a pimple on her nose.
她鼻上有青春痘。
托 I T G 公

⇦nose(604)

4976.
pinch 動 捏；擰
[pɪntʃ] [pinch]

動詞變化 pinch-pinched-pinched
托 I T G 公
♦ pinch one at 捏某人的

4977.
piss 名 小便
[pɪs] [piss]

He takes a piss.
他想尿尿。
托 I T G 公

4978.
pistol 名 手槍
[ˋpɪstl̩] [pis‧tol]
(MP3) 5-36

♦ a pistol goes off 槍響
托 I T G 公

4979.
plague 名 瘟疫
[pleg] [plague]

♦ suffer from plagues 遭受瘟疫侵襲
托 I T G 公

4980.
plantation 名 農場
[plænˋteʃən] [plan‧ta‧tion]

His dream is to won a cotton plantation in the future.
他的夢想是在未來擁有棉花田。
托 I T G 公

4981.
playwright 名
劇作家
[ˋpleˏraɪt] [play‧wright]

David Brown is a playwright.
大衛布朗是劇作家。
托 I T G 公

4982.
plea 名 藉口
[pli] [plea]

♦ make a plea of 懇求
托 I T G 公

4983.
plead 動 懇求
[plid] [plead]

動詞變化 plead-pled-pled
托 I T G 公
♦ plead for 辯護

4984.
pledge 名 誓約
[plɛdʒ] [pledge]

♦ take the pledge 發誓戒酒
托 I T G 公

4985.
plow 名動 犁
[plaʊ] [plow]

動詞變化 plow-plowed-plowed
托 I T G 公
♦ plow down 費力前進

4986.
pluck 動 摘；拔
[plʌk] [pluck]

動詞變化 pluck-plucked-plucked
托 I T G 公
He plucked up a flower.
他摘下一朵花。

⇦flower(327)

LEVEL
5

4987.
plunge 動 將…插入
[plʌndʒ] [plunge]

動詞變化 **plunge-plunged-plunged** 托 I T G A
She plunged into the pool.
她跳入池中。
⇨pool(677)

4988.
pocketbook 名
袖珍本；財力
[ˈpɑkɪtˌbʊk]
[pock·et·book]

Doris puts some money in her 托 I T G A
pocketbook.
桃樂絲在錢包裡放些錢。

4989.
poetic 形 詩意的
[poˈɛtɪk] [po·et·ic]

❶ poetic license 破格用語 托 I T G A

4990.
poke 形 戳；刺
[pok] [poke]

動詞變化 **poke-poked-poked** 托 I T G A
❶ poke fun at 嘲弄

4991.
polar 形 極地的
[ˈpolɚ] [po·lar]

❶ a polar bear 北極熊 托 I T G A

4992.
porch 名 玄關
[portʃ] [porch]

Some guests are waiting in the 托 I T G A
porch.
有些客人正在玄關等。
⇨guest(386)

4993.
potential 形 潛在的
[pəˈtɛnʃəl] [po·ten·tial]

❶ potential for 對…有潛在 托 I T G A

4994.
poultry 名 家禽
[ˈpoltrɪ] [poul·try]

❶ wide range of poultry 各式家禽 托 I T G A

4995.
prairie 名 大草原
[ˈprɛrɪ] [prai·rie]

❶ Prairie State 美國伊利諾州（別名） 托 I T G A

4996.
preach 動 傳教
[pritʃ] [preach]

動詞變化 **preach-preached-**
preached 托 I T G A
❶ preach at sb. 對某人嘮叨

4997.
precaution 名 警惕
[prɪˈkɔʃən] [pre·cau·tion]

He will keep the receipt as 托 I T G A
precaution.
他將會保持這張收據以防萬一。
⇨receipt(2870)

4998.
preference 名
偏好
5-37
[ˈprɛfərəns] [pref·er·ence]

❶ give preference to sb. 優待某人 托 I T G A

4999. **prehistoric** 形 史前的 [ˌprihɪs`tɔrɪk] [pre·his·tor·ic]	❶ prehistoric remains 史前遺跡	托 Ⅰ T G 公
5000. **prevail** 動 獲勝 [prɪ`vel] [pre·vail]	動詞變化 **prevail-prevailed-prevailed** ❶ prevail sb. on 勸某人	托 Ⅰ T G 公
5001. **preview** 名 預習 [`pri͵vju] [pre·view]	❶ sneak preview 電影試映	托 Ⅰ T G 公
5002. **prey** 名 犧牲者 [pre] [prey]	❶ fall prey to 成為～的獵物	托 Ⅰ T G 公
5003. **priceless** 形 貴重的 [`praɪslɪs] [price·less]	Thanks for the priceless information. 謝謝提供寶貴資訊。 ⇦information(3774)	托 Ⅰ T G 公
5004. **prick** 動 刺；戳 [prɪk] [prick]	動詞變化 **prick-pricked-pricked** ❶ prick one's ears 仔細傾聽	托 Ⅰ T G 公
5005. **prior** 形 在前的 [`praɪɚ] [pri·or]	❶ prior written consent 事先的書面	托 Ⅰ T G 公
5006. **priority** 名 優先權 [praɪ`ɔrətɪ] [pri·or·i·ty]	Money is a top priority. 錢是當務之急。 ⇦top(939)	托 Ⅰ T G 公
5007. **procession** 名 行列 [prə`sɛʃən] [pro·ces·sion]	❶ in procession 成群	托 Ⅰ T G 公
5008. **profile** 名 輪廓 [`profaɪl] [pro·file]	❶ a low profile 低姿態	托 Ⅰ T G 公
5009. **prolong** 動 延長 [prə`lɔŋ] [pro·long]	動詞變化 **prolong-prolonged-prolonged** ❶ prolong the agony 賣關子 ⇦agony(4298)	托 Ⅰ T G 公
5010. **prop** 名 支撐物 動 支撐 [prɑp] [prop]	動詞變化 **prop-propped-propped** ❶ prop up 支撐	托 Ⅰ T G 公

LEVEL
5

5011. **prophet** 名 先知 [ˋprɑfɪt] [proph·et]	● prophet of doom 末日預言者	托 I T G 公
5012. **proportion** 名 比例 [prəˋporʃən] [pro·por·tion]	● keep in sth. proportion 恰如其分地做	托 I T G 公
5013. **prospect** 動 預期 [ˋprɑspɛkt] [pros·pect]	動詞變化 prospect-prospected- prospected She prospects for a new business. 她尋找新業務。 ⇨business(1165)	托 I T G 公
5014. **province** 名 省 [ˋprɑvɪns] [prov·ince]	● from providences 外地	托 I T G 公
5015. **prune** 動 修剪 [prun] [prune]	動詞變化 prune-pruned-pruned ● prune away 刪除	托 I T G 公
5016. **publicize** 動 宣傳 [ˋpʌblɪͺsaɪz] [pub·li·cize]	動詞變化 publicize-publicized- publicized The writer publicizes his new novel. 小說家宣傳他的新書。 ⇨novel(1682)	托 I T G 公
5017. **puff** 名 泡芙 [pʌf] [puff]	● puff and pant 氣喘吁吁	托 I T G 公
5018. **pulse** 名 脈搏 [pʌls] [pulse]	You should keep your finger on the pulse of fashion. 你應該要瞭解時尚的新情況。 ⇨fashion(2462)	托 I T G 公
5019. **purchase** 動 購買 [ˋpɝtʃəs] [pur·chase]	動詞變化 purchase-purchased- purchased He purchases a new belt. 他購買新的皮帶。 ⇨belt(1128)	托 I T G 公
5020. **pyramid** 名 金字塔 [ˋpɪrəmɪd] [pyr·a·mid]	Johnny is interested in pyramid. 強尼對金字塔感興趣。	托 I T G 公

Qq
▼ 托 TOEFL、I IELTS、T TOEIC、G GEPT、公 公務人員考試

5021. **quack** 名 呱呱叫；庸醫 [kwæk] [quack]	(MP3) 5-38	Mr. Roberts is a quack doctor. 羅勃茲先生是庸醫。 托 I T G 公
5022. **qualify** 動 使合格 [`kwɑlə͵faɪ] [qual·i·fy]		動詞變化 **qualify-qualified-qualified** 托 I T G 公 She qualified as nurse last year. 她去年才獲得護士資格。 ⇨nurse(612)
5023. **quart** 名 夸脫 [kwɔrt] [quart]		❶ a quart of 一夸脫 托 I T G 公
5024. **quest** 名動 探索 [kwɛst] [quest]		動詞變化 **quest-quested-quested** 托 I T G 公 ❶ in quest of 探詢
5025. **quiver** 動 顫抖 [`kwɪvɚ] [quiv·er]		動詞變化 **quiver-quivered-quivered** 托 I T G 公 His lips quivered. 他嘴唇微微顫抖。 ⇨lip(510)

Rr
▼ 托 TOEFL、I IELTS、T TOEIC、G GEPT、公 公務人員考試

5026. **rack** 名 架子 [ræk] [rack]	❶ go to rack and ruin 變得亂七八糟 托 I T G 公
5027. **radish** 名 小蘿蔔 [`rædɪʃ] [rad·ish]	He sold ten bunches of radishes in the market. 托 I T G 公 他在市場賣了十綑小蘿蔔。 ⇨market(532)
5028. **radius** 名 半徑 [`redɪəs] [ra·di·us]	❶ within a + 距離 + radius 托 I T G 公 距離～範圍內
5029. **ragged** 形 破爛的 [`rægɪd] [rag·ged]	There are some ragged kids near the market. 托 I T G 公 市場附近有幾個衣衫襤褸的孩子。

LEVEL 5

5030. **rail** 名 鐵路 [rel] [rail]	He traveled by rail. 他去鐵路旅遊。 ⇔travel(2028)	托 I T G 公
5031. **rally** 名 大集會 [ˋrælɪ] [ral·ly]	He went to a protest rally. 他去參加抗議大會。 ⇔protest(4040)	托 I T G 公
5032. **ranch** 名 大牧場；大 農場 [ræntʃ] [ranch]	❶ ranch house 牧場住宅	托 I T G 公
5033. **rascal** 名 流氓 [ˋræsk!] [ras·cal]	He is a rascal. 他是流氓。	托 I T G 公
5034. **ratio** 名 比例 [ˋreʃo] [ra·tio]	What is the ratio of boys and girls in this school? 這間學校男女比例是多少？	托 I T G 公
5035. **rattle** 動 發出咯咯聲 [ˋræt!] [rat·tle]	動詞變化 **rattle-rattled-rattled** ❶ rattle off 脫口而出	托 I T G 公
5036. **realm** 名 王國 [rɛlm] [realm]	The realm was ruled by a bad king. 這國家由壞國王統治。 ⇔king(467)	托 I T G 公
5037. **reap** 動 收割 [rip] [reap]	動詞變化 **reap-reaped-reaped** The farmer reaped the harvest. 這農夫收割成果。	托 I T G 公
5038. **rear** 名 後面 [rɪr] [rear]	❶ bring up the rear 殿後	托 I T G 公
5039. **reckless** 形 魯莽的 [ˋrɛklɪs] [reck·less]	❶ be reckless with 對～魯莽	托 I T G 公
5040. **reckon** 動 測量 [ˋrɛkən] [reck·on]	動詞變化 **reckon-reckoned-** **reckoned** ❶ reckon up 統計	托 I T G 公

5041. **recommend** 動 推薦 [ˌrɛkəˈmɛnd] [rec·om·mend]	動詞變化 **recommend-** **recommended-recommended** 托 I T G 公 Can you recommend some restaurants to us? 你能推薦我們幾間好餐廳嗎？ ⇨restaurant(1843)
5042. **reef** 名 暗礁 (MP3) 5-39 [rif] [reef]	❶ coral reef 珊瑚礁 托 I T G 公 ⇨coral(4514)
5043. **reel** 名 捲軸 動 滔滔不絕地講 [ril] [reel]	動詞變化 **reel-reeled-reeled** 托 I T G 公 ❶ reel off 說話重複
5044. **referee/umpire** 名 裁判 [ˌrɛfəˈri]/[ˈʌmpaɪr] [ref·e·ree]/[um·pire]	Don't argue with the referee. 托 I T G 公 不要和裁判吵架。 ⇨argue(1084)
5045. **refuge/sanctuary** 名 避難 [ˈrɛfjudʒ]/[ˈsæŋktʃuˌɛrɪ] [ref·uge]/[sanc·tu·ar·y]	❶ take refuge 避難 托 I T G 公
5046. **refute** 動 反駁 [rɪˈfjut] [re·fute]	動詞變化 **refute-refuted-refuted** 托 I T G 公 He tried to refute a theory. 他試著反駁理論。 ⇨theory(3093)
5047. **reign** 動 統治 [ren] [reign]	動詞變化 **reign-reigned-reigned** 托 I T G 公 ❶ reign over 統治
5048. **rejoice** 動 欣喜 [rɪˈdʒɔɪs] [re·joice]	動詞變化 **rejoice-rejoiced-rejoiced** 托 I T G 公 He rejoiced to see his friend come back. 他很高興看到朋友回來。 ⇨friend(345)
5049. **relic** 名 遺物 [ˈrɛlɪk] [rel·ic]	❶ remain relic of 保存…遺跡 托 I T G 公 ⇨remain(2886)
5050. **reminder** 名 提醒者 [rɪˈmaɪndɚ] [re·mind·er]	❶ reminder of 提醒… 托 I T G 公

LEVEL
5

5051.
repay 動 償還
[rɪ`pe] [re·pay]

動詞變化 repay-repaid-repaid 托ⅠTG公
When will you repay your uncle?
你何時要還錢給你伯父？

5052.
reproduce 動 繁殖
[͵riprə`djus] [re·pro·duce]

動詞變化 reproduce-reproduced-reproduced 托ⅠTG公
Do you know cells can reproduce themselves?
你知道細胞可以自我繁殖嗎？

5053.
reptile 名 爬蟲類
[`rɛptl] [rep·tile]

A snake is a reptile. 托ⅠTG公
蛇是爬蟲類。

5054.
republican 名形
共和政體的
[rɪ`pʌblɪkən]
[re·pub·li·can]

❶ a republican movement 托ⅠTG公
共和運動

⇦movement(570)

5055.
resent 動 憤恨
[rɪ`zɛnt] [re·sent]

動詞變化 resent-resented-resented 托ⅠTG公
She resented his cheat.
她對他的欺騙感到氣憤。

⇦cheat(1195)

5056.
resentment 名 憤慨
[rɪ`zɛntmənt]
[re·sent·ment]

❶ feel resentment towards sb. 托ⅠTG公
對某人憤慨

5057.
reside 動 長久居住
[rɪ`zaɪd] [re·sidè]

動詞變化 reside-resided-resided 托ⅠTG公
Does Rebecca still reside in Happy Road?
麗蓓嘉還住在快樂路嗎？

5058.
residence 名 居住
[`rɛzədəns] [res·i·dence]

❶ in residence 有正式職位 托ⅠTG公

5059.
resident 名 居民
[`rɛzədənt] [res·i·dent]

❶ a resident of Taiwan 台灣居民 托ⅠTG公

5060.
resort 動 訴諸
[rɪ`zɔrt] [re·sort]

動詞變化 resort-resorted-resorted 托ⅠTG公
❶ resort to sth. 訴諸某事

5061. **restrain** 動 抑制 [rɪˋstren] [re·strain]	動詞變化 **restrain-restrained-** **restrained** ❶ restrain sb. from 阻止某人做某事	托 Ⅰ T G 公
5062. **resume** 動 重新開始 名 履歷表 [rɪˋzjum] [re·sume]	動詞變化 **resume-resumed-** **resumed** Please send your resume again. 請再寄履歷表來。 <div align="right">⇨again(16)</div>	托 Ⅰ T G 公
5063. **retort** 名 動 反擊 (MP3) [rɪˋtɔrt] [re·tort] 5-40	動詞變化 **retort-retorted-retorted** ❶ a sharp retort 尖銳的反擊	托 Ⅰ T G 公
5064. **reverse** 動 顛倒 [rɪˋvɝs] [re·verse]	動詞變化 **reverse-reversed-** **reversed** ❶ reverse gear 失敗 <div align="right">⇨gear(3675)</div>	托 Ⅰ T G 公
5065. **revive** 動 復活 [rɪˋvaɪv] [re·vive]	動詞變化 **revive-revived-revived** ❶ become revive 開始復甦	托 Ⅰ T G 公
5066. **revolt** 名 動 叛亂 [rɪˋvolt] [re·volt]	動詞變化 **revolt-revolted-revolted** ❶ in revolt 嫌惡地	托 Ⅰ T G 公
5067. **revolve** 動 旋轉 [rɪˋvɑlv] [re·volve]	動詞變化 **revolve-revolved-** **revolved** ❶ revolve around sth. 繞某物旋轉	托 Ⅰ T G 公
5068. **rhinoceros/rhino** 名 犀牛 [raɪˋnɑsərəs]/[ˋraɪno] [rhi·noc·e·ros]/[rhi·no]	The rhino is in the water. 犀牛在水裡。 <div align="right">⇨water(983)</div>	托 Ⅰ T G 公
5069. **rib** 名 肋骨 [rɪb] [rib]	❶ a cracked rib 斷裂的肋骨 <div align="right">⇨crack(3448)</div>	托 Ⅰ T G 公
5070. **ridge** 名 屋脊 [rɪdʒ] [ridge]	They ran along the ridge. 他們沿著山瘠跑步。	托 Ⅰ T G 公
5071. **ridiculous** 形 荒謬的 [rɪˋdɪkjələs] [ri·dic·u·lous]	It is ridiculous. 真可笑。	托 Ⅰ T G 公

LEVEL
5

5072. **rifle** 名 來福槍 [ˋraɪfl̩] [ri·fle]	❶ rifle shot 神槍手	托 I T G 公
5073. **rigid** 形 嚴格的 [ˋrɪdʒɪd] [rig·id]	His rigid attitude makes us mad. 他嚴苛的態度令我們抓狂。 <div align="right">⇦mad(525)</div>	托 I T G 公
5074. **rim** 名 邊緣 [rɪm] [rim]	❶ the rims of ~的邊緣	托 I T G 公
5075. **rip** 動 扯裂 [rɪp] [rip]	動詞變化 **rip-ripped-ripped** ❶ rip one to bits 毀壞	托 I T G 公
5076. **ripple** 名 漣漪 [ˋrɪpl̩] [rip·ple]	❶ a ripple of 一陣陣	托 I T G 公
5077. **rival** 名 對手 [ˋraɪvl̩] [ri·val]	We have been rivals. 我們一直是競爭對手。	托 I T G 公
5078. **roam** 動 漫步 [rom] [roam]	動詞變化 **roam-roamed-roamed** ❶ roam on the street 在街上漫步	托 I T G 公
5079. **robin** 名 知更鳥 [ˋrɑbɪn] [rob·in]	❶ round robin 聯名信	托 I T G 公
5080. **robust** 形 強健的 [rəˋbʌst] [ro·bust]	You look robust. 你看起來很強健。 <div align="right">⇦look(516)</div>	托 I T G 公
5081. **rod** 名 竿子;棒子 [rɑd] [rod]	❶ fishing with rod 用竿子釣魚	托 I T G 公
5082. **rubbish** 名 垃圾 [ˋrʌbɪʃ] [rub·bish]	❶ rubbish bin 垃圾桶	托 I T G 公
5083. **rugged** 形 粗糙的 [ˋrʌgɪd] [rug·ged]	The road to hill is rugged. 往山裡的路崎嶇不平。 <div align="right">⇦road(727)</div>	托 I T G 公

5084. **rumble** 動 隆隆作響 [ˋrʌmbḷ] [rum·ble]	動詞變化 **rumble-rumbled-rumbled** ❶ rumble on 長久持續地	托 I T G 公
5085. **rustle** 動 沙沙作響 [ˋrʌsḷ] [rus·tle]	動詞變化 **rustle-rustled-rustled** ❶ rustle up 迅速找到	托 I T G 公

Ss

▼ 托 TOEFL、I IELTS、T TOEIC、G GEPT、公 公務人員考試

5086. **sacred** 形 神聖的 ^(MP3) [ˋsekrɪd] [sa·cred] 5-41	❶ a sacred temple 神殿 ⇨temple(1990)	托 I T G 公
5087. **saddle** 名 馬鞍 [ˋsædḷ] [sad·dle]	❶ in the saddle 掌權,騎馬	托 I T G 公
5088. **saint** 名 聖人 [sent] [saint]	He is a saint. 他像個聖人。	托 I T G 公
5089. **salmon** 名 鮭魚 [ˋsæmən] [salm·on]	What kind of fish do you like, salmon or sardine? 你喜歡什麼魚,鮭魚或沙丁魚? ⇨fish(324)	托 I T G 公
5090. **salute** 動 招呼 [səˋlut] [sa·lute]	動詞變化 **salute-slauted-saluted** ❶ salute to an officer 向長官敬禮	托 I T G 公
5091. **sandal** 名 涼鞋 [ˋsændḷ] [san·dal]	She wears a pair of green sandals. 她穿綠色涼鞋。 ⇨green(381)	托 I T G 公
5092. **savage** 形 野蠻的; 猛烈的 [ˋsævɪdʒ] [sav·age]	❶ savage attack 猛烈抨擊 ⇨attack(1097)	托 I T G 公
5093. **scan** 動 掃描 [skæn] [scan]	動詞變化 **scan-scanned-scanned** ❶ scan into 把⋯掃描進去	托 I T G 公
5094. **scandal** 名 醜聞 [ˋskændḷ] [scan·dal]	❶ scandal sheet 黃色書刊	托 I T G 公

LEVEL 5

5095. **scar** 名 傷痕 [skɑr] [scar]	❶ leave a scar 留下疤痕	托 I T G 公
5096. **scent** 名 氣味 [sɛnt] [scent]	❶ put off the scent 失去線索	托 I T G 公
5097. **scheme** 名 計畫 [skim] [scheme]	She had a busy scheme. 她的計劃表很滿。 ⇔busy(138)	托 I T G 公
5098. **scorn** 名 輕蔑 [skɔrn] [scorn]	❶ on this scorn 在這問題上	托 I T G 公
5099. **scramble** 動 雜亂地 收集 [ˋskræmbl̩] [scram·ble]	動詞變化 scramble-scrambled- scrambled ❶ scramble one's feet 慌忙站起	托 I T G 公
5100. **scrap** 名 小塊 [skræp] [scrap]	❶ on the scrap heap 拋棄的 ⇔heap(2541)	托 I T G 公
5101. **scrape** 動 刮；擦 [skrep] [scrape]	動詞變化 scrape-scraped-scraped ❶ bow and scrape 鞠躬哈腰 ⇔bow(1150)	托 I T G 公
5102. **scroll** 動 卷軸 [skrol] [scroll]	動詞變化 scroll-scrolled-scrolled ❶ scroll through 滾動	托 I T G 公
5103. **sculptor** 名 雕刻家 [ˋskʌlptɚ] [sculp·tor]	He was a famous sculptor. 他是著名的雕刻家。 ⇔famous(1398)	托 I T G 公
5104. **secure** 形 安全的 [sɪˋkjur] [se·cure]	She feels secure about the life. 她對生活感到安心。 ⇔life(502)	托 I T G 公
5105. **segment** 名 部分 🎧 **5-42** [ˋsɛgmənt] [seg·ment]	❶ a small segment of 一小部分	托 I T G 公
5106. **sensation** 名 轟動的 事或人 [sɛnˋseʃən] [sen·sa·tion]	Her death caused a sensation. 她的去世引起轟動。 ⇔cause(162)	托 I T G 公

5107.
sensitivity 名
敏感度
[ˌsɛnsəˈtɪvətɪ]
[sen·si·tiv·i·ty]

❶ food sensitivity 食物敏感　　托 I T G 公

5108.
sentiment 名
多愁善感
[ˈsɛntəmənt] [sen·ti·ment]

❶ no room for sentiment 不能心軟　　托 I T G 公

5109.
sergeant 名 陸軍／
海軍陸戰隊中士
[ˈsɑrdʒənt] [ser·geant]

Sean is a sergeant, isn't he?
席恩是海軍陸戰隊中士，不是嗎？　　托 I T G 公

5110.
series 名 系列
[ˈsɪriz] [se·ries]

❶ a series of 一系列的　　托 I T G 公

5111.
sermon 名 講道
[ˈsɝmən] [ser·mon]

❶ preach a sermon 佈道　　托 I T G 公

5112.
server 名 侍者
[ˈsɝvɚ] [serv·er]

He can't see any server.
他看不見任何侍者。　　托 I T G 公

5113.
setting 名 設定
[ˈsɛtɪŋ] [set·ting]

❶ place setting 一套餐具　　托 I T G 公

5114.
shabby 形
衣衫襤褸的
[ˈʃæbɪ] [shab·by]

The man wore a pair of shabby pants.
這男子穿了破舊的長褲。　　托 I T G 公

⇦pants(642)

5115.
sharpen 動 使銳利
[ˈʃɑrpn̩] [sharp·en]

動詞變化 sharpen-sharpened-sharpened　　托 I T G 公

❶ sharpen one's appetite 增加食慾

5116.
shatter 動 破裂
[ˈʃætɚ] [shat·ter]

動詞變化 shatter-shattered-shattered　　托 I T G 公

❶ shatter into pieces 破成碎片

5117.
sheriff 名 警長
[ˈʃɛrɪf] [sher·iff]

He was a sheriff of the city.
他是市警長。　　托 I T G 公

⇦city(178)

5118.
shield 名 盾
[ˈʃild] [shield]

❶ an iron shield 防爆盾牌　　托 I T G 公

LEVEL
5

5119. **shiver** 動 發抖 [ˋʃɪvɚ] [shiv‧er]	動詞變化 **shiver-shivered-shivered** 托 I T G 公 ❶ shiver with excitement 興奮的發抖
5120. **shortage** 名 不足 [ˋʃɔrtɪdʒ] [short‧age]	❶ a shortage of space 空間不足　　　　托 I T G 公
5121. **shortcoming** 名 短處 [ˋʃɔrt͵kʌmɪŋ] [short‧com‧ing]	I am aware of my shortcomings.　托 I T G 公 我知道自己的缺點。 ⇦aware(2170)
5122. **shove** 動 推；撞 [ʃʌv] [shove]	動詞變化 **shove-shoved-shoved**　托 I T G 公 ❶ shove up 挪出空位
5123. **shred** 名 碎片 [ʃrɛd] [shred]	❶ in shreds 破破爛爛　　　　　　托 I T G 公
5124. **shriek** 動 尖叫 [ʃrik] [shriek]	動詞變化 **shriek-shrieked-shrieked** 托 I T G 公 ❶ shriek in fright 嚇得尖叫
5125. **shrine** 名 神殿 [ʃraɪn] [shrine]	❶ a visit of shrine 朝聖　　　　　　托 I T G 公
5126. **shrub** 名 灌木 [ʃrʌb] [shrub]	He didn't know what evergreen　托 I T G 公 shrubs are. 他不知道何謂長綠灌木。 ⇦evergreen(4608)
5127. **shudder** 動 發抖 [ˋʃʌdɚ] [shud‧der]	動詞變化 **shudder-shuddered-**　托 I T G 公 　　　　　　**shuddered** ❶ shudder with... 因為～發抖
5128. **shutter** 名 百葉窗 [ˋʃʌtɚ] [shut‧ter]	❶ put down the shutters 鎖上心門　托 I T G 公
5129. **silkworm** 名 蠶 [ˋsɪlk͵wɝm] [silk‧worm]	What do silkworms feed?　　　托 I T G 公 蠶吃什麼食物？ ⇦feed(309)

5130.
simmer 動 煨；燉
[`sɪmɚ] [sim·mer]

動詞變化 **simmer-simmered-simmered**
- simmer on 在～煨

托 I T G 公

5131.
skeleton 名 骨骼
[`skɛlətn̩] [skel·e·ton]

- a skeleton in the closet
家醜不可外揚

⇦closet(1216)

托 I T G 公

5132.
skull 名 頭蓋骨
[skʌl] [skull]

- one's thick skull 某人笨頭笨腦

托 I T G 公

5133.
slam 動 砰地關上
[slæm] [slam]

動詞變化 **slam-slammed-slammed**
- slam into 撞上某人或某物

托 I T G 公

5134.
slap 動 摑耳光
[slæp] [slap]

動詞變化 **slap-slapped-slapped**
- slap sb. about 常毆打某人

托 I T G

5135.
slaughter 名 屠宰
[`slɔtɚ] [slaugh·ter]

- the slaughter of 對～屠宰

托 I T G 公

5136.
slay 動 殺害
[sle] [slay]

動詞變化 **slay-slew-slain**
A travel was slain by the robber.
旅客被搶劫犯殺死。

⇦robber(2915)

托 I T G 公

5137.
sloppy 形 不整潔的
[`slɑpɪ] [slop·py]

- a sloppy coat 不乾淨的外套

托 I T G

5138.
slump 動 倒下
[slʌmp] [slump]

動詞變化 **slump-slumped-slumped**
- slump in profits 利潤減少

托 I T G 公

5139.
sly 形 狡猾的
[slaɪ] [sly]

- on the sly 偷偷地

托 I T G 公

5140.
smash 動 粉碎
[smæʃ] [smash]

動詞變化 **smash-smashed-smashed**
- smash down 擊倒

托 I T G 公

5141.
snarl 動 吠叫
[snɑrl] [snarl]

動詞變化 **snarl-snarled-snarled**
The dog snarled at her.
狗對她吠叫。

⇦dog(243)

托 I T G 公

LEVEL 5

5142.
snatch 動 奪走
[snætʃ] [snatch]

動詞變化 snatch-snatched-snatched
❶ snatch at 抓住機會
托ITG公

5143.
sneak 動 偷偷地走
[snik] [sneak]

動詞變化 sneak-sneaked-sneaked
❶ sneak up 偷偷靠近
托ITG公

5144.
sneaker 名 鬼鬼祟祟
做事的人
[`snikɚ] [sneak‧er]

He is a sneaker.
他是個鬼祟的人。
托ITG公

5145.
sniff 動 嗅;聞
[snɪf] [sniff]
(MP3) 5-44

動詞變化 sniff-sniffed-sniffed
❶ sniff around 打探
托ITG公

5146.
snore 動 打鼾
[snor] [snore]

動詞變化 snore-snored-snored
He is snoring in the living room.
他在客廳打呼。
托ITG公

5147.
snort 名動 噴氣聲
[snɔrt] [snort]

動詞變化 snort-snorted-snorted
❶ snort in... 哼一聲
托ITG公

5148.
soak 動 浸泡
[sok] [soak]

動詞變化 soak-soaked-soaked
❶ soak up 吸收
托ITG公

5149.
sober 形 沒喝醉的
[`sobɚ] [so‧ber]

He will stay sober tomorrow.
他明天不會喝醉。
托ITG公

5150.
soften 動 使柔軟
[`sɔfn̩] [soft‧en]

動詞變化 soften-softened-softened
❶ soften up 拉攏
托ITG公

5151.
sole 形 唯一的
[sol] [sole]

This is the sole reason.
這是唯一的理由。
⇦reason(713)
托ITG公

5152.
solemn 形 嚴肅的
[`saləm] [sol‧emn]

❶ a solemn expression 冷酷表情
托ITG公

5153.
solitary 形 單獨的
[`salə‚terɪ] [sol‧i‧tar‧y]

She is a solitary student.
她是孤僻的學生。
托ITG公

5154. **solo** 形 獨唱 [ˋsolo] [so·lo]	● a solo effort 一人之力	托 **I** T G 公
5155. **sovereign** 名 君主 [ˋsɑvrɪn] [sov·er·eign]	He is a sovereign ruler. 他是最高統治者。	托 **I** T G 公
5156. **sow** 動 播種 [so] [sow]	動詞變化 sow-sowed-sowed ● sow the seed of 播下種子	托 **I** T G 公
5157. **spacecraft** 名 太空船 [ˋspesˌkræft] [space·craft]	Spacecraft are vehicles in outer space. 太空船是太空的交通工具。 ⇦space(847)	托 **I** T G 公
5158. **spaceship** 名 太空船 [ˋspesˌʃɪp] [space·ship]	Have you ever seen a spaceship? 你看過太空船嗎？	托 **I** T G 公
5159. **specialist** 名 專家 [ˋspeʃəlɪst] [spe·cial·ist]	He is a tumor specialist. 他是腫塊專家。 ⇨tumor(6369)	托 **I** T G 公
5160. **specimen** 名 樣本 [ˋspɛsəmən] [spec·i·men]	● 複數為：specimens ● specimen of ～的樣本	托 **I** T G 公
5161. **spectacle** 名 壯觀 [ˋspɛktəkḷ] [spec·ta·cle]	● stunning spectacle 非常壯觀	托 **I** T G 公
5162. **spectator** 名 觀眾 [spɛkˋtetɚ] [spec·ta·tor]	● thousands of spectators 成千的觀眾	托 **I** T G 公
5163. **spine** 名 背骨 [spaɪn] [spine]	● a cactus with spines 有刺的仙人掌	托 **I** T G 公
5164. **splendor** 名 燦爛 [ˋsplɛndɚ] [splen·dor]	● the splendor of the scenery 燦爛的景觀 ⇦scenery(4131)	托 **I** T G 公
5165. **sponge** 名 海綿 [spʌndʒ] [sponge] (MP3) 5-45	● a bath sponge 海綿塊	托 **I** T G 公
5166. **spotlight** 名 聚光燈 [ˋspɑtˌlaɪt] [spot·light]	● be lit by the spotlight 被聚光燈照亮	托 I T G 公

LEVEL
5

5167. **sprint** 動 衝刺 [sprɪnt] [sprint]	動詞變化 **sprint-sprinted-sprinted** 托 Ⅰ T G 公 ❶ sprint for 往～方向衝刺
5168. **spur** 名 刺激 [spɝ] [spur]	❶ on the spur of the moment 托 Ⅰ T G 公 心血來潮
5169. **squash** 動 壓扁 [skwɑʃ] [squash]	動詞變化 **squash-squashed-** 托 Ⅰ T G 公 　　　　　**squashed** ❶ squash up 擠在一塊
5170. **squat** 動 蹲下 [skwɑt] [squat]	動詞變化 **squat-squatted-squatted** 托 Ⅰ T G 公 He is squatting on the ground. 他正蹲在地上。 ⇔ground(382)
5171. **stack** 名 乾草堆 [stæk] [stack]	❶ a stack of books 一捆書 托 Ⅰ T G 公
5172. **stagger** 動 蹣跚 [ˋstægɚ] [stag‧ger]	動詞變化 **stagger-staggered-** 托 Ⅰ T G 公 　　　　　**staggered** He staggered to his feet. 他蹣跚走路。 ⇔foot(332)
5173. **stain** 動 弄髒 [sten] [stain]	動詞變化 **stain-stained-stained** 托 Ⅰ T G 公 The white dress stains easily. 白色洋裝容易髒。
5174. **stake** 名 股份 動 把… 押下打賭 [stek] [stake]	動詞變化 **stake-staked-staked** 托 Ⅰ T G 公 ❶ stake one's claim 昭示所有權
5175. **stalk** 名 莖 [stɔk] [stalk]	She doesn't like celery stalks. 托 Ⅰ T G 公 她不喜歡芹菜莖。
5176. **stall** 名 攤位 動 拖延 [stɔl] [stall]	動詞變化 **stall-stalled-stalled** 托 Ⅰ T G 公 ❶ stall off 拖延
5177. **stanza** 名 詩的一節 [ˋstænzə] [stan‧za]	Please explain the Spenserian 托 Ⅰ T G 公 stanza. 請解釋賓斯賽詩體。 ⇔explain(1391)

5178. **startle** 動 使驚嚇 [ˋstɑrt!] [star·tle]	動詞變化 **startle-startled-startled** 托 I T G 公 He doesn't mean to startle you. 他不是故意下你。
5179. **statesman** 名 政客 [ˋstetsmən] [states·man]	❶ elder statesman 資深政客　　　　托 I T G 公
5180. **statistic** 名 統計值 [stəˋtɪstɪk] [sta·tis·tic]	❶ employment statistic 失業統計　　　托 I T G 公 ⇦employment(2418)
5181. **statistic/** **statistical** 形 統計的 [stəˋtɪstɪk]/[stəˋtɪstɪk!] [sta·tis·ti·c(al)]	❶ statistical technique 統計方法　　　托 I T G 公 ⇦technique(3083)
5182. **steamer** 名 汽船 [ˋstimɚ] [steam·er]	❶ tramp steamer 貨船（不定期）　　托 I T G 公
5183. **steer** 動 駕駛 [stɪr] [steer]	動詞變化 **steer-steered-steered** 托 I T G 公 ❶ steer clear 躲避
5184. **stereotype** 名 刻板印象 [ˋstɛrɪə͵taɪp] [ste·reo·type]	❶ gender stereotype 性別刻板印象　　托 I T G 公
5185. **stern** 形 嚴格的 <small>(MP3)</small> [stɝn] [stern] <small>5-46</small>	He is made of stern stuff.　　　　　托 I T G 公 他有堅忍毅力。 ⇨stuff(3046)
5186. **stew** 動 燉；煮 [stju] [stew]	動詞變化 **stew-stewed-stewed** 托 I T G 公 The chef stewed the beef soup with lots of carrots. 主廚用大量的胡蘿蔔燉煮牛肉。 ⇨carrot(1178)
5187. **steward** 名 男服務員 [ˋstjuwɚd] [stew·ard]	He is a popular steward.　　　　　　托 I T G 公 他是個受歡迎的男服務員。 ⇨popular(2817)

LEVEL
5

5188. **stewardess** 名 女服務員 [`stjuwədɪs] [stew·ard·ess]	She is a stewardess. 她是個女空服員。　托 **I T G** 公
5189. **stink** 動 發出惡臭 [stɪŋk] [stink]	動詞變化 **stink-stank-stunk**　托 **I T G** 公 ❶ stink out 充滿臭味
5190. **stock** 名 存貨 [stɑk] [stock]	❶ in stock 存貨　托 **I T G** 公
5191. **stoop** 動 彎腰 [stup] [stoop]	動詞變化 **stoop-stooped-stooped**　托 **I T G** 公 ❶ stoop so low 卑鄙到某種地步
5192. **storage** 名 儲存 [`stɔrɪdʒ] [stor·age]	❶ cold storage 冷藏庫　托 **I T G** 公
5193. **stout** 形 肥胖的 [staut] [stout]	He looks stout. 他看起來很胖。　托 **I T G** 公 ⇦look(516)
5194. **straighten** 動 弄直 [`stretn̩] [straight·en]	動詞變化 **straighten-straightened-straightened**　托 **I T G** 公 ❶ straighten out 解惑
5195. **straightforward** 形 直接的 [͵stret`fɔrwəd] [straight·for·ward]	❶ straightforward solution 簡單解決方式　托 **I T G** 公 ⇦solution(1915)
5196. **strain** 動 拉緊 [stren] [strain]	動詞變化 **strain-strained-strained**　托 **I T G** 公 ❶ strain at the leash 迫不及待
5197. **strait** 名 海峽 [stret] [strait]	❶ Taiwan Strait 台灣海峽　托 **I T G** 公
5198. **strand** 動 使擱淺 [strænd] [strand]	動詞變化 **strand-stranded-stranded**　托 **I T G** 公 ❶ strand at 滯留於

5199.
strap 名 帶子
[stræp] [strap]

🄯 leather strap 皮帶

托 I T G 公

⇦leather(2634)

5200.
stray 動 迷路
[stre] [stray]

動詞變化 **stray-strayed-strayed**
🄯 stray from 偏離…

托 I T G 公

5201.
streak 名 條紋
[strik] [streak]

🄯 a streak of 一段時間

托 I T G 公

5202.
stride 名 動 邁大步走
[straɪd] [stride]

動詞變化 **stride-strode-stridden**
🄯 get into stride 進入狀態

托 I T G 公

5203.
stripe 名 條紋
[straɪp] [stripe]

🄯 black and white stripes 黑白條紋

托 I T G 公

⇦black(110)

5204.
stroll 動 散步
[strol] [stroll]

動詞變化 **stroll-strolled-strolled**
🄯 stroll along 沿著…散步

托 I T G 公

5205.
structural 形
結構上的
[ˋstrʌktʃərəl] [struc·tur·al]

Adam is a structural engineer.
亞當是建築工程師。

托 I T G 公

⇦engineer(2427)

5206.
stumble 動 絆倒 (MP3)
[ˋstʌmbḷ] [stum·ble] 5-47

動詞變化 **stumble-stumbled-stumbled**
🄯 stumble on sb. 偶遇某人

托 I T G 公

5207.
stump 名 殘餘部分
動 使為難
[stʌmp] [stump]

動詞變化 **stump-stumped-stumped**
🄯 stump up sth. 掏腰包

托 I T G 公

5208.
stun 動 使吃驚
[stʌn] [stun]

動詞變化 **stun-stunned-stunned**
There is a stunned silence.
驚訝地沉默。

托 I T G 公

⇦silence(1891)

5209.
sturdy 形 健壯的
[ˋstɝdɪ] [sturd·y]

🄯 sturdy arms 強壯的手臂

托 I T G 公

LEVEL
5

485

5210.
stutter 動 結結巴巴地
說話
[ˋstʌtɚ] [stut·ter]

動詞變化 **stutter-stuttered-stuttered**

托 I T G 公

John stuttered, he seemed that he told a lie.
約翰結結巴巴的似乎感覺出他在說謊。

5211.
stylish 形 時髦的
[ˋstaɪlɪʃ] [styl·ish]

He has dinner at a stylish restaurant.
他去雅緻的餐廳吃晚餐。

托 I T G 公

⇦restaurant(1843)

5212.
submit 動 呈遞
[səbˋmɪt] [sub·mit]

動詞變化 **submit-submitted-submitted**

托 I T G 公

❶ submit a complaint
遞上書面要求

5213.
substantial 形
實在的
[səbˋstænʃəl]
[sub·stan·tial]

They had a substantial dinner.
他們晚餐大快朵頤。

托 I T G 公

⇦dinner(236)

5214.
substitute 動
用⋯代替
[ˋsʌbstəˏtjut] [sub·sti·tute]

動詞變化 **substitute-substituted-substituted**

托 I T G 公

❶ substitute for 代替

5215.
suitcase 名 手提箱
[ˋsutˏkes] [suit·case]

He bought an expensive suitcase.
他買了昂貴皮箱。

托 I T G 公

⇦expensive(1388)

5216.
sulfur 名 硫磺
[ˋsʌlfɚ] [sul·fur]

❶ sulfur dioxide 二氧化硫

托 I T G 公

5217.
summon 動 召喚
[ˋsʌmən] [sum·mon]

動詞變化 **summon-summoned-summoned**

托 I T G 公

❶ summon up 喚起回憶

5218.
superficial 形
表面的
[ˋsupɚˋfɪʃəl]
[su·per·fi·cial]

❶ superficial impression 表面印象

托 I T G 公

⇦impression(3764)

5219.
superstition 名
迷信
[ˏsupɚˋstɪʃən]
[su·per·sti·tion]

❶ according to superstition
根據迷信

托 I T G 公

5220.
supervise 動 監督
[ˋsupɚˏvaɪz] [su·per·vise]

動詞變化 **supervise-supervised-supervised**
❶ supervise sb. 照料某人

托 I T G 公

5221.
supervisor 名
監督者
[ˏsupɚˋvaɪzɚ]
[su·per·vi·sor]

She is a supervisor in an elementary school.
她是小學主任。

⇨elementary(3560)
⇨school(756)

托 I T G 公

5222.
suppress 動 鎮壓
[səˋprɛs] [sup·press]

動詞變化 **suppress-suppressed-suppressed**
❶ suppress one's anger 耐住怒火

托 I T G 公

5223.
supreme 形 最高的
[səˋprim] [su·preme]

❶ Supreme Court 最高法院

托 I T G 公

5224.
surge 名 大浪
動 感情洶湧
[sɝdʒ] [surge]

動詞變化 **surge-surged-surged**
❶ surge through sb. 讓某人慰藉

托 I T G 公

5225.
suspend 動 使中止
[səˋspɛnd] [sus·pend]

動詞變化 **suspend-suspended-suspended**
❶ suspend disbelief 暫且不疑惑

托 I T G 公

5226.
sustain 動 支撐
[səˋsten] [sus·tain]

動詞變化 **sustain-sustained-sustained**
❶ sustain effort 堅持努力

托 I T G 公

5227.
swamp 名 沼澤 動
陷入沼澤
[swɑmp] [swamp]

動詞變化 **swamp-swamped-swamped**
❶ swamp in 在某處人滿為患

托 I T G 公

5228.
swarm 名 一大群
[swɔrm] [swarm]

❶ a swarm of 一群

托 I T G 公

5229.
sympathize 動 同情
[ˋsɪmpəˏθaɪz]
[sym·pa·thize]

動詞變化 **sympathize-sympathized-sympathized**
❶ sympathize with 同情

托 I T G 公

LEVEL
5

Tt

▼ 托TOEFL、**I** IELTS、**T** TOEIC、**G** GEPT、公 公務人員考試

5230. **tackle** 動 著手處理 [`tækḷ] [tack·le]	(MP3) 5-48	動詞變化 **tackle-tackled-tackled** ❶ tackle sb. about 和某人交涉	托**I****T****G**公

5231. **tan** 名 棕褐色 [tæn] [tan]	He wore a tan jacket. 她穿褐色夾克。 ⇨jacket(1549)	托**I****T****G**公

5232. **tangle** 名動 使糾纏 [`tæŋgḷ] [tan·gle]	動詞變化 **tangle-tangled-tangled** ❶ in tangle 一蹋糊塗	托**I****T****G**公

5233. **tar** 名 焦油 動 懲罰 [tɑr] [tar]	動詞變化 **tar-tarred-tarred** ❶ be tarred with the same brush 被認為是一丘之貉 ⇨brush(1160)	托**I****T****G**公

5234. **tart** 形 酸的 名 餡餅 [tɑrt] [tart]	❶ graph tart 葡萄餡餅	托**I****T****G**公

5235. **taunt** 動 辱罵 [tɔnt] [taunt]	動詞變化 **taunt-taunted-taunted** ❶ taunt with 嘲笑～	托**I****T****G**公

5236. **tavern** 名 酒店 [`tævən] [tav·ern]	Do you want to stay at a tavern? 你想待在酒店嗎？ ⇨stay(863)	托**I****T****G**公

5237. **teller** 名 敘述者 [`tɛlə] [tell·er]	❶ fortune teller 算命師	托**I****T****G**公

5238. **tempo** 名 拍子 [`tɛmpo] [tem·po]	❶ a tempo 原來速度	托**I****T****G**公

5239. **tempt** 動 誘惑 [tɛmpt] [tempt]	動詞變化 **tempt-tempted-tempted** ❶ tempt fate 冒險	托**I****T****G**公

5240. **temptation** 名 誘惑 [tɛmp`teʃən] [temp·ta·tion]	He gives way to temptation. 他禁不起誘惑。 ⇨way(984)	托**I****T****G**公

5241. **tenant** 名 房客 [ˋtɛnənt] [ten·ant]	She is a nice tenant. 她是優質房客。	托 I T G 公
5242. **tentative** 形 暫時的 [ˋtɛntətɪv] [ten·ta·tive]	❶ tentative greeting 靦腆問候	托 I T G 公
5243. **terminal** 名形 末端的 [ˋtɝmənl] [ter·mi·nal]	❶ air terminal 機場候機大樓	托 I T G 公
5244. **terrace** 名 大陽台 [ˋtɛrəs] [ter·race]	He took a rest on the terrace. 他在陽台休息。 ⇦rest(718)	托 I T G 公
5245. **thigh** 名 大腿 [θaɪ] [thigh]	Her thighs are fat. 她大腿豐滿。 ⇦fat(305)	托 I T G 公
5246. **thorn** 名 有刺的植物 [θɔrn] [thorn]	❶ a thorn on one's side 眼中釘	托 I T G 公
5247. **thrill** 動 使興奮 [θrɪl] [thrill]	動詞變化 thrill-thrilled-thrilled ❶ thrill to 對～感興奮	托 I T G 公
5248. **thriller** 名 恐怖小說或電影 [ˋθrɪlə] [thrill·er]	He reads a thriller. 他看恐怖小說。 ⇦read(710)	托 I T G 公
5249. **throne** 名 王權 [θron] [throne]	❶ on the throne 在位	托 I T G 公
5250. **throng** 名動 群眾 🔊 5-49 [θrɔŋ] [throng]	動詞變化 throng-thronged- thronged ❶ throng with sb. 擠滿人	托 I T G 公
5251. **thrust** 動 用力推 [θrʌst] [thrust]	動詞變化 thrust-thrusted-thrusted ❶ thrust aside 置之不理	托 I T G 公
5252. **tick** 名動 滴答聲 [tɪk] [tick]	動詞變化 tick-ticked-ticked ❶ tick past 流逝	托 I T G 公

LEVEL 5

5253. **tile** 名 動 瓷磚 [taɪl] [tile]	動詞變化 **tile-tiled-tiled** His roof is tiled. 他的屋頂有鋪磁磚。 <div align="right">⇨roof(731)</div>	托 I T G 公
5254. **tilt** 動 使傾斜 [tɪlt] [tilt]	動詞變化 **tilt-tilted-tilted** ❶ tilt at 抨擊某事	托 I T G 公
5255. **tin** 名 錫 [tɪn] [tin]	❶ tin can 錫罐頭	托 I T G 公
5256. **tiptoe** 名 腳尖 [ˋtɪpˏto] [tip‧toe]	❶ on tiptoe 躡手躡腳	托 I T G 公
5257. **toad** 名 癩蛤蟆 [tod] [toad]	She is afraid of toads. 她很怕癩蛤蟆。	托 I T G 公
5258. **toil** 動 辛勞 [tɔɪl] [toil]	動詞變化 **toil-toiled-toiled** ❶ toil up 艱難的往上	托 I T G 公
5259. **token** 名 象徵 [ˋtokən] [to‧ken]	❶ gift token 禮券	托 I T G 公
5260. **torch** 名 火炬 [tɔrtʃ] [torch]	❶ put sth. to the torch 將某事付之一炬	托 I T G 公
5261. **torment** 名 痛苦 動 使痛苦 [ˋtɔrˏmɛnt] [tor‧ment]	動詞變化 **torment-tormented-** **tormented** She is a girl in torment. 她是受折磨的女孩。 <div align="right">⇨girl(360)</div>	托 I T G 公
5262. **torrent** 名 急流 [ˋtɔrənt] [tor‧rent]	❶ come down in torrents 傾瀉	托 I T G 公
5263. **torture** 名 動 拷打 [ˋtɔrtʃɚ] [tor‧ture]	動詞變化 **torture-tortured-tortured** ❶ the use of torture 施以酷刑	托 I T G 公
5264. **tournament** 名 比賽 [ˋtɝnəmənt] [tour‧na‧ment]	❶ tennis tournament 網球比賽	托 I T G 公

5265. **toxic** 形 有毒的 [ˋtɑksɪk] [tox·ic]	❶ toxic waste 有毒廢棄物	托 I T G 公
5266. **trademark** 名 商標 [ˋtred͵mɑrk] [trade·mark]	It is a famous trademark. 這是有名商標。 ⇦famous(1398)	托 I T G 公
5267. **traitor** 名 叛徒 [ˋtretɚ] [trai·tor]	He is a traitor. 他是叛徒。	托 I T G 公
5268. **tramp** 名 動 踐踏 [træmp] [tramp]	動詞變化 tramp-tramped-tramped ❶ have/has a long tramp 長途跋涉	托 I T G 公
5269. **trample** 名 動 踐踏 [ˋtræmpḷ] [tram·ple]	動詞變化 trample-trampled- trampled ❶ trample underfoot 踩在腳下	托 I T G 公
5270. **transparent** 形 透明的 [træns`pɛrənt] [trans·par·ent]	He is transparent. 他心無城府。	托 I T G 公
5271. **treasury** 名 寶藏 (MP3) 5-50 [ˋtrɛʒərɪ] [trea·sury]	❶ a treasury house 寶庫	托 I T G 公
5272. **treaty** 名 協定 [ˋtritɪ] [trea·ty]	They signed a Peace Treaty. 他們簽訂和平協定。 ⇦peace(1724)	托 I T G 公
5273. **trench** 名 溝；渠 [trɛntʃ] [trench]	❶ trench foot【醫】戰壕腳	托 I T G 公
5274. **tribute** 名 進貢；讚揚 [ˋtrɪbjut] [trib·ute]	❶ pay tribute 高度讚揚	托 I T G 公
5275. **trifle** 名 動 瑣事 [ˋtraɪfḷ] [tri·fle]	動詞變化 trifle-trifled-trifled ❶ trifle with 小看～	托 I T G 公

LEVEL
5

5276. **trim** 動 修剪 [trɪm] [trim]	動詞變化 **trim-trimmed-trimmed** ❶ trim one's sails 見風轉舵	托 I T G 公
5277. **triple** 形 三倍的 [ˋtrɪpl̩] [tri‧ple]	❶ triple measure 三拍子	托 I T G 公
5278. **trot** 名 動 （馬等）小跑 [trɑt] [trot]	動詞變化 **trot-trotted-trotted** ❶ trot out 重複	托 I T G 公
5279. **trout** 名 鱒魚 [traʊt] [trout]	He likes to go trout fishing. 他喜歡去捕鱒魚。 ⇦like(505)	托 I T G 公
5280. **tuck** 動 使摺疊 [tʌk] [tuck]	動詞變化 **tuck-tucked-tucked** ❶ tuck away 座落在	托 I T G 公
5281. **tuition** 名 教學 [tjuˋɪʃən] [tu‧i‧tion]	❶ tuition fee 學費	托 I T G 公
5282. **tuna** 名 鮪魚 [ˋtunə] [tu‧na]	Her favorite food is tuna. 她最愛的食物是鮪魚。 ⇦food(331)	托 I T G 公
5283. **tyrant** 名 暴君 [ˋtaɪrənt] [ty‧rant]	He is a complete tyrant. 他是十足的暴君。 ⇦complete(1236)	托 I T G 公

Uu ▼ 托 TOEFL、I IELTS、T TOEIC、G GEPT、公 公務人員考試

5284. **undergraduate** 名 大學生 [͵ʌndɚˋgrædʒʊɪt] [un‧der‧grad‧u‧ate]	He is an undergraduate. 他是大學生。	托 I T G 公
5285. **underline** 動 在下方 劃線 名 劃在下面的線 [͵ʌndɚˋlaɪn] [un‧der‧line]	動詞變化 **underline-underlined- underlined** Please underline this sentence. 請在這句子下劃線。 ⇦sentence(770)	托 I T G 公
5286. **underneath** 介 在… 下面 [͵ʌndɚˋniθ] [un‧der‧neath]	❶ underneath sth. 在某物底下	托 I T G 公

5287. **understandable** 形 可理解的 [ˌʌndɚˈstændəbl̩] [un·der·stand·able]	It is understandable. 這是可理解的。	托 I T G 公
5288. **undoubtedly** 副 無庸置疑地 [ʌnˈdaʊtɪdli] [un·doubt·ed·ly]	It is a lie undoubtedly. 這無庸置疑的是謊言。	托 I T G 公
5289. **update** 動 更新 [ʌpˈdet] [up·date]	動詞變化 **update-updated-updated** 托 I T G 公 ● update one's software 更新軟體	
5290. **upright** 形 挺直的 [ˈʌpˌraɪt] [up·right]	● upright position 直立狀態 <div align="right">⇦position(681)</div>	托 I T G 公
5291. **upward** 形 向上的 [ˈʌpwɚd] [up·ward]	● a upward look 向上看	托 I T G 公 MP3 5-51
5292. **upwards** 副 向上地 [ˈʌpwɚdz] [up·wards]	● upwards of ～以上	托 I T G 公
5293. **utter** 動 發出聲音 [ˈʌtɚ] [ut·ter]	動詞變化 **utter-uttered-uttered** 托 I T G 公 ● utter a word 說出話 <div align="right">⇦word(1022)</div>	

Vv

▼ 托 TOEFL、I IELTS、T TOEIC、G GEPT、公 公務人員考試

5294. **vacancy** 名 空白 [ˈvekənsɪ] [va·can·cy]	● vacancy for + 職稱　某職位空缺	托 I T G 公
5295. **vacuum** 名 真空 [ˈvækjuəm] [vac·u·um]	● vacuum cleaner 吸塵器	托 I T G 公
5296. **vague** 形 朦朧的 [veg] [vague]	She had a vague memory of the picture. 她對這張照片記憶模糊。 <div align="right">⇦memory(1630)</div>	托 I T G 公

LEVEL
5

5297. **vanity** 图 自負 [ˈvænətɪ] [van·i·ty]	Tim had no personal vanity. 提姆對自己毫不自負。 ⇦personal(1734)	托 I T G 公
5298. **vapor** 图 水汽；蒸汽 [ˈvepɚ] [va·por]	❶ vapor trail 飛機尾部水汽的凝結	托 I T G 公
5299. **vegetation** 图 草木 [ˌvɛdʒəˈteʃən] [veg·e·ta·tion]	❶ cover with vegetation 覆蓋草木	托 I T G 公
5300. **veil** 图 面紗 [veld] [veil]	❶ take a veil 當修女	托 I T G 公
5301. **vein** 图 靜脈 [ven] [vein]	❶ varicose vein [醫] 靜脈曲張	托 I T G 公
5302. **velvet** 图 天鵝絨 [ˈvɛlvɪt] [vel·vet]	She wore velvet gloves. 她戴天鵝絨手套。 ⇦glove(1463)	托 I T G 公
5303. **venture** 動 冒險 [ˈvɛntʃɚ] [ven·ture]	動詞變化 **venture-ventured-ventured** ❶ venture into 冒險做某事	托 I T G 公
5304. **verbal** 圈 言詞上的 [ˈvɝbl̩] [ver·bal]	❶ verbal noun 動名詞	托 I T G 公
5305. **versus** 介 …對… [ˈvɝsəs] [ver·sus]	❶ A versus B A 對 B 對抗	托 I T G 公
5306. **vertical** 圈 垂直的 [ˈvɝtɪkl̩] [ver·ti·cal]	❶ vertical job-loading 垂直工作增加	托 I T G 公
5307. **veto** 图 否決權 [ˈvito] [ve·to]	❶ pocket veto 擱置否決	托 I T G 公
5308. **via** 介 經由 [ˈvaɪə] [vi·a]	❶ via media 中庸之道	托 I T G 公
5309. **vibrate** 動 振動 [ˈvaɪbret] [vi·brate]	動詞變化 **vibrate-vibrated-vibrated** ❶ vibrate with tension 緊張的顫抖 ⇦tension(4208)	托 I T G 公

494

5310.
videotape 名 錄影帶
[ˋvɪdɪoˋtep] [vid·eo·tape]

Videotapes are not popular now.
現在錄影帶不受歡迎。

托 Ⅰ Ⅰ Ｇ 公

⇨popular(2817)

5311.
viewer 名 觀看者 (MP3 5-52)
[ˋvjuɚ] [view·er]

數字 + of + viewers 數以～的觀看者

托 Ⅰ Ⅰ Ｇ 公

5312.
vigor 名 精力
[ˋvɪgɚ] [vig·or]

● lend vigor 有力

托 Ⅰ Ｔ Ｇ 公

5313.
vigorous 形
強有力的
[ˋvɪgərəs] [vig·or·ous]

He is a vigorous man.
他是健壯男人。

托 Ⅰ Ｔ Ｇ 公

⇨man(528)

5314.
villain 名 惡棍
[ˋvɪlən] [vil·lain]

He is a villain.
他是惡棍。

托 Ⅰ Ｔ Ｇ 公

5315.
vine 名 藤蔓
[vaɪn] [vine]

Look at grapes on the vine.
看看藤蔓上的葡萄。

托 Ⅰ Ｔ Ｇ 公

⇨grape(1472)

5316.
violinist 名 小提琴手
[ˌvaɪəˋlɪnɪst] [vi·o·lin·ist]

Johnny is a famous violinist.
強尼是有名的小提琴手。

托 Ⅰ Ｔ Ｇ 公

⇨famous(1398)

5317.
visa 名 簽證
[ˋvizə] [vi·sa]

● exit visa 出國簽證

托 Ⅰ Ｔ Ｇ 公

5318.
vow 名 誓約
[vaʊ] [vow]

● take a vow 發誓

托 Ⅰ Ｔ Ｇ 公

LEVEL 5

Ww ▼ 托 TOEFL、Ⅰ IELTS、Ｔ TOEIC、Ｇ GEPT、公 公務人員考試

5319.
wade 動 跋涉
[wed] [wade]

動詞變化 **wade-waded-waded**
● wade in 介入

托 Ⅰ Ｔ Ｇ 公

5320.
wail 動 嚎啕
[wel] [wail]

動詞變化 **wail-wailed-wailed**
● wail about 嚎啕

托 Ⅰ Ｔ Ｇ 公

5321. **ward** 名 病房 動 保護 [wɔrd] [ward]	動詞變化 **ward-warded-warded** ❶ ward sb. off 避免	托 **I** T **G** 公
5322. **ware** 名 商品 [wɛr] [ware]	She bought some bath wares. 她買了些浴室用品。 ⇨bath(80)	托 **I** T **G** 公
5323. **warehouse** 名 倉庫 [`wɛr͵haʊs] [ware·house]	You cannot live in warehouse. 你不能住倉庫。 ⇨live(514)	托 **I** T **G** 公
5324. **warrior** 名 武士 [`wɔrɪɚ] [war·rior]	❶ road warrior 花許多時間於商務旅行者	托 **I** T **G** 公
5325. **wary** 形 注意的 [`wɛrɪ] [war·y]	He is wary of missing the bus. 他注意不錯過巴士。 ⇨bus(137)	托 **I** T **G** 公
5326. **weary** 形 疲倦的 [`wɪrɪ] [wea·ry]	She looks weary. 她看起來很疲倦。	托 **I** T **G** 公
5327. **weird** 形 怪誕的 [wɪrd] [weird]	He had a weird dream. 他做怪夢。 ⇨dream(252)	托 **I** T **G** 公
5328. **wharf** 名 碼頭 [hwɔrf] [wharf]	He works at wharf. 他在碼頭工作。	托 **I** T **G** 公
5329. **whereabouts** 副 在哪裡 [`hwɛrə`baʊts] [where·a·bouts]	Whereabouts did you lose your bag? 你在哪裡丟掉袋子？	托 **I** T **G** 公
5330. **whereas** 連 然而 [hwɛr`æz] [where·as]	Some students are hard-working, whereas others are not. 有些學生用功，但有些不用功。	托 **I** T **G** 公
5331. **whine** 動 哀號 [hwaɪn] [whine]	動詞變化 **whine-whined-whined** "I felt bad," Tim whined. 「我感覺不好。」提姆哀號著。	托 **I** T **G** 公
5332. **whirl** 名 動 旋轉 [hwɝl] [whirl]	動詞變化 **whirl-whirled-whirled** ❶ give sth. a whirl 試試	托 **I** T **G** 公

5333.
whisk 名動 打；攪
[hwɪsk] [whisk]

動詞變化 whisk-whisked-whisked 托 I T G 公
● egg whisk 攪蛋器

5334.
whisky 名 威士忌
[ˋhwɪskɪ] [whis‧k(e)y]

Give me a glass of whisky.
給我杯威士忌吧。

托 I T G 公

5335.
wholesale 名 批發
[ˋhoLˏsel] [whole‧sale]

What is the wholesale price?
批發價是多少？

托 I T G 公

5336.
wholesome 形
有益健康的
[ˋholsəm] [whole‧some]

He likes fresh and wholesome
fruit.
他喜歡新鮮有益健康的水果。

托 I T G 公

⇨fresh(343)

5337.
widespread 形
流傳很廣的
[ˋwaɪdˏsprɛd] [wide‧spread]

● widespread support 廣泛支持

托 I T G 公

5338.
widow 名 寡婦
[ˋwɪdo] [wid‧ow]

She was a widow when she
was 28.
她 28 歲時成了寡婦。

托 I T G 公

5339.
widower 名 鰥夫
[ˋwɪdoⱻ] [wid‧ow‧er]

She fell in love with a widower.
她愛上鰥夫。

托 I T G 公

⇨love(519)

5340.
wig 名 假髮
[wɪg] [wig]

The wig is not cheap.
一頂假髮不便宜。

托 I T G 公

⇨cheap(1194)

5341.
wilderness 名 荒野
[ˋwɪldⱻnɪs] [wil‧der‧ness]

● in the wilderness 在野

托 I T G 公

5342.
wildlife 名 野生生物
[ˋwaɪldˏlaɪf] [wild‧life]

● wildlife conservation 野生動物保護

托 I T G 公

5343.
wither 動 枯萎
[ˋwɪðⱻ] [with‧er]

動詞變化 wither-withered-withered 托 I T G 公
The flowers had withered.
這些花枯萎了。

5344.
woe 名 悲哀
[wo] [woe]

(MP3)
5-54

● woe betide sb. 某人將倒楣

托 I T G 公

LEVEL
5

497

5345. **woodpecker** 图 啄木鳥 [`wʊd͵pɛkə] [wood·peck·er]	The woodpecker is very cute. 這隻啄木鳥真可愛。	托 **I** T **G** 公 ⇦cute(214)
5346. **workshop** 图 工作坊 [`wɝk͵ʃɑp] [work·shop]	He owns a drama workshop. 他有一間戲劇工作坊。	托 **I** T **G** 公 ⇦drama(1340)
5347. **worship** 图 崇拜 [`wɝʃɪp] [wor·ship]	❶ hero worship 英雄崇拜	托 **I** T **G** 公 ⇦hero(1496)
5348. **worthwhile** 形 值得做的 [`wɝθ`hwaɪl] [worth·while]	❶ a worthwhile job 有意義的工作	托 **I** T **G** 公
5349. **worthy** 形 有價值的 [`wɝðɪ] [wor·thy]	❶ be worthy of mention 值得一提	托 **I** T **G** 公 ⇦mention(2692)
5350. **wreath** 图 花圈 [riθ] [wreath]	❶ a holy wreath 聖誕花圈	托 **I** T **G** 公 ⇦holy(2554)
5351. **wring** 動 絞；扭 [rɪŋ] [wring]	動詞變化 **wring-wrung-wrung** ❶ wring one's hand 緊握某人雙手	托 **I** T **G** 公

Yy
▼ 托TOEFL、**I**IELTS、T TOEIC、**G**GEPT、公 公務人員考試

5352. **yacht** 图 遊艇 [jɑt] [yacht]	❶ a motor yacht 摩托艇	托 **I** T **G** 公 ⇦motor(2721)
5353. **yarn** 图 紗線 [jɑrn] [yarn]	❶ spin a yarn 編造謊言	托 **I** T **G** 公 ⇦spin(3007)
5354. **yeast** 图 酵母 [jist] [yeast]	It is a yeast smell. 那是發酵味道。	托 **I** T **G** 公 ⇦smell(823)

5355. **yield** 動 生產，讓路 [jild] [yield]	動詞變化 **yield-yielded-yielded**　托 I T G 公 ❶ yield to sth. 被~替代
5356. **yoga** 名 瑜伽 [ˋjogə] [yo‧ga]	I don't know what animal yoga is.　托 I T G 公 我不知道何謂動物瑜伽。 ⇨animal(40)

Zz
▼ 托 TOEFL、I IELTS、T TOEIC、G GEPT、公 公務人員考試

5357. **zinc** 名 鋅 [zɪŋk] [zinc]	❶ zinc oxide [物] 氧化鋅　托 I T G 公
5358. **zip** 名 動 拉鍊 [zɪp] [zip]	動詞變化 **zip-zipped-zipped**　托 I T G ❶ zip up 拉上拉鍊
5359. **ZIP** 區域改善計畫	❶ zone improvement plan　托 I T G 公 ❶ ZIP code 郵遞區號
5360. **zoom** 動 將畫面推近或拉遠 [zum] [zoom]	動詞變化 **zoom-zoomed-zoomed**　托 I T G 公 ❶ zoom in 放大

MEMO

LEVEL
5

MEMO

_____

_____

_____

_____

_____

_____

_____

_____

_____

_____

_____

_____

_____

_____

_____

LEVEL 6

以大學入學考試中心公佈7000單字範圍為基礎

符合美國六年級學生所學範圍

介	介系詞	副	副詞
片	片語	動	動詞
代	代名詞	連	連接詞
名	名詞	感	感嘆詞
助	助詞	縮	縮寫
形	形容詞	sb.	somebody
冠	冠詞	sth.	something

Level 6

以大學入學考試中心公佈7000單字範圍為基礎
符合美國六年級學生所學範圍

Aa ▼ 托 TOEFL、I IELTS、T TOEIC、G GEPT、公 公務人員考試

5361. **abbreviate** 動 (MP3) 6-01 縮寫 [ə`brivɪˌet] [ab‧bre‧vi‧ate]	The automated teller machine is usually abbreviated to ATM. 自動提款機通常縮寫為 ATM。	托 I T G 公 ⇦machine(524) ⇦teller(5237)
5362. **abbreviation** 名 縮寫 [əˌbrivɪ`eʃən] [ab‧bre‧vi‧a‧tion]	Do you know what the abbreviation for "mister" is? 你知道「先生」的縮寫是什麼？	托 I T G 公
5363. **abnormal** 形 反常的 [æb`nɔrml̩] [ab‧nor‧mal]	Her behavior is abnormal. 她行為不正常。	托 I T G 公 ⇦behavior(3302)
5364. **aboriginal** 形 土著的 [ˌæbə`rɪdʒən!] [ab‧o‧rig‧i‧nal]	❶ aboriginal culture 土著文化	托 I T G 公 ⇦culture(1247)
5365. **aborigine** 名 原住民 [ˌæbə`rɪdʒɪni] [ab‧o‧rig‧i‧ne]	He knew an Australian aborigine who works on the farm. 他認識一位在農場工作的澳洲原住民。	托 I T G 公
5366. **abound** 動 充滿 [ə`baʊnd] [a‧bound]	動詞變化 **abound-abounded-abounded** ❶ abound with 充滿	托 I T G 公

5367. **absent-minded** 形 茫然的 [ˋæbsəntˋmaɪndɪd] [ab·sent·mind·ed]	She became absent-minded. 她變得心不在焉。	托 I T G 公
5368. **abstraction** 名 抽象 [æbˋstrækʃən] [ab·strac·tion]	❶ mathematical abstractions 數學抽象概念 ⇦mathematical(2678)	托 I T G 公
5369. **abundance** 名 富足 [əˋbʌndəns] [a·bun·dance]	❶ in abundance 充裕~	托 I T G 公
5370. **abuse** 動 虐待 [əˋbjuz] [a·buse]	動詞變化 abuse-abused-abused ❶ abuse alcohol 酗酒 ⇦alcohol(3231)	托 I T G 公
5371. **accelerate** 動 使增速 [ækˋsɛləˌret] [ac·cel·er·ate]	動詞變化 accelerate-accelerated- accelerated The car is accelerating. 這台車正在加速。	托 I T G 公
5372. **acceleration** 名 加速 [ækˌsɛləˋreʃən] [ac·cel·er·a·tion]	Gary has a car with good acceleration. 蓋瑞有台性能好的車。	托 I T G 公
5373. **accessible** 形 可接近的 [ækˋsɛsəbḷ] [ac·ces·si·ble]	❶ It is accessible to... …可進入,接近的	托 I T G 公
5374. **accessory** 名 配件 [ækˋsɛsərɪ] [ac·ces·so·ry]	❶ fashion accessories 時裝配件 ⇦fashion(2462)	托 I T G 公
5375. **accommodate** 動 使…適應 [əˋkɑməˌdet] [ac·com·mo·date]	動詞變化 accommodate- accommodated-accommodated ❶ accommodate on 容納在	托 I T G 公

LEVEL
6

5376.
accommodation
名 適應

[ə͵kɑmə`deʃən]
[ac‧com‧mo‧da‧tion]

托 **I** T **G** 公

❶ accommodation collar
逮捕某人，但證據不足

⇦collar(2289)

5377.
accord 名 動
和…一致

[ə`kɔrd] [ac‧cord]

托 **I** T **G** 公

動詞變化 accord-accorded-
accorded
❶ in accord with 與～一致

5378.
accordance 名
一致

[ə`kɔrdəns] [ac‧cor‧dance]

托 **I** T **G** 公

❶ in accordance with sth. 依據

5379.
accordingly 副
因此

[ə`kɔrdɪŋlɪ] [ac‧cord‧ing‧ly]

托 **I** T **G** 公

❶ act accordingly 照著辦

5380.
accountable 形
可說明的；負責的

[ə`kauntəbl]
[ac‧count‧able]

托 **I** T **G** 公

❶ accountable to 對某人負責

5381.
accounting 名 (MP3)
會計 6-02

[ə`kauntɪŋ] [ac‧count‧ing]

托 **I** T **G** 公

He works at an accounting
industry.
他在會計業工作。

⇦industry(1533)

5382.
accumulate 動
累積

[ə`kjumjə͵let]
[ac‧cu‧mu‧late]

托 **I** T **G** 公

動詞變化 accumulate-
accumulated-accumulated
❶ accumulate for fortune 累積財富

⇦fortune(2486)

5383.
accumulation 名
累積

[ə͵kjumjə`leʃən]
[ac‧cu‧mu‧la‧tion]

托 **I** T **G** 公

❶ the accumulation of …的累積

5384.
accusation 名 指控

[͵ækjə`zeʃən]
[ac‧cu‧sa‧tion]

托 **I** T **G** 公

❶ accusation in …方面的指控或譴責

5385.
acquisition 名 獲得
[͵ækwə`zɪʃən]
[ac·qui·si·tion]

❶ acquisition of land 土地徵收

托 I T G 公

⇨land(480)

5386.
activist 名 行動主義
[`æktəvɪst] [ac·tiv·ist]

Ben is an activist.
班是個行動主義者。

托 I T G 公

5387.
acute 形 尖銳的
[ə`kjut] [a·cute]

❶ acute pain 劇痛

托 I T G 公

⇨pain(1705)

5388.
adaptation 名 改編
[͵ædæp`teʃən]
[ad·ap·ta·tion]

❶ adaptation of 改編…

托 I T G 公

5389.
addict 動 使沉溺 名
入迷的人
[ə`dɪkt] [ad·dict]

動詞變化 addict-addicted-
addicted
❶ a drug addict 毒品成癮者

托 I T G 公

⇨drug(1345)

5390.
addiction 名 上癮
[ə`dɪkʃən] [ad·dic·tion]

❶ addiction to 對…上癮

托 I T G 公

5391.
administer 動 管理
[əd`mɪnəstɚ]
[ad·min·is·ter]

動詞變化 administer-
administered-administered
❶ administer to 有助於…

托 I T G 公

5392.
administrate 動
管理
[əd`mɪnə͵stret]
[ad·min·is·trate]

動詞變化 administrate-
administrated-administrated
The manager administrates the staff well.
經理把員工管理得很好。

托 I T G 公

⇨manager(2672)
⇨staff(3020)

5393.
administration 名
行政
[əd͵mɪnə`streʃən]
[ad·min·is·tra·tion]

❶ business administration 企管

托 I T G 公

⇨business(1165)

LEVEL
6

5394.
administrative 形
行政上的
[əd`mɪnə͵stretɪ]
[ad·min·is·tra·tive]

❶ an administrative assistant
行政助理

托 I T G 公

⇦assistant(1096)

5395.
administrator 名
統治者
[əd`mɪnə͵stretɚ]
[ad·min·is·tra·tor]

Amy is a smart administrator.
艾咪是聰明的統治者。

托 I T G 公

5396.
advocate 名 提倡者
動 提倡
[`ædvəkɪt] [ad·vo·cate]

動詞變化 **advocate-advocated-advocated**

❶ devil's advocate 故意唱反調者

托 I T G 公

⇦devil(2366)

5397.
affectionate 形
充滿深情的
[ə`fɛkʃənɪt]
[af·fec·tion·ate]

❶ be affectionate toward 對～關愛

托 I T G 公

5398.
affirm 動 斷言
[ə`fɝm] [af·firm]

動詞變化 **affirm-affirmed-affirmed**
He can affirm that he will pass the exam.
他可以斷言他能通過考試。

托 I T G 公

⇦exam(287)
⇦pass(648)

5399.
aggression 名 侵略
[ə`grɛʃən] [ag·gres·sion]

❶ cause aggression 引起攻擊性

托 I T G 公

5400.
alcoholic 形
含酒精的
[͵ælkə`hɔlɪk] [al·co·hol·ic]

He had some alcoholic drinks.
他喝些含酒飲料。

托 I T G 公

⇦drink(253)

5401.
alienate 動
使疏遠
[`eljən͵et] [alien·ate]

(MP3)
6-03

動詞變化 **alienate-alienated-alienated**
Pretty girls may feel alienated from the others in their company.
漂亮的女孩在公司可能與同事格格不入。

托 I T G 公

⇦pretty(686)

5402.
alliance 名 聯盟
[ə`laɪəns] [al·li·ance]

❶ make an alliance 締結聯盟

托 I T G 公

5403.
allocate 動 分配
[ˈæləˌket] [al·lo·cate]

動詞變化 **allocate-allocated-allocated**

🔠 Ⅰ Ⓣ Ⓖ ⚠

The teacher allocated the cake to all students.
老師把蛋糕分配給所有學生。

5404.
alongside 副 在旁邊
[əˈlɔŋˈsaɪd] [a·long·side]

A bus stops alongside her.
一輛公車在她旁邊停下來。

🔠 Ⅰ Ⓣ Ⓖ ⚠

5405.
alternative 名 形
二選一的
[ɔlˈtɜnətɪv] [al·ter·na·tive]

❶ have/has no alternative but
除此～別無選擇

🔠 Ⅰ Ⓣ Ⓖ ⚠

5406.
ambiguity 名
意義不明的
[ˌæmbɪˈgjuətɪ]
[am·bi·gu·i·ty]

❶ on ambiguity 一語多意

🔠 Ⅰ Ⓣ Ⓖ ⚠

5407.
ambiguous 形
含糊不清的
[æmˈbɪgjuəs]
[am·big·u·ous]

❶ an ambiguous statement
意義不明說法

🔠 Ⅰ Ⓣ Ⓖ ⚠

⇦statement(861)

5408.
ambulance 名
救護車
[ˈæmbjələns]
[am·bu·lance]

❶ an ambulance man 救護人員

🔠 Ⅰ Ⓣ Ⓖ ⚠

5409.
ambush 名 動 埋伏
[ˈæmbuʃ] [am·bush]

動詞變化 **ambush-ambushed-ambushed**

🔠 Ⅰ Ⓣ Ⓖ ⚠

❶ in ambush 埋伏起來

5410.
amiable 形 友善的
[ˈemɪəbl̩] [ami·able]

He looks amiable.
他看來很友善。

🔠 Ⅰ Ⓣ Ⓖ ⚠

5411.
amplify 動 擴大
[ˈæmpləˌfaɪ] [am·pli·fy]

動詞變化 **amplify-amplified-amplified**

🔠 Ⅰ Ⓣ Ⓖ ⚠

❶ amplify a guitar 放大吉他聲

⇦guitar(1479)

LEVEL 6

5412. **analects** 名 文選 [ˈænəˌlɛkts] [an·a·lects]	❶ Analects of Confucius 論語	托 I T G 公
5413. **analogy** 名 推類 [əˈnælədʒɪ] [a·nal·o·gy]	❶ learn by analogy 用類推學習	托 I T G 公
5414. **analyst** 名 分析者 [ˈænl̩ɪst] [an·a·lyst]	He is a good analyst. 他是很好的分析者。	托 I T G 公
5415. **analytic/ analytical** 形 分析的 [ˌænl̩ˈɪtɪk]/[ˌænl̩ˈɪtɪkl̩] [an·a·lyt·ic]/ [an·a·lyt·i·cal]	She is interested in analytic geometry. 她對於解析幾何學很感興趣。	托 I T G 公
5416. **anecdote** 名 趣聞 [ˈænɪkˌdot] [an·ec·dote]	❶ base on anecdote 以趣聞為基礎	托 I T G 公
5417. **anchorman/ anchorwoman** 名 男／女主播 [ˈæŋkɚˌmæn]/ [ˈæŋkɚˌwumən] [an·chor·man]/ [an·chor·wom·an]	The anchorman is professional. 這位男主播很專業。 ⇨professional(4027)	托 I T G 公
5418. **animate** 動 賦予生命 形 有生命的 [ˈænəˌmet] [an·i·mate]	動詞變化 animate-animated-animated ❶ animate one's… 使某人的…有生命力的	托 I T G 公
5419. **annoyance** 名 煩惱 [əˈnɔɪəns] [an·noy·ance]	❶ stamp one's foot annoyance 生氣踩腳 ⇨stamp(1935)	托 I T G 公
5420. **anonymous** 形 匿名的 [əˈnɑnəməs] [a·non·y·mous]	❶ anonymous buyer 匿名購買者	托 I T G 公
5421. **antarctic** 形 ⓂⓅ 南極的 6-04 [ænˈtɑrktɪk] [ant·arc·tic]	❶ Antarctic Circle 南極圈 ⇨circle(1205)	托 I T G 公

5422. **antenna** 名 觸角 [æn`tɛnə] [an·ten·na]	He is proud of his acute political antenna. 他以敏銳的政治觸覺為榮。 ⇔proud(1800) ⇔political(2810) ⇔acute(5387)	托 I T G 公
5423. **antibiotic** 名 抗生素 [æn`tɛnə] [an·ti·bi·ot·ic]	❶ put on antibiotic 服用抗生素	托 I T G 公
5424. **antibody** 名 抗體 [`æntɪˌbɑdɪ] [an·ti·bod·y]	❶ Irregular Antibody Screening Tests 不規則抗體篩選 ⇔screen(1868)	托 I T G 公
5425. **anticipate** 動 預期 [æn`tɪsəˌpet] [an·tic·i·pate]	動詞變化 anticipate-anticipated-anticipated They anticipate that the unemployment rate will rise next month. 他們預期下個月失業率會上升。 ⇔unemployment(6382)	托 I T G 公
5426. **anticipation** 名 預期 [ænˌtɪsə`peʃən] [an·tic·i·pa·tion]	❶ with anticipation 滿懷期望	托 I T G 公
5427. **antonym** 名 反義字 [`æntəˌnɪm] [an·to·nym]	"Tall" has an antonym: short. 「高」的反義字是矮。 ⇔short(793) ⇔tall(892)	托 I T G 公
5428. **applicable** 形 適用的 [`æplɪkəbl̩] [ap·pli·ca·ble]	It is not applicable to her. 這不適合她。	托 I T G 公
5429. **apprentice** 名 學徒 [ə`prɛntɪs] [ap·pren·tice]	James is an apprentice chef. 詹姆士是廚師學徒。	托 I T G 公
5430. **approximate** 形 近似的 [ə`prɑksəmɪt] [ap·prox·i·mate]	❶ an approximate cost 大約成本 ⇔cost(202)	托 I T G 公
5431. **aptitude** 名 才能 [`æptəˌtjud] [ap·ti·tude]	She took an aptitude test. 她進行能力測驗。	托 I T G 公

LEVEL

6

5432. **arctic** 形 北極的 [`ɑrktɪk] [Arc·tic]/[arc·tic]	❶ Arctic Ocean 北極海	托 I T G 公 ⇔ocean(614)
5433. **arrogant** 形 自大的 [`ærəgənt] [ar·ro·gant]	He is arrogant. 他很自大。	托 I T G 公
5434. **artery** 名 動脈 [`ɑrtərɪ] [ar·ter·y]	❶ carotid artery 頸動脈	托 I T G 公
5435. **articulate** 形 清晰的 動 清晰的發音 [ɑr`tɪkjəlɪt] [ar·tic·u·late]	動詞變化 **articulate-articulated- articulated** ❶ articulate one's thoughts 表明思想	托 I T G 公 ⇔thought(919)
5436. **artifact** 名 人工製品 [`ɑrtɪˌfækt] [ar·ti·fact]	This artifact costs a lot of money. 這手工品價值不菲。	托 I T G 公 ⇔money(557)
5437. **assassinate** 動 行刺 [ə`sæsɪnˌet] [as·sas·si·nate]	動詞變化 **assassinate- assassinated-assassinated** ❶ assassinate sb. 行刺某人	托 I T G 公
5438. **assert** 動 主張 [ə`sɝt] [as·sert]	動詞變化 **assert-asserted-asserted** ❶ assert oneself 堅持自我主張	托 I T G 公
5439. **assess** 動 估定財產 的價值 [ə`sɛs] [as·sess]	動詞變化 **assess-assessed- assessed** ❶ assess one's need 判定某人需要	托 I T G 公
5440. **assessment** 名 評計 [ə`sɛsmənt] [as·sess·ment]	❶ objective assessment 客觀判定	托 I T G 公 ⇔objective(3930)
5441. **assumption** 名 前提；假設 [ə`sʌmpʃən] [as·sump·tion]	❶ assumption of A 對 A 提出假定	托 I T G 公

5442.
asthma 名 氣喘 (MP3) 6-05
[`æzmə] [asth·ma]

❶ asthma attack 氣喘發作

托 I T G 公

⇦attack(1097)

5443.
asylum 名 收容所
[ə`saɪləm] [a·sy·lum]

❶ apply asylum 申請避難所

托 I T G 公

⇦apply(1082)

5444.
attain 動 達成
[ə`ten] [at·tain]

動詞變化 **attain-attained-attained**
❶ attain to 獲得

托 I T G 公

5445.
attainment 名 達到
[ə`tenmənt] [at·tain·ment]

❶ the attainment of ～的成就

托 I T G 公

5446.
attendant 形 伴隨的
[ə`tɛndənt] [at·ten·dant]

❶ attendant risks 伴隨風險

托 I T G 公

⇦risk(2911)

5447.
attic 名 閣樓
[`ætɪk] [at·tic]

❶ an attic study 閣樓書房

托 I T G 公

5448.
auction 名 動 拍賣
[`ɔkʃən] [auc·tion]

動詞變化 **auction-auctioned-auctioned**
❶ auction off 拍賣

托 I T G 公

5449.
authentic 形 真實的
[ɔ`θɛntɪk] [au·then·tic]

❶ authentic account 真實描述

托 I T G 公

⇦account(2110)

5450.
authorize 動 授權
[`ɔθəˌraɪz] [au·tho·rize]

動詞變化 **authorize-authorized-authorized**
❶ authorize sb. to 授權某人做某事

托 I T G 公

5451.
autograph/ signature 名 簽名
[`ɔtəˌgræf]/ [`sɪgnətʃɚ]
[au·to·graph]/
[sig·na·ture]

❶ time signature【音】拍子記號

托 I T G 公

5452.
autonomy 名 自治
[ɔ`tɑnəmɪ] [au·ton·o·my]

❶ give autonomy 給予自主權

托 I T G 公

LEVEL
6

511

| 5453. **aviation** 名 航空
[ˌevɪˋeʃən] [a·vi·a·tion] | ● aviation security 飛安 | 托 **I** **T** **G** 公

⇨security(2952) |
| 5454. **awesome** 形
令人敬畏的
[ˋɔsəm] [awe·some] | ● awesome sight 驚人景觀 | 托 **I** **T** **G** 公

⇨sight(802) |

Bb

▼ 托 TOEFL、**I** IELTS、**T** TOEIC、**G** GEPT、公 公務人員考試

5455. **barometer** 名 氣壓計 [bəˋramətɚ] [ba·rom·e·ter]	The barometer is rising. 氣壓計上升。	托 **I** **T** **G** 公
5456. **beckon** 動 向…示意 [ˋbɛkṇ] [beck·on]	動詞變化 beckon-beckoned- beckoned ● beckon sb. to 向某人示意去做某事	托 **I** **T** **G** 公
5457. **besiege** 動 包圍 [bɪˋsidʒ] [be·siege]	動詞變化 besiege-besieged- besieged ● be besieged by 被～包圍	托 **I** **T** **G** 公
5458. **betray** 動 背叛 [bɪˋsidʒ] [be·siege]	動詞變化 betray-betrayed- betrayed He betrayed his friend. 他背叛他朋友。	托 **I** **T** **G** 公
5459. **beverage** 名 飲料 [ˋbɛvərɪdʒ] [bev·er·age]	● alcoholic beverages 酒類	托 **I** **T** **G** 公 ⇨alcoholic(5400)
5460. **bias** 名 偏見 [ˋbaɪəs] [bi·as]	● have bias against 對～有偏見	托 **I** **T** **G** 公
5461. **binoculars** 名 雙筒望遠鏡 [bɪˋnakjələs] [bin·oc·u·lars]	● a pair of binoculars 一雙望遠鏡	托 **I** **T** **G** 公

5462.
biochemistry 名
生物化學
[ˋbaɪoˋkɛmɪstrɪ]
[bio‧chem‧is‧try]

● one's biochemistry is identical to 某⋯生物化學和⋯一樣

托 I T G 公

⇔identical(3746)

5463.
biological 形
生物學的
[͵baɪəˋlɑdʒɪkl]
[bio‧lo‧gic‧al]

● biological parents 親生父母

托 I T G 公

5464.
bizarre 形 奇異的
[bɪˋzɑr] [bi‧zarre]

● a bizarre story 稀奇古怪的故事

托 I T G 公

5465.
bleak 形 荒涼
[blik] [bleak]
6-06

He is standing on bleak hill.
他正站在荒涼的山上。

托 I T G 公

5466.
blunder 名 動 大錯
[ˋblʌndɚ] [blun‧der]

動詞變化 blunder-blundered-blundered
● blunder about 跌跌撞撞

托 I T G 公

5467.
blunt 形 鈍的
[blʌnt] [blunt]

● a blunt pencil 不尖的鉛筆

托 I T G 公

5468.
bombard 動 轟炸
[bamˋbard] [bom‧bard]

動詞變化 bombard-bombarded-bombarded
● bombard with 用⋯轟炸

托 I T G 公

5469.
bondage 名
奴隸身分
[ˋbandɪdʒ] [bond‧age]

● be in bondage to A 是 A 的奴隸

托 I T G 公

5470.
boost 名 促進
[bust] [boost]

● a boost one's ego 增加某人信心

托 I T G 公

5471.
bout 名 一陣
[baut] [bout]

● the bout of... 一陣的⋯

托 I T G 公

5472.
boycott 動 杯葛
[ˋbɔɪkɑt] [boy‧cott]

動詞變化 boycott-boycotted-boycotted
● boycott...from 抵制某處來的⋯

托 I T G 公

LEVEL 6

5473. **breakdown** 名 故障 [`brɛk‚daʊn] [break‧down]	● nervous breakdown 神經衰弱	托 **I T G** 公 ⇦nervous(2735)
5474. **breakthrough** 名 突破 [`brɛk‚θru] break‧through]	● breakthrough in negotiations 談判突破	托 **I T G** 公 ⇨negotiation(5991)
5475. **breakup** 名 中斷 [`brɛk`ʌp] [break‧up]	He sang a breakup song. 他唱分手歌曲。	托 **I T G** 公
5476. **brew** 動 釀製 [bru] [brew]	動詞變化 **brew-brewed-brewed** ● brew up 醞釀	托 **I T G** 公
5477. **brink** 名 懸崖邊緣 [brɪŋk] [brink]	● on the brink of 瀕臨～邊緣	托 **I T G** 公
5478. **brisk** 形 活潑的 [brɪsk] [brisk]	● a brick pace 清快步伐	托 **I T G** 公
5479. **brochure** 名 小冊子 [bro`ʃʊr] [bro‧chure]	Read the brochure. 請閱讀小冊子。	托 **I T G** 公
5480. **brute** 名 殘暴的人 [brut] [brute]	Her boss is a brute. 她老闆是殘暴的人。	托 **I T G** 公 ⇦boss(1147)
5481. **buckle** 名 釦子 動 扣住 [`bʌk!] [buck‧le]	動詞變化 **buckle-buckled-buckled** ● buckle down 努力做事	托 **I T G** 公
5482. **bulky** 形 龐大的 [`bʌlkɪ] [bulk‧y]	● bulky collections 大型收藏品	托 **I T G** 公 ⇦collection(2290)
5483. **bureaucracy** 名 官僚 [bjʊ`rɑkrəsɪ] [bu‧reau‧cra‧cy]	● unnecessary bureaucracy 多餘的繁文縟節	托 **I T G** 公
5484. **burial** 名 埋葬 [`bɛrɪəl] [bu‧ri‧al]	● burial ground 墓地	托 **I T G** 公

5485.
byte 名 位元組
[baɪt] [byte]

Is a computer's memory measured by bytes?
電腦的記憶體是以位元來計算嗎？

托 I T G 公

⇦measure(3871)

Cc ▼ 托TOEFL、I IELTS、T TOEIC、G GEPT、公 公務人員考試

5486.
caffeine 名
咖啡因
[`kæfiin] [caf·feine]

(MP3) 6-07

He is tired, so he needs his caffeine jolt.
他很累，所以他需要咖啡因提神。

托 I T G 公

5487.
calcium 名 鈣
[`kælsɪəm] [cal·ci·um]

❶ calcium channel blocker
鈣離子阻隔劑

托 I T G 公

⇦channel(2260)

5488.
canvas 名 帆布
[`kænvəs] [can·vas]

❶ under canvas 在帳篷裡

托 I T G 公

5489.
capability 名 能力
[͵kepə`bɪlətɪ]
[ca·pa·bil·i·ty]

❶ within capability 能力範圍內

托 I T G 公

5490.
capsule 名 膠囊
[`kæpsl̩] [cap·sule]

❶ capsule hotel 膠囊旅館

托 I T G 公

5491.
caption 名 標題
[`kæpʃən] [cap·tion]

❶ caption vision 標題畫面

托 I T G 公

⇦vision(3161)

5492.
captive 名 俘虜
[`kæptɪv] [cap·tive]

❶ be taken captive by 被～俘虜

托 I T G 公

5493.
captivity 名 監禁
[kæp`tɪvətɪ] [cap·tiv·i·ty]

❶ escape from captivity 逃離監禁處

托 I T G 公

⇦escape(2433)

5494.
carbohydrate 名
碳水化合物
[`kɑrbə`haɪdret]
[car·bo·hy·drate]

❶ cut down on carbohydrates
少吃碳水化合物的東西

托 I T G 公

LEVEL 6

5495. **caress** 動 撫摸 [kə`rɛs] [ca·ress]	動詞變化 **caress-caressed-caressed** His fingers caressed her arms. 他的手指撫摸她手臂。
5496. **carol** 名 頌歌 [`kærəl] [car·ol]	❶ Christmas carol 聖誕頌歌
5497. **cashier** 名 出納員 [kæ`ʃɪr] [cash·ier]	He is a lazy cashier. 他是懶散的出納員。 ⇦lazy(487)
5498. **casualty** 名 傷亡人員 [`kæʒjuəltɪ] [ca·su·al·ty]	❶ heavy casualties 嚴重傷亡 ⇦heavy(406)
5499. **catastrophe** 名 大災難；突變 [kə`tæstrəfɪ] [ca·tas·tro·phe]	❶ catastrophe theory 突變理論 ⇦theory(3093)
5500. **cater** 動 迎合 [`ketə] [ca·ter]	動詞變化 **cater-catered-catered** ❶ cater for 適合某人或某事
5501. **cavalry** 名 騎兵 [`kævḷrɪ] [cav·al·ry]	Cavalries usually fought on horseback. 騎兵通常在馬背上打鬥。 ⇦fight(315)
5502. **cavity** 名 洞；穴 [`kævətɪ] [cav·i·ty]	nasal cavity【醫】鼻腔
5503. **cemetery** 名 公墓 [`sɛmə,tɛrɪ] [cem·e·ter·y]	It is terrible to walk near a cemetery at midnight. 半夜到公墓附近散步很恐怖。 ⇦terrible(1994)
5504. **certainty** 名 確實 [`sɜtəntɪ] [cer·tain·ty]	❶ for a certainty 確實地
5505. **certify** 動 證明 [`sɜtə,faɪ] [cer·ti·fy]	動詞變化 **certify-certified-certified** ❶ this document is to certify that 此文件以茲證明 ⇦document(4570)

5506.
champagne 名
香檳酒
[ʃæmˋpen] [cham·pagne]

He drinks a glass of champagne. 托 I T G 公
他喝杯香檳。

5507.
chaos 名 大混亂　6-08
[ˋkeɑs] [cha·os]

❶ in chaos 一片混亂　托 I T G 公

5508.
characterize 動
具有…的特徵
[ˋkærəktəˌraɪz]
[cha·rac·teri·ze]

動詞變化 characterize-　托 I T G 公
　　　　　characterized-characterized
❶ be characterized by 特徵是以…

5509.
charcoal 名 木炭
[ˋtʃɑrˌkol] [char·coal]

❶ charcoal gray 深灰色　托 I T G 公

⇦gray(379)

5510.
chariot 名 雙輪戰車
[ˋtʃærɪət] [char·i·ot]

Chariots were common in 18ᵗʰ
century.
十八世紀時很常看到雙輪戰車。

⇦common(194)

5511.
charitable 形 溫和的
[ˋtʃærətəbl] [char·i·ta·ble]

We should be charitable.　托 I T G 公
我們應該要寬容點。

5512.
cholesterol 名
膽固醇
[kəˋlɛstəˌrol]
[cho·les·ter·ol]

❶ a high cholesterol level 高膽固醇　托 I T G 公

5513.
chronic 名 慢性的
[ˋkrɑnɪk] [chron·ic]

❶ chronic depressive 長期憂鬱患者　托 I T G 公

5514.
chuckle 名動
咯咯地笑
[ˋtʃʌkl̩] [chuck·le]

動詞變化 chuckle-chuckled-　托 I T G 公
　　　　　chuckled
❶ give a chuckle 輕笑出來

5515.
chunk 名 厚塊
[tʃʌŋk] [chunk]

❶ a chunk of 大量的　托 I T G 公

5516.
civilize 動 使文明
[ˋsɪvəˌlaɪz] [civ·i·lize]

動詞變化 civilize-civilized-civilized 托 I T G 公
❶ have/ has civilized by 被～變得有教養

LEVEL
6

5517. **clamp** 動 夾住 [klæmp] [clamp]	動詞變化 **clamp-clamped-clamped** 托 I T G 公 ❶ clamp down 嚴厲打擊犯罪
5518. **clarity** 名 清楚 [ˋklærətɪ] [clar·i·ty]	❶ clarity of vision 視野清楚 托 I T G 公 ⇦vision(3161)
5519. **cleanse** 動 淨化 [klɛnz] [cleanse]	動詞變化 **cleanse-cleansed-** **cleansed** 托 I T G 公 ❶ cleanse one's wound 清洗某人傷口 ⇦wound(2103)
5520. **clearance** 名 清潔 [ˋklɪrəns] [clear·ance]	❶ clearance sale 清倉拍賣 托 I T G 公
5521. **clench** 動 握緊 [klɛntʃ] [clench]	動詞變化 **clench-clenched-** **clenched** 托 I T G 公 She clenched her fists. 她緊握拳頭。
5522. **clinical** 形 門診的 [ˋklɪnɪkl̩] [clin·i·cal]	❶ clinical research 臨床研究 托 I T G 公 ⇦research(4093)
5523. **clone** 名 複製動植物 [klon] [clone]	❶ clone fund 繁殖基金 托 I T G 公 ⇦fund(2494)
5524. **closure** 名動 關閉 [ˋkloʒɚ] [clo·sure]	動詞變化 **closure-closured-** **closured** 托 I T G 公 The hospital closures. 醫院關閉了。 ⇦hospital(1508)
5525. **coffin** 名 棺材 [ˋkɔfɪn] [cof·fin]	❶ coffin nail 香菸 托 I T G 公 ⇦nail(1656)
5526. **coherent** 形 一致的 [koˋhɪrənt] [co·her·ent]	❶ coherent explanation 有條理解釋 托 I T G 公
5527. **coincide** 動 同時發生 [ˌkoɪnˋsaɪd] [co·in·cide]	動詞變化 **coincide-coincided-** **coincided** 托 I T G 公 ❶ coincide with 和～同時

5528. **coincidence** 名 巧合 [koˋɪnsɪdəns] [co‧in‧ci‧dence]	What a coincidence! 真巧！	托 I T G 公
5529. **collective** 形 共同的 [kəˋlɛktɪv] [col‧lec‧tive]	"Team" is a collective noun. 「組」是集合名詞。 ⇦team(1983)	托 I T G 公
5530. **collector** 名 收集者 [kəˋlɛktɚ] [col‧lec‧tor]	❶ debt collector 收帳者；討債者 ⇦debt(1288)	托 I T G 公
5531. **collide** 動 碰撞 [kəˋlaɪd] [col‧lide]　6-09	動詞變化 collide-collided-collided ❶ collide over 在～有衝突	托 I T G 公
5532. **collision** 名 相撞 [kəˋlɪʒən] [col‧li‧sion]	❶ on a collision course with 幾乎在～導致衝突	托 I T G 公
5533. **colloquial** 形 口語的 [kəˋlokwɪəl] [col‧lo‧qui‧al]	❶ colloquial words 口語用詞 ⇦word(1022)	托 I T G 公
5534. **columnist** 名 專欄作家 [ˋkɑləmɪst] [col‧um‧nist]	Amy was a columnist when she was in New York. 當艾咪在紐約時，是專欄作家。	托 I T G 公
5535. **commemorate** 動 紀念 [kəˋmɛmə͵ret] [com‧mem‧o‧rate]	動詞變化 commemorate- 　　commemorated-commemorated ❶ has been commemorated in 用～紀念	托 I T G 公
5536. **commence** 動 開始 [kəˋmɛns] [com‧mence]	動詞變化 commence-commenced- 　　commenced The concert was commenced at 14:00. 演唱會在下午兩點開始。 ⇦concert(2306)	托 I T G 公
5537. **commentary** 名 評論 [ˋkɑmən͵tɛrɪ] [com‧men‧tar‧y]	❶ running commentary 實況報導	托 I T G 公

LEVEL

6

5538. **commitment** 名 罪犯；承諾 [kəˋmɪtmənt] [com·mit·ment]	❶ make a commitment 做出承諾　　托ⅠTG公
5539. **communicative** 形 暢談的 [kəˋmjunəˏketɪv] [com·mu·ni·ca·tive]	Peterson is not communicative.　托ⅠTG公 彼特森不太愛講話。
5540. **companionship** 名 友誼 [kəmˋpænjənˏʃɪp] [com·pan·ion·ship]	❶ for companionship 有～相伴　　托ⅠTG公
5541. **comparable** 形 可比較的 [ˋkɑmpərəbl̩] [com·pa·ra·ble]	A is not comparable to B.　　托ⅠTG公 A 和 B 不能直接相比。
5542. **comparative** 形 比較的 [kəmˋpærətɪv] [com·par·a·tive]	He has studied in comparative　托ⅠTG公 linguistics for two months. 他已經讀比較語文學兩個月。
5543. **compatible** 形 能共處的 [kəmˋpætəbl̩] [com·pat·i·ble]	❶ be compatible with 能和～相容　托ⅠTG公
5544. **compensate** 動 補償 [ˋkɑmpənˏset] [com·pen·sate]	動詞變化 compensate-　　　　托ⅠTG公 　　　　compensated-compensated ❶ compensate for 補償～
5545. **compensation** 名 補償 [ˏkɑmpənˋseʃən] [com·pen·sa·tion]	❶ receive compensation 得到賠償金 托ⅠTG公 ⇦receive(2871)

5546.
competence 名
能力

[`kɑmpətəns]
[com·pe·tence]

❶ professional competence 托ⅠTG公
專業能力

⇦professional(4027)

5547.
competent 形
有能力的

[`kɑmpətənt]
[com·pe·tent]

The secretary is competent in 托ⅠTG公
her work.
祕書對工作能夠勝任。

⇦secretary(1871)

5548.
compile 動 收集

[kəm`paɪl] [com·pile]

動詞變化 compile-compiled- 托ⅠTG公
compiled
❶ compile a list 編制名單

5549.
complement 名
補充物 動 補充

[`kɑmpləmənt]
[com·ple·ment]

動詞變化 complement- 托ⅠTG公
complemented-complemented
❶ complement each other 互相取長補短

5550.
complexion 名
氣色

[kəm`plɛkʃən]
[com·plex·ion]

❶ put a new complexion on 托ⅠTG公
使形勢（氣色）⋯改觀

5551.
complexity 名
複雜

(MP3)
6-10

[kəm`plɛksətɪ]
[com·plex·i·ty]

❶ increasing complexity 日漸複雜 托ⅠTG公

⇦increas(1529)

5552.
complication 名
複雜

[ˌkɑmplə`keʃən]
[com·pli·ca·tion]

❶ add some complication 托ⅠTG公
增加複雜度

⇦add(10)

5553.
component 名 成份

[kəm`ponənt]
[com·po·nent]

Love is an important component 托ⅠTG公
in any relationship.
在關係中，愛是重要的成分。

⇦relationship(1835)

LEVEL
6

5554. **comprehensive** 形 廣泛的 [ˌkɑmprɪˈhɛnsɪv] [com‧pre‧hen‧sive]	❶ comprehensive school 綜合中學　托 I T G 公 ⇦school(756)
5555. **comprise** 動 由…構成 [kəmˈpraɪz] [com‧pri‧se]	動詞變化 **comprise-comprised-** **comprised**　托 I T G 公 ❶ be comprised of 由～構成
5556. **concede** 動 承認 [kənˈsid] [con‧cede]	動詞變化 **concede-conceded-** **conceded**　托 I T G 公 "You are the best," he conceded. 「你是最好的。」他承認。
5557. **conceited** 形 自負的 [kənˈsitɪd] [con‧ceit]	David is a conceited person.　托 I T G 公 大衛是自負的人。
5558. **conception** 名 概念 [kənˈsɛpʃən] [con‧cep‧tion]	❶ has/have no conception of　托 I T G 公 對～沒有概念
5559. **concession** 名 讓步 [kənˈsɛʃən] [con‧ces‧sion]	❶ an important concession　托 I T G 公 重大讓步
5560. **concise** 形 簡潔的 [kənˈsaɪs] [con‧cise]	❶ a concise summary 簡潔總結　托 I T G 公 ⇦summary(3057)
5561. **condense** 動 壓縮 [kənˈdɛns] [con‧dense]	動詞變化 **condense-condensed-** **condensed**　托 I T G 公 The report was condensed into one page. 報告被縮減成一頁。 ⇦report(717)
5562. **confer** 動 商議 [kənˈfɝ] [con‧fer]	動詞變化 **confer-conferred-** **conferred**　托 I T G 公 ❶ confer with 和某人商議
5563. **confidential** 形 祕密的 [ˌkɑnfəˈdɛnʃəl] [con‧fi‧den‧tial]	❶ confidential documents 祕密文件　托 I T G 公

5564.
conform 動 遵守
[kən`fɔrm] [con·form]

動詞變化 **conform-conformed-conformed**
❶ conform to 符合

托 I T G 公

5565.
confrontation 名
對抗
[͵kɑnfrʌn`teʃən]
[con·fron·ta·tion]

❶ confrontation between A and B
AB 之間的對抗

托 I T G 公

5566.
congressman/ congresswoman
名 美國男／女議員
[`kɑŋgrəsmən]/
[`kɑŋgrəswʊmən]
[con·gress·man]/
[con·gress·wom·an]

Emma will write to a congressman.
艾瑪將寫信給國會男議員。

托 I T G 公

5567.
conquest 名 征服；
俘虜
[`kɑŋkwɛst] [con·quest]

Ken is one of her conquests.
肯是她俘虜之一。

托 I T G 公

5568.
conscientious 形
誠實的；認真的
[͵kɑnʃɪ`ɛnʃəs]
[con·sci·en·tious]

She is a conscientious professor.
她是勤勉的教授。

托 I T G 公

⇔professor(4028)

5569.
consensus 名 共識
[kən`sɛnsəs] [con·sen·sus]

❶ a general consensus among sb. 在某人之間有普遍共識

托 I T G 公

⇔general(356)

5570.
conservation 名
保存
[͵kɑnsɚ`veʃən]
[con·ser·va·tion]

❶ energy conservation 能源節約

托 I T G 公

⇔energy(1369)

LEVEL
6

5571. **consolation** 名 安慰 [ˌkɑnsəˋleʃən] [con·so·la·tion]	❶ a great consolation to sb. 對某人是很大的安慰	托 I T G 公
5572. **conspiracy** 名 陰謀 [ˌkɑnsəˋleʃən] [con·so·la·tion]	❶ a conspiracy of science 保持緘默密約 ⇦science(1864)	托 I T G 公
5573. **constituent** 形 組成的 [kənˋstɪtʃʊənt] [con·stit·u·ent]	❶ constituent elements 組成要素 ⇦element(1362)	托 I T G 公
5574. **consultation** 名 商議 [ˌkɑnsəlˋteʃən] [con·sul·ta·tion]	After consultation with her coworkers, she made a decision. 在和同事商議後，她做出決定。 ⇦decision(1288)	托 I T G 公
5575. **consumption** 名 消耗 [kənˋsʌmpʃən] [con·sump·tion]	❶ alcohol consumption 飲酒量 ⇦alcohol(3231)	托 I T G 公
5576. **contemplation** 名 沉思 [ˌkɑntɛmˋpleʃən] [con·tem·pla·tion]	❶ in contemplation 沉思中，考慮中	托 I T G 公
5577. **contestant** 名 競爭者 [kənˋtɛstənt] [con·test·ant]	Who is Maggie's contestant? 梅姬的競爭對手是誰？	托 I T G 公
5578. **contractor** 名 立契約者 [ˋkɑntræktɚ] [con·tract·or]	❶ haulage contractor 貨運承包商	托 I T G 公

5579. **contradict** 動 反駁 [ˌkɑntrəˋdɪkt] [con·ra·dict]	動詞變化 **contradict-contradicted-contradicted** 托 I T G 公 ❶ contradict oneself 自我矛盾
5580. **contradiction** 名 反駁 [ˌkɑntrəˋdɪkʃən]	❶ contradiction between A and B 托 I T G 公 A 和 B 自相矛盾 ⇦between(102)
5581. **controversial** 形 爭論的 [ˌkɑntrəˋvɝʃəl] [con·tro·ver·sial]	❶ a controversial decision 托 I T G 公 爭議的決策
5582. **controversy** 名 爭論 [ˋkɑntrəˌvɝsɪ] [con·tro·ver·sy]	❶ cause controversy 引起爭論 托 I T G 公 ⇦cause(162)
5583. **conviction** 名 定罪 [kənˋvɪkʃən] [con·vic·tion]	❶ previous conviction 前科 托 I T G 公 ⇦previous(2836)
5584. **coordinate** 動 協調 形 同等的 [koˋɔrdnet] [co·or·di·nate]	動詞變化 **coordinate-coordinated-coordinated** 托 I T G The professor tried to coordinate the problems. 教授試著協調問題。
5585. **cordial** 形 熱誠的 [ˋkɔrdʒəl] [cor·dial]	❶ a cordial meeting 熱情的會議 托 I T G 公
5586. **core** 名 核心 [kor] [core]	❶ to the core 直搗核心 托 I T G 公
5587. **corporate** 形 法人的 [ˋkɔrpərɪt] [cor·po·rate]	❶ corporate management 公司管理 托 I T G 公 ⇦management(2670)
5588. **corps** 名 軍團 [kɔr] [corps]	❶ Marine Corps 海軍陸戰隊 托 I T G 公 ⇦marine(4832)

LEVEL 6

5589. **corpse** 名 屍體 [kɔrps] [corpse]	The corpse looks terrible. 這屍體很恐怖。 ⇦terrible(1994)	托 I T G 公
5590. **correspondent** 名 通信者 [ˌkɔrɪ`spɑndənt] [cor·re·spon·dent]	Leon was a war correspondent. 里昂以前是戰地記者。	托 I T G 公
5591. **corruption** 名 ^{MP3} 墮落 6-12 [kə`rʌpʃən] [cor·rup·tion]	❶ riddled with graft and corruption 貪污風氣盛行 ⇨riddle(2909)	托 I T G 公
5592. **cosmetic** 形 化妝品的 [kɑz`mɛtɪk] [cos·met·ic]	❶ cosmetic products 化妝產品 ⇦product(2841)	托 I T G 公
5593. **cosmopolitan** 形 世界性的 [ˌkɑzmə`pɑlətn̩] [cos·mo·pol·i·tan]	❶ cosmopolitan hotel 全國知名旅館	托 I T G 公
5594. **counterpart** 名 極相像的人或物 [`kaʊntɚˌpɑrt] [coun·ter·part]	The two bags are counterparts in color and style. 這兩個包包顏色和樣式幾乎一樣。 ⇦color(192) ⇦style(3047)	托 I T G 公
5595. **coverage** 名 覆蓋 [`kʌvərɪdʒ] [cov·er·age]	❶ coverage of 包含～	托 I T G 公
5596. **covet** 動 垂涎 [`kʌvɪt] [cov·et]	動詞變化 covet-coveted-coveted She had long coveted the chance to work with Andy Lau. 她一直渴望能和劉德華一起工作。 ⇦chance(167)	托 I T G 公
5597. **cramp** 名 抽筋 [kræmp] [cramp]	❶ writer's cramp 書寫痙攣	托 I T G 公
5598. **credibility** 名 可信度 [ˌkrɛdə`bɪlətɪ] [cred·i·bil·i·ty]	❶ credibility gap 缺乏可信度 ⇦gap(2500)	托 I T G 公

5599. **credible** 形 可信的 [ˋkrɛdəbl̩] [cred·i·ble]	❶ a credible witness 可信目擊者	托 I T G 公
		⇦witness(4272)

5600. **criterion** 名 標準 [kraɪˋtɪrɪən] [cri·te·ri·on]	❶ the main criterion 主要標準	托 I T G 公
		⇦main(1605)

5601. **crook** 名 動 彎曲 [kruk] [crook]	動詞變化 **crook-crooked-crooked** ❶ by hook or by crook 千方百計	托 I T G 公
		⇦hook(3731)

5602. **crooked** 形 彎曲的 [ˋkrukɪd] [crook·ed]	❶ a crooked nose 鷹勾鼻	托 I T G 公
		⇦nose(604)

5603. **crucial** 形 關係重大的 [ˋkruʃəl] [cru·cial]	She made a crucial decision. 她做出關鍵性決定。	托 I T G 公

5604. **crude** 形 天然的 [krud] [crude]	This is called crude oil. 這稱為原油。	托 I T G 公

5605. **cruise** 動 巡航 [kruz] [cruise]	動詞變化 **cruise-cruised-cruised** ❶ cruise down + 流域 沿著～而下乘船航行	托 I T G 公

5606. **cruiser** 名 遊艇 [ˋkruzɚ] [cruis·er]	❶ cabin cruiser 巡邏警車	托 I T G 公
		⇦cabin(2238)

5607. **crumb** 名 小塊 [krʌm] [crumb]	❶ a few crumbs of 少量的	托 I T G 公

5608. **crumble** 動 粉碎 [ˋkrʌmbl̩] [crum·ble]	動詞變化 **crumble-crumbled-crumbled** ❶ crumble over 把碎屑灑在～	托 I T G 公

5609. **crust** 名 麵包皮 [krʌst] [crust]	❶ the upper crust 麵包的表皮，上流社會	托 I T G 公
		⇦upper(2050)

5610. **cultivate** 動 培養 [ˋkʌltəˏvet] [cul·ti·vate]	動詞變化 **cultivate-cultivated-cultivated** She tried to cultivate good relationship with Sean. 她試著和席恩培養友誼。	托 I T G 公

LEVEL

6

5611. **cumulative** 形 累積的 [ˋkjumjuˌletɪv] [cu·mu·la·tive]	❶ cumulative total for 對～方面總計　托 I T G 公 ⇨total(940)
5612. **customary** 形 習慣上的 [ˋkʌstəmˌɛrɪ] [cus·tom·ar·y]	❶ It is customary… …是種習慣　托 I T G 公

Dd
▼ 托 TOEFL、I IELTS、T TOEIC、G GEPT、公 公務人員考試

5613. **daffodil** 名 (MP3) 黃水仙　6-13 [ˋdæfədɪl] [daf·fo·dil]	Is Daffodil a national symbol of　托 I T G 公 Wales? 黃水仙是威爾斯的民族象徵嗎？ ⇨national(1660) ⇨symbol(1974)
5614. **dandruff** 名 頭皮屑 [ˋdændrəf] [dan·druff]	He saw some dandruff in Amy's　托 I T G 公 hair. 他看見艾咪頭髮有頭皮屑。
5615. **daybreak** 名 黎明 [ˋdeˌbrek] [day·break]	He arrived before daybreak.　托 I T G 公 他在黎明前抵達。
5616. **deadly** 形 致命的 [ˋdɛdlɪ] [dead·ly]	❶ deadly disease 致命疾病　托 I T G 公 ⇨disease(2380)
5617. **decent** 形 端正的 [ˋdisn̩t] [de·cent]	❶ do the decent thing 做得人心之事　托 I T G 公
5618. **decisive** 形 決定性的 [dɪˋsaɪsɪv] [de·ci·sive]	They discussed the decisive　托 I T G 公 factors. 他們討論決定性因素。 ⇨discuss(1320) ⇨factor(2449)
5619. **decline** 名 動 下降 [dɪˋklaɪn] [de·cline]	動詞變化 decline-declined- 　　　　　declined　托 I T G 公 ❶ economic decline 經濟衰退 ⇨economic(3550)

5620.
dedicate 動
以…奉獻
[`dɛdə,ket] [ded·i·cate]

動詞變化 **dedicate-dedicated-dedicated**

David dedicates himself to his work.
大衛把自身奉獻給工作。

托 I T G 公

5621.
dedication 名 奉獻
[,dɛdə`keʃən] [ded·i·ca·tion]

He served the public with dedication.
他以奉獻精神服務大眾。

托 I T G 公

⇦public(691)

5622.
deem 動 認為
[dim] [deem]

動詞變化 **deem-deemed-deemed**

The party was deemed a success.
大家認為這次派對很成功。

托 I T G 公

5623.
defect 名 缺陷
[dɪ`fɛkt] [de·fect]

He got a speech defect.
他有語言缺陷。

托 I T G 公

5624.
deficiency 名 不足
[dɪ`fɪʃənsɪ] [de·fi·cien·cy]

❶ skill deficiency 技能不足

托 I T G 公

⇦skill(816)

5625.
degrade 動 降級
[dɪ`gred] [de·grade]

動詞變化 **degrade-degraded-degraded**

The article degraded women.
這短文使女性受辱。

托 I T G 公

⇦article(1093)

5626.
deliberate 形
深思熟慮的
[dɪ`lɪbərɪt] [de·lib·er·ate]

❶ deliberate on 深思熟慮某事

托 I T G 公

5627.
delinquent 名
違法者
[dɪ`lɪŋkwənt] [de·lin·quent]

❶ juvenile delinquent 少年犯

托 I T G 公

⇦juvenile(4786)

5628.
denounce 動 指責
[dɪ`nauns] [de·nounce]

動詞變化 **denounce-denounced-denounced**

The singer publicly denounced the fans.
歌星公開指責粉絲。

托 I T G 公

5629.
density 名 濃密
[`dɛnsətɪ] [den·si·ty]

❶ population density 人口密度

托 I T G 公

⇦population(1763)

LEVEL
6

5630. **dental** 形 牙齒的 [ˋdɛntḷ] [den·tal]	Lisa made a dental appointment. 托 I T G 公 麗莎預約牙科。 <div align="right">⇨appointment(3255)</div>
5631. **depict** 動 描述 [dɪˋpɪkt] [de·pict]	動詞變化 **depict-depicted-depicted** 托 I T G The book depicted American history. 這本書描述美國歷史。 <div align="right">⇨history(416)</div>
5632. **deprive** 動 剝奪 [dɪˋpraɪv] [de·prive]	動詞變化 **deprive-deprived-** 　　　　　　**deprived** 托 I T G 公 ❶ deprive one's of sth. 剝奪
5633. **derive** 動 衍生出 (MP3) [dɪˋraɪv] [de·rive] 6-14	動詞變化 **derive-derived-derived** 托 I T G 公 ❶ derive from 起源於
5634. **deputy** 名 代表 [ˋdɛpjətɪ] [dep·u·ty]	He is acting as deputy. 托 I T G 公 他代理某人職務。
5635. **descend** 動 下降 [dɪˋsɛnd] [de·scend]	動詞變化 **descend-descended-** 　　　　　　**descended** 托 I T G 公 ❶ descend into 逐漸陷入
5636. **descendant** 名 子孫 [dɪˋsɛndənt] [de·scen·dant]	❶ a descendant of ～的後裔 托 I T G 公
5637. **descent** 名 下降 [dɪˋsɛnt] [de·scent]	The airplane began its descent. 托 I T G 公 飛機開始下降。 <div align="right">⇨airplane(25)</div>
5638. **designate** 動 指定 [ˋdɛzɪɡˌnet] [des·ig·nate]	動詞變化 **designate-designated-** 　　　　　　**designated** 托 I T G 公 ❶ designated a non-smoking area 　指定為非吸菸區 <div align="right">⇨area(51)</div>
5639. **destined** 形 命運注 定的 [ˋdɛstɪnd] [des·tined]	❶ destined for + 職業 托 I T G 公 　註定做某種工作
5640. **detach** 動 派遣；掙脫 [dɪˋtætʃ] [de·tach]	動詞變化 **detach-detached-** 　　　　　　**detached** 托 I T G 公 ❶ detach from 掙脫某人的…

5641.
detain 動 阻止
[dɪˋten] [de·tain]

動詞變化 **detain-detained-detained** 托 I T G 公
The singer has been detained at a concert.
歌星因為演唱會耽擱。
⇦concert(2306)

5642.
deter 動 使斷念
[dɪˋtɝ] [de·ter]

動詞變化 **deter-deterred-deterred** 托 I T G
She isn't deterred.
她不罷休。

5643.
deteriorate 動 惡化
[dɪˋtɪrɪəˏret]
[de·te·ri·o·rate]

動詞變化 **deteriorate-deteriorated-deteriorated** 托 I T G 公
❶ deteriorate into 惡化成～地步

5644.
devalue 動 使貶值
[diˋvælju] [de·val·ue]

動詞變化 **devalue-devalued-devalued** 托 I T G 公
❶ devalue its currency 使貨幣貶值
⇦currency(4538)

5645.
diabetes 名 糖尿病
[ˏdaɪəˋbitiz] [di·a·be·tes]

Diabetes is caused by a lack of insulin. 托 I T G
糖尿病是因為缺乏胰島素。
⇦lack(475)

5646.
diagnose 動 診斷
[ˋdaɪəgnoz] [di·ag·nose]

動詞變化 **diagnose-diagnosed-diagnosed** 托 I T G
❶ diagnose a variety of diseases
診斷各種病
⇦variety(3148)

5647.
diagnosis 名 診斷
[ˏdaɪəgˋnosɪs]
[di·ag·no·sis]

❶ diagnosis of + 病名 診斷某疾病 托 I T G

5648.
diagram 名 圖表
[ˋdaɪəˏgræm] [di·a·gram]

❶ flow diagram 流程圖 I T G 公

5649.
diameter 名 直徑
[daɪˋæmətɚ] [di·am·e·ter]

The diameter is 1.6 meters. 托 I T G
直徑 1.6 米。
⇦meter(1634)

5650.
dictate 動 聽寫
[ˋdɪktet] [dic·tate]

動詞變化 **dictate-dictated-dictated** 托 I T G 公
❶ dictate system 指令系統
⇦system(3073)

LEVEL 6

5651.
dictation 图 口述
[dɪk`teʃən] [dic·ta·tion]

❶ at one's dictation 某人口述下　托 I T G 公

5652.
dictator 图 獨裁者
[`dɪk‚tetə] [dic·ta·tor]

❶ a tin-pot dictator 夜郎自大的獨裁者　托 I T G 公

5653.
differentiate 動
辨別
[‚dɪfə`rɛnʃ‚et]
[dif·fer·en·ti·ate]

托 I T G 公
動詞變化 differentiate-
differentiated-differentiated
It is difficult to differentiate the age of the
twins.
要辨別雙胞胎的年紀有點難度。
⇦difficult(234)
⇦twin(3134)

5654.
dilemma 图 窘境　🎵6-15
[də`lɛmə] [di·lem·ma]

❶ in a dilemma 左右為難　托 I T G 公

5655.
dimension 图 尺寸
[dɪ`mɛnʃən] [di·men·sion]

He measured the dimension of
the bedroom.
他測量臥室的面積。
⇦bedroom(1119)
⇦measure(3871)

托 I T G

5656.
diminish 動 縮小
[də`mɪnɪʃ] [di·min·ish]

托 I T G 公
動詞變化 diminish-diminished-
diminished
❶ diminish with time 隨時間縮小～

5657.
diplomacy 图 外交
[dɪ`ploməsɪ] [di·plo·ma·cy]

❶ international diplomacy 國際外交　托 I T G 公
⇦international(1541)

5658.
diplomatic 形
外交的
[‚dɪplə`mætɪk]
[dip·lo·mat·ic]

❶ establish diplomatic relations
建立外交關係
⇦establish(3592)

托 I T G 公

5659.
directory 图 號碼簿
[də`rɛktərɪ] [di·rec·to·ry]

❶ look up the directory 查閱號碼簿　托 I T G 公

5660.
disability 图 無能
[‚dɪsə`bɪlətɪ] [dis·a·bil·i·ty]

❶ people with…disability
有…障礙的人
托 I T G 公

5661.
disable 動 使…無能
[dɪsˋebḷ] [dis·able]

動詞變化 **disable-disabled-diabled** 托 I T G 公
The man was disabled in accident.
男子在意外中殘廢。
⇦accident(2109)

5662.
disapprove 動 反對
[͵dɪsəˋpruv] [dis·ap·prove]

動詞變化 **disapprove-** 托 I T G 公
disapproved-disapproved
❶ disapprove of ～不贊成

5663.
disastrous 形
災害的
[dɪzˋæstrəs] [dis·as·trous]

❶ a disastrous result 災害結果 托 I T G 公

5664.
discharge 動 排出
[dɪsˋtʃɑrdʒ] [dis·charge]

動詞變化 **discharge-discharged-** 托 I T G 公
discharged
❶ discharge electricity 放電
⇦electricity(2412)

5665.
disciplinary 形
紀律的
[ˋdɪsəplɪn͵ɛrɪ]
[dis·ci·pli·nar·y]

❶ take disciplinary action 托 I T G 公
進行紀律處罰

5666.
disclose 動 透露
[dɪsˋkloz] [dis·close]

動詞變化 **disclose-disclosed-** 托 I T G 公
disclosed
❶ disclose details of sth. 透露某～細節

5667.
disclosure 名 透露
[dɪsˋkloʒɚ] [dis·clo·sure]

❶ disclosure about 透露某人的… 托 I T G 公

5668.
discomfort 名 不安
[dɪsˋkʌmfɚt]
[dis·com·fort]

❶ considerable discomfort 不自在 托 I T G 公

5669.
discreet 形 謹慎的
[dɪˋskrit] [dis·creet]

He is discreet about his career. 托 I T G 公
他對職業方面很謹慎。
⇦career(3334)

5670.
discrimination 名
歧視
[dɪ͵skrɪməˋneʃən]
[dis·crim·i·na·tion]

❶ racial discrimination 種族歧視 托 I T G 公
⇦racial(2858)

5671.
disgrace 名 不名譽
[dɪsˋgres] [dis·grace]

❶ bring disgrace on 讓～蒙羞 托 I T G 公

LEVEL
6

5672.
disgraceful 形
可恥的
[dɪsˋgresfəl] [dis·grace·ful]

Her words are disgraceful.
她的話很可恥。

託 Ⅰ Ⅰ Ⅰ Ⅰ Ⅰ Ⅰ

5673.
dismantle 動 拆開
[dɪsˋmæntl̩] [dis·man·tle]

動詞變化 **dismantle-dismantled-dismantled**
❶ dismantle piece by piece 一件件拆開

⇦piece(661)

5674.
dismay 名 動
使沮喪
[dɪsˋme] [dis·may]

(MP3) 6-16

動詞變化 **dismay-dismayed-dismayed**
She looked at him in dismay.
她沮喪的看著他。

5675.
dispatch 動 派遣
[dɪˋspætʃ] [dis·patch]

動詞變化 **dispatch-dispatched-dispatched**
She was dispatched to get the mails.
她被派遣去拿信件。

⇦mail(526)

5676.
dispensable 形
非必要的
[dɪˋspɛnsəbl̩]
[dis·pens·a·ble]

The date was dispensable.
這個約會是非必要的。

5677.
disperse 動 解散
[dɪˋspɝs] [dis·perse]

動詞變化 **disperse-dispersed-dispersed**
❶ disperse sb. with 用～解散他人

5678.
displace 動 替代
[dɪsˋples] [dis·place]

動詞變化 **displace-displaced-displaced**
Dora was displaced by Meagan.
朵拉被梅根取代。

5679.
displease 動 得罪
[dɪsˋpliz] [dis·please]

動詞變化 **displease-displeased-displeased**
The meeting displeased him.
這會議讓他不愉快。

⇦meeting(1626)

5680.
disposable 形
用完即丟棄的
[dɪˋspozəbl̩] [dis·pos·a·ble]

❶ disposable income 可支配收入

⇦income(1528)

5681.
disposal 名 處理
[dɪ`spozl̩] [dis·pos·al]

❶ garbage disposal 廢物處理　　　　托 I T G 公

⇨garbage(1452)

5682.
disregard 動 不理會
[ˌdɪsrɪ`gɑrd] [dis·re·gard]

動詞變化 **disregard-disregarded-disregarded**　　托 I T G 公

Roger disregarded her suggestions.
羅杰不理會她的建議。

⇨suggestion(4186)

5683.
dissident 形
有異議的
[`dɪsədənt] [dis·si·dent]

He is dissident about the rules.　　托 I T G 公
他對規定有異議。

5684.
dissolve 動 使溶解
[dɪ`zɑlv] [dis·solve]

動詞變化 **dissolve-dissolved-dissolved**　　托 I T G 公

Sugar dissolved in water.
砂糖溶於水。

⇨sugar(877)
⇨water(983)

5685.
dissuade 動 勸阻
[dɪ`swed] [dis·suade]

動詞變化 **dissuade-dissuaded-dissuaded**　　托 I T G 公

She dissuaded him from stealing.
她勸他不要偷東西。

⇨steal(1938)

5686.
distort 動 曲解
[dɪs`tɔrt] [dis·tort]

動詞變化 **distort-distorted-distorted**　　托 I T G 公

❶ distort the truth 曲解事實

⇨truth(2038)

5687.
distract 動 轉移
[dɪ`strækt] [dis·tract]

動詞變化 **distract-distracted-distracted**　　托 I T G 公

❶ distract from 分心

5688.
distraction 名 分心
[dɪ`strækʃən]
[dis·trac·tion]

He cannot do things well because 托 I T G 公
there are many distractions.
他做不好事情，因為太多可以分心的事情。

5689.
distrust 名動 不信任
[dɪs`trʌst] [dis·trust]

動詞變化 **distrust-distrusted-distrusted**　　托 I T G 公

❶ deep distrust 深表懷疑

⇨deep(229)

LEVEL
6

5690. **disturbance** 名 擾亂 [dɪsˋtɝbəns] [dis·tur·bance]	❶ emotional disturbance 情緒失常　托 I T G 公 ⇦emotional(3568)
5691. **diverse** 形 不同的 [daɪˋvɝs] [di·verse]	Her friends are diverse.　托 I T G 公 她朋友很廣泛。
5692. **diversify** 動 使…多樣化 [daɪˋvɝsəˏfaɪ] [di·ver·si·fy]	動詞變化 diversify-diversified-　托 I T G 公 diversified ❶ diversify into 使…多樣化
5693. **diversion** 名 轉換 [daɪˋvɝʒən] [di·ver·sion]	❶ the diversion of funs 資金轉移　托 I T G 公
5694. **diversity** 名 不同點 [daɪˋvɝsətɪ] [di·ver·si·ty]	❶ a wide diversity of opinions　托 I T G 公 意見紛紜 ⇦opinion(1692)
5695. **divert** 動 使轉向　(MP3) [daɪˋvɝt] [di·vert]　6-17	動詞變化 divert-diverted-diverted　托 I T G 公 ❶ divert onto + 道路　轉道~道路
5696. **doctrine** 名 教義 [daɪˋvɝt] [doc·trine]	❶ Christian doctrine 基督教教義　托 I T G 公
5697. **documentary** 名 紀錄片 [ˏdɑkjəˋmɛntərɪ] [doc·u·men·ta·ry]	❶ a documentary about　托 I T G 公 關於~的紀錄片
5698. **dome** 名 圓屋頂 [dom] [dome]	❶ bald dome of a head　托 I T G 公 光禿禿的禿頭 ⇦bald(3293)
5699. **donate** 動 捐贈 [ˋdonet] [do·nate]	動詞變化 donate-donated-donated 托 I T G 公 ❶ donate blood 捐血 ⇦blood(112)
5700. **donation** 名 捐贈之物 [doˋneʃən] [do·na·tion]	❶ a donation of + 金錢　托 I T G 公 捐款…

5701. **donor** 名 捐贈人 [`donə] [do·nor]	◑ kidney donor 腎臟捐贈者	托 **I** T G 公 ⇦kidney(2616)
5702. **doom** 名 厄運；滅亡 [dum] [doom]	The tyrant met his doom after the democratic consciousness sprang up. 暴君的統治終於在民主意識興起後滅亡。	托 **I** T G 公 ⇦democratic(2358)
5703. **dosage** 名 藥量 [`dosɪdʒ] [dos·age]	The doctor wanted to reduce the dosage. 醫生想要減少藥劑。	托 **I** T G 公 ⇦reduce(2875)
5704. **drastic** 形 猛烈的 [`dræstɪk] [dras·tic]	◑ drastic shortage of sth. ～嚴重短缺	托 **I** T G 公 ⇦shortage(5120)
5705. **drawback** 名 撤回；缺點 [`drɔ,bæk] [draw·back]	◑ the drawback of + sth. 某事的缺點	托 **I** T G 公
5706. **dreary** 形 沉悶的 [`drɪərɪ] [drear·y]	◑ a dreary film 沉悶的影片	托 **I** T G 公 ⇦film(571)
5707. **drizzle** 名 毛毛雨 [`drɪz!] [driz·zle]	◑ light drizzle 毛毛細雨	托 **I** T G 公
5708. **drought** 名 乾旱 [draʊt] [drought]	The film is about drought. 這電影是關於旱災。	托 **I** T G 公
5709. **dual** 形 成雙的 [`djuəl] [du·al]	◑ dual personality 雙重人格	托 **I** T G 公 ⇦personality(2794)
5710. **dubious** 形 半信半疑的 [`djubɪəs] [du·bi·ous]	He is dubious about the investment. 他對投資半信半疑。	托 **I** T G 公 ⇦investment(3812)
5711. **dynamite** 名 炸藥 [`daɪnə,maɪt] [dy·na·mite]	◑ a...of dynamite ～的炸藥	托 **I** T G 公

LEVEL

6

Ee ▼ 托TOEFL、I IELTS、T TOEIC、G GEPT、公 公務人員考試

5712. **ebb** 名 退潮 [ɛb] [ebb] (MP3) 6-18	❶ the ebb and flow 盛衰	托 I T G 公
5713. **eccentric** 形 反常的 [ɪk`sɛntrɪk] [ec·cen·tric]	❶ eccentric clothes 奇裝異服	托 I T G 公
5714. **ecology** 名 生態 [ɪ`kɑlədʒɪ] [e·col·o·gy]	He is interested in wildlife ecology. 他對野生動物生態學感興趣。 ⇦wildlife(5342)	托 I T G 公
5715. **ecstasy** 名 入迷 [`ɛkstəsɪ] [ec·sta·sy]	The actress was in an ecstasy of joy. 女演員非常開心。 ⇦joy(454)	托 I T G 公
5716. **edible** 形 可食用的 [`ɛdəbl̩] [ed·i·ble]	The vegetable is edible. 這種蔬菜是可食的。	托 I T G 公
5717. **editorial** 名 社論 [ˌɛdə`torɪəl] [ed·i·to·ri·al]	He is an editorial staff. 他是編輯人員。 ⇦staff(3020)	托 I T G 公
5718. **electron** 名 電子 [ɪ`lɛktrɑn] [e·lec·tron]	❶ electron microscope 電子顯微鏡	托 I T G 公
		⇦microscope(3881)
5719. **eligible** 形 能當選的 [`ɛlɪdʒəbl̩] [el·i·gi·ble]	❶ be eligible to 有資格做某事	托 I T G 公
5720. **elite** 名 菁英 [e`lit] [e·lite]	He is intellectual elite. 他是知識菁英。 ⇦intellectual(3790)	托 I T G 公
5721. **eloquence** 名 雄辯 [`ɛləkwəns] [el·o·quence]	He was mad by her eloquence. 他被她的雄辯而惱火。	托 I T G 公
5722. **eloquent** 形 辯才無礙的 [`ɛləkwənt] [el·o·quent]	❶ make an eloquent appeal 發表辯才無礙的呼籲 ⇦appeal(2145)	托 I T G 公

5723.
embark 動
上船或飛機
[ɪmˋbɑrk] [em・bark]

動詞變化 **embark-embarked-embarked**

She embarked on a plane.
她上飛機了。

托 I T G 公

5724.
emigrant 名 移居他國的 名 移居外國
[ˋɛməgrənt] [em・i・grant]

❶ emigrant to 移民到

托 I T G 公

5725.
emigrate 動 移居
[ˋɛmə͵gret] [em・i・grate]

動詞變化 **emigrate-emigrated-emigrated**

The Smith emigrated to Australia in 2000.
西元 2000 年，史密斯一家人移居到澳洲。

托 I T G 公

5726.
emigration 名
移民出境
[͵ɛməˋgreʃən]
[em・i・gra・tion]

❶ the height of emigration
移民高峰期

托 I T G 公

⇦height(1493)

5727.
emphatic 形 強調的
[ɪmˋfætɪk] [em・phat・ic]

❶ an emphatic rejection 強烈拒絕

托 I T G 公

⇦rejection(4081)

5728.
enact 動 制定
[ɪnˋækt] [en・act]

動詞變化 **enact-enacted-enacted**
❶ be enacted at 在~被制訂

托 I T G 公

5729.
enactment 名 法規
[ɪnˋæktmənt]
[en・act・ment]

❶ the enactment of ~法規的制定

托 I T G 公

5730.
enclosure 名 圍牆
[ɪnˋkloʒɚ] [en・clo・sure]

❶ the enclosure of the farm
農地圍牆

托 I T G 公

5731.
encyclopedia 名
百科全書
[ɪn͵saɪkləˋpidɪə]
[en・cy・clo・p(a)e・di・a]

She reads encyclopedias when she has time.
她有空都看百科全書。

托 I T G 公

5732.
endurance 名 耐力
[ɪnˋdjurəns] [en・dur・ance]

❶ show endurance 表現耐力

托 I T G 公

5733.
enhance 動
增加價值
[ɪnˋhæns] [en・hance]

動詞變化 **enhance-enhanced-enhanced**
❶ enhance one's reputation 提高某人聲譽

托 I T G 公

⇦reputation(4091)

LEVEL
6

5734. **enhancement** 名 增加 [ɪn`hænsmənt] [en‧hance‧ment]	❶ enhancement of one's products 托 I T G 公 產品提升 ⇦product(2841)
5735. **enlighten** 動 啟發 [ɪn`laɪtn̩] [en‧light‧en]	動詞變化 enlighten-enlightened- enlightened 托 I T G 公 The interview enlightens me about life. 這場面試對我生活有啟發。
5736. **enlightenment** 名 啟蒙 [ɪn`laɪtnmənt] [en‧light‧en‧ment]	❶ spiritual enlightenment 心靈啟蒙 托 I T G 公 ⇦spiritual(4174)
5737. **enrich** 動 使富有 (MP3) [ɪn`rɪtʃ] [en‧rich] 6-19	動詞變化 enrich-enriched- enriched 托 I T G 公 ❶ enrich with vitamins 富含維他命 ⇦vitamin(3162)
5738. **enrichment** 名 致富 [ɪn`rɪtʃmənt] [en‧rich‧ment]	She is seeking for the pursuit of 托 I T G 公 life enrichment. 她一直找尋豐富的生活。 ⇦pursuit(4049)
5739. **epidemic** 名 傳染病 [ˌɛpɪ`dɛmɪk] [ep‧i‧dem‧ic]	❶ the outbreak of epidemic 托 I T G 公 傳染病爆發 ⇨outbreak(6023)
5740. **episode** 名 一個事件 [`ɛpəˌsod] [ep‧i‧sode]	She cannot forget the episode. 托 I T G 公 她無法忘記這事件。
5741. **EQ** 縮 情緒商數	EQ means emotional quotient. 托 I T G 公 EQ 是指情緒商數。 ⇦emotional(3568)
5742. **equation** 名 方程式 [ɪ`kweʃən] [e‧qua‧tion]	❶ chemical equation 化學方程式 托 I T G 公 ⇦chemical(1196)
5743. **equivalent** 形 相當的 [ɪ`kwɪvələnt] [e‧quiv‧a‧lent]	Ten pounds are equivalent 4.54 托 I T G 公 kilograms. 十磅相當於四點五四公斤。 ⇦kilogram(2617)

5744. **erode** 動 侵蝕 [ɪˋrod] [e·rode]	動詞變化 erode-eroded-eroded ● be eroded by the sea 被海洋侵蝕	托 I T G 公
5745. **eruption** 名 爆發 [ɪˋrʌpʃən] [e·rup·tion]	There had been one volcanic eruption last year. 去年有一次火山爆發。	托 I T G 公
5746. **escalate** 動 擴大 [ˋɛskəͺlet] [es·ca·late]	動詞變化 escalate-escalated-escalated ● escalate into 擴大成	托 I T G 公
5747. **essence** 名 本質 [ˋɛsn̩s] [es·sence]	● in essence 就本質而言	托 I T G 公
5748. **eternity** 名 永遠 [ɪˋtɜnətɪ] [e·ter·ni·ty]	● for all eternity 永遠	托 I T G 公
5749. **ethical** 形 道德的 [ˋɛθɪk]] [e·thi·cal]	● ethical standards 道德標準 ⇦standard(1936)	托 I T G 公
5750. **ethnic** 形 種族的 [ˋɛθnɪk] [eth·nic]	● ethnic strife 種族衝突	托 I T G 公
5751. **evacuate** 動 撤離 [ɪˋvækjuͺet] [e·vac·u·ate]	動詞變化 evacuate-evacuated-evacuated She told them to evacuate. 她被告知他們撤離。	托 I T G 公
5752. **evolution** 名 發展 [ͺɛvəˋluʃən] [ev·o·lu·tion]	He read the article of "The Evolution of the Human." 他讀「人類進化論」的文章。	托 I T G 公
5753. **evolve** 動 發展 [ɪˋvɑlv] [e·volve]	動詞變化 evolve-evolved-evolved ● evolve into 發展成	托 I T G 公
5754. **excerpt** 動 摘錄 [ˋɛksɝpt] [ex·cerpt]	動詞變化 excerpt-excerpted-excerpted ● be excerpted from 摘錄自…	托 I T G 公
5755. **excessive** 形 過度的 [ɪkˋsɛsɪv] [ex·ces·sive]	Allan took an excessive interest in exercise. 艾倫對運動有極大的興趣。 ⇦exercise(1385)	托 I T G 公

LEVEL
6

5756. **exclusive** 形 排外的 [ɪk`sklusɪv] [ex·clu·sive]	The rental charges ten thousand 托 I T G 公 per month, exclusive of electricity. 房租每個月收費一萬元，不包含電費。 ⇨rental(6163)
5757. **execution** 名 實行 [ˌɛksɪ`kjuʃən] [ex·e·cu·tion]	❶ a stay of execution 緩期執行　　　托 I T G 公
5758. **exert** 動 運用　　(MP3) [ɪg`zɝt] [ex·ert]　　6-20	動詞變化 **exert-exerted-exerted** ❶ exert oneself 盡力
5759. **exotic** 形 異國情調的 [ɛg`zɑtɪk] [ex·ot·ic]	❶ exotic plants 異國風情的植物　　托 I T G 公
5760. **expedition** 名 探險 [ˌɛkspɪ`dɪʃən] [ex·pe·di·tion]	❶ go on an expedition 去探險　　托 I T G 公
5761. **expel** 動 逐出 [ɪk`spɛl] [ex·pel]	動詞變化 **expel-expelled-expelled** I T G 公 ❶ be expelled from 被～驅逐
5762. **expertise** 名 專門知識 [ˌɛkspɚ`tiz] [ex·per·tise]	❶ professional expertise 專業知識　　托 I T G 公 ⇨professional(4027)
5763. **expiration** 名 期滿 [ˌɛkspə`reʃən] [ex·pi·ra·tion]	❶ expiration date 食物有效期限　　托 I T G 公
5764. **expire** 動 終止 [ɪk`spaɪr] [ex·pire]	動詞變化 **expire-expired-expired** 托 I T G 公 Her driving license expires on May 20th. 她駕照五月二十號過期。 ⇨license(3841)
5765. **explicit** 形 明確的 [ɪk`splɪsɪt] [ex·plic·it]	❶ give one an explicit directions 托 I T G 公 給某人明確指路 ⇨direction(1315)
5766. **exploit** 名 功績 動 剝削 [`ɛksplɔɪt] [ex·ploit]	動詞變化 **exploit-exploited-** 托 I T G 公 **exploited** ❶ stop one from exploiting 制止剝削…

5767.
exploration 名 探索
[ˌɛkspləˈreʃən]
[ex·plo·ra·tion]

❶ oil exploration 石油探索

托 Ⅰ T G 公

5768.
exquisite 形 精巧的
[ˈɛkskwɪzɪt] [ex·qui·site]

❶ a exquisite dress 精巧的洋裝

托 Ⅰ T G 公

⇦dress(1343)

5769.
extract 動 用力取出
名 提取物
[ɪkˈstrækt] [ex·tract]

動詞變化 **extract-extracted-extracted**
The extract is taken from a new magazine.
這段話是摘自新的雜誌。

托 Ⅰ T G 公

⇦magazine(1602)

5770.
extracurricular 形
課外的
[ˌɛkstrəkəˈrɪkjələ]
[ex·tra·cur·ric·u·lar]

❶ extracurricular activities 課外活動

托 Ⅰ T G 公

5771.
eyesight 名 視力
[ˈaɪˌsaɪt] [eye·sight]

❶ an eyesight test 視力測驗

托 Ⅰ T G 公

Ff ▼ 托 TOEFL、Ⅰ IELTS、T TOEIC、G GEPT、公 公務人員考試

5772.
fabulous 形 驚人的
[ˈfæbjələs] [fa·bu·lous]

The cake looks fabulous.
這蛋糕看起來非常好吃。

托 Ⅰ T G 公

5773.
facilitate 動 幫助
[fəˈsɪləˌtet] [fa·cil·i·tate]

動詞變化 **facilitate-facilitated-facilitated**
Reading facilitates writing.
閱讀幫助寫作。

托 Ⅰ T G 公

5774.
faction 名 派系
[ˈfækʃən] [fac·tion]

❶ rival factions within A
A 之間的對立派系

托 Ⅰ T G 公

⇦rival(5077)

5775.
faculty 名 全體教員
[ˈfækḷtɪ] [fac·ul·ty]

❶ a faculty meeting 全體教師會議

托 Ⅰ T G 公

5776.
familiarity 名 熟悉
[fəˌmɪlɪˈærətɪ]
[fa·mil·iar·i·ty]

❶ familiarity with 熟悉…

托 Ⅰ T G 公

5777.
famine 名 饑荒
[ˈfæmɪn] [fam·ine]
MP3 6-21

❶ a severe famine 嚴重饑荒

托 Ⅰ T G 公

⇦severe(4139)

LEVEL **6**

5778. **fascination** 名 魅力 [ˌfæsn̩`eʃən] [fas·ci·na·tion]	Games hold a fascination for kids. 托 I T G 公 遊戲對兒童很有吸引力。
5779. **feasible** 形 可實行的 [`fizəbl̩] [fea·si·ble]	It is a feasible suggestion. 托 I T G 公 那是可行的建議。 ⇨suggestion(4186)
5780. **federation** 名 聯邦政府 [ˌfɛdə`reʃən] [fed·er·a·tion]	❶ national federation 全國聯盟 托 I T G 公 ⇨national(1660)
5781. **feedback** 名 回應 [`fid.bæk] [feed·back]	The professor will give Ben 托 I T G 公 some feedback on his project. 這教授將會給班的專案一些建議。
5782. **fertility** 名 肥沃 [fɝ`tɪlətɪ] [fer·til·i·ty]	❶ fertility treatment 不孕治療 托 I T G 公 ⇨treatment(2031)
5783. **fidelity** 名 忠誠 [fɪ`dɛlətɪ] [fi·del·i·ty]	❶ fidelity to one's religion 托 I T G 公 對宗教忠誠 ⇨religion(2883)
5784. **fireproof** 形 防火的 [`faɪr`pruf] [fire·proof]	❶ fireproof doors 防火門 托 I T G 公
5785. **flare** 動 閃耀 [flɛr] [flare]	動詞變化 flare-flared-flared 托 I T G 公 ❶ flare up 火焰旺盛
5786. **fleet** 名 船隊 [flit] [fleet]	❶ a whaling fleet 捕鯨船 托 I T G 公 ⇨whale(2079)
5787. **flicker** 動 閃爍 [`flɪkɚ] [flick·er]	動詞變化 flicker-flickered- flickered 托 I T G 公 The light is flickering. 燈光正在閃爍。
5788. **fling** 動 扔；拋 [flɪŋ] [fling]	動詞變化 fling-flung-flung 托 I T G 公 ❶ fling oneself at 向某人獻殷勤
5789. **fluid** 名 流體 [`fluɪd] [flu·id]	❶ correction fluid 立可白 托 I T G 公

5790.
flutter 图 拍翅
图 拍翅
[`flʌtɚ] [flut·ter]

動詞變化 flutter-fluttered-fluttered 托 I T G 公
❶ flutter from 在～飛來飛去

5791.
foresee 图 預知
[for`si] [fore·see]

動詞變化 foresee-foresaw-foreseen 托 I T G 公
❶ It is impossible to foresee...
預知…是不可能

5792.
formidable 图
可怕的
[`fɔrmɪdəbl]
[for·mi·da·ble]

She is a formidable opponent. 托 I T G 公
她是可怕的對手。

⇦opponent(4911)

5793.
formulate 图
系統地說明
[`fɔrmjə‚let] [for·mu·late]

動詞變化 formulate-formulated-formulated 托 I T G 公
❶ formulate a proposal 準備建議

⇦proposal(2848)

5794.
forsake 图 拋棄
[fɚ`sek] [for·sake]

動詞變化 forsake-forsook-forsaken 托 I T G 公
He will never forsake her.
他將永不拋棄她。

5795.
forthcoming 图
即將到來的
[‚forθ`kʌmɪŋ]
[forth·com·ing]

❶ the forthcoming book 托 I T G 公
即將發行的書

5796.
fortify 图 增強
[`fɔrtə‚faɪ] [for·ti·fy]

動詞變化 fortify-fortified-fortified 托 I T G 公
❶ fortify one's determination 增強決定

⇦determination(3499)

5797.
foster 图 養育 (MP3)
[`fɔstɚ] [fos·ter] 6-22

動詞變化 foster-fostered-fostered 托 I T G 公
She has fostered 10 children.
她已經扶養十個小孩。

5798.
fracture 图 破裂
[`fræktʃɚ] [frac·ture]

❶ simple fracture 單純骨折 托 I T G 公

5799.
fragile 图 易碎的
[`frædʒəl] [frag·ile]

❶ fragile glasses 易碎玻璃 托 I T G 公

LEVEL
6

5800. **fragment** 名 碎片 [`frægmənt] [frag·ment]	The glass lay in fragments on the table. 打碎的玻璃杯在桌上成一堆碎片。	托 I T G 公
5801. **frail** 形 脆弱的 [frel] [frail]	Her grandpa becomes too frail to live. 她祖父太瘦弱無法獨居生活。	托 I T G 公
5802. **fraud** 名 欺騙 [frɔd] [fraud]	Tom is just a fraud. 湯姆不過就是個騙子。	托 I T G 公
5803. **freak** 名 畸形的人 [frik] [freak]	❶ freak of nature 不尋常的事 ⇦nature(584)	托 I T G 公
5804. **fret** 動 使苦惱 [frɛt] [fret]	動詞變化 fret-fretted-fretted He is fretting about his work. 他正因工作苦惱。	托 I T G
5805. **friction** 名 摩擦 [`frɪkʃən] [fric·tion]	❶ trade friction 貿易摩擦	托 I T G

Gg

▼ 托TOEFL、I IELTS、T TOEIC、G GEPT、公公務人員考試

5806. **galaxy** 名 銀河 [`gæləksɪ] [gal·ax·y]	❶ Cartwheel Galaxy 車輪星系	托 I T G 公
5807. **generalize** 動 一般化 [`dʒɛnərəˌlaɪz] [gen·er·a·li·ze]	動詞變化 generalize-generalized-generalized ❶ generalize about that 一概而論	托 I T G 公
5808. **generate** 動 產生 [`dʒɛnəˌret] [gen·er·ate]	動詞變化 generate-generated-generated Investment generates high risks. 投資帶來高風險。	托 I T G 公
5809. **generator** 名 發電機 [`dʒɛnəˌretə] [gen·er·a·tor]	❶ clock generator 計時生產器 ⇦clock(183)	托 I T G 公
5810. **genetic** 形 基因的 [dʒə`nɛtɪk] [ge·net·ic]	❶ genetic code 遺傳密碼 ⇦code(3367)	托 I T G 公

5811.
genetics 名 遺傳學
[dʒə`nɛtɪks] [ge·net·ics]

❶ behavioral genetics 行為遺傳學　托 I T G 公

5812.
glamour 名 魅力
[`glæmə] [glam·o(u)r]

❶ dazzle of glamour
因某人魅力而神魂顛倒
⇦dazzle(4543)

5813.
glassware 名
玻璃器皿
[`glæs͵wɛr] [glass·ware]

It is a manufacture of high-quality 托 I T G 公
glassware.
這是一間製造高級玻璃器皿的公司。
⇦manufacture(3865)

5814.
glisten 動 閃耀
[`glɪsn̩] [glis·ten]

動詞變化 **glisten-glistened-** 托 I T G 公
glistened
The girl's eyes are glistening with tears.
這女孩眼中閃耀淚水。

5815.
gloomy 形 幽暗的
[`glumɪ] [gloom·y]

He lives in a gloomy house. 托 I T G 公
他住在陰暗的房子。

5816.
GMO 縮 基因改造生物

"GMO" means genetically 托 I T G 公
modified organism.
「GMO」是指基因改造生物。
⇦organism(6020)

5817.
graph 名 圖表　(MP3)
6-23
[græf] [graph]

❶ graph paper 座標紙　托 I T G 公

5818.
graphic 形 圖解的
[`græfɪk] [graph·ic]

❶ graphic design 平面設計　托 I T G 公
⇨design(1301)

5819.
grill 名 烤架
[grɪl] [grill]

He had dinner at a grill and bar. 托 I T G 公
他在烤肉店吃晚餐。

5820.
grocer 名 食品雜貨商
[`grosə] [gro·cer]

He is a grocer. 托 I T G 公
他是食品雜貨商。

5821.
grope 動 摸索
[grop] [grope]

動詞變化 **grope-groped-groped** 托 I T G 公
She groped for the magazine.
她找這本雜誌。

5822.
guerrilla 名 游擊隊
[gə`rɪlə] [gue(r)·ril·la]

❶ guerrilla war 游擊戰　托 I T G 公

LEVEL
6

Hh

5823. **habitat** 名 棲息地 [`hæbə,tæt] [hab·it·at]	What is the koala's natural habitat? 無尾熊天然棲息地在哪裡？	托 I T G 公
5824. **hack** 動 劈；砍 [hæk] [hack]	動詞變化 hack-hacked-hacked ❶ go hacking 開計程車	托 I T G 公
5825. **hacker** 名 駭客 [hækɚ] [hack·er]	❶ patriot hacker 愛國駭客 ⇦patriot(4953)	托 I T G 公
5826. **harass** 動 不斷騷擾 [`hærəs] [ha·rass]	動詞變化 harass-harassed-harassed ❶ harass at work 在工作中受到騷擾	托 I T G 公
5827. **harassment** 名 騷擾 [`hærəsmənt] [ha·rass·ment]	❶ sexual harassment 性騷擾 ⇦sexual(2961)	托 I T G 公
5828. **hazard** 名 危險 [`hæzɚd] [haz·ard]	❶ be aware of the hazard of 察覺～危險 ⇦aware(2170)	托 I T G 公
5829. **hemisphere** 名 半球 [`hɛməs,fɪr] [hem·i·sphere]	❶ northern hemisphere 北半球	托 I T G 公
5830. **hereafter** 副 隨後 [,hɪr`æftɚ] [here·af·ter]	Linda believes in a life hereafter. 琳達相信有來世。	托 I T G 公
5831. **heritage** 名 遺產 [`hɛrətɪdʒ] [her·i·tage]	❶ cultural heritage 文化遺產	托 I T G 公
5832. **heroin** 名 海洛英 [`hɛroɪn] [he·ro·in]	Maggie was a heroin addict. 梅姬是海洛因吸食者。	托 I T G 公

5833. **highlight** 名動 強光 [ˋhaɪˌlaɪt] [high·light]	動詞變化 **highlight-highlighted-highlighted** 托 I T G 公 She has highlighted the important words in blue. 她用藍色標出重要單字。
5834. **honorary** 形 名譽上的 [ˋɑnəˌrɛrɪ] [hon·or·ar·y]	Mr. Wu is the honorary president. 托 I T G 公 吳先生是名譽校長。
5835. **hormone** 名 荷爾蒙 [ˋhɔrmon] [hor·mone]	❶ growth hormones 生長激素　托 I T G 公
5836. **hospitable** 形 好客的 [ˋhɑspɪtəbḷ] [hos·pi·ta·ble]	❶ be hospitable to sb.　托 I T G 公 對某人很友善（好客）
5837. **hospitality** 名 好客 [ˌhɑspɪˋtælətɪ] [hos·pi·tal·i·ty]	❶ the hospitality industry 服務行業　托 I T G 公 ⇦industry(1533)
5838. **hospitalize** 動 使住院治療 [ˋhɑspɪtḷˌaɪz] [hos·pi·tal·ize]	動詞變化 **hospitalize-hospitalized-hospitalized** 托 I T G 公 Finally, his mom was hospitalized with uncured illness. 最後他媽媽因久病未癒被送院治療。
5839. **hostility** 名 敵意 (MP3) 6-24 [hɑsˋtɪlətɪ] [hos·til·i·ty]	❶ open hostility between　托 I T G 公 在～之間公開對立
5840. **humanitarian** 名 人道主義者 [hjuˌmænəˋtɛrɪən] [hu·man·i·tar·i·an]	❶ provide humanitarian aid　托 I T G 公 提供人道主義救援 ⇦provide(1801) ⇦aid(1057)
5841. **humiliate** 動 侮辱 [hjuˋmɪlɪˌet] [hu·mil·i·ate]	動詞變化 **humiliate-humiliated-humiliated** 托 I T G 公 He humiliated his friend on purpose. 他故意羞辱他朋友。
5842. **hunch** 名 肉峰；直覺 [hʌntʃ] [hunch]	❶ follow one's hunches　托 I T G 公 憑直覺做事 ⇦follow(330)

LEVEL
6

5843. **hurdle** 图 跨欄 [`hɝdl̩] [hur·dle]	He cleared a hurdle. 他跨過欄。　　　　　托 **I** **T** **G** 公
5844. **hygiene** 图 衛生學 [`haɪdʒin] [hy·giene]	❶ personal hygiene 個人衛生　　托 **I** **T** **G** 公
5845. **hypocrisy** 图 虛偽 [hɪ`pɑkrəsɪ] [hy·poc·ri·sy]	❶ It is hypocrisy... 做～是很虛偽。　托 **I** **T** **G** 公
5846. **hypocrite** 图 偽君子 [`hɪpəkrɪt] [hyp·o·crite]	Paul is a hypocrite. 保羅是偽君子。　　　　托 **I** **T** **G** 公
5847. **hysterical** 图 歇斯底里的 [hɪs`tɛrɪkl̩] [hys·ter·i·cal]	❶ hysterical laughter 歇斯底里的大笑　　　托 **I** **T** **G** 公 ⇦laughter(2629)

Ii ▼ 托TOEFL、I IELTS、T TOEIC、G GEPT、公 公務人員考試

5848. **illuminate** 勔 照明 [ɪ`lumə‿net] [il·lu·mi·nate]	動詞變化 **illuminate-illuminated-**　托 **I** **T** **G** 公 　　　　　**illuminated** ❶ be illuminated by 被～照亮
5849. **illusion** 图 錯覺 [ɪ`ljuʒən] [il·lu·sion]	❶ optical illusion 視覺幻像　　托 **I** **T** **G** 公
5850. **immune** 图 免疫的 [ɪ`mjun] [im·mune]	❶ immune to + 疾病　對～免疫　托 **I** **T** **G** 公
5851. **imperative** 图 命令式的 [ɪm`pɛrətɪv] [im·per·a·tive]	This is an imperative sentence. 這是祈使句。　　　　托 **I** **T** **G** 公 ⇦sentence(770)
5852. **implement** 图 工具 勔 實施 [`ɪmpləmənt] [im·ple·ment]	動詞變化 **implement-implemented-** 托 **I** **T** **G** 公 　　　　　**implemented** ❶ implement decisions 執行決議 ⇦decision(1288)

5853.
implication 名 含意
[ˌɪmplɪˈkeʃən]
[im‧pli‧ca‧tion]

❶ by implication 間接含意

托 Ⅰ T G 公

5854.
implicit 形 含蓄的
[ɪmˈplɪsɪt] [im‧plic‧it]

❶ implicit criticism 含蓄批評

托 Ⅰ T G 公

⇦criticism(3456)

5855.
imposing 形 壯觀的
[ɪmˈpozɪŋ] [im‧pos‧ing]

Molly is a tall imposing girl.
莫莉是高大壯碩的女孩。

托 Ⅰ T G 公

5856.
imprison 動 監禁
[ɪmˈprɪzn̩] [im‧pris‧on]

動詞變化 imprison-imprisoned-
imprisoned

❶ feel imprisoned 覺得和坐牢一樣

托 Ⅰ T G 公

5857.
imprisonment 名
監禁
[ɪmˈprɪzn̩mənt]
[im‧pris‧on‧ment]

❶ false imprisonment 非法監禁

托 Ⅰ T G 公

⇦false(298)

5858.
incentive 名 刺激
[ɪnˈsɛntɪv] [in‧cen‧tive]

❶ financial incentive 工作獎金

托 Ⅰ T G 公

5859.
incidental 形 附帶的
[ˌɪnsəˈdɛntl̩] [in‧ci‧den‧tal]

❶ incidental music 配樂

托 Ⅰ T G 公

5860.
incline 名 動 傾斜 (MP3)
[ɪnˈklaɪn] [in‧cline]
6-25

動詞變化 incline-inclined-inclined
❶ incline towards 向～傾斜

托 Ⅰ T G 公

5861.
inclusive 形 包含的
[ɪnˈklusɪv] [in‧clu‧sive]

The rent is not inclusive of water.
房租不含水費。

托 Ⅰ T G 公

⇦rent(2891)

5862.
indignation 名 憤怒
[ˌɪndɪgˈneʃən]
[in‧dig‧na‧tion]

❶ arouse one's indignation
激起某人憤怒

托 Ⅰ T G 公

⇦arouse(3262)

5863.
inevitable 形
不可避免的
[ɪnˈɛvətəbl̩] [in‧ev‧i‧ta‧ble]

It is an inevitable reaction.
這是必然反應。

托 Ⅰ T G 公

⇦reaction(2868)

5864.
infectious 形 傳染的
[ɪnˈfɛkʃəs] [in‧fec‧tious]

The patient is infectious.
這病人還在感染期間。

托 Ⅰ T G 公

LEVEL
6

5865. **infer** 動 推斷 [ɪnˋfɝ] [in·fer]	動詞變化 **infer-inferred-inferred** 托 I T G 公 He is inferring that he doesn't like her. 他言下之意討厭她。
5866. **inference** 名 推理 [ˋɪnfərəns] [in·fer·ence]	❶ make inferences 推論出 托 I T G 公
5867. **ingenious** 形 心靈手巧的 [ɪnˋdʒinjəs] [in·gen·ious]	❶ a ingenious teacher 機敏的老師 托 I T G 公
5868. **ingenuity** 名 心靈手巧 [͵ɪndʒəˋnuətɪ] [in·ge·nu·i·ty]	He had ingenuity to win the 托 I T G 公 contest. 他心靈手巧贏得競賽。 ⇦contest(3420)
5869. **inhabit** 動 居住 [ɪnˋhæbɪt] [in·hab·it]	動詞變化 **inhabit-inhabited-** **inhabited** 托 I T G 公 They inhabit in the island. 他們居住在小島。 ⇦island(1547)
5870. **inhabitant** 名 居民 [ɪnˋhæbətənt] [in·hab·it·ant]	The inhabitants of this town are 托 I T G 公 cold. 小鎮居民很冷漠。 ⇦town(943)
5871. **inherent** 形 天生的 [ɪnˋhɪrənt] [in·her·ent]	❶ be inherent in 存在於 托 I T G 公
5872. **initiative** 名 主動的行動 [ɪˋnɪʃətɪv] [in·i·tia·tive]	Helen doesn't have the initiative. 托 I T G 公 海倫沒有進取心。
5873. **inject** 動 注射 [ɪnˋdʒɛkt] [in·ject]	動詞變化 **inject-injected-injected** 托 I T G 公 ❶ inject into 注射
5874. **injection** 名 注射 [ɪnˋdʒɛkʃən] [in·jec·tion]	How many injections did the 托 I T G 公 doctor prescribe? 醫生開幾支注射劑的處方？
5875. **injustice** 名 不公正 [ɪnˋdʒʌstɪs] [in·jus·tice]	❶ struggle against injustice 托 I T G 公 對抗不正義 ⇦struggle(1955)

5876. **innovation** 名 革新 [ˌɪnəˋveʃən] [in‧no‧va‧tion]	❶ innovation in 在～方面革新	托 **I** T G 公
5877. **innovative** 形 創新的 [ˋɪnoˌvetɪv] [in‧no‧va‧tive]	❶ an innovative design 創新設計	托 **I** T G 公 ⇦design(1301)
5878. **inquiry** 名 詢問 [ɪnˋkwaɪrɪ] [in‧quir‧y]	He is an inquiry agent. 他是私家偵探。	托 **I** T G 公 ⇦agent(3227)
5879. **insight** 名 洞察力 [ˋɪnˌsaɪt] [in‧sight]	❶ of great insight 有深刻洞察力的	托 **I** T G 公
5880. **insistence** 名 🎧 6-26 堅持 [ɪnˋsɪstəns] [in‧sis‧tence]	❶ insistence on 在～方面堅持	托 **I** T G 公
5881. **installation** 名 就任 [ˌɪnstəˋleʃən] [in‧stal‧la‧tion]	You have to pay the installation cost. 你需要付安裝費。	托 **I** T G 公
5882. **installment** 名 分期付款 [ɪnˋstɔlmənt] [in‧stall‧ment]	❶ in installment of 2000 dollars month for six 分期付款，六期每期兩千元	托 **I** T G 公
5883. **institution** 名 機構 [ˌɪnstəˋtjuʃən] [in‧sti‧tu‧tion]	❶ a financial institution 金融機構	托 **I** T G 公 ⇦financial(3635)
5884. **intact** 形 完整無缺的 [ɪnˋtækt] [in‧tact]	❶ remain intact 保持完整無缺	托 **I** T G 公 ⇨remain(2886)
5885. **integrate** 動 整合 [ˋɪntəˌgret] [in‧te‧grate]	動詞變化 **integrate-integrated-ingetrated** ❶ integrate with 將～整合一起	托 **I** T G 公
5886. **integration** 名 整合 [ˌɪntəˋgreʃən] [in‧te‧gra‧tion]	❶ economic integration 經濟整體化	托 **I** T G 公

LEVEL

6

5887. **integrity** 名 正直 [ɪn`tɛgrətɪ] [in·teg·ri·ty]	Kim behaves with integrity. 金表現正直。	托 **I** **T** **G** 公 ⇨behave(2191)
5888. **intellect** 名 智力 [`ɪntḷ͵ɛkt] [in·tel·lect]	❶ a man of intellect 有才智之人	托 **I** **T** **G** 公
5889. **intersection** 名 十字路口 [͵ɪntɚ`sɛkʃən] [in·ter·sec·tion]	❶ the intersection of A and B AB 的交叉口	托 **I** **T** **G** 公
5890. **interval** 名 間隔 [`ɪntɚvḷ] [in·ter·val]	❶ interval between 間隔距離為	托 **I** **T** **G** 公
5891. **intervene** 動 介入 [͵ɪntɚ`vin] [in·ter·vene]	動詞變化 **intervene-intervened-** **intervened** ❶ intervene in 干預	托 **I** **T** **G** 公
5892. **intervention** 名 介入 [͵ɪntɚ`vɛnʃən] [in·ter·ven·tion]	intervention in 介入某事	托 **I** **T** **G** 公
5893. **intimacy** 名 精密 [`ɪntəməsɪ] [in·ti·ma·cy]	❶ an intimacy grows up 變得親密	托 **I** **T** **G** 公
5894. **intimidate** 動 恐嚇 [ɪn`tɪmə͵det] [in·tim·i·date]	動詞變化 **intimidate-intimidated-** **intimidated** ❶ accuse of intimidate 被控恐嚇	托 **I** **T** **G** 公
5895. **intrude** 動 侵入 [ɪn`trud] [in·trude]	動詞變化 **intrude-intruded-** **intruded** He intrudes on her private life. 他侵入她的私生活。	托 **I** **T** **G** 公
5896. **intruder** 名 侵入者 [ɪn`trudɚ] [in·trud·er]	❶ an unwelcome intruder 不受歡迎的侵入者	托 **I** **T** **G** 公

5897. **invaluable** 形 無價的 [ɪnˋvæljəbl̩] [in·valu·able]	It is invaluable information. 無價的資訊 〔托〕〔I〕〔T〕〔G〕〔公〕 ⇔information(3774)
5898. **inventory** 名 清單 [ˋɪnvənˌtorɪ] [in·ven·to·ry]	❶ inventory of + 地點 某處的清單 〔托〕〔I〕〔T〕〔G〕〔公〕
5899. **investigator** 名 調查者 [ɪnˋvɛstəˌgetə] [in·ves·ti·ga·tor]	Holmes was a private investigator. 福爾摩斯是私家偵探。 〔托〕〔I〕〔T〕〔G〕〔公〕 ⇔private(1790)
5900. **IQ** 縮 智商 〔MP3〕 6-27	❶ intelligence quotient ❷ an IQ of 數字 智商～ 〔托〕〔I〕〔T〕〔G〕〔公〕
5901. **ironic** 形 挖苦的 [aɪˋrɑnɪk]] [i·ron·ic]	He shows an ironic smile. 他露出諷刺的微笑。 〔托〕〔I〕〔T〕〔G〕〔公〕
5902. **irony** 名 諷刺 [ˋaɪrənɪ] [i·ro·ny]	❶ a hint of irony 一絲諷刺 〔托〕〔I〕〔T〕〔G〕〔公〕 ⇔hint(2548)
5903. **irritable** 形 暴躁的 [ˋɪrətəbl̩] [ir·ri·ta·ble]	Her father is irritable. 她父親很暴躁。 〔托〕〔I〕〔T〕〔G〕〔公〕
5904. **irritate** 動 使生氣 [ˋɪrəˌtet] [ir·ri·tate]	動詞變化 irritate-irritated-irritated His behavior really irritated her. 他的行為讓她生氣。 〔托〕〔I〕〔T〕〔G〕〔公〕
5905. **irritation** 名 煩躁 [ˌɪrəˋteʃən] [ir·ri·ta·tion]	❶ hide one's irritation 隱藏煩躁感 〔托〕〔I〕〔T〕〔G〕〔公〕 ⇔hide(1497)

Jj

▼ 〔托〕TOEFL、〔I〕IELTS、〔T〕TOEIC、〔G〕GEPT、〔公〕公務人員考試

5906. **joyous** 形 高興的 [ˋdʒɔɪəs] [joy·ous]	❶ joyous news 快樂的消息 〔托〕〔I〕〔T〕〔G〕〔公〕

LEVEL **6**

Kk ▼ 托TOEFL、I IELTS、T TOEIC、G GEPT、公 公務人員考試

5907.
kernel 名 果核的仁
[`kɝnḷ] [ker·nel]

❶ the kernel of ～的核心　　　　　托 I T G 公

5908.
kidnap 動 綁架
[`kɪdnæp] [kid·nap]

動詞變化 **kidnap-kidnapped-kidnapped**　　　托 I T G 公

Her son was kidnapped this morning.
她兒子今晨被綁架。

Ll ▼ 托TOEFL、I IELTS、T TOEIC、G GEPT、公 公務人員考試

5909.
lament 動 哀悼
[lə`mɛnt] [la·ment]

動詞變化 **lament-lamented-lamented**　　　托 I T G 公

❶ lament one's fate 哀悼命運

5910.
lava 名 熔岩
[`lɑvə] [la·va]

❶ lava flowers 在熔岩裡開的小花　　托 I T G 公

5911.
layman 名
一般信徒；門外漢
[`lemən] [lay·man]

❶ layman's terms 通俗語言　　　　　托 I T G 公

⇦term(1993)

5912.
layout 名 規劃
[`le͵aʊt] [lay·out]

❶ the layout of A　A 的佈局　　　　　托 I T G 公

5913.
LCD 縮 液晶顯示器

❶ liquid crystal display　　　　　　托 I T G 公
❶ a calculator with LCD 液晶顯示的計算機

⇦calculator(3326)

5914.
legendary 形 傳說的
[`lɛdʒənd͵ɛrɪ]
[leg·end·ar·y]

❶ a legendary figure 盛名的人物　　　托 I T G 公

⇦figure(1410)

5915.
legislative 形
立法的
[`lɛdʒɪs͵letɪv]
[leg·is·la·tive]

❶ legislative council 立法委員會　　　托 I T G 公

⇦council(3443)

5916. **legislator** 名 立法者 [ˋlɛdʒɪsˌletɚ] [leg·is·la·tor]	Frank's uncle was a legislator. 法蘭克的伯父是立法委員。	托 I T G 公
5917. **legislature** 名 立法機關 [ˋlɛdʒɪsˌletʃɚ] [leg·is·la·ture]	● legislature ballot 立法會投票 ⇦ballot(4342)	托 I T G 公
5918. **legitimate** 形 合法的；使合法 [lɪˋdʒɪtəˌmet] [le·git·i·mate]	● legitimate excuse 合乎情理的藉口 ⇦excuse(1384)	托 I T G 公
5919. **lengthy** 形 漫長的 [ˋlɛŋθɪ] [length·y]	● lengthy discussions 漫長討論	托 I T G 公
5920. **liable** 形 容易…的 [ˋlaɪəbl] [li·a·ble] MP3 6-28	● be liable to 能做	托 I T G 公
5921. **liberate** 動 使自由 [ˋlɪbəˌret] [lib·er·ate]	動詞變化 liberate-liberated- liberated ● liberate one form 使某人從～自由	托 I T G 公
5922. **liberation** 名 解放 [ˌlɪbəˋreʃən] [lib·er·a·tion]	● woman's liberation 婦女解放	托 I T G 公
5923. **likewise** 副 同樣地 [ˋlaɪkˌwaɪz] [like·wise]	His second job is likewise bad. 他第二份工作一樣不好。	托 I T G 公
5924. **limousine/limo** 名 大轎車 [ˋlɪməˌzin]/[ˋlɪmo] [lim·ou·sine]/[limo]	● stretch limousine 超長豪華轎車 ⇦stretch(1951)	托 I T G 公
5925. **liner** 名 班機 [ˋlaɪnɚ] [lin·er]	● an air-liner 定期飛機	托 I T G 公
5926. **linguist** 名 語言學家 [ˋlɪŋgwɪst] [lin·guist]	Billy is a famous linguist. 比利是有名的語言學家。	托 I T G 公

LEVEL 6

5927. **liter** 名 公升 [ˋlitə] [li·ter]	One liter is equal to 2.11 pints. 一公升等於 2.11 品脫。	托 I T G 公
5928. **literacy** 名 識字 [ˋlɪtərəsɪ] [lit·er·a·cy]	❶ literacy skills 讀寫技巧	托 I T G 公
5929. **literal** 形 逐字的 [ˋlɪtərəl] [lit·er·al]	❶ literal translation 直譯	托 I T G 公 ⇦translation(4227)
5930. **literate** 形 能讀寫的 [ˋlɪtərɪt] [lit·er·ate]	His family are literate. 他的家人都能讀寫。	托 I T G 公
5931. **longevity** 名 長壽 [lɑnˋdʒɛvətɪ] [lon·gev·i·ty]	❶ the longevity of 某…的壽命	托 I T G 公
5932. **lounge** 名 休息室 [laundʒ] [lounge]	He had some drinks at lounge bar. 他在休閒酒吧喝酒。	托 I T G 公
5933. **lunatic** 名 瘋子 形 瘋狂的 [ˋlunə.tɪk] [lu·na·tic]	❶ lunatic fringe 狂熱者	托 I T G 公
5934. **lure** 名 誘惑 [lur] [lure]	❶ resist the lure of... 對抗…的誘惑	托 I T G 公 ⇦resist(2900)
5935. **lush** 形 多汁的 [lʌʃ] [lush]	He lived in a lush apartment. 他住在豪華公寓。	托 I T G 公 ⇦apartment(1079)
5936. **lyric** 形 抒情的 [ˋlɪrɪk] [lyr·ic]	❶ a lyric poem 抒情詩	托 I T G 公 ⇦poem(1758)

Mm ▼ 托 TOEFL、I IELTS、T TOEIC、G GEPT、公 公務人員考試

5937. **magnitude** 名 巨大 [ˋmægnə.tjud] [mag·ni·tude]	❶ the magnitude of ～的重要性	托 I T G 公
5938. **malaria** 名 虐疾 [məˋlɛrɪə] [ma·lar·i·a]	He was a malaria patient. 他是瘧疾病患。	托 I T G 公 ⇦patient(1722)

5939.
manipulate 動 操作
[mə`nɪpjə,let]
[ma·nip·u·late]

動詞變化 **manipulate-manipulated-manipulated** 托 I T G 公
The boss knew how to manipulate people.
老闆知道如何操縱人。

5940.
manuscript 名 手稿
[`mænjə,skrɪpt]
[man·u·script]

He read her story in manuscript. 托 I T G 公
他看過她故事的手稿。

5941.
mar 動 毀損
[mɑr] [mar]
(MP3) 6-29

動詞變化 **mar-marred-marred** 托 I T G 公
The show was marred by the man.
這場秀被這個人破壞了。

5942.
massacre 名 大屠殺
[`mæsəkɚ] [mas·sa·cre]

Ten people survived the massacre. 托 I T G 公
這次大屠殺有十人倖存。

⇦survived(1968)

5943.
mastery 名 熟練
[`mæstərɪ] [mas·ter·y]

Jay had mastery of three languages. 托 I T G
杰精通三種語言。

5944.
materialism 名
唯物論
[mə`tɪrɪəl,ɪzəm]
[ma·teri·al·is·m]

❶ the materialism of modern society 現在社會的唯物論 托 I T G 公

⇦modern(1644)

5945.
mattress 名 床墊
[`mætrɪs] [mat·tress]

He bought a new mattress. 托 I T G 公
他買了新床墊。

5946.
mechanism 名
機械裝置
[`mɛkə,nɪzəm]
[mech·a·nism]

❶ a complex mechanism
複雜的機械裝置 托 I T G 公

⇦complex(2304)

5947.
medication 名 藥物
[,mɛdɪ`keʃən]
[med·i·ca·tion]

❶ take medication 服用藥物 托 I T G 公

LEVEL
6

5948. **medieval** 形 中世紀的 [ˌmɪdɪ'ivəl] [me·di·e·val]	❶ Medieval Greek 中古希臘語	托 **I** **T** **G** 公
5949. **meditate** 動 沉思 ['mɛdəˌtet] [med·i·tate]	動詞變化 **meditate-meditated-** **meditated** He is meditating. 他正在沉思。	托 **I** **T** **G** 公
5950. **meditation** 名 沉思 [ˌmɛdə'teʃən] [med·i·ta·tion]	❶ deep in meditation 陷入沉思 ⇦deep(229)	托 **I** **T** **G** 公
5951. **melancholy** 名 憂鬱 ['mɛlənˌkɑlɪ] [mel·an·chol·y]	❶ a mood of melancholy 憂鬱的情緒 ⇦mood(2717)	托 **I** T G 公
5952. **mellow** 形 成熟的 ['mɛlo] [mel·low]	She has grown mellower with age. 她隨年紀變成熟。	托 **I** **T** **G** 公
5953. **mentality** 名 智力 [mɛn'tælətɪ] [men·tal·i·ty]	❶ criminal mentality 犯罪心態 ⇦criminal(2334)	托 **I** **T** **G** 公
5954. **merchandise** 名 商品 ['mɝtʃənˌdaɪz] [mer·chan·dise]	❶ be filled with merchandise 充滿商品	托 **I** **T** **G** 公
5955. **merge** 動 合併 [mɝdʒ] [merge]	動詞變化 **merge-merged-merged** The three companies should be merged. 這三間公司應該要合併。	托 **I** **T** **G** 公
5956. **metaphor** 名 隱喻 ['mɛtəfɚ] [met·a·phor]	❶ mixed metaphor 多種隱喻 ⇦mix(1642)	托 **I** **T** **G** 公
5957. **metropolitan** 形 大都市的 [ˌmɛtrə'pɑlətn̩] [met·ro·pol·i·tan]	❶ metropolitan districts 都會區 ⇦district(3528)	托 **I** **T** **G** 公

5958.
migrate 動 遷徙
[`maɪˌgret] [mi·grate]

動詞變化 migrate-migrated-migrated
❶ migrate from A to B… 從 A 遷徙到 B

托 I T G 公

5959.
migration 名 遷移
[maɪ`greʃən] [mi·gra·tion]

❶ mass migration 大規模遷徙

托 I T G 公

⇦mass(1614)

5960.
militant 形 好戰的
[`mɪlətənt] [mil·i·tant]

❶ a militant leader 好戰領袖

托 I T G 公

⇦leader(489)

5961.
miller 名 磨坊主人 (MP3)
[`mɪlɚ] [mill·er] 6-30

Uncle Sam was a miller.
山姆伯伯是磨坊主人。

托 I T G 公

5962.
mimic 動 模仿
[`mɪmɪk] [mim·ic]

動詞變化 mimic-mimicked-mimicked
He mimicked his professor last night.
他昨晚模仿他的教授。

托 I T G 公

⇦professor(4028)

5963.
miniature 形 小型的
[`mɪnɪətʃɚ] [min·i·a·ture]

❶ in miniature 小規模

托 I T G 公

5964.
minimize 動
使減到最少
[`mɪnəˌmaɪz] [min·i·mize]

動詞變化 minimize-minimized-minimized
She minimized her faults.
她對自己錯誤都輕輕帶過。

托 I T G 公

⇦fault(1399)

5965.
miraculous 形
奇蹟的
[mɪ`rækjələs]
[mi·rac·u·lous]

It is miraculous.
那是奇蹟。

托 I T G 公

5966.
mischievous 形
淘氣的
[`mɪstʃɪvəs]
[mis·chie·vous]

How mischievous she is!
她真淘氣！

托 I T G 公

LEVEL
6

躺著背單字7,000

5967. **missionary** 形 傳教的 [`mɪʃən‚ɛrɪ] [mis·sion·ar·y]	❶ with missionary zeal 熱忱	托 I T G 公 ⇨zeal(6443)
5968. **mobilize** 動 動員；調動 [`mobḷ‚aɪz] [mo·bi·lize]	動詞變化 **mobilize-moblized-** **moblized** ❶ mobilize the resources 調動資源	托 I T G 公 ⇨resource(2901)
5969. **modernization** 名 現代化 [‚madənə`zeʃən] [mod·er·ni·za·tion]	❶ general modernization 總動員	托 I T G 公 ⇨general(356)
5970. **mold** 名 模型 [mold] [mold]	❶ of one's mold 某人的～型	托 I T G 公
5971. **momentum** 名 動量 [mo`mɛntəm] [mo·men·tum]	❶ lose momentum 氣勢減弱	托 I T G 公
5972. **monopoly** 名 壟斷 [mə`napḷɪ] [mo·nop·o·ly]	Gas was considered to be natural monopolies. 瓦斯過去被認為是壟斷企業是自然的。	托 I T G 公 ⇨consider(1242)
5973. **monotonous** 形 單調的 [mə`natənəs] [mo·not·o·nous]	❶ a monotonous routine 單調的事務	托 I T G 公 ⇨routine(2923)
5974. **monotony** 名 單調 [mə`natənɪ] [mo·not·o·ny]	He goes to the movies to relieve the monotony. 他靠看電影解悶。	托 I T G 公 ⇨relieve(4084)
5975. **morale** 名 士氣 [mə`ræl] [mo·rale]	❶ morale support 精神支持	托 I T G 公 ⇨support(1966)
5976. **morality** 名 道德 [mə`rælətɪ] [mo·ral·i·ty]	❶ private morality 個人道德問題	托 I T G 公 ⇨private(1790)

562

5977. **motto** 名 座右銘 [`mɑto] [mot·to]	My motto is: "Look Before You Leap." 我的座右銘是：「三思而後行。」	托 I T G 公 ⇦leap(2633)
5978. **mournful** 形 令人悲痛的 [`mɔrnfəl] [mourn·ful]	He listens to mournful music. 他聽悲傷音樂。	托 I T G 公
5979. **mouthpiece** 名 吹口；話筒 [`mauθ͵pis] [mouth·piece]	She puts her hand over the mouthpiece. 她用手捂住電話筒。	托 I T G 公
5980. **municipal** 形 市政的 [mju`nɪsəpl] [mu·nic·i·pal]	❶ municipal councils 市政委員會	托 I T G 公 ⇦council(3443)
5981. **mute** 形 沉默的 [mjut] [mute]	He sat mute on the sofa. 他默默坐在沙發。	托 I T G 公 ⇦sofa(831)
5982. **mythology** 名 神話 [mɪ`θɑlədʒɪ] [my·thol·o·gy]	❶ Greek mythology 希臘神話	托 I T G 公

Nn

5983. **narrate** 動 敘述 (MP3) [næ`ret] [nar·rate] 6-31	動詞變化 **narrate-narrate-narrated** The opera is narrated by Emily. 這部歌劇由艾蜜莉解說。	托 I T G ⇦opera(3940)
5984. **narrative** 形 敘述 [`nærətɪv] [nar·ra·tive]	❶ narrative poem 敘事詩	托 I T G 公 ⇦poem(1758)
5985. **narrator** 名 敘述者 [næ`retɚ] [nar·ra·tor]	The narrator cannot explain well. 這位解說員解釋不好。	托 I T G 公 ⇦explain(1391)

LEVEL
6

5986.
nationalism 名
民族主義
[ˈnæʃənˌɪzəm]
[na·tion·al·ism]

❶ the spirit of nationalism
民族主義精神

托 I T G 公

⇦spirit(1929)

5987.
naturalist 名
自然主義者
[ˈnætʃərəlɪst]
[nat·u·ral·ist]

She is a naturalist.
她是自然主義者。

托 I T G 公

5988.
naval 形 海軍的
[ˈnevl̩] [na·val]

❶ a naval officer 軍官

托 I T G 公

⇦officer(620)

5989.
navel 名 肚臍
[ˈnevl̩] [na·vel]

❶ navel pierced 穿肚臍環

托 I T G 公

⇨pierce(6062)

5990.
navigation 名 航海
[ˌnævəˈgeʃən]
[nav·i·ga·tion]

Dr. Yang was an expert in navigation.
楊博士是航海專家。

托 I T G 公

⇦expert(1390)

5991.
negotiation 名 協商
[nɪˌgoʃɪˈeʃən]
[ne·go·ti·a·tion]

❶ conduct negotiation 進行協商

托 I T G 公

⇦conduct(4495)

5992.
neon 名 霓虹燈
[ˈniˌɑn] [ne·on]

❶ neon light 霓虹燈

托 I T G 公

5993.
neutral 形 中立的
[ˈnjutrəl] [neu·tral]

❶ on neutral ground 中立地區

托 I T G 公

5994.
newlywed 名 新婚者
[ˈnjuliˌwɛd] [new·ly(-)wed]

The newlywed will go on a honeymoon.
新婚夫婦將要去渡蜜月。

托 I T G 公

5995.
newscaster 名
新聞播報員
[ˈnjuzˌkæstɚ]
[news·cast·er]

He is not a careful newscaster.
他不是謹慎的新聞播報員。

托 I T G 公

⇦careful(157)

5996.
nomination 名 提名
[ˌnɑməˈneʃən]
[nom·i·na·tion]

❶ win the nomination 贏得提名

托 I T G 公

5997. **nominee** 图 被提名者 [ˌnɑməˋni] [nom·i·nee]	He is a presidential nominee. 他被提名為總統候選人。	托 Ⅰ T G 公
5998. **norm** 图 基準 [nɔrm] [norm]	❶ cultural norms 文化規範	托 Ⅰ T G 公 ⇦cultural(2339)
5999. **notorious** 形 惡名昭彰的 [noˋtorɪəs] [no·to·ri·ous]	He was notorious. 他之前惡名昭彰。	托 Ⅰ T G 公
6000. **nourish** 動 養育 [ˋnɝɪʃ] [nour·ish]	動詞變化 nourish-nourished- nourished Nourish the baby by good food. 用好食物滋養嬰兒。	托 Ⅰ T G 公
6001. **nourishment** 图 營養品 [ˋnɝɪʃmənt] [nour·ish·ment]	❶ adequate nourishment 足夠養分	托 Ⅰ T G 公 ⇦adequate(3218)
6002. **nuisance** 图 麻煩事 [ˋnjusn̩s] [nui·sance]	❶ public nuisance 公害	托 Ⅰ T G 公
6003. **nurture** 動 養育 [ˋnɝtʃɚ] [nur·ture]	Elisa is nurtured by her kind parents. 艾莉莎被善良的父母養育。	托 Ⅰ T G 公
6004. **nutrient** 图 營養物 [ˋnjutrɪənt] [nu·tri·ent]	❶ a supply of nutrient 供給營養品	托 Ⅰ T G 公 ⇦supply(1965)
6005. **nutrition** 图 營養 [njuˋtrɪʃən] [nu·tri·tion]	The doctor gave her advice on diet and nutrition. 醫生提供飲食和增加營養的忠告。	托 Ⅰ T G 公 ⇦advice(2126)
6006. **nutritious** 形 有營養的 [njuˋtrɪʃəs] [nu·tri·tious]	❶ nutritious meals 營養的餐點	托 Ⅰ T G 公 ⇦meal(1619)

LEVEL
6

Oo

6007.
obligation 名
義務
[ˌɑblə`geʃən]
[ob·li·ga·tion]
(MP3) 6-32

❶ under obligation 有義務 　　托I T G公

6008.
oblige 動 使不得不做⋯
[ə`blaɪdʒ] [oblige]

動詞變化 **oblige-obliged-obliged** 托I T G公
Stephen was obliged to quit the job.
史蒂芬不得不辭職。
⇦quit(1815)

6009.
obscure 形 陰暗的
動 使變暗
[əb`skjur] [ob·scure]

動詞變化 **obscure-obscured-obscured** 托I T G公
The view is obscured by typhoon.
景色因為颱風變得陰暗。
⇦typhoon(2044)

6010.
offering 名 供奉
[`ɔfərɪŋ] [off·spring]

❶ offering to the gods 奉獻給諸神 　托I T G公

6011.
offspring 名 子孫
[`ɔf͵sprɪŋ] [off·spring]

❶ raise offspring 撫養後代 　　托I T G公
⇦raise(707)

6012.
operational 形
操作上的
[ˌɑpə`reʃənl]
[op·er·a·tion·al]

❶ operational costs 營運成本 　　托I T G公
⇦cost(202)

6013.
opposition 名 反對
[ˌɑpə`zɪʃən]
[op·po·si·tion]

❶ in opposition 在野黨的 　　　托I T G公

6014.
oppress 動 壓迫
[ə`prɛs] [op·press]

動詞變化 **oppress-oppressed-oppressed** 托I T G公
The sad atmosphere in the house oppressed him.
家裡悲傷的氣氛讓他窒息。
⇦atmosphere(3281)

6015.
oppression 名 壓迫
[ə`prɛʃən] [op·pres·sion]

❶ economic oppression 經濟壓迫

托 I T G 公

⇦economic(3550)

6016.
option 名 選擇
[`ɑpʃən] [op·tion]

❶ leave one's option open
保留選擇權

托 I T G 公

⇨leave(493)

6017.
optional 形 非必需的
[`ɑpʃənl] [op·tion·al]

It is optional.
那是非必需的。

托 I T G 公

6018.
ordeal 名 嚴酷的考驗
[or`diəl] [or·deal]

❶ the ordeal of 受到～考驗

托 I T G 公

6019.
orderly 形 整齊的
[`ɔrdəlɪ] [or·der·ly]

He is a manager with an orderly man.
他是頭腦清楚的經理。

托 I T G 公

⇦manager(2672)

6020.
organism 名 有機體
[`ɔrgənˌɪzəm] [or·gan·ism]

❶ marine organism 海洋微生物

托 I T G 公

⇦marine(4832)

6021.
originality 名
獨創性
[əˌrɪdʒə`nælətɪ]
[orig·i·nal·i·ty]

The novel lacks of originality.
這本小說沒有創意。

托 I T G 公

⇦lack(475)

6022.
originate 動 產生
[ə`rɪdʒəˌnet] [orig·i·nate]

動詞變化 originate-originated-
originated

❶ originated the theory 創立理論

托 I T G 公

6023.
outbreak 名 爆發
[`autˌbrek] [out·break]

❶ the outbreak of war 戰爭爆發

托 I T G 公

6024.
outfit 名 全套裝備
[`autˌfɪt] [out·fit]

Anne wore an expensive outfit last night.
安昨晚穿一套昂貴套裝。

托 I T G 公

⇦expensive(1388)

6025.
outing 名 郊遊
[`autɪŋ] [out·ing]

❶ go on an outing 去郊遊

托 I T G 公

6026.
outlaw 名 歹徒
[`autˌlɔ] [out·law]

He hunted an outlaw.
他窩藏歹徒。

托 I T G 公

LEVEL
6

6027. **outlet** 名 排氣口 [ˋaʊt͵lɛt] [out·let] (MP3) 6-33	❶ an outlet pipe 排水管道	托 I T G 公
		⇨pipe(1747)
6028. **outlook** 名 觀點 [ˋaʊt͵lʊk] [out·look]	❶ practical outlook 實際的人生觀	托 I T G 公
		⇨practical(2829)
6029. **outnumber** 動 數量 勝過… [aʊtˋnʌmbɚ] [out·number]	動詞變化 outnumber- 　　　　outnumbered-outnumbered In the factory, men outnumber women by three to one. 這間工廠，男性比女性多三倍。	托 I T G 公
		⇨factory(296)
6030. **outrage** 名 暴行 [ˋaʊt͵redʒ] [out·rage]	❶ bomb outrage 爆炸性醜聞	托 I T G 公
6031. **outrageous** 形 粗暴的 [aʊtˋredʒəs] [out·ra·geous]	What an outrageous behavior! 多粗暴的行為！	托 I T G 公
		⇨behavior(3302)
6032. **outright** 形 公然的 [ˋaʊtˋraɪt] [out·right]	❶ outright discuss 公然討論	托 I T G 公
		⇨discuss(1320)
6033. **outset** 名 開頭 [ˋaʊt͵sɛt] [out·set]	❶ at the outset 開始	托 I T G 公
6034. **overhead** 副 在頭頂上 [ˋovɚˋhɛd] [over·head]	The birds flew overhead. 鳥兒在頭頂上飛過。	托 I T G 公
6035. **overlap** 動 部分重疊；重疊 [ˋovɚˋlæp] [over·lap]	動詞變化 overlap-overlapped- 　　　　overlapped The painting was protected with overlapping sheets of paper. 畫作用白紙搭著白紙保護。	托 I T G 公
		⇨sheet(786)
		⇨protect(1799)

6036.
overturn 動
使翻轉；翻轉
[ˌovəˋtɝn] [over‧turn]

動詞變化 **overturn-overturned-overturned**   托 I T G 公

The truck hit the tree and overturned.
卡車撞到樹且翻倒。

⇨truck(2035)

Pp ▼ 托TOEFL、I IELTS、T TOEIC、G GEPT、公 公務人員考試

6037.
pact 名 契約
[pækt] [pækt]

❶ make a pact 達成合約協議   托 I T G 公

6038.
pamphlet 名 小冊子
[ˋpæmflɪt] [pam‧phlet]

Do you bring the pamphlet?   托 I T G 公
你有帶小冊子嗎？

6039.
paralyze 動 癱瘓
[ˋpærəˌlaɪz] [par‧a‧lyze]

動詞變化 **paralyze-paralyzed-paralyzed**   托 I T G 公

A strike paralyzed the factory.
罷工讓工廠癱瘓。

⇨strike(1953)

6040.
parliament 名 議會
[ˋpɑrləmənt] [par‧lia‧ment]

❶ Houses of Parliament 英國議會   托 I T G 公

6041.
pathetic 形 悲慘的
[pəˋθɛtɪk] [pa‧thet‧ic]

He is a pathetic loser.   托 I T G 公
他是悲慘的失敗者。

6042.
patriotic 形 愛國的
[ˌpetrɪˋɑtɪk] [pa‧tri‧ot‧ic]

He is very patriotic.   托 I T G 公
他很愛國。

6043.
PDA 縮 個人數位助理

❶ Personal Digital Assistant   托 I T G 公
How much did you pay for your PAD?
你的 PDA 多少錢？

6044.
peddle 動 叫賣
[ˋpɛdl] [ped‧dle]

動詞變化 **peddle-peddled-peddled**   托 I T G 公
❶ peddle drugs 販賣毒品 ‧

⇨drug(1345)

6045.
pedestrian 名 行人
[pəˋdɛstrɪən]
[pe‧des‧tri‧an]

This is a pedestrian precinct.   托 I T G 公
這是行人專用區。

LEVEL **6**

6046. **peninsula** 名 半島 [pə`nınsələ] [pen·in·su·la]	The peninsula is surrounded by water. 這個半島被海水環繞。 ⇦surround(3061)	托 I T G 公
6047. **pension** 名 退休金 [`pɛnʃən] [pen·sion] (MP3 6-34)	How did the man use his pension? 這男子如何運用退休金？	托 I T G 公
6048. **perception** 名 感覺 [pɚ`sɛpʃən] [per·cep·tion]	❶ visual perception 視覺	托 I T G 公
6049. **perseverance** 名 堅持不懈 [͵pɝsə`vɪrəns] [per·se·ver·ance]	She shows great perseverance. 她展現堅持不懈。	托 I T G 公
6050. **persevere** 動 堅持不懈 [͵pɝsə`vɪr] [per·se·vere]	動詞變化 **persevere-persevered-persevered** ❶ persevere at 堅持	托 I T G 公
6051. **persistence** 名 固執 [pɚ`sɪstəns] [per·sis·tence]	Her persistence was rewarded. 她的執著得到回報。 ⇦reward(4116)	托 I T G 公
6052. **persistent** 形 固執的 [pɚ`sɪstənt] [per·sist·ent]	❶ a persistent offender 慣犯	托 I T G 公
6053. **perspective** 名 透視圖 [pɚ`spɛktɪv] [per·spec·tive]	❶ linear perspective 直線透視圖	托 I T G 公
6054. **pesticide** 名 殺蟲劑 [`pɛstɪ͵saɪd] [pes·ti·cide]	❶ use pesticide 使用殺蟲劑	托 I T G 公
6055. **petroleum** 名 石油 [pə`trolɪəm] [pe·tro·leum]	❶ rich with petroleum 富產石油	托 I T G 公

6056. **petty** 形 小的 [ˋpɛtɪ] [pet·ty]	● petty things 瑣事	托 I T G 公
6057. **pharmacist** 名 藥劑師 [ˋfɑrməsɪst] [phar·ma·cist]	He is a pharmacist. 他是個藥劑師。	托 I T G 公
6058. **pharmacy** 名 藥房 [ˋfɑrməsɪ] [phar·ma·cy]	Will you go to the pharmacy? 你會去藥房嗎？	托 I T G 公
6059. **phase** 名 階段 [fez] [phase]	● in phase 協調	托 I T G 公
6060. **photographic** 形 攝影的 [ˌfotəˋgræfɪk] [pho·to·graph·ic]	● photographic images 圖像 ⇦image(2571)	托 I T G 公
6061. **picturesque** 形 美麗的 [ˌpɪktʃəˋrɛsk] [pic·tur·esque]	He lived in a picturesque cottage. 他住在美麗的小屋。 ⇦cottage(3442)	托 I T G 公
6062. **pierce** 動 刺穿 [pɪrs] [pierce]	動詞變化 pierce-pierced-pierced ● pierce a hole 刺一個洞 ⇦hole(419)	托 I T G 公
6063. **piety** 名 虔敬 [ˋpaɪətɪ] [pi·e·ty]	● filial piety 孝道	托 I T G 公
6064. **pious** 形 虔誠的 [ˋpaɪəs] [pi·ous]	● an pious act 虔誠舉動	托 I T G 公
6065. **pipeline** 名 管道 [ˋpaɪpˌlaɪn] [pipe·line]	● an oil pipeline 輸油管道 ⇦oil(622)	托 I T G 公
6066. **pitcher** 名 投手 [ˋpɪtʃə] [pitch·er]	The pitcher is very popular. 這位投手很受歡迎。 ⇦popular(2817)	托 I T G 公

LEVEL
6

6067.
plight 名 動 誓約
[plaɪt] [plight]
(MP3) 6-35

動詞變化 plight-plighted-plighted
托 **I** T G 公
❶ plight one's troth 許婚

6068.
pneumonia 名 肺炎
[njuˋmonjə] [pneu‧mo‧nia]

❶ atypical pneumonia 非典型肺癌
托 **I** T G 公

6069.
poach 動 烹調
[potʃ] [poach]

動詞變化 poach-poached-poached
托 **I** T G 公
❶ poached fish 清燉魚

6070.
poacher 名 偷獵者
[ˋpotʃɚ] [poach‧er]

The poacher was caught by the police.
透獵者被警方逮捕。
托 **I** T G 公

6071.
pollutant 名 受污染
[pəˋlutənt] [pol‧lu‧tant]

❶ secondary pollutant 二次污染
托 **I** T G 公

6072.
ponder 動 仔細考量
[ˋpɑndɚ] [pon‧der]

動詞變化 ponder-pondered-pondered
托 **I** T G 公
❶ ponder over 仔細思考

6073.
populate 動
居住在…
[ˋpɑpjəˌlet] [pop‧u‧late]

動詞變化 populate-populated-populated
托 **I** T G 公
They began to populate in the island.
他們開始住在這小島。
⇦island(1547)

6074.
posture 名 姿態
[ˋpɑstʃɚ] [pos‧ture]

❶ a relaxed posture 輕鬆的姿勢
托 **I** T G 公
⇦relax(2879)

6075.
precede 動
處在…之前
[priˋsid] [pre‧cede]

動詞變化 precede-preceded-preceded
托 **I** T G 公
❶ precede sth. with 以～引導

6076.
precedent 名 前例
[ˋprɛsədənt] [pre‧ce‧dent]

❶ set a precedent 判例
托 **I** T G 公

6077.
precision 名 精準
[prɪˋsɪʒən] [pre‧ci‧sion]

❶ lack precision 不精準
托 **I** T G 公

6078.
predecessor 名
前輩
[ˋprɛdɪˏsɛsə]
[pre·de·ces·sor]

She worked hard to meet her predecessor.
她努力做事達到前輩標準。

托 I T G 公

6079.
prediction 名 預言
[prɪˋdɪkʃən] [pre·dic·tion]

❶ the prediction of ～的預言

托 I T G 公

6080.
preface 名 序言
[ˋprɛfɪs] [pre·face]

The preface was written by the actor.
這篇序言是演員寫的。

托 I T G 公

6081.
prejudice 名 偏見
[ˋprɛdʒədɪs] [prej·u·dice]

❶ have/has prejudice in one's favor 偏愛

托 I T G 公

⇦favor(1400)

6082.
preliminary 形
初步的
[prɪˋlɪməˏnɛrɪ]
[pre·lim·i·nary]

❶ preliminary hearing 初步聽證

托 I T G 公

6083.
premature 形
過早的
[ˏpriməˋtjur] [pre·ma·ture]

❶ premature aging 提早衰老

托 I T G 公

6084.
premier 名 首相
[ˋprimɪə] [pre·mier]

The man will be appointed to the new premier.
男子將被任命為新首相。

托 I T G 公

⇦appoint(3254)

6085.
prescribe 動 開藥方
[prɪˋskraɪb] [pre·scribe]

動詞變化 **prescribe-prescribed-prescribed**
❶ prescribe for 替～開藥方

托 I T G 公

6086.
prescription 名
處方
[prɪˋskrɪpʃən]
[pre·scrip·tion]

❶ obtain prescription 憑醫生處方獲得

托 I T G 公

⇦obtain(3933)

6087.
preside 動 主持
[prɪˋzaɪd] [pre·side]
MP3
6-36

❶ preside at 主持

托 I T G 公

LEVEL
6

6088. **presidency** 名 公司總裁職位 [ˋprɛzədənsɪ] [pres·i·den·cy]	He worked hard to achieve the presidency. 他努力工作得到總裁職位。 ⇔achieve(2113)	托 I T G 公
6089. **presidential** 形 總統的 [ˋprɛzədɛnʃəl] [pres·i·den·tial]	❶ presidential suite 總統套房 ⇔suite(6300)	托 I T G 公
6090. **prestige** 名 聲望 [prɛsˋtiʒ] [pres·tige]	He has enough prestige to win the election. 他有足夠聲望贏得選舉。 ⇔election(2410)	托 I T G 公
6091. **presume** 動 假設 [prɪˋzum] [pre·sume]	動詞變化 **presume-presumed-presumed** I presume you will get the job. 我認為你能得到這份工作。	托 I T G 公
6092. **preventive** 形 預防的 [prɪˋvɛntɪv] [pre·ven·tive]	❶ preventive medicine 預防藥 ⇔medicine(1625)	托 I T G 公
6093. **productivity** 名 生產力 [͵prodʌkˋtɪvətɪ] [pro·duc·tiv·i·ty]	❶ increase in productivity 提高生產力 ⇔increase(1529)	托 I T G 公
6094. **proficiency** 名 熟練 [prəˋfɪʃənsɪ] [pro·fi·cien·cy]	❶ proficiency indicators 專業指標	托 I T G 公
6095. **profound** 形 深刻的 [prəˋfaund] [pro·found]	Her family has a profound effect in her life. 她家庭對她生活有很深的影響。 ⇔effect(1357)	托 I T G 公
6096. **progressive** 形 進步的 [prəˋgrɛsɪv] [pro·gres·sive]	❶ Progressive Party 美國進步黨	托 I T G 公

6097.
prohibit 勔 制止
[prəˋhɪbɪt] [pro·hi·bit]

動詞變化 **prohibit-prohibited-prohibited**

❶ prohibit from 禁止做…

托 Ⅰ Ⓣ Ⓖ ⚠

6098.
prohibition 图 禁止
[ˌproəˋbɪʃən]
[pro·hi·bi·tion]

❶ prohibition of smoking 禁止吸菸

托 Ⅰ Ⓣ Ⓖ ⚠

6099.
projection 图 設計
[prəˋdʒɛkʃən]
[pro·jec·tion]

❶ film projection 影片放映

托 Ⅰ Ⓣ Ⓖ ⚠

6100.
prone 彫 容易…的
[pron] [prone]

❶ prone to 有～的傾向

托 Ⅰ Ⓣ Ⓖ ⚠

6101.
propaganda 图 宣傳
[ˌprɑpəˋgændə]
[pro·pa·gan·da]

❶ a propaganda campaign 宣傳活動

托 Ⅰ Ⓣ Ⓖ ⚠

⇦campaign(3328)

6102.
propel 勔 推動
[prəˋpɛl] [pro·pel]

動詞變化 **propel-propelled-propelled**

❶ propel one into action 驅使某人行動

托 Ⅰ Ⓣ Ⓖ ⚠

6103.
propeller 图 推進器
[prəˋpɛlɚ] [pro·pel·ler]

❶ Propeller Island 螺旋島

托 Ⅰ Ⓣ Ⓖ ⚠

6104.
prose 图 散文
[proz] [prose]

The article is written in prose.
這短文是散文體。

托 Ⅰ Ⓣ Ⓖ ⚠

6105.
prosecute 勔 對…起訴
[ˋprɑsɪˌkjut] [pros·e·cute]

動詞變化 **prosecute-prosecuted-prosecuted**

❶ prosecute for 對～起訴

托 Ⅰ Ⓣ Ⓖ ⚠

6106.
prosecution 图 起訴
[ˌprɑsɪˋkjuʃən]
[pros·e·cu·tion]

❶ bring a prosecution against sb.
對某人提告

托 Ⅰ Ⓣ Ⓖ ⚠

⇦against(17)

LEVEL **6**

6107. **prospective** 形 預期的 [prəˋspɛktɪv] [pro·spec·tive]	He is a prospective client. 他是未來客戶。	托 I T G 公
		⇦client(2283)

6108. **provincial** 形 省的 [prəˋvɪnʃəl] [pro·vin·cial]	He is provincial not local. 他是外省人不是本地人。	托 I T G 公
		⇦local(1589)

6109. **provoke** 動 對…挑釁 [prəˋvok] [pro·voke]	動詞變化 provoke-provoked- 　　　　　provoked ❶ provoke into 激怒	托 I T G 公

6110. **prowl** 動 徘徊 [praʊl] [prowl]	動詞變化 prowl-prowled-prowled ❶ prowl around 徘徊	托 I T G 公

6111. **punctual** 形 準時的 [ˋpʌŋktʃʊəl] [punc·tu·al]	❶ be punctual for 準時～	托 I T G 公

6112. **purify** 動 使純淨 [ˋpjʊrəˌfaɪ] [pu·ri·fy]	動詞變化 purify-purified-purified ❶ purify water 純水	托 I T G 公

6113. **purity** 名 純淨 [ˋpjʊrətɪ] [pu·ri·ty]	❶ moral purity 思想純淨	托 I T G 公
		⇦moral(2719)

Qq ▼ 托 TOEFL、I IELTS、T TOEIC、G GEPT、公 公務人員考試

6114. **qualification** 名 資格 [ˌkwɑləfəˋkeʃən] [qual·i·fi·ca·tion]	(MP3) 6-37	❶ with professional qualification 專業資格	托 I T G 公

6115. **quarrelsome** 形 愛爭吵的 [`kwɔrəlsəm] [quar·rel·some]	They are quarrelsome. 他們很愛吵。	托 I T G 公
6116. **quench** 動 抑制 [kwɛntʃ] [quench]	動詞變化 **quench-quenched-** **quenched** ❶ quench the flames 撲滅火	托 I T G 公
		⇨flame(2473)
6117. **query** 動 詢問 [`kwɪrɪ] [que·ry]	動詞變化 **query-queried-queried** ❶ query about 對～有問題	托 I T G 公
6118. **questionnaire** 名 問卷 [ˌkwɛstʃən`ɛr] [ques·tion·naire]	❶ fill out a questionnaire 填問卷	托 I T G 公

Rr ▼ 托 TOEFL、I IELTS、T TOEIC、G GEPT、公 公務人員考試

6119. **racism** 名 種族主義 [`resɪzəm] [rac·ism]	He was a victim of racism. 他是種族主義的犧牲者。	托 I T G 公
		⇨victim(3156)
6120. **radiant** 形 光芒四射的 [`redjənt] [ra·di·ant]	❶ look radiant 看起來容光煥發	托 I T G 公
6121. **radiate** 動 散發 [`redɪˌet] [ra·di·ate]	動詞變化 **radiate-radiated-radiated** ❶ radiate from 向四面八方散開	托 I T G 公
6122. **radiation** 名 輻射 [ˌredɪ`eʃən] [ra·di·a·tion]	❶ harmful radiations 有害輻射物	托 I T G 公
		⇨harmful(2532)
6123. **radiator** 名 輻射體； 暖氣裝置 [`redɪˌetə] [ra·di·a·tor]	Sit by the radiator. 坐在暖氣旁。	托 I T G 公
6124. **radical** 形 根本的 [`rædɪkl̩] [rad·i·cal]	The TV has effected a radical change in people's life. 電視使人們生活發生了根本變化。	托 I T G 公

LEVEL
6

6125. **raft** 名 木筏 [ræft] [raft]	❶ on a raft 乘著木筏	托 I T G 公
6126. **raid** 動 突擊 [red] [raid]	動詞變化 raid-raided-raided ❶ raid on 發動～攻擊	托 I T G 公
6127. **random** 形 隨意的 [`rændəm] [ran·dom]	❶ at random 隨手	托 I T G 公
6128. **ransom** 名 贖金 [`rænsəm] [ran·som]	He held the kid for ransom. 他把小孩當人質拿贖金。	托 I T G 公
6129. **rash** 名 疹子 形 輕率的 [ræʃ] [rash]	He made a rash decision. 他做了個輕率決定。 ⇦decision(1288)	托 I T G 公
6130. **rational** 形 理性的 [`ræʃənl] [ra·tion·al]	❶ rational thought 理性思考	托 I T G 公
6131. **ravage** 動 毀壞 [`rævɪdʒ] [rav·age]	動詞變化 ravage-ravaged- ravaged The village was ravaged by fire. 村落被大火毀壞。 ⇦village(2060)	托 I T G 公
6132. **realism** 名 現實主義 [`rɪəˌlɪzəm] [re·al·ism]	❶ new realism 新現實主義	托 I T G 公
6133. **realization** 名 領悟 [ˌrɪələ`zeʃən] [re·al·i·za·tion]	❶ the realization of 對～的領悟	托 I T G 公
6134. **rebellion** 名 叛亂 MP3 6-38 [rɪ`bɛljən] [re·bel·lion]	❶ put down the rebellion 鎮壓叛亂	托 I T G 公
6135. **recession** 名 後退 [rɪ`sɛʃən] [re·ces·sion]	Is the economy in recession? 經濟正在衰退嗎？ ⇦economy(3554)	托 I T G 公
6136. **recipient** 名 接受者 [rɪ`sɪpɪənt] [re·cip·i·ent]	❶ recipient fund 接受資金者	托 I T G 公

6137. **recommendation** 名 推薦 [ˌrɛkəmɛnˈdeʃən] [rec·om·men·da·tion]	He rejected a recommendation. 他拒絕推薦。	托 I T G 公 ⇦reject(1833)
6138. **reconcile** 動 調解 [ˈrɛkənsaɪl] [rec·on·cile]	動詞變化 **reconcile-reconciled-** **reconciled** ❶ reconcile with sb. 和某人和好	托 I T G 公
6139. **recreational** 形 娛樂的 [ˌrɛkrɪˈeʃənḷ] [rec·re·a·tion·al]	❶ recreational facilities 娛樂設施	托 I T G 公 ⇦facility(3620)
6140. **recruit** 動 徵募 [rɪˈkrut] [re·cruit]	動詞變化 **recruit-recruited-** **recruited** ❶ recruit new members 徵募新成員	托 I T G 公 ⇦member(1629)
6141. **recur** 動 重現 [rɪˈkɝ] [re·cur]	動詞變化 **recur-recurred-** **recurred** The point recurs several times. 這重點重複好幾次。	托 I T G 公
6142. **redundant** 形 多餘的 [rɪˈdʌndənt] [re·dun·dant]	❶ redundant employees 被裁員的人	托 I T G 公 ⇦employee(2419)
6143. **refine** 動 使優美 [rɪˈfaɪn] [re·fine]	動詞變化 **refine-refined-refined** She refined her performance. 她使自己表演更棒。	托 I T G 公 ⇦performance(2791)
6144. **refinement** 名 優雅 [rɪˈfaɪnmənt] [re·fine·ment]	❶ considerable refinement 有教養	托 I T G 公 ⇦considerable(2316)
6145. **reflective** 形 反射的 [rɪˈflɛktɪv] [re·flec·tive]	❶ reflective clothes 反光衣服	托 I T G 公 ⇦clothes(1219)

LEVEL 6

6146.
refreshment 名
恢復精神
[rɪ`frɛʃmənt]
[re·fresh·ment]

❶ find refreshment for mind
恢復精神

托 I T G 公

6147.
refund 名 動 退還
[rɪ`fʌnd] [re·fund]

動詞變化 **refund-refunded-refunded**
She received a tax refund.
她收到稅金退款。
⇨receive(714)

托 I T G 公

6148.
regardless 形
不注意的
[rɪ`gɑrdlɪs] [re·gard·less]

❶ regardless of 不顧

托 I T G 公

6149.
regime 名 政權
[rɪ`ʒim] [re·gime]

❶ an oppressive regime 高壓政權

托 I T G 公

6150.
rehearsal 名 排練
[rɪ`hɜsl̩] [re·hears·al]

❶ dress rehearsal 彩排
⇨dress(1343)

托 I T G 公

6151.
rehearse 動 排練
[rɪ`hɜs] [re·hearse]

動詞變化 **rehearse-rehearsed-rehearsed**
They rehearse the first scene.
他們排練第一場戲。
⇨scene(755)

托 I T G 公

6152.
rein 名 韁繩
[ren] [rein]

❶ allow one free rein 對某人放任

托 I T G 公

6153.
reinforce 動 增強
[ˌriɪn`fɔrs] [re·in·force]

He reinforced his reputation by donations.
他藉由捐款增強聲譽。
⇨reputation(4901)

托 I T G 公

6154.
relay 名 動 接替
[rɪ`le] [re·lay]

(MP3)
6-39

動詞變化 **reply-replied-replied**
action replay 動作回放

托 I T G 公

6155.
relevant 形 相關的
[`rɛləvənt] [rel·e·vant]

He asked some relevant questions.
他詢問相關問題。

托 I T G 公

6156.
reliance 名 信賴
[rɪˋlaɪəns] [re·li·ance]

❶ heave reliance 過分依賴 托 I T G 公

6157.
relish 名 美味 動 喜歡
[ˋrɛlɪʃ] [rel·ish]

動詞變化 **relish-relished-relished** 托 I T G 公
She relished a challenge.
她喜歡挑戰。

⇦challenge (2257)

6158.
remainder 名
剩餘物
[rɪˋmendɚ] [re·main·der]

Give away the remainder. 托 I T G 公
把其他送人。

6159.
removal 名 除去
[rɪˋmuvl̩] [re·mov·al]

❶ stain removal 除去污點 托 I T G 公

6160.
renaissance 名
復活
[rəˋnesn̩s] [re·nais·sance]

❶ Renaissance art 文藝復興時期藝術 托 I T G 公

6161.
render 動 給予
[ˋrɛndɚ] [ren·der]

動詞變化 **render-rendered-rendered** 托 I T G 公
The waiter renders her a service.
服務生替她服務。

⇦service(773)

6162.
renowned 形 著名的
[rɪˋnaʊnd] [re·nowned]

He is a renowned professor. 托 I T G 公
他是知名教授。

6163.
rental 名 租金
[ˋrɛntl̩] [rent·al]

❶ car rental company 汽車出租公司 托 I T G 公

⇦company(1233)

6164.
repress 動 抑制
[rɪˋprɛs] [re·press]

動詞變化 **repress-repressed-repressed** 托 I T G 公
He tried to repress his sadness.
他試圖壓抑難過。

6165.
resemblance 名
類似
[rɪˋzɛmbləns]
[re·sem·blance]

❶ strong resemblance 顯著的相似處 托 I T G 公

6166.
reservoir 名 水庫
[ˋrɛzɚˏvɔr] [res·er·voir]

This reservoir supplied the town 托 I T G 公
with water.
此水庫提供全鎮水源。

⇦supply(1965)

LEVEL
6

6167.
residential 形
居住的
[͵rɛzə`dɛnʃəl]
[res·i·den·tial]

❶ a residential area 住宅區 托 I T G 公

6168.
resistant 形 抵抗的
[rɪ`zɪstənt] [re·sis·tant]

❶ heat resistant 抗熱的 托 I T G 公

6169.
resolute 形 堅決的
[`rɛzə͵lut] [res·o·lute]

❶ resolute leadership 堅決領導 托 I T G 公

⇦leadership(1572)

6170.
respective 形
個別的
[rɪ`spɛktɪv] [re·spec·tive]

❶ respective roles of …個別的角色 托 I T G 公

6171.
restoration 名 恢復
[͵rɛstə`reʃən]
[res·to·ra·tion]

❶ restoration work 修復工作 托 I T G 公

6172.
restraint 名 抑制
[rɪ`strent] [re·straint]

❶ without restraint 無拘無束的 托 I T G 公

6173.
retail 名 零售
[`ritel] [re·tail]

He is interested in retail trade.
他對零售業感興趣。

⇦trade(2023)

6174.
retaliate 動
報復
[rɪ`tælɪ͵et] [re·tal·i·ate]
MP3 6-40

動詞變化 **retaliate-retaliated-**
retaliated
She retaliated by kicking him.
她以踢他報復。

托 I T G 公

6175.
retrieve 動 收回
[rɪ`triv] [re·trieve]

動詞變化 **retrieve-retrieved-**
retrieved
The man retrieved his money.
男子取回他的錢。

托 I T G 公

⇦kick(463)

6176.
revelation 名 揭發
[͵rɛvl̩`eʃən] [rev·e·la·tion]

❶ come as a revelation to 出乎意料 托 I T G 公

6177.
revenue 名 稅收
[`rɛvə͵nju] [rev·e·nue]

❶ revenue stamp 印花稅 托 I T G 公

⇦stamp(1935)

6178. **revival** 名 復甦 [rɪ`vaɪv!] [re·viv·al]	● an economic revival 經濟復甦 托 I T G 公
6179. **rhetoric** 名 修辭；言論 [`rɛtərɪk] [rhet·o·ric]	● tough rhetoric 強硬言論 托 I T G 公 ⇨tough(4221)
6180. **rhythmic** 形 有節奏的 [`rɪðmɪk] [rhyth·mic]	● music with rhythmic beat 節奏分明的音樂 托 I T G 公 ⇨beat(86)
6181. **ridicule** 動 嘲笑 [`rɪdɪk jul] [rid·i·cule]	動詞變化 ridicule-ridiculed- ridiculed 托 I T G 公 ● hold one up to ridicule 嘲笑某人
6182. **rigorous** 形 嚴格的 [`rɪgərəs] [rig·or·ous]	● a rigorous investigation 嚴格的調查 托 I T G 公 ⇨investigation(3813)
6183. **riot** 名 暴亂 [`raɪət] [ri·ot]	● run riot 撒野 托 I T G 公
6184. **rite** 名 儀式 [raɪt] [rite]	● rite of passage 成年禮 托 I T G 公 ⇨passage(2774)
6185. **ritual** 名 儀式 [`rɪtʃʊəl] [rit·u·al]	● something of ritual 例行公事 托 I T G 公
6186. **rivalry** 名 對抗 [`raɪv!rɪ] [ri·val·ry]	● rivalry with 對抗 托 I T G 公
6187. **rotate** 動 旋轉 [`rotet] [ro·tate]	動詞變化 rotate-rotated-rotated 托 I T G 公 ● rotate around 轉動
6188. **rotation** 名 旋轉 [ro`teʃən] [ro·ta·tion]	● the earth's rotation 地球自轉 托 I T G 公
6189. **royalty** 名 王室 [`rɔɪəltɪ] [roy·al·ty]	He is treated like royalty. 他受到君王般的待遇。 托 I T G 公 ⇨treat(2030)
6190. **ruby** 名 紅寶石 [`rubɪ] [ru·by]	She wears a ruby ring. 她戴紅寶石。 托 I T G 公

LEVEL 6

躺著背單字7,000

Ss ▼ 托TOEFL、IIELTS、TTOEIC、GGEPT、公公務人員考試

6191. **safeguard** 名動 保護 [ˈsefˌgɑrd] [safe·guard]	動詞變化 **safeguard-safeguarded-** 托ITG公 **safeguarded** ❶ safeguard one's rights 維護某人權益
6192. **saloon** 名 交誼廳 [səˈlun] [sa·loon]	How about meeting at saloon? 托ITG公 在交誼廳見面如何？
6193. **salvation** 名 救助 [sælˈveʃən] [sal·va·tion]	❶ Christian Salvation Service 托ITG公 基督徒救世會
6194. **sanction** 名 認可 (MP3) [ˈsæŋkʃən] [sanc·tion] 6-41	❶ sanction of the court 經法院認可 托ITG公 ⇦court(1259)
6195. **sanctuary** 名 聖堂 [ˈsæŋktʃuˌɛrɪ] [sanc·tu·ary]	People feel peaceful at the 托ITG公 sanctuary. 聖壇裡，人們感到平靜。 ⇦peaceful(1725)
6196. **sane** 形 神智正常的 [sen] [sane]	❶ keep one sane 讓某人保持正常 托ITG公
6197. **sanitation** 名 公共衛生 [ˌsænəˈteʃən] [san·i·ta·tion]	❶ sanitation worker 清潔工 托ITG公
6198. **scenic** 形 風景的 [ˈsinɪk] [sce·nic]	❶ take scenic route 托ITG公 選擇風景美麗的路線 ⇦route(4121)
6199. **scope** 名 範圍 [skop] [scope]	❶ scope for promotion 提拔的機會 托ITG公 ⇦promotion(4032)
6200. **script** 名 筆跡 [skrɪpt] [script]	❶ one's neat script 托ITG公 某人寫了一手好字
6201. **sector** 名 扇形；部門 [ˈsɛktɚ] [sec·tor]	❶ public sector 公共部門 托ITG公 ⇦public(691)

6202.
seduce 動 引誘
[sɪ`djus] [se·duce]

動詞變化 **seduce-seduced-seduced** 托 **I** T G 公

❶ seduce into 引誘某人做某事

6203.
selective 形
有選擇性的
[sə`lɛktɪv] [se·lec·tive]

❶ selective service 選擇性徵兵 托 **I** T G 公

6204.
seminar 名 研討會
[`sɛmə͵nar] [sem·i·nar]

There is a seminar on employment today.
今天有個關於職業研討會。 托 **I** T G 公

⇦employment(2418)

6205.
senator 名 參議員
[`sɛnətə] [sen·a·tor]

The senator voted for the bill.
參議員對這議案投票。 托 **I** T G 公

⇨vote(2065)

6206.
sentimental 形
感傷的
[͵sɛntə`mɛntl]
[sen·ti·men·tal]

❶ for sentimental reason 感傷的理由 托 **I** T G 公

⇦reason(713)

6207.
sequence 名 連續
[`sikwəns] [se·quence]

❶ a sequence of... 接二連三 托 **I** T G 公

6208.
serene 形 寧靜的；穩
重的
[sə`rin] [se·rene]

The doctor is always serene.
這位醫生很穩重。 托 **I** T G 公

6209.
serenity 名 平靜
[sə`rɛnətɪ] [se·ren·i·ty]

He disturbed her serenity.
他打擾她的平靜。 托 **I** T G 公

⇦disturb(3529)

6210.
serving 名 服務
[`sɝvɪŋ] [serv·ing]

❶ serving dish 個人餐盤 托 **I** T G 公

⇦dish(240)

6211.
session 名 開會
[`sɛʃən] [ses·sion]

❶ hold a session 開會 托 **I** T G 公

6212.
setback 名 挫折
[`sɛt͵bæk] [set·back]

She seldom had a bad setback.
她很少有挫折。 托 **I** T G 公

⇦seldom(2955)

6213.
sewer 名 縫製工
[`suɚ] [sew·er]

Her mother is a sewer.
她母親是縫製工。 托 **I** T G 公

LEVEL 6

6214. **shed** 動 流出 [ʃɛd] [shed]	(MP3) 6-42	動詞變化 **shed-shed-shed** ❶ shed light on 使問題容易瞭解 托 I T G 公
6215. **sheer** 形 全然的 [ʃɪr] [sheer]	❶ sheer off 急轉 托 I T G 公
6216. **shilling** 名 先令 [ˋʃɪlɪŋ] [shil·ling]	One pound is equal to twenty shillings. 一磅等於二十先令。 托 I T G 公 ⇦equal(282)
6217. **shoplift** 動 商店內行竊 [ˋʃɑpˏlɪft] [shop·lift]	動詞變化 **shoplift-shoplifted-shoplifted** 托 I T G 公 The boy shoplifts something in the store. 男孩在店裡行竊。
6218. **shrewd** 形 精明的 [ʃrud] [shrewd]	Roger is a shrewd businessman. 托 I T G 公 羅杰是精明的生意人。
6219. **shun** 動 避開 [ʃʌn] [shun]	動詞變化 **shun-shunned-shunned** 托 I T G 公 He is shunned by his friends. 他朋友都避開他。
6220. **siege** 名 包圍 [sidʒ] [siege]	❶ under siege 受到困擾 托 I T G 公
6221. **signify** 動 表示…的意思 [ˋsɪgnəˏfaɪ] [sig·ni·fy]	動詞變化 **signify-signified-signified** 托 I T G 公 She shook her head to signify that she disagreed. 她搖頭表示不同意。 ⇦disagree(1317)
6222. **silicon** 名 矽 [ˋsɪlɪkən] [sil·i·con]	❶ silicon chip 矽晶片 托 I T G 公 ⇦chip(2275)
6223. **simplicity** 名 簡單 [sɪmˋplɪsətɪ] [sim·plic·i·ty]	❶ by simplicity itself 很簡易 托 I T G 公
6224. **simplify** 動 簡化 [ˋsɪmpləˏfaɪ] [sim·pli·fy]	動詞變化 **simplify-simplified-simplified** 托 I T G 公 The form has been simplified. 表格變得簡化。

6225. **simultaneous** 形 同時發生的 [ˌsaɪml̩ˋtenɪəs] [si·mul·ta·ne·ous]	❶ simultaneous interpreter 同步翻譯人員　　　　　托 **I** T **G** 公 ⇨interpreter(4766)
6226. **skeptical** 形 懷疑的 [ˋskɛptɪk]̩] [skep·ti·cal]	❶ skeptical about 懷疑　　　托 **I** T **G** 公
6227. **skim** 動 去除 [skɪm] [skim]	❶ skim off 去除　　　　　托 **I** T **G** 公
6228. **slang** 名 俚語 [slæŋ] [slang]	❶ back slang 逆讀俚語　　　托 **I** T **G** 公
6229. **slash** 動 砍 [slæʃ] [slash]	動詞變化 **slash-slashed-slashed**　托 **I** T **G** 公 ❶ slash at one 砍擊某人
6230. **slavery** 名 奴隸身分 [ˋslevərɪ] [slav·ery]	❶ born into slavery 生來為奴　托 **I** T **G** 公
6231. **slot** 名 狹縫；投幣口 [slɑt] [slot]	❶ slot machine 自動販賣機　托 **I** T **G** 公
6232. **slum** 名 貧民窟 [slʌm] [slum]	❶ slum it 過窮苦日子　　　托 **I** T **G** 公
6233. **smack** 名 滋味 [smæk] [smack]	❶ smack of 有～味道　　　托 **I** T **G** 公
6234. **smallpox** 名 🎵 天花　　　　6-43 [ˋsmɔlˌpɑks] [small·pox]	❶ smallpox warming 天花警告　托 **I** T **G** 公
6235. **smother** 動 窒息 [ˋsmʌðɚ] [smoth·er]	動詞變化 **smother-smothered-**　　托 **I** T **G** 公 　　　　　　**smothered** ❶ be smothered by 被～東西窒息
6236. **smuggle** 動 走私 [ˋsmʌg]̩] [smug·gle]	動詞變化 **smuggle-smuggled-**　　托 **I** T **G** 公 　　　　　　**smuggled** ❶ smuggle into the country 走私到其他國家
6237. **snare** 名 陷阱 [snɛr] [snare]	❶ full of snares 充滿陷阱　　托 **I** T **G** 公

LEVEL 6

587

6238.
sneaky 形
鬼鬼祟祟的
[`snikɪ] [sneak·y]

❶ take a sneaky glance 偷瞄

托 I T G 公

⇦glance(2505)

6239.
sneer 動 嘲笑
[snɪr] [sneer]

動詞變化 **sneer-sneered-sneered**
❶ sneer at 嘲笑某人

托 I T G 公

6240.
soar 動 往上飛舞
[sor] [soar]

動詞變化 **soar-soared-soared**
❶ soar up into 升空

托 I T G 公

6241.
sociable 形 社交的
[`soʃəbl] [so·cia·ble]

He is a sociable person.
他是合群的人。

托 I T G 公

6242.
socialism 名
社會主義
[`soʃəlɪzəm] [so·cial·ism]

He didn't believe in socialism.
他不相信社會主義。

托 I T G 公

⇦believe(96)

6243.
socialist 名
社會主義者
[`soʃəlɪst] [so·cial·ist]

❶ a socialist policy 社會主義政策

托 I T G 公

6244.
socialize 動
社會主義化
[`soʃəˌlaɪz] [so·cial·ize]

動詞變化 **socialize-socialized-socialized**
You have the important function of socializing students.
你有教育學生適應社會的重要作用。

托 I T G 公

⇦function(1447)

6245.
sociology 名 社會學
[ˌsoʃɪˈɑlədʒɪ] [so·ci·ol·o·gy]

Sociology is one of the most popular subjects.
社會學是最受歡迎的學科之一。

托 I T G 公

⇦subject(1956)

6246.
sodium 名 鈉
[`sodɪəm] [so·di·um]

What is sodium made?
鈉是如何被提取的？

托 I T G 公

6247.
solidarity 名 團結
[ˌsɑləˈdærətɪ] [sol·i·dar·i·ty]

❶ community solidarity 社區團結

托 I T G 公

⇦community(3377)

6248.
solitude 名 孤獨
[`sɑləˌtjud] [sol·i·tude]

Emma longed for solitude.
艾瑪享受孤獨感。

托 I T G 公

6249. **soothe** 動 安慰 [suð] [soothe]	動詞變化 **soothe-soothed-soothed** 托 I T G 公 ❶ soothe away 消除
6250. **sophisticated** 形 世故的 [sə`fɪstɪˌketɪd] [so·phis·ti·cat·ed]	The kid looks so sophisticated.　托 I T G 公 這小孩看起來很世故的。
6251. **sovereignty** 名 統治權 [`sɑvrɪntɪ] [sov·er·eign·ty]	❶ consumer sovereignty 消費者至上 托 I T G 公 ⇦consumer(3416)
6252. **spacious** 形 寬敞的 [`speʃəs] [spa·cious]	He moved into a spacious room.　托 I T G 公 他搬到寬敞的房間。
6253. **span** 名 一段時間 [spæn] [span]	❶ within a specific time span　I T G 公 在規定時間內完成 ⇦specific(3004)
6254. **specialize** 動　(MP3) 專攻　　　6-44 [`speʃəlˌaɪz] [spe·cial·ize]	動詞變化 **specialize-specialized-**　托 I T G 公 　　　　　**specialized** The shop specializes in cheesecake. 這家店專營起司蛋糕。
6255. **specialty** 名 專業 [`speʃəltɪ] [spe·cial·ty]	❶ specialty shop 專門店　托 I T G 公
6256. **specify** 動 具體指定 [`spesəˌfaɪ] [spec·i·fy]	動詞變化 **specify-specified-**　托 I T G 公 　　　　　**specified** specify one's size 指定號碼
6257. **spectacular** 形 可觀的 [spɛk`tækjələ] [spec·tac·u·lar]	❶ spectacular views 壯觀的景色　托 I T G 公 ⇦view(971)
6258. **spectrum** 名 光譜 [`spɛktrəm] [spec·trum]	❶ a board spectrum of 廣泛的~　托 I T G 公
6259. **speculate** 動 沉思 [`spɛkjəˌlet] [spec·u·late]	動詞變化 **speculate-speculated-**　托 I T G 公 　　　　　**speculated** ❶ speculate about 沉思某原因

LEVEL

6

6260. **sphere** 名 球體 [sfɪr] [sphere]	❶ sphere of influence 勢力範圍	托 I T G 公 ⇦influence(1534)
6261. **spike** 名 大釘 [spaɪk] [spike]	She wore a pair of spikes this morning. 她今天早上穿一雙釘鞋。	托 I T G 公
6262. **spiral** 形 螺旋的 [`spaɪrəl] [spi·ral]	❶ spiral staircase 螺旋式樓梯	托 I T G 公
6263. **spire** 名 螺旋；尖塔 [spaɪr] [spire]	❶ the tallest spire in the country 國家最高尖塔	托 I T G 公
6264. **spokesman/** **spokeswoman** 名 男／女發言人 [`spoksmən]/ [`spoksˌwumən] [spokes·man]/ [spokes·wom·an]	He was the spokesman for the team. 他是這小組的發言人。	托 I T G 公
6265. **spokesperson** 名 發言人 [`spoksˌpɝsn̩] [spokes·per·son]	He is a police spokesperson. 他是警方發言人。	托 I T G 公
6266. **sponsor** 名 贊助者 [`spɑnsɚ] [spon·sor]	The player tried to attract sponsors. 選手試圖吸引贊助者的注意。	托 I T G 公 ⇦attract(2158)
6267. **spontaneous** 形 自然發生的 [spɑn`tenɪəs] [spon·ta·ne·ous]	❶ spontaneous combustion 自燃	托 I T G 公
6268. **spouse** 名 配偶 [spaʊz] [spouse]	What is your spouse's name? 你配偶大名？	托 I T G 公
6269. **sprawl** 名 動 蔓延 [sprɔl] [sprawl]	動詞變化 sprawl-sprawled-sprawled ❶ control the urban sprawl 控制都市拓展	托 I T G 公 ⇦urban(4242)

6270. **squad** 图 小隊 [skwɑd] [squad]	❶ a squad car 警車	托 **I** **T** **G** 公
6271. **stability** 图 穩定 [stə`bɪlətɪ] [sta·bil·i·ty]	❶ social stability 社會穩定	托 **I** **T** **G** 公
6272. **stabilize** 動 使穩定 [`stebḷ,aɪz] [sta·bi·lize]	動詞變化 **stabilize-stabilized-stabilized** The nurse stabilized the man's condition. 護士使男子的情況穩定下來。 ⇦condition(2309)	托 **I** **T** **G** 公
6273. **stalk** 動 蔓延 [stɔk] [stalk]	動詞變化 **stalk-stalked-stalked** ❶ stalk over 跟蹤	托 **I** **T** **G** 公
6274. **stammer** 動 結結巴巴地說 [`stæmɚ] [stam·mer]	動詞變化 **stammer-stammered-stammered** Many people stammer when they are nervous. 很多人緊張時會結巴。 ⇦nervous(2735)	托 **I** **T** **G** 公
6275. **staple** 图 釘書針 [`stepḷ] [sta·ple] (MP3) 6-45	❶ staple gun 釘書機	托 **I** **T** **G** 公
6276. **stapler** 图 釘書機 [`steplɚ] [sta·pler]	Pass me the stapler, please. 請把釘書機傳給我。	托 **I** **T** **G** 公
6277. **starch** 图 澱粉 [stɑrtʃ] [starch]	❶ contain much starch 含大量澱粉 ⇦contain(1244)	托 **I** **T** **G** 公
6278. **starvation** 图 飢餓 [stɑr`veʃən] [star·va·tion]	❶ die of starvation 餓死	托 **I** **T** **G** 公
6279. **stationary** 形 不動的 [`steʃən,ɛrɪ] [sta·tion·ary]	❶ stationary front 滯留鋒	托 **I** **T** **G** 公
6280. **stationery** 图 文具 [`steʃən,ɛrɪ] [sta·tion·ery]	There is not a liberal supply of stationery in the company. 公司沒有夠用的文具。 ⇦liberal(2639)	托 **I** **T** **G** 公
6281. **stature** 图 身高 [`stætʃɚ] [stat·ure]	She is small in stature. 她身材矮小。	托 **I** **T** **G** 公

LEVEL 6

6282.
stimulate 動 刺激
[`stɪmjə,let] [stim·u·late]

動詞變化 **stimulate-stimulated-stimulated**
The result stimulated the man.
結果刺激這個男子。
⇦result(1845)

6283.
stimulation 名 刺激
[͵stɪmjə`leʃən]
[stim·u·la·tion]

① deep brain stimulation
腦部深層刺激手術
⇦deep(229)

6284.
stimulus 名 刺激
[`stɪmjələs] [stim·u·lus]

① visual stimulus 視覺刺激
⇦visual(4258)

6285.
strangle 動 勒死
[`stræŋgl] [stran·gle]

動詞變化 **strangle-strangled-strangled**
The thief strangled the girl to death.
小偷把女孩勒死。

6286.
strategic/
strategical 形
戰略的
[strə`tidʒɪk]/ [strə`tidʒɪkl]
[stra·te·gic/
stra·te·gi·cal]

① a strategic decision 戰略決定

6287.
stunt 名 引人注目的花
招 動 妨礙
[stʌnt] [stunt]

動詞變化 **stunt-stunted-stunted**
① play a stunt 耍花招

6288.
subjective 形
主觀的
[səb`dʒɛktɪv] [sub·jec·tive]

① subjective point of view 主觀看法

6289.
subordinate 形
下級的 動 使服從
[sə`bɔrdn̩ɪt]
[sub·or·di·nate]

動詞變化 **subordinate-subordinated-subordinated**
He was a subordinate office.
他是下屬軍官。

6290.
subscribe 動 訂閱
[səb`skraɪb] [sub·scribe]

動詞變化 **subscribe-subscribed-subscribed**
① subscribe to 訂閱

6291. **subscription** 名 訂閱 [səb`skrɪpʃən] [sub·scrip·tion]	❶ cancel one's subscription 取消訂閱	托 I T G 公
		⇦cancel(1173)
6292. **subsequent** 形 伴隨發生的 [`sʌbsɪˌkwɛnt] [sub·se·quent]	❶ subsequent to 在～之後	托 I T G 公
6293. **substitution** 名 代替 [ˌsʌbstə`tjuʃən] [sub·sti·tu·tion]	She used milk in substitution for cream. 她用牛奶代替奶油球。	托 I T G 公
		⇦milk(546)
		⇦cream(1265)
6294. **subtle** 形 微妙的 [`sʌtḷ] [sub·tle]	❶ subtle flavor 淡淡的味道	托 I T G 公
6295. **suburban** 形 郊外的 🎧 6-46 [sə`bɝbən] [sub·ur·ban]	They lived in a suburban house. 他們住在郊外住宅。	托 I T G 公
6296. **succession** 名 連續 [sək`sɛʃən] [suc·ces·sion]	There is a succession of visitors in his house. 他家有絡繹不絕的客人。	托 I T G 公
		⇦visitor(2062)
6297. **successive** 形 連續的 [sək`sɛsɪv] [suc·ces·sive]	This is her second successive win. 這是她連續第二次獲勝。	托 I T G 公
6298. **successor** 名 繼任者 [sək`sɛsɚ] [suc·ces·sor]	He is the successor to Mr. Wang as leader. 他是繼王先生後的領袖。	托 I T G 公
		⇦leader(489)
6299. **suffocate** 動 使窒息 [`sʌfəˌket] [suf·fo·cate]	動詞變化 **suffocate-suffocated-suffocated** Tina felt suffocated by the rules. 提娜受不了規矩的束縛。	托 I T G 公
6300. **suite** 名 套房 [swit] [suite]	❶ a honeymoon suite 蜜月套房	托 I T G 公
		⇦honeymoon(3729)

LEVEL
6

6301. **superb** 形 極好的 [su`pɝb] [su·perb]	Frank looks superb. 法蘭克看起來很棒。	托 **I** **T** **G** 公
6302. **superiority** 名 優越 [sə͵pɪrɪ`ɔrətɪ] [su·pe·ri·or·i·ty]	❶ a sense of superiority 優越感	托 **I** **T** **G** 公
6303. **supersonic** 形 超音波的 [͵supɚ`sɑnɪk] [su·per·son·ic]	❶ a supersonic aircraft 超音速飛機 ⇨aircraft(1059)	托 **I** T **G** 公
6304. **superstitious** 形 迷信的 [͵supɚ`stɪʃəs] [su·per·sti·tious]	❶ superstitious practices 迷信行為 ⇨practice(684)	托 **I** **T** **G** 公
6305. **supervision** 名 監督 [͵supɚ`vɪʒən] [su·per·vi·sion]	There are ten people under Emma's supervision. 艾瑪監督十個人。	托 **I** T **G** 公
6306. **supplement** 名 補充 [`sʌpləmənt] [sup·ple·ment]	❶ color supplement 彩色插頁	托 **I** T **G** 公
6307. **surpass** 動 超過 [sɚ`pæs] [sur·pass]	動詞變化 **surpass-surpassed-** **surpassed** She surpassed the world record. 她刷新世界紀錄。	托 **I** **T** **G** 公
6308. **surplus** 名 過剩 [`sɝpləs] [sur·plus]	❶ in surplus 有盈餘	托 **I** T **G** 公
6309. **suspense** 名 暫時停止 [sə`spɛns] [sus·pense]	❶ bear the suspense 提心吊膽	托 **I** **T** **G** 公
6310. **suspension** 名 暫停 [sə`spɛnʃən] [sus·pen·sion]	She was suspension from school. 她暫時被停學。	托 **I** T **G** 公

6311. **swap** 動 交換 [swɑp] [swap]	動詞變化 **swap-swapped-swapped** 托 I T G 公 ❶ swap places 交換位置

6312. **symbolic** 形 象徵的 [sɪm`bɑlɪk] [sym·bol·ic]	❶ symbolic logic 邏輯符號 托 I T G 公 ⇦logic(3850)

6313. **symbolize** 動 象徵 [`sɪmbl͵aɪz] [sym·bol·ize]	動詞變化 **symbolize-symbolized-symbolized** 托 I T G 公 ❶ symbolize good and evil 象徵好與壞 ⇦evil(2434)

6314. **symmetry** 名 對稱 [`sɪmɪtrɪ] [sym·me·try]	❶ symmetry between A and B A 和 B 對稱 托 I T G 公

6315. **symptom** 名 症狀 [`sɪmptəm] [symp·tom]	❶ flu symptom 感冒症狀 托 I T G 公 ⇦flu(1425)

6316. **synonym** 名 同義字 [`sɪnə͵nɪm] [syn·o·nym]	"Older" and "elder" are synonyms. 托 I T G 公 「older」和「elder」是同義字。

6317. **synthetic** 形 綜合性的 [sɪn`θɛtɪk] [syn·thet·ic]	❶ synthetic drugs 合成藥 托 I T G 公

Tt
▼ 托 TOEFL、I IELTS、T TOEIC、G GEPT、公 公務人員考試

6318. **tact** 名 老練 [tækt]	(MP3) 6-47 The position required great tact. 托 I T G 公 這個職位需要處事圓融。 ⇦require(1839)

6319. **tactic** 形 戰術 [`tæktɪk] [tac·tic]	❶ shock tactic 突擊戰術 托 I T G 公 ⇨shock(1884)

6320. **tariff** 名 稅率 [`tærɪf] [tar·iff]	❶ prohibitive tariff 禁止性關稅 托 I T G 公

6321. **tedious** 形 沉悶的 [`tidɪəs] [te·di·ous]	The film is tedious. 托 I T G 公 這電影很乏味。

LEVEL **6**

6322. **temperament** 名 氣質 [ˋtɛmprəmənt] [tem‧per‧a‧ment]	The writer has a romantic temperament. 這小說家有浪漫氣質。	托 I T G 公 ⇦romantic(2919)
6323. **tempest** 名 大風暴 [ˋtɛmpɪst] [tem‧pest]	❶ a tempest in a teapot 大驚小怪	托 I T G 公
6324. **terminate** 動 使停止 [ˋtɝməˏnet] [ter‧mi‧nate]	動詞變化 **terminate-terminated-terminated** The train terminated in Taipei. 火車終點站在台北。	托 I T G 公
6325. **textile** 名 紡織品 [ˋtɛkstaɪl] [tex‧tile]	He works at a textile industry. 他在紡織工業。	托 I T G 公 ⇦industry(1533)
6326. **texture** 名 結構 [ˋtɛkstʃɚ] [tex‧ture]	❶ the soft texture of…的質地	托 I T G 公
6327. **theatrical** 形 戲劇的 [θɪˋætrɪk!] [the‧at‧ri‧cal]	❶ a theatrical play 戲劇作品	托 I T G 公
6328. **theft** 名 竊盜 [θɛft] [theft]	❶ identity theft 盜用他人身分	托 I T G 公 ⇦identity(2569)
6329. **theoretical** 形 理論上的 [ˏθiəˋrɛtɪk!] [the‧o‧ret‧i‧cal]	❶ a theoretical debate 理論辯論	托 I T G 公 ⇦debate(1286)
6330. **therapist** 名 治療學家 [ˋθɛrəpɪst] [ther‧a‧pist]	❶ speech therapist 語言治療	托 I T G 公 ⇦speech(850)
6331. **therapy** 名 治療 [ˋθɛrəpɪ] [ther‧a‧py]	❶ group therapy 群體治療	托 I T G 公
6332. **thereafter** 副 此後 [ðɛrˋæftɚ] [there‧af‧ter]	❶ shortly thereafter 不久之後	托 I T G 公

6333. **thereby** 副 因此 [ðɛr`baɪ] [there·by]	Daniel wanted to take a trip to 托 I T G 公 Africa and thereby do research about desert there. 丹尼爾想去非洲旅行藉此作沙漠的研究。 ⇦desert(1300)
6334. **thermometer** 名 溫度計 [θɚ`mɑmətɚ] [ther·mom·e·ter]	❶ clinical thermometer 體溫計 托 I T G 公 ⇦clinical(5522)
6335. **threshold** 名 門檻 [`θrɛʃhold] [thresh·old]	❶ on the threshold of 在～開端 托 I T G 公
6336. **thrift** 名 節約 [θrɪft] [thrift]	He learned from his grandma the 托 I T G 公 virtues of thrift. 他從祖母身上學到勤儉美德。 ⇦virtue(4256)
6337. **thrifty** 形 節儉的 [`θrɪftɪ] [thrifty]	Maggie is a thrifty girl. 托 I T G 公 瑪姬是節儉的女孩。
6338. **thrive** 動 興旺 [θraɪv] [thrive] MP3 6-48	動詞變化 **thrive-thrived-thrived** 托 I T G 公 ❶ thrive on 在～很興盛
6339. **throb** 動 悸動 [θrɑb] [throb]	動詞變化 **throb-throbbed-** **throbbed** 托 I T G 公 The professor's head is throbbing. 教授的頭很痛。
6340. **toll** 名 通行費 [tol] [toll]	❶ take a heavy toll 造成惡果 托 I T G 公
6341. **topple** 動 使倒塌 [`tɑpl̩] [top·ple]	動詞變化 **topple-toppled-toppled** 托 I T G 公 He toppled the man from his chair. 他使男子從椅子上掉下。
6342. **tornado** 名 龍捲風 [tɔr`nedo] [tor·na·do]	A tornado whirled into New York. 托 I T G 公 龍捲風刮進紐約。
6343. **trait** 名 特色 [tret] [trait]	Her trait is outgoing. 托 I T G 公 她的特色是活潑。
6344. **tranquil** 形 安靜的 [`træŋkwɪl] [tran·quil]	There is a tranquil expression on 托 I T G 公 the actor's face. 演員臉上露出寧靜表情。

LEVEL
6

6345. **tranquilizer** 名 鎮靜劑 [ˋtræŋkwɪˌlaɪzɚ] [tran·quil·iz·er]	Tranquilizer can make people calm. 鎮靜劑讓人冷靜。	托 I T G 公
6346. **transaction** 名 交易 [trænˋzækʃən] [trans·ac·tion]	❶ financial transactions between 在…之間的財務往來 ⇦financial(3635)	托 I T G 公
6347. **transcript** 名 副本 [ˋtrænˌskrɪpt] [tran·script]	❶ a transcript of the speech 演講文字副本 ⇦speech(850)	托 I T G 公
6348. **transformation** 名 轉變 [ˌtrænsfɚˋmeʃən] [trans·for·ma·tion]	❶ transformation from A to B 由 A 轉到 B	托 I T G 公
6349. **transistor** 名 電晶體 [trænˋzɪstɚ] [tran·sis·tor]	❶ transistor radio 電晶體收音機 ⇦radio(703)	托 I T G 公
6350. **transit** 名 動 運輸 [ˋtrænsɪt] [tran·sit]	動詞變化 **transit-transited- transited** ❶ transit lounge 轉機候機室 ⇦lounge(5932)	托 I T G 公
6351. **transition** 名 過渡 [trænˋzɪʃən] [tran·si·tion]	❶ the transition from A to B 從 A 到 B 的過渡階段	托 I T G 公
6352. **transmission** 名 傳達 [trænsˋmɪʃən] [trans·mis·sion]	Be careful of the risks of transmission. 注意傳達的風險。 ⇦risk(2911)	托 I T G 公
6353. **transmit** 動 傳達 [trænsˋmɪt] [trans·mit]	動詞變化 **transmit-transmitted- transmitted** She will transmit the money later. 晚點她會送這筆錢過去。	托 I T G 公
6354. **transplant** 動 移植 [trænsˋplænt] [trans·plant]	動詞變化 **transplant-transplanted- transplanted** ❶ transplant A to B 把 A 移種到 B	托 I T G 公

6355. **trauma** 图 外傷 [`trɔmə] [trau·ma]	● suffer trauma 遭受外傷	托 **I** T **G** 公 ⇨suffer(3051)
6356. **tread** 囫 踩；踏 [trɛd] [tread]	動詞變化 **tread-trod-trodden** ● tread carefully 小心翼翼地說	托 **I** T **G** 公
6357. **treason** 图 叛逆 [`trizn̩] [trea·son]	● high treason 重大叛國罪	托 **I** T **G** 公
6358. **trek** 囫 艱苦跋涉 [trɛk] [trek]	動詞變化 **trek-trekked-trekked** ● go trekking 長途跋涉	托 **I** T **G** 公
6359. **tremor** 图 顫抖 [`trɛmɚ] [trem·or]	● tremor in one's voice 某人聲音顫抖	托 **I** T **G** 公 ⇨voice(973)
6360. **trespass** 囫 擅自進入 [`trɛspəs] [tres·pass]	動詞變化 **trespass-trespassed- trespassed** ● trespass on 濫用	托 **I** T **G** 公
6361. **trigger** 图 扳機 [`trɪgɚ] [trig·ger]	● trigger a switch 啟動開關	托 **I** T **G** 公
6362. **triumphant** 圈 勝利的 [traɪ`ʌmfənt] [tri·um·phant]	● a triumphant smile 得意的笑容	托 **I** T **G** 公 ⇨smile(824)
6363. **trivial** 圈 瑣碎的 [`trɪvɪəl] [triv·i·al]	It sounds trivial. 聽起來很瑣碎。	托 **I** T **G** 公
6364. **trophy** 图 戰利品 [`trofɪ] [tro·phy]	● trophy wife 年長丈夫炫耀老婆	托 **I** T **G** 公
6365. **tropic** 图 熱帶 [`trɑpɪk] [trop·ic]	● tropic of cancer 北迴歸線	托 **I** T **G** 公
6366. **truant** 图 逃學者 [`truənt] [tru·ant]	● play truant 曠課	托 **I** T **G** 公
6367. **truce** 图 停戰 [trus] [truce]	● break a truce 破壞停戰協定	托 **I** T **G** 公

LEVEL
6

599

6368. **tuberculosis** 名 肺結核 [tjuˌbɝkjəˈlosɪs] [tu·ber·cu·lo·sis]	❶ a tuberculosis infection 肺結核感染	托 Ⅰ T G 公
		⇦infection(3771)
6369. **tumor** 名 腫瘤 [ˈtjumɚ] [tu·mor]	❶ remove tumor 切除腫瘤	托 Ⅰ T G 公
6370. **turmoil** 名 騷動 [ˈtɝmɔɪl] [tur·moil]	❶ throw into turmoil 造成混亂	托 Ⅰ T G 公
6371. **twilight** 名 黎明；黃昏 [ˈtɝmɔɪl] [twi·light]	They leave the city in the twilight. 他們在黃昏離開城市。	托 Ⅰ T G 公
6372. **tyranny** 名 暴政 [ˈtɪrənɪ] [tyr·an·ny]	❶ protection against tyranny 抵禦暴政	托 Ⅰ T G 公
		⇦protection(2849)

Uu
▼ 托 TOEFL、Ⅰ IELTS、T TOEIC、G GEPT、公 公務人員考試

6373. **ulcer** 名 潰瘍 [ˈʌlsɚ] [ul·cer]	❶ gastric ulcer 胃潰瘍	托 Ⅰ T G 公
6374. **ultimate** 形 最後的 [ˈʌltəmɪt] [ul·ti·mate]	He paid the ultimate price. 他付出最後代價。	托 Ⅰ T G 公
		⇦price(687)
6375. **unanimous** 形 全體一致的 [juˈnænəməs] [unan·i·mous]	❶ be elected by unanimous vote 全票當選	托 Ⅰ T G 公
		⇦elect(1361)
6376. **uncover** 動 揭開⋯的蓋子 [ʌnˈkʌvɚ] [un·cov·er]	動詞變化 uncover-uncovered-uncovered ❶ uncover a plot 揭開陰謀	托 Ⅰ T G 公
		⇦plot(3995)

6377.
underestimate 動
低估
[`ʌndɚˋɛstəˏmet]
[un·der·es·ti·mate]

動詞變化 **underestimate-underestimated-underestimated** 托 I T G 公
❶ underestimate the cost 低估費用

6378.
undergo 動 經歷 (MP3) 6-50
[ˏʌndɚˋgo] [un·der·go]

動詞變化 **undergo-underwent-undergone** 托 I T G 公
He underwent tests.
他接受考驗。

6379.
undermine 動
侵蝕…的基礎
[ˏʌndɚˋmaɪn]
[un·der·mine]

動詞變化 **undermine-undermined-undermined** 托 I T G 公
The problem has undermined her reputation.
這問題損害她的聲譽。
⇨reputation(4091)

6380.
undertake 動 試圖
[ˏʌndɚˋtek] [un·der·take]

動詞變化 **undertake-undertook-undertaken** 托 I T G 公
❶ undertake a project 負責一項工作

6381.
undo 動 打開
[ʌnˋdu] [un·do]

動詞變化 **undo-undid-undone** 托 I T G 公
She undid a bag.
她解開袋子。

6382.
unemployment 名
失業
[ˏʌnɪmˋplɔɪmənt]
[un·em·ploy·ment]

❶ rising rates of unemployment
失業率上升
托 I T G 公

6383.
unfold 動 打開
[ʌnˋfold] [un·fold]

動詞變化 **unfold-unfolded-unfolded** 托 I T G 公
The kid unfolded his arms.
小孩張開雙臂。

6384.
unify 動 統一
[ˋjunəˏfaɪ] [uni·fy]

動詞變化 **unify-unified-unfied** 托 I T G 公
The man unified the country.
男子將國家統一。

6385.
unlock 動 開…的鎖
[ʌnˋlɑk] [un·lock]

動詞變化 **unlock-unlocked-unlocked** 托 I T G 公
❶ unlock the door 打開鎖

6386.
unpack 動 打開（包裹）取出東西
[ʌnˋpæk] [un·pack]

動詞變化 **unpack-unpacked-unpacked** 托 I T G 公
He unpacked all the books he needed.
他取出需要的書。

LEVEL
6

6387. **upbringing** 名 養育 [`ʌp͵brɪŋɪŋ] [up·bring·ing]	❶ have a strict upbringing 受到嚴格的教育　　　　　　托 I T G 公 ⇨strict(1952)
6388. **upgrade** 名 動 升級 [`ʌp`gred] [up·grade]	動詞變化 **upgrade-upgraded-**　托 I T G 公 　　　　　　**upgraded** ❶ on an upgrade 上坡處
6389. **uphold** 動 支持 [ʌp`hold] [up·hold]	動詞變化 **uphold-upheld-upheld**　托 I T G 公 The teacher upheld the student's decision. 老師支持學生的決定。
6390. **uranium** 名 鈾 [ju`renɪəm] [ura·ni·um]	❶ yellow cake uranium 黃餅　　　　托 I T G 公 ⇨yellow(1035)
6391. **urgency** 名 急迫 [`ɝdʒənsɪ] [ur·gen·cy]	❶ sense of urgency 急迫性　　　　托 I T G 公
6392. **urine** 名 尿 [`jurɪn] [u·rine]	❶ one's urine sample 尿檢樣品　　托 I T G 公 ⇨sample(1860)
6393. **usher** 名 接待員 [`ʌʃɚ] [ush·er]	The usher walked towards her.　　托 I T G 公 接待員走向她。
6394. **utensil** 名 用具 [ju`tɛnsḷ] [uten·sil]	❶ cooling utensil 烹調用具　　　　托 I T G 公
6395. **utility** 名 效用；公用 事業 [ju`tɪlətɪ] [util·i·ty]	He cannot pay for the bills of　　托 I T G 公 utilities. 他付不出公用事業費用。
6396. **utilize** 動 利用 [`jutḷ͵aɪz] [uti·lize]	動詞變化 **utilize-utilized-utilized**　托 I T G 公 The report has been better utilized. 這報告被更有效利用。
6397. **utmost** 形 最大的 [`ʌt͵most] [ut·most]	❶ at the utmost 最多　　　　　　　托 I T G 公

Vv

▼ 托 TOEFL、I IELTS、T TOEIC、G GEPT、公 公務人員考試

6398. **vaccine** 名 疫苗 [`væksɪn] [vac·cine]	(MP3) 6-51　❶ BCG vaccine 卡介苗　　　　　托 I T G 公

6399. **valiant** 形 勇敢的 [ˋvæljənt] [val·iant]	He is valiant enough. 他夠膽量。	托 I T G 公
6400. **valid** 形 有效的 [ˋvælɪd] [val·id]	Enter the valid password. 輸入有效密碼。	托 I T G 公
6401. **validity** 名 正當 [vəˋlɪdətɪ] [va·lid·i·ty]	He has doubt about the validity of the news. 他懷疑過這篇新聞的正當性。	托 I T G 公
6402. **vanilla** 名 香草 [vəˋnɪlə] [va·nil·la]	❶ vanilla ice cream 香草冰淇淋	托 I T G 公
6403. **variable** 形 可變的 [ˋvɛrɪəb!] [var·i·able]	❶ variable temperature 氣溫多變 ⇦temperature(3086)	托 I T G 公
6404. **variation** 名 變化 [͵vɛrɪˋeʃən] [var·i·a·tion]	❶ seasonal variation 季節性變化	托 I T G 公
6405. **vend** 動 叫賣 [vɛnd] [vend]	動詞變化 vend-vended-vended The vendor vends the bags. 小販叫賣皮包。 ⇨vendor(6406)	托 I T G 公
6406. **vendor** 名 攤販 [ˋvɛndɚ] [ven·dor]	The vendor makes a lot of money. 小販賺很多錢。	托 I T G 公
6407. **verge** 名 邊緣 [vɝdʒ] [verge]	❶ to the verge of Ving 接近於	托 I T G 公
6408. **versatile** 形 多才多藝的 [ˋvɝsət!] [ver·sa·tile]	Andy Lau is a versatile singer. 劉德華是多才多藝的歌星。	托 I T G 公
6409. **version** 名 版本 [ˋvɝʒən] [ver·sion]	❶ cover version 翻唱版本	托 I T G 公
6410. **veteran** 名 老兵 [ˋvɛtərən] [vet·er·an]	She bought a veteran car. 她買台老爺車。	托 I T G 公
6411. **veterinarian/vet** 名 獸醫 [͵vɛtərəˋnɛrɪən]/[vɛt] [vet·er·i·nar·i·an]/[vet]	The vet is kind to animals. 這位獸醫對動物很仁慈。 ⇦animal(40)	托 I T G 公

LEVEL **6**

6412. **vibration** 名 震動 [vaɪ`breʃən] [vi·bra·tion]	❶ could feel the vibration from 感到來自～的震動	托 **I** T G 公
6413. **vice** 名 邪惡 [vaɪs] [vice]	Stealing is a terrible vice. 偷竊是可怕的惡習。 ⇦steal(1938)	托 **I** T G 公
6414. **vicious** 形 邪惡的 [`vɪʃəs] [vi·cious]	The boxer had a vicious temper. 這拳擊手性格殘暴。 ⇦temper(3085)	托 **I** T G 公
6415. **victimize** 動 欺騙 [`vɪktɪˌmaɪz] [vic·tim·ize]	動詞變化 victimize-victimized- victimized ❶ be victimized by 被～欺騙	托 **I** T G 公
6416. **victor** 名 勝利者 [`vɪktə] [vic·tor]	He is a victor. 他是勝利者。	托 **I** T G 公
6417. **victorious** 形 得勝的 [vɪk`torɪəs] [vic·to·ri·ous]	❶ be victorious in 在～得勝	托 **I** T G 公
6418. **villa** 名 別墅 [`vɪlə] [vil·la]　(MP3) 6-52	We will move into a villa next month. 下個月我們要搬進別墅。	托 **I** T G 公
6419. **vineyard** 名 葡萄園 [`vɪnjəd] [vine·yard]	Thomas worked at a vineyard. 湯姆士在葡萄園工作。	托 **I** T G 公
6420. **virtual** 形 事實上的 [`vɝtʃʊəl] [vir·tu·al]	❶ give virtual control 全面掌控	托 **I** T G 公
6421. **visualize** 動 使可見 [`vɪʒʊəˌlaɪz] [vi·su·al·ize]	動詞變化 visualize-visualized- visualized He cannot visualize what the restaurant looked like before. 他想不出來這餐廳之前的樣子。	托 **I** T G 公
6422. **vitality** 名 生命力 [vaɪ`tæləti] [vi·tal·i·ty]	❶ burs with vitality 朝氣蓬勃	托 **I** T G 公
6423. **vocal** 形 聲音的 [`vokl] [vo·cal]	He is interested in vocal music. 他對聲樂感興趣。	托 **I** T G 公

6424.
vocation 名 職業
[voˋkeʃən] [vo·ca·tion]

She missed her vocation. 托 Ⅰ T G 公
她做錯行業了。

6425.
vocational 形
職業的
[voˋkeʃn̩l] [vo·ca·tion·al]

❶ vocational training 職業訓練 托 Ⅰ T G 公

6426.
vogue 名 流行
[vog] [vogue]

❶ in vogue 趕流行 托 Ⅰ T G 公

6427.
vomit 動 嘔吐
[ˋvɑmɪt] [vom·it]

動詞變化 **vomit-vomited-vomited** 托 Ⅰ T G 公
❶ vomit up 吐出來

6428.
vulgar 形 粗俗的
[ˋvʌlgə] [vul·gar]

Her new neighbor is a vulgar 托 Ⅰ T G 公
man.
她的新鄰居是粗鄙之人。

⇦neighbor(1670)

6429.
vulnerable 形
易受傷害的
[ˋvʌlnərəbl̩] [vul·ner·a·ble]

Lisa is vulnerable to illness. 托 Ⅰ T G 公
麗莎很容易生病。

Ww ▼ 托TOEFL、ⅠIELTS、TTOEIC、GGEPT、公公務人員考試

6430.
wardrobe 名 衣櫃
[ˋwɔrdˌrob] [ward·robe]

She just sold a wardrobe. 托 Ⅰ T G 公
她剛賣掉衣櫃。

6431.
warfare 名 戰爭
[ˋwɔrˌfɛr] [war·fare]

❶ psychological warfare 心理戰 托 Ⅰ T G 公

⇦psychological(4042)

6432.
warranty 名 保證書
[ˋwɔrəntɪ] [war·ran·ty]

❶ a full 3-year warranty 托 Ⅰ T G 公
整整三年保固

6433.
waterproof 形
防水的
[ˋwɔtəˌpruf]
[wa·ter·proof]

This waterproof jacket costs a lot 托 Ⅰ T G 公
of money.
這件防水夾克價值不菲。

⇦jacket(1549)

6434.
watertight 形
防水的
[ˋwɔtəˋtaɪt] [wa·ter·tight]

He needs a watertight container. 托 Ⅰ T G 公
他需要防水容器。

⇦container(3417)

LEVEL
6

6435. **whatsoever** 介 不管什麼樣 [ˌhwɑtso`ɛvɚ] [what‧so‧ev‧er]	❶ whatsoever they say 隨他們說去　　托 I T G 公
6436. **windshield** 名 擋風玻璃 [`wɪndˌʃild] [wind‧shield]	❶ windshield wiper 雨刷　　托 I T G 公
6437. **withstand** 動 耐得住 [wɪð`stænd] [with‧stand]	動詞變化 withstand-withstood- 　　　　　withstood　　托 I T G 公 ❶ withstand high temperature 耐高溫 ⇨temperature(3086)
6438. **witty** 形 反應靈敏的 [`wɪtɪ] [wit‧ty]	Victor is a witty write.　　托 I T G 公 維特是個詼諧的作家。
6439. **woo** 動 追求 [wu] [woo]	動詞變化 woo-wooed-wooed　　托 I T G 公 ❶ weary of wooing 厭倦追求 ⇨weary(5326)
6440. **wrench** 動 扭傷 [rɛntʃ] [wrench]	動詞變化 wrench-wrenched- 　　　　　wrenched　　托 I T G 公 The little girl wrenched her ankle. 小女孩扭傷腳踝。 ⇨ankle(1072)
6441. **wrestle** 動 與…摔角 [`rɛsl̩] [wres‧tle]	動詞變化 wrestle-wrestled- 　　　　　wrestled　　托 I T G 公 ❶ wrestle with A 和 A 摔角，扭打

Yy ▼ 托 TOEFL、I IELTS、T TOEIC、G GEPT、公 公務人員考試

6442. **yearn** 動 憐憫；渴望 [jɝn] [yearn]	動詞變化 yearn-yearned-yearned　　托 I T G 公 ❶ yearn for 對…盼望

Zz ▼ 托 TOEFL、I IELTS、T TOEIC、G GEPT、公 公務人員考試

6443. **zeal** 名 熱心 [zil] [zeal]	His political zeal makes us tired.　　托 I T G 公 他的政治熱情讓我們厭煩。 ⇨political(2810)

躺著背單字7,000

躺著背單字7,000

616

躺著背單字7,000

622

所有好書……

盡在 **我**識出版集團 專屬網站!

17buy,買愈多、愈便宜!

➔ **http://www.17buy.com.tw**

I'm 我識出版集團
I'm Publishing Group

全國各大書店熱烈搶購中!
大量訂購‧另有折扣
劃撥帳號◆19793190 戶名◆我識出版社
服務專線◆(02)2345-7222

國家圖書館出版品預行編目資料

躺著背單字7,000 / 蔣志榆,胡欣蘭著. - -
初版. - - 臺北市:我識,2010.10
面;公分
ISBN 978-986-6163-02-9(平裝附光碟片)

1. 英語 2. 詞彙

805.12　　　　　　99015450

書名 / 躺著背單字7,000
作者 / 蔣志榆・胡欣蘭
發行人 / 蔣敬祖
副總經理 / 陳弘毅
總編輯 / 常祈天
主編 / 戴媺凌
企劃編輯 / 廖珮汝
執行編輯 / 蔡詠琳
美術編輯 / 黃馨儀・彭君如
內文排版 / 謝青秀
法律顧問 / 北辰著作權事務所蕭雄淋律師
印製 / 金濆印刷事業有限公司
初版 / 2010年10月
出版 / 我識出版集團－我識出版社有限公司
電話 / (02) 2345-7222
傳真 / (02) 2345-5758
地址 / 台北市忠孝東路五段372巷27弄78之1號1樓
郵政劃撥 / 19793190
戶名 / 我識出版社
網路書店 / www.17buy.com.tw
網路客服Email / iam.group@17buy.com.tw
定價 / 新台幣349 元 / 港幣116 元 (附1MP3)

總經銷 / 彩舍國際通路
地址 / 台北縣中和市中山路二段366巷10號3樓

港澳總經銷 / 和平圖書有限公司
地址 / 香港柴灣嘉業街12號百樂門大廈17樓
電話 / (852) 2804-6687　傳真 / (852) 2804-6409

版權所有・翻印必究

我識出版社
17buy.com.tw

I'm
我識出版社
17buy.com.tw